中途岛奇迹

MIRACLE AT MIDWAY

〔美〕戈登·W. 普兰奇　唐纳德·M. 戈尔茨坦　凯瑟琳·V. 狄龙　著

祁阿红　王喜六　译

人民文学出版社
PEOPLE'S LITERATURE PUBLISHING HOUSE

著作权合同登记号：01-2021-0406

MIRACLE AT MIDWAY
Gordon W. Prange with Donald M. Goldstein and Katherine V. Dillon

Copyright © Miracle at Midway, Donald M. Goldstein
Simplified Chinese edition copyright © 2021 Shanghai Readers' Culture Co., Ltd.
All rights reserved.

图书在版编目（CIP）数据

中途岛奇迹 /（美）戈登·W.普兰奇，（美）唐纳德·M.戈尔茨坦，（美）凯瑟琳·V.狄龙著；祁阿红，王喜六译. — 北京：人民文学出版社，2022
ISBN 978-7-02-016857-6

Ⅰ.①中… Ⅱ.①戈…②唐…③凯…④祁…⑤王…Ⅲ.①纪实文学－美国－现代 Ⅳ.①I712.55

中国版本图书馆CIP数据核(2021)第265620号

责任编辑	卜艳冰　　周　展
装帧设计	汪佳诗

出版发行	人民文学出版社
社　　址	北京市朝内大街166号
邮政编码	100705
印　　制	山东新华印务有限公司
经　　销	全国新华书店等
字　　数	423千字
开　　本	890毫米×1240毫米　1/32
印　　张	16.75
版　　次	2021年12月北京第1版
印　　次	2021年12月第1次印刷
书　　号	978-7-02-016857-6
定　　价	88.00元

如有印装质量问题，请与本社图书销售中心调换。电话：010-65233595

中文版初版译者前言

1942年6月初的中途岛海战是太平洋战争的转折点。日军继偷袭珍珠港，重创美国太平洋舰队后，频频南击，连连告捷，取得了战略主动权。日军狂妄自信，不可一世。而美军则处境困难，士气低落。珊瑚海一役，虽使日军受挫，但双方只打了个平手。1942年6月初，美军在尼米兹上将、弗莱彻少将和斯普鲁恩斯少将指挥下，以3艘航空母舰在中途岛西北海域设伏，其舰载航空兵在最有利的时机从天而降，迅速击沉了日第一航空舰队司令南云中将亲率的全部4艘曾参加袭击珍珠港的航空母舰，创造了战争史上以弱胜强、以少胜多的又一个奇迹。这次大海战从根本上扭转了美守日攻的战略态势，为在太平洋战场取得反法西斯战争的胜利奠定了基础。

本书主要作者戈登·W.普兰奇（1910—1980）教授是美国著名的第二次世界大战史专家。他生于艾奥瓦州，早年就读于艾奥瓦大学和柏林大学，1939年起在马里兰大学执教。大战时期，他曾在海军预备队当军官。1945年12月至1951年7月，他是美远东司令部驻东京的文职官员。其间，1946年10月至1951年6月担任麦克阿瑟手下的情报部历史科主任，接着又在军史科当了一个月的代理主任。普兰奇在海军和陆军中的经历为他研究第二次世界大战史提供了得天独厚的条件。在去世前的37年中，普兰奇亲自采访了许多与珍珠港事件及中途岛海战有关的美日双方，特别是日方的指挥军官，查阅了大量档案材料，写出了多卷手稿（仅珍珠港事件手稿就达3500页之多！）。教授的两位学生遵照他的遗愿，对手稿进行了加工、整理、压缩。1981年11

月，教授研究珍珠港事件的长篇巨著《黎明，我们还在酣睡》问世。《中途岛奇迹》于教授逝世两年后即1982年出版。

本书旁征博引，详细叙述了中途岛海战的经过，比较客观地分析了美日双方胜负的主要原因，是研究第二次世界大战史、研究作战指挥艺术不可多得的好材料。鉴于我国还没有如此详细介绍中途岛海战的译著，因此我们认为把普兰奇的这本著作译介给我国读者是一项有意义的工作，一定能引起从事第二次世界大战史研究的同志和广大读者的兴趣。

本书原著的文字跳跃跌宕，我们在翻译中保留了作者的这一风格。书末附录中列了"缩略语英汉对照表""战斗序列"等，便于读者查阅。

本书第一至十九章由王喜六同志翻译，第二十至三十八章由祁阿红同志翻译，第三十九章至四十二章由翁才浩同志翻译。对军事英语素有研究的居祖纯副教授担任了本书的统校工作。在翻译过程中，我们参考了许秋明、王绍坊同志译校的《中途岛海战》一书，还得到了南京外国语学院日语教员的大力协助，谨此致谢。

由于我们水平有限，译文难免谬误之处，恳请广大读者批评指正。

译者
1986年2月于
中国人民解放军南京外国语学院

导　言

马里兰大学历史学教授戈登·W. 普兰奇1980年谢世时留下了若干手稿，有的几近完稿，有的尚未成型。其中第一本是对日军袭击珍珠港事件做了大量调查研究后经过浓缩写成的，书名为：《黎明，我们还在酣睡——珍珠港事件内幕》，已于1981年11月出版。

现在这一本是《黎明，我们还在酣睡》的续篇。看过那本书的读者将会在本书中遇到许多熟悉的人物。确实，对珍珠港事件长达37年的研究使普兰奇对中途岛海战有了相当透彻的认识，甚至在《读者文摘》就珍珠港事件向他约稿之前（该稿压缩后已于1972年11月发表）就已是这样。特别是，在作者就珍珠港事件做过采访的日本朋友中，有不少人参加过或研究过中途岛战役。由于日方关于中途岛战役的大量作战计划、作战命令、工作文件、来往函电及其他文件已经随南云的4艘航空母舰一起沉入中途岛海域，不可复得，因而有关中途岛战役的日方文件奇缺。这样，普兰奇与日本朋友的会见就显得尤为珍贵。

美国方面，包括切斯特·W. 尼米兹海军上将在内的许多参战人员都给予了普兰奇极好的配合。当年美方参战部队都递交了详细的报告，所以美方作战记录查找十分方便。然而，考虑到这些材料是在当时或事后不久写成的，带有一定的局限性，而且不可避免地带有一厢情愿的色彩，尤其是对空战的记述，视野太窄，因此，我们必须以审慎的眼光和虚心的态度分析处理它们。如果对材料中声称的战果全都信以为真，那么美国人在中途岛海战中就炸沉了日本除皇宫外的所有东西。出于同样的原因，日方报纸也大肆吹嘘，说日本人在中途岛海战中大获全胜。

普兰奇教授和我们两人都力求公正地评判这次战役，考虑到现有的材料，我们尽可能使美日双方在书中所占的篇幅大体相当。

任何历史著作都必然是集体努力的结晶，本书也不例外。由于篇幅所限，我们无法在此对为本书做出贡献的所有朋友——一致谢。但是，我们要特别衷心感谢其中的两位。一位是普兰奇教授在马里兰大学的学生、前美海军陆战队军官：罗伯特·E.巴德先生。巴德在教授的指导下撰写了题为"中途岛战役指挥问题研究"的博士论文。他非常慷慨地将论文及其依据的背景材料——包括他与该战役中的几位美日幸存者的谈话记录——全部提供给了教授。对本书的编纂来说，这些资料的价值是无法估量的。

另一位我们要感谢的是昔日曾在日本帝国海军中担任军官的千早正隆。他是普兰奇教授的挚友，多年来一直是教授在日本的代表。教授无法亲自在日本调查期间，千早以教授的名义采访了许多人，搜集到了许多在美国无法得到的有价值的原始材料。

从普兰奇的努力来看，他是想等"所有的稻捆都悉数登场后再开始脱粒"，他可能认为中途岛一书的手稿还没有到可以出版的程度。但我们不这样看。我们作为本书的合著者，一直在勤奋地工作，力争使本书达到老师的要求。这是一个好战例，一个所有美国人都可以感到自豪的战例。记述中途岛战役的最后一本书出版已十年有余。我们认为，目前这一代人也许愿意重温战史学家对历史上几大决定性战役的看法。

描写中途岛战役的好书已有一些，本书是对它们的补充而不是取代。由渊田美津雄和奥宫正武合著、克拉克·H.川上和罗杰·皮诺编辑的《宣判日本失败的中途岛战役》一书不失为日方资料的主要来源，我们对它甚为感激。我们还要特别向塞缪尔·埃利奥特·莫里森先生和沃尔特·洛德先生致意。莫里森写了名为《珊瑚海海战、中途岛海战及潜艇作战》的海战史书，洛德的《惊人的胜利》一书写得人情味十足。

中途岛海战错综复杂，数处作战同时进行。为了便于阅读，作者特意分门别类地逐战叙述。因此，对中途岛的攻击就从陆基轰炸机的攻击、舰载鱼雷机的攻击、舰载俯冲轰炸机的攻击等方面分别叙述。想了解某一时刻的具体情况，可以参看书末附录中的"大事记"。

读者将会发现，本书极少或根本没有涉及政治与军事间的相互影响，尽管这种影响对于理解中途岛战役的历史对立面珍珠港事件是必要的。当时战争已是既成事实，国家的方针业已确定。因此，中途岛之战是美日双方面对面的海战传奇——虽然错综复杂，但具讽刺意味的是，双方的水面舰艇之间自始至终竟无丝毫接触。

这里，还想提请读者注意本书行文方面的几个特点：

一、为与文件资料保持一致并符合海军习惯，我们采用了军内常用的24小时计时法，这样就可防止上、下午的混淆。

二、凡有可能，我们都尽量使用当地时间。在日本发生的事件用东京时间，在中途岛及其附近发生的事件用中途岛时间。东京时间比中途岛时间早21个小时。如果某事件发生于东京时间6月5日07:00，这时中途岛时间是6月4日10:00。

三、为使文字简洁并带有"地方色彩"，书中多处使用了当时海军的缩略语。虽然绝大多数意思自明，但为了方便读者，我们在书末附了缩略语表。

四、书末还附有主要人物表、各部队编成及大事记，以便查阅。

五、本书插入的照片与图表皆选自普兰奇保存的资料。

想在本书中寻求耸人听闻的内幕材料的读者将会一无所获。战役已经结束，结局也已确定。迄今尚有争议的问题仅在于猜测方面——假如日方取胜，战局将会如何发展？——对此，读者可以随意想象，无须强求统一；或在于战术方面：对某一战斗中采用的战术或优或劣，那些喜欢这类辩论的人尽可无休止地争论。我们在此提出了一些结论性意见，无疑，有些读者会持不同的见解。

最后，愿读者在阅读本书的过程中兴趣盎然、心情愉快，对美国的传统更感自豪。

唐纳德·M. 戈尔茨坦博士

匹兹堡大学公共与国际事务学副教授

宾夕法尼亚州匹兹堡

凯瑟琳·V. 狄龙

美国空军一级准尉（已退役）

弗吉尼亚州阿灵顿

序

反败为胜是美国人最感亲切的情节模式。但是美国的国力、疆域、地理位置和自然条件决定了它在最近100年中很少有幸处于那种地位。然而中途岛海战就是一次美国人处于劣势而取胜的战斗。

日本人在珍珠港得手还不到半年，就派出由88艘有作战经验的水面舰艇组成的庞大舰队去完成攻取中途岛及诱歼已遭削弱的美太平洋舰队这两项使命。日本拟以此拉开第二阶段作战的序幕，力争拿下夏威夷，孤立澳大利亚。

然而，战局并没有按照日本人预定的模式发展。先进的密码破译技术与无线电侦听及时发出警告，使数量上大大劣于日方，但配有精兵良将的美国海军部队（仅有28艘水面舰艇）[1]得以迅速驶过中途岛，在日军的侧翼埋伏。

结局如何，战前并无定论。日方先头部队中有南云忠一海军中将率领的久经沙场的航空母舰赤城号、加贺号、飞龙号和苍龙号。就是这位将军指挥了包括这4艘在内的6艘航母在12月7日袭击了珍珠港；此后南云的特混部队在南太平洋和印度洋连战皆捷。

在中途岛海域，南云和他的航空母舰舰长、航空兵们打得机智勇敢，美国轰炸机对日舰的一次次攻击都未能奏效。可是突然间，美方指挥官的高明决定、俯冲轰炸机的准确轰炸，再加上一点点运气，同时发挥了作用。战斗结束时，日方损失了4艘航空母舰、1艘重巡洋

---

[1] 这些数字不包括用于同时进行的阿留申群岛作战的舰艇，但包括随同日军主力部队出航的警戒部队。

舰以及300多架飞机。不过此次战役也可能会有另一种结局。美方虽然取胜，但也损失了约克城号航空母舰和汉曼号驱逐舰。

中途岛之战使人们对一种普遍存在的观点——"如果日本人对珍珠港的突然袭击没有得手，那么他们必败无疑"——产生了严肃的质疑。当时，美太平洋舰队已经知道日军正在逼近，知道日军将于何时发起攻击（几乎准确到分），也知道日军的进攻方向和投入的兵力；而且，美国舰队在公海上可以随意机动，并拥有突然发起攻击的优势，而美国却胜得如此勉强。因此，我们认为，把本书定名为《中途岛奇迹》并非哗众取宠，而是尊重事实。美方陆基轰炸机攻击无效，舰载轰炸机的攻击同样无效，只有最后一分钟汇合的俯冲轰炸机的攻击取得了成功。鉴于美方指挥官、军舰、舰员在珍珠港事件后经过6个月的实战锻炼这一事实，人们不禁会产生这样的怀疑：如果12月7日美太平洋舰队出动迎战南云特混部队，结果即便不会更糟糕，但也不会好。海军上将尼米兹就持这种看法。他坦率地承认，当时海军上将赫斯本德·E.金梅尔的舰队不是在海上而是在泊位，实在是"上帝大发了慈悲"。

中途岛之战与珍珠港被袭在某些方面情况恰好相反。这一次，日本人思想上过于自信，计划上粗枝大叶，训练上马马虎虎，对对手轻视、贬低；而美国人则冷静机智，情报准确。战役结束后，美国上下兴高采烈，感到珍珠港之仇至少是报了一部分。然而，这次战役的实际意义远非如此。人们普遍认为，中途岛战役是太平洋战争的转折点。虽说此后还得苦战3年多，但是美国人毕竟已经夺取了主动权。此战开始前，日本人打的一直是旨在征服的侵略战争，不断扩大其"大东亚共荣圈"；而此战之后，日本的问题就成了如何保住已有的成果，在还没有被赶回进攻的出发点甚至更远之前，如何守住日渐缩小的势力范围。

中途岛之战向世人提供了许多机会，诱使他们去细谈这段迷人的

"如果—那么—但是"的历史，特别是有关美国方面的。假如尼米兹没有坚持自己的判断——日军的主要目标是中途岛，同时进攻阿留申群岛只是牵制行动，战局将会如何发展？尼米兹顶住巨大的压力，不相信夏威夷岛作战情报局向他提供的情报的真实性。尼米兹手下的一些参谋人员也感到难以置信：令人敬畏的联合舰队司令长官山本五十六海军大将竟然会集结如此庞大的舰队来攻打中途岛，更不用说基斯卡岛和阿图岛了。因为这样做无异于用大鱼叉去叉小鱼。夏威夷司令部的指挥官很有把握地断言，这一次山本将以重兵进攻瓦胡岛。陆军部的部分高级将领认为日本人将向西海岸进逼，轰炸加利福尼亚南部的飞机制造厂。

尼米兹并不固执。他彬彬有礼地倾听了各方的意见。但是他一旦下了决心，就立即全力以赴。他为美国做出了重大贡献。

任何大规模战役都是错综复杂的，中途岛战役也不例外。许多情况在同一时间发生，甚至连参战者都看不到整个战局的进展情况，或许参战者更不可能看到。现在，虽然关于某些决定是否明智的问题可以永远争论下去，但真正有争议的问题已所剩无几，而且某些战术行动在激战的硝烟中早已变得模糊不清。因此必然会有一些读者不同意我们的调查结果和结论中提出的这一点和那一条。这对我们没有坏处。戈登·普兰奇从不认为自己已看到了一切，通晓了一切；作为教授的事业的继承者，我们就更欠缺了。

如果他还在世，一定会要我们把这本书奉献给太平洋两岸勉力帮助我们写成此书的所有朋友。我们满怀感激之情把此书奉献给他们。

日方主要人物（按译名姓氏的拼音升序排列）

阿部弘毅海军少将	第八巡洋舰战队司令官
奥宫正武海军少佐	第二机动部队航空参谋
草鹿龙之介海军少将	第一航空舰队参谋长
川口武俊海军中尉	三隈号的轮机军官
村田重治海军少佐	赤城号鱼雷机领队
渡边安次海军大佐	联合舰队计划参谋
冈田次作海军大佐	加贺号舰长
高木武雄海军中将	第五巡洋舰战队司令
高须四郎海军中将	警戒部队司令
黑岛龟人海军大佐	联合舰队首席参谋
加来止男海军大佐	飞龙号舰长
角田觉治海军少将	第二机动部队司令
近藤信竹海军中将	第二舰队司令
久马武男海军少佐	飞龙号设备管理参谋
栗田健男海军中将	近距离支援部队司令
柳本柳作海军大佐	苍龙号舰长
牧岛贞一	登上赤城号的摄影师
南云忠一海军中将	第一航空舰队司令
崎山释夫海军大佐	三隈号舰长
千种定男海军少佐	神通号轻巡洋舰枪炮长
桥本敏男海军大尉	飞龙号轰炸机飞行员

桥口乔海军少佐	飞龙号航空参谋
三和义勇海军大佐	联合舰队作战参谋
三屋静水海军少佐	加贺号通信参谋
山本五十六海军大将	联合舰队司令
山口多闻海军少将	第二航空母舰战队司令
胜见基海军大佐	谷风号舰长
藤田海军大尉	苍龙号零式机飞行员
藤田类太郎海军少将	水上飞机母舰部队司令
天谷孝久海军中佐	加贺号飞行长
田边弥八海军少佐	伊-168号潜艇艇长
田中赖三海军少将	输送船团司令
细萱戊四郎海军中将	北方部队司令
小林道雄海军大尉	飞龙号轰炸机飞行员
小原尚海军中佐	苍龙号副舰长
友永丈市海军大尉	飞龙号飞行队长
宇垣缠海军少将	联合舰队参谋长
渊田美津雄海军中佐	赤城号飞行队长
源田实海军中佐	第一航空舰队航空参谋
原为一海军少佐	天津风号舰长
猿渡正之海军少佐	最上号损管军官
曾尔章海军大佐	最上号舰长
增田升吾海军中佐	赤城号飞行长

美方主要人物（按译名姓氏的拼音升序排列）

阿诺德海军中校，默尔·E.　　　　　约克城号飞行长
埃蒙斯陆军中将，迪洛斯·C.　　　　夏威夷司令部司令
艾迪中尉，霍华德·P.　　　　　　　美国海军侦察机飞行员
巴克马斯特海军上校，埃利奥特　　　约克城号舰长
贝斯特海军上尉，理查德·H.　　　　企业号 VB-6 中队长
伯福德海军少校，威廉·P.　　　　　莫纳汉号舰长
布朗宁上校，迈尔斯·S.　　　　　　第十六特混舰队参谋长
布罗克曼海军少校，小威廉·H.　　　鹦鹉螺号潜艇艇长
蔡斯少尉，威廉·A.　　　　　　　　美国海军侦察机飞行员
戴维森陆军准将，H.C.　　　　　　 第七战斗机部队司令
德拉尼海军少校，约翰·F.　　　　　约克城号轮机长
德雷梅尔，米洛·F.　　　　　　　　太平洋舰队参谋长
杜利特尔陆军中校，詹姆斯·H.　　　轰炸东京的领队
多布森海军少尉，利奥·J.　　　　　美国海军侦察机飞行员
弗莱彻海军少将，弗兰克·杰克　　　第十七特混舰队司令
福斯特海军少校，小 J.G.　　　　　 大黄蜂号航空作战参谋
福特海军中校，约翰　　　　　　　　电影导演
盖伊海军少尉，乔治·H.　　　　　　大黄蜂号 VT-8 飞行员
亨德森少校，洛夫顿·R.　　　　　　海军陆战队 VMSB-241 中队长
霍姆伯格海军少尉，保罗·A.　　　　约克城号 SBD 飞行员
基弗海军中校，迪克西　　　　　　　约克城号副舰长

加拉赫海军上尉，W. 厄尔	企业号 VS-6 中队长
金海军上将，欧内斯特·J.	美国舰队总司令
凯姆斯中校，艾拉·L.	海军陆战队 MAG-22 大队长
科林斯上尉，小詹姆斯·F.	中途岛 B-26 领队
拉姆齐海军中校，洛根·C.	福特岛海军航空站作战处长
莱顿海军上校，埃德温	太平洋舰队情报主任
莱斯利海军少校，马克斯韦尔·F.	萨拉托加号 VB-3 中队长
里德海军少尉，杰克	美海军陆战队侦察机飞行员
林海军中校，斯坦厄普·C.	大黄蜂号飞行大队长
林赛海军上尉，罗宾	企业号飞机降落指挥官
林赛海军少校，E.E.	企业号 VT-6 中队长
罗奇福特海军中校，约瑟夫	战斗情报局（OP20 02）局长
马西海军少校，兰斯·E.	萨拉托加号 VT-3 中队长
麦考尔少校，维恩·J.	海军陆战队 MAG-22 副大队长
麦克拉斯基海军少校，小克拉伦斯·韦德	企业号航空大队大队长
米彻尔海军上校，马克·A.	大黄蜂号舰长
米切尔海军少校，塞缪尔·G.	大黄蜂号 VF-8 中队长
默里海军上校，乔治·D.	企业号舰长
尼米兹海军上将，切斯特·W.	太平洋舰队司令
诺里斯少校，本杰明·W.	海军陆战队 VMSB-241 中队长
帕克斯少校，弗洛依德·B.	海军陆战队 VMF-221 中队长
佩德森海军少校，奥斯卡	约克城号飞行大队长
撒奇海军少校，约翰·S.	萨拉托加号 VF-3 中队长
赛马德海军上校，西里尔·T.	中途岛岸基航空部队司令
沙姆韦海军上尉，D.W.	俯冲轰炸机飞行员
斯普鲁恩斯海军少将，雷蒙德·A.	第十六特混舰队司令
斯威尼陆军中校，小沃尔特·C.	中途岛 B-17 中队长

特鲁海军中校，阿诺德·E.	汉曼号舰长
廷克陆军少将，克拉伦斯·L.	第七航空队司令
沃尔德伦海军少校，约翰·C.	大黄蜂号 VT-8 中队长
沃纳少校，乔·K.	中途岛陆军联络小组联络官
香农上校，哈罗德·D.	舰队陆战队第六陆战守备营
肖特海军上尉，华莱士·C.	约克城号 VS-5 中队长
亚当斯海军上尉，塞缪尔	约克城号 VS-5 作战参谋
伊顿海军少尉，查尔斯·R.	美国海军侦察机飞行员
约翰逊海军少校，罗伯特·R.	大黄蜂号 VB-8 中队长

目 录

中文版初版译者前言　　I
导言　　III
序　　VII
日方主要人物　　I
美方主要人物　　III

第一章　"一股新鲜空气"　　1
第二章　"我们应该占领中途岛"　　12
第三章　"日本打了个冷战"　　20
第四章　"铁袖一触"　　29
第五章　"随时有可能再次遭到威胁"　　39
第六章　"要同时追逐两只兔子"　　48
第七章　"得不到休息"　　57
第八章　"你能守住中途岛吗?"　　68
第九章　"上将中的上将"　　77
第十章　"大功告成的时刻"　　85
第十一章　"风险预测原则"　　95
第十二章　"执行重大的使命"　　105
第十三章　"必须时刻保持警惕"　　111
第十四章　"胜券在握"　　122
第十五章　"时间越来越紧迫"　　130
第十六章　"情绪高昂,信心十足"　　139

第十七章 "起飞攻击!"	148
第十八章 "我们特别幸运"	157
第十九章 "甚至连中太平洋都嫌太小"	165
第二十章 "重大的日子"	173
第二十一章 "鹰在天使十二"	183
第二十二章 "有必要发动第二次攻击"	195
第二十三章 "一败涂地"	203
第二十四章 "他们原来在那儿!"	212
第二十五章 "还是没挡住日本人"	220
第二十六章 "司令部究竟在搞什么名堂?"	228
第二十七章 "他们终于来了"	234
第二十八章 "它们几乎全被消灭了"	245
第二十九章 "烈火熊熊的地狱"	255
第三十章 "如此惨败"	263
第三十一章 "我们只剩飞龙号了"	273
第三十二章 "决心击沉一艘敌舰"	280
第三十三章 "我们可别再碰上这样的一天了!"	289
第三十四章 "没有希望了"	304
第三十五章 "我将向天皇请罪"	313
第三十六章 "我干吗不睡个好觉?"	319
第三十七章 "我悲痛万分,不寒而栗"	331
第三十八章 "庄严肃穆、催人泪下的场面"	342
第三十九章 "到达目标的中途"	351
第四十章 对日方的分析:"一团糟"	366
第四十一章 对美方的分析:指挥英明加"运气好"	380
第四十二章 中途岛战役的意义——四十年后的评价	388

附录一 尾注	396
附录二 缩略语英汉对照表	466
附录三 战斗序列	468
附录四 大事记	478

中文版新版译后记　　　　　　　　　　　496

地图
中途岛（1942）　　　　　　　　　　　 60
中途岛之战：中途岛海域空中搜索　　 176
机密第一阶段　　　　　　　　　　　　292
机密第二阶段　　　　　　　　　　　　293
攻击机群航迹图　　　　　　　　　　　365

第一章
"一股新鲜空气"

　　大获全胜的日本航空母舰机动部队,在南云忠一海军中将率领下,正朝着日本方向,在波涛汹涌的海面上浩浩荡荡地行驶着。它们于1941年12月7日袭击了驻珍珠港的美国太平洋舰队及夏威夷航空兵部队的军事设施,攻击行动的成功出人意料,当然也出乎南云本人的意料。当初,南云对这一行动能否成功十分怀疑。他和行动的计划者们一样,估计机动部队可能会损失1/3,而现在,他却带着所有的舰船班师回朝,参战各舰连一点油漆都没有碰掉。如此令人心满意足的返航实在少有。唯一的麻烦是,派出的山口多闻海军少将的第二航空母舰战队在支援日军进攻威克岛时意外地遭到美国海军陆战队的抵抗。

　　12月23日清晨,机动部队驶入丰后水道,不久就看到出现在地平线上的四国岛的高山。这时,岸上部队派出欢迎的飞机在舰队上空盘旋,宛如一群机器制造的、象征胜利的洛可可式的小爱神在展翅飞翔,海岸防卫部队的舰艇在凯旋的胜利者两侧自豪地巡逻。[1]第二天上午,南云率部分军官登上联合舰队旗舰长门号,向联合舰队司令长官山本五十六海军大将致敬。军令部总长永野修身海军大将亲临祝贺。

　　应天皇裕仁之召,南云和他的两个飞行指挥官渊田美津雄海军中佐和岛崎重和海军少佐进宫,向天皇陛下当面简要呈报了这一使帝国旗帜大为增辉的行动。[2]天皇的赐见使其他庆祝活动全都相形失色。

　　这使南云及其属下的指挥官和参谋们怡然陶醉,在很大程度上增加了他们自以为战无不胜的自信心。他们带着这种自信进入以后的战斗,但不久的将来,他们就将因此而痛切自责。

与此相反,美国人吞下了一剂极其苦口的良药,它打掉了美国人的傲气。尽管美国人在内政外交方面往往会发生意见冲突,但对于牢固建立在丰富的自然资源、发达的科学技术、勤劳的人民及其军事潜力基础上的美国力量,他们却充满了信心和自豪。第一次世界大战刚刚过去25年,人们对强大的美国远征军仍记忆犹新。约翰·Q.帕布利克对他的海军尤为自豪,相信美英两国的舰队联合起来,日本将永远无法向它挑战,更不用说战胜它了。

可现在,突然之间,这种磐石般的信念崩溃了,亚拉巴马的《伯明翰新闻报》说:"(日本人)这次袭击美国所引起的巨大震动,主要不在于日本攻击了我们,而在于它竟如此突然、如此肆无忌惮地袭击像珍珠港这样庞大的海军基地……"《洛杉矶时报》说,可以将这种袭击看成是"疯狗咬人",[3] 但疯狗咬人可能是致命的,因此一定要把它打死。

甚至连密西西比州梅里迪安的一家从不妄自尊大、从无大城市报纸那种尊贵气派的小报都十分愤怒:"日本终于露出了黄色的毒牙……让美国把东京及'一点就着的'日本其他城市夷为平地……毁掉这个'花之国'!把异教的日本和它背信弃义的'天子'打进地狱去!"[4]

再没有比这样干更符合美国公众意愿的了。问题是怎么干,用什么来干。因此,珍珠港事件后,美国立即进入一个独特的历史时期。1980年伊朗人质危机发生时,美国也有过这样一个时期,但时间很短,而其规模和强度真的无法与珍珠港事件后那几个月相提并论。当时,大多数美国青壮年男子成了美日棋盘上的小卒,而日方似乎已胜券在握。对于珍珠港事件,美国公众在义愤填膺之余,很快又产生了强烈的挫败感,并对美国武装部队的明显无能感到难以抑制的羞愧。

但这并不是绝望的心态,在当时的报纸、文献及后来的回忆中,丝毫没有对轴心国可能最终取胜的忧虑。战前也许有人确信,一旦美国参战就会很快取胜,然而这种洋洋自得的想法在残酷的现实面前已经荡然无存。负责向他在财政部的上级报告舆情的艾伦·巴斯简明扼要地归纳了当时的形势:

> 新闻界对太平洋战事的反应可用一抛物线来表示。从珍珠港刚遭袭时的瞠目扼腕、群情激愤,到期望轻而易举打败日本人;直到上星期中段,各报才开始意识到英美的远东部队面临严重挫折的命运几乎已确凿无疑。现在,人们的情绪突然急转直下。[5]

各个战场的形势都不妙。英国虽然似乎已熬过了遭受直接入侵的威胁,但仍然处于一个几乎同样致命的威胁的阴影之中。德国潜艇在美国的海域随心所欲地活动,支撑着英国这个岛国经济的同盟国运输舰船被大批击沉,损失吨位惊人。温斯顿·丘吉尔首相后来承认,如果希特勒当时在大西洋集中更大的力量,就会使战争无限期地继续下去,从而严重打乱盟军的所有作战计划。[6] 日本潜艇也在从夏威夷至美国西海岸之间的海域活动,虽然动作不大,但使美国感到恼火,感到很没面子。

出乎很多人意料的是,苏联在这个冬季没有被打垮。德国仍在与它进行生死决战。如果苏联人战败——斯大林已经把首都的外交机构从莫斯科撤到古比雪夫——德国人也许会将苏联部队赶过乌拉尔,逐出苏联的欧洲部分,然后回过头来对付英国,或者挥师南下,穿过中东与日军会合,因为埃尔温·隆美尔元帅仍然主宰着北非战场。到仲春时,日军已占领新加坡,征服了荷属东印度群岛和缅甸。谁知道他们对印度这个在英国统治下的极不安定的国家有什么打算呢?澳大利亚尤其害怕遭到入侵。

在战争开始后的头几个月里,珍珠港方面怕遭到进攻,到了神经过敏的程度。人们还能期望什么呢?港内战列舰停泊处遭袭后的可怕惨象提醒人们，一旦日本人突袭得逞，他们会干些什么。12月7日以来，在夏威夷的美国指挥官们一直在等待日本人再度进攻。以其卓越的军事指挥才能而受到美军将领们尊敬的山本五十六大将肯定对上次袭击中的严重疏忽感到十分后悔，一定会派南云忠一中将的航空母舰杀个回马枪，炸毁珍珠港的船坞、修船厂，而且首先是油库！这样，美国海军就会因断油而被迫撤离中太平洋，退至西海岸。那还有什么能阻止日军攻占夏威夷群岛，并在那里建立他们自己的前进基地呢？

第十四海军军区司令克劳德·C.布洛克海军少将亡羊补牢，为干船坞及停泊的舰船临时设置了防鱼雷网。

> 我们拆除栅栏，拆除希卡姆机场与珍珠港海军修船厂之间的栅栏，把栅栏上的挤压材料焊接起来，再与栅栏的其他部分焊在一起，做成很大的遮护网，悬置于各船坞进口和舰船四周的水中。当然，这样做能否起作用我们也不知道，但我们已尽了最大的努力。我们还拿出了所有的浮动靶，在下面挂上一段一段的栅栏，放在船坞水闸和一些重要的修理船坞前面。[7]

瓦胡岛上，部队上上下下士气都很低落。负责希卡姆机场供应和工程事务的威廉·C.法纳姆陆军上校回忆当时的情况时说："每个人都忧心忡忡，海军人员尤为担心。他们就像输了球的足球队——确实给打垮了。"[8]

海军部长弗兰克·诺克斯和受命调查珍珠港事件的最高法院法官欧文·J.罗伯茨以他为首的委员会先后登上瓦胡岛。可他们的到来也未能把士气鼓起来。[9]与守卫珍珠港和当时港内舰船有这样那样关系的人都可能因日军再次来袭而被砸掉饭碗。

1941年12月16日，海军部解除了赫斯本德·E.金梅尔海军上将的美国舰队总司令和美国太平洋舰队司令的职务，临时委派威廉·S.派伊海军中将指挥太平洋舰队。在派伊短暂的任期内，日本人攻占了威克岛，这一事件似乎集中地暴露了美太平洋舰队的软弱无能。威克岛事件说来话长，这里且不细谈。[10]

总之，要是不解除金梅尔的职务，威克岛可能还不至于失陷。因为金梅尔进攻意识很强，主张逼近日军。他拟定了关于援救威克岛的非常出色的作战计划，并为此派出了舰艇，但由于屡遭拖延而搁浅。派伊接替金梅尔后，华盛顿方面拍给他一份电报，说威克岛"已成为一个包袱……"，用著名海军军史专家塞缪尔·埃利奥特·莫里森海军少将的话说，这份电报授权派伊可随时撤离威克岛，而不是增援岛上守军。正当派伊举棋不定时，12月20日，日军开始登陆。

然而，弗兰克·杰克·弗莱彻海军少将的萨拉托加号航空母舰和威尔逊·布朗海军中将的列克星敦号航空母舰率领的两支特混舰队正向威克岛急驶，即使来不及援救威克岛，也可以接敌交火。再说，以企业号航空母舰为旗舰的威廉·F.哈尔西海军中将的第八特混舰队正在中途岛附近，派伊完全可以命令他前往增援。[11]哈尔西部队的有些指挥官，如巡洋舰队司令雷蒙德·A.斯普鲁恩斯海军少将就很乐意执行具体的战斗任务。但是，斯普鲁恩斯接到的命令却是"在北部海域活动"。这种语义不清的命令使头脑清醒的斯普鲁恩斯大为恼火，他后来回顾这段往事时十分鄙视地说："活动，活动！真不知道是什么意思。没有给我们下明确的命令，我们在那里像是引诱日军潜艇的鱼饵。"[12]

但是，派伊和其他许多人一样，担心夏威夷的安全，在华盛顿未施加任何压力的情况下就做出决定，停止对威克岛的军事行动。他解释说："虽然我相信进攻原则，而且和威克岛上的人一样感到痛苦，但我最后还是认为：战略全局比战术上的某个局部更重要，此时此地，哪怕只派一支特混舰队去冒险攻击威克岛的敌军也是没有道理的……"[13]

派伊在向萨拉托加号上的人员说明这个道理的时候，肯定很不容易，因为有不少人当场就气愤和失望地哭了。[14]

华盛顿的高级将领们也大为不满。海军部长诺克斯的助手弗兰克·E.贝蒂海军上校在收到关于取消对威克岛采取行动的消息时，正在部长办公室里。他立即问海军作战部长哈罗德·R.斯塔克，是否请他将此事报告总统。将军不愿干这令人伤心的差事，他说："不，弗兰克，我不忍心。还是请诺克斯部长去吧。"诺克斯完成了这一讨厌的差使，他从白宫回来后说："总统认为这个决定的打击比珍珠港事件还大。"[15]

这种反应也许有些过分，但是从心理上讲，这是正常现象。莫里森后来写道："上帝知道，美国需要在1941年圣诞节前打个胜仗。"[16] 更主要的是，全国上下都要求打。只要真正去拼了，即使失败，也会得到美国人民的原谅，甚至尊重。阿拉莫之战的失败激起了人们的热情，而圣哈辛托之战的胜利却没有。① 罗伯特·E.李虽然战败，但受到的爱戴却超过了打胜仗的尤利塞斯·S.格兰特。1941年12月22日，企业号上第六战斗机中队（VF-6）的非正式飞行日志用两句使人心碎的话概括了举国上下那种沮丧的心情："每个人似乎都觉得这是两个黄色人种之间的战争。威克岛今晨遭到进攻，也许该岛已被放弃；当时萨拉托加号离该岛仅200海里②，而我们却在东经180°以东的洋面上兜圈子。"[17]

很难想象，还有什么时候比现在接任美国太平洋舰队司令更糟糕的了。"我现在是新任舰队司令了。"切斯特·W.尼米兹海军少将直截了当地对妻子凯瑟琳说。看着丈夫闷闷不乐的样子，凯瑟琳提醒他说："这是你朝思暮想的呀。"

"可是，亲爱的，"将军表示异议，"所有的舰艇都在海底躺着

---

① 阿拉莫系美国得克萨斯州圣安东尼奥市内的18世纪天主教方济会教堂。1836年2月，不到200名得克萨斯志愿兵在此与围困他们的4000名墨西哥士兵展开了激战，坚持了12天后全部阵亡。6个星期后，美军在萨姆·休斯顿将军的率领下，高呼"牢记阿拉莫"的口号，在圣哈辛托大败墨军，确保了得克萨斯的独立。——译注

② 1海里≈1.85千米。鉴于本书所引用的美日双方资料中的距离、重量等单位并不统一，译文全部保留了原文的单位，不做另行换算。——译注

呢。"[18] 在当时的情况下，这点夸张也是可以理解的。

尼米兹不得不把从珍珠港打捞舰艇这项困难的、带技术性的任务交给其他人干（这项任务后来完成得非常出色）。他能够而且必须去挽救另一些东西，即港内参谋人员的工作和精神状态。尼米兹刚刚卸去专管人事的海军航海局局长的职务，深知金梅尔的参谋班子和派伊的临时班子里都有能力很强、训练有素、富于献身精神的职业海军军人。对于珍珠港的惨败，尼米兹既没有责备他们，也没有责备金梅尔。他认为，处于当时的形势下，"无论是谁都会面临同样的结局"。[19] 武断地撤换这些参谋人员不但不公正，而且会打击他们的自信心，这可能对一个有价值的公职人员的心理造成严重的伤害。尼米兹回顾这段时期说："所有这些参谋人员都处于'弹震'状态，当时我面临的最大问题就是如何鼓起他们的士气。这些军官必须得到解救。"

1941 年 12 月 31 日 10:00，尼米兹领海军上将军衔，在茴鱼号潜艇上就任——他曾长期在潜艇上工作，所以这样的就职仪式非常适宜。同日，他把金梅尔、派伊和驱逐舰队司令米洛·F. 德雷梅尔（他选定的参谋长）三人手下的参谋人员召集在一起，向他们保证说他信任他们，相信他们的能力，并打算全部留用他们。他要让每个军官各司其职，而不是只让他们对号入座。如果有人不称职，他将毫不犹豫地进行必要的调整。即便如此，他也会尽量给那些被撤换下来的人安排适合他们能力的工作。[20]

毫无疑问，尼米兹的这些做法使士气——用莫里森的话说——提高了"好几倍"。[21] 海上的指挥官们也信心大增。斯普鲁恩斯说："这就像待在不通风的房间里，有人打开了一扇窗，吹进来一股新鲜空气一样。"[22] 可是尼米兹头脑十分清醒，他并不认为已经大功告成。他后来说，六个月以后，珍珠港的士气才恢复正常。[23]

尼米兹本人也是这样。舰队航空军官阿瑟·C. 戴维斯海军中校得到的印象是：中途岛战役开始前，尼米兹也"提心吊胆，小心翼翼"。[24]确实,太平洋舰队在1942年初的战果太不起眼,以致尼米兹在给妻子的信中说:"如果能干它六个月不下台,我就够幸运了。公众也许要求我快点行动,早点做出成绩,但我做不到。"[25]

当时的战绩实在糟糕,美方损失惨重。虽偶有小胜,但小得比失败还没面子。到1941年圣诞节,日军已完成在菲律宾的登陆。小小的亚洲舰队根本无法阻止日军行动,甚至连阻滞一下的能力都没有。圣诞节那天中午,托马斯·C.哈特海军上将把这一海区内的亚洲舰队余部移交给F.W.罗克韦尔海军少将,自己带着参谋人员乘"鲨鱼号"潜艇溜之大吉了。[26]

从1月5日至8日,抵近日本海岸活动的5艘美军潜艇好不容易才击沉3艘日本货船。可是1月11日,萨拉托加号航空母舰却在瓦胡岛西南500海里处被日军潜艇的鱼雷击伤。虽然它安全驶抵瓦胡岛,继而前往布雷默顿接受修理,但在最需要它的时候,它却不能参战。1月6日至23日,企业号和约克城号成功地掩护了海军陆战队对萨摩亚的增援,但日军的战绩要大得多:在南云舰队的空中掩护下,日军登上了拉包尔,把整个珊瑚海置于日军轰炸机的攻击范围之内。就在同一天,一艘日本潜艇击沉了布朗的油船奈切斯号,使美军对威克岛的进攻以夭折告终。[27]

而巴厘巴板战斗使美方士气为之一振。这次战斗中,4艘美驱逐舰突破一支日本护航队。幸亏日军多枚鱼雷未能中的,才没有造成太大的损失。虽然美国人击沉了4艘运输舰和1艘巡逻艇,但丝毫不能改变当时的战略态势,不过报纸上毕竟出现了令人高兴的消息。[28]

2月份,美方又取得一些战绩。部队打得很英勇,但战果的价值不大。2月1日,哈尔西对沃特杰、马洛埃拉普和夸贾林等岛屿实施了空袭。有人声称这次战果辉煌,而实际上只打掉了日方几架零式飞机,而且切斯特号还中了一弹。按照计划,这时弗莱彻应该攻打贾鲁特岛,可是他遇上了恶劣天气,6架飞机被击落,只好罢手后撤。哈尔西北上袭击威克岛，只击沉了日军 1 艘小型巡逻艇，自己却损失了 1 架飞机及其机组人员，实为得不偿失。[29]

2 月 27 日在灾难性的爪哇海战斗中，盟军舰队大败，而日军并无舰艇损失。美国人虽无舰艇损失，但表现得相当无能。同一天，美国的旧航母兰利号在把飞机和机组人员从澳大利亚运往孟买途中遭到日军第十一航空舰队陆基海军机群的袭击，由于损坏过重，只好自己凿沉。[30]

2 月 28 日至 3 月 1 日，在巽他海峡的一次战斗中，美巡洋舰休斯敦号被击沉。三天后，哈尔西进攻马尔库斯岛。这是一个很大胆的举动，因为该岛距东京还不到 1000 英里①。但是他没有遇到敌机，只是在遭到地面防空炮火的猛烈还击时损失了一架轰炸机。[31]

与日本人取得的重大胜利相比，美国的所有这些行动就好像是蚊子在大象身上叮了几口：（日本人）占领关岛，击沉英国战列舰威尔士亲王号和战列巡洋舰反击号，攻占菲律宾，逼降新加坡。此外，南云还对澳大利亚北部的达尔文港进行了摧毁性的空袭。

看来尼米兹不能指望交上什么好运。可是他知道珍珠港九死一生的遭遇，也知道美军虽然受到重创，但还比较幸运。上一次，日本人是打了就跑。他相信下一次他们还会来，以求彻底解决。这就是说，他们不会像上次那样没有轰炸潜艇基地、储油罐这样的目标。尼米兹在谈到那次突然袭击时说："要是上一次日本人摧毁了我们的油料供应，整个战争就会再拖上两年。"

谈到舰艇，他说："上帝保佑，1941 年 12 月 7 日，我们的舰队在珍珠港内。"接着，他又补充解释道，"如果金梅尔事先知道日军逼近，他很可能会试图拦截。但金梅尔的战列舰航速不及日军的航母，不可能抵近射击，那样，我们的许多舰艇会被击沉在深海，还会有几千人丧生。"[32]

人们十分担心日军会再次袭击夏威夷，甚至可能会采取进一步的

---

① 1 英里≈1.6 千米。

行动。这种担心产生了一些离奇的现象——至少从事后看是这样。当时的报纸就表现出一种奇怪的矛盾心理,正如巴斯所报道的:"编辑们一直忙于告诫读者当心标题作者。"一些评论员也敦促公众要警惕过分自信,不要指望会轻易取胜。

"但是电讯稿的编辑们……继续把我军每次成功的空袭都说成是重大胜利。"

巴斯引用纽约《每日新闻》报业辛迪加的一篇社论,说明孤立主义有可能重新露头。社论认为菲律宾的失陷"仅仅是个时间问题",新加坡和荷属东印度群岛也难免步其后尘。因此,它极力主张美军应集中兵力于夏威夷:

> 如果我们不守住夏威夷,那么,对于我们将面临什么的问题,怎么预测都一样。我们估计:日军在拿下夏威夷后,很快就会使用轰炸机或战列舰,或双管齐下,来骚扰我们的西海岸。那样一来,我们的处境就糟糕透了……我们认为,保卫夏威夷——在本土人民的全力支援下,顽强战斗,誓死保卫夏威夷——是美国人民的头号战斗任务。[33]

西部防御指挥官约翰·德威特陆军中将一再敦促从西海岸撤走所有有日本血统、日本国籍的人。曾当过律师、办事公正的陆军部长亨利·L.史汀生正为此事所牵涉的种种问题而发愁。史汀生发愁是有道理的,因为这一不明智的、不人道的行动将使美国人的民族良心受到谴责。史汀生担心实施这种政策将会:

> ……大大破坏我国的宪法体制。我认为这个问题非同小可,尤其是在日军取得在太平洋的制海权后,很可能会入侵我国。如果他们真的打过来,我们就得花大力气来对付。美国人低估日本

人已经铸成大错，现在正开始从中吸取教训。[34]

正当史汀生等有地位、有经验的政府官员们在郑重考虑日本人入侵西海岸的可能性时，一项令人望而生畏的战略上和心理上的重任显然已经落在尼米兹的肩上。

尼米兹做梦也没有想到自己会跻身于美国精英人物之列。在这生死存亡的时刻，富兰克林·D. 罗斯福总统和诺克斯海军部长为美国做出了极大的贡献：他们没有考虑一大批赫赫有名、资历很深的将领，而是挑选了尼米兹这位性情温和高雅、深孚众望的得克萨斯州人担任太平洋舰队司令。尼米兹于1938年领海军少将军衔，1939年6月15日以后一直担任海军司令部航海局局长，以工作努力，作风细致，组织能力强，执行规定一丝不苟，分析判断问题慎重、合乎情理而享有盛名。他一直希望当一名舰队指挥官，但当又一次被委以机关工作时，他仍然接受，毫无怨言。[35]

1905年尼米兹以第七名——这是个神秘而幸运的数字——的成绩从安纳波利斯海军学院毕业。他的同学对他做了很好的评价。学院的毕业纪念册《幸运袋》上说他"具有荷兰人那种沉着、踏实、打破砂锅问到底的特点"。他为夏威夷的新太平洋舰队司令部带来了自己在潜艇、战列舰、巡洋舰和海军司令部任职期间虽不惊人却是实实在在的经验。更为重要的是，他带来了完成这一使命所需要的智慧、决心和精神。在以后的岁月里，太平洋舰队所遇到的巨大挑战、所承担的千钧重任将证明他是个继承了罗伯特·E. 李将军传统的美国伟人。尼米兹在气质、性格和能力上都与李将军相仿。

从外表看，尼米兹不是那种供人拍照、画像的材料。他从不好出风头，说起话来嗓门也不高。如果说他有点古怪，那就是他喜欢玩扔马掌那种土里土气的游戏，而且还有点上瘾，[36]一点也不像人们概念中的那种脾气很坏但经验丰富的老水手。虽然他那一度很漂亮的金发已经变白,有人还在背后给他起了个"白尾棕色兔"的外号,[37] 但他看起来依然年轻得惊人:皮肤细腻,气色很好。只有那丰富的经历和幽默感在他鼻孔和坦率、湛蓝的眼睛两侧留下的条条皱纹暗示他已是57岁的人了。

美国舰队总司令——当时这个职务与美太平洋舰队司令一职分别由两人担任——欧内斯特·J.金海军上将交给尼米兹两项主要任务:一、守住中途岛—约翰斯顿岛—夏威夷群岛一线,保住美国、澳大利亚、新西兰之间从萨摩亚到斐济的运输线;[38] 二、恢复因珍珠港事件和召回援助威克岛部队的决定所严重挫伤的士气。第二点虽未见诸书面,却是绝对主要的。

尼米兹完成了他的双重使命。这是对他领导才能、智慧和判断力的最高赞赏。我们知道,中途岛战役前,他在提高士气方面几乎毫无建树,同时,由于社会舆论要求美国海军能有所行动、有所作为,他还得经常躲避它们的中伤。可是,尼米兹很有耐心,他无暇做空洞的表态。他一面等待时机,一面勤奋地工作,为这一时机的到来做好准备。

"尼米兹身上有许多优秀品质。谁也不能只举出一项就说,'这就是尼米兹将军',"斯普鲁恩斯后来回忆说,"但是其中重要的一点是他时刻准备打仗……他喜欢愿意打日本人的军官。如果他们不愿意,就会被调离。"[39]

第二章
"我们应该占领中途岛"

1941年12月下旬的一天,在泊于日本濑户内海西端附近的长门号战列舰上,一位身穿海军大将服的男子站在他的办公桌旁。他个子不高,宽肩厚背,一双机敏、聪慧的眼睛反映出他直率而寡言、果敢而敏感的个性。高高的鼻子,表情丰富的嘴唇,嘴角至下巴已经刻上了棱角分明的皱纹,就像是伊丽莎白时代一位伟大的船长——是水手又是诗人,是海盗又是政客,是爱国者又是实干家。

他就是日本联合舰队司令长官山本五十六。他站在那里,眼睛盯着轰炸珍珠港的战果报告。这份报告是根据美方资料整理而成的,美方对所受的损失未加任何掩饰。他转身面对他手下最年轻的、负责潜艇事务的参谋有马高泰海军中佐,猛地捶了一下办公桌大声说:"了不得!"损失这么惨重,还有勇气说实话。这样的对手需要狠狠地教训教训![1]

山本比谁都清楚:他的对手实力强大,足智多谋。他曾就读于美国哈佛大学,担任过驻华盛顿的海军武官,到过美国各地,在日本海军中,他对美国情况的了解不亚于任何人。因此,他长期以来一直反对与美国交战。然而,他又是一位彻头彻尾的日本民族主义者。当日本领导人显然已下定决心要对美开战时,他打破了日本海军在领海内打防御战的传统,拟定了关于跨洋过海空袭珍珠港的大胆计划。日美既已开战,他当然要全力以赴。

1941年12月,山本一直在考虑海军的下一步战略。虽然突袭珍珠港的战果超出了所有人的预料,联合舰队的舰艇无所顾忌地在西太平洋上游弋,但山本深知以瓦胡岛为基地的山姆大叔的战斗部队仍有很大潜力,而且渴望着报仇,以洗奇耻大辱。于是,他命令参谋长宇垣缠海军少将及其幕僚"立即拟订第二期战略计划"。[2]

在整个中途岛海战中,日本海军有许多事情都干得"太迟了",山本的这个命令是第一件。山本早就应该与海军军令部作战部一起拟定第二步战略计划,这样等南云的机动部队从珍珠港返回后,就可立即付诸实施。[3]

宇垣长得很帅气，算是日本人中的高个子，既有头脑，又有口才。他性格坚强，敢作敢为，略为谢顶的脑袋里主意很多。每天晚上9点左右，他都要把自己的想法及当天发生的事情记下来，这就给后人提供了一部非常有价值的战争日记。

宇垣被誉为日本最优秀的军官之一，享有日本海军战略权威的盛名。由于山本要求有一位熟知东京海军最高当局情况、作风踏实、精明能干的行家作为助手，宇垣于1941年8月下旬到联合舰队任职。登上长门号以后，他一直忠实地、有效地为山本效力。

接到山本的命令，宇垣即以惯常的工作热情和认真态度动手拟定计划。经过初步调查，从1月11日至14日，他将自己对以后作战的意见整理成文。当时，他在日记里匆匆记了个梗概："今年6月以后，我们应该攻占中途岛、约翰斯顿和帕尔米拉，派空军上岛，派遣联合舰队攻击部队占领夏威夷，同时逼敌舰队与我决战。"[4] 日本人认为，这些岛屿对美国十分重要，美国一定会进行反击或企图夺回这些岛屿。这样，日本人梦寐以求的日美舰队大决战就会到来。[5]

1月25日，宇垣把已成文的研究结果给了首席参谋黑岛龟人海军大佐，让他与参谋们研究决定。黑岛这个人很聪明，但行为古怪，即使是给山本办事也是慢慢吞吞的。在舰上，他总是很晚起床，大量饮酒，不断地抽烟，等着战神赐给他灵感。[6] 宇垣对此大为恼火，在日记里表达了他焦急的心情："现在耽搁一天，将来要后悔一百天。"[7]

黑岛如此拖拉自有他的道理。他认为尼米兹不会派舰艇去保卫中途岛、约翰斯顿和帕尔米拉，而日军却会被粘在这三个难以维持的岛上。[8] 他建议日海军将战略方向西移，转向印度和缅甸。宇垣暂时接受了他这个建议。[9]

计划的研究仍在继续，其间山本将指挥部从长门号移至12月份刚从吴港下水的超级战列舰大和号上。为了应对1921年华盛顿海军会议规定的主力舰艇 5∶5∶3 的配比，① 日本设计了 4 艘巨舰，大和号是第一艘。日本希望用这种办法来增强单舰打击力量以解决舰艇数量受限问题。在 1935 年伦敦海军会议上，日本宣布它将不延长已有条约。在建造大和号及其姊妹舰武藏号的过程中，日本在技术、财政和安全方面遇到了极大的困难。现在，武藏号在长崎尚未完工，但大和号这艘新旗舰总算建成下水了。

大和号长 863 英尺 ②，两侧装甲厚 16 英寸 ③，满载排水量约 7 万吨；舰上有 9 门 18.1 英寸口径的大炮，弹丸每发重 3000 磅 ④，每个炮塔都有驱逐舰那么大。[10] 日本人打算以此作为超级战列舰时代的开端，但战列舰时代已经过去，大和号实际上成了这一时代的最后一艘，就好像一只海上恐龙竟然降生于哺乳动物时代一样。

山本率领他的新指挥舰与在常规舰艇方面占压倒优势的主力部队的其他舰艇，停泊在濑户内海。此时，南云的航空母舰部队正在南太平洋上肆无忌惮地到处游弋。然而，现在毕竟不像当时他率领 6 艘航母齐攻珍珠港那样了。有时候他率领第二航空母舰战队，有时候则率领第五航空母舰战队，但他的指挥核心一直是旗舰赤城号及伴随它的加贺号。1 月 20 日和 21 日，他轰炸了拉包尔、卡维恩和新几内亚，2 月 19 日，轰炸了达尔文港。南云的飞行员们对停泊在国内的"柱岛舰队"俏皮地讽刺挖苦。曾率队空袭珍珠港的海军中佐渊田美津雄及其他斗志高昂的飞行员觉得，山本似乎是在等美国修复被他的部下在瓦胡岛重创的那些舰艇。[11]

南云离开达尔文港向爪哇推进时，渡边安次大佐研究了印度洋作战的可行性。渡边是主管后勤的参谋，兼管炮术和海军陆战队事务，

---

① 会议签订的条约规定美、英、日主力舰标准排水量总吨位比例为 5∶5∶3。
② 1 英尺≈0.3 米。
③ 1 英寸≈2.5 厘米。
④ 1 磅≈0.45 千克。

但他经常与赞成在印度洋作战的黑岛合作。2月20日至22日，在大和号上进行了图上推演，陆军参谋本部有一些军官到场。最后是东条英机首相（其时兼任陆军部长）否定了这个方案，他主要考虑的是政治而不是军事，因为3月份即将进行大选，他需要把用于战争的开支降下来。

接着，联合舰队提出要全力进攻中国、最后拿下重庆的建议。东条又一次予以否决。他认为这对日本来说是自不量力。

既然陆军和海军似乎不可能就协同作战问题取得一致意见，山本的幕僚们决定拟订一项海军能独立完成的作战方案。到3月中旬，在几乎兜了一大圈之后，他们又回到宇垣1月份提出的方案。大家沉思的目光都落到组成中途岛的两块针尖大小的陆地上。拟出的计划规定了中途岛战役的两个目的：一、占领中途岛，将其改造成日本空军基地和攻打夏威夷的出发点；二、诱使美太平洋舰队进入中途岛海域，将其打垮拖烂，一举消灭。在日本利用"大东亚"地区的资源加强其存在时，这一方案的实施可以确保其东部海疆的安全。[12]

因此，联合舰队的幕僚们集中主要精力，确定了下一个重大的对美作战行动。而在珍珠港，尼米兹和他的助手也同样在不倦地工作着，试图预测日军这一战役的目标，以求智胜。在这方面，最辛苦的要数约瑟夫·罗奇福特海军中校。罗奇福特是俗称"海波"（HYPO）的战斗情报局（代号为OP20 02）局长。他身材瘦小，不到6英尺高，肤色白得出奇，目光坦诚友好。他是情报行当的老手。

严格地说，战斗情报局不归尼米兹管。作战上，它受华盛顿的海军通信安全情报局长劳伦斯·F.萨福德中校指挥，行政上，它配属于总部设在珍珠港的海军第十四军区。

萨福德与罗奇福特是共事多年的老朋友。[13]他是个数学天才，还是个棋迷。他在密码方面技术超群，为人刚正不阿，他是海军情报部门密码科的创始人。他十分清楚密语、密码的不可靠性，因此孜孜不倦地工作,用日益先进的手段来防止泄密。[14]

当时美国陆军或海军的密码专家是稀缺人才,他们在军中服役,又不完全隶属于军队。他们谁也不知道自己属于哪个部门,因为那个地方很神秘,所干的事情与情报和通信都不搭界。[15]干好这项工作需要特殊的智力——大大超出常人、近乎数学天才的智商,还要有处理大量细节的超凡能力。他应该对这项工作有真正的热情,并保持学者的超然态度。他不能有凡夫俗子那样的雄心,因为在他肩上缀上将星的可能性如同被选为美国总统那样渺茫,得奖受勋也很少有他的份。

密码专家们终日在不见阳光的绝对安全的密室里,对着一大堆字母和数字冥思苦想,不停地编来排去。去他们家拜访的客人经常见主人在休息时间不是在琢磨象棋就是在研究密码,就像是邮递员,在假日里还进行长距离散步。他们从不涉猎专业以外的东西。所以,这些目标相同、情趣相似、世上罕见的献身密码事业的人在多年的工作中彼此都很熟悉。各个军种都成立了精干的专家小组,其中的每个成员都在默默无闻、极其出色地工作着。

为战斗情报局罗奇福特工作的就是这样的一个专家组。他们在距珍珠港1010号码头不远的旧行政大楼的地下室里工作。组长是海军少校托马斯·H.戴尔,罗奇福特称他是"海军最好的密码专家,只要吃几片药,他就可以连续工作三四个通宵"。戴尔手下有像约瑟夫·芬尼根海军少校这样的译电员。罗奇福特称赞芬尼根"简直是个奇才!明明是张白纸,可他却能把它译出来,就像一个真正的魔术师可以凭空变出东西一样"。在这个实力很强的地下工作室里,还有从夏威夷大学借调来的数学教授贾斯帕·霍姆斯。他负责绘制并不断更新日本舰队的位置图。[16]

有关日本海军的大量数据都出自这个小组,再由太平洋舰队情报主任埃德温·莱顿海军上校转呈尼米兹将军。罗奇福特编发"每日情报简报"和"形势评估",一份送交莱顿,一份送呈华盛顿的海军总部。战斗情报局的主要日常工作是破解日本舰队的电台呼叫信号，而且罗奇福特想对所有这些信号都进行监听。

在过去的 18 年中，美国海军培养了一支由海军军士长和士兵组成的高水平的无线电报务队伍。他们是当时极为错综复杂的情报战的中坚力量。只要了解下述情况，就可以想象出这种工作的复杂程度：每个有关的海军指挥部都有 10—20 个网路，各个网路都有自己的呼叫信号群。例如，其中有一个网路就专门负责监听日本海军军令部与联合舰队的联络。山本与其下属的各司令部之间，每个司令部与其下属的部队之间，直至每艘驱逐舰、每个最边远的岸上电台都分别有网路负责。

对如此众多的呼叫信号进行梳理和判读需要有长期的经验、丰富的知识和灵敏的感觉。罗奇福特的这支队伍完全具备这些素质。到 1942 年春，他们的技术更加精湛，甚至仅从发报习惯——速度是快、是慢、还是中等；指法是重、是轻，还是不轻不重——就能辨认出是日方哪个报务员在发报。例如，他们可以认出赤城号的报务员，因为他指法很重，就像坐在电键上蹦跶一样。

到 1942 年 3 月 1 日，罗奇福特已经掌握了三四百海里范围内大多数日本舰艇的具体位置。他通过"每日情报简报"让莱顿了解最新情况。如果有特别情况，他就亲自与莱顿联系，就像向布洛克海军少将报告一样。莱顿有时在罗奇福特的估计上加码。如果罗奇福特说有 4 艘日本航母，莱顿就报告说有 6 艘。[17] 这使罗奇福特很生气。

但是莱顿这样做是从过去的惨痛教训中学来的。他知道作战军官们普遍认为情报人员总是喜欢大惊小怪。珍珠港事件发生前一天的中午，一位同桌进餐者的话在莱顿耳边响起："啊，莱顿来了。又有星期六危机了吧！"[18] 因此，罗奇福特估计有 4 艘日航空母舰在活动，莱顿就说有 6 艘。如果那些参谋减去情报中大约 1/3 的水分，就与原来的数字相同了。

第二章 "我们应该占领中途岛" 19

莱顿当然知道太平洋舰队接到罗奇福特提供的情报后会怎样行动,但罗奇福特对此一无所知。他也不想知道这些,免得影响他的看法,妨碍他客观地分析部下从无线电中截获的日军活动的情报。[19]

战斗情报局正在专攻日本海军使用的 JN25 密码体系。该体系包括三种数码。第一种有大约 45000 个五位数,分别代表不同的词或词组;第二种的数目比第一种还要大,是任意编制的,发报者可以随意选用并将其加入电文中,使敌方难以破译;还有一组特别数码用来提示烟幕从何处开始,以便收方译读。当然,他们还不断编制新的密码本供报务员使用。[20]

因此,在谈起破译日本海军这套密码时,不应该将破译过程想象成如同把一篇俄语文章译成英语那么容易:先把西里尔字母转换成罗马字,然后译成英文就行了。这种破译工作很像最初辨认罗塞达碑文①那样——这里可以比较,那里可以假设,虽有小的突破,但仍留下许多空白。

在第二次世界大战前和大战期间,机器已被用于密码破译,而且的确从那时起,计算机就使密码进入了像长矛和坦克一样的武器行列。[21]然而当时罗奇福特既没有译码机,也没有日方的密码本。但是,到 1942 年 3—4 月间,战斗情报局居然能解读每份密电中大约 1/3—1/4 的密组了。这不是哪一个人的功劳,而是全组人员共同努力、坚持不懈的结果,而且每破译一个密组,都使下一组的解读容易一些。他们把这些点滴成果放进所截获的电文中再进行研究,以期得到一种有用的模式。战斗情报局还有一项宝贵财富,那就是罗奇福特的非凡记忆力。他能记得数日乃至数周前耳闻目睹的东西。罗奇福特承认自己"不善于组织。我没有很好地建立资料档案。不过,我把它们统统都记在脑子里了"。[22]

---

① 指 1799 年在尼罗河口的罗塞达城郊发现的埃及古碑,上面刻着埃及象形文、俗体文和希腊文三种文字。该碑的发现为译解古埃及象形文字提供了钥匙。

尼米兹初到珍珠港时，对战斗情报局不很重视，十分怀疑它的存在价值。如果侦听取得的情报真的那么管用，怎么会发生1941年12月7日的袭击呢？莱顿后来向他解释说，如果日本人的无线电中涉及珍珠港，那他们肯定使用了美国人尚未破译的密码，而且南云部队始终保持着无线电静默。[23]

尼米兹被说服后，变得"非常合作，非常体谅"。罗奇福特也需要一些合作和体谅，因为华盛顿海军总部的某些机构对他们的工作仍然很不以为然。但是，尼米兹是个"有头脑的领导人、真正凭理智做事的人"，他理解情报人员的心态。他逐渐意识到情报工作的价值，就坚决主张放手让罗奇福特去从事他那十分重要、即便很不合常规的活动。"你应该告诉我们日军打算干什么，"他对罗奇福特说，"我来判断这是好事还是坏事，然后相机行事。"[24]

第三章
"日本打了个冷战"

3月28日，黑岛召集他的参谋们开始认真研究中途岛作战方案。[1]但不久，他们就遇到了一个需要解决的手续问题。联合舰队是帝国海军的三大部分之一，另外两个是海军省和海军军令部。三者的职责大体上分别为作战、内务管理和计划。制定作战计划是军令部计划课的专门职责。该课课长由富冈定俊海军大佐担任，他聪明，头脑冷静，手下是一批年轻有为的军官。

这时，军令部设想美国反击日本可能采用的进攻路线有三条：阿留申群岛、马绍尔群岛和澳大利亚。军令部认为最后一条路线对日威胁最大。² 因此，富冈的计划课赞成攻击萨摩亚和斐济群岛，相信此举可诱出美国舰队来保护它与澳大利亚之间的交通线。但是，山本不同意这种设想，派出两名代表前往东京找富冈及其参谋们据理力争。³

凡是了解山本的人都能估计到，他的特使一定是黑岛和渡边。这两个人对山本极端忠诚，都愿拼死实现山本的每一项计划。

首席参谋黑岛的饭量和酒量都大得惊人，就像埃尔·格列柯① 笔下大斋期的修道士。在这样一个由不循规蹈矩的人煽动不满和怀疑的国度和时代，黑岛简直是个怪人。在他那紧绷的头皮下面，有一副虽说有些古怪但是十分灵光的脑子。山本对他甚是器重。

在联合舰队的参谋班子里，渡边是黑岛最好的朋友，也深得山本的喜爱。他高挑个儿，瘦骨嶙峋，长方脸，牙齿大而洁白，笑起来十分温和。渡边是个出色的计划参谋，为人单纯朴实，心地善良。⁴

4月2日至5日，在一系列会议上，他们两人或一唱一和，或单枪匹马，雄辩地阐述山本的观点。他们说，首先，斐济和萨摩亚距离美国本土太远，即使失守，激起的舆论反应也不大可能强到足以诱出美太平洋舰队。其次，日本制造的军舰以牺牲航程换取了速度，到那么远的地方去作战不大现实。第三，美国的海军航空兵实力仍很强大。⁵

要在这场辩论中取胜绝非易事。联合舰队的代表遭到各级不同程度的反对。富冈的顶头上司军令部第一部部长福留繁海军中将不喜欢中途岛作战计划，但没有表示坚决反对。富冈本人极力反对。他说，中途岛难以补充给养，而且会经常受到美远程飞机的袭击。这块环礁对日本没有战略价值。此外，富冈还提出美国是否会觉得不值得派舰队来冒险。⁶

对于中途岛可以作为进攻夏威夷群岛的中途站的说法，富冈和他的航空专家三代辰吉海军中佐根本不以为然。他们说，日本没有进行这种大规模行动所需的部队和舰艇，即使有，中途岛这区区弹丸之地

---

① 埃尔·格列柯（El Greco, 1541—1614），文艺复兴时期西班牙画家。——译注

也容纳不下。[7]

三代是最强烈反对中途岛计划的。他主张攻打新喀里多尼亚，以切断同盟国的交通线，迫敌于靠近日本基地而远离美国的海区进行决战。作为富冈计划课里唯一的飞行员，他从技术角度摆出了种种反对中途岛计划的理由：山本想在那里建立的空中巡逻不可能覆盖中途岛至阿留申群岛的整个区域。虽然在必要时能飞出750海里，但是飞600海里更为实际。即便飞出600海里，飞机也只能在这个限度内停留很短时间。如果出现这种情况，再碰上恶劣天气，就意味着美舰可能会躲过日方侦察。他说："建立这种巡逻基地简直是胡说八道。"他指出，这一方案不过是纸上谈兵，这样的基地很难防守，极易受到敌潜艇炮火和B-17轰炸机的攻击。

最后，渡边打电话向联合舰队司令部做了汇报。他返回富冈的办公室后，把司令部的答复告诉了与会者：山本已经声明，如果他的计划不被采纳，他可能辞职。考虑到山本的地位和威望，军令部只好十分勉强地驳回了反对意见。讨论珍珠港作战计划时的情况重演了——山本僭取了本不属于他的职责，并以不能如愿就辞职相威胁，于是军令部只好屈从了他那客客气气的讹诈。①

三代十分伤心，"痛哭流涕"。福留繁开导他，要他"降低"反对的调子，指示他研究联合舰队的计划并对就该计划须做出的兵力调整提出建议。[8]黑岛和渡边摇起了橄榄枝，许下诺言说，联合舰队在中途岛得手后一定去对付斐济和萨摩亚——有谁能怀疑日本会打赢中途岛这一仗呢？[9]谁能怀疑联合舰队的威力，特别是南云的航母部队就在那一天——4月5日重创了停泊在锡兰科伦坡港内的敌运输舰队后又击沉了英巡洋舰多塞特郡号和康沃尔号？[10]

军令部要求修改这一作战计划，联合舰队表示同意。山本原计划

---

① 详见《黎明，我们还在酣睡》，第37章。

集中全部兵力攻打中途岛,而军令部的意见是同时对阿留申群岛实施攻击。攻打阿留申群岛不仅是一次牵制性行动——渡边很喜欢兵分两路的方法——而且也是海军对建立"大东亚共荣圈"的一个贡献。东京方面的计划制定者们已经意识到阿留申群岛一带常有恶劣天气,难以成为有效的基地;但是该地区可以成为经过中途岛不远处并一直延伸到新几内亚和澳大利亚之间的托里斯海峡这一弧形保护圈的锚地。此外,日军控制阿留申群岛后,即使苏联参加对日作战,美国也无法在荷兰港与符拉迪沃斯托克之间实施穿梭轰炸。[11]

于是,有那么一段时间,双方皆大欢喜。对联合舰队来说,攻打中途岛计划得到了军令部的批准,而军令部也得到了联合舰队把攻打阿留申群岛纳入该计划的保证。最感到高兴的也许要数南云部队了。4月9日,它轰炸了英国在锡兰的亭可马里基地内的飞机和设施,那天晚些时候又击沉了英国航空母舰赫尔默斯号及其护航驱逐舰吸血鬼号。[12]

如果说山本还需要证明自己坚持攻打中途岛的意见是正确的,那么1942年4月18日那天获得了证据:美国的詹姆斯·杜利特尔陆军中校率16架B-25轰炸机飞袭东京、横滨和其他一些日本城市。日本海军当局早就估计到了这种可能性。宇垣在1941年12月26日就在日记中写道:"几乎可以肯定,美国在重整旗鼓之后一定会来报复……必须保护东京使其不受空袭,这是必须牢记的最重要的事情。"

早在1942年2月8日,联合舰队作战参谋三和义勇海军中佐就预料到"敌空袭东京"的可能性,但认为这并不是个"大问题"。不过,毕竟"……东京是我们的首都,是我们神圣国土的中心。因此,从这个意义上说,无论如何不能让此类事情发生"。[13]

这位43岁英俊、聪明的飞行员并不是无事惊慌的人。他原在霞浦——日本的彭萨科拉①——任主任参谋的要职。1941年战争爆发前

---

① 霞浦是日本海军一级航空站,彭萨科拉是美国海军一级航空站。——译注

一个月，山本需要他在海军航空方面出色的经验和迅速、准确的专业判断能力，把他调到身边当参谋。三和不仅是个训练有素的飞行员，而且在过去近20年中曾在日本海军航空部队的各个部门任过职，研究过并熟谙空中战术和战略。他毕业于东京海军参谋学院，因此，将来很有可能晋升为将官。

南云及其幕僚们对杜利特尔空袭东京的消息并没有感到十分意外。当时，南云正率领赤城号从印度洋回国，驶至中国台湾与菲律宾群岛中间。他们已经预见到美国人迟早要采取这种行动，但估计袭击将来自航空母舰上的海军飞机，而且这艘航母要抵近到距日本本土300海里处才行。然而，杜利特尔使用的是陆军轰炸机，是从距日本本土约700海里外起飞的。这就打乱了日本的防御计划，因为，尽管日方已接到关于发现美特混舰队的报告，但他们估计敌机次日才会出现。[14]三和写道："因此，当东京来电话说东京和横滨地区遭到轰炸时，我们根本不相信。"[15]

不仅如此，那些美机飞得出人意料的低，躲过了日本陆军的战斗机。渊田及其飞行员们认为美这次空袭战略实在高超。了解到空袭飞机是单程飞行时，他们对这些人表示了由衷的钦佩。[16]

虽然杜利特尔的空袭实际战果甚微，但正如黑岛所说，它"使日本打了个冷战"。[17]日本报纸《东京日日新闻》为此发表了一篇调子冷静的社论：

> 在现代战争中，不可能绝对排除敌方空袭的可能性，这是人所共知的常识。敌方星期六对京滨地区和其他地区的空袭只是表明不可避免的事确实发生了，在大东亚圣战中，日本正在与具有强大空中力量的可怕对手较量，因此，我们对这类事件是有充分准备的……
>
> 皇室绝对安全……

虽然这次空袭对日本是第一次,但这类事件还会经常发生,全体国民必须有所准备。据信,以后的空袭会更猛烈,规模会更大。全体国民必须抱定更坚定的决心,冷静而充满信心地对付之。[18]

这种极其客观而现实的态度持续的时间不长。没多久,陆军就宣布它击落了9架敌机。三和在日记中说:"事实上一架敌机也没有打下来。我真不明白陆军虚报战绩目的何在?"[19] "目的"很清楚,因为报界不久就开始掩饰空袭事件。4月27日(星期三),政府的英文报纸《日本时报和广告报》评论说:

这件事本是一件不引人注意的小事,大多数东京市民都没有意识到这次空袭警报与平时防空演习警报有什么不同……

日本空防的成功可以从下面的事实看出来:只有约10架敌机在中午时突破了日本警戒线……一艘美航空母舰可以起飞近百架飞机,但仅有10架突入我几乎密不透风的空防,这真是少有的纪录。

……这次空袭最确凿地证明美国现在是处于多么绝望的境地……这次空袭纯粹是为了讨好美国国内的公众,堵住他们的嘴巴,平息他们的批评……

虽然这服镇静剂挺甜,但仍有许多日本人因为看到海军竟然让美国人的军舰开到离神圣的本土海岸这么近的地方而有所醒悟。山本本人收到的信件中虽然不乏他听惯了的赞美之词,但也有不少是对他兴师问罪。[20] 这次空袭对山本的傲气是当头棒喝。他对天皇和皇族的安全忧心忡忡,进攻的劲头也小了下来,此后再也没有完全恢复。现在,他比以往任何时候都更加坚持要在阿留申群岛和中途岛之间建立警戒线。[21] 三和在 4 月 20 日的日记中概括地归纳了山本的推论：

> 根据在云南抓获的俘虏的供词，美机好像是从航母上起飞的。倘若果真如此，即便他们是敌人，他们的行动也该被看成是很棒的。要压制敌方这类企图，就必须在夏威夷登陆，舍此别无他法。这样，登上中途岛就成了先决条件。这正是联合舰队极力主张中途岛作战的原因所在。

不仅如此，在杜利特尔空袭东京后，原先拒绝参加中途岛作战的日本陆军也坚决请战。[22]

陆军部长史汀生发现，"观察他们（日本人）在这种情况下的举动很有意思。他们并没有很好地自我克制"。他原来对"总统青睐的这个计划"还"有些怀疑"，担心这次空袭"不会对日本造成多大损伤，反而会导致他们激烈的报复"。现在他承认这次行动在心理上产生的效果"很好……"。[23]

然而，4 月 21 日，史汀生部长召见参谋长乔治·C. 马歇尔将军和陆军航空兵司令 H.H. 阿诺德将军，跟他们"认真地商谈了……有关日军攻打西海岸的可能性……"，他在日记中做了说明：

> ……我深感有这种危险：我们最近轰炸了东京和横滨，日本人大丢其脸，他们一定会动用航母进行反攻。但是西海岸兵力仍然严重不足，而且麻烦的是，我们还很难派轰炸机去支援他们。[24]

一位对珊瑚海海战进行分析的美国专家把杜利特尔空袭东京所产生的意外结果列为一条经验教训：

> 整个这次行动突出了一条战略原则：空袭可以造成大大超过

预期的战略效果。这次空袭规模太小，未能给对方造成物质上的重大创伤；但是，由于对方担心再次遭袭，所以这次袭击的政治影响是巨大的，而且看来已经使日本改变了它在其他战区的作战时间表。显然……日本实施包括攻占中途岛在内的总的战略计划的决心更坚定了。[25]

从地理上说，让南云的航母部队去追击杜利特尔的那艘航母是不可行的，于是日本的航空母舰驶回本土，准备进行休整、修理和训练。4月22日抵达日本后，南云和参谋们没有耽搁，旋即登上大和号。在旗舰的参谋室里，他们第一次听到了拟议中的中途岛作战计划。总的说来，航母上来的人赞成这个计划，尤其是恃强逞能的第二航空母舰战队司令山口多闻海军少将。他一直想大打一场，渴望把美国的舰队清除出太平洋。[26]

南云的航空参谋、聪明能干的源田实海军中佐把这次新的行动看作完成珍珠港袭击未竟之事的一个机会。他说："我赞成这项计划，因为我希望通过中途岛之战，我们能有机会迫使美主力与我决战。"听到联合舰队计划以后还要攻占夏威夷时，他认为作为第一步打击中途岛环礁是很重要的，不过他更希望把中途岛"行动"作为舰队行动，而不是登陆作战。

源田注意到南云的态度"并不十分明朗"。他的多数同事对这一步没有什么反应。[27] 源田听说有人提出在阿留申群岛与中途岛之间建立一道屏障保护本土，觉得这是一种"幼稚的做法"。[28] 按南云的参谋长草鹿龙之介海军少将的说法，第一航空舰队的大多数参谋"反对此项计划，他们向联合舰队司令部提出了强烈的反对意见"，草鹿自己就带头反对：

我反对这个计划，理由是：尽管自珍珠港作战以来，机动部队在各战区战果辉煌,但是它,特别是它的飞行员已精疲力竭,舰艇和设备也需要维修。我的意见是将这些飞行员调到岸上的空军基地去,为下次作战训练新的飞行员,同时,应换上新飞行员,修缮舰艇,补充武器弹药。补充了经过新训的飞行员之后,机动部队就有能力投入下次战斗。再说,进攻中途岛是否明智我还很怀疑。[29]

不过,第一航空舰队的幕僚们很快就明白了:请他们来是让他们听取指示而不是发表意见的。正如草鹿所说:"事实上,这一计划联合舰队司令部早已确定,我们只好全盘接受。"但是,一向公正、不偏不倚的草鹿承认,山本根本不必这么硬逼他们。他在日记中坦率地写道:"由于在第一阶段轻易取胜,我们日本人瞧不起美国人的力量,感到自己很了不起。也就是说,我们以为,即使他们会出来跟我们打,我们也能轻而易举地消灭他们。"南云虽然同意草鹿的想法,可他毫不怀疑自己的舰队能够胜利完成山本交给的任何任务。[30]

4月28日,山本在大和号上召集会议,探讨战争第一阶段的经验教训。三和讥讽地说:"……研究至今仍是场场胜利的战争,这样的会议令人愉快,可是并没有产生多少结果。"[31]

会上,山口极力主张应将联合舰队组建成以航母为核心的三支庞大的机动部队。这与源田的想法不谋而合。他俩都认为日本的战列舰、巡洋舰、驱逐舰等支援舰艇的数量绰绰有余,完全可用作掩护部队;认为日本有足够的航母把两支庞大的机群运送到海上,而且,按预定计划,到年底还会有足够的新航母入列,可用来组成第三支机动部队。飞行员们得到的印象是,联合舰队司令部同意了他们的建议,但是时间一天天地过去了,却总不见建议被落实。[32]

山本对这种普遍进行自吹自擂的气氛有些恼火。4月29日18:00,他在会议结束时简短地讲了几句告诫的话:"如果不根据长远计划进行更多的作战准备并在作战中做出更大努力,最后胜利是很难取得的。"他强调指出,"如果陶醉于过去的一系列战斗胜利,并认为今后我们一定也会战无不胜,这种思想就像疾病缠身,是有害的。"[33]

同一天,即4月29日,尼米兹向美国舰队总司令欧内斯特·J.金海军上将发了一份电报。要是山本看了,真不知他在会上对那些忠心耿耿而又沾沾自喜的部下会说些什么。尼米兹的电报说:

> 中途岛防御问题……我认为该岛目前能抵御中等规模的进攻,但对付大规模的进攻则需舰队支援。我拟于5月2日上午视察该岛。我将充分考虑加强及支援该岛的可行措施。[34]

第四章
"铁袖一触"

联合舰队和第一航空舰队幕僚们的讨论还在进行,近藤信竹海军中将率领的第二舰队也返回了濑户内海。前几天,他一直率领战列舰在日本附近的洋面上游弋,寻找起飞杜利特尔轰炸机群的航空母舰,结果一无所获。5月1日,近藤登上大和号参加中途岛作战的预备演习,他当时就对该计划表示怀疑。他向山本指出,美国的航母力量并没有受到重创,而且中途岛守军可以使用陆基航空兵,但日军不能。鉴于此,他希望不打中途岛,而集中力量切断美国和澳大利亚之间的航线。

可是,山本拒绝更改中途岛战役计划。他对近藤说,只要能够做到出其不意,就没有理由认为日本不能再次取胜。对此,近藤摆出了一个难题：即使中途岛拿得下，守得住，那么联合舰队准备如何向它提供后勤保障？宇垣做了十分蹩脚的回答：如果真的无法保障后勤，完全可以先摧毁尚存的一切，然后撤出。[1] 总之，联合舰队的幕僚们没有进一步考虑实际存在而且至关重要的后勤问题。

近藤的建议没有被采纳。当天就开始图上推演。整个1942年暮春和夏季的作战将分四个阶段进行，进攻中途岛只不过是整个行动的起点：

第一阶段：联合舰队主力部队将攻占中途岛；一支机动部队将攻占阿留申群岛西部。以此举逼出美太平洋舰队后，日军随即对其实施决定性打击，使其在以后几个月内不能成为一支主力。

第二阶段：完成中途岛-阿留申群岛作战任务后，大部分战列舰将返回本土待命，其余参战部队在特鲁克集结，准备7月初进攻新喀里多尼亚和斐济群岛。

第三阶段：南云的航母部队将空袭悉尼和澳大利亚东南部其他要地。

第四阶段：南云舰队与新喀里多尼亚-斐济参战部队在特鲁克会合，补充给养。8月初，联合舰队将以全部兵力攻打约翰斯顿岛和夏威夷。[2]

庞大的图上推演由宇垣主持，自始至终，他一直不切实际地盲目乐观，态度强硬。他深信根本不会出现日本人不能完全控制的局势。因此，他不允许出现任何可能严重影响演习顺利达到预期结论的情况，他毫无顾忌地否定了对其他演习裁判做出的不利裁决。[3]

山本调集200余艘舰船参加这一大规模战役，并确定6月7日为N日[①]。选择这一天发起进攻可以使南云和近藤两支舰队有充足的时间进行彻底检修，同时，这一天又是在未来一个多月时间里利用满月进行夜战的最后一次机会。[4] 按照计划，N-5日，即6月2日，小松辉

[①] 即进攻日，相当于美军的D日。——译注

久海军中将的先遣潜艇部队将在中途岛以东设置由三个部分组成的警戒线，以便侦察敌舰队活动情况。第三潜艇战队（伊-168号、伊-169号、伊-171号、伊-174号、伊-175号）将部署在北纬19°30′—23°30′、西经167°一线；第五潜艇战队（伊-156号、伊-157号、伊-158号、伊-159号、伊-162号、伊-165号、伊-166号）将部署在北纬29°30′、西经164°30′至北26°10′、西经167°一线，最后，第十三潜艇分队（伊-121号、伊-122号、伊-123号）将作为补给队，向利相斯基岛和弗伦奇弗里盖特沙洲运送汽油和柴油。[5]

按照海军军令部三代的计划，这些潜艇还负责为两架自重31吨、飞行距离为4000海里的川西二式水上飞机加油的任务。这两架飞机将从沃特杰环礁起飞，在弗伦奇弗里盖特沙洲接受潜艇加油，并对敌兵力及活动进行侦察，因为日本战前在瓦胡岛建立的出色的谍报机构已经痛失。在3月4日，两架这种水上飞机飞抵珍珠港上空，做模拟投弹练习并投下几颗炸弹，但完全是为了吓唬对方。[6]

虽然水下先遣任务极为重要，但潜艇部队司令小松却没有亲自参加演习。不过，他的参谋都参加了。在中途岛作战计划的正式命令中只字未提潜艇搜索任务。这类作战命令中的潜艇部分通常是由山本的潜艇参谋有马高泰海军中佐负责起草的，但出于某种原因，黑岛告诉他不必这样做。[7]

就位的下一支部队是细萱成四郎海军中将的北方部队。他们将于N-3日（6月4日）进攻阿留申群岛。这支庞大的舰队令人生畏。它辖有3艘重巡洋舰、3艘轻巡洋舰、1艘辅助巡洋舰、12艘驱逐舰、3艘扫雷舰、1艘布雷舰、3艘共载1200人的陆军登陆队和1250人的海军登陆队的运输舰，还有2艘航空母舰——载有16架战斗机和21架鱼雷轰炸机的龙骧号和搭载24架战斗机和21架俯冲轰炸机的隼鹰号。[8]

主攻方向是中途岛。南云的第一航空母舰突击部队将于N-2日

(6月5日)从中途岛东北约250海里处开始行动。任务是:清除攻击范围内所有敌水面及空中部队,摧毁中途岛的海岸设施。按原计划,南云将率领袭击珍珠港时的6艘航空母舰,由于翔鹤号和瑞鹤号仍在南太平洋作战,不知能否赶回参战,但他能指望赤城号、加贺号、飞龙号和苍龙号4艘航空母舰投入中途岛作战。赤城号和加贺号共搭载了42架战斗机、42架俯冲轰炸机、51架鱼雷轰炸机。苍龙号和飞龙号也有同样数目的战斗机和俯冲轰炸机,还有42架鱼雷轰炸机。南云的支援舰艇有战列舰榛名号和雾岛号、重巡洋舰利根号和筑摩号、轻巡洋舰长良号,还有11艘驱逐舰。[9]

该计划要求由1艘驱逐舰千岁号和1艘巡逻艇神川号组成的藤田类太郎海军少将的水上飞机母舰部队于次日攻占中途岛西北约60海里的库雷岛。这样,24架舰载战斗机和8架侦察机将以库雷岛为基地支援主力登陆。

根据作战演习中的计划,从塞班岛出发、由12艘运输舰和3艘由驱逐舰改装的快速运输舰组成的田中赖三海军少将的输送船团将于同日(6月6日)与从本土向东稍偏南运动的近藤的中途岛攻击部队主力会合。[10]为使美国人误以为日军主力来自南方,田中的船队须在此时故意让敌方发现。[11]这就需要精确地计算时间:攻击部队既要被敌人发现,又不能过早暴露。

N日凌晨,田中少将的5000人将进行登陆,同时从关岛开来的栗田健男海军中将的重巡洋舰熊野号、三隈号、铃谷号、最上号以及2艘驱逐舰实施近距离支援。近藤的主力——战列舰金刚号、比睿号,重巡洋舰爱宕号、鸟海号、妙高号、羽黑号,轻巡洋舰由良号,8艘驱逐舰,以及载有12架战斗机和12架鱼雷轰炸机的小型航空母舰瑞凤号——将留在中途岛西南稍偏南处掩护侧翼。[12]

山本的主力部队呢?由日向号、伊势号、扶桑号、山城号等4艘战列舰、2艘轻巡洋舰及12艘驱逐舰组成的警戒部队由高须四郎海军中将指挥,将按计划为进攻阿留申群岛的部队提供警戒。山本所在的大和号由战列舰长门号和陆奥号护卫。轻巡洋舰川内号、9艘驱逐舰、搭载8架轰炸机的小型航空母舰凤翔号、携带水面作战时用以骚扰美舰的袖珍潜艇的水上飞机母舰千代田号和日进号,均作为支援部队。[13]

这样,山本的指挥位置将位于中途岛西北600海里处,远离潜在的战场。高须的警戒部队在山本以北500海里处。作为整个作战尖兵的南云部队将在山本以东300海里处。这时已经从阿拉斯加海域返回的角田觉治海军少将的第二航空母舰攻击部队将位于警戒部队以东300海里处。[14]

如果一切按照计划进行,这支庞大的舰队将分散在中太平洋北部1000海里的水面上,等待N日后的某个时候美国太平洋舰队在地平线上出现。

虽然兵力很分散,但如出现不测,仍可合兵一处集中对敌。不过,没有人相信真会出现这种情况。"几乎所有人都认为胜券在握,"渡边说,"美国舰队大部在大西洋。据此,我们相信日本海军在太平洋居于优势。如果指挥得当,不可能不取胜。"[15] 这本身就有个很大的"如果"问题,而且,这个计划无疑是以美国人的行动都不出日本人所料为基础的。

飞行员们痛心地看到,联合舰队没有按照山口在4月下旬的会议上提出的方法进行改编。[16] "主力"这个称号意味深长。尽管山本侈谈要坚持进攻原则,要发挥海军航空兵的威力,但他仍然——也许是下意识地——视战列舰为舰队的皇后。万一美国人提前出现,南云的航空母舰将承受全部正面压力,而这时这些战列舰会在哪里?山本在南云西面300海里,高须在南云北面近1000海里。如果真出现紧急情况,即使本领再大也无济于事,还不如留在柱岛节省些燃料算了。而南云所需的警戒和保障还得靠自己解决。他的2艘战列舰、2艘重巡洋舰、1艘轻巡洋舰并不能为4艘——也许是6艘——航空母舰提供有效的掩护。

然而，几个月来在南方海域战事中晒黑了皮肤、养壮了身体的第一航空舰队的军官们十分自信。他们性格不同，对上述顾虑的反应也不同：有的恼怒，有的厌恶，有的扫兴，有的嘲笑逗趣。但就是没有人产生警觉，没有人预感到即将灾难临头。他们觉得单凭自己的力量也完全可以取得中途岛作战的胜利。

在复杂的图上推演过程中，一些作战指挥官注意到联合舰队的幕僚们严重低估了敌方的能力，而且，出现重大困难的时候，宇垣总是随意将其歪曲成对日方有利的条件。但是，他们谁也不想提反对意见，免得宇垣大发雷霆。他们认为即使提了也无济于事。联合舰队司令部的幕僚们和战术指挥官们都争先恐后地表达自己的信心。[17]

在图上推演时，有一次，宇垣和黑岛都提出问题：当第一航空舰队的战斗机全部出动为进攻中途岛的轰炸机护航时，他们准备怎样保护航母不受敌轰炸机的攻击，大家不约而同地看着源田——而不是南云，等着他做出回答。[18]

自开战以来，每次只要是源田发牌，南云总是牌运亨通，但是他从不要求摊牌。南云深信自己握有象征幸福的蓝鸟，也就越来越依靠这位才华横溢的航空参谋。而且，"其他参谋对他（源田）有某种敬畏"。心直口快的人公开地把这支机动部队叫作"源田的舰队"。[19]

才能不及源田的人乐得不加质疑地全盘接受。但源田是个优秀军官，对这种情形感到很不自在，有时感到十分可怕。原因之一是，南云具有多年宝贵的实战经验，却不提出敏锐的问题，不发表有益的质疑，这样，源田就没有机会来思考和厘清自己的想法。这就像试图在薄绸上而不是在皮带上磨剃刀一样。更重要的是，南云的态度表明他并没有进行认真思考，并没有真正吸取海军航空部队的理论和实践经验，只是盲目相信源田的工作。源田和南云一样充满了自信，但他很清楚谁都会犯错误。想到自己不成熟的建议可能会影响国家的前途，他不禁起了一身鸡皮疙瘩。[20]

这次，听到宇垣和黑岛的谈话，注意到大家渴望的眼神，源田陶醉于胜利之中，一时忘了谨慎二字，脱口而出回答说："铁袖一触！"[21]他不是在故弄玄虚；这是一句富有诗意的话，用现在美国人的话来说就是："我们要把他们打垮！"

宇垣早就觉得第一舰队的年轻军官们妄自尊大。他听到源田的回答后，提醒南云：必须考虑到敌人突围的可能性。然而，宇垣自己随即抵消了这一告诫可能产生的好作用。在图上推演时，出现了宇垣担心的局面：在南云的战斗机全部飞离航空母舰前往攻打中途岛后，美国部队突破防线轰炸了南云的航空母舰。这时图上推演的裁判奥宫正武海军少佐裁决说，敌机9颗炸弹中的，击沉赤城号和加贺号。可是宇垣不容许下级这样"犯上"。他立即宣布奥宫的裁决无效，说敌机只有3颗炸弹中的，击沉了加贺号，轻伤了赤城号。此后，在进行第二阶段图上推演时，他满不在乎地让加贺号从海底复活，参加进攻新喀里多尼亚和斐济的战斗。[22]

除此之外，在图上推演中，"美国舰队"并未出动进行决战，虽然实际上存在着这种可能性。统率假想敌的是松田海军大佐。源田后来回顾此事时认为："松田在图上推演时的指挥（没有美军的特点）可能使我们对美军的作战思想产生了错误的印象。"[23]

在关于中途岛作战的图上推演结束之前，山本指示南云尽最大努力对美太平洋舰队，特别是美航空母舰进行侦察，并做好用鱼雷进行反击的准备。因此，他要求南云部队的攻击飞机必须有一半挂带鱼雷。

山本的航空参谋佐佐彰木海军大佐负责起草联合舰队给第一航空舰队的命令。但是黑岛口头通知他不必将山本关于鱼雷轰炸机的指示写进命令。[24]渡边负责校勘佐佐彰木起草的所有命令并与他商讨命令内容，事后他未给自己和黑岛寻找借口。不过，人们一眼就可以看出，黑岛的做法是很有道理的。南云及其幕僚已经亲耳听到了这一指示，尤其是，日本的训练和实战经验都已清楚地表明，山本关于鱼雷轰炸机比例的指示是正确的，所以根本没有必要把每个战术细节都写进命令中去。

所以，联合舰队的命令是黑岛和渡边两人协同起草的。命令中没有明确提到关于潜艇搜索和第一舰队鱼雷机进攻的问题。后来渡边回忆这段历史时坚持认为："这是我们的错误。"[25] 然而，后来证明，潜艇问题不是个命令是否明确的问题，而是个时机问题。人们有理由认为，在计划的行动开始前，战术指挥官的手脚被束缚了整整一个月，这种做法并不是指挥战争最明智的办法。

源田十分担心，因为部队的部署太分散，所以海军可能会看不见目标，会违反集中兵力的军事原则。在图上推演结束后的讲评会上，他就这个问题与黑岛进行了争论。源田明确表示："作战计划的重点应该是消灭美国的舰队。为此，用于进攻阿留申群岛的部队应该也部署在中途岛方向，所有可以使用的兵力都应该用于中途岛，甚至可以等第五舰队来了再一起行动。"

"联合舰队司令长官不能眼看着首都受到袭扰"，黑岛回答说——他暗指杜利特尔的空袭，"机动部队的首要任务是支援攻占中途岛。"

原来是这样！源田明白了。在联合舰队的幕僚的心目中，中途岛是首要的目标，美国舰队是次要的。源田思量，自己的意思已经说了，硬拿自己的脑袋去撞南墙是没有用的。[26]

大和号上召开的会议于 5 月 4 日结束。会后，曾率领鱼雷轰炸机袭击珍珠港的村田重治海军少佐大声说："这他妈打的什么仗！简直是胡闹！大和号和其他战列舰在我们机动部队后面 300 海里，那些大炮在我们航母部队屁股后头能他妈的顶什么用！"

渊田也说："要是他娘的那些战列舰在我们面前，那些大炮还能派上点用场，还能有助于机动部队的行动。可是现在情况不是这样。我不禁要问他们究竟想不想打仗。"

赤城号在南太平洋时，摄影师牧岛贞一就已上舰。他听见他们的对话后，"认为即将开始的战役有严重的缺陷"。

"我们的司令长官根本不行，他只是个鱼雷手。"村田嘟哝着说。

"即便如此，"领航员三浦毅四郎海军中佐耸耸肩说，"我们还是会打赢的。"

村田咧嘴一笑，恢复了往常的温和。"这回可没那么好玩了，因为我们不能指望敌人自己出来。"他像往常一样调皮地对牧岛说要带他坐鱼雷机兜一圈。[27]

看到这些无忧无虑、充满自信的日本人，人们真想知道，如果他们知道尼米兹这时候已掌握了很多有关他们的情况，他们的态度和计划是否会有变化，会有多大变化。尼米兹将军没有匆忙相信莱顿和罗奇福特报告的全部情况。这也许是敌人设下的圈套，是日本情报部门故意泄露的假情报？"我不得不进行一番认真的思考，"他说，"不过我相信我已经看出了这个问题的实质。"[28] 尼米兹主意既定，就不再浪费时间去怀疑和犹豫了。5月2日，当山本、南云及他们的参谋班子还在大和号上研究计划的时候，尼米兹飞到了中途岛。他在那里与海军陆战队第六营营长哈罗德·D.香农中校和中途岛海军航空站站长西里尔·T.赛马德中校一起待了一整天。这个环礁上的两个岛——沙岛和东岛可以自给，可是水上飞机机库在沙岛，其他飞行设施却在东岛。当时尼米兹并没有向他们吐露秘密，只是询问香农，要顶住日军大规模的水陆进攻，前哨基地需要些什么。[29]

回到司令部，尼米兹亲自写了封信给中途岛的两位指挥官，称赞他们在中途岛的出色工作，通知他们已分别被临时晋升为海军陆战队上校和海军上校。接着，他说日本人准备全力进攻中途岛，据战斗情报局估计，进攻时间很可能在5月28日。他概述了敌军可能采用的战略和可能投入的兵力,并许诺将尽力援助他们。香农和赛马德读信后非常吃惊。这是可想而知的。但是他俩都没有惊慌失措。中途岛早已处于戒备状态,每天凌晨都有巡逻飞机在西部上空警戒,海军陆战队员们就连吃饭、游泳时都戴着钢盔,步枪不离身。[30]

但是美国方面并不是所有的人都同意尼米兹对形势的估计。上层的许多人不大愿意相信日军的真正目标既不是瓦胡岛,也不是美国西海岸。[31] 夏威夷司令部兼夏威夷属地军人州长迪洛斯·C.埃蒙斯陆军中将就担心日本人会首先进攻瓦胡岛,这也毫不奇怪。大约就在尼米兹到瓦胡岛就任新职的同时,埃蒙斯接替了沃尔特·C.肖特中将。总的说来,他给人的印象是严肃可畏,但想讨人欢心时,他也会显得迷人可亲。[32] 与尼米兹打交道时,他总是选用后一种态度,因为他们都忠于军种间协作一致的原则。他俩从一开始就相处得很好。在面临日本人威胁的情况下,埃蒙斯几乎每天都到太平洋舰队司令部与尼米兹共商军机大事。[33] 他当过飞行员,懂得空战的威力,也知道它的局限性。

5月3日(星期天)上午,埃蒙斯在火奴鲁鲁①体育馆对大约5000名民防队员和观众说:"由于我们这个群岛的战略地位和重要性,敌人很可能再次来进行轰炸,大规模地轰炸。这里的平民必须和军人一起战斗。"

"我们决不能自鸣得意,或认为我们不会受到攻击,"他告诫说,"我们的守备部队是训练有素的,他们时时刻刻保持着警惕,他们将给来犯之敌以打击。但是,期望我们不会遭受损失是不切实际的。"[34]

由于珍珠港事件的教训,埃蒙斯首先考虑到他的防区所面临的直

---

① 即檀香山。——译注

接危险，否则他就太愚蠢了。但是这一次，瓦胡岛并没有遭到直接危险。1942 年 5 月 5 日，日本海军军令部总长永野修身大将在给山本的指示中说："联合舰队司令长官将与陆军协同攻打并占领阿留申群岛西部的战略要点和中途岛。"[35] 山本对军令部总是言听计从——只要他事先就确知这些命令与他本人的愿望完全一致。

第五章
"随时有可能再次遭到威胁"

5 月初，山本并没有全力关注中途岛作战计划，尼米兹也没有全力应对日本人的这项计划。就在永野下达命令的第二天（5 月 6 日），驻守科雷吉多尔的乔纳森·温赖特将军率领那些作战勇敢但注定要失败的守军宣布投降，美国的时运跌落到最低点。到了这个地步，除了扭转颓势，已经没有退路。此后不久，美国开始时来运转，而且几乎难以察觉。

攻打中途岛的图上推演尚未结束，珊瑚海海战就拉开了序幕。5 月 7 日，双方开始接触。日军对赢得此战、拿下新几内亚东南的莫尔兹比港信心十足，甚至连三和这种能把握措辞分寸的人也在日记中写道：发现敌人的消息传到联合舰队司令部，"我们欣喜若狂"。

后来，就在同一篇日记里，他不得不写道："我第五航空母舰战队首先进攻南方之敌，而实际上那只是敌人的一艘供油船和一艘驱逐舰。因此，首战失利。"三和希望的是比西姆斯号驱逐舰和尼奥肖号供油船更大的舰艇。在珍珠港空袭中奇迹般逃过一劫的尼奥肖号现在沉入了海底。① "同时，"三和继续写道，"德博因岛南面的敌人对我部队发起攻击，于上午 09:30 许击沉我轻型航母祥凤号。此后战斗曾一度处于对峙状态。"[1]

"对峙"这个词很好地概括了这次冲突。此处不宜详述细节，我们研究的是珊瑚海海战对即将开始的中途岛战役的影响。这种影响确实重要。5月8日上午，弗莱彻海军少将的第十七特混舰队和原忠一海军少将的第五航空母舰战队终于都发现了对方。这两支舰队旗鼓相当，势均力敌：原少将在战斗机和鱼雷轰炸机方面占优势，弗莱彻少将有雷达和先进的导航装置，约克城号和列克星敦号上防空火力较强，而翔鹤号和瑞鹤号协同作战数月，在配合上占有优势，天气对第五航空母舰战队有利，其上空浓云密布，而弗莱彻所在海域阳光灿烂。[2]

"……敌我双方相距 200 海里，"在大和号上的三和继续写道，同舰的人都在关注南方的这场海战，"双方距离很近，都有可能得手。看来必有一场激战。（尽管没有具体根据，但我对胜利充满信心，毫无顾虑。可是黑岛似乎对战斗的结局有些担心。）"括号里的话可能是三和在以后追加的。他继续写道：

> 经过长期、严格的训练是我们的优势。因此可望奏捷。
>
> 上午 09:30 许，收到密码信号"冲上去"。10 分钟后，传来战报："萨拉托加号被击沉。"参谋室里响起一阵欣喜若狂的欢呼声。
>
> 中午刚过，又来了一份战报："萨拉托加号中鱼雷 9 枚、炸弹 7 颗以上。约克城号中鱼雷 3 枚、炸弹 8 颗以上。因此，这两艘舰艇必沉无疑。我翔鹤号虽中数弹，仍能开动。"这是多么重

---

① 详见《黎明，我们还在酣睡》，第 518 页。

大的胜利啊！³

然而，萨拉托加号不在珊瑚海海底，而是在普吉特海峡接受最后的修理。日本人又一次把它跟列克星敦号搞混了。上一次，也就是这一年的早些时候，就曾发战报说列克星敦号被击沉，实际上当时是一艘潜艇击伤了萨拉托加号。⁴

在这个阶段，第五航空母舰战队的战报极为乐观。约克城号周围落下许多近距脱靶的炸弹，真正击中它的只有一颗。那是从俯冲轰炸机上投下的一颗重800磅的炸弹，它垂直落下，穿透航母的飞行甲板，在第四层爆炸，造成66人死亡或重伤。约克城号迅速采取行动控制火势。在埃利奥特·巴克马斯特海军上校的老练指挥下，它又能继续投入空战了。⁵

列克星敦号远不像原少将报告的那样"身中鱼雷9枚，炸弹7颗以上"。实际上有2枚鱼雷击中它的左舷，1颗炸弹击中备用舱，另一颗击中烟囱，还有几颗飞弹炸飞了几处护板。具有讽刺意味的是，这艘大型航母在战斗中受到的损伤并不严重，还能像约克城号那样照常起飞飞机。看来，它的沉没不是因为日本人投弹准确，而是因为美国人自己漫不经心。舰上一台发电机忘了关闭。结果，5月8日11:40战斗结束后约一小时，鱼雷放出的汽油雾汽渗入机舱深部，被发电机不停运转产生的高温点燃，引起了一系列爆炸，"列克斯夫人"①很坚强，直到17:00以后，弗雷德里克·C.谢尔曼海军上校才忍痛下达弃舰命令。⁶

有些舰艇自开工建造起就时运不济，而另一些却一直吉星高照，万事如意。列克星敦号属于后一类。舰员们非常爱护它。有的舰员从它1927年开始服役时就上了舰。对他们来说，它的沉没不只是海军的

---

① "列克斯夫人"是美海军人员对"列克星敦号"的昵称。——译注

损失,也是对他们心灵的打击。当医务人员在转移伤员时,舰员们就像一家人要搬离已经嫌小但很温馨、配备家具的公寓房一样,小心地、轻轻地掸去设备上的灰尘,把散在桌上的文件整理好。撤离工作在悲痛、隆重的气氛中有条不紊地进行,自始至终,没有任何人员损失,就连谢尔曼的狗也平安离舰。[7]

虽然弗莱彻和谢尔曼对列克星敦号感情很深,但他们都无意随舰葬身大海。美国需要受过训练的指挥官,不需要他们去做代价高昂却又毫无意义的牺牲。舰长对全舰进行了最后一次彻底巡查,确信除216名死者外,全部人员均已撤离,才最后一个攀下绳梯。当驱逐舰费尔普斯号施放鱼雷炸沉列克星敦号时,体格健壮、皮肤黝黑的舰员"都像年轻姑娘一样或号啕大哭或默默流泪"。[8]

原少将的第五航空母舰战队同样也受到损失。翔鹤号中弹3颗,伤亡148人。有一颗炸弹击中舰首,引燃汽油,烧坏了飞行甲板,使飞机无法起飞。另一颗炸毁了飞机发动机修理舱。翔鹤号在带着伤摇摇晃晃返回本土的途中险些倾覆。瑞鹤号虽未被击中,但由于人员和飞机均受到了损失,也不得不随翔鹤号驶回本土,接受补充。[9]

大和号上的日本人接到乐观的战报,都在打着如意算盘。他们相信他们不仅击沉了列克星敦号、西姆斯号、尼奥肖号,而且还击沉了巡洋舰芝加哥号及一艘加利福尼亚级战列舰(也许是盟军中唯一的重型战列舰,即澳大利亚皇家海军的澳大利亚号),可能还击沉了英国的战列舰厌战号——不过该舰事实上并不在场。此外,还击沉击伤了一批杂七杂八的舰船。[10]

鉴于上述事实,三和不明白为什么第四舰队司令官兼莫尔兹比港-珊瑚海作战日军最高指挥官井上成美海军中将要命令向北撤退并中止进攻。宇垣也无法理解井上的命令,于是立即发出电报:"当前战机大好,我们认为要对敌步步紧逼。请报告不能进逼的理由。"第四舰队根本不理会这份语气尖刻的电报,再次下令延期进攻莫尔兹比港,并

"改变部署,准备攻打瑙鲁和大洋岛"。[11]

三和勃然大怒,怒气跃然纸上:"这种想法与失败主义无异"。*

......对第四舰队的这项命令听之任之可能导致否定我大日本帝国海军的战斗精神。现在我们感到已无须太多顾及第四舰队司令官的体面和权威了。

如果不于今晚实施夜袭,而是等明天白天,也许能有胜算。但如果这样做果真胜利了,只能说是我们交了好运。眼下我们必须全力追击逃敌。是紧逼敌人的时候了。如果燃料用完,就把所有可燃物统统投进锅炉里烧……

显然,山本赞成三和的观点,他亲自下达了"一个没有先例的命令":"努力追歼残敌。"但是山本的命令与宇垣的电报一样,也不起任何作用。"第四舰队到目前为止一直是胆小鬼,"三和怨道,"……我们只能得出这样的结论:他们缺乏日本帝国海军一直珍视的传统精神……"他气极了,5月8日战斗结束后井上发来的电报他连看都不愿看。[12] 其实,当时美陆军航空兵的陆基飞机正使在巴布亚外海的日军处于困境。井上没有空中掩护,不可能取胜。因此,他把莫尔兹比登陆作战推迟到7月。后来,根本就没有登陆。[13]

仅就海战而言,日本人在珊瑚海是占了上风,只损失1艘轻型航母、1艘驱逐舰和几艘布雷舰,1艘重型航母受重创,而美方损失了1艘重型航母、1艘驱逐舰、1艘油船,另一艘重型航母遭到重创。但是从战略上来分析,任何目标没有达成的战斗都不能视为胜仗。日方此战没有达成攻占莫尔兹比港的预期目标,因此,客观地说,珊瑚海之战双方打了个平局:日方在战术上得手,美方在战略上获胜。

由于总想着日军会在5月28日进攻中途岛,尼米兹毫不迟疑地让弗莱彻返回。珊瑚海上的航母刚可以脱身,他就向弗莱彻发出命令,但命令中看不出任何特别的紧迫性。命令说:"一切就绪后,以最高续航速度开赴珍珠港。"既然是"最高续航速度",那就不是"最高速度",而是稳定的快速;既不浪费时间,又不浪费燃料。因此,弗莱彻的第十七特混舰队并没有得到任何表明另一次重大战役即将发生的暗示。[14]

在弗莱彻的舰队乘风破浪驶向瓦胡岛的同时,从不喜欢用过分谦虚的论调或修饰词糟蹋一篇好的战况报道的日本官方报纸宣布日军在珊瑚海取得了重大胜利。5月9日,《日本时报与广告报》引用《朝日新闻》对长村清海军中将的采访说,这位"著名的航母权威"表达了他的看法,认为"美国人在最近这次战斗中遭受的损失使它对日反攻的梦想化为泡影;美国人损失了数艘航母,自尊心受到了伤害,这表明美国注定要垮台"。

这家英语报纸的社论大言不惭地吹嘘说:

> 日本无与伦比的武装力量,无论是陆军还是海军,受天皇陛下圣德的庇佑,为一亿支持者的祈祷所激励,取得了一次又一次惊人的胜利……
>
> 日本这次胜利的巨大意义无论如何评价都不为过。它对同盟国力量最薄弱的部分给予了致命的打击,也就是说,使他们丧失了战列舰和航空母舰……[15]

说句公道话,日本新闻记者们并没有胡编乱造,他们只是如实地报道从海军司令部得到的消息。任何参战人员都很难对战况做出客观的估计。在整个太平洋战争中,双方的海军飞行员往往都把近距脱靶夸大为命中,把重创敌舰夸大为击沉。

希特勒亲自向东条首相发出贺电:"遭到这次新的失败后,美国战舰将不敢再与日本舰队对阵,因为任何美国战舰找日本海军交战就等于送死。"[16]

新闻界的这种异常欣快的情绪在酿制命运之神为日本海军准备的"蒙汗药"方面起了关键作用。南云对约克城号和萨拉托加号（日本人仍把列克星敦号报作萨拉托加号）已经葬身珊瑚海海底深信不疑，对损失翔鹤号和瑞鹤号毫不在意。虽然中途岛战役尚在计划阶段，他已损失了原定参战航母的 1/3，但敌方也损失了两艘航母。南云的参谋们对这一情况并不重视。曾参加过空袭珍珠港的水平轰炸机老手、现任飞龙号航空参谋的桥口乔海军少佐解释说："由于我们深信第一、第二航空母舰战队比第五航空母舰战队强得多，所以尽管第五航空母舰战队在珊瑚海海战中遭到损失，我们仍然相信优势在我们这一方。"[17]

日本海军没有急于修理翔鹤号，也没有对瑞鹤号进行补充。结果这两艘舰龄不到一年的大型航空母舰未能与其同伴一起参加中途岛海战。如果它们参战，战局就可能改观。

瓦胡岛上的指挥官们偶尔仍因一些小小的疑问感到不安。罗奇福特几乎可以肯定中途岛是日军的首要目标，而且正如我们已经谈到的，尼米兹对此也坚信不疑，甚至亲临中途岛视察。在截获的日军密电中，常常提到一处被称为"AF"的地方。从电报上下文看，罗奇福特强烈地预感到"AF"指的是中途岛。于是 5 月 10 日或其前后几天，在征得莱顿和尼米兹的批准之后，他给日本人设了个小小的圈套。根据他的建议，中途岛用明码向瓦胡岛发报，报告淡水设施发生故障，岛上淡水短缺。日本人中了圈套。48 小时内，作战情报局截获了一日军密电，该电报通告各有关指挥官："AF"缺淡水。[18]

就罗奇福特而言，"AF"的所指问题算是解决了，但是与海军部之间仍有分歧。例如就诸如某艘日本航母的名字之类的枝节问题，海军部与他争执不休，最后把他惹急了，他回答说："那就随你们怎么叫吧！"反正他知道自己的说的是什么。[19]

对罗奇福特的亲密同事莱顿来说，这一阶段也是对胜利保持清醒头脑的时候。莱顿后来说:"在珍珠港事件的时候,他们根本不愿听我的;可是到中途岛战役的时候,他们愿听了。"[20]

但是,还没有人能使埃蒙斯为此唱赞歌。5月15日,埃蒙斯又一次发出警告,解释已经在夏威夷实行的军事管制法。他说:

> 真正的侵略和战争的恐怖已经在我们头上降临。现在我们这里随时有可能再次遭到威胁。
>
> 民众和军队的一切努力都是为了使这一战区做好准备,以便对付任何事变。[21]

尼米兹下令做好"以舰队对付入侵"的准备,这引起埃蒙斯的反对,因为这样第七航空队的轰炸机就要听从太平洋舰队的指挥。5月中旬,他向尼米兹送出一份陆军情报部对形势的分析材料,并附上自己表示赞同的理由。他指出海军的作战计划是基于对敌方意图的估计而不是基于对敌方能力的估计。而敌人是有能力再次进攻瓦胡岛的。

埃蒙斯说得很对。珍珠港事件给人们提供了惨痛的教训:如果美国人不去研究日本人能够干些什么,而花费大量时间去研究日本人可能干些什么,那么,什么样的事情都会发生。但麻烦的是,在当时情况下,尼米兹没有选择余地。他的舰艇和飞机数量有限,不足以对付山本的所有作战方案。不过,尼米兹能够而且确实指派了一名参谋——詹姆斯·M.斯蒂尔海军上校——对莱顿、罗奇福特及他们同事的分析逐点提出过质疑。[22]

埃蒙斯在华盛顿的许多上司甚至更怀疑。俗话说:"如果一件事听起来太好,不像是真的,那它倒可能是真的。"这些情报中有一些看来言过其实,正如陆军参谋长乔治·C.马歇尔在国会珍珠港事件调查委员会上作证时说的:

……当时日军的一支部队把中途岛作为其邮政地址,这使我们非常不安。他们这样公开暴露自己的企图似乎有点太过分了。后来敌人的舰队真的出现了,我们才松了口气。因为要是我们真的上了敌人的当,把数量有限的舰艇都集中到中途岛海域,而日本人却进攻他处,那么他们就不会遇到任何抵抗了。

由于当时马歇尔根本不了解全部情况,或是由于他这些年来忘记了一些情况,所以他把获悉日本作战计划的功劳归于"魔术"——它破译了日本最高层的外交密码,即美国人所称的"紫密"①。但是他强调指出,不能对情报机构提供的所有情况都信以为真:

……我们不得不进行仔细核查,因为说不定什么时候我们就会吃大亏。如果对方政府善于此道,突然发现我们破译了他们的密码,正在截获他们的情报,他们必然会竭尽全力将计就计,将我们引入灾难。[23]

尼米兹当然知道一旦他估计错误,后果会多么严重。但是海军之所以在他肩上缀上4颗星并任命他为太平洋舰队司令,就是要他做出这种极为痛苦却又深谋远虑的决策,如果这些决策导致惨败,就得引咎自责,因此,他继续收缩战线。当时哈尔西的第十六特混舰队在距珊瑚海战场约1000海里处活动。将海军陆战队一个中队的战斗机留驻努美阿后,哈尔西率2艘航空母舰、4艘重巡洋舰、8艘驱逐舰及2艘油船,继续在这一带侦察。美国舰队总司令指示其特混舰队不得超越岸基飞机空中掩护的范围,哈尔西非常生气,感到这简直就像打断了

---

① 美国人称20世纪30年代后期日本外务省使用的高级密码系统为"紫密"。破译出"紫密"的美情报机构代号为"魔术"。——译注

他的双腿,使他动弹不得。5月15日,哈尔西怒气未消,就接到尼米兹要他返回珍珠港的命令。[24]

舰上、岸上,美国部队都在加紧战役准备。这时,日本海军开始意识到他们为珊瑚海海战的所谓胜利付出的真正代价。"第五航空母舰战队的伤亡名单报了上来,"三和在5月14日的日记中写道:

"瑞鹤号"空勤人员损失约40%,"翔鹤号"损失约30%。从伤亡名单看,战斗非常激烈。

高桥赫一海军少佐阵亡……天哪!

但是我们必须记住,救国就需要这种精神,即空战人员火一般的战斗精神。这种精神应该在帝国海军中发扬光大。

冷静、可靠的高桥是空袭珍珠港时的俯冲轰炸机队队长,他的死对日本人是个沉重的打击。日本海军早期取得的每一次空战胜利都消耗了其力量之本——富有战斗经验的飞行员队伍。刚刚培养出来的新飞行员无论多么求战心切,多么勇敢顽强,都不能完全代替像高桥这样技术娴熟的沙场老将。

第六章
"要同时追逐两只兔子"

早在珊瑚海战役开始前,旨在进攻中途岛的训练工作就已开始。现在,该战役已经结束,而训练工作仍在进行。一直关注着这一训练的南云痛心地看到人员的素质起了变化。任何懂行的人一看就知道,

第六章 "要同时追逐两只兔子" 49

这种随随便便、马马虎虎的演习很难令人相信这就是为袭击珍珠港曾受过持久不懈的严格细致训练的海军航空兵部队。在许多方面，它确实是今不如昔了。

南云的4艘航空母舰中，只有被认为运气很好的坚强老姑娘加贺号仍处于良好状态，可供飞机起降练习。其余3艘在海上活动数月后均需大修和补充。因此，5月初的演习一结束，南云就改加贺号为旗舰，直到5月中旬赤城号返回濑户内海。[1]

总的说来，那些觉得应该对作训负主要责任的人对训练计划是不满意的。这种情绪不无道理。虽然大家都是从自己的角度看问题，但一致认为训练效果不尽如人意。

在源田看来，时间太紧。他说："我们没有充足的时间来训练飞行员。结果，训练就没有珍珠港作战前那样充分。只有新近配备的彗星式舰载侦察机例外。它们的飞行员虽然数量很少，但都受过以跟踪敌航母为重点的专门训练。"他承认，"没有采取特别的训练措施。因为我相信迄今为止所运用的训练方法和作战程序在即将进行的中途岛战役中可以奏效。但是，鉴于珊瑚海战役的经验，鱼雷轰炸机投放鱼雷的高度被尽可能地降低了。"[2]

桥口看到中途岛战役前与袭击珍珠港前在准备工作上的明显不同：

> 袭击珍珠港之前，攻击训练极为充分。训练中使用了珍珠港的模型。结果，飞行员们对该岛的地形、各自的攻击目标、攻击路线、攻击方式等都很熟悉。而中途岛战役开始前训练时间很短。而且当时的重点显然不是放在训练上，而是放在完成准备工作和补充上。

桥口还说："另一原因也许是舰载机飞行员已受过良好的训练。"[3]显然，由于6个月来连战皆捷，这些老飞行员对中途岛战前的例行复习训练并不十分认真。

使南云担心的是：准备的时间太少，补充的新手太多。他在中途岛战役以后报告说，由于这些原因，"……除基本训练外，实际上没有人受过进一步训练"。说实在的，人们不禁要问：南云这些哀叹有多少是对当时情况的准确诚实的回顾，又有多少是事后推脱责任的托词：

> 毫无经验的飞行员刚刚达到白天在航空母舰上降落的水平……甚至一些较有经验的飞行员技术也荒疏了。没有机会进行联合训练，这样，联络部队、照明部队、攻击部队之间当然不可能协同动作，因此，夜间进攻取得满意效果的可能性近乎为零。[4]

水平轰炸机的长机们在岩国以战列舰摄津号为靶子进行演练，达到了"较好的技术水平，但他们没有机会参加编队轰炸演练"。俯冲轰炸机要往返于基地与濑户内海西部之间，浪费了许多宝贵的时间，原因是摄津号不能开到它们的基地附近。而且，这些人员"如果每天的俯冲轰炸练习超过一次，他们的基本训练就会受到严重干扰"。他们的空战演练情况也不妙，"仅仅进行了单机空战实弹射击和基本训练。较有经验的飞行员虽然参加了编队空战战术演练，但也只限于三机编队"。[5]

鱼雷机轰炸是日本的拿手好戏，在珍珠港战功卓著。然而现在的情况非常糟糕。5月中旬进行了模拟攻击，由横须贺陆军航空队的军官担任裁判，结果并不令人乐观。事实上，"这些演习的结果令人失望，连一些裁判都感慨地说，水平如此低劣的人员竟然能在珊瑚海战役中取得辉煌战果，简直不可思议"。[6]

显然没有人告诉他们这些并不是参加珊瑚海战役的飞行员，他们的惊讶也没有使他们去探究珊瑚海战役的战果是否确如宣扬的那么"辉煌"。从该战役结束至5月底，日本沉浸在一片自吹自擂之中。

5月13日，《日本时报与广告报》真的大吹特吹了一番。一篇未署名的文章乐观地宣称："大东亚圣战开始以来，美国海军的这些失败几乎排除了日美在太平洋再次进行大海战的可能性。美国海军的主力舰队正躺在太平洋底。美国还有没有能力再派舰队到太平洋来是大可怀疑的。"

对于正在准备"一场未来大海战"的海军来说，这种对己方优势如此想当然的态度是有害的。如果少一点想当然，日本人也许会加紧修复翔鹤号，补充瑞鹤号，使它们参加中途岛战役。即便不把美国人的作战效能和战斗意志放在眼里，日本人也不应忘记一句中国的古老谚语："狮子搏兔，亦用全力。"[7]

然而草鹿想到的是日本的一句俗话："一人追两兔，一只也捉不住。"他担心在即将到来的战役中这句话会在肩负双重任务的第一航空舰队身上应验。他解释道：

> 联合舰队的作战计划给我们规定了两个目标：一是在以攻占中途岛为主要目标的战斗中担任突击部队，二是当敌特混舰队出迎我军时将其歼灭。从整个作战计划考虑，应以前者为主。而且还应考虑到敌可能出动陆基飞机对我发动进攻……这是我最担心的，因为这意味着第一航空舰队要同时追逐两只兔子。[8]

但是在临战前这一关键时期，草鹿没有向南云提出意见和建议。他正在东京鼓动高级将领同意像海军对待袖珍潜艇的人员那样，给在珍珠港阵亡的飞行员追加两级。对于源田、渊田和他们的飞行员来说，这个问题很棘手。使他们极为反感的是：那些作战勇敢、勇于牺牲，然而又可怜可悲、无甚建树的袖珍潜艇人员明显地受到了偏爱。那些艇员心甘情愿地为国家、为天皇尽了忠，理应享受荣誉。但是，那些飞行员何尝不是这样？而且，他们没有白白牺牲，他们完成了任务。

所以，第一航空舰队全体官兵一致要求给他们的英雄以同样待遇。但是，这一切都已过去。当前，源田和渊田倒是非常希望草鹿这位能够安定人心的将领在为下次战役操劳，而不是为过去的争论费心。[9]

南云在训练中遇到的问题有增无减。加贺号从"清晨到黄昏"忙碌于飞机的起降训练，"但即使这样，有经验的飞行员每人也只有一次机会进行黄昏降落"。气候条件允许时，他们每天都进行夜间飞行训练，但由于维修保障和时间有限，"没有经验的飞行员只学了最基本的技术"。总之，南云无法回避的事实是，"由于需要进行人员的补充和调动，各舰的战斗效能大大下降"。[10]

作战计划的保密问题亦非无懈可击。草鹿说："与珍珠港作战时的情形相比，我们不能不承认对这次作战计划的保密问题缺乏细致的考虑。"[11] 的确，该计划的抄件散发面很广，甚至发到了非参战部队。在锚地，联合舰队正在准备一次大的行动似乎已经成了公开的秘密。[12]

在海军军令部，气氛也是这样。在珍珠港作战时率领第六舰队（潜艇舰队）的清水光美海军中将于1942年2月哈尔西袭击马绍尔群岛时颈部为弹片所伤，此时已经康复，临时在军令部任职。他"大约每隔一天"就到其挚友军令部次长伊藤整一海军中将的办公室小坐。在东京那里，他看到了中途岛战役的准备情况。他回忆说："中途岛战役开始前我就有些担心，因为在军令部和其他地方，人们过分公开地谈论这一战役，这与珍珠港作战前的情形差别太大，使我担心。"[13]

日本人当时就是这样自信，而所有这些考虑也只是事后回过头来看才显得重要。源田对这一战役的信心虽不及对珍珠港和印度洋战役那么足，但是并没有预感到灾难临头，只是朦朦胧胧地感到太受束缚，缺乏灵活性。"机动部队的行动自由在时间上给限死了。"他解释说，"由于对中途岛发起攻击的日期已经确定，这就限定了机动部队发起攻击的时间及其进攻位置的选择。"[14]

战前就感到或至少承认自己感到忧虑不安的只是极少数。三和是其中之一。他虽然对取胜未表示怀疑,但确实感到情况不妙,十分不安。5月14日,也就是他为高桥的死感到难受的那一天,他在日记中写道:"据报美海军正在把建造战舰的方针从战列舰转向航空母舰。可以说他们终于赶上来了;如果他们现在就全面转变,那他们就比我们先进了。"这是多么敏锐、实在的看法!

次日,日本侦察机报告,南太平洋发现2艘美航母,并正确地判断它们是企业号和大黄蜂号。三和对哈尔西在那里出现感到莫名其妙,写道:"我们不理解这支敌舰队到那里干什么。敌人的这种行动使我们感到其战术低劣。如果这时他们集中一支航母部队从南面发动强攻,甚至可以轻而易举地摧毁我特鲁克基地。既然他们分散使用航空母舰,他们就将陷于绝境。"[15] 美国人十分幸运:日本人只看到对方而没有看到自己违反了集中兵力这一作战原则。事实上,正如我们已看到的,哈尔西的2艘航空母舰已在返回珍珠港的途中。

5月17日17:00,翔鹤号吃力地驶入吴港。三和写道:"它的损伤程度虽不及想象的那么严重,但看来需要3个月才能修复。它遭到了近百架敌机的攻击,损伤只达到这个程度,所以必须承认它很幸运,也可以说敌航空兵的技术相当差。"[16]

三和说翔鹤号运气好,真是一点也没有说错。该舰在进港前一天又差点遭殃。海神号是深入日本领海的美潜艇之一,当时它在四国以南发现了翔鹤号及其2艘护航驱逐舰,但潜艇的速度不及它们的快,没有追上。[17]

三和把翔鹤号的损伤情况说轻了。按渊田的说法,该航母是太平洋战争开始以来进港维修损伤最重的舰艇。[18] 然而从当时的情况看,三和认为美国人的射击术有待提高是有道理的。但是,美国人的绝大多数鱼雷之所以未能中的,是因为鱼雷质量太差,有些鱼雷即使直接命中了目标也没有爆炸;有的入水太深,从目标舰下方通过,未能伤及敌舰。对此,飞行员和潜艇人员都气得破口大骂。[19]

不过，对美潜艇的战绩不可过于鄙视，情况很快就有了改观。在翔鹤号进港的当天，5月17日，海神号艇长查尔斯·C.柯克帕特里克海军少校因未能追上那艘日航母的懊悔心情得到了一些安慰。他的潜艇在九州外的水下潜行时，发现日潜水艇伊-164号在水面上行驶。仔细瞄准对方驾驶指挥塔上漆着的旗子，柯克帕特里克开了火，仅用一枚鱼雷就炸掉了这艘毫无戒备的潜艇，将其一大块舰身炸上了天。[20]可以认为这是中途岛战役中流的第一滴血，因为伊-164号属第五潜艇战队，根据中途岛战役计划，该战队是组成日潜艇警戒线的重要部分。

取代负伤的清水担任第六舰队司令的小松海军中将为完成山本赋予的极为重要的任务——侦察美舰队的活动情况，需要使用能调集的所有潜艇。在位于马绍尔群岛的夸贾林岛的老式训练用巡洋舰香取号上，他派出以宫崎武春海军大佐为司令的、由伊-121号、伊-122号、伊-123号潜艇组成的第十三潜艇分队悄悄通过太平洋驶抵夏威夷西北约500海里处的弗伦奇弗里格特沙洲。我们早已交代过，它们将在那里待命并为两架川西二式远程水上飞机加油。[21]

5月17日，日本人的注意力也集中到受伤的翔鹤号上，因为山本、宇垣及其他参谋正在上面视察。与三和一样，宇垣也表示翔鹤号的运气好，未受到更大的损失。宇垣在日记中说："悼念了近100名阵亡海军人员，其中40名是机组人员。探望了伤员。对烧伤人员表示了慰问。"[22]

三和随同视察后，在日记中简洁地写道："这是很好的作战经验。高桥少佐及其他40人的阵亡可谓重大牺牲，但是可以告慰他们的是：他们的牺牲换来了击沉2艘敌航母的辉煌战果。"[23]

在评价当天训练演习时，南云可没有那么豁达。他的飞行员与第八巡洋舰战队进行了对抗演习。该战队行驶速度相当快，达到30节①，但为了让对方表现好一些，故意只转了45°的弯，然而"飞行员

---

① 1节≈1.85千米/每小时。

的成绩仍然糟糕得很。"南云说,"水深只有 40—50 米,可是有 1/3 左右的鱼雷没有击中目标。"24

视察翔鹤号后,宇垣与军令部第一课(人事课)课长中原义一①海军少将就对珍珠港作战中的阵亡人员追加两级这一棘手问题进行了讨论。

> 是否按第一航空舰队的请求,实行对所有阵亡人员追加两级的制度,或者对谁都不追加,这对海军内外都会产生很大的影响。我们达成了协议,决定按以前规定对选定的少数人员实行此项制度。25

宇垣对当天的决定做了上述归纳。显然,他担心这次开了先例,以后就很难办。在大规模的战争中,不可能对所有阵亡人员追加两级,否则就抹去了各种荣誉的区别。另一方面,海军已经给予袖珍潜艇人员这种奖赏,如果撤回,会使整个帝国感到愤慨。唯一不伤海军面子的办法是对第一航空舰队好言相劝,让他们同意只对经挑选的少数人追加两级。

据宇垣说,山本非正式地同意了此项决定,并命令第一航空舰队向海军省提交他们认为需享受这种追加的人员名单。26 山本和宇垣本该知道草鹿办事很公正,不会在他那些光荣阵亡的官兵中进行挑选的。5 月 19 日 13:00,当大和号停泊在柱岛时,南云和草鹿来到舰上。草鹿再次与山本讨论了这个问题,"但结果仍然是坚持既定方针。"宇垣说。问题就这样搁置下了。27

海军内部的这场争论是一种令人不安的先兆,否则根本不值一提。随即潜艇人员被授予荣誉,但飞行人员却被忽视了,这一情况清楚地

---

① 宇垣的日记中说他与中泽海军大佐谈话,但他称这个人是第一课课长,这才使我们确定了这个名字。

表明联合舰队仍然没有把飞行员看作自己的海上亲兄弟。

同一天,三和与黑岛就第二战列舰战队问题争论起来。三和倾向于将它从联合舰队调出,用于训练,而黑岛坚持认为应让它参加中途岛战役。三和心神不宁,担心美太平洋舰队不会如他们所料的那样出现。这样,他所预期的这次大规模突然袭击的主要目的就达不到了。[28]

然而,5月20日,山本向舰队所有作战部队下达了正式命令:按演习时的规定参加战斗。命令中包括了对中途岛、夏威夷和阿留申群岛敌方实力的估计:阿留申群岛不屑一提,因为除荷兰港外,那里没有美军的重要设施和兵力。日本人推断:日军对中途岛发起进攻后,美军在夏威夷一带可能出动下述部队:2—3艘航空母舰、2—3艘特种航空母舰、2艘战列舰、4—5艘A型巡洋舰、3—4艘B型巡洋舰、4艘轻巡洋舰、约30艘驱逐舰以及25艘潜艇。[29]

截至5月20日,日本人对大型航空母舰、各类巡洋舰、驱逐舰和潜艇的估计均准确无误。但是,美国人在中太平洋没有特种航空母舰,没有战列舰;而且到参加会战时,只有8艘巡洋舰和14艘驱逐舰留在中途岛一带,其余各舰均已派往阿留申群岛。[30]

日本人估计美航空母舰为2—3艘是基于下述可能性:报道说已经沉在珊瑚海海底的航空母舰中也许有1艘只受损伤,大黄蜂号——其下落对日本人仍是个难解的谜——也许就在太平洋上。这一估计还考虑到在夏威夷一带可能有美军飞机,一旦出现紧急情况,它们可立即被派往中途岛。他们估计这支空中力量为:约有60架水上飞机、100架轰炸机、200架战斗机。这一估计虽不绝对准确,但与事实也相差无几。[31]

根据山本收到的最佳情报,中途岛守军有2个中队的水上飞机,即24架;1个中队(12架)的陆军轰炸机;1个中队的战斗机,即20架。根据情报部门的报告,这支力量在紧急时实力可以增加一倍。此外,中途岛方面已派飞机在其以西600海里范围内日夜巡逻,而且至少有3架战斗机一直在环礁上空巡逻;空中巡逻还得到水面舰艇和数艘潜艇的支援。报告还指出:"岛上除部署了高射机枪,还有大批各种型号的大口径水平及高射火炮。"海军陆战队已经上岛,"总之,该岛防御力量很强。"所有这些情报都相当准确。[32]

这些估计进一步表明:必须在派出登陆部队之前,进行一次或两次大规模强有力的空袭,以摧毁中途岛上所有防御设施。在某种程度上可以说,随着对即将开始的战役的计划、训练和各种准备工作的展开,山本及其司令部对这两个小岛越来越着迷了。

第七章
"得不到休息"

对太平洋舰队司令及其参谋人员来说,今后几周将是整个太平洋战争中最伤脑筋的阶段。"中途岛战役前和战役期间,我睡觉很少,"尼米兹回忆说,"因为需要考虑的事情太多。"[1]尼米兹并不是神经容易紧张的人,但是他的责任重大,即使是《爱丽丝漫游奇境记》里爱睡觉的老鼠处在这种情况下也会失眠的。

日本人下一步将攻打何处,报上猜测纷纷。《檀香山广告报》登载的朱利叶斯·埃德尔斯坦5月15日发自华盛顿的文章说:

> 这里的内行观察家们今天预测说,日本人将对阿拉斯加和夏威夷发动"春季攻势"。
>
> 阿拉斯加在军事上是北太平洋的基石,是日本人进攻的首要目标。据信这一进攻因冬季来临而被搁置了。但是,自珍珠港事件以来,有些部队一直在准备应对这一进攻。

夏威夷的军人总督迪洛斯·C.埃蒙斯中将已经向公众发出警告：夏威夷将遭到攻击……

尼米兹很有把握，说可以排除日本进攻夏威夷的可能性。但他必须决定如何对付日军对阿拉斯加的威胁。即使他可以肯定这基本上是日本人的佯攻，但他也不能置之不理。5月17日，他决定组建北太平洋部队，由罗伯特·A.西奥博尔德海军少将任司令，统率重巡洋舰印第安纳波利斯号和路易斯维尔号，轻巡洋舰火奴鲁鲁号、圣路易斯号和纳什维尔号及10艘驱逐舰。

另外，尼米兹还负有保卫美国—澳大利亚运输线的责任。他的抉择体现了他的远见卓识：哪怕从中途岛防线抽调一定数量的驱逐舰，也要继续进行正常护航。[2]

尼米兹麾下有一支强大的战列舰部队。只要他认为有必要，他完全可以将其派往中途岛。由太平洋舰队前任司令派伊海军上将任司令的第一特混舰队驻在旧金山。该舰队由战列舰宾夕法尼亚号、马里兰号、科罗拉多号、爱达荷号、田纳西号、新墨西哥号和密西西比号、8艘驱逐舰及护航航空母舰长岛号组成。[3]"我们充分考虑了将第一特混舰队用于中途岛防御的问题，"尼米兹在中途岛战役后向金海军上将报告说，"我们没有动用它，因为让任何能够加强我们对敌航母实施远程打击的部队转作中途岛警戒部队的做法并不可取。"

毫无疑问，尼米兹还有其他的考虑，因为他把完全可以用于中途岛的警戒部队派到了阿留申战区。尼米兹和金都估计"敌计划有诱出我舰队之大部的内容"。[4]战列舰部队速度太慢，不能与快速的航母部队一同行动，而且尼米兹拨不出飞机为长岛号提供掩护，而长岛号上只有20架飞机。[5]

也许尼米兹还考虑到一个不甚明显的因素。一名了解这两位海军上将的军官说：尼米兹并不十分信任派伊，认为他"智慧过人，胆量不够"，因此，不愿过多地信赖派伊去和日本人交战。6

即便如此，从当时情况看，尼米兹的决定也是深谋远虑的，很有魄力，完全打破了传统。多年来，美国海军一直墨守战列舰乃海上皇后的成规，但在珍珠港事件后 6 个月内，在数量上处于严重劣势的太平洋舰队司令竟故意冷落战列舰。尼米兹并非飞行员出身，而山本享有海军航空力量倡导者的称号，但正是这位美国人决定不向中途岛派遣这种过时的东西。

尼米兹真正要求做好准备的部队是航空兵，而且多多益善。5 月 18 日，以克拉伦斯·L. 廷克陆军少将为司令的第七航空队① "奉命进入特别战备状态，准备迎击迫在眉睫的敌人的进攻"。廷克当时最好的作战武器是四引擎 B-17 轰炸机，即富有传奇色彩的"飞行堡垒"，它可以携带一颗重磅炸弹进行远距离飞行。如果山本庞大的舰队真的出现在海面上，廷克及其轰炸机部队司令 H.C. 戴维森陆军准将也只有 27 架 B-26 可实施攻击。在此之前，第七航空队一直使用"飞行堡垒"来执行搜索和攻击任务。但是，5 月 18 日进入"特别战备"后，戴维森连续 10 天没有给 B-26 下达搜索任务。它们"作为攻击力量，一直挂带着 500 磅和 600 磅重的爆破炸弹待命"。

5 月 18 日起，从本土飞抵夏威夷的新 B-17 轰炸机数量不断增加。通常它们都在上午抵达瓦胡岛，然后立即开进航空维修与供应基地的机库。在那里，维修人员卸下长途飞行中使用的副油箱，在无线电舱内装上辅助油箱，并对其设备和武器进行检查。在 24 小时内，这些新来的飞机就被移交给战斗部队，有的留在瓦胡岛，有的迅速前往中途岛。7

这些准备工作开始得并不算早，因为日本舰队已经出动。5 月 20 日，田中的中途岛输送船团离开日本横须贺和吴市的大型海军基地驶

---

① 夏威夷航空部队自 1942 年 2 月 5 日起又改为第七航空队。

中途岛
1942年7月

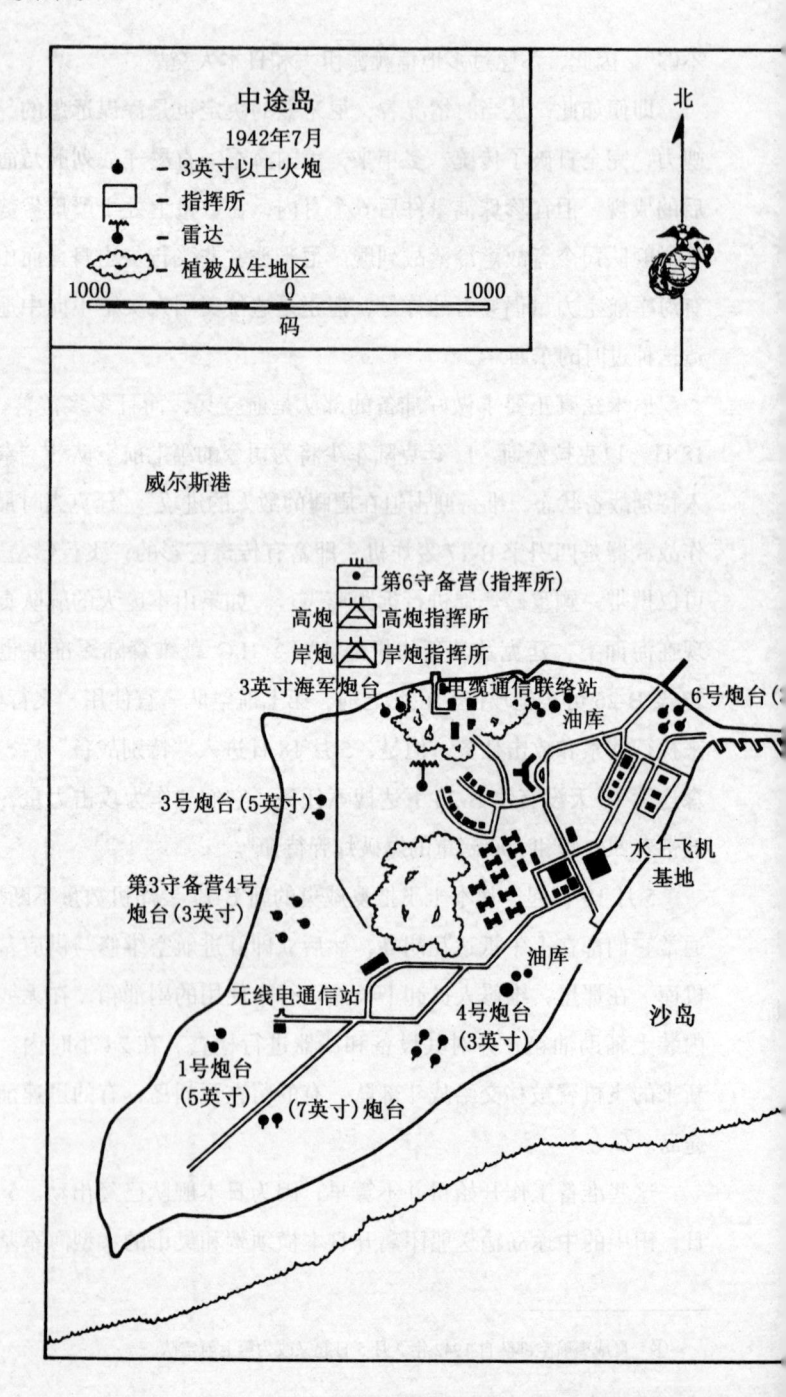

- ● — 3英寸以上火炮
- ▭ — 指挥所
- ♁ — 雷达
- ☁ — 植被丛生地区

1000　　　　0　　　　1000
码

北

威尔斯港

第6守备营(指挥所)
高炮　　高炮指挥所
岸炮　　岸炮指挥所
3英寸海军炮台
电缆通信联络站
油库
6号炮台
3号炮台(5英寸)
水上飞机基地
第3守备营4号炮台(3英寸)
无线电通信站
油库
4号炮台(3英寸)
沙岛
1号炮台(5英寸)
(7英寸)炮台

第七章 "得不到休息"　61

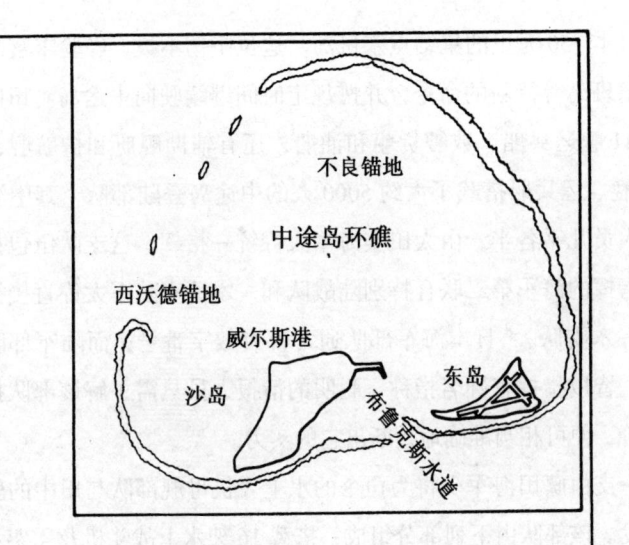

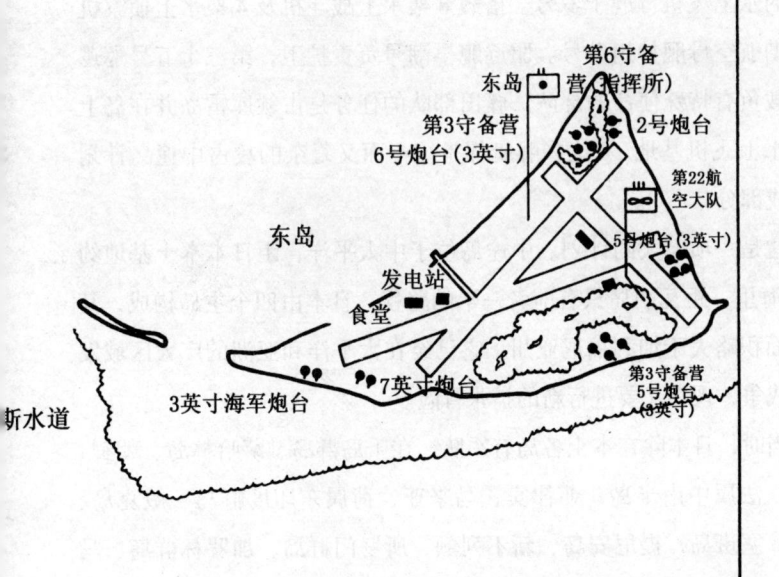

不良锚地

中途岛环礁

西沃德锚地

威尔斯港

沙岛　　　　　　　　东岛

布鲁克斯水道

第6守备营（指挥所）
东岛
第3守备营　　　　　2号炮台
6号炮台(3英寸)
　　　　　　　　　　第22航空大队
东岛
　　　　　　　　　　5号炮台(3英寸)
发电站
食堂

3英寸海军炮台　7英寸炮台　　第3守备营
　　　　　　　　　　　　　　5号炮台
　　　　　　　　　　　　　　(3英寸)

斯水道

太平洋

向距日本 750 海里的集结点塞班岛。这位坚韧不拔、经验丰富的将军将在塞班岛等待新的命令,并按规定时间继续驶向中途岛。田中部队包括 11 艘运兵船、数艘货船和油船,还有辅助舰艇和护航舰,总共 40 余艘。运兵船搭载了大约 5000 人的中途岛登陆部队,其中海军和陆军人员几乎各半,由太田实海军大佐统一指挥。这支队伍包括太田直接指挥的海军第二联合特别陆战队和一木清直陆军大佐直接指挥的陆军一木支队。[8] 日本海军部队通常都有数字番号;而陆军部队没有番号,皆以指挥官姓名指称,聪明的情报人员只需了解该部队指挥官的军阶,便可相当准确地判断出它的实力。

一支由藤田海军少将为司令的水上飞机母舰部队与田中的船队一起出发。该部队由下列部分组成:搭载 16 架水上战斗机及 4 架水上侦察机的水上飞机母舰千岁号,搭载 8 架水上战斗机及 4 架水上侦察机的辅助航空母舰神川丸号。驱逐舰早潮号负责护卫,第三十五号巡逻艇运载负有特殊使命的部队。藤田部队的任务是占领库雷岛并在岛上建立水上飞机基地。[9] 这些舰艇都是统一而又复杂的攻占中途岛计划的组成部分。

这是一项庞大的计划。中途岛位于中太平洋,距日本本土基地约 2250 海里,距瓦胡岛只有前者一半的路程。日本由四个主岛构成,其核心面积略大于加利福尼亚州。它已经在太平洋和亚洲的广大区域发动了战争,现在又要进行新的扩张冒险。

当时,日本除在本土各岛有军队,在千岛群岛、萨哈林岛、朝鲜、中国、法属中南半岛、菲律宾、马来亚、荷属东印度群岛、威克岛、关岛、塞班岛、提尼安岛、新不列颠、所罗门群岛、加罗林群岛、马绍尔群岛、新几内亚以及其他一些地方都有军队。试想一下,要在如此广大的地域装备、运送、供应和维持各类部队,需要怎样的人力、物力、舰船配备和组织工作!人们只要设想一下这要做出多大的努力,就不难看出日本人为了荣誉在 1941 年 12 月 7 日贸然开战面临的问题有多大，而如今在中途岛他们又想干什么。

由于美国潜艇四处活动，田中有日本10艘最好的驱逐舰护航。这些驱逐舰都取了与战争很不相配的诗意十足的名字，其中有参加过袭击珍珠港的不知火号、霞号、霰号和阳炎号。这些舰艇速度快、火力强，排水量约为2000吨，装有8个24英寸口径的鱼雷发射管及6门5.5英寸口径的、有遮护的双联装火炮。[10]

作战计划规定，在抵达塞班岛前，驱逐舰的最终目的地应对它们的舰长保密。但至少有一名舰长从田中那里提前知道了。5月20日，在吴港，田中向天津风号舰长原为一海军少佐透露了消息。在这之前，对天津风号的人员进行了大规模调整。到5月中旬，天津风号上有经验的军官及大半船员都被换掉了。原为一估计该舰至少需要两个月才能恢复战斗力。其他驱逐舰舰长大都面临同样的情况。原为一听到田中的话之后，像以往一样立即做出了反应。他看着田中，似乎感到统帅部的成员和整个统帅部都失去了理智，接着，他激动地大喊起来："什么？这是搞什么名堂，司令官？难道就用这样的部队去打仗？"

田中示意这位敢于直言的部下安静下来，并承认说："事实上我也没有把握。但愿这不是真的。"然而这是千真万确的事实。因此，在驶向塞班岛途中，在田中的护航驱逐舰舰长中，至少有一人情绪非常低落。[11]

轻巡洋舰神通号枪炮长千种定男海军少佐在当时的日记中记得很详细，他清楚地记得途中的情况。"驶向塞班岛途中风平浪静，阳光明媚，万里无云，微风习习，"他回忆说，"此情此景使人振奋。"但是他也记得，当时大家体力和脑力耗费都很大，十分疲劳。"我们得不到休息，得不到休息，"他重复着，"我和别人一样也是人，我们奔赴战场时都已疲惫不堪。我们对取胜没有丝毫怀疑，但是大家都累坏了。"

千种很聪明。他身材中等，性格温和，为人谦逊，目光炯炯有神。珍珠港作战中，他在驱逐舰秋云号上任枪炮长，4月份刚从印度洋作战中返回就被调至神通号。这艘巡洋舰一直在广岛湾忙于为进攻中途岛而加紧训练。由于未来作战中它的任务是摧毁岸上设施，支援登陆部队，因此训练的主要目的是要做到精确轰击岸上目标。4月底，千种听到了关于攻打中途岛的消息，并详细研究了作战计划。他念念不忘珍珠港和印度洋作战的胜利，所以在驶往塞班岛途中他一直认为战争很简单，我们能打赢，攻下中途岛易如反掌。[12]

美国人没有自欺欺人地认为守住中途岛"易如反掌"。岛上到处都在进行抗击入侵的准备。东半部的那个小小的三角形东岛几乎要被集结的人和物压沉了。整个设施上一片杂乱：匆匆忙忙的指挥官，新近到达的人员，有各式各样的飞机，总也加不满的油罐，还有当地的海鸟信天翁。

用海军陆战队第二十二航空大队（MAG-22）大队长艾拉·E.凯姆斯中校的话说："我们得知面临的任务时，感到似乎有成千上万件事要做，但又没有时间去做。于是我们夜以继日地干，只要不累得无法参战就行。"[13]

自5月21日起，中途岛作战进入战备阶段。在此之前，由第二四一侦察轰炸机中队、第二二一战斗机中队和规模适中的大队部及勤务中队组成的MAG-22是东岛唯一的航空兵部队。该大队有47名军官和335名士兵，有21架P2A-3战斗机和31架SB2-U3侦察轰炸机。这些飞机中只有17架可用。尽管部队人数不算多，但在岛上吃住仍有困难，有部分士兵连防空洞里的睡铺都分不到。不过，停放飞机的掩体是足够的。

在进入侦察飞行阶段之前，每天正常油耗约1500加仑①。岛上的

---

① 1加仑≈3.8升。

储油系统可以满足这个数量的供应。该系统的组成为：地下主储 10 万加仑，备储 5.1 万加仑，分散在机场周围各要地的有 250 个 55 加仑的油箱桶可在紧急情况下供油，一艘驳船装油 1.5 万加仑，油泵不停地将油泵入主存储系统，以保证油料供应；此外，还有 2 辆各装 1200 加仑的油罐车可供使用。

遍及全岛的弹药堆积处共计约存有：37 颗 1000 磅炸弹，216 颗 500 磅炸弹，281 颗 100 磅炸弹，23 颗 MK17-1 型深水炸弹，以及 2.2 万发 0.5 英寸和 0.3 英寸口径的枪弹。地下储有淡水 2.5 万加仑，地面水箱储淡水 2 万加仑。淡水的使用控制严格，只能饮用和做饭。洗澡及冲洗使用抽上岛的海水。[14]

这种常态不久突然发生了变化。尼米兹后来写道："中途岛得到了它能得到的一切加强力量。"然而令人尴尬的事实依然存在，"……中途岛仅能为约一个航空母舰群的航空兵部队提供保障……"因此，"尽管不断有大批飞机从大陆飞抵瓦胡岛，然后飞至中途岛，但是岛上所有的飞机数量从未大到足以留有充分余地弥补损失的程度。"[15]

当时，华盛顿的陆军最高层在根本没有被说服的情况下接受了日军将进攻中途岛的观点。史汀生的日记清楚地反映了这一点：

> 最近几天不断传来令人惊恐的消息，说日本人正在集中兵力准备向我发动进攻，以报东京被炸之仇。由于消息有根有据，我们现在正不安地揣摩着他们的进攻地点，究竟是阿拉斯加，还是西海岸，还是巴拿马。乔治·马歇尔十分不安，今天下午对我说他打算到西海岸去看看。

那天（5 月 21 日）下午晚些时候，史汀生看到马歇尔正和空军及陆军情报部代表讨论日军可能进攻的问题，"谈到日军可能空袭在圣地亚哥的工厂，然后南下飞入墨西哥"。换言之，他担心日军会采取杜利特尔空袭的方式——袭击日本后即飞往中国降落。于是史汀生要求政府与边界以南的自己人取得联系。马歇尔于5月22日下午飞抵西海岸,"因为我们认为可能性极大的是日本人不久将袭击我西海岸某地,很可能是西海岸南部某地"。[16]

显然,这时在东京,有几个人正不安地在做进一步考虑。三和写道:"虽然由于准备工作进展缓慢,人们强烈要求推迟中途岛作战,但还是决定强行推行原计划。这个决定涉及一个棘手问题:过于勉强推行固然不好,但对这些要求采取过于软弱的态度也不行……"[17] 翔鹤号的整修和瑞鹤号的补充工作远不能如期完成,潜艇的修理工作也是拖拖拉拉。但是日本人还是决定执行原计划。这是因为如果打乱了原定的日期,至少要等一个月才能有合适的月光,对中途岛实施夜间登陆。[18]

5月22日破晓,山本的主力部队驶过丰后水道进行短暂的海上演习。途中它与返回本土的第五、第六巡洋舰战队相遇。大和号礼貌地发出信号,祝贺它们取得了珊瑚海战役的胜利。但是巡洋舰没有回答。三和估计他们之所以保持沉默,是"出于意识到自己打得不好的缘故"。

08:00,主力部队的10艘战列舰开始演习。当这些大型舰艇在海上轰轰隆隆地劈波斩浪时,谁能相信这竟是日本帝国海军在公海上的最后一次大规模演习呢?他们一直演习到午夜,然后才驶向临时锚地。这天,三和在日记的结尾部分写道:"累坏了。"[19]

这句话同样适用于美海军陆战队MAG-22副大队长维恩·J.麦考尔少校。5月22日,他开始了他所说的中途岛之战的"搜索和侦察阶段"。东岛开始活跃起来。由6架PBY-5A"卡塔林纳"巡逻轰炸机、20名军官和40名士兵组成的第四十四巡逻机中队(以下称VP-44)从珍珠港飞抵东岛。守卫部队旋即开始在12个增设的飞机掩体忙碌起来,并对重要设施加紧进行伪装。新的无线电频率计划开始实行,所有飞机全部调整到新的频率。很能说明问题的是，当天MAG-22例行巡逻的油耗约为8000加仑，几乎达到正常日耗量的5倍。

5月23日，VP-44剩下的另6架PBY巡逻轰炸机载着21名军官和40名士兵飞抵东岛。同日又派出6架PBY在直径600海里的海面上做扇形搜索。这天的油耗为前一天的2倍多。[20]

5月23日17:00，山本的主力部队返回柱岛。次日下午，原海军少将向山本及其幕僚报告了珊瑚海战役的情况。宇垣承认说："他的报告相当真实。"

5月7日，他连一次发动进攻的机会都没有，气得简直要退出海军了。次日他虽使敌方受创，但自己的部队也有损失。当时的形势十分复杂，虽然他意识到必须扩大战果，但没有勇气这样做，只是执行上级的命令："向北""进攻"。[21]

宇垣可能已经消了气，但是三和不以为然。"我不禁感到司令官们的情绪有点低落，"三和在日记中说，"他们似乎忘记了只有坚持到底的人才能取得战斗的胜利，忘记了在战争中我们承受的损失看起来总是大于给敌人造成的损失。这样看来，海军少佐和大尉一级的飞行军官们的情绪倒比他们的高。如果他们受到嘲笑，那也没有办法。"[22]

这个评价对人称"金刚"的原海军少将来说就不近情理了。在这次战斗中，美国人遭受的主要损失都是原手下飞行员干的。下级军官们可以尽情施展他们的蛮勇，因为数千人的性命和巨大战舰的命运并不取决于他们的拼杀。此外，宇垣的原谅与三和的蔑视都清楚地表明：山本的参谋们对珊瑚海之战的结果并不像日本报界那样感到喜出望外。

第八章
"你能守住中途岛吗?"

攻击部队驶离本土前,日本人还有一些疑问和难题有待解决。因此,5月24日08:30,在大和号上再次进行了中途岛及阿留申群岛作战的图上推演。[1] 山本站在中间,周围是宇垣、黑岛、渡边、三和及其他几个忠实的幕僚。他们对自己敬爱的首长十分信赖。是他果敢地制定了袭击珍珠港的战略。这位百战百胜的长官制定的作战计划怎么会有差错呢?

推演按照计划进行得很顺利。下午,山本召开作战评议会。会上出现了一个具体问题:如果敌舰队出来迎战,北方部队该如何动作?与会人员一般都认为:"如无强敌出动,则应按原计划空袭荷兰港。"

黑岛说得慢条斯理但很有说服力:"攻岛作战应作为主要目的。但如能有抓住并歼灭包括航母在内的敌舰队的战机,上述原则即不再适用。"

宇垣参谋长转身问北方部队的唯一代表、第五舰队参谋长中泽佑海军大佐:"即使发现北方作战已无可能,中途岛作战也还可以按原计划进行吗?"

中泽回答说:"我们没有任何反对意见。"

一直在注意听的三和开了腔:"如果那样,就应暂停攻岛作战,寻机与敌舰队交战。"

这时,宇垣做了简短发言,强调侦察机的敌情报告必须准确。接着,三和发言说:

如果北南两个方向均出现敌舰队，则可以比较有把握地断定南面的敌舰队比北面的强大。比如，如果有 2 艘正规航母、2 艘改装航母和数艘战列舰出迎我军，则可以认为南方的舰队是由 2 艘正规航母组成，而北方的舰队只有 2 艘改装航母。

如果在岛链以南出现一支敌舰队，则可根据当时的战况，调我北方部队南下加入主力部队。

如果一支强大的敌舰队出现在北方，我北方部队则应设法将其诱向西南，以便与我主力部队合力攻击之。

但是，如果敌舰队在西经 160° 以东，我潜艇部队应反复攻击之，我机动部队主力则应寻机攻击之。视气候条件，攻岛作战可延期进行。[2]

只要有可能就尽力消灭敌舰！这就把头等大事真正放到了首位。黑岛经过一番严肃认真的思考后，提出了自己个人的看法："我们不能过分依赖航空兵部队，水面舰艇部队必须准备在必要时做出牺牲。"

常与黑岛意见相左的宇垣，在这点上与他看法一致。他说："虽然航空兵部队在打击敌薄弱环节上很起作用，但也可能出现不能运用这一原则的情况。"宇垣还进一步强调了航空母舰的弱点，并引用原少将的珊瑚海海战报告作为佐证。[3]

与往常一样，最后由宇垣发言。他以愉快的声调说："看到必要的准备工作已经就绪，可以如期发起这次战役，我和你们一样也很高兴。"然后，他告诫说：

由于此次作战的海域很广，涉及大批部队，我们要估计到随时可能出现的不测。因此，我必须强调：各部队之间需保持协同一致，必要时要毫不犹豫地发出信号，必要时一定要加入到别的部队中去。[4]

为了南云，也该有人把宇垣的这段话好好记下来。在驶向中途岛途中，南云正是为此目的才打破无线电静默的，但事后这种做法受到多方的指责，他本人也受到不少指责。

这时，宇垣继续严肃地说："敌潜艇最近活动频繁。根据从无线电中截获的情报，最近已发现20余艘敌潜艇，我方因受它们攻击，损失不断增加。我们必须对敌潜艇保持高度戒备。"

接着他考虑了一下美方的企图后说："现在还难以准确估计敌人下一步的行动。但根据报纸报道，他们正驶向澳大利亚。眼下，两艘敌航空母舰位置不明，不是在澳大利亚，就是在夏威夷。这样，我们就不能指望在下一步作战中歼敌一半以上。因此我们非常希望能尽量扩大战果。"[5]

除了宇垣，还有谁会对仅将消灭50%的敌军表现出这样大的失望呢？

评议会的这部分工作于14:00结束。接着，会议用一个小时的时间检讨了珊瑚海作战。第五巡洋舰战队司令高木武雄海军中将抱怨那次交战日方运气不佳。三和对此甚是恼怒，他认为一个人运气好坏全在于自己。[6]

然而，次日报纸的标题与三和尖刻而诚实的看法形成了鲜明的对照。报上对珊瑚海战役的赞扬升格成了一首颂歌：

> 星期三就是海军节了。在这具有重大意义的节日前两天，即星期一，帝国大本营发出了好消息……
>
> 在珊瑚海战役中，我方取得了确定无疑的战果：
>
> 击沉敌战舰5艘。它们是：排水量3.5万吨的加利福尼亚型战列舰1艘，排水量3.3万吨的萨拉托加级航空母舰1艘，排水

量 1.99 万吨的约克城级航空母舰 1 艘，排水量 9800 吨的波特兰级 A 级巡洋舰 1 艘，驱逐舰 1 艘。

重创敌战舰 2 艘：1 艘是排水量 3.06 万吨的英国沃斯派特级战列舰，另一艘是排水量 9050 吨的美国路易斯维尔型 A 级巡洋舰。

几近重创 1 艘排水量 3.5 万吨的美北卡罗来纳级战列舰。

击落敌机 98 架。[7]

那天，三和到东京的海军军令部。在那里，他听到了关于珊瑚海战役的另一份报告，并与军令部的参谋们讨论了中途岛作战问题。此外，他还顺便走访了海军省海事课。三和此行在业务上没有收获。他并没有得到具体的指示。他怀疑这些纸上谈兵的军官对与中途岛作战有关的事究竟真正懂得多少。

但是，从个人方面说，三和充分利用了这一机会与夫人美美地过了两天。对于三和，"上午离家去上班可能就意味着夫妻生活的结束"。三和夫妇对这一事实也只能认命。因此，在离家出征前夕，他并不觉得特别兴奋。他的夫人，"当然毫不知情，不过，心情似乎也与三和的一样"。[8]

在中途岛，5 月 24 日继续派出飞机进行例行巡逻，继续进行修建工作。应急物资已经下发，有的储于防空洞内，有的散埋在岛上的几个地方。25 日新来报到的 80 个人被编入 VP-44。麦考尔担心地说："就餐军官的人数已达到正常数量的 3 倍。"[9]

在"海波"，罗奇福特与部下一起为破译截获的一份超长的日军电文已经忙了一夜。尼米兹召他参加参谋会议时，他还在忙着。罗奇福特迟到了整整半个小时，将军当然很不高兴。但是看到"海波"搞出的材料以后，任何指挥官对这位密码分析家的任何过失——只要不是叛国或谋杀罪——都是会原谅的。这份情报涉及的是日军战斗序列及其他一些事。其中说到瑞鹤号仍不能参战,进攻最早也要到6月3日前后才能开始。[10]

这一情报使尼米兹对进攻中途岛的日军兵力有了异常准确的估计:2—4艘战列舰,4—5艘航空母舰,8—9艘重巡洋舰,4—5艘轻巡洋舰,16—24艘驱逐舰,至少25艘潜艇。当时他还不知道山本的主力部队也将参战。[11]不知道这一情况反倒更好,他的心情已经不能平静了,因为即使不算主力部队,日军在各类舰艇的数量上也将超过美军。

这份如此完整的情报引起了太平洋舰队司令部及华盛顿方面的怀疑,这也许在意料之中。日本人是否在故意向美国人施放假情报?为什么联合舰队会将如此高度机密的情报用无线电发出?为何对中途岛、基斯卡岛、阿图岛这些不大的目标派出如此庞大的舰队?尽管有这些疑问,尼米兹还是又一次相信了他的情报人员。[12]把自己的战略建立在截获的无线电情报的基础上毕竟要比建立在模模糊糊的一些"如果……该怎么办"上好得多。

"海波"不失时机地截获并破译了这一极为重要的情报。日本人在确定计划并用无线电发出作战序列后,随即更换了JN25密码系统。几个星期后"海波"才破译了日本人的新密码。[13]

尼米兹接到情报后,当天就写信告诉赛马德和香农,日军把进攻时间推迟到了6月3日。[14]这一推迟使中途岛的这两位长官得到了求之不得的几天宽限。他俩均已年过50,却是岛上有名的一对优秀网球双打选手。在保卫中途岛的战斗中,他俩就像在网球场上一样配合默契。

参加过第一次世界大战的香农坚信带刺的铁丝网是十分有效的防卫设施,他下令在各处设置。一位高炮射手愤怒地喊道:"铁丝网,铁丝网!天哪!这老头以为用铁丝网就能挡住敌人的飞机!"

除了香农所青睐的铁丝网外,环礁上还存有大量炸药,这对守军来说实在很危险。因此,大批炸药被倒进了海里。[15]

第八章 "你能守住中途岛吗？" 73

香农至少有一点与山本相同，那就是入睡快，醒得也快。虽然他整天喝咖啡，半夜还要喝上几杯，但他倒在床上就能睡着，可是一旦被叫醒，他马上就能变得十分机警。[16]

在这样充满活力的人领导下，东岛和沙岛这两个小岛上大炮林立，带刺的铁丝网比比皆是，海滩和周围水域密密麻麻地布着地雷和水雷。11艘鱼雷快艇奉命时刻准备绕环礁巡逻、打捞迫降的飞行员，并以其防空火力支援地面部队。1艘游艇和4艘经过改装的金枪鱼捕捞船待命执行救护任务。19艘潜艇在岛的北部和西北部100—200海里处警戒着进岛的各条通道。[17]

自1941年11月中旬，中途岛的防务已有了很大改观。当时一架泛美航空公司的快速班机因途中受阻在中途岛等了3天，为使乘坐该机飞往美国的日本特使来栖三郎对中途岛的实力留下特别的印象，香农和赛马德安排海军陆战队员一字长蛇缓步行进在通向泛美饭店的路上。当来栖和香农的汽车驶过这支队伍时，香农对来栖解释说，这是"他属下的一小部分在进行例行的训练演习"。事实上，为了凑齐这支"不成样子"的队伍，他动员了所有的人，连厨师和炊事兵都用上了。[18]

5月2日视察环礁时，尼米兹就问过香农："如果你要什么我就给你什么，受到大规模两栖进攻的时候，你能守住中途岛吗？"香农很干脆地答道："能。"海军史学家塞缪尔·埃利奥特·莫里森赞成这一判断。[19]一些下级军官急切地盼望敌军来攻。他们已经等了6个月，相信日军肯定攻不下这个岛。[20]

其他军官并不这样乐观和自信。在沙岛，麦考尔悲观的程度几乎到了一向骄傲自大的陆战队员所能允许的最高点。他虽有雷达，却是老式的SC270型，连目标的高度都不能显示，而且荧光屏上显示出的许多亮点可能是日机，也可能是低空飞翔的信天翁。为了能稍微清楚地判断情况，陆战队让进入中途岛的己方飞机按一定的模式飞行。在荧光屏上的亮点只要符合这一模式，就可认为是美国飞机。[21]但是，空袭珍珠港时，日军大批机群的进入角度与预先安排的 B-17 机群的进入角度在荧光屏上所差无几。这一经验已经证明，这样笼统的辨认是错误的。[22]

岛上海军陆战队的俯冲轰炸机是 SB2U-3 型，正式名称是"辩护者"，诨名为"震动器"，又叫"风向标"。这些老古董常常发生地转。1942 年初在俯冲试验时，机体组织与机翼脱离，只好用胶布黏合的方法来修理。[23]

陆战队的战斗机是 F2A-3（"水牛"），它还有个可怕的名字——"空中棺材"。[24] 当初，"水牛"是一种很好的飞机，机动性能好，易于驾驶。但它也有若干缺陷，以致在空中易被击落，因此，它已经落后了。[25] 日军的零式战斗机的水平飞行速度比"水牛"的最高安全俯冲速度还要快。[26]

几个月前，航空母舰上的 F2A-3 和 SB2U-3 型飞机已分别换成 F4F 和 SBD。于是，海军把这些换下来的老式飞机拨给了陆战队。海军作战学院对中途岛之战的分析文章谈及这一安排时说："给海军陆战队各航空大队装备老式飞机的做法是造成陆战队第二十二航空大队在中途岛作战中损失过大的因素之一。"[27]

令人更加忧愁的是：根本没有制定协同中途岛空中作战的计划。尽管飞行人员英勇顽强，求战心切，但他们分别来自陆军、海军及海军陆战队，不习惯于协同作战。[28]

麦考尔说："当时看来取胜毫无希望。凭借这些东西，他们这个仗是打不好的。也就是说，情况一团糟。"麦考尔看到中途岛实力虚弱，认为袭击日航母的最佳时机是日机还在甲板上的时候，这也是他的飞行员活着回来的唯一机会。这需要极其精确地计算时间，需要有极好的运气，或者说，两者兼有才行。否则，虽说中途岛会尽力而为，也顶不住日军大规模的进攻。[29]

麦考尔的想法与尼米兹不谋而合。尼米兹认为：

第八章 "你能守住中途岛吗?" 75

要想阻止敌人的轮番进攻,必须使用巴尔萨①的航空兵,尽早尽快地摧毁日航母的飞行甲板。我们的首要目标不是击退进攻巴尔萨的首批敌机,而是敌航母的飞行甲板……如果说这一方法正确,巴尔萨的航空兵……应全力以赴直取敌航母……将护岛、对付第一批来犯敌机的任务留给高炮部队。[30]

当然,尼米兹对情况了如指掌,并不指望中途岛自己保护自己。他根本不准备消极地等着挨打。他战胜山本的唯一法宝就在于绝对保密。如果能做到绝对保密,就能出奇制胜。某些骨干指挥官知道中途岛守军"将得到包括航空母舰在内的海军部队的有力支援"。[31] 但在一线的指挥官并不知道。事实上,有人还特地告诉海军岸基飞行员说,不能指望得到航母的支援——它们要保卫夏威夷。[32]

最高领导没有向中途岛部队说明并不指望他们创造奇迹,也没有说他们并不是孤军作战。这是为了不泄露军机,从当时情况看是可以理解的。守岛部队都是海军和海军陆战队的人,都知道任何小岛的防守都离不开对周围海域的控制。

如果大批日舰停在中途岛炮兵射程范围之外的海面上,而且有大量战斗机掩护,中途岛守军是没有空中力量将其赶走的。如果山本使用其主力部队的战列舰上强大的炮火攻击环礁,而不是将这些战列舰放在舰队最后方作为海上指挥所,他完全有可能只凭钢铁的力量就攻下中途岛。美国人幸运的是,山本和宇垣老是想着省下战列舰——省下来干什么用则只有老天知道。宇垣甚至不让草鹿使用大和号上的通信设备。

"当时,日本海军主要依靠截获敌无线电通信联络了解敌人的活动

---

① "巴尔萨"是当时的暗语,指中途岛。

情况,"草鹿解释说,"从这一点来看,联合舰队司令部的旗舰大和号更合适,因为它的桅杆比赤城号的高多了……

"我向联合舰队参谋长特别强调了这一点,但是他拒不接受,理由是这样会导致过早暴露联合舰队旗舰的位置……" 33

另外,山本还受了艾尔弗雷德·塞耶·马汉的影响。马汉在《海权对历史的影响》一书中阐明了他关于海军力量的理论,反对使用战舰炮击岸上设施的观点。34 因此,中途岛不会受到此种类型的进攻。

按照尼米兹修订后的作战日程,5月25日,海军陆战队第三守备营一个37毫米口径高炮连抵达中途岛并迅速在两个岛上各部署了4门。"由于高炮安放在沙丘高处,进行平射时,炮上的两位瞄准手的位置高出炮管很多,炮手的轮廓映在天幕上就像射击场上的死靶子,"一位目击者回忆说,"幸运的是——至少对37毫米高炮手来说——敌人并未企图登陆。" 35

当天拥到岛上的还有更特别的增援部队——分别由唐纳德·H.黑斯蒂上尉和约翰·阿帕吉斯中尉率领的海军陆战队第二突击营三连和四连。这个由埃文斯·F.卡尔森少校指挥的新组建的营在以后的战争中被誉为"卡尔森突击营"。由于卡尔森曾作为文职观察员在中国共产党控制区内逗留过,对共产党人佩服得五体投地,因此该营的训练、姿态、外观受其影响很大。他的突击营比之常规的陆战队营就像狂热的摇摆舞节比之大型歌剧一样,但是一旦需要,他们是能打的——这正是指挥官们眼下所关心的。三连很快就消失在沙岛的矮树丛里,四连被派至东岛。36

卡尔森、副营长詹姆斯·罗斯福少校、黑斯蒂和阿帕吉斯都曾在珍珠港听取过"情况简介和指示",听到过"最惊人的消息"——日军计划进攻中途岛。阿帕吉斯几年后写道:"这个情报是怎样得到的至今还是个谜。"

有谣传说"东京玫瑰"受雇于我们,通过定期广播不断向我们发送情报;也有谣传说,日本的和平主义分子希望早日结束战争,就向我们提供情报;可能性最大的是日本帝国的密码已被我海军破译。[37]

5月26日是中途岛忙碌的一天。第七航空队司令克拉伦斯·廷克少将及其参谋人员从瓦胡岛乘B-17来到中途岛进行了一天的访问。他们带来了乔·K.沃纳少校和两名士兵临时履行"陆军联络小组队"的职责。另外,美舰小鹰号给MAG-22带来了22名军官和35名士兵,还带来了19架SBD-2和7架F4F-3飞机。驻岛陆战队员卸了一整夜。麦考尔写道:"21名新到的飞行员中有17名刚从航校出来。现在,军官数量几乎增加了3倍,士兵数量也增加了一半。"[38] 由于飞行员数量很大,所以军官的比例比士兵的高,新到的士兵中没有维修兵,中途岛只能供养最低数量的非飞行人员。因此,飞机的日常维护和保养工作就只能由空勤人员自己来干了。[39]

有一点是确定无疑的:在这个阶段,从当时的条件、军用物资的质量和供应、中途岛地理上的限制等方面来考虑,中途岛正迅速成为人员充足、装备良好、高度警惕的前哨岛屿,问题是:这样的准备够不够?

第九章
"上将中的上将"

尼米兹实际上指望将突击部队的指挥权交给威廉·哈尔西海军中

将。比尔·哈尔西①是美国最有名的航空母舰指挥官。他是半个水手、半个飞行员,是个全才的海军军人。他1904年毕业于海军军官学院。在升为上校并有突出建树之后,他转向海军航空方面。1934年他在彭萨科拉取得飞行员资格。其后,曾任第一、第二航空母舰分队的第一任司令。1940年6月起,任和平时期主力舰队航空兵司令,领中将军衔。他对马绍尔群岛敌占区的进攻非常成功,因而成了太平洋战争以来美国人可以引为骄傲的第一位海军英雄,而且,作为载运吉米·杜利特尔及其空袭飞机进入轰炸东京航程的第十六特混舰队司令,哈尔西声名远扬。[1]

哈尔西身材高大,体魄健壮,但相貌奇丑。他那深刀重雕出的五官,那突出的眉头,活像"特库姆塞"——现存于海军学院的古老木质战列舰特拉华号舰首作为祝福的图腾像。但他也是最和蔼可亲的人之一,手下的官兵对他极为信赖。如果几个美国水兵凑在一起,往往总会谈到哈尔西,而且大多是真事。

按照计划,第十六特混舰队的2艘航空母舰应于5月26日进港。尼米兹急切地等待着,但表面上仍然十分从容镇定。那天11:58,企业号进入福特岛F-2号泊位。7分钟后,大黄蜂号停在了F-10-S号泊位。[2] 哈尔西预感到将有重大事件发生。但就在这时他全身发皮疹,奇痒难忍。别人建议的疗法他都试过,但都无济于事。这种状况从空袭东京时就已经开始了,所以他只好到医院检查。医生确诊为"全身皮炎",估计是精神高度紧张加上热带阳光照射所引起的,要他立即住院治疗。

哈尔西一直拖着病体坚持着,直到会见了尼米兹之后才住进珍珠港海军医院。当尼米兹见到他时,一眼就看出医生要他住院是正确的:他穿在身上的军服显得空空荡荡,看来体重至少减轻了20磅;从他发黑的眼圈可以看出他度过了多少不眠之夜。6个月来,除了短暂的泊

---

① "比尔"是"威廉"的昵称。——译注

港以外，他一直待在舰桥上。他已积劳成疾，显然不能继续率领舰队作战了。[3]

哈尔西获悉战斗即将在中途岛打响，而且他本该率美突击舰队参战，他感到这是"我事业上一大憾事"。太平洋战争爆发后，哈尔西碰到了一系列倒霉事：首先是在珍珠港，美军自己的高炮火力击落了企业号的飞机，致使数名飞行员丧生，以后他又有几次不愉快的经历，其中最严重的是到达珊瑚海太迟，未赶上参加战斗，甚至连杜利特尔空袭对他来说也不是完美无缺的乐事，因为有幸把炸弹扔到日本本土上的是陆军的飞行员而不是哈尔西的人。但是，这次不能担任中途岛战役的指挥官对他是最大的打击。

第十六特混舰队原来的番号似乎很不吉利。原先将其命名为第十三特混舰队的那个人想象力贫乏得惊人，而且还命令它在13日（一个星期五）启航。哈尔西的两位高级参谋立即组成代表团向太平洋舰队司令部抗议这种可能招致麻烦的草率举动。司令部的查尔斯·H.麦克莫里斯海军上校也认为没有哪个有头脑的水手愿意在13日（星期五）让以"十三"命名的特混舰队起锚出航。于是他接受了他们的意见，将其番号改为"十六"，并把出港日期提前了一天。[4]

1942年5月26日这天，尼米兹很失望，无奈地排除了哈尔西。哈尔西既是指挥官，又是经验丰富的飞行员，而且还善于鼓舞士气，可以说他本人就是一支特混部队。但是，若从此后几年的情况看，尼米兹会说，"比尔·哈尔西去住院的那天对海军是个好日子"。[5]这种貌似无情的话语并非对一位伟大的战将的责备。哈尔西为赢得太平洋战争起了不可缺少的作用。他施展才能的日子总会到来的，但并不是在中途岛战役中。这次战役要求指挥官具有冷静、稳健的判断能力，但哈尔西不具备。

然而，哈尔西间接地为中途岛海战的胜利做出了贡献。在被急送入院之前，尼米兹请他举荐可以替代他的指挥官。哈尔西毫不犹豫地提出了他的朋友和同事、他的巡洋舰队司令雷蒙德·A.斯普鲁恩斯海军少将。尼米兹立即表示赞同。他与哈尔西一样,对斯普鲁恩斯有很高的评价。斯普鲁恩斯虽不是飞行员,但他在珍珠港事件前就在哈尔西手下供职,因而完全可以当此重任。[6]

就这样,比尔·哈尔西本人退出了中途岛战事。当舰队离港驶往作战海域时,他只能眼巴巴地从尖岬上的医院里望着。此后,他像上了油的枪支一样,全身涂满了油膏,乘船返回本土接受特别治疗。[7]

当天(5月26日)上午,斯普鲁恩斯已乘坐旗舰北安普顿号巡洋舰随第十六特混舰队驶入珍珠港。泊港后,他登上企业号,等着向正与尼米兹谈话的哈尔西报告并询问近期的作战计划。上舰后,他就听说哈尔西很可能要住院,[8]可是根本没想到他自己将要接替指挥。后来,他说:"因为我不是飞行员,而且珍珠港有的飞行员资历比我老。我还以为他们之中的某一位将接替哈尔西的职务呢。"[9]

他还在琢磨这一消息时,就接到要他立即到太平洋舰队报到的命令。在司令部,尼米兹告诉他:"日本人计划攻占中途岛并进而攻打阿留申群岛,我们将用现有部队进行抵抗。"哈尔西已经住院,他——斯普鲁恩斯,将担任第十六特混舰队司令并接管哈尔西的参谋班子。[10]

尼米兹接着指示斯普鲁恩斯于5月28日起航,5月29日将有机会与乘坐受重创的约克城号返回珍珠港的弗兰克·杰克·弗莱彻海军少将会晤。尼米兹告诉他:由于第十七特混舰队司令弗莱彻级别在他之上,弗莱彻将担任此次作战的指挥。

尼米兹又说,中途岛战役后斯普鲁恩斯将返回珍珠港,接替德雷梅尔任太平洋舰队参谋长。这并不很合斯普鲁恩斯的口味。他后来说:"我已经任过两期参谋,在大规模海战前期上岸去,我很不高兴。"[11]但是当时他并未流露出来。接受命令后,他听取了情报简介。

离开尼米兹办公室时,斯普鲁恩斯对"受此重任"虽有些意外,但并未被压倒。"保卫中途岛的战斗在即,临时担任第十六特混舰队司令"他自然是"很高兴的"。他对形势的估计是现实的,同时也是乐观的。他说:"我们已经知道了日本人的企图,我想我们能够给他们以沉重打击。"[12]

这样温和地表达感情是斯普鲁恩斯的特点。他 1907 年毕业于海军学院,曾在驱逐舰上任过职,当过轮机军官,在射击指挥方面也是行家。在突然面对这一挑战之时,他已经 56 岁了。他在海战学院担任过参谋,以后还会成为该院院长。他还担任过战列舰密西西比号的舰长及第十海战区司令。战争爆发前不久,任哈尔西的第十六特混舰队巡洋舰队司令。

斯普鲁恩斯身材瘦长,头发花白不带卷且日渐稀少,面部的轮廓显露出刚毅,高高的前额,一双深沉明亮、海水般清澈的眼睛。对那些无孔不入、到处采访英雄人物动人事迹的战地记者,他总是避而不见。他从心底里讨厌抛头露面,因此他拒绝接受采访,而且以缺少住处为由不许记者住在他的旗舰上。记者们对他进行报复,写文章说他尽管办事干练,但冷酷无情。[13]

在海军军官圈外,斯普鲁恩斯并不出名,甚至他的一些同事也认为他是个"冷酷的家伙",毫无幽默感。实际上,他很幽默。他为人十分真诚,只有在确实高兴时才面带微笑,在极度愉快时才会放声大笑。这样,如果他的朋友看到他眼里突然闪了一下光,就知道这实际等于自制力较弱的人在哈哈大笑。[14] 尼米兹对他评价最高,说:"斯普鲁恩斯和格兰特一样,都是善于打反击的人。他大胆而不鲁莽。他比较谨慎,而且打仗有感觉。他沉默寡言,说到做到,并敢于坚持己见。"[15]

在许多方面,斯普鲁恩斯与哈尔西恰好相反。哈尔西是那种咋咋呼呼、先干后想的将军,而斯普鲁恩斯沉着冷静,凡事总是三思而后行;哈尔西能唤起人的想象力和激情,而斯普鲁恩斯能触及人的心灵和理智;哈尔西常常溢于言表,慷慨激昂,而斯普鲁恩斯则言简意赅,一语破的;哈尔西喜好开怀痛饮,能把舰队中最能喝的人喝得"倒在桌下"，而斯普鲁恩斯说，"我不会拿这种东西惩罚自己的胃"。[16] 他俩在太平洋战争中各自占有重要的、独特的地位，各自做出了巨大的贡献。尼米兹十分喜爱和赞赏他俩，曾精辟地归纳说："斯普鲁恩斯是上将中的上将，哈尔西是水兵的将军。"[17]

到中途岛战役时，日本海军对哈尔西的名字已很熟悉，但对哈尔西的这位朋友并不了解。山本的参谋渡边安次海军大佐说："我们从未听说过斯普鲁恩斯。"[18] 这一情报空白很快就被填补上了。

夏威夷时间 5 月 27 日，即斯普鲁恩斯会见尼米兹的第二天，瓦胡岛美太平洋舰队基地开始活跃起来。在第十六特混舰队的战舰上，身穿粗布工作服的人们正忙着给舰艇补充燃油、食品、设备和弹药——一切有助于增强这些舰艇战斗力的物资。从这天 00:00 时起，一连几个小时，企业号从码头上加足了淡水，装上了电话设备。05:50 晨曦初照时，汽油驳船 YO24 号驶离企业号左舷。该舰原已有 1.9080 万桶燃油，现又补给了 8.2405 万加仑的航空汽油。

06:19，太阳从东方冉冉升起。天越来越亮，岛上、舰上，人们也越干越欢。日出后一分钟，企业号开始补充给养，整个工作持续了一天。[19]

大型战舰往往在两个战役之间要在港内做极短暂的停留。企业号和大黄蜂号这时正忙得不可开交。对弹药库和无烟火药的日常检查进行得很顺利。岸上的人几乎觉察不到，但实际上人员已进行了许多调整，军官和士兵正有条不紊地上下航空母舰。[20]

战列舰泊位这边被电石灯照得如同白昼，叮叮当当敲打的榔头声，吱吱呀呀转动的绞车声，嗡嗡作响的钢缆，海上抢救队员在吃力地打捞被击沉的战舰，抢修受损伤的战舰，希望它们有朝一日能再参加战斗。在庞大的基地上空及其周围，飞机在巡逻，瞭望哨在警惕地观察，哨兵保持着高度警惕。许多人仍然认为日军可能杀过中途岛，进攻瓦胡岛。

就在两天前，5 月 25 日，海军船厂周围装上了火炮——在"Q

站和布栅船上各装两门；在"K"站和分区基地两地基坚实处各装2门可移动火炮，每门炮配备66发炮弹。"这些火炮将由已派至这些站的人员操纵，主要任务是保卫港口，使其不受敌快速轻型舰艇的攻击，并在它们抵达港口大门前就将其击毁"。5月27日，船厂又"进行了一次'战备'演习"，内容是水雷及炸弹观察站、港口控制所、水雷布设及排雷队之间的协同行动。[21]

瓦胡岛上的美陆军航空兵指挥部里也比较忙乱。和蔼干练的第七航空队参谋长詹姆斯·A. 莫利森陆军上校说："看来情况很糟糕。我们估计日军马上就要猛攻中途岛，而后就来攻打瓦胡岛。我们知道日军重兵来犯，并且带有运兵船，一定会进行登陆。这就是危险之所在。我们还估计日军的登陆地点不是中途岛，就是瓦胡岛。"[22]

然而，在瓦胡岛陆军航空兵部队中，并不是所有的将军一开始就知道日军要进攻中途岛的。当第二巡逻机联队司令帕特里克·N.L. 贝林格海军少将把山本的大胆计划告诉来自得克萨斯州的体魄健壮的第七战斗机队司令霍华德·C. 戴维森准将时，戴维森又惊又疑，不相信地问道："日本人究竟为什么要占中途岛呢？中途岛离他们太远，光后勤保障就够他们受的了。"

当时，戴维森不知道日本海军密码已被破译，而贝林格是知道的，因此他对自己的话是有把握的。但是贝林格并未向他的好同事透露秘密，只是对戴维森说："我有证据证明日本人将攻打中途岛。"戴维森仍然摇头表示不信。可后来一了解实情，戴维森便全力以赴地投入了工作，帮助航空兵部队做好战斗准备。[23]

企业号和大黄蜂号的出海准备工作在继续进行。但5月27日这天，在企业号上进行的并不全是准备工作。13:45，吹起了军官集合号，13:52，当尼米兹登上该舰时，军乐队"鼓声点点，乐声阵阵"，陆战队仪仗队持枪敬礼，水手长吹起了哨子，桅上的四星旗迎风飘动。虽然尼米兹有许多急事要办，有许多问题要操心，他还是在百忙中抽出时间亲自为那些"穿着洁白军服、在飞行甲板上列队"的军官授了勋。[24]

站在队列第一位的是企业号舰长乔治·D.默里海军上校。他被授予海军十字勋章。全舰上下都知道他受之无愧。早在太平洋战争爆发初期,企业号的舰员就议论说:"(哈尔西)将军将带我们参战,上校将带我们结束战争。"[25]

授勋依照军阶高低依次进行。尼米兹走到第一流的飞行员小克拉伦斯·韦德·麦克拉斯基海军少校面前,授予他一枚优异飞行十字勋章。少校的表现突出,应该受此荣誉,而且不久他将立下更大的功劳。站在他身边的罗杰·梅尔海军少校被授予同样的勋章。当尼米兹为他佩戴勋章时,看着他那双机警的棕色眼睛,轻声对他说:"我想,再过几天你会有机会再得一枚的。"[26]

倒数第二位是不久将要晋升为中尉的克利奥·J.多布森海军少尉。"我以美国总统的名义,非常高兴地授予你优异飞行十字勋章。"说着,尼米兹在他那因激动而剧烈起伏的胸前别上了勋章。"谢谢,长官。"多布森回答说。和将军握手后,他后退一步,向将军敬了个礼。有几位美国人的作战日记记得很好,年轻的多布森便是其中之一。多亏了他们,我们才得以了解到中途岛战前及战役各阶段中某些个人的看法。[27]

对多布森来说,那一天,战争带来的悲痛比荣获勋章的喜悦要大得多。5月20日,他的一位好朋友在起飞时坠落,机毁人亡。他得帮助清点这位朋友的遗物。他说:"一个心地善良、思想纯正的人就这么走了,太不公道了。"抵达珍珠港的当天,多布森和另一个朋友一起花了大半天时间安慰死者的妻子。这天下午,他们还要再去看望她。多布森不单是为"小南希"① 感到极为悲哀,而且对他的中队长十分愤怒。这位中队长忙于个人私事,连探望死者家属这种重要的、传统的

---

① 死者妻子的昵称。——译注

指挥官职责都无暇顾及。[28]

在企业号上,队列里的最后一位是炊事值勤兵多丽丝·米勒。他那硕大的骨架、宽厚的胸部和一双巨手,与那女性味十足的名字形成了鲜明的对照。他因在珍珠港被袭时表现勇敢而获得了海军十字勋章。尼米兹给他戴上勋章时,他笔直地立正站着。米勒是"这次战争中太平洋舰队里第一个接受如此崇高荣誉的黑人"。[29]

尼米兹下舰时,水手长在一边吹起了哨子。这时如果尼米兹不感到自豪和激动,就太没有人情味了。他比谁都清楚,山本巨型舰队的人数远远超过美国能够派往中途岛的。但是,有默里、麦克拉斯基、梅尔、多布森和米勒这样的部下,尼米兹完全可以毫无畏惧地与山本较量一下。

第十章
"大功告成的时刻"

南云部队以 16 节的航速一路纵队从阳光斑驳的濑户内海出发,呈现出一派节日景象。轻巡洋舰长良号一路领先,后面跟着第十驱逐舰战队的 11 艘漂亮的战舰,随后是组成第八巡洋舰战队的重巡洋舰利根号和筑摩号。似乎要造成戏剧性的高潮,战列舰榛名号和雾岛号相继驶过,激起阵阵波浪,最后达到了高潮——赤城号、加贺号、飞龙号和苍龙号 4 艘航空母舰浩浩荡荡向大海进发。

在舰队右舷有几艘渔船,船上的人们向舰队招手欢呼。[1] 机动部队驶过一些小岛时,岸边有些小孩挥舞着太阳旗。这天是 5 月 27 日,是东乡平八郎将军在对马海峡大胜俄国人 37 周年纪念日。09:00 许,赤城号上全体人员在后甲板列队，举行简短的仪式纪念海军节。首先，官兵们朝皇宫方向深深鞠躬。然后，舰长青木泰次郎大佐宣读东乡的告别词，其中说到"胜利之后，要束紧钢盔带"。[2]

这一告诫提得好。这次远征的节日气氛与出击珍珠港前的严格保密形成了多么明显的对照！如果再加上军乐队和一群记者，南云部队这边就是一幅完整的节日庆祝图。

而在东京，这两个缺陷可以轻而易举地得到弥补。09:30，联合舰队的一支由护旗队引导的队伍，在海军军乐队的军乐声中通过东京市区。这支代整个现役海军的队伍行进到皇宫前面的广场向皇宫朝拜，然后到靖国神社祭奠光荣的阵亡将士的英灵。水兵们在"敬礼"的口令下立正，对过去的英雄及阵亡的战友表示敬意。[3]

日本报纸的晨刊做到了让那些身着盛装、手持小太阳旗上街庆祝的市民在出门之前就有愉快的心情。日本报界在赞颂国家方面从不羞羞答答。这天早晨，它吹响了所有的喇叭。想在了解政府态度的同时复习英语的人们可以阅读英语报纸《日本时报与广告报》。该报赞颂道：

> 今年的海军节不只是个纪念性的日子、回忆性的日子，还是个大功告成的日子。日本海军不仅在37年前战果赫赫，而且，此后它又一次次地立下了令人难以置信的更大的军功……这是达到顶峰的时刻，是大功告成的时刻。
>
> 由于德、意潜艇的活动，更由于日本海军的努力，今天，英国的制海权已经丧失。作为英国帮凶的美国，其海军也几乎已被日本海军摧毁。因此，今天日本已名列世界海军强国之首。这充分预示着日本将在未来世界的历史中崛起，拥有堪比昔日英国的地位。[4]

各报晨刊都借此机会回顾了自袭击珍珠港以来日本海军在此次战争中的战绩，特别强调了死于袖珍潜艇的"九个军神"的战斗精神。已退役的海军中将佐藤一郎对日美两军的情况进行比较后说："美国兵根本没有士气。如果美国发动进攻，那也只是为了做给本国民众看的。"[5]

为使热心的读者不致忘记日本海军多么了不起，各报都重新报道了开战以来敌舰损失情况，其中有真有假。它们说，"整个日本的一亿国民"完全可以对"海军超人的丰功伟绩"感到欢欣鼓舞！轴心国盟友也来助兴，祝愿日本万事如意。在东京和横滨的德国侨民在《日本时报与广告报》上以四分之一版的篇幅登出广告，祝贺日本军队和国民——自然要把军队摆在前面——在各个战场上取得重大胜利。意大利侨民数量少一些，但也在报上登出了表达同样情感的广告，只是篇幅是前者的一半，这也在无意中大致表明墨索里尼在轴心国这只风筝上只是个尾巴而已。[6]

在此黄道吉日，山本并未公开发表讲话。他更希望让联合舰队用战绩来说话。但是，《日本时报与广告报》在头版刊登了他的照片，第三版上登载的介绍对马海峡之战的文章，对他进行了歌功颂德：

> 就是在这次具有历史意义的战役中，海军士官生山本失去了两个手指。要是他失去三个，按规定他就不能留在海军里了。可以说，一个手指之差使这位士官生得以在37年后担负起了与已故海军大将东乡相同的职责。因此，人们可以称这是上天为促进日本国的事业而赐予的恩典……[7]

海军大本营新闻课长平出英夫海军大佐对日本军人的美德大加赞赏，使读者感到，帝国陆海军军人作战勇敢，勇于牺牲，尽忠尽孝，有骑士精神，而且优待俘虏，实乃天下无双。平出得意扬扬地说："我认为只有日本国民才会对敌人有这样的厚待。"

然而，在他对珊瑚海战役的高度虚构的描述中，最有意义的部分却几乎没有引起人们的注意。他在声称击沉了两艘美战列舰后强调说："在这里我想告诉大家的是：战列舰的重要性是巡洋舰和驱逐舰所无法比拟的。战列舰是海军力量的核心。"[8]这位海军军令部的官方发言人在中途岛战役前夕说这番话，无异于抽掉了日本海军所有舰艇的海底阀。但是，竟没有一艘战列舰对此表示愤怒。

10:40，皇宫打开正大门，一辆黑色的劳斯莱斯牌大轿车缓缓而出，驶上大街。大街上旗帜招展，人群熙攘。一看到车后排坐着的那位细高个的身影，男女老少都弯下腰深深地鞠躬，目光恭敬地低垂着。因为这是他们的天皇，是天之骄子啊！为庆祝海军节，天皇身着海军大将礼服。这种情况是少有的。在这个正值陆军主宰一切的国家里，天皇在公开场合大多是穿陆军总司令服。

天皇的轿车之后是皇室成员乘坐的规格略次的汽车组成的车队。整个车队庄严地驶至不远处的国会大厦。天皇将在此宣布日本议会第八十次特别会议开幕。他的讲话语言简洁，态度温和，言辞也不算华丽。听完恭维颂扬的正式答复辞后，天皇即起身离开大厦，免得去受那些长篇大论发言的折磨。[9]

根据大会所发的新闻通讯稿，为期两天的大会主要议题是"审议政府关于建立一支标准商船队的提案"，但读者们猜测召集这些政治家开会的真正目的是吸引一批听众。事实上，大会结束后，《日本时报与广告报》就坦率地承认了这一点。

14:00，演说开始。首相东条登上讲坛。在当时的世界领导人中，东条的天赋和能力是最差的。他既没有丘吉尔那样庄重威严，也远不及希特勒那样富有恶魔般的天才；既不具备罗斯福灵活机敏的政治风格，又不似墨索里尼在煽动群众方面口若悬河。确实，东条做事总是虽不得已却甘愿为之，一生在事业上碌碌无为。日本陆军并不鼓励它的将军们发挥聪明才智和创造精神。只要他们严格按常规办事,就能晋级、受奖。这种制度非常适合东条,东条也适合这种制度,两者相辅相成,共生共栖,以致到此时,东条既当上了日本首相,又是现役的四星将军——有了这一必要的军衔,他才能合法地成为陆相。[10]

在东条那角质框边的眼镜后面有一双机警的眼睛,耳朵紧贴脑壳就像狂怒的猫,嘴唇出奇地薄,上面蓄着大胡子。他的讲话冗长,言辞浮夸。这种风格常常成为山本手下军官们谈话的笑料。东条说:

……目前国内国外的有利形势仅仅是取得这次战争最后胜利的前奏……我们整个民族的不可动摇的决心过去是、现在是、将来自然是:英美列强的影响不彻底根除,他们称霸世界的梦想不彻底打碎,我们的正义之剑决不入鞘。

因此,今后指导这一战争进程的根本原则是:一方面,进一步显示全世界为之瞠目的我们陆军与海军之间的精诚合作,找到敌军踪迹并予以彻底摧毁……

东条为澳大利亚和中国流了几滴鳄鱼泪之后,谈到了主要的敌人,"已经一而再、再而三地遭到失败,却对公众隐瞒这些致命挫折真相的美国正拼命进行假宣传,妄图缓和国内的批评指责,防止中立国对其疏远。这里,我不禁要对美国和英国的民众表示同情。"接着,他用恶毒的语言攻击道格拉斯·麦克阿瑟将军说,"领导作战的人不是把重要的岗位托付给一个丢下绝望无助的官兵于不顾而只身逃跑的司令官,就是把它托付给大喊大叫、夸大海上游击战作用试图掩盖他们失败的人,而这种游击战既徒劳无益又毫无意义。"

东条首相东拉西扯了一通之后,总算接近了尾声。但是如果国会议员们以为他的讲演会到此为止,那就错了。他换了一个名义,以陆相的身份又发表了同样冗长的讲话。他并没有讲出什么新东西,只是详细讲述了自上次 3 月份国会开会以来日军的军事行动。这些东西完全可以在其他场合讲，但东条并不在意这天是否是海军节，只要有机会为陆军大吹大擂，他是不会放过的。[11]

下午晚些时候，轮到外相东乡讲演。他亲热地将日本与德国、意大利的亲善关系描绘成一幅玫瑰色的图画。他也顺便微妙地说了苏联几句话，暗示只要苏联人不多管闲事，遵守去年缔结的《苏日中立条约》，他们就不必担心。接着，他着实地嘲笑了英国人一番。他预言英国即将完蛋。而后，他集中力量对美国人进行了辱骂：

> 美国陆海军接连不断地遭到惨败，美国政府却对公众封锁消息，同时发布假捷报，企图维持美国国民的信心……美国政府根本不顾民众的利益，专横地把整个民族拖入与日本的这场目的不明又断无胜利希望的战争。这样，美国各知识阶层一定会对政府发出不满的呼声，这是非常自然的事。

显然，东乡在任驻莫斯科大使期间学会了一些套话。他虚伪地声称："美英两国推行其牺牲弱小国家的传统方针，肆无忌惮地把战火烧到世界的各个角落，他们对上帝犯下了罪行。然而，他们这样残暴肆虐，最终将落得可悲的下场，这是再明白不过的了。"

奇怪的是，东乡刚说过这两个敌人已岌岌可危，正摇摇欲坠，却又向大家发出警告："不难设想，美英两国为挽回败局一定会拼死进行反扑。"但是他急忙补充说，"不过，我坚信，毫无疑问，我们的民族将万众一心，顽强努力，不管战争要打多久，我们一定会取得这场伟大战争的光辉胜利，一定会建立起一个辉煌灿烂的世界。"[12]

海相岛田繁太郎海军大将走上讲坛，圆圆的脸上带着满意的神情。他既是山本军校时的同学，又是山本的挚友。那天下午他上台讲演时，心里清楚，日本海军部队已经出动，即将对中途岛敌军实行大规模攻击。脑子里想到尽是日本的赫赫战果，他自豪地宣称：

> 海上战事持续到3月中旬，敌人在西南太平洋的战略要地几乎全数落入我日本之手……
>
> 凭借此种最为有利的态势，从那以后，我们大日本帝国海军怀着摧毁敌人的坚强决心，已经发动，并正在发动积极的、大规模的战役……

接着，他详细叙述了太平洋战事，以及印度洋上的战役情况，当然也包括珊瑚海战役。他一一列举了全部战果，使发言达到了高潮。按他惊人的描述，日军已击沉敌战列舰8艘、航空母舰6艘、巡洋舰15艘、驱逐舰24艘、潜艇50艘、辅助舰船47艘，重创敌战列舰5艘、巡洋舰12艘、驱逐舰11艘、潜艇29艘、辅助舰船40艘。而日本方面为此付出的代价仅仅是：1艘小型航空母舰、1艘水上飞机母舰、1艘布雷舰、6艘驱逐舰、6艘潜艇、14艘小型辅助舰船、17艘运输舰和248架飞机。[13]

就这样，岛田正式向国会报告了不正确的战果。他根本没有必要撒谎。在当时，日本海军的战绩确实非凡，无需用谎报来抬高数字，真实的数字已经够一代海军官兵荣耀的了。也许岛田已经多少想到了这一点，因为他用外交语言发出了警告：

> 迫不得已连遭可耻失败的敌人现正集中全力扭转战局并加强其兵力。不言而喻，敌人将动用一切手段对我们发动反攻。因此，我们不应该——哪怕一刻也不应该丧失警惕。

但是，与前面的讲演者一样，岛田用乐观的调子结束了发言。他说："请允许我向你们担保：帝国海军的将士将一如既往，以高昂的斗志、必胜的信心，不怕任何艰难险阻，去征服敌人，去夺取战争的最后胜利，不达目的，决不罢休……"[14]

对这些滔滔不绝的美妙言辞，普通日本国民究竟真正相信多少就不得而知了。日本的报纸（即使是反政府的报纸）、杂志、书籍、评论家，都没有客观地向读者指出问题的另一面，或者对掌权者所发表的言论提出质疑。不过，细心的读者不会不注意到：每个讲演者都啰里啰唆地讲了一大通，但是他们都提到战争还要进行很长时间。然而并没有迹象表明日本普通国民不为军队自豪，他们也没有理由去怀疑官方公布的敌方损失数字的准确性，怀疑官方许下的关于取得最后胜利的诺言。

只有了解当时日本上下这种狂热地寻求征服的气氛、骄傲和自负的情绪，才能理解中途岛之战；只有了解日本人这种欣快的自信心的来龙去脉，才能明白袭击珍珠港时那种仔细筹划、严格训练、绝对保密的作风怎么会在不到6个月的时间里就丧失殆尽。

新闻界的阵阵花雨完全掩盖了令人发愁的事实，即南云的机动部队是"在训练不足、敌情不明的情况下"[15]出海作战的。空袭珍珠港的每一步安排都有准确的第一手情报为依据，而日本人在计划进行中途岛战役时显然没有这种情报的保障。

确实，从战争一开始，日本在瓦胡岛上的谍报渠道就突然断了。战前，日海军情报部估计日本侨民可能会被围捕，已经安插了一名德国人在檀香山作为定时（延期）炸弹，打算在战争过程中让其爆炸，发挥作用。但是，奥托·屈恩根本就没有成为当地战时间谍组织的核心，而是被美国联邦调查局檀香山分局投进了当地的监狱。在那里，他痛痛快快、原原本本地做了交代。[16]

此外，夏威夷的报纸每天也不再登载间谍人员一直爱读的有关美太平洋舰队各部队来来往往的消息，而且日本人尚未破译出美海军最高层使用的密码。因此，山本及其幕僚无法了解到尼米兹及其计划制定人员在想些什么。这是南云着重强调的一个不利因素。他说:"……我们几乎弄不到敌人方面的任何情报。我们直到最后也还是不知道敌航空母舰在哪里、有多少。"[17] 不过,即使南云一点也不知道美太平洋舰队准备干什么,又有什么关系呢?按照政府和官方报纸的说法,太平洋舰队实际上已经完蛋了!

……看看敌人必须保护的那些广大地区,再看看太平洋,我们可以放心,敌人派不出多少兵力到太平洋来了。我们认为:敌人在太平洋的残部只有以航母大黄蜂号和企业号为核心的几艘战列舰了……

这支最后的航母部队将采取何种行动……当然目前很值得我们最密切地关注。但是它的力量太薄弱,根本不是我无敌海军的对手,珊瑚海海战这一转折性的战役以后,可以说,整个太平洋海域已经落入日本人之手……[18]

在日本漫长的历史上,给太阳旗增辉最多的海军部队莫过于第一航空舰队。在不到6个月的时间里,他们从珍珠港打到印度洋,南云的名字已经让英美人铭心刻骨。太平洋战争爆发以来,他的舰队已经击沉敌战列舰5艘、航空母舰1艘、巡洋舰2艘、驱逐舰7艘,重创敌舰多艘,使许多小吨位的舰船葬身海底,而他自己却只舰未失。无怪乎草鹿说:"5月27日我们离开丰后水道时,大家信心过足了,认为只要有机动部队打先锋,什么敌人都不在话下。"[19]

中午时分,攻击舰队驶离丰后水道。当夜晚凉爽的咸风吹来时,舰队驶入了大海。渊田忙了一天,早早就爬上了铺位。前几天他到一家陆军医院住院观察过,但现在他还是感到阵阵作痛。医院的医生诊断说,他饮酒过度,规定他戒酒。起初,赤城号的外科医生玉井博士来看了看,认为问题不大,开玩笑说大概是太贪杯的缘故。这听起来倒令人高兴,因为玉井是个有名的外科医生,舰员们在一起逗笑时说他总想对病人开膛破肚。[20]

那天夜里,渊田刚入睡就疼得捂着肚子缩成一团。渊田的勤务兵急忙请来玉井。医生告诉这位大汗淋漓的飞行员:"是急性阑尾炎,我得立即给你动手术。"渊田请求他暂时简单处理一下,使他可以坚持一周到10天,但医生不答应,执意立即动手术。南云、草鹿和源田三人听到渊田患急性阑尾炎的消息,都赶到渊田的床边。他们都支持医生的意见。但他们都很不高兴,因为渊田是个富有鼓舞力量的指挥官,他的手下对他极为信赖,他们期望他带领日本的海上之鹰投入已经计划好的战斗。不过他们叫渊田放心,说没有他参加,他们也能行,而且不管在什么情况下,他都可以随时提出意见和建议。[21]

渊田不能担任飞行队长这个令人不安的消息传遍全舰,连村田都变得阴郁不乐。他烦恼地说:"渊田中佐不参加战斗恐怕会大大影响飞行员们的士气。"

副舰长插话说:"我们可以不必这样担心,因为英勇无畏的'菩萨君'将接替他。"对此,因脾气好而享有"菩萨"美名的村田笑了笑,然后张大嘴,说了一个字:"不!"[22]

祸不单行,渊田阑尾切除后没过几天,源田又得了肺炎,发烧,只好卧床休息。[23] 这两件不幸之事如果发生在当初去袭击珍珠港的途中,会把南云愁坏的,但这时他好像觉得他们对作战指挥毫无影响。至于草鹿这位头脑冷静的禅宗佛教徒,没有什么事情会使他感到不安。

许多日本人对于先兆十分敏感,而且水手们有迷信的传统。但是南云和草鹿都没有把这两个具有关键作用的年轻人的突然不能参战看作厄运降临的兆头。当然他们也根本不知道尼米兹正在中途岛及其附近准备"热烈欢迎"他们。

如果这两位将军听到美国陆军部上层人士十分紧张的消息,他们倒可能会相信。马歇尔刚从加利福尼亚返回。由于估计日军可能会对那个地区进行杜利特尔式的袭击,所以他去那里整顿了防御工作。史汀生在日记中写道:"今天下午我们接到情报说,日本舰队实行灯火管制,已经开始行动。到时候了。下一步需要知道的是他们会在何处对我发动攻击。"[24]

第十一章
"风险预测原则"

5月27日13:52,约克城号缓缓驶进珍珠港。弗兰克·杰克·弗莱彻海军少将站在舰桥上。稀疏的浅棕色头发、高高隆起的鼻子、抿成一字形的嘴巴,好勇斗狠的下巴上还带着伤疤,构成一张粗犷的脸。但是他那褐色的眼睛却敏锐而又欢快,饱满的天庭后面有一个讲求实际的头脑。要是穿上另一种蓝制服,他就很像是美国城市街区里一名体魄健壮、心地善良的爱尔兰血统的警察。在夜间如果哪一家酒吧过分吵闹,他会温和地用警棍敲敲门以示警告,如果真的出了麻烦事,他会毫不客气地进行处理。

弗莱彻是从艾奥瓦州参加海军的。他1906年毕业于安纳波利斯海军学校,曾先后在驱逐舰、战列舰和巡洋舰上服役多年,积累了丰富的经验。他还做过多种参谋工作,1942年1月17日起担任第十七特混舰队司令。

弗莱彻赢得同事们的尊重,更多是因为他是个男子汉,而不是因为他是个将军。尼米兹的一位参谋说他是个"身材高大、脾气温和、惹人喜爱,却有些稀里糊涂的家伙"。[1]他曾受过一次沉重打击:他所率领的以萨拉托加号航空母舰为核心的第十四特混舰队援救威克岛没有成功。① 人们普遍认为,用海军上将莫里森的话说,"威克岛之所以未能得救,原因既在于舰员的驾驶技术太差,又在于弗莱彻和派伊的优柔寡断……"² 此后几仗,弗莱彻虽打得不错,但并不十分出色。

当约克城号慢腾腾地在深水道行驶时,弗莱彻"对这艘航空母舰受到的损伤感到非常难受",并且"深为惋惜"。但是,他无可奈何地说:"这种事在战斗中并不少见。"弗莱彻对"即将发生什么"或他将被拴在港内多久"一无所知"。完全修复约克城号,最悲观的估计需要3个月时间。弗莱彻虽不这样认为,但也相信"要两星期或再多一点时间才能修好"。

将军离开瓦胡岛已有102天了。他多么盼望能登上那长着一排排棕榈树的宜人海岸。"102天滴酒未沾了,经过这么长时间的折腾,我当然要开怀痛饮。"³

整个上午,斯普鲁恩斯都在等约克城号回来,不过他也没有闲着。到陆地上来稍事休息他当然高兴,但他又渴望早日同日本人交手。他感到对手极有韬略、狡猾、勇敢,无所不用其极。因此,他开始认真考虑怎样对付这一威胁。⁴

14:20,约克城号进港,正要减速进入第十六号泊位,一位参谋跑来告诉弗莱彻说尼米兹要见他。弗莱彻点点头,却温和地回答说:"我得先去喝一口。"在那位下级看来,明智的军官是不会让四星上将干等着,自己却去悠闲自得地喝威士忌的,于是催促他:"将军,最好别这样。尼米兹上将要你马上去。"

"不,我要先喝一口再说。"弗莱彻态度坚决。最后,他还是先去喝了酒。⁵

稍稍喝了些酒后,弗莱彻与好友、第十七特混舰队巡洋舰分队司令威廉·沃德·史密斯海军少将②(人称波科·史密斯)一起到了尼米

---

① 见本书第一章。
② 史密斯在日军空袭珍珠港时任金梅尔海军上将的参谋长。

兹的办公室。他们看到这位太平洋舰队总司令仍像往常那样"镇定自若",身边只有他的参谋长德雷梅尔海军少将。[6]

使全体有关人员感到尴尬的是:弗莱彻必须对他在珊瑚海海战中的作战指挥向尼米兹做出解释,因为有人毫无道理地怀疑他作战不力。弗莱彻要求给点时间做准备。第二天上午,他列举种种事实,成功地为自己进行了辩护。尼米兹完全打消了疑虑,认为他作为第十七特混舰队司令是称职的。[7]

接着,尼米兹向弗莱彻简要介绍了当前战况。根据弗莱彻的回忆,当时的谈话大致如下:

太平洋舰队司令说:"我们必须立即为你做出安排,派你到中途岛去。"

"中途岛?"弗莱彻毫无思想准备,直愣愣地问。

"是的,中途岛。"尼米兹立即答道,"日本人想夺取它,所以你得去。事实上,"他淡淡地继续说,"他们对占领中途岛很有把握,甚至已经命令海军船厂的一名厂长于8月12日上岛报到。"[8]

尼米兹还说,日本人企图于6月3日或4日占领中途岛。只有一周时间了!没有多少时间为一场大海战做准备了!尼米兹没有告诉第十七特混舰队的两位将军这一情报的来源,但弗莱彻已经知道美国已破译了日海军一种最高级密码;头脑敏捷、早在1915年至1917年就是海军第一位密码分析专家的波科·史密斯,这时也"估计到华盛顿已经译解了敌人的密码"。

"日军将至少有4艘航空母舰和一支实力雄厚的部队支援中途岛登陆作战。"尼米兹继续说。无论如何,美军必须守住该岛,太平洋舰队必须击退强大的日军舰队。

接着,尼米兹告诉弗莱彻和史密斯说哈尔西住院了,斯普鲁恩斯将接任第十六特混舰队司令,次日即将出动。尼米兹要求他俩在斯普鲁恩斯出发前到办公室来和他一起研究敌情,制定计划。[9]

尼米兹本人给所有特混舰队、中队及分队指挥官的作战计划已经准备就绪：弗莱彻和斯普鲁恩斯的两支特混舰队须部署在中途岛东北方向日军搜索范围以外的海区，而美侦察机须自中途岛飞出700海里，赶在航程短得多的日舰载机发现美航母前，侦察出日航母的位置。

这位太平洋舰队司令拟定了给各特混舰队司令的特别训令："在执行规定任务时……你们必须遵循风险预测原则。这一原则须理解为：若无把握使优势之敌遭受较之我更大的伤亡，则须避免暴露自己，免受其打击。"[10]

尼米兹指示弗莱彻随约克城号出航，赶上斯普鲁恩斯，然后作为海上资历最深的军官，由他对这两支舰队实施战术指挥，一定要千方百计——靠自己运气，也靠上帝保佑——及时将约克城号修好，以便在战役打响之前能与斯普鲁恩斯会合。

然而，说起来容易做起来难。弗莱彻认为要按时修复它简直比登天还难。在珊瑚海海战中，它被打得遍体鳞伤，值得庆幸的是，主机没有损坏。[11]

约克城号的损伤来自5月8日从天而降的3颗炸弹。其中一颗于"第一〇八号构架稍前部、距中心平分线右舷6英尺6英寸处"直接命中飞行甲板，而后穿过"飞行甲板、舰尾部下甲板、主甲板、第二甲板、第三甲板，在第一〇七号框架附近、第四甲板上方数英尺处的C-402-A号航空用品仓库内爆炸"。这颗炸弹在下落过程中给航空母舰的结构造成了相当大的破坏，使数层舱壁和好几个弹簧门破裂，在舱体内撕了几个大口子。弹片和其他碎片四处乱飞，引起大火，并造成人员的伤亡。尽管这一击"未使'约克城号'严重地失去战斗力"，却使其航速降到25节。由于航空母舰的装甲不厚，只能靠速度来保护自己，因此，速度的减低就大大降低了它的战斗力，影响了它的安全。[12]

第二颗炸弹"擦过前右舷炮台走道的舷外舱口栏板"在舰首爆炸,炸瘪了航空母舰"装甲带的下沿",使横架和舱壁起皱内陷,有几处舱壁与舰体分离。这颗炸弹造成的"最严重后果是油"从舰体裂缝"流出,在舰尾形成了一片油区"。

第三颗炸弹"落在与第二十号框架并排的右舷舰首约50英尺处的水面爆炸"。弹片在舰体上穿了四五个洞,并划破了第二十号框架处的油管。但是总的看来,这颗近距脱靶弹造成的损失较小。[13]

在珊瑚海海战中担任列克星敦号航空母舰分队司令的称职的海军飞行员奥布里·W.菲奇海军少将当时估计约克城号需三个月时间才能修复。[14] 即使按弗莱彻需两周的乐观估计,也赶不上即将到来的战斗,但是,尼米兹本人和弗朗的修船队都想力争让约克城号参战。如果没有约克城号参战,中途岛附近的航空母舰之比是日军4或5艘,美军2艘。这样的比例悬殊太大,很难鼓舞起美军官兵的信心。

约克城号不仅需要修理,而且需要补充飞机和飞行员。这些补充就从卡内奥赫海军航空站解决。在该航空站,战斗机和俯冲轰炸机都在等待将于6月初返回的萨拉托加号。约克城号下锚的当天,萨拉托加号的战斗机中队(VF-3)并入了约克城号的战斗机中队(VF-5)①,由后来成为四星上将的约翰·S.撒奇海军少校统一指挥。在此期间,弗莱彻和史密斯得到了短暂的休息,处理了积压数月的邮件。[15]

夕阳斜照在停泊着的一排战列舰上,照进了尼米兹的办公室。办公室里,五位穿着咔叽军服的主要指挥官会集在一起,聚精会神地研

---

① 美军航空母舰是以各舰服役的先后顺序编号的:"萨拉托加号"为3,约克城号为5,企业号为6,大黄蜂号为8。各舰的舰载飞机中队的编号方法是:在舰号前面加上表示机种的字母,YB指轰炸机,VS指侦察机,VF指战斗机,VT指鱼雷轰炸机,但是,由于准备中途岛海战的需要而对某些中队进行了调动和合并,原来某艘航空母舰上的一些中队可以而且确实从另一艘航空母舰上起飞作战,不过,它们仍使用原番号。

究着中途岛战役中的关键问题。尼米兹坐在办公桌后面。他头发金黄,肤色白皙,像个瑞典的孩子。他彬彬有礼,举止优雅。他有一种天生的本领,不用夸张做作就能把自己的意思说得清清楚楚。在这至关紧要的时刻,他的头脑就是美海军对日作战的指挥中枢。

坐在尼米兹身边的是他的特混舰队的两个司令官。弗莱彻由于饱经风霜,脸晒得黝黑,神气像条机警的爱尔兰梗犬。那天下午,他毫无思想准备地参与了这场战役的研究。不过,他适应性强,斗志高昂。斯普鲁恩斯身材瘦削,寡言少语,但确信自己的能力——有一个机敏的、计算机般的头脑,能够广泛听取意见,汲取教训,深思熟虑,行动果断。

还有两位是尼米兹参谋班子的成员。一个是他的得力助手德雷梅尔。瘦高个儿、举止文雅的他,准备随时尽其所能减轻尼米兹的负担,向他提供所需的情况。另一位是情报参谋莱顿。他在五个人中年纪最轻,可是脑子里的情报资料极多,正急切地等待尼米兹从他的情报仓库里提货。他已在翘首以盼了。尼米兹曾问过他:"你认为我们会在何时何地与敌发生接触?"莱顿精确地答道:"据我预计,我搜索飞机将于中途岛时间 6 月 4 日 06:00 在中途岛西北 325°、距该岛 175 海里处与敌发生第一次接触。"①16 尼米兹召开这次军官会议为的是在作战计划付诸实施之前,对形势进行最后一次严肃的研究。会上,没有人表现出轻率的兴奋、盲目的乐观或得意的自负,也没有人曲解棘手的现实以使之符合自己先前的想法或者美好的希望。另一方面,他们并没有失去信心、悲观丧气、萎靡自怜,也没有慷慨激昂地表示要为海军、为国家捐躯。

这是一个忠于职守的职业海军军人对严酷事实进行冷静、清醒分析的会议。与会者都清楚:如果日军攻下中途岛,那么对于版图像

---

① 南云的飞机于 05:55 在中途岛西北 320°距该岛 180 海里处被美机首次发现,与莱顿报告的情况仅有 5 分钟、5° 和 5 海里的误差。

弓一样的日本本土无异于装上了一支钢箭头，直指夏威夷的心脏。而且，还将无可辩驳地证明日军在珍珠港的得手并非侥幸，证明即使日军进攻的突然性因素不复存在，美国也无力守住自己的国土。他们都意识到，日本是个强劲、狡猾的对手，会突然不顾一切地发起进攻。

对与会者来说，时间确实很紧。斯普鲁恩斯几小时后即将出航，弗莱彻随后也将尽快出发。这将是他们最后一次面对面地一起分析最新情况，交流看法，一起研究敌情，制定全面的作战计划。每个人都清楚：决定一旦做出，行动一旦开始，不出几天，就会有重大结果产生。

这天下午，只听见尼米兹用气韵柔和、平稳舒缓的语调在讲话，因为是该由他发言、进行解释、做出指示的时候了。发言中，他先结合莱顿所提供的最新情报，扼要重述了过去做过的指示。

他说，根据情报，日军不日将随其航空母舰从西北方向进入中途岛海域。对于与会的美国将军来说，首要的问题是出奇制胜。他们不能将舰艇部署在敌人与中途岛之间。只要有可能，就要攻敌侧翼，并先敌开火。[17]

突然袭击和后勤补给的困难都要求采取这种迂回战术。弗莱彻和斯普鲁恩斯的舰队处于劣势，若与日军正面交锋，旷日持久，则会陷于灭顶之灾，所以要像聪明的老牧羊犬驱赶威胁羊群的狼那样从侧翼进攻，冲上去咬一口，乃是美军可能取胜的唯一希望。

处境危险的不仅是中途岛：美国舰队总司令欧内斯特·J.金海军上将估计敌人还企图诱歼尼米兹舰队的大部。因此，金上将已"指示只能采取强有力的消耗敌人的战术，不能轻易以我航空母舰及巡洋舰去冒险"。来自华盛顿的这一指示完全符合尼米兹的想法。美国的特混舰队绝不能冲出瓦胡岛钻进日军设置的圈套。他们只能悄悄地从侧翼靠过去，就像一只老鼠，要弯下腰去吃奶酪，以免触动鼠夹上的弹簧。[18]

斯普鲁恩斯次日即将起航，弗莱彻随后也须尽快出发。他们必须在北纬32°、西经173°、中途岛东北约325海里处会合。尼米兹满怀希望地把这个会合点称为"运气点"。[19]

弗莱彻必须在指定时间在"运气点"与斯普鲁恩斯会合，否则，美军的整个战略将全部落空。如果他姗姗来迟，斯普鲁恩斯就会处于困境，或者被迫单独出击。如果他到得太早，就得潜伏在该海区等待斯普鲁恩斯，那样就很可能被日军发现。

会合地点只是准确把握时机问题的一个方面，更为精细与准确的是选择攻击敌人的时机。他们必须尽量让日军向前挺进，但又不能让它走得太前。他们自己必须尽量接近敌人，但又不能靠得太近。弗莱彻和斯普鲁恩斯要靠侦察手段和个人直觉，选择日机还在飞行甲板上的时候实施空袭，并要避免我方飞机因遭敌人炮火而被击落。即使是要在空中抓住对方的手以防坠亡的高空杂技演员也不至于要像两位将军这样做到分秒不差。尼米兹后来曾写道："当时，整个形势非常困难，需要我们的航空母舰最最精确地选择时机……"[20]

与弗莱彻相比，斯普鲁恩斯有较多的时间来适应情况，他那清晰的思路已经活跃起来。他想：日本人也可能会从其他方向接近中途岛，所以我们决不能将舰队置于中途岛和日军之间。我们要知道是否真的如此，所以要处于一个能相机行事的位置。斯普鲁恩斯的海战法则从根本上说十分简单：找到敌人，然后使用一切尚可机动或调动的力量立即对敌实施攻击。接着，他又试着从敌人的角度仔细考虑：日军袭击珍珠港是从北方进入的，这次也许会改变原定的方向，仍从北方进攻中途岛。对付山本和南云这样富于智谋的对手，既要有机密性，又要有灵活性。[21]

从莱顿和罗奇福特整理出的情报看，日军将有三支舰队向中途岛方向集结。它们是：突击部队、支援部队和攻略部队。突击部队由第一航空舰队司令指挥,这一事实本身就令人肃然起敬:那是为日本接连取胜的南云,是使同盟国军队感到恐怖的南云,是在珍珠港使美国人丢脸、在锡兰使英国人出丑的南云。

南云的舰队包括:航空母舰赤城号、加贺号、苍龙号、飞龙号,轻巡洋舰长良号及12艘驱逐舰,战列舰榛名号、雾岛号,重巡洋舰利根号、筑摩号。莱顿估计日支援部队包括:重巡洋舰最上号、三隈号、铃谷号、熊野号,一艘航空母舰(舰名不详),战列舰比睿号、金刚号,一艘爱宕级巡洋舰,轻巡洋舰神通号及10艘驱逐舰。各种迹象表明,攻略部队将包括:1艘高雄级重巡洋舰,1—2艘妙高级重巡洋舰,第七航空战队(千岁号、千代田号),第十一航空战队(2—4艘神川丸级水上飞机母舰),12艘驱逐舰,数艘运兵船及支援舰艇。除了这支庞大的水面部队外,还有16艘潜艇将在中途岛和夏威夷一带水下游弋。这一对当前敌兵力的估计足以使人头脑清醒,至少太平洋舰队已经了解了对手的情况。[22]

事实上,对这三支舰队实力的估计准确得出奇,但还不是很充分,还没有把山本的主力部队考虑在内,[23]而且它带着数艘火力强大的战列舰就在南云身后。一旦从珍珠港开出对付进攻中途岛日军的美国舰艇逃出日本先头部队之手,这支主力部队就会扑上去将其歼灭。

美国方面也有许多有利因素。除了情报资料上的优势和作战上的突然性,他们还是在内线作战。从地图上可以清楚地看出:中途岛距离珍珠港仅约1150海里,而山本的舰队离柱岛基地却有2500海里。

尼米兹的另一张王牌是太平洋海底电缆。1903年这条电缆从檀香山铺到了马尼拉,中途岛是电缆上的一个站。此战役开始前,珍珠港与中途岛之间繁忙的通信联络大部分是通过这条电缆进行的,日本人无法窃听。仅从岸—舰之间一般的无线电通信中,日本人无法了解美国人想干什么。[24]

此外,美国的雷达也比日本先进得多,而且,短距离的舰与舰、舰与机之间的通话可以通过TBS系统(舰船间通话系统,系无线电话)进行,日本人也无法截获。尽管如此,与会者仍不敢掉以轻心。与握有一手好牌的山本相比,他们要取胜还是很困难的。

会议已经进行了一个多小时。最后,尼米兹用平静而坚定的语调再次提醒特混舰队的两位司令:必须遵循风险预测原则。[25]

虽然这一天尼米兹开了好几个高级会议,讨论了一些重大的战略问题,但繁忙中,他竟然还想到了那些即将参加战斗的官兵。尼米兹就是这样的人。他向定于次日出航的第十六特混舰队发出如下文告:

> 请在营地公布。虽然在刚结束的航行中你们未能有机会与敌交战,未能再次取得过去作战之辉煌战果,但是,我相信你们已利用这段时间为今后作战提高了能力。在即将开始的航行中,你们将有机会给敌以沉重打击。你们已经给了敌人以沉重打击,我完全相信你们有勇气、有技术、有能力,给敌人以更大的打击。祝你们成功,祝你们走运。[26]

当尼米兹宣布散会,军官们离开他的办公室时,太阳已开始西沉。弗莱彻和斯普鲁恩斯还有许多问题需要仔细思考。因为这一仗——用弗莱彻的话说——"尚且胜负难定,不知鹿死谁手"。[27]一副很少有人被赋予的重担落在了他们的肩上,但他们有宽阔的肩膀,足以挑起这副千斤重担。这两位海军少将走下台阶,步入夏威夷柔和的暮色中,面对即将到来的考验,他们头脑冷静,态度现实,镇定自若。

第十二章
"执行重大的使命"

正当南云的第一航空舰队、尼米兹的两支特混舰队和中途岛上的海军陆战队为即将到来的交战紧张准备时,5月27日20:40左右,田中海军少将率输送船团从塞班岛出发,避开提尼安岛南边的水域以免遇上可能潜伏在周围的敌潜艇,然后径直朝目的地驶去。[1]

然而,输送船团既未发现美潜艇或飞机,也未见到敌人活动的任何迹象。大海和天空似乎是想证实太平洋的名字到底是怎么来的。"在漫长的航行中,海上每天都是死一般的平静。"神通号枪炮长千种定男说,"我们没有看见别的舰艇和飞机。一切都是那么安宁、平静。舰员们的斗志日渐低落,原因很简单——没有敌人。"

千种知道,穷极无聊是消磨水兵士气的大敌。一大批人老是像囚犯一样被关在区区片舟上,如果无事可做,很快就会变迟钝的。更糟的是,这样下去,他们之间会闹不和,会发生口角,从而影响协作精神。于是他开动脑筋设法改变这种局面。

千种不愧为真正的日本人,他想出的办法是大家一起唱歌,一起做徒手操。每天下午,他把舰员们集合到甲板上,领着大家唱个把小时歌。唱的歌有战斗歌曲、海军歌曲、流行歌曲,还有民歌。他每天变着花样,使他们不觉得每天唱歌也很乏味单调。这套实用心理学办法好得很,大家唱得很起劲,有时感情冲动起来,还唱国歌呢。歌罢,舰员们精神振奋、情绪饱满地做起操来。大家左转右曲,前俯后仰,活动筋骨,锻炼肌肉。

但是，千种自己知道，这只是权宜之计。"要是当时发现一架敌机，对士气的刺激会比所有的歌曲都大，"他说，"非常平静的海面，非常和平的气氛，非常美丽的天空，非常怡人的气候。这样的情况不是一天，而是接连十天，天天如此。一切都太顺利、太好了，好像根本不需要奋斗，不需要工作。一切都好得很。在像中途岛这样的大战前夕，这种情况对我们来说并不妙。"不过，每个人都充满必胜信心，认为一定能为太阳旗增辉添彩。"神通号上所有的军官都盼着南云空袭中途岛的好消息。"千种回忆说。[2]

与输送船团一起行动的是海军少将藤田的水上飞机母舰部队。这支部队是陪同田中部队从本土出航时的老班底。① 根据山本的计划，这支部队须占领库雷岛并在那里建立水上飞机基地。[3]

负责掩护田中的输送船团前进的是海军中将栗田的近距离支援部队。几乎在田中船团离开塞班岛的同时，栗田自关岛出发。他在输送船团的西南方向与船团保持约40海里并进。栗田部队的核心是第七巡洋舰战队，它由4艘重巡洋舰熊野号（旗舰）、铃谷号、三隈号和最上号组成，这些巨型舰艇的平均排水量为1.12万吨，每艘装有10门8英寸火炮，水面以上的三联座鱼雷发射器共携12枚鱼雷。它们的航速高于帝国海军中其他舰艇。三隈号和最上号是姊妹舰，这次战争开始以来就一直形影不离。它们在巴塔维亚附近击沉过2艘同盟国的巡洋舰：美国的休斯敦号和澳大利亚的珀斯号。它们一起参加过在安达曼群岛、缅甸及孟加拉湾的各次作战。现在，它们又一起并驾齐驱，参加一次风险最大的军事行动。跟随栗田的还有第八驱逐舰战队的驱逐舰朝潮号和荒潮号及油船日荣丸。[4]

南云的第一航空舰队在海上行驶一天后，细萱海军中将的北方部队也出发了。5月28日，细萱的主力部队（旗舰那智号重巡洋舰、由

---

① 见本书第七章。

2艘驱逐舰组成的警戒部队、2艘油船、3艘货船）驶离本州北部的大凑湾，阿图岛攻略部队和基斯卡岛攻略部队也同日出发。这两支攻略部队包括若干艘轻巡洋舰、两个驱逐舰分队、若干艘运兵船、若干艘扫雷舰以及由参加过袭击珍珠港的山崎重辉指挥的4艘潜艇组成的潜艇战队。细萱的任务是攻击阿图岛和基斯卡岛，将美海军注意力从中途岛引向北方战区，以便其他部队在北方打响的第二天，对主要突击方向中途岛发起攻击。[5]

北方部队的另一支部队——角田海军少将的第二航空母舰突击部队——已于5月26日中午离开大凑湾。[①] 它是山本的攻击部队中最先离开本土的。它包括：搭载16架零式战斗机和21架鱼雷轰炸机的轻型航空母舰龙骧号，搭载24架零式战斗机和21架俯冲轰炸机的护航航空母舰隼鹰号，2艘轻巡洋舰组成的支援部队，3艘驱逐舰组成的警戒部队，以及伴随航空母舰的1艘油船。

角田的航空兵的任务是，在细萱的登陆部队攻击前，对阿图岛和基斯卡岛进行轰炸，并对胆敢在海面露头的美国水面部队进行攻击，予以消灭。为了协助完成任务，几名参加过空袭珍珠港的能手，如隼鹰号上零式战斗机队长志贺淑雄海军大尉、俯冲轰炸机队长阿部善次海军大尉等，随时准备给角田的飞行员以指导。[6]

日本人用于北方战役的海军力量还有高须海军中将的阿留申警戒部队。这支部队大得惊人，由日向号、伊势号、扶桑号、山城号4艘战列舰，大井号、北上号2艘轻巡洋舰和12艘驱逐舰组成。虽然这些钢铁魔鬼在日本战列舰中是最老的一代，但它们仍然威力强大。高须的舰队要等到5月29日（日本时间）才出港，随同山本的主力部队一起出海。[7]

在濑户内海，山本的司令部正忙于次日出海的准备工作。宇垣理

---

① 见本书"战斗序列"。

了发,补了牙,"把一切东西都收拾好了"。准备停当以后,他感到"万事齐备,心情平静,只等明日出发"。他接到的情报说,至少有13艘美潜艇在日本和马里亚纳群岛附近活动。他觉得"明日出发要特别小心"。不过,他在日记里写道:"我坚信老天一定会保佑联合舰队的。我们将以高昂的士气执行在东方的重大使命,重创敌军。"[8]

三和对胜利也充满信心,只是担心碰上的美舰不够多。"但愿老天保佑我们遇上敌人的大舰队。据怀疑敌人已在澳大利亚附近水域集中。如果情况属实,我担心我们就无法进行大规模决战了。"[9]

27日,在中途岛,由小鹰号航空母舰上卸下的飞机开始服役,对它们进行了一整天的检验。新来的人员被分配到各飞行中队。由于军官住所奇缺,麦考尔只得把他们塞进本不应住人的地方,如新的指挥所、军士长办公室、辅助诊所、士兵文化娱乐室等。

麦考尔感到宽心的是:15座附有轮轨的机库即将完工。从这时起直到战役结束,他对每日的油耗都记得清清楚楚。"泛美公司的油驳已经使用,汽油被日夜不停地抽进储油系统,使它处于满载状态,保证满足每天的油耗需要。"

28日这天,麦考尔过得还算平常,只是又有3架SB2U-3打起地转来,不能再使用。[10]一上岛就立即全力投入工作的中途岛陆军航空队联络官沃纳少校说:"岛上空的鸟太多,中午前后可能对高速运动的飞机构成威胁。战斗机和俯冲轰炸机不断碰落飞鸟,不过,看来它们对飞机造成的损伤不算严重。"[11]

28日早晨06:45,约克城号从第十六号泊位转入一号干坞。[12]它刚刚停稳,大批电工、装配工、机械工、电焊工就蜂拥而上——珍珠港海军船厂厂长威廉·雷亚·弗朗海军少将尽其所能抽调了各种机修工登舰抢修。霎时间,舰上到处飘落着电焊的火花,到处可闻铆钉枪发出的嗒嗒声。由于工期太紧,根本没有时间设计,没有时间按比例作图,需要换上的部件先在舰上做出木模板,迅速送修理车间依样加工，旋即送来换上。[13]

在约克城号接受维修的同时，斯普鲁恩斯的第十六特混舰队开始出海。08:50，拖轮开始把企业号右舷一侧的防鱼雷网拖走。09:00许，水上飞机供应船柯蒂斯号起锚，驶出港口。40分钟后，垃圾驳船YG17号靠上大黄蜂号，10:15它载着臭气熏天的垃圾驶离该舰。在各航母检验驾驶装置、测量吃水深度、试验主机、对消磁器加电压时，驱逐舰陆续出港。10:40左右，北安普顿号在前，各巡洋舰相继出港。[14]

11:10，企业号的二号锅炉开始向主蒸汽管道送气。所有拖轮均已离开，这艘航母"开始按航道要求，不断调整航向和航速"。全舰进入二级战备状态。11:59，"右舷侧是黑色航道入口一号浮标，左舷侧是红色航道入口二号浮标，企业号驶出珍珠港，以25节的航速沿真方位陀螺经154°驶行……"[15]

11:34，大黄蜂号起锚，由港口的一名领航员驾驶，舰长及驾驶员在舰桥上。12:21，港口领航员将舰交给舰长马克·A.米彻尔海军上校。大黄蜂号"从一号浮标左侧40码①处驶出港口，旋即以20节航速沿真方位陀螺经150°行驶"。在这段时间里，"当通过危险水域时"，该舰采取了防鱼雷措施。[16]

默里海军上校的企业号和米彻尔的大黄蜂号是斯普鲁恩斯特混舰队的中坚。满脸皱纹的米彻尔虽然身材矮小，却有一颗巨人的心。与它们一起行驶的是托马斯·C.金凯德海军少将指挥的第二巡洋舰分队（TG 16.2）。该分队由新奥尔良号、明尼阿波利斯号、文森斯号、北安普顿号、彭萨科拉号和亚特兰大号巡洋舰组成。

斯普鲁恩斯的驱逐舰警戒部队第四驱逐舰分队（TG 16.4）由亚历山大·R.厄尔利海军上校为司令，由第一驱逐舰中队（菲尔普斯号、

---

① 1码≈0.9米。

沃登号、莫纳汉号、艾尔文号)和第六驱逐舰中队(巴尔奇号、科宁厄姆号、本纳姆号、埃利特号、莫里号)组成。其中,艾尔文号和莫纳汉号在珍珠港曾遭到日军空袭。当时,前者在一位海军少尉指挥下冒着弹雨驶出了港口,后者撞沉了一艘敌袖珍潜艇。眼下,莫纳汉号仍由刀枪不入的威廉·P. 伯福德海军少校担任舰长。伯福德了解的情报虽不如高级指挥员多,但已足以使他"相当清楚地了解到正在发生的事情"。此外,斯普鲁恩斯还有一支由西马伦号和普拉特号油船组成的、由杜威号和蒙森号驱逐舰护航的运油船队。[17]

斯普鲁恩斯就像一把笔直锋利且富有弹性的托莱多宝剑。① 他看见珍珠港正向身后退去。他早已打定主意,无论威克岛有多大的诱惑力,决不进入该岛周围700海里的海域。他知道日军已加强了那里的兵力,因此不打算与日岸基航空兵交锋,日军企图诱其西行,以便随后用优势水面舰队围歼,他决不上这个当。

斯普鲁恩斯当然希望尽可能多击沉几艘日舰,但他不得不正视美国缺乏航空母舰和驱逐舰这个痛苦的现实,他有责任尽一切可能保存他的舰艇。航母的唯一用途是作为水上机场,如果它损毁严重,不能起降飞机,在战斗中就没什么用了。在任何情况下,斯普鲁恩斯都没有轰赶日舰的任务。他的任务是设法不让敌人进攻中途岛。从当时情况看,这一任务已够他操心的了。如能完成,就算是创造奇迹了。若能再有所建树,那就是命运的额外施舍。斯普鲁恩斯是会把握航向、利用各种机会的,但尼米兹的命令又在他的耳边响起:"你们必须遵循风险预测原则……"[18]

同一天(夏威夷时间5月28日,日本时间29日)05:00,由海军中将近藤统一指挥的中途岛攻略部队主力开始从柱岛出发。由轻巡洋舰由良号和7艘驱逐舰组成的第四驱逐舰战队率先驶出濑户内海向丰

---

① 指西班牙托莱多城精炼的好剑。中世纪之前,该城就以炼剑技术高超闻名。——译注

后水道进发。紧跟其后的是第四、第五巡洋舰战队的漂亮舰艇，仅从它们掀起的宽阔尾迹即可看出其吨位和马力。排水量超过 1.1 万吨的爱宕号和鸟海号以及排水量超过 1.3 万吨的妙高号和羽黑号，看起来都像小型战列舰。它们不仅火力配备强（各有 10 门 8 英寸口径的火炮）、速度快（约 34 节），而且都是专为防备潜艇攻击而设计的。在舰队最后面的是久经沙场的战列舰比睿号和雾岛号，搭载 2 架零式战斗机和 12 架鱼雷轰炸机的小型航空母舰瑞凤号及驱逐舰三日月号。[19]

近藤的帅旗在爱宕号上飘扬。与南云一样，近藤对中途岛作战计划事前也一无所知。计划确定后才拿给他，看他接不接受。尽管他表示有顾虑，主要是感到日军缺少陆基航空兵支援，但不得已还是接受了既成事实。[20]

看到近藤的照片就会使人想到原为一那恰如其分的说法："近藤就像个英国绅士。"近藤举止文静，略显孤僻，有教养也有文化。他沉着自信，好像地球是属于他的，但他脾性温和，很好说话。原为一对人的评价一向有不凡之处，他说近藤和蔼可亲，值得大家尊敬。然而他同时又认为山本的缺点之一就在于常常把近藤的作战能力估计得过高。他认为，"假如近藤担任海军学院院长，也许能干得很出色，但是作为海军战斗部队司令官，他显然不称职。"[21] 不过这一次巧得很，用不着近藤参战。

第十三章
"必须时刻保持警惕"

斯普鲁恩斯还不知道，就在他出发的当天，即日本时间 1942 年 5 月 29 日 06:00，山本的主力部队已从柱岛起程，而斯普鲁恩斯的舰队全部驶出珍珠港时，山本的主力部队已在驶向丰后水道的途中。

在这支舰队最前面的是第三驱逐舰战队的旗舰川内号轻巡洋舰，上面飘着海军少将桥本信太郎的帅旗。[1] 与日本大多数轻巡洋舰一样，川内号也是20世纪20年代的老舰，但在20世纪30年代和1940年进行过改装。它后面有不下20艘驱逐舰——5个分队，各有4艘。其中，2个分队属于桥本自己的第三驱逐舰战队，另外3个分队由岸福治海军少将指挥。驱逐舰战队后面是岸福治的第三巡洋舰战队①的2艘轻巡洋舰北上号和大井号，其排水量均为5800吨，均可携80枚水雷。这两艘舰在1940年和1941年进行过更新改装。[2]

虽然这些舰艇相当威风，但充其量只是餐前小吃，它们后面才是山本的一道大菜——战列舰。第一战列舰战队由山本司令官直接指挥。虽然它只有3艘舰，但都不可小觑。大和号长850英尺，宽近130英尺，满载排水量为6.9988万吨，是当时世界上最大的战舰。事实上，它的冠军地位一直保持到1963年美核动力航母企业号下水。舰上9门三联装18.1英寸口径的大炮一次齐发就可射出约13吨炮弹。其2500名舰员感到在舰上就像在家里一样安全，因为任何主力舰都无法靠近与之格斗。大和号不仅体积大、火力强，而且速度也快得惊人，高达27节。[3]

战列舰长门号和陆奥号是姊妹舰，排水量均为3.27万吨。两艘吨位总和远不及旗舰大和号。它们比大和号小，但最大速度与这个海上庞然大物也所差无几。作为战舰，它们都相当老了。长门号是1920年11月在吴港下水的；11个月后，陆奥号在横须贺下水。两艘舰上除一些高炮和机枪外，都装有8门16英寸、20门5.5英寸口径的大炮。两艘舰都在20世纪30年代进行了彻底改装，更换了锅炉，加装了3层舰底以增强防潜能力。[4]

---

① "战斗序列"内称该战队为第九巡洋舰战队，且《中途岛海战》一书的译文也说是第九巡洋舰战队。看来此处的"三"系"九"之误。——译注

在山本的3艘巨型战列舰后面的是高须四郎海军中将的第二战列舰战队的4艘较轻些的战列舰,其中日向号为旗舰。这4艘战列舰均为第一次世界大战时的老舰。伊势号和日向号是姊妹舰,扶桑号和山城号也是姊妹舰。后两艘是日本海军中最老的舰艇,分别在1915年11月和1917年3月开始服役。这4艘战舰是针对日德兰式的海战[①]而制造的。若是遇到类似当时的形势,它们完全可以打得很出色。舰上有12门14英寸口径、威力仍然很大的大炮,加上舰上一批轻型辅助火炮,整个火力——就其舰体大小而言——是极其强大的。[5]

在这支舰队里还有4艘吨位不大但不可缺少的油船。夕风号驱逐舰与搭载了8架轰炸机的小型航母凤翔号一起担任这支浩浩荡荡的海军力量的后卫。与美舰兰利号大小相当的凤翔号还小有名气。它是日本研制出的第一艘航空母舰,虽然有些老的军舰在它之前就被改作航母使用。这个勇敢的小先锋命中注定要比在它以后制造的各艘强大的日本航母的寿命长。它到1945年才在吴港投降,两年后在大阪被拆毁。[6]

根据作战计划,高须的战列舰、岸福治的巡洋舰和驱逐舰及2艘油船将于6月3日(日本时间6月4日)离开编队前往支援对阿留申群岛的牵制性攻击,山本庞大的战列舰部队、第三驱逐舰战队、凤翔号航母及其护航部队、剩下的2艘油船则将继续向中途岛前进。搭载袖珍潜艇的水上飞机母舰千代田号和日进号也将随山本的大部队行动。[7]

虽然山本计划要用他的重炮支援中途岛攻略作战,但是他的真实意图是伏击可能匆匆赶赴中途岛战场的美太平洋舰队可怜兮兮的残部。迄今为止,敌人依然不肯进入日本领海打一场势在必行的大规模决

[①] 第一次世界大战中英德双方在丹麦日德兰半岛附近的北海海域爆发的一场大规模海战。

战，所以日本人就到美国人那边去打。根据海军军令部和联合舰队的估计，现在可以把这出经典大戏的舞台安全地搬到中太平洋去了。日海军航空兵已把美太平洋舰队切割成小块，山本的战车将把它们碾得粉碎。

历史女神克里俄还真有些幽默感——尽管它略带讽刺意味。两支敌对的舰队在同一天分别从各自的港口出发，朝着对方驶去，但又都不知对方的动向。尼米兹、弗莱彻和斯普鲁恩斯是在中途岛海战后几个月才知道当时山本的主力就在附近某处；山本及其幕僚在中途岛战役结束前，至少在战役进行了一段时间后，才隐约知道有一支规模可观的美国水面舰队出现在那里。

对美国来说，当时不了解这一情况不仅无关紧要，而且还有好处。即使尼米兹及特混舰队的两个司令官知道与其对垒的还有一支以包括大和号在内的 7 艘战列舰为核心的日本舰队，他们也不会改变战略。必须坚守中途岛，别无其他选择。尼米兹已经投入了所有的兵力。准确掌握了日方动向，反而会大大增加他们的心理负担。

然而，对山本来说，对敌方行动一无所知是灾难性的。知与不知直接关系到是大获全胜还是彻底惨败。

因此，山本倾尽全力，且信心百倍。"下午 2 时，舰队通过丰后水道，出现在大海上。据估计，那里常有敌潜艇出没。"三和写道，"自昨天上午到现在，我反潜部队已在那里发现一艘敌潜艇。"[8] 日方情报机构说有 6 艘美潜艇在日本本土附近活动，因此，主力部队和近藤的部队都保持着高度警惕，防止来自水下的危险。吴港也派出舰艇和飞机对这一海域进行了搜索。

15:00，即进入公海一小时后，舰队以巡航队形前进。战列舰大致组成 H 形，大和号、长门号、陆奥号在右，一艘接着一艘，高须的四艘在左，凤翔号居于 H 中间一横的位置。处于这一关键位置，它就可以不断派出飞机在战列舰上空进行反潜巡逻。川内号和 20 艘驱逐舰在这个H形编队周围组成一个半径为1500米的保护圈。另外两艘巡洋舰殿后，两舰相距10千米，舰员们全神贯注地观察，看是否有敌潜艇在附近潜行。队形编好后，整个舰队以18节的航速向东南开进，每隔5或10分钟蛇形运动一次。

当晚风平浪静，皓月当空，但宇垣无心赏月。他心情烦躁地在日记中写道："……处于警戒位置的驱逐舰战队的行动使人放心不下，必须时刻保持警惕。舰队转入夜间队形时就像抱小孩上床睡觉一样地小心翼翼。"[9]

珍珠港这边，人们也无心赏月。福特岛海军航空站的作战处长——身体结实、头发乌黑的海军中校洛根·C.拉姆齐开了一整天的会，听取了飞往中途岛准备工作的情况报告。他正在发愁，中途岛上航空兵力量已经得到加强，因而越来越明显地需要一名能干的、经验丰富的军官去负责空中作战。赛马德正在管后勤事务及对岛上设施进行全面指挥，已经够忙了。太平洋舰队司令部决定派一名这样的指挥官到中途岛去，他们想物色一位美国海战学院毕业的海军飞行员。这是因为，大约在1935年，海战学院曾进行过一次以日本企图占领中途岛为假想背景的演习，参加过此次演习的军官对这方面有深入的了解，这样做可以节省时间。

由于参谋长德雷梅尔在海战学院曾是拉姆齐的战术教官，他很自然地想到了拉姆齐。而且，拉姆齐几乎是在海军航空兵部队长大的。他曾在服役多年的兰利号、萨拉托加号、约克城号及不走运的列克星敦号上当过飞行员。他精通水上飞机的飞行，后来又学会了驾驶陆上飞机，掌握了这门与操纵水上飞机大不相同的技术。因而，驻在中途岛上的这两种飞机他都懂。再者，他担任过瓦胡岛上包括陆军飞机在内的空中巡逻的协调军官，熟悉这两个军种间的活动。还由于他对人友善，容易结交，能够愉快而有效地同陆军人员一起工作。最后这一点很重要，尼米兹对陆、海军的合作极其重视。

由于上述原因，司令部理所当然地选定了拉姆齐并召见了他。德雷梅尔、有关参谋及尼米兹本人向他全面介绍了形势。拉姆齐坐在司令官的办公室里认真地记着所受领任务的各项目标，尼米兹对他做了范围广泛的指示，包括每一种可能出现的意外情况，甚至对作战可能失败这一严峻的问题也没有回避。如果日军攻占了中途岛，尼米兹的处境就会很糟。日本人一旦准备就绪，一定会进攻瓦胡岛，那时他就得集中夏威夷所有的空中力量来对付日军的攻势。因此，他命令拉姆齐：“万一中途岛有失陷的危险，务必把重武器、PBY 和 B-17 轰炸机撤出来。”

做完指示，尼米兹问：“你有什么要求吗？”

"有，"拉姆齐立刻回答，"如果一切顺利，你会把我从中途岛调回来吗？"

尼米兹当场满口答应。[10] 如果拉姆齐能够成功地对中途岛周围实施巡逻搜索，继而又能在对该岛的空中防御中告捷，那么，调回瓦胡岛是他应得的起码奖赏。

与此同时，在海军船厂，弗朗的修船队员正加紧抢修约克城号。他们干了一下午，夜间又轮班干。舰上，铆钉枪嗒嗒嗒响个不停，奏出了未来的交响曲，焊枪在全舰撒下点点火花。由于队员们通宵达旦地辛苦劳作，约克城号突然活了过来。次日（夏威夷时间 5 月 29 日）晨，开始往约克城号所在的干坞内注水，这时数百名修船队员还在舰上敲敲打打。它缓缓地滑出干船坞，小心翼翼地进入正常泊位，在这里继续接受修理的同时，进行加油并接载飞机。[11]

修理任务已经完成过半，但还有许多事情要做。照这样的速度——显然应该相信弗朗的能力——再有一天，约克城号即可出港。海军历来注重整洁，但现在不是讲究外表的时候，因此，不影响作战或舰体安全的部分就没有修理。"舰壳与一号舱壁之间的框架和横板"虽因近距脱靶弹而受损，但由于"仍有足够的材料撑着舰壳而未被换掉，只是把舰壳上的漏缝铆牢焊实……"

海军船厂在约克城号留厂修理的48小时多一点的时间里，"用等重、等强度、等剖面系数的材料换下了舰上被炸毁和损坏的部分。"[12] 看一看海军的正式报告吧，因为不带感情色彩的技术语言自有其效果：

49. 第四层甲板上118号舱壁双层门上的大洞被焊上一块钢板，装上了标准的26英寸×18英寸水密门。第106号舱壁被炸毁的部分已更换。支撑109号横骨的沉重支柱已更换。被扭曲或打穿的腹板已更换。第三层甲板上的那个洞原先用一块10磅重的钢板盖着，这次船厂把钢板焊在上面，并更换了下面的横梁。第二层甲板上的几个洞已补好，该甲板下损坏的横梁也已更换。

50. 主甲板下的所有水密门及水密舱盖都得到了维修，对其水密性能均进行了试验。C-401-T号便门未更换，各种杂七杂八的隔板和因受热而膨胀的金属舱壁均未修理，不过第二层甲板及其下面的所有主要水密门边缘都已修复。[13]

在一般情况下，海军船厂只要像平常一样认真地把工作做好就行了。但这一次，约克城号既是弗莱彻的或者巴克马斯特的，也是他们自己的。在未来的战役中，它如能荣立战功，船厂也感到光荣，如遭到不测，船厂也会感到悲伤。

不过，如果认为约克城号离开船厂时与进来的时候差不多，那就错了。它不仅能够开动——虽然速度大大降低——而且能够起降飞机了。情况大体就是这样，但这样也就够了。

在约克城号上，许多人情绪不高。他们已经连续干了很长时间，按照海军任何一条不成文的规定，也该回陆上休个长假了。可是,他们还有作战任务,而且更糟的是,他们这批胜利者还将被拆散。约克城号鱼雷机中队 VT-5 的飞行员将由萨拉托加号 VT-3 的人接替。约克城号航母修好后,VB-5(轰炸机中队)将返回该舰,临时编为 VS-5(侦察机中队),原先的 VS-5 将调到岸上,空缺由 VS-3 填补。虽然 VT-42 将番号改成 VT-3,但许多老飞行员及其编号将被保留,而且,该中队的战斗机将增至 27 架,都是新的 F4F-3 "野猫"战斗机。[14]

VB-5 是约克城号抵达珍珠港后唯一没有离开母舰的飞行中队。这使飞行员们十分恼火。他们在珊瑚海海战中伤亡惨重,不得不补充了 8—10 名新飞行员。他们借用福特岛军官俱乐部想搞一次临时聚会,但并没有起多大作用,而且由于没有扎领带,有人还威胁要把他们送上军事法庭。虽然这场风波安然平息,但这个中队日趋低落的士气并未因此而回升。[15]

29 日上午,行驶在企业号后面约 2000 码的大黄蜂号出了事故。08:45,在回收早上派出的巡逻飞机时,发现少了一架。一名飞行员报告说 08:10 发现溅起的水花,随即海面上泛起一片油渍。第十六特混舰队立即派遣驱逐舰莫里号离开编队寻找失踪的驾驶员 R.D. 米利曼海军预备队少尉及其机组成员报务下士 T.R. 普莱因。莫里号在这一海区仔细搜索了近四个小时,未见踪影,舰队只好下令放弃搜索,继续前进。[16]

前一天下午,在企业号上发生过类似事故,但结果还令人欣慰。"6-T-1 飞机返回时撞上了飞行甲板后端,在舰左舷尾部一侧落水。"驱逐舰莫纳汉号立即行动,救起了机组人员。E.E. 林赛海军少校"数根肋骨折断,肺被刺破,复合外伤和多处撕裂伤",机组其余人员只受了"轻伤"。[17]

29 日 15:33,企业号上又紧张了一阵。瞭望哨报告在真北 356°、距离 40 千码处发现一架四引擎轰炸机。值班人员即进入战备,母舰开始蛇形运动,并向神秘的飞机发出信号查问,但没有得到回答。不过,没有发生引起惊慌的事情,那架飞机很快也就飞走了。它可能是中途岛的一架巡逻飞机。实际上,第十六特混舰队那天上午就曾在10海里之外发现过一架陆军的轰炸机。[18]

28日夜企业号的雷达突然出了故障,致使29日全天无法使用雷达。斯普鲁恩斯回忆说:"雷达失灵了约24小时,实在太不利了。修好后,我们都大大地松了口气。"晚上,雷达恢复了正常工作,舰上所有人员才稍稍放了心。[19]

洛根·拉姆齐乘坐一架PBY飞到中途岛。这架飞机带着一枚鱼雷,负重太大,在福特岛几乎无法起飞。[20]这天共有12架PBY抵达中途岛,随即被编入搜索部队。麦考尔在每日报告中写道:"新的战术编制已经启用,月夜进攻及白天进攻敌水面舰艇的计划已经开始实施,使用VP-44中队进行鱼雷攻击和目标确定。"5月29日,1架B-17和4架B-26带着15名军官和20名士兵也飞抵中途岛。[21]

沃纳少校向凯姆斯简要介绍了B-26的性能,告诉他这些飞机的飞行半径为400海里,并且说为B-26准备的掩体太深,因而VP-44的4架PBY得挪出自己的掩体给轰炸机。沃纳在本子上记着:B-26"由于缺乏有经验的人员,加上挂弹机未准备齐全,因而夜间不能挂鱼雷。搞鱼雷的专门人员明晨到达"。

此外,沃纳还写道,这天的扇面搜索中发现2艘潜艇。[22]是己方的还是敌方的?后来我们知道,当时在该海区确有一艘日本潜艇,但那次中途岛的侦察机所发现的更可能是己方部署在中途岛与即将开战海域之间的巡逻部队中的2艘。根据尼米兹的作战报告,"能够抵达瓦胡岛—中途岛海域的潜艇均已投入使用"。共有25艘潜艇划归太平洋舰队潜艇部队司令罗伯特·H.英格利希海军少将指挥。英格利希在珍珠港的司令部里负责将它们部署到最能发挥作用的位置上。由于其中的6艘随同阿留申部队行动,所以尚有19艘在中太平洋活动。英格利希将4艘集中置于瓦胡岛以北,防止日军再次袭击珍珠港,将3艘放在中途岛和瓦胡岛之间的中间海域一带。其余12艘"被置于中途岛以西200海里和以北150海里的海域,形成两道警戒圈,掩护中途岛的西部和北部入口"。[23]

中途岛西边远处的海面上,秒速18米的大风卷起的巨浪剧烈地颠簸着山本主力部队的驱逐舰,猛烈地拍击着它的巡洋舰。中午前后,天空布满乌云,不久便下起滂沱大雨。山本这支铁甲舰队在狂风、暴雨、巨浪中艰难、沉稳地向东行进,毫不放松反潜警戒。[24]

这天白天,山本的报务员截听到一艘美国潜艇发给中途岛的一份很长的紧急密电。宇垣估计这艘潜艇"位于我输送船团前方或其附近"。当时日本人还无法译读美国的这种密码,但从这份电报的长度及其"紧急"级别就可看出它十分重要,很可能是报告已发现日海军大举进攻的迹象。然而,宇垣毫不惊慌。他自鸣得意地在日记中写道:"如果这份电报报告发现我部队,那么敌人一定会警觉起来。这样,我们的战果会更大些。"[25] 换言之,从隐蔽处惊起的美国鸟越多,日本人的猎物就越多。

北方作战的景况相当平淡。"我潜艇的侦察报告说,在基斯卡岛和阿图岛均未发现敌人,只发现在阿达克岛和荷兰港有几艘敌舰,"三和说,"还有几艘敌舰在弗伦奇弗里盖特沙洲,因此,取消了'K号行动'……"[26] 事实上,当时"K号行动"只是被延期,到第二天才完全取消。

为了去掉与中途岛这一错综复杂的战役有关的一些枝枝节节,我们在这里对"K号行动"做个交代。这次行动的内容是派出水上飞机为山本搜集和提供美太平洋舰队位置的最新情报。按照计划,两架二式水上飞机——就是美国称之为"埃米莉"的那种大飞机——将于30日日落前夕飞抵弗伦奇弗里盖特沙洲,从先遣部队的潜艇上加油后立即起飞,于当地时间5月31日凌晨01:15左右到夏威夷上空,对美舰队进行侦察,然后再直飞沃杰环礁,并于东京时间 6 月 1 日 09:00 许到达,在那儿将敌人兵力部署的准确情报火速发给山本。

这项从纸面上看十分理想的计划有一个致命的漏洞,也是"中途岛作战"计划共有的漏洞,就是把成功的希望寄托在美国人完全按照日本人的意志行事的基点上。正因为如此,当担负加油任务的潜艇之一的伊-123 号 5 月 30 日到达弗伦奇弗里盖特沙洲时,发现两艘美国舰艇已在那里活动,这一发现使"K 号行动"受到一大震动。这两艘美舰很可能是水上飞机供应舰桑顿号和巴拉德号。

伊-123 号潜艇立即电告夸贾林岛,发现敌舰,并多此一举地建议说在那种情况下,为"埃米莉"加油看来希望渺茫。负责实施"K 号行动"的第二十四航空战队司令官后藤英次海军中将①命令将"K 号行动"推迟 24 小时,指示伊-123 号继续监视,寄希望于美国舰艇能及时离开,以便重新安排飞行。

但是第二天,伊-123 号又报告了一些坏消息。它发现在沙洲的入口附近有两架美水上飞机。这表明敌人已将该沙洲用作水上飞机基地。很显然,日本飞机不能在那里加油了。日本人深感失望,只好放弃"K 号行动"。然而,山本的司令部仍抱乐观态度,希望 6 月 2 日在夏威夷与中途岛之间就位的潜艇警戒线会在攻击日前尽早电告有关美太平洋舰队东行的情报。27

即使这些潜艇在预定时间到达指定位置——我们在后文中将看到,实际上它们没有——也太晚了,因为到 6 月 2 日,弗莱彻和斯普鲁恩斯早已通过了日军预设的警戒区。在这一较量的整个过程中,尼米兹总是先山本一着而始终处于主动地位。

---

① 后藤是该航空战队司令,但负责"K 号行动"的是前田稔海军少将。——译注

第十四章
"胜券在握"

阵亡将士纪念日①这天,在美国各地,人们站在星条旗下,悼念战死的军人。在战斗中牺牲的年轻军人长方形的新墓轮廓清晰,墓上传统的小旗在暮春和煦的晨风中飘荡。这种景象30年来还是第一次。"……但是,如果我们每个人不各司其职,各尽其能,将先烈们为之献身的事业坚定不移、坚持不懈地进行下去,那么,我们对长眠于地下的先烈的崇敬和祈祷将是毫无意义的。"檀香山《明星公报》评论说。

"自1898年成为美国领土以来,夏威夷作为美国在太平洋的国防前哨地位是过去任何时候都无法相比的……

"在整个夏威夷的文明史上,它从未遇到过像今天这样可怕的外来威胁……从未遇到过像今天这样建功立业的大好时机。"[1]

这天,该报还在其他版面上提出了一些当时能引起人们兴趣的问题。它引用有名望的作家、共和党全国委员会新闻部主任克拉伦斯·巴丁顿·凯兰的话说,"美国人看见自己在这次战争中频遭打击而愤恨不已,感到蒙受了耻辱。"航空专家亚历山大·P.德塞维尔斯基陆军少校提醒说:"冲突双方的舰艇制造速度再快,也没有航空兵从空中将其摧毁来得快。"[2]

那天上午,尼米兹登上约克城号,他热切地希望美海军航空兵部队能够在日本舰队向中途岛派出舰艇之前,迅速将其打垮。他祝愿该

---

① 5月的最后一个星期一,是美国法定纪念日,纪念在所有战争中死亡的美国人。——译注

舰和全舰将士一路顺风。约克城号奇迹般得以修复，舰上各种旗帜迎风飘扬，正待奔赴战场。有人猜测，当时每个人都在祈求好运。它就像儿歌中的"老灰马"，虽然已无往日的风采，但仍可以出海，准备载运奥斯卡·佩德森海军少校的飞行大队出海参战。

尼米兹对海军士气的涨落像气压计一样敏感。他特地给满腹牢骚的飞行员讲了一番话。他承认他们的困难，并用特殊的方式加以了处理。他知道，一旦这些飞行员明白为什么他们在长期出海之后，气都未喘一口又得立即投入新的战斗的道理，他们一定会坚持到底的。尼米兹当时的原话虽然没有保留下来，但他确实指示过舰长转告各机组人员，他为不能给他们应得的休假深表歉意，并向他们保证他是万不得已才在这个时候派他们执行任务的，他派给他们的这次任务和执行任务的时间并非出自他的选择。他保证说，中途岛作战一结束，他就让约克城号去西海岸度假。[3]

第十七特混舰队完成了各项准备工作，于当地时间 09:00 开始驶离珍珠港，名义上是去"进行射击练习，然后去支援第十六特混舰队"。约克城号的护航舰队实力很弱，只有波科·史密斯的阿斯托利亚号和波特兰号两艘巡洋舰，以及吉尔伯特·C.胡佛海军上校的由汉曼号、休斯号、莫里斯号、安德森号、拉塞尔号组成的第十七特混舰队第四驱逐舰警戒中队。[4]

阿斯托利亚号进入航道后，史密斯接到电报说接替阿斯托利亚号舰长、史密斯的主任参谋弗朗西斯·斯坎伦德海军上校的人选已向总部报到。史密斯咧嘴一笑，心想特混舰队已经上路，尼米兹要把斯坎伦德换下来，必须先追上他才行。因此，这位上校就留在舰上，与他的安纳波利斯海军学院的同学一起，参加了中途岛海战的全过程。

看到重巡洋舰印第安纳波利斯号和路易斯维尔号出海前去加入"迷糊蛋"西奥博尔德的阿留申部队时，史密斯的同情之心油然而生。

在史密斯的心目中,那个鬼地区不是个理想之所。和蔼可亲的史密斯已准备为国而战,为国而死,视死如归的气概不亚于最刚勇的日本武士,不过,死也要选个气候好一些的地方。[5]

星期六上午,弗莱彻站在约克城号的舰桥上。他还不完全了解日军的意图,也不知道日本人攻击的确切时间、兵力规模以及进攻方向。[6] 在华盛顿、珍珠港及海上的美国人都不知山本的主力在何处,也不知这只海上巨鹰将扑向何方。[7] 他会躲在后台,还是在前台作战?美国情报机构不知道,也不能指望他们知道。

日本方面虽然低估了美国的力量,而且做梦也没有想到他们的JN25密码已被破译,然而,他们在发报时仍十分小心谨慎。正如尼米兹所说:"不能把日本人贬低成情报上的傻瓜。"[8] 从他们在中途岛海战之前的电报中,几乎得不到什么情报,就连许多参加过这次海战的日军指挥官也一直认为,美国当时绝不可能仅仅从这一个渠道就能对日作战计划知道那么多。黑岛便是其中的一个,他临死时还认为,"除了日军密码被破译外,日军的作战计划一定在其他地方也出了差错。"他肯定"美国人事前就搞到了日军计划"。里夏德·佐尔格丑闻① 使黑岛和其他许多人认定日本国内间谍四伏,"是他们把进攻中途岛计划的情报透露给了美国"。而且,当时美国与中国联系紧密,会不会在日本的中国人也一直为美国搜集情报呢?[9]

美国也并非没有人患这种间谍活动综合征。企业号的领航员理查德·W.鲁布尔海军中校看到太平洋舰队29—42号作战计划,了解美方各项决定及其依据后,印象颇深,以至于他后来说:"我们在东京的那个人真是没有白拿我们的钱。"[10] 事实上,谍报活动的事是子虚乌有。罗奇福特的"黑屋"是靠艰苦、耐心的工作才破译了日本人的密码。密码破译后,只要把截获的零星材料整理成有意义的文字就行了。

---

① 里夏德·佐尔格以德国驻东京的新闻记者身份领导了一个苏联的间谍小组,其触角渗透到了日本政府圈子的高层。

中途岛海战结束后,看问题一向很实际的三和说,联合舰队的参谋们"怀疑我中途岛作战计划的内容肯定有很多都泄露给敌人了",但他对这种说法并不苟同,不过他也没有想到日军密码已被破译。在他看来,美国人"只要稍稍动动脑子,就能猜出我们的意图"。[11]

即使美国太平洋舰队已经得到有关日本舰队的绝对完整的情报,也就是说,即使他们确切地知道日方集结了哪些舰艇,这些舰艇由谁指挥,部署于何处,指挥官将用何种打法,预期的行动将于几日几时几分开始——这些也不足以确保美国人在中途岛取胜。情报本身并不能把蓝图变成军舰,把一群动物变成适于作战的飞机,或者把刚从航校毕业的新手变成老练的飞行员,也制造不出击中目标就能立即爆炸的鱼雷。

如果物资是作战中的唯一因素,那么日本人就该在中途岛迅速大获全胜。看到这些现代化舰艇,回顾自珍珠港作战以来的一系列胜利,在东进舰船上的日本官兵完全有理由趾高气扬,正如三和在日记中满怀激情所写的那样:

> 舰队驶过父岛北部海域,继续浩浩荡荡向东开进。这是日本帝国海军有史以来规模最大的远征。舰队上自司令、下至士兵,都感到胜券在握。这种作战前产生的压倒敌人的气概源于何方?这确实是一次永远使我们最铭心刻骨的宏伟行动。
>
> 动力有保证的主动作战是很容易打胜的。这也深刻地说明绝不能打被动之仗。

接着,三和一反其洒脱奔放的情调,谈起了现实:"在以檀香山为中心的美国太平洋区域,美军作战电台的通信异常活跃,其中有一部分是急电。敌人是否已经估计到了我们的意图,眼下还难说。但我们仍继续前进，同时加强了戒备。"[12]

宇垣也注意到了这些情况。清晨，舰队航向变为90°，但仍行驶在宇垣所说的"潜艇出没的水域"。狂风裹挟着断断续续的大雨，使父岛基地的反潜飞机趴在地上动弹不得，也使主力部队的反潜飞机无法从凤翔号的飞行甲板上起飞。到18:00，舰队航向变为70°后，才放松了戒备，把出港以来一直保持的二级战备降到三级。大和号在渐浓的暮色中前进，宇垣在思考美国无线电活动的含义。他在日记中写道："紧急电报的往来十分反常。种种大的迹象使我怀疑他们并非在准备主动进攻，而是在采取对抗措施以便对付我可能的行动。"

是美国人的声呐发现日本舰队已经出动，还是他们通过无线电侦听或得到了苏联船只的报告而怀疑日本人在北方活动？"最糟的可能是28日离开塞班岛的我输送船团已被他们发现。"宇垣判断，"从输送船团的航向和实力，他们可能会猜测这支队伍正驶往中途岛海域。"

"那支船队除随行的第十一水上飞机供应分队外，没有舰载航空兵护航，它们被敌潜艇发现不是没有可能的。"宇垣承认说，"它们过早地被发现可能导致双方摊牌，这倒是件好事。但如果敌潜艇集中在那里，就是件坏事了。不过即便如此，我们暂时也没有必要改变计划。"[13]

但是，即使日军当时也得到了完整的情报——世上永远不会有这样的事——他们也不大可能在计划和态度上做大的改变。从实力统计上看，匆匆西行的美航母部队就像是大卫出海去与海上巨人歌利亚较量。现在，让我们把山本所辖的战舰与弗莱彻所能指挥的战舰做一次数量上的比较。为了尽量做到客观，虽然处于夏威夷群岛与中途岛之间的美国各式舰船并不属于两支特混舰队，我们还是将其计算在内。同时，因阿拉斯加作战对中途岛作战影响很小或没有影响，故双方的参战部队均不列入。

	日　方	美　方
重型航空母舰	4	3
轻型航空母舰	2	0
战列舰	11	0
重巡洋舰	10	6
轻巡洋舰	6	1
驱逐舰	53	17
水面作战舰艇总数	86	27

此外，日军还有运兵船、油船、扫雷舰艇及其他支援舰船共43艘，而美军的"阿猫阿狗"舰船加起来才23艘，包括鱼雷快艇、油船，甚至还有1艘改装的游艇。[14]

想到双方以这样悬殊的实力进行常规海战，任何海军将领都会忍俊不禁的。当然，统计数字并非决定性的。战舰究竟是机器，是宝贝，还是累赘或无足轻重的东西，要看由谁来掌握。以大和号为例，山本的旗舰是海上体积最大、火力最强的战列舰。但是，山本将其用作海上司令部，这无异于斩掉了它的利爪。尽管这艘世界上最强大的战列舰为其骄傲的主人起了点作用，但它还不如留在柱岛，为日本省下它往返于战场而耗费的宝贵燃料。

这位海上司令长官与战列舰一样，盛年已过。但是山本并未意识到这一点。单单通信联络方面的问题就不允许他进行如此英勇无畏却徒劳无功的举动。怎样才能既与统率的舰艇保持联系，又不暴露自己的位置？这一难题在驶往战场途中及后来的海战过程中一直使山本大伤脑筋。

即将开始的战斗将是飞机对飞机、飞机对军舰的战斗。我们来比较一下日美双方那天可以使用的飞机数量：[15]

	日 方	美 方	美 方	
	（均为舰载）	舰载	中途岛上	飞机总数
鱼雷轰炸机	105	42	6	48
俯冲轰炸机	92	112	27	139
战斗机	96	79	27	106
水上战斗机	24	0	0	0
水上侦察机	8	0	32	32
陆基轰炸机	0	0	（B-17）19	
			（B-26）4	23
总计	325	233	115	348

从对比中可以看出，在实际可使用飞机的数量上，美方处于稍稍领先的地位，比日方多23架。无巧不成书，这个数字恰好等于中途岛上陆军轰炸机的数量。而从最后的结果看，这些陆军轰炸机可以列为微不足道甚至是不利的因素，因为它们占去了大片场地，消耗了大量燃料和大量人力、时间。而这些东西如用在别处，定能发挥更大作用。

当然，把一类飞机与另一类飞机进行比较既麻烦又会引起误解。例如，日方在鱼雷轰炸机方面具有压倒优势，这些速度虽慢但杀伤力很大的飞机曾使珍珠港陷入极大的灾难。而且，当日军对美舰发起攻击时，耀武扬威、轻佻随便的村田海军少佐一定会飞在鱼雷机队的最前面。村田是帝国海军中最优秀的鱼雷机驾驶员。他既是战斗员，是队长，又是士气的鼓舞者。他人虽然瘦，但一磅值千金。如果山本真的如愿以偿，进攻时做到出敌不意，那派出村田的鱼雷机队去攻击尚无准备之敌是满可以凯旋的。

与日方相反，美方在这个地区不仅人力物力不够，质量也差。他们的TBD（"破坏者"单引擎鱼雷轰炸机）已经过时，爬高很慢，时速仅为 100 英里，鱼雷的质量也是臭名远扬。[16] 改进型的鱼雷机又到得太晚。VF-6（企业号的战斗机中队）的非正式飞行日志写道："鱼雷机飞行员极为恼火。明天就要打大仗了。他们等 TBF（复仇者式鱼雷轰炸机）等了三年，结果它们还是来迟了一周。"[17]

在很大程度上，日本人寄希望于采用突然进攻的方式将中途岛上的岸基飞机牵制在岛上；要么直接摧毁它们，要么使其疲于应付而不能抽身参加海战。弗莱彻比山本多 20 架俯冲轰炸机，但山本比弗莱彻多 17 架战斗机。山本的战斗机都是传奇式的零式机，比当时美国最好的飞机还要先进得多。而且，他的战斗机飞行员本领高强，其中有赤城号上零式机队长板谷茂海军少佐。他聪明能干，空袭珍珠港时是战斗机部队这把刀子的刀尖。

毫无疑问，依靠这些漂亮的零式机，山本能够抵消对方俯冲轰炸机数量上的优势！毫无疑问，山本的俯冲轰炸机驾驶员即使不比美国对手强，至少也可以一对一！但是，山本根本没考虑在对等条件下打一场航空母舰大战。根据作战计划，美国的舰队只有在中途岛实际上已被拿下后才会出现。这样，山本的 4 艘久战沙场、屡建功勋的航空母舰将能轻而易举地挡住敌航空母舰。那时，而且只是在那时，他的战列舰上的巨型火炮才会开始发出电闪雷鸣，打击胆敢与之抗衡的美太平洋舰队的残部。

美利坚合众国和日本帝国的海上舰队正朝着中途岛——太平洋地图上几乎找不到的两个小点——破浪疾驶。双方所追求的目标远比这区区弹丸之地大千万倍。太平洋会不会长期成为日本的内湖？澳大利亚和新西兰会不会失去屏障？在英联邦其他成员国最终能抽身驰援之前，它们会不会遭受中国那样的命运，处于不可言状的痛苦和劫难之中？菲律宾人为求得翘首盼望的独立而长期耐心的含辛茹苦会不会付诸东流？他们会不会从不时犯错误，但动机良好的美国人手上落到日本人手中而永远得不到自由？战争会不会一直打到美国西海岸？这些问题及其他问题的答案都取决于中途岛海战的结果。

除了有形的舰队实力外,还存在许多无形的因素。山本方面不仅具有吨位大、火力强的优势,而且具有屡战屡胜的光辉历史和必胜的信心,有古代驻防战士的传统,有实现"八纮一宇"的雄心壮志。弗莱彻方面行动快,有突然性和灵活性,有出色的海军情报,有决不容许敌人再逞威风的坚强决心。美国海军与美国人民一样,对于"在这次战争中到处挨打"的情况早已受够了。

美方的这种精神面貌在 VF-6 的非正式飞行日志中有所体现。5月31日的日志上写着:"飞机和潜艇的侦察表明日本人正按计划逼近。希望真的能接住他们的招。大家都渴望当英雄——会有这个机会的。"

第十五章
"时间越来越紧迫"

美日两支舰队正相对而行。大黄蜂号和企业号在驶向"运气点"与第十七特混舰队会合途中,渡过了前一天的灾难,恢复了正常。5月30日,这两艘航空母舰进行了射击练习和常规检查。11:30,大黄蜂号舰长米彻尔在舰上进行了非司法惩戒,宣布对两名水兵各关五天禁闭并只许吃面包、喝水。原因是一人"接受现金提供洗衣优惠",另一人"拥有未经批准的衣服"。[1] 舰上的生活要求是简朴庄重。

这天,中途岛开始实行空中搜索。拉姆齐的程序计划基于两点设想:一、"在一般情况下,在该岛西北 300—400 海里的海区能见度会降低";二、这样就"很难提前一天发现从这一方向来犯的敌舰队"。因此，从现在起每天清晨敌人都有可能发动进攻。"东北方向的低能见度海区既可掩护敌人的夜航，同时也会影响敌水面航行的精确度，使其无法夜间起飞。"拉姆齐由此进一步推断，"敌人将在下半夜一两点钟时通过气候恶劣的海区，但只有在天色微明时确定自身方位之后才会发起攻击。"美空防部队判断日军将于当地时间04:30—05:00从距离中途岛150—200海里处派出飞机，于06:00左右开始攻岛。

从上述前提出发，拉姆齐的计划要求尽早开始空中搜索。该计划规定：04:15，侦察机出动，15分钟后，B-17轰炸机起飞，其余飞机待侦察机飞出400海里后行动。这一行动计划"当然增加了东岛后勤供应上的困难，因为B-17飞行4小时以后才能将其负重降到可以在岛上安全降落的程度"。这样做耗油量很大，但舍此则别无良策。唯一的替代办法是把这些"飞行堡垒"留在地面上，但拉姆齐不会冒这种风险。

然而在这个阶段，拉姆齐最担心的是日军在威克岛的陆基飞机夜袭中途岛，特别是夜袭东岛上的储油系统。[2]因而他一直在想着威克岛。大约09:45，PBY 8V55号报告说"遭敌机攻击"。10:08，PBY 2V55号巡逻机也说遭到攻击。5分钟后，8V55号机报告自己位于北纬26°55′、东经173°20′处。10:35，该机报告自己正返回基地。11:12，它又报告说攻击它的是一架三菱双引擎轰炸机。6分钟后，另一架巡逻机报告说攻击它的是一架四引擎轰炸机。[3]

这样的现场报告反而使人糊涂。实际情况是：两架"卡塔林纳"飞机在"以中途岛为圆心、500海里为半径的圆周与以威克岛为圆心、600海里为半径的圆周的两个交点处"分别与两架从威克岛出发执行例行巡逻任务的日本陆基轰炸机相遇。这两架日机——一架双引擎，一架四引擎——重创了这两架速度很慢、不堪一击的PBY，打伤一名海军士兵。这次遭遇战产生了长远的影响，最后海军终于同意了飞行员们的看法,认为"卡塔林纳"确实不适用于战斗巡逻。拉姆齐有力地表明了这一点。他沉痛地报告说:"在这两次接触中,PBY作为搜索机的弱点暴露无遗。日军任何型号的飞机都能够攻击它,而且也确实攻击了它。"(着重部分是拉姆齐加的。)[4]

这一事件对美军有好处。拉姆齐从遭遇点的位置和所判断的日轰炸机速度可以相当准确地猜出威克岛是何时派出这批巡逻机的。他记下了下述结论供日后参考:"……如果攻击威克岛,日落时分最为适宜。只有这时这些日机才停在机场上。"

然而,当时的问题是,是否要用B-17来进行搜索。拉姆齐认为不要用。因为第一,使用B-17进行搜索会削弱他的攻击力量;第二,他并不想让日本人知道中途岛上已部署了四引擎陆基轰炸机。[5]

那天,又有7架体型庞大、姿态优雅的B-17从瓦胡岛飞抵中途岛。陆军第七航空队威利斯·P.黑尔少将[①]及22名军官、约50名士兵也随机到达。麦考尔安排这些新到的官兵住进了帐篷。他更换了MAG-22的无线电作战频率,因为原先的频率在一次防空演习中使用过了。航空雷达昼夜不停地运转着。这一天的活动用去了大约2万加仑汽油,而且,正如麦考尔所说,"运输设施的使用达到了极限"。

麦考尔快要山穷水尽了。5月31日(星期天),又飞来9架B-17。从完成中途岛的搜索和攻击任务的角度考虑,他当然表示欢迎。可是"跑道上早已拥挤不堪","夜间滑行和起飞"都是"极端危险的"。随机到达的B-17队指挥官小沃尔特·C.斯威尼陆军中校及30名军官和60名士兵只好住帐篷,有啥吃啥。麦考尔在正式的工作日记中写道:"军官食堂约有175人用餐,而且是日夜供应。"[6]

新到的B-17"飞行堡垒"的飞行员几乎连装炸弹舱油箱的时间都

[①] 黑尔于6月2日返回瓦胡岛。

不够，载弹量才到一半，还没有时间自行保养，拉姆齐就命令他们起飞了。尼米兹的命令是：只要有可能，5月31日和6月1日，每天必须派出 B-17 对中途岛以西 700 海里处日军可能的集合地点进行侦察，而且，飞机必须及时起飞，以保证于当地时间 15:00 到达指定位置。星期日，整个搜索弧区域天气晴朗，非常易于观察，只有 280°以北方向 300 海里之外的海区气象几乎为零—零[①]，根本无法搜索。这次搜索没有发现敌人，但派出的 B-17 队迷了航，使大家忙碌起来。拉姆齐只好"同时使用雷达和无线电测向"为其导航。最后一架迷航的飞机于 6月1日 03:50 左右才返回，迟到了四个半小时多。[7]

这样的形势无助于缓解燃料的紧张。这天的油耗惊人，高达 6.5 万加仑。麦考尔用常用的电报式语言记录道："……这里及沙岛燃料问题极为严重。"[8]

麦考尔并未在日记中记下全部令人不安的事实。我们知道，守岛部队已在各重要地点安放了爆破炸药。如果日军登陆成功，他们就得把部分设施炸毁，以免它们落入日军之手。当然，燃料供应设施也在炸毁之列。倒霉的是，5月22日，有个作业小组在检验炸药引爆线路时不慎引爆了临时汽油存放点。一名海军陆战队军官尖刻地说："这些炸药可以防笨蛋，但不防水兵。"数千桶宝贵的燃料化为冲天大火，严重地影响了岛上航空兵执行任务。虽然航空兵急需飞行训练，但由于缺油，只好作罢。更糟的是，必须直接用油桶给飞机进行人工加油，如麦考尔所说，"这样干又慢又累"。[9]

尼米兹听到中途岛出事的消息后异常担心。他说："时间越来越紧迫，中途岛很需要那些油。"他临时租用了一艘叫卢肯巴赫号的货船，派它将最后一批桶装航空汽油火速运往中途岛。[10] 该船进港后，麦考尔又遇上了麻烦。刚刚抛锚，船上就吵着说超过了规定时间。于是，

[①] 零—零天气，指的是能见度与云幕高度均为零的天气。——译注

当晚，船上的大副、二副、水手长等人用绞车和海军陆战队员一起卸下了油桶。[11]

斯普鲁恩斯的舰队以蛇形运动方式破浪前行，去同弗莱彻会合。他们也在为燃料问题担心。企业号和大黄蜂号从西马伦号和普拉特号油船上加满了油。这是战役开始前的最后一次加油了。这天，大黄蜂号不但加了油，还得到了荣誉。14:25——用该舰航海日志上不带感情的语言——"美国海军上校马克·A.米彻尔宣誓就任美国海军少将。"[12] 对这位优秀的海军军官而言，这一晋升是受之无愧的。是他的航空母舰把杜利特尔的轰炸机运至可以飞抵东京的航程范围内。

南云的所有舰船也在那天（东京时间6月1日）顺利地加了油。[13] 但是源田住进了病员舱。这位航空参谋自从南云部队离开柱岛锚地以来身体一直不适。恼人的感冒及更严重疾病的症状消耗了他的精力。最后医生诊断他患了早期肺炎，急忙送他住进病员舱。

"我看是劳累所致。"源田自己认为。毫无疑问，这话十分正确。[14] 早在1941年初春，他就为山本攻打瓦胡岛美太平洋舰队的设想倾尽全力，几乎到了痴迷的地步。如果说山本是空袭珍珠港计划之父，那么源田应该算是该计划之母。是源田注入了自己的精神，发挥了自己的智慧，使计划得以问世，又是源田用自己的心血哺育该计划成型，保护它不受来自各方面的干扰。[15] 12月7日上午的成功使他欣喜若狂，因为他看到了自己的希望和信念的正确性。那次成功也赋予了他新的重任。从那以后，南云把他看作万事通。几个月来，南云取得了一连串令人难以置信的胜利。在这几个月里，源田一直在南云左右为他出谋划策，地位仅次于参谋长草鹿，确实，1941年和1942年初的源田应该是值得心理学家或社会学家研究的军中智人的完美典范，是研究紧张状态的经典案例。如今，上天终于发怒，对他做出了惩罚。

此后几天，由于住病员舱，源田未能与舰桥上的指挥官接触。南云和草鹿实在太忙，不能和他聊天。当然，参谋中的一些熟人和一些飞行员常来探望，把重要的情况告诉他。[16] 然而，在海战前极为关键的3天里，南云未能得到这位在海军航空兵作战方面最有发言权的军官的直接帮助。

5月31日（东京时间6月1日），山本的主力部队原定要次日加油，便派凤翔号的巡逻机去寻找油船。据鸣户号油船报告，它们比原定位置落后约30海里。但是凤翔号的巡逻机并未发现它们。山本又派第九巡洋舰战队和两艘驱逐舰去寻找，并指示它们找到后即行加油。

身材粗壮、挺胸收腹的山本穿着耀眼的白色军服站在舰桥上。帝国海军规定6月1日起改着夏服，但宇垣通知舰队其他人员暂不换装，何时换装，另行通知。天气仍然很凉。宇垣觉得"过早改着白色夏服，在舰桥上待久了会影响健康"。[17]

10:00许，一架侦察机报告说舰队左舷8000米处有一艘敌潜艇。驱逐舰时雨号和绫波号"立即前往进行猎杀，同时舰队向右加速行驶，进行规避"。三和对报来的敌情表示怀疑。接着，凤翔号发信号说已经击中，根据是看见水面上有一层20米宽50米长的油膜。但这不一定是进攻的结果。可能他们误认为这片油膜表明水下有潜艇。三和还指出，有时人们会误把上浮的鲸鱼当作潜艇。[18]

然而，那天其他地方也发现了潜艇。威克岛的一架水上飞机在该岛北东北和东北方向的400—500海里水域发现数艘潜艇，沃特杰岛的一架飞机在该岛北东北方向500海里处发现一艘潜艇。宇垣得到这些报告后，判定美国人已对日军企图有所觉察。日方监听到的夏威夷地区的180多次无线电联络中，标明"紧急"的有72次之多。

"可以认为敌人对我方行动肯定已有觉察，并正在准备迎击我们。"宇垣写道，"特别是，几乎可以肯定他们已于中途岛西南方600海里附近部署了潜艇。它们与飞机一起加强了对该岛的警戒。"[19] 其实，英格利希的潜艇警戒线几乎在中途岛的正西方。[20]

那天晚上，另一条令人不安的消息传到大和号上，使军官们大为气恼。三和写道："悉尼电台说日军在悉尼港内发起了攻击，但有关部队却无正式报告，因而进攻详情不得而知。我很担心。他们很可能未能返回。"[21]

澳大利亚电台谈到了日本人搞了一次袖珍潜艇袭击，说日本人这样做是雕虫小技，愚蠢而又徒劳。宇垣对袖珍潜艇作战很感兴趣，他本人就有不成功便成仁的想法。他对那些作战勇敢但却毫无建树的年轻人特别宠爱，至少在他无所不谈的日记里可以看出这一点。他写道："可以设想，这些潜艇的攻击一定给敌人造成了相当大的破坏。愿老天保佑艇员们安全返回。"[22]

呜呼！宇垣对潜艇的破坏性如此深信不疑，为部下的安全如此虔诚祷告！可是，唯一的破坏仅仅是：一枚鱼雷从目标美巡洋舰芝加哥号下穿过，炸掉了作为营房的一艘老式渡船的船底，炸死了一些水兵。芝加哥号发现了袭击者，向它开炮，但由于这艘袖珍潜艇就在该舰鼻子底下，距离太近，因而炮打高了，未中。就这么小事一桩，帝国大本营却发表了失实的而又劲头十足的公报，绘声绘色地描述英国战列舰沃斯派特号在悉尼港如何中雷起火，如何沉入海底。[23]

那天，《日本时报与广告报》发表社论，对美国海军的实力进行评论。社论使正在吃早餐的读者大为振奋。社论说：

> 现在美国正在拼命建造战舰，这是十分自然的事。但是战列舰并非一朝一夕就能建成的。在空中力量方面，美国8艘航空母舰丧失了5艘，从而遭到了最沉重的打击。等美国重建起舰队时，日本也能建成同样数量的战舰。在舰艇设计方面，事实已雄辩地证明日本的舰艇优于美国。而且，重建的美国舰队的舰艇不

可能全部同时出现,一定是造一艘出现一艘。这样,它建一艘,我们就消灭一艘。难道还有什么力量能阻挡我占尽优势的日本海军这样做吗?再说,美国舰队的机动性已经随着其海军基地逐个被日本所占领而遭到了几乎难以置信的削弱……

想到这些,世上还有哪个有头脑的人会相信美国能对日本发起成功的进攻?美国人除了无休止的挫折和失败还会得到什么呢?[24]

美国人根本没有想过什么"无休止的挫折和失败",他们抗击日本威胁的准备工作丝毫未受影响。"希望能与日水面部队交战。"VF-6的飞行日志记录者又生气地加了一句,"天空多云,海面平静——日本人又像往常那样有了好运气。"[25]

中途岛也在为自身安全高效率地进行着准备。次日,即6月1日,在中途岛西西南方向450—480海里处,两架执行巡逻任务的"卡塔林纳"飞机与两架巡逻的日本轰炸机遭遇。09:45,其中一架PBY报告在中途岛228°方位、距离500海里处遭到日机进攻。15分钟后,该机进一步报告说刚才攻击它的是两架轰炸机。不到6分钟,它又报告了自己的准确位置:距离560海里、方位230°。此后,中途岛收报台再没有接到该机报告,直至其请求返港。收报台指示它等待进一步指令。然而,5分钟后,这架侦察机突然回话:"我正在返航,3人受伤。"10:42,另一架侦察机报告说遭敌进攻,但未报出方位和距离,不到12分钟,它又报告说:"我正在返航。"[26] 这两架PBY返抵中途岛,带回了一名受伤的军官和两名伤兵,从而进一步证明这种体大笨重的飞机确实不经打。[27]

这次遭遇的消息传到南云的旗舰赤城号上。渊田在病员舱的病床上伸了伸手脚,然后做了点计算,日军曾估计美中途岛空中巡逻半径不超过500海里,但是根据刚刚收到的这一事件的报告,遭遇点位于沃特杰岛北东北 500 海里处，这表明中途岛守军已将搜索半径扩大到 700 海里。

渊田又算了一下，得出结果后皱起了眉头。如果美国人飞出中途岛这么远，那么现正在中途岛以西 1000 海里处，以每天大约 240 海里的速度向东北方行驶的输送船团 6 月 3 日就将进入美国人的巡逻圈。这比机动部队对中途岛实施软化打击的日期提前了两天。作战计划要求田中有意使自己的船队被美国人发现，以使他们误认为日军将以南方为主攻方向。但是，自我暴露的时间应该是在 6 月 6 日，即 N-1 日。① 所以，即便从其自身安全考虑，田中可能也来得太快了。28

史汀生比渊田还要担心！那天上午在华盛顿，史汀生召开了军事委员会会议。会上，马歇尔报告了他的西海岸之行。这位陆军部长说："我们正在抽调一切可能抽调的飞机以便派出去对付日军这一威胁。形势十分严峻。他们在运载舰艇——航空母舰方面——的实力比我们强得多。而且，我们的战列舰为了得到陆基飞机的保护，就得紧靠海岸。然而，如果海军审时度势，不冒险驶出空中保护伞之外，我们也许能够将他们（指日军）诱入我们可以有所作为的位置——揍他几下就跑，这样也许能扯平双方海军的态势，或许还能更好一些。"29

史汀生对即将到来的战役的预想至少是有趣的。他认为战役将在加利福尼亚州南部海岸之外的某海面打响，美国的战列舰将提心吊胆地靠近海岸。如果海军各机动部队不离开陆军的陆基轰炸机的保护，还有可能瞅准机会打它几下，稍稍缓和一下难以取胜的战局。

---

① 见本书第四章。

第一航空舰队司令南云忠一海军中将

所有照片均由美国国家档案馆提供

（左）渊田美津雄海军中佐，袭击珍珠港时，任赤城号飞行队长，由于患阑尾炎未参加中途岛战役
（左下）日本海军联合舰队司令山本五十六海军大将
（右下）第二舰队司令近藤信竹海军中将

日本潜艇

（上）1942年5月27日，切斯特·W.尼米兹向小克拉伦斯·韦德·麦克拉斯基海军少校颁发优异飞行十字勋章

（右）美太平洋舰队司令切斯特·W.尼米兹海军上将

第六陆战守备营营长哈罗德·D.香农上校

第十六特混舰队司令雷蒙德·A.斯普鲁恩斯海军少将

第十七特混舰队司令弗兰克·杰克·弗莱彻海军少将

最先发现日联合舰队的美海军侦察机驾驶员霍华德·P.艾迪中尉

（左上）第二航空母舰战队司令山口多闻海军少将
（右上）第一航空舰队参谋长草鹿龙之介海军少将
（下）1942年6月17日在授勋仪式上的中途岛战役的指挥官：弗兰克·杰克·弗莱彻海军少将、托马斯·C.金凯德海军少将、威廉·W.史密斯海军少将、马克·A.米彻尔海军少将、罗伯特·H.英格利希海军少将

（上）山本与日本联合舰队全体参谋人员合影

（左）第一航空舰队航空参谋源田实海军中佐，他制定了袭击珍珠港的作战计划，协助制定了攻击中途岛的作战计划，但因患肺炎未能参战

（上）鹦鹉螺号 SS168 早期的照片
（下）美航母大黄蜂号 CV-8

第十六章
"情绪高昂，信心十足"

雾，漫天大雾。就像是混沌初开，各种巨型爬行动物在原始的迷雾中大声吼叫，你呼我应，此起彼落。雾角发出的阵阵呜咽声在雾中回荡——前进中的联合舰队在用雾角保持联系。大和号先发出深沉的长音，说明它是一号舰，同时也表明了它的位置。接着，二号舰陆奥号以低沉可怕的声音作答，像是在呻吟。随后，长门号也发出郁闷的答声。远处战舰的模糊轮廓和鬼叫似的阵阵雾角声使渡边着迷。"在浓雾弥漫的大海上看着主力部队战舰的身影，听着它们互答的雾角声，太令人难忘了。"[1]

在驶向中途岛的历史性航程中，山本每天不到 5 时就起身。[2] 他一起身就看天气——他对天气十分担心。主力部队离目的地越来越近，雾也越来越浓。在这种天气航行不仅麻烦很多，而且相当危险。看完当日天气报告，他随即穿上洁白无瑕的军服，乘电梯到作战指挥室。作战室与舰桥在同一层，房间相当大，中间有一张大桌子，四周是软座长条凳。桌上摊放着各种图表，其中最重要的是作战海图。

山本向大家简略而亲切地说了声"早安"，就一头扎进当天积累起来的电文中。这些电文来自舰队各部，包括每日作战报告和侦察报告，通常有 100 份左右。山本从不一目十行，而是对每一份都仔细研读。他对这些报告的内容并不做无谓的讨论，但眼睛从不放过任何要点。

山本看完电文后，于 06:00 左右走进舰桥，在他那张硬木凳上坐下，准备开始一天的主要工作。宇垣和大和号舰长高柳仪八海军大佐在舰桥上都有自己的座位,他们每天除睡觉以外绝大部分时间都在舰桥上度过。

08:00,山本立即回到作战指挥室。桌上的早餐已经摆好,大和号上的用餐氛围相当宽松,参谋们可以在用餐时讨论业务。就餐毕,餐具收走后,大家围着桌子继续谈一些一般的情况。山本总是有意识地跟每个参谋都聊上几句。他不是只跟某一个人谈,而置其他人于不顾。参谋们对此十分赞赏。

交谈时,山本总是"情绪高昂,信心十足"。但只要一谈起美军,他就变得极其严肃。他每天都收听东京的新闻广播。每当广播员嘲讽敌人、吹捧日本海军时,山本总要做一番抨击,而且是当着参谋们的面。将军为人正派,生来就痛恨浮夸。广播里流露出的这种东西使他既恼火又难堪。

新闻里引起山本讥讽的另一个主题就是东条。将军是个直来直去的人,有啥说啥。他认为首相是个趾高气扬的吹牛大王,身为将军和陆相,空话大话讲了许多,实际结果却没有多少。

别人就餐时,宇垣总是留在舰桥上。为使参谋长能够参加餐后交谈——实际上是非正式的参谋会议,首席参谋黑岛总是吃过早餐后就到舰桥上换下宇垣。这样,黑岛就不能参加这些讨论了,但他不觉得遗憾。黑岛生来就喜欢孤单,许多同僚都说他是个怪人。

无论是早餐之后,还是12:00开始的午餐之后,山本都要返回舰桥。他一待就是一下午,主要关注舰队的行动,特别是反潜作战,因为眼下他对美潜艇部队的活动十分敏感。

18:00,山本准时到作战指挥室用晚餐。与早餐、午餐时一样,大家还是边吃边谈,只是晚餐一起谈的时间稍长些。此后,山本回到自己的舱室,用半个小时沐浴、修面;无论是在舰上还是在岸上,也不管是在平时还是在战时,山本的这些事总是在晚上做,而不是在早晨。这样,一来可以让大脑休息休息、清醒清醒,二来早晨起床后就可以立即投入工作。

20:00 左右，山本再次乘电梯来到舰桥。他不是去工作，而是去下棋，通常都是和渡边。他把渡边看作自己的小辈，特别喜欢他。山本对所有的参谋人员都尽量做到不偏爱，但他毕竟是个人，对于渡边这位个子大、脾气好、明显地把他视为世界上最伟大人物的年轻人，山本怎能不特别喜爱呢？

渡边把与司令长官对弈看作自己的一项任务。在他看来，这种历史悠久的博弈不仅是将军的爱好，而且能使他在指挥作战中保持机敏的头脑。从 20:00 至就寝，整个舰队的人都知道他在什么地方。但山本授权他的幕僚可以立即处理在他下棋时发生的紧急情况。山本这个人无论干什么都是全力以赴。办公时，他精力集中；下棋时，也全神贯注。和许多思维活跃的人一样，他睡觉比一般人少，觉得换一种脑力活动方式倒比在床上待八个小时更能提神醒脑。他从不在 23:00 前睡觉，常常在午夜甚至后半夜 2 时才宽衣上床。

尽管这样，他也不能指望睡上个安稳觉，因为偶尔收到紧急报告，渡边或其他值班参谋就得把他叫醒。这时，他就起身阅读，签上名字，对来者——不管是谁——有礼貌地致谢，然后接着再睡。

尼米兹就没有这样悠然自得。他承认："日本舰队驶向中途岛时，我常常焦虑不安，非常痛苦。"在中途岛海战前及海战中，尼米兹觉睡得很少，要考虑的问题太多了，根本无法打消种种忧虑，如果他不在现场，不能亲眼看到进展情况，这些忧虑就会更加厉害。[3] 虽然他并不确切地知道自己的对手是哪些部队，但是他痛切地感到山本绝不会小打小闹，一定会投入数量上占优势的舰队，大大超过自己所能调集的舰艇。他接受海军情报部门对中途岛形势的估计，做出了与华盛顿要员们的强势意见相左的判断，这样，他就把自己的进退荣辱与中途岛战役的胜负紧紧地拴在了一起。但比这更重要的是：他必须对全体将士和所有舰船的命运负责，因为这些最终都依仗于他。

日本时间 6 月 2 日凌晨，山本的空中搜索飞机在主力部队 60°方向、距离 20 海里处找到了失踪的油船鸣户号。宇垣命令驱逐舰战队前去加油。"但由于能见度低、发信号技术差，命令传过去就花了不少时间。"宇垣写道。宇垣谈起驱逐舰来，总是像父亲对待既讨人喜欢也常招惹是非的孩子那样，又疼爱又气恼。11:30，东荣丸和另外两艘油船也找到了。"这些饥饿的孩子——驱逐舰总算加上油了。这些驱逐舰像小孩一样，得好好关照才行。"宇垣溺爱地在日记中说。[4]

驱逐舰加油时，主力部队的舰艇的航速降至 12 节，朝 70°方向与加油船队保持平行地驶行。天下着蒙蒙细雨，能见度只有几千米。这样的天气利弊参半：有助于舰队的隐蔽，却使搜索机无法起飞。雾越来越大。下午晚些时候，雾已经大得不能继续加油。宇垣无计可施，只好派出轻巡洋舰大井号向油船队传达暂停加油的命令。[5]

这天，除了加油问题，宇垣还一直在担心他所宠爱的袖珍潜艇的命运。一家身份不明的澳大利亚电台说，进入悉尼港攻击港内船只的 3 艘袖珍潜艇，2 艘被深水炸弹击沉，1 艘被普通炸弹炸沉。宇垣闻讯十分难过。

"这次攻击与夏威夷作战不同，参战的艇员都是训练有素的。这样的人都不能安全返回，实在令人伤心。是不是皎皎月光反而对守敌有利呢？看来，明月对我方有利，对敌方也同样有利……这个问题值得认真研究和考虑。特别是由于人们认为袖珍潜艇在今后战争中仍十分重要，这一问题就更值得重视。"[6] 甚至在那不会反驳的日记中，宇垣也不愿承认袖珍潜艇作战的整个观念已经过时，认为与月光是否对敌方有利毫无关系。

南云的处境也一样，他不仅身在大雾之中，而且思想也堕入云雾之中。那天虽然能见度从 1000 码左右一直往下降，他还是设法使所有舰艇都加了油。[7] 他得到的情报也和天气一样混混沌沌。这一天，日潜艇本应建立起前进警戒线，并开始向山本和南云发出关于美军实时实地活动的最新情报。然而第五潜艇战队的潜艇未能到达指定位置并建立起乙警戒线。同时，由于"K号行动"惨遭失败，第三潜艇战队的潜艇也未能建立起甲警戒线。

不过，伊-168号倒是从中途岛海域发回了零星情报。该潜艇报告说：在沙岛以南除一艘警戒潜艇外未见任何敌潜艇，一支庞大的机群正在该岛西南600海里内的空域进行密集巡逻；航空兵已进入严格的战备状态，大批飞机昼夜巡逻；中途岛上出现许多吊车，表明美国正在扩大岛上的防御设施。伊-168号发来的这些报告虽说又碎又少，却是中途岛海战前及海战中日潜艇发出的唯一有价值的侦察情报。[8]

当时，赤城号虽然在山本的主力部队前面较远处，但南云对美军的活动和意图也所知甚少。其实，与山本相比，南云更是蒙在鼓里。他的航母上无线电接收机功率比山本的小，加上要保持无线电静默，所以他没有收到宇垣和三和已所得的情报——这些情报清楚地表明，美太平洋舰队已经探到一点风声。

南云的参谋长草鹿一开始就担心会出现这种不能与山本交流情报的情况[9]，早在出发之前，他就一再催促山本向赤城号转发联合舰队司令部收到的所有重要情报。然而，这就有一个哪些情报重要、哪些不重要的问题。只重视水面作战，以战列舰为中心的主力部队认为价值不大甚至毫无价值的情报，对南云的航空舰队的航空兵却可能是千金难买的宝贝。

除对情报价值的认识不同外，这次日本出海远征的规模太大也引起了一些混乱。例如，大约就在这时，海军军令部用无线电通知大和号：中途岛以东海域美航空母舰舰队"很可能"正在动作，也许正在预设埋伏。这一电报将第一航空舰队也列入了收报单位。山本看过电报，对黑岛说："我看最好以山本或联合舰队的名义将这份电报转发给南云。"黑岛却说："既然第一航空舰队也是收报单位，就没有必要由联合舰队向南云转发了。何况现在还要保持无线电静默。我们还是不应打破它。"[10]

美国人这边也存在通信联络的问题。斯普鲁恩斯的无线电员报告说，他们听到了瓦胡岛外的沿海巡逻机与珍珠港的通话。这一情况令人不安，说明 TBS 系统并不能抗窃听。TBS 系统是短距离直线传播系统，原估计它的电波不会越出地平线。这次通话传到第十六特混舰队上也许是大气或力学上的反常现象。这种反常现象可能数周或数年也不会出现一次，但斯普鲁恩斯还是不想冒险。他用目视信号通令全特混舰队：除非情况极为紧急，夜间不得使用 TBS 系统，白天只准使用目视信号。斯普鲁恩斯决心不丧失作战的突然性，也决不暴露自己的位置。因此，在下令禁止使用无线电的同时，他通知所有飞行员，在即将开始的战役中，各机自行返回航空母舰，不能再指望航空母舰用无线电导航。[11]

这天，夏威夷时间 6 月 1 日，日本报纸所说的"早已沉没"的萨拉托加号航空母舰全速驶离圣地亚哥，希望能及时赶到中途岛海区参加战斗，但结果未能如愿。它到达珍珠港那天，中途岛海战已告结束。弗莱彻的第十七特混舰队的现有舰艇都从西马伦号和普拉特号进行了战前的最后一次加油。与此同时，从大黄蜂号上派出的飞机在 150 海里范围进行搜索，没有发现敌人。[12]

"鬼天气又冷又潮，因此，很可能最先发出有关日军消息的是中途岛的雷达。"VF-6 的飞行日志上说。[13] 第二天依然是浓云密布，波浪滔天，美日双方舰队的前进均受到阻碍。南云的舰艇在 600 码以外相互就视而不见。为避免相撞并保持队形，南云批准使用探照灯。这一举动相当冒险，但是浓雾像一堵厚厚的墙，强大的光柱几乎未离开灯座就弥散开来，根本无法穿透。浓雾使南云不能派出反潜巡逻飞机，却束缚不了装备着雷达的美军潜艇，所以他命令舰队高度戒备，并加派双哨加强对敌潜艇的观察和警戒。[14]

南云及其参谋们聚集在赤城号舰桥的右边，默不作声地注视着前方。舰桥左边,舰长青木和航海长三浦海军中佐在能见度几乎为零的困难情况下聚精会神地指挥军舰保持队形和航向。按照原定计划,航空母舰机动部队应于 10:30 改变舰向,这对南云可是个大难题,他必须通知所有舰艇按原计划改变航向。但是浓雾弥漫,旗号联络已毫无用处,探照灯光也不能有效地传递命令。唯一的办法是使用无线电,但那样做就等于把机动部队的位置告诉了美方。[15]

南云不喜欢使用这些办法。他丝毫不缺乏个人的勇气,连战连捷又使他趾高气扬。但是,他总喜欢不折不扣地按照规定的细节作战,缺少在情况发生变化时迅速地做出相应决断的灵活性。然而,这时的他处于并非自己造成的困境之中。中途岛作战赋予他的两项任务互相矛盾,需要以完全不同的方法分别处理,就像在橄榄球比赛中,他既要掩护带球队员,又要自己带球突破。他的一个任务是:航空母舰机动部队须先于近藤的舰队到达中途岛,对岛实施火力攻击,为登陆铺平道路。这一任务要求南云必须在某一时间处于某一地点,即处于球门(中途岛)与带球队员(近藤)之间。中途岛和近藤都不会为了方便南云而移动位置。这样,南云必须保持既定航向。然而,他的第二个任务却是独立自主的:如果美太平洋舰队出动迎战,南云须协助攻击并将其摧毁。这一任务要求高度的战术机动并保守行踪的秘密。这两个任务只有在一个前提下才能统一起来,那就是,尼米兹不折不扣地按照日方计划行事,听到中途岛受到攻击时才命令舰队出动。

南云的参谋们一开始就对这种双重任务忧虑忡忡,担心这两项任务会在执行过程中发生冲突。可是现在——用《圣经》上的话来说——他们极为担心的事落到了他们头上。南云的首席参谋大石保海军大佐感到茫然不解,他概括当时进退维谷的处境时说:"联合舰队的作战命令规定我首要任务为摧毁敌军……但同一命令又特别要求我们于 6 月 5 日空袭中途岛……

"如果我们不按计划压制中途岛上敌人的岸基航空兵,那么两天之后我方的登陆作战将遇到猛烈抗击,整个进攻作战时间表就会被打乱。"

对此,南云提出了最最关键的问题:"但是敌舰队在哪里呢?"

大石承认谁也不知道,但他又说,如果敌舰队在珍珠港,那么日机动部队完成对中途岛的空袭后,完全有时间来对付它。即使敌舰队已经出动,它们也不会离锚地太远,当然更不可能在日航空母舰附近。因此,他认为有必要冒险按原定航向行驶,首先完成轰炸中途岛的任务。[16]

赤城号的情报参谋也没有敌舰队可能采取什么动作的情报。舰上的无线电没有截听到任何情况,大和号也没有给他任何情报。由于天气太坏,又别无良策,这位情报参谋建议用舰队内部近距无线电把改变航向的命令发给各舰。[17]

支持这一做法的最有力论据是宇垣在作战推演时所做的指示。宇垣当时曾设想可能会出现南云目前所面临的情况。宇垣的指令是:一旦出现这种情况,舰队仍须保持原计划的队形,万不得已时可以打破无线电静默。① 于是,南云采纳了赤城号情报参谋的建议。后来,在战后的报告里,南云责备自己采取了这一行动,他担心正是这一行动暴露了自己的位置。其实,尽管在其后方600海里处的大和号收到了它的无线电信号,但是,时至今日人们仍然认为这是美军侦听员唯一未能截获的日军无线电联络。老天真会捉弄人,赤城号刚刚发出这份引起争议的电报,浓雾就消散了些,可以使用目视信号了。[18]

浓雾使赤城号舰桥上的指挥官万分忧虑,也使机动部队的航空兵无法飞行。这些飞行人员聚集在军官休息室里打牌消遣,大家有说有笑,很是热闹。[19]

主力部队这边雾也小了些,各驱逐舰加好了油。这时发现第三驱逐舰战队旗舰川内号及一艘驱逐舰失踪。于是,凤翔号上一架飞机起

---

① 见本书第八章。

飞搜寻,于13:15在前方约43海里处发现了它们。这两艘战舰立即掉头,并于16:00前归队。[20]

这天,宇垣显然十分伤感。他又一次想到了在澳大利亚损失的那些袖珍潜艇的艇员们。"虽然他们说我们潜艇的攻击没有成功,但是他们肯定受到了巨大震动。即使这些潜艇未能按计划给敌以沉重打击,艇员们的灵魂也可以安息了。"[21]这些未能有所建树但作战勇敢顽强、富于牺牲精神的年轻水兵以宝贵的生命换来的只是使在悉尼港滨水区的漫步者吓一跳,代价实在太大,但是宇垣出于对这些水兵的宠爱,只看到了事情好的一面。

这天下午,山本的主力部队恢复蛇形运动,看到北方远处有一艘像是双桅单烟囱的商船后,即改变航向,加速前进。凤翔号派出一架飞机前往侦察。两小时后,飞机报告说那是日第七号巡逻艇南海丸。宇垣对此事反感至极,以严厉的措辞写道:"32千米外仅87吨的小巡逻艇竟被当成数千吨的大商船,这应该说是典型的误报。"后来,他的语气缓了下来:

> 尽管如此,这样一艘小艇能战风斗浪,历经艰险驶出这么远执行巡逻任务,这种精神实在难能可贵,值得高度赞扬……要是当时我们了解这一点,我们就不会驶离它,而是应该向它驶去。这样,他们看到我们的主力部队浩浩荡荡地东进作战,精神就会更加振奋。我们没有那样做,我感到很对不住他们。[22]

不过,斯普鲁恩斯没有时间也没有兴趣做此姿态。夏威夷时间6月2日这天,他向自己舰队的所有舰艇发出信号:

> 预计敌人将对我发起旨在夺取中途岛的进攻。其攻击部队可能由包括4—5艘航空母舰、运兵船和辎重船只在内的各种战斗

舰艇组成。如果第十六、十七特混舰队的位置仍不为敌所察觉，则我应能从中途岛东北方向从侧翼对敌航母实施突然进攻。其后的作战将视这些进攻的结果、中途岛部队对敌造成的伤亡情况及关于敌军行动的情报而定。打赢即将开始的这场战役对我们的国家至关重要。在作战中各航空母舰万一被敌航空兵分割，也必须努力保持在相互可见的距离之内。[23]

真是文如其人。斯普鲁恩斯就像这份文件一样，陈述事实时不带感情色彩，语言朴实无华，分析各种动向时条理清楚，既不惊慌失措，也不骄矜自负。

16:00，斯普鲁恩斯在尼米兹称为"运气点"的地方与弗莱彻的第十七特混舰队会合。这里得不到中途岛岸基航空兵的保护，只能靠自己。从这里开始，两支特混舰队正式合为一支战斗部队，由资历较深的弗莱彻统一指挥。但是在实际作战中，两支舰队仍然各自为战。[24]在强敌面前，数量上本来就处于劣势地位的小舰队还要兵分两路？是的！弗莱彻兵力不足，不能依靠集中兵力。他必须保持机动。用一句俗话来说，就是："不能把所有的鸡蛋放在一只篮子里。"

第十七章
"起飞攻击！"

第二机动部队航空参谋奥宫正武海军少佐站在轻型航空母舰龙骧号甲板上，目不转睛地注视着令人生畏的北极天空。他那因很久以前飞机出事而留下伤疤的脸上每个部分都显得焦虑不安。再过几分钟就到

00:00 时了。照理，在当地时间 6 月 3 日 02:58 太阳才会升起，但由于夏季白天长，起飞时间定在 02:33。眼下，天空还是黑沉沉的，龙骧号正带领舰队以 22 节的航速沿几乎正北方向乘风破浪驶向荷兰港——日本对人迹稀少的阿留申群岛的牵制性进攻的主要目标。[1]

飞行甲板上，飞机正在起动，马达轰鸣，狂风怒号。不远处，穿着厚厚皮大衣的舰长加藤唯雄海军大佐正集合各飞行中队指挥官做最后指示。他们这些人对敌情几乎一无所知，而且也从未在这种凄凉的气候里作战。

奥宫感到有人在自己肩膀上拍了一下，回头一看，是司令官角田觉治海军少将。角田在喧闹声中大声问他："进攻能准时开始吗？"

"对不起，司令官，恐怕还得多等一会儿。"奥宫客气地大声回答。他看了一下手表，已是 02:28，离规定的起飞时间只有 5 分钟了，但天色还是很暗。首席参谋小田切政德中佐眯起眼睛看看天，说由于浓雾弥漫，天还没有亮。[2]

奥宫不耐烦地咂咂嘴。在他看来，进攻开始得越早越好。即使没有意外的耽搁，飞行员们碰到的麻烦也已经够多的了。他甚至对他们能否发现目标都没有十分把握。飞行员们使用的地图太差了。乌纳拉斯卡岛有些地方的海岸线是用虚点画出的，表明仅仅是猜想，并未被证实。荷兰港的地图是根据 30 多年前的海图画出的，唯一的一张美国人在该岛设施的照片也是 30 多年前拍的。日本的制图人员绘制的火星地图恐怕也会比这张阿留申群岛地图强。即使天气好，要在散乱的群岛中找出这么个连轮廓都不清楚的陌生小岛也不容易，何况在大雾弥漫的情况下。[3]

虽然在奥宫和冲劲十足的角田看来，这种等待似乎是漫无止境的，但 10 分钟后机动部队的其他舰艇就开始像鬼船似的隐约出现了。终于可以看清 1000 米外的航空母舰隼鹰号。这几乎是日本人在此海域内所希望的最好情况——一般说来，这里的天气总是黑压压、雾茫茫的。

因此，02:43，奥宫大声对角田喊道："司令官，现在可以开始了。"角田对信号官下达了命令，信号官大声传令："各中队，起飞攻击！"

飞机从两艘航空母舰的飞行甲板上起飞了。从龙骧号上起飞 11 架鱼雷轰炸机和 6 架零式战斗机，从隼鹰号上起飞 12 架俯冲轰炸机和 6 架零式战斗机。这并不是两艘航母上的全部飞机。旗舰龙骧号载有 16 架战斗机和 21 架鱼雷轰炸机，隼鹰号载有 24 架零式战斗机和 21 架俯冲轰炸机。升空的这些飞机统归隼鹰号战斗机队队长志贺淑雄海军大尉指挥。这天的云高不超过 700 英尺，无法很好地编队飞行，只好各自为战。在起飞过程中，龙骧号上一架轰炸机失事坠入海中，一艘护航驱逐舰立即行动，从冰冷刺骨的海水中迅速救起了所有机组人员。在这一地区，这是一件了不起的功绩。[4]

日本人对阿留申群岛发动的牵制性进攻就这样开始了。日本魔术师将观众的注意力引到阿留申群岛后，就准备在中途岛从帽子里变出兔子来。这些飞机刚刚穿入薄雾，几架美侦察机就在角田的舰队上空出现，好奇地飞来飞去。其中一架紧紧地跟着舰队，丢了几颗炸弹，未中，后来也飞走了。在飞往荷兰港途中，隼鹰号上起飞的飞机遇到一架美水上飞机并将其击落。但由于它们与该机周旋而耽误了时间，加上漫天大雾，此次行动未遂。

与此同时，从龙骧号上起飞的机群在山上正幸海军大尉带领下穿云破雾直往前飞。坚持就是胜利，当它们飞抵荷兰港上空时，总算云开雾散，目标尽收眼底。

虽然美国人的地面雷达发现敌机，守备部队的高炮也做好了密集射击的准备，但是在 20 分钟的时间内，日机对油库、电台及一个陆军兵营进行了狂轰滥炸，造成大约 25 名陆军和海军士兵死亡。日机还扫射了停在水上的几架 PBY。守军的高射炮击落日轰炸机 2 架，击伤日机 2 架，其中 1 架是战斗机。考虑到日攻击部队的规模——实际进入荷兰港上空的只有 14 架轰炸机和 3 架战斗机，日本人对该岛造成的损失还是相当大的。这就为空中力量的鼓吹者们提供了素材——即便在对方已有准备的情况下,足量的飞机仍有可能取得突破,使敌人防不胜防。

然而,日本人对这天凌晨的进攻并不满意。奥宫仔细研究了在进攻中拍摄到的一批清晰度很高的照片。令人吃惊的是这些宝贵的照片表明荷兰港的设施比日本情报机构估计的要好得多。岛上有现代化的建筑物和油库,通向设施的道路网十分发达。[5] 从北方部队参谋长中泽佑海军大佐当天的日记中可以发现:在细萱戊四郎海军中将的旗舰那智号上,没有一个人兴高采烈。在简单总结了日方损失及对方可能遭到的损失后,中泽佑只说了这样的话:"……看来他们按计划对荷兰港进行了空袭,但由于恶劣天气,未能给敌以很大打击。"[6]

事实上,根据美方记载,6月3日荷兰港一带的天气并非那么糟糕,而是"云量变化不定,飞行条件中等"。[7] 即便如此,日机也未击中港内任何重要舰船。最糟糕的是,根本就没有美国舰队出来寻猎入侵者。迄今还没有迹象表明阿拉斯加的牵制行动对主要环节的主要作战起到了任何作用。[8]

可是当时奥宫和其他任何人都根本无法了解荷兰港的牵制进攻对日本有多么不幸。飞机刚刚完成攻击任务,又发生了一幕令人遗憾的悲剧。当轰炸机与战斗机在乌纳拉斯卡岛东端上空会合时,龙骧号上海军飞行士官古贺发现自己的零式战斗机后边喷出细小的汽油泡沫,他立即向小队长小林实海军大尉报告,说自己不能返回航空母舰了。然后他就朝荷兰港东面一个原计划作为紧急迫降点的小岛飞去。按计划,攻击以后应有一艘潜艇停在那里搭救遇难飞机上的幸存者。[9]

小林眼见古贺平安地飞向一块平地,但就在轮子着地的一刹那,这架飞机猛地一拱,机头朝下竖了起来。在小林看来,该机一定毁坏严重,飞行员非死即伤,他只得下结论说企图把飞机残骸或飞行员撤出冻土地是徒劳无益的。龙骧号接到他的报告后派出那艘巡逻潜艇在该地区仔细查找,但是没有发现残骸。[10]

小林的估计正误参半。那架零式机突然停了下，猛然一拱，古贺的头撞在仪表板上，颈断人亡。但飞机只受了点轻微的损伤。大约于五个星期后，美国的一支搜索队发现它时，它仍然处于极好的工作状态。

美国人这下可交了好运，缴获了一架几乎完好无损、在太平洋上空简直所向无敌的零式机。他们将这个宝贝运回美国本土，进行了修理，然后认真加以研究，并做了一切可能的飞行试验。不久，对其极感兴趣的美国人就完全掌握了它的优缺点。[11] 这种很好的飞机也是有弱点的。日本人为了取得高机动性、大航程及其他攻击性能，牺牲了防护装甲和其他安全措施。这样，它在空中就极易着火，甚至连自封式油箱也没有。它在战斗中经不起损伤，甚至连 P-40 及 F4F 式飞机都能轻易承受的损伤，它都受不了。[12]

掌握了这些情况后，美国的飞机设计师们就赶紧着手设计一种最终将胜过传奇的零式机的战斗机。经过努力，终于由格拉曼公司造出了几乎各种性能都比零式机优越的 F6F 地狱猫式战斗机。后来奥宫在回忆这段往事时认为：丧失古贺这一架战斗机使美国人得以迅速征服零式机，这是最后战败的决定性因素之一。[13]

当然，当时美国人无暇也无心顾及在阿留申群岛的一个无名小岛上失事的一架日机残骸。我们说过，当时尼米兹虽已断定日本人对阿拉斯加的佯攻仅仅是一次牵制性行动，还是指派了聪明、精力充沛但性格反复无常的"迷糊蛋"罗伯特·A. 西奥博尔德海军少将[①]担任 5 月 21 日成立的一支小特混舰队的司令，负责北太平洋方向，以防万一日本人在那里动真格的。西奥博尔德 1884 年生于旧金山，对大雾毫不陌生，他 1907 年以第九名的成绩毕业于安纳波利斯海军学院。其军事生涯与其他年轻有为的军官一样——在海上、岸上担任过多种职务，直至太平洋舰队驱逐舰队司令。[14]

[①] 西奥博尔德在调查珍珠港灾难的"罗伯茨委员会"成立之前是金梅尔上将的助手。参见《黎明，我们还在酣睡》第 597—598 页。

西奥博尔德的这支舰队组建后的番号是第八特混舰队，主力有2艘巡洋舰、3艘轻巡洋舰、4艘驱逐舰。但当时这些舰艇还散布于太平洋各处，在日本人进攻荷兰港以后几小时才实际集结起来。此外，西奥博尔德还有一支空中搜索部队和一支海面搜索部队，前者是由供应舰基飞机和陆基飞机组成的，后者是由从拉尔夫·C.帕克海军上校的"阿拉斯加海军"中抽调的、通常执行巡逻和护航任务的改装渔船和各种杂船组成。第八特混舰队还有一支由9艘舰艇组成的驱逐舰攻击部队，一支由6艘潜艇组成的潜艇部队及3艘油船。[15]

而且，由于西奥博尔德执行的是参谋长联席会议的命令，并对整个战区负责，他可望得到威廉·O.巴特勒准将的陆军航空兵攻击部队的支援。西奥博尔德的特混舰队确实是一支杂牌军，分布在安克雷奇、科尔德湾、科迪亚克岛和乌姆纳克岛。5月27日，西奥博尔德抵达科迪亚克，发现帕克和陆军的阿拉斯加防御司令西蒙·博利瓦·巴克纳准将的部队进入战备状态已有两星期，正在忙于从该地区撤出民用船只和非军事人员，同时忙着接纳军用舰船、飞机和军事人员。西奥博尔德及其同事必须在四天内做好部署，制定出作战计划。[16]

阿拉斯加守军对敌情的了解比正驶向中途岛的两支特混舰队少得多。尼米兹对角田舰队的编成有恰当的估计，认为其中可能有一两支两栖部队。但直到5月28日他才得到确切情报。他告诉西奥博尔德：情报部门认为日军有一支攻岛部队将攻打阿图岛，另一支将攻打基斯卡岛。

但是，西奥博尔德很聪明，不加鉴别之前是不会完全相信的。[17]有头脑的日本人为什么要进攻阿图岛或基斯卡岛？在这些偏僻小岛上只有很少的阿留申居民，在屋子外面就是呼啸肆虐的飓风，脚下是冻土覆盖的火山灰，重型机械化装备根本无法施展。这种地方对日本人怎么会有如此巨大的吸引力？阿留申群岛的地表就像是在果冻上面铺了几层榻榻米。

的确有几位头脑冷静的战略家曾经把阿留申群岛渲染成日本入侵

美国本土的必经之地。从地图上看，阿拉斯加半岛与堪察加半岛之间的阿留申群岛形似一把漂亮的弯短刀，的确像一件可怕的武器。但是，任何地图都不会显示出这两个小岛上的地形及气候上难以想象的困难。从当时的技术条件来看，上述想法显然是很荒唐的。

靠美国本土再近一些，倒是有值得日本人攫取的东西，那就是荷兰港以及离它很近便于支援它的乌姆纳克岛上那条5000英尺长的飞机跑道。不错，这条跑道质量很差，像个狭长的蹦床，战斗机触地时会弹起30英尺高，轰炸机降落时会发生可怕的下陷。但是它的存在却为陆军工程兵的高超技术和坚毅精神树立了一块丰碑。不管日本人有何企图——在与苏联交战期间骚扰同盟国的海上运输，或是攻击美国和加拿大的西部海岸，或是给别人找点麻烦——从乌姆纳克、乌纳拉斯卡和阿拉斯加半岛进行都要比从这两个外部小岛进行好得多。[18] 即便整个日军的北方作战完全是一次佯攻，能同时为帝国捞点便宜，他们也是不会不干的。

而且，日本人诡计多端，佯攻之中有佯攻也不无可能，也就是说，西奥博尔德认为敌人企图把他诱到远远的阿图岛和基斯卡岛附近，而他们自己却绕到其背后占领荷兰港。[19] 如果他驶离岸基陆军飞机的保护范围，就会遭到角田的舰载机的痛击，而且他还没有足够的舰炮与敌航空母舰进行旧式的炮战。实际上，除去航空母舰的因素，日美这两支北方部队实力相当：重巡洋舰是2艘对3艘，日方多1艘；驱逐舰13艘对12艘，美方多1艘；轻巡洋舰双方各有3艘。此外，双方都有一些零星杂舰，日方还有3艘在海战中不起作用的运兵船。[20]

西奥博尔德通盘考虑了上述诸因素，最后做出决定：在科迪亚克按兵不动，不上日本人的钩。[21] 即使日本人真的向阿图岛和基斯卡岛运动，美国也不过是失去一小块属地，自尊心略受打击而已。无论从战略上还是从战术上看，这两个小岛均毫无价值。

西奥博尔德的逻辑无可辩驳，推理也很正确，其中仅有一点有出人，那就是：所有这一切都不符合事实。这位脾气暴躁的将军把日本人看得过于精明。首先，日本人确实认为美国人会经由阿留申群岛进攻日本。[22] 他们甚至认为该计划可能已处于准备阶段，为此派出潜艇到美国人可能的进攻路线上的各港口进行侦察。伊-9 号于 5 月 25—26 日侦察了西部群岛，伊-17 号 5 月 28—29 日到荷兰港侦察，但并未发现乌姆纳克岛上的简易机场，伊-25 号侦察了科迪亚克岛，伊-26 号甚至驶到华盛顿州沿海，并派出一架侦察机飞临西雅图侦察，最后报告说未见有大量舰船集结的现象。[23]

其次，日本人近乎荒唐地过高估计了阿留申群岛上的美军实力，认为荷兰港有整整一个陆军师，基斯卡岛上有海军陆战队员 200—300 名。其实，在基斯卡岛上仅有 10 名气象员，连一支枪都没有。至于最外端的阿图岛，上面只有 24 名成年阿留申人和 13 名儿童，还有一对美国夫妇，但日本人却估计岛上有"一支由无线电台、气象台和守军组成的部队，人数不明"。[24]

因此，在日本人看来，进攻阿图岛和基斯卡岛除可与中途岛作战相配合外，还有一个正当的理由，即封锁美军可能的入侵路线。

由于没有意识到对敌情估计的失实，西奥博尔德与巴特勒将军共同商议将一半飞机派往科尔德湾和奥特角去保护那里的尚不完备的设施。于是，21 架 P-40 和 14 架轰炸机飞往科尔德湾，12 架 P-40 飞往奥特角。这些飞机均装有雷达，不怕浓雾，但飞行员们不了解那里的地形，不熟悉当地的气候，也未掌握贴近水面飞行的技术。

5 月 28 日起，从上述边缘区域及 3 艘供应舰上，分别出动飞机对科迪亚克岛以外 700 海里和 400 海里海域进行扇面搜索。6 月 1 日，西奥博尔德乘旗舰纳什维尔号轻巡洋舰离开科迪亚克岛南下，前往距该岛约 400 海里处与主力会合。这样一来，逻辑思维清楚、推理冷静的西奥博尔德就把自己的巡洋舰队置于无仗可打的地方，如要进行指挥，就必须打破无线电静默或匆匆赶回科迪亚克岛。西奥博尔德原计划 6 月 3 日 07:00 与主力会合。他还在途中，角田的航空兵——并不属于攻击部队——就袭击了荷兰港。[25]

在返回航空母舰的途中，山上的一架飞机向角田发报说，在乌纳拉斯卡岛北岸的马库欣湾里停有 5 艘敌驱逐舰。角田满心喜悦，随即命令所有飞机，甚至包括巡洋舰摩耶号和高雄号上的水上飞机起飞进攻这些驱逐舰。然而，变幻莫测的天气不作美，降下了大雾，24 架飞机均未发现美驱逐舰，只好分成小股紧贴海面返航。待最后一架飞机降落后，角田命令舰队前进到距敌岸 100 海里的水域。[26]

那天，有 2 架水上飞机在执行侦察任务时非常意外地被击落。高雄号和摩耶号的 4 架九五式水上飞机在乌姆纳克岛上空与 2 架美陆军 P-40 战斗机遭遇。这些日本人根本不知道该岛的奥特角有个福特·格伦简易机场。2 架美陆基战斗机突然出现，就像从神怪的瓶子里蹦出来似的。日机见状，吓得不知所措。在随之而来的空中格斗中，约翰·B. 墨菲中尉和雅各布·W. 狄克逊中尉驾驶两架 P-40 战斗机，击落了 2 架日机，并重创另外 2 架。令人称奇的是，这 2 架受伤的日机紧靠在一起返航，直到在军舰附近的水面降落时才突然分开，双双坠入大海。舰上的援救人员迅速行动，救起了机组人员。[27]

正午，当天的阿留申群岛之战已告结束，角田开始向西南后撤。当夜，驱逐舰加了油，然后舰队按原定计划驶向阿达克岛，准备对它发动攻击。[28]

日军进攻的消息迅速传到美国，引起了各种反应。陆军部长史汀生接到来自布雷默顿的消息，知道日本飞机袭击了荷兰港，当即做出了安排，要求将有关这次进攻的电报全部送到他家里。然后，他带着助手外出骑马兜风。史汀生一直坚持锻炼身体，日军攻击阿留申群岛的消息还不足以使他打破这个常规。骑马回来后，他看到一份报告说："日军再次发起攻击。他们的第一次攻击没有造成多大的破坏，但似乎造成一些人员伤亡。有报告说敌航母就在附近。我们正在寻找。"[29]

檀香山《明星公报》的一篇社论反映了一种内心紧张却故作镇静的心态:

> 日军进攻荷兰港的消息引起了夏威夷人的关注,但他们并不惊慌……
>
> 对荷兰港的袭击也许是一个孤立的事件,也许是对整个太平洋沿岸及夏威夷一系列进攻的一部分。[30]

罗斯福总统几乎是一心想要苏联继续打下去。早在 3 月 11 日,他就对财政部长小亨利·摩根索说过:"我宁可失去新西兰、澳大利亚和其他地方,也不希望苏联人垮掉。"所以,这时他仍然根据他的既定看法分析日军在北太平洋的行动。他指出,"这次对阿留申群岛的进攻,我认为并不是针对美国或阿拉斯加的,而是他们准备进攻西伯利亚的组成部分。"他还说,"然而,一旦我们打败了德国人,我们就能在英国舰队的帮助下在 6 星期内打败日本人。"[31]

如果摩根索准确无误地引用了总统所说的话,那么即使罗斯福是个不喜欢生活在悲观阴影里的人,他所做出的这种评估也令人愕然。

第十八章
"我们特别幸运"

海军少尉杰克·里德①驾着模样笨重的 PBY 向西南方向飞行,明

---

① 里德的正式教名为朱厄尔·哈蒙,但"杰克"这个名字他已用了多年,他喜欢用这个名字。(里德给普兰奇的信,1966 年 12 月 10 日。)

亮的蓝眼睛警惕地巡视着壮丽的海面和天空。里德及其机组从中途岛起飞后,正朝威克岛方向进行正常巡逻。飞机高度在 1000 英尺,能见度无限。如果这一扇形面上有什么情况,他们应该能看到,如果没有看到,就不能怪天气了。天气极好,阳光普照。时间还早,里德看了看手表,不过 09:00 左右。

这天,6 月 3 日,里德他们 03:00 起床,早餐吃的还是熏猪肉、鸡蛋、烤面包和咖啡,之后就去参加任务简令说明会:22 架飞机起飞侦察。会上他们得知:"日本可能攻击中途岛……"[1]

然而,没有人介绍"日军的规模或我特混舰队的兵力部署"。因此,如果里德在途中真的遇到什么情况,他也不知道会是什么样的情况。不过他知道,不久在中途岛周围的某个地方将会有突然情况出现。他提醒机组人员"各就各位,保持高度警惕"。里德对他们十分满意,引以为豪。他后来回忆说:"虽然我们在前几天每天都要飞 12 个小时以上,他们还是很乐意干。"

里德那稚气的圆脸以及略带幽默的漂亮嘴唇两端都显露出疲劳的痕迹。这是很自然的。自从他所在的 VP-44 中队分两批,每批 6 架,分别于 5 月 22 日和 23 日飞抵中途岛以来,里德每天驾驶 PBY 5A 巡逻至少 12 小时。[2] 但他身体强壮,精神一直很饱满。他那英俊的脸庞、机警的神色、温和的性格及其才智都酷似颇有名气的电影明星罗伯特·蒙哥马利。

里德的眼睛特别仔细地在进行空中搜索。他觉得在"有可能发现强大的日本海军的一部分"的同时,自己也"随时有可能被威克岛的日军巡逻机发现"。三菱公司制造的飞机已经重创了 4 架 PBY,里德不希望自己的飞机成为第五架。

在里德那架编号为 8V55 的 PBY 上,领航员罗伯特·斯旺海军少尉看着航图和仪表,感到非常失望。飞机已经飞出中途岛 6 个小时,抵达巡逻区的尽头,连日巡逻机的影子也没发现,更不用说现日舰了。

他无可奈何,准备通知里德该掉头了。[3]

在一般情况下,"卡塔林纳"飞机的机组人员只要头脑正常,是不会因为未能与三菱公司造的九六式机进行较量而感到失望的。但是这一次有所不同。前一天晚上,有几名新到的 B-17 的机组人员遇到里德的人,极力称赞他们新近领到的 0.5 英寸口径的燃爆弹威力无比,他们对这些海军同行打包票说:"只要敌机中上一发这种蓝头炮弹,马上就会炸开花。"[4]

对里德他们来说,这简直是医生开的灵丹妙药。他们的任务是在威克岛方向进行巡逻,会有碰上一两架日巡逻机的好运气——或坏运气(这取决于各人的看法)。使用这种奇妙的炮弹就可抹平与日机性能上的差距,或许还能为受伤的弟兄报仇。于是里德的炮手立刻向他们"交换或借用"了 6 发炮弹,在机身中部的 2 门炮上各装 3 发。

"长官,我们不能再向外飞 10 分钟吗?"负责无线电的弗朗西斯·马瑟提出请求,"我们肯定会发现敌机的。"斯旺算了一下油量。再向外飞出 20—40 分钟,油料还绰绰有余。他和马瑟一样,也渴望有机会用这些蓝头炮弹打一打,于是就把马瑟的请求转告里德。[5]

"鲍勃①,你是负责领航的,到掉头时告诉我。我希望在转弯前能发现点什么。"里德答道。[6]他不仅赞成突然惩罚一下威克岛的巡逻机,而且还想发现日军舰队。于是他同意再向前飞 10 分钟。10 分钟过后仍无收获,他又向前飞了 10 分钟。[7]估计再往前飞也不会有所得,他开始转弯准备进入返回中途岛的航线。

就在这时,里德发现地平线上有几个小点。起初他以为是挡风玻璃上的污点,就没有理会,还是继续往前飞。随即,他猛地醒悟过来,对副驾驶杰拉尔德·哈曼德海军少尉喊道:"啊,上帝!地平线上那不是敌舰吗?我想我们是交上好运了。"

---

① 罗伯特的昵称。——译注

哈曼德抓起望远镜仔细看了看，里德发现的果然是敌舰。几秒钟后，第二副驾驶兼前炮射手约翰·甘默尔海军少尉叫了起来："正前方25—30海里发现敌舰。"[8]

几分钟后，里德发出电报："发现主力部队。"09:25，中途岛收到电报。2分钟不到，里德又报："方位062，距离700。"[9]

赛马德和拉姆齐接到电报，兴奋异常。但他们需要更准确的情报，于是立即命令报告详情。[10] 然而，里德暂时还不能补充详情，因为敌舰离得太远，需要接近观察才能确定数量和舰种。里德确认敌舰正向正东方向行驶后，关上油门，将飞机贴近水面，然后转向正北，与日舰前进方向成直角。北上约15分钟后，转向正西飞了约25海里。[11]

这时，中途岛上的人已不耐烦了。里德的报告虽然极为重要，但不够详细。赛马德决定先了解敌舰数量和舰种，然后再动用B-17攻击部队。[12] 其实，那天上午最先报告发现敌舰的并非里德的8V55号机。09:04，驾驶6V55号机的查尔斯·R.伊顿海军少尉就曾报告："2艘日货船，方位247，距离470海里。我遭敌高射炮射击。"[13] 这些货船属于宫本定知海军大佐的扫雷舰队。这支由4艘扫雷舰、8艘猎潜舰、1艘供应舰和2艘货船组成的部队已于6月3日早晨到达指定位置。[14] 但这天上午，赛马德要钓的不是这种小鱼小虾。09:53，派出7V55号侦察机前往方位261、距离700海里处侦察。10:07，他再次命令里德报告详情。[15]

半小时后里德才发出进一步报告。在这之前，他小心翼翼地飞到800英尺高度，在正南约25海里处发现敌舰。大概就在这时候，里德交给斯旺一份关于报告日"大型舰艇6艘，成纵列行驶"的电文要他译成密码；斯旺惊得"几乎懵了"。[16] 但电报还是发了出去。10:40，焦急的赛马德和拉姆齐收到电报，十分气恼。不到3分钟，他们又命令里德"报告舰种、航向、航速"。[17]

里德生就一副好脾气。他接到催促令，什么也没有说。他知道如果飞得高一些，他就可以"全面报告日进攻部队的情况"。不过，里德希望敌人并不知道已被发现，还希望在不被敌人发现的前提下尽量多了解些敌情。他确信这些日舰有战斗机护航。一旦敌人发现他，就会派出零式战斗机，到那时，他这架笨重的 PBY，就会像火鸡遇上了鹰——必死无疑。

由于没有云层掩护，用里德自己的话来说，他只能与敌人"捉迷藏"。他不时地改变高度，并尽量贴近水面飞行。而且他还想在敌舰后面飞，这样，不仅视野广阔，而且大型舰艇的尾波比舰本身更容易发现。再者，他聪明地推论，一心想着进攻的敌人很可能会集中精力观察迎面有无巡逻飞机，而不大去注意身后。

里德对纵队行进的日舰观察几分钟后，再次降至离海面只有几英尺的高度，然后向西又飞了 25 海里。这时，这架飞机已在日水面舰队身后很远，而庞大的日舰队已处于该机与中途岛之间。万一这时里德遇到麻烦，岛上是无法提供援助的。[18] 这一举动没有丰富的想象力、冷静的思考和非凡的勇气是无法做到的，而这些素质里德都具备。

里德又一次改变航向，变西行为南进，直到发现敌舰身后一道道长长的白色航迹。里德仔细地数了数敌主要舰艇，[19] 然后由斯旺向中途岛发出一份加密报告："敌舰 11 艘，航向 090，速度 19"，其中有"小型航母 1 艘、水上飞机母舰 1 艘、战列舰 2 艘、巡洋舰数艘……驱逐舰数艘"。电报中，里德还请求指示。中途岛于 11:25 收到了这份报告。[20]

机上的这些年轻人过于专注，激动不已，根本没注意自己的位置，这时才突然想起来，"你那些蓝头炮弹怎么样了？"其中一人问马瑟。

"我刚才看了一下，"无线电员苦笑了一下说，"耽搁的时间太长，都黄了！"[21]

里德突然意识到自己已在中途岛以西约 750 海里处，"离日本比离这些日舰还近。"而且，原定的回返时间已过了两个多小时，所剩燃料只够飞回基地了。11:30 接到返航的命令，大家都很高兴。里德让斯旺导航，绕过敌舰队返回中途岛。

里德后来回忆说："可以毫不夸大地说，在绕过敌舰队直至在地平线上看不见它们的这段时间里,我们先是紧张害怕,继而兴奋激动,最后兴高采烈。发现敌舰队已经够幸运了,竟然还能连续跟踪观察敌人达两个半小时之久而没有被发现,真是格外幸运。"

驶出敌人可能的防空火力射程后,他们都如释重负,吃了点东西。里德回忆说:"我肯定每个人都做了祷告,感谢上帝保佑,我是做了的。但是我们还要再努一把力,才能安全返回中途岛并参加明日的作战。"[22]

里德的发现具有历史意义。他究竟发现了什么呢?从他报告的方位及关于"大型舰艇6艘,成纵列行驶"的电文描述来看,他们发现的不是山本的主力部队,也不是南云的舰队,而是中途岛攻略部队的"主力部队",即近藤的2艘战列舰和4艘巡洋舰。里德转了一圈后,报告发现"小型航母1艘、水上飞机母舰1艘、战列舰2艘、巡洋舰数艘……驱逐舰数艘",[23] 这表明他又发现了新的敌情。它们是田中的部队。该部与藤田的水上飞机母舰部队一起驶行,与栗田的近距离支援部队相距很近。

当然,整个这支舰队远远不止11艘舰艇,而且没有战列舰。然而,里德是在低空从后方观察的,透视点就会被缩短,编队前半部分很可能被遮挡了;可能性最大的是:里德发现了输送船队和几艘护航驱逐舰以及船队左舷的4艘重巡洋舰和右舷的神川丸和千岁号。在空中把重巡洋舰误认为战列舰是完全可以理解的,在后来的这次海战中也不止一次地发生过这种情况。

这期间,田中曾向山本报告说一架敌水上飞机发现了他们,而且还尾随输送船团,后来用猛烈的对空火力才将其赶走。[24] 看来这架PBY不可能是里德的,因为里德并未遇上任何对空火力,而且确信自己未被日本人发现。他的飞机一直在低空与敌舰保持10—30海里的距离。里德的说法是令人信服的。他说如果敌人知道有架美PBY抵近侦察,为什么不从舰上派战斗机将它击落呢?[25]

但是,日护航部队确实看到了一架美巡逻机,日本有关此次海战的重要材料中都提及了此事。据当时位于田中部队前端右侧的第二艘驱逐舰天津风号舰长原为一说,该机于日本时间 06:00,即当地时间 09:00 左右,出现于日本编队前方不远。原舰长并未提及对空射击一事,只说该机"不久就飞走了"。[26]

也许这些位于舰队前端的日舰所发现的是伊顿驾驶的 6V55 号巡逻机——尽管该舰队与中途岛的距离同伊顿的报告不一致。我们知道,伊顿于 09:04 曾报告说发现敌扫雷舰部队并遭到了对空火力射击。但是,7V55 号机于 09:23 也报告过:"遭敌高炮射击。"[27]

上述活动均发生在南方。与此同时,在北方,山本的主力部队主要忙于与高须的阿留申警戒部队分手。08:00,在北纬 35°、东经 165° 处,高须亲自率领的第二战列舰战队及岸福治的第九巡洋舰战队脱离主力北上。按作战计划,高须应于 6 月 6 日到达基斯卡岛以南 500 海里处,但如果美军大举反击,他应随时准备返回山本的主力部队。然而,高须的庞大舰队实际上是被搁置在阿留申牵制行动与中途岛主攻作战之间,对第二天南北两场关键之战都无法提供支援。[28]

主力部队继续向东驶向中途岛。山本仍希望各部队依作战计划行动。渡边说:"战役临近,大家情绪高昂。"[29] 在这种极好的气氛中,收到了田中发来的报告,带来了令人不快的消息。山本及其幕僚不得不认为敌侦察机已将田中的位置报告了中途岛,很可能也报告了在珍珠港的太平洋舰队司令部。因此,战斗随时有可能打响。

宇垣极为不安,他在日记中写道:"……有报告说随同 12 艘运输舰行动的我攻击部队 06:00 于距中途岛 600 海里处被一架敌机发现,第十六扫雷舰分队正在战斗。"宇垣真是个坚定的爱国主义者,在日记中还仍然用日本时间。在他看来,事件发生于 6 月 4 日 06:00,管它什么当地时间。他不高兴地继续写道:

提前暴露了!如果由于速度慢,所以必须早些开始接近敌人,那么我机动部队原定于 N-2 日发起的第一次进攻,就该提前一天。这个问题在出发前的一次情况简介会上就提出过，但由于机动部队需要时间准备，因而未将空中攻击的日期提前。[30]

宇垣的措辞让人不太明白，但他的意思还是可以看清楚的。当初在确定对中途岛实施火力攻击的时机的时候，计划的制定者低估了田中部队的速度。正如渊田早就提出的那样，几天来，田中一直有超到南云舰队前面的危险。因此，如果当初将南云的攻击提前一天就好了。

日本人估计得非常正确。的确，战斗迫在眉睫。里德报告发现 11 艘敌舰后，11:30，7V55 号机报告了准确的数字："货船 2 艘、小舰 2 艘，航向 050，方位 251，距离 270"。显然，距离给搞错了，该机当时距中途岛约 500 海里。[31] 但是，在这段时间里，中途岛守军已经得到了足够的情报，可以采取行动了。

这些电报发到中途岛时，一大早就出发、现已返回的 B-17 轰炸机正在加油。为了保存这些宝贵的"飞行堡垒"，使其免遭敌人可能于凌晨发起的对机场的袭击，拉姆齐早在 04:15 就命令它们起飞，飞到中途岛东东南约 90 海里的帕尔-赫米斯礁后返回，然后向西对 265° 方向 200 海里海域进行搜索。这次搜索无功而返，飞机于 08:20 在中途岛着陆。[32]

那天，又一架 B-17 轰炸机从夏威夷飞抵中途岛。该机驾驶员 W.A. 史密斯海军上尉刚刚着陆，就受命执行搜索任务。11:05，史密斯报告飞机已经做好准备。接着，它接受了 OV93 的编号，于 11:58 起飞。① 该机由一名叫凯拉姆的海军少尉担任观察员并做指引。史密斯的任务是跟踪敌舰队并准确判定敌方位，以便突击部队随后行动。虽然史密斯的飞机未挂炸弹，但拉姆齐相信 B-17 轰炸机击退敌机的可能性比一般的侦察机更大。[33]

半小时后，9 架 B-17 轰炸机② 各挂 4 颗 600 磅炸弹，由小沃尔

---

① 据海军航空站日记上说，他于 12:40 起飞。
② 据海军航空站日记说是 6 架 B-17 轰炸机，出发时间是 12:00。

特·C. 斯威尼中校率领，出发去攻击敌主力部队。斯威尼这支队伍——正如拉姆齐在战役报告中所说——"是经验最丰富的 B-17 轰炸机群，战斗力很强，行动果断，联络效率高，纪律严明"。[34]

在 9 架 B-26 的飞行过程中，史密斯不断向他们提供云、风、能见度等方面的详情。16:11，史密斯终于在 261°方位、距岛 700 海里处发现敌 2 艘运输舰和 2 艘驱逐舰，并做了报告。接着，他爬升至 8000 英尺，饶有兴致地看着敌舰船边兜圈子边用高炮向他射击，而他自己却无法还击。但是，突击部队并未出现。史密斯在空中盘旋了约 2 个小时后，只好离开那里，返回中途岛。[35]

一段时期以来，著名电影导演、海军预备队中校约翰·福特率领战略服务处一个战地摄影组在中途岛忙于拍摄"中途岛历史图片集"。他对日本企图攻打中途岛的预测持怀疑态度。"当时，我不大相信仗会很快打起来，"他回忆说，"即使真的打起来，我想也不会与我们有关的。"

这天发生的情况使他相信了。当赛马德让他做好准备"到电站顶上去……"他欣然同意，并说那是个"摄影的好地方"。

"嗯，尽量把摄影的事忘掉吧。"赛马德说，"我要的是对轰炸的准确报道。估计我们明天就会遭到攻击。"[36]

第十九章
"甚至连中太平洋都嫌太小"

斯威尼率领 B-17 轰炸机中队继续西飞。海面上，第十六特混舰队继续沿着周密计划的航线行驶。6 月 3 日（星期三），大黄蜂号及企业号的航海日志反映出近乎滑稽的平静。这几天的日志开头总是"照常航行"。今天的情况又可用它来概括。如果说语言平淡的大黄蜂号航海日志真实地反映了当天的活动情况，那么最有意思的一件事发生在凌晨2时，一名倒霉的水手在"值班时右眼上方被杯子打中"。这个事件的起因及其过程至今仍是个使人感兴趣的谜。

08:59，约克城号的雷达在真北045、距离21海里处发现目标，大黄蜂号随即进入战备状态，并于09:05转向逆风行驶，准备起飞战斗巡逻机。3分钟后，它"接到不要起飞的命令"，09:30得知"目标消失"。这天，在它的航海日志上除了上述两件事情外，其余记的都是索然无味的流水账。[1]

显然，企业号这天同样平安无事。它先是蛇形前进，然后中止蛇形前进，改变航向，接着进行例行的舰上检查。检查表明，"情况正常"。07:15，一名水手"从飞行甲板上摔下，掉在狭窄的通道上，医生诊断为面部挫伤与撕裂"。11:32，驱逐舰拉塞尔号靠上来递送当天的邮件。下午，值班人员在278°方位、10海里处发现"我方一架巡逻机"。16:00，解除了两名行为不端水兵的禁闭，恢复了他们的正常膳食。其他时间，"照常航行"。[2]

然而，这一天对于这两支美特混舰队具有决定性意义。中途岛已将这天的侦察结果及时转报了尼米兹和弗莱彻，当太平洋舰队通信参谋莫里斯·E.柯茨海军中校将敌情报告匆匆送交尼米兹时，将军大喜。这一报告将使那些持死硬怀疑态度的人相信他对形势的估计是正确的。不过，早发现日进攻部队对美国确实是个很大的危险。如果尼米兹或弗莱彻也认为里德所报告的"主力部队"实际上就是敌主要突击部队，那么美军整个战役计划就会被打乱。但是，尼米兹决心既下，没有特大原因是决不会改变的。他相信莱顿和罗奇福特，他们最初的敌情报告表明，日军将由一支航母部队实施主要突击。这时他仍然相信他们。因此，他用舰队密码向弗莱彻发出急电："那不是——重复一遍——那不是敌突击部队，而是登陆部队。突击部队将于明日拂晓从西北方向发起进攻。"[3]

弗莱彻的观点与尼米兹的不谋而合。尼米兹的电报证实了他的看法。19:50,他命令约克城号转向西南,驶往中途岛以北 200 海里处。一旦巡逻机发现南云的航母舰队,就从那里派出飞机发起进攻。[4]

在这段时间里,除角田和田中部队外,整个日本舰队都在忙碌着。潜艇部队虽比原计划迟了两天,这时也已在指定位置布好了甲、乙两条警戒线。这些潜艇白天潜入水中,夜间浮出水面,高度警惕地在警戒线与珍珠港之间的海域搜索,结果当然是一无所获,因为美两支特混舰队早就从这里开过去了。[5]

不言而喻,南云的舰队在匆忙地进行着战前准备。06:00 刚过,大藤正直海军大佐补给部队的 5 艘油船及秋云号驱逐舰取航向 130,以 12 节的航速驶离舰队。08:25 起,各指挥官与所辖舰船之间信号往来频繁。这时,第八巡洋舰战队司令阿部弘毅海军少将从利根号上发出次日反潜巡逻的命令:

"一、起飞时间:第一班,01:30;第二班,04:30;第三班,07:30。

"二、雾岛号和筑摩号各派一机(必要时,派 3 座侦察机)为第二班机;雾岛号派出的为一号机,筑摩号机为二号机。"[6]

上午半天没有情况。13:25,南云向全舰队发出信号,规定了攻击部队离开航母后,舰队的行动计划:

一、第一波飞机起飞后,舰队将沿 135° 航向行进,航速 24 节。3 小时 30 分钟后,若刮东风,则航向转为 45°,航速 20 节;若是西风,则航向转为 370°,航速 20 节。

二、作战计划可随敌情变化而改变。在为集结制空部队并将其升上飞行甲板做准备时必须牢记这一点。

三、若无新的命令,搜索部队须与攻击部队同时起飞。[7]

上述第二点表明，南云至少在口头上也认为敌人并不是任由日本人摆布的棋子。

过了不到一个小时，南云又发出命令："保持26节航速，做短暂准备，5日01:00时起，以最大战斗速度前进，做20分钟准备。"

18:30，阿部报告南云并用信号向巡洋舰战队和战列舰战队各舰发出通知，就次日反潜空中巡逻计划变更如下：

"一、兵力调配：第八巡洋舰战队每舰一机作为第一班和第三班，第三战列舰战队每舰一机作为第二班和第四班，筑摩号和雾岛号各出动一机作为第五班。

"二、起飞时间（依第一班至第五班的顺序）：01:30、04:30、07:30、10:30、13:30。"[8]

这时，南云部队正以24节的航速朝东南方向疾进。4艘航空母舰在中央，榛名号和雾岛号、利根号和筑摩号、长良号，以及数艘驱逐舰大致成圆形在四周做掩护。[9]突然，利根号开始对空射击，并发出信号，报告发现敌机。1分钟内，3架战斗机自赤城号起飞截击，但没有发现敌机。19:40，利根号发出信号，向南云报告："敌机在260°方向消失，共约10架。"14分钟后，截击机返回赤城号，报告说未见敌机。[10]

显然南云认为利根号上有人想象力过分活跃而判断失误，因而未向大和号报告此事，抑或是山本的幕僚没有将此当回事，因为我们在宇垣和三和的日记中均未发现对此事的记载。这两位日记记得十分认真的军官都谈到了前一天南云发报的事情。像往常一样，三和实事求是地写道："……我担心这次发报是不是有可能导致我部队被敌人发现。但电报既已发出就无可挽回。我们继续前进。只愿上苍保佑我们平安无事。"[11]

宇垣虽感不安，但十分公正地记下了当天的气候情况，为南云的

鲁莽开脱——尽管他并未记下当初演习时他自己做过的指示。宇垣写道:

> 每秒5米速度的东风迎面带来了漫天大雾,根本看不出何时才会消散。昨天,机动部队打破无线电静默,用无线电发出关于新航向和航速的命令。现在看来,他们当时很可能也遇上了这样的大雾,为了继续执行规定的作战任务,出于无奈才做了那种选择。

接着,那种诸事不顺心的痛苦感涌上了心头。随即他又写道:"我觉得甚至连中太平洋都嫌太小!现在我只希望机动部队明天对中途岛的空中打击不再遇到麻烦。"[12]

对田中来说,太平洋确实太小。那天下午,他一直非常焦虑。斯威尼的B-17轰炸机于16:40发现了他的部队并开始攻击。[13] 日军一发现美大型飞机从南方飞来,神通号就立即开火。但美机陡然上升,飞出了高炮射程之外。神通号刚停火,它们又返回来。神通号再次射击,飞机又再次消失。在驱逐舰侧面座位上的原为一清楚地看到了这场战斗,被美机这种捉迷藏的打法搞得很紧张,因为攻略部队的这一部分没有空中掩护。

暮色刚开始降临,轰炸机又迎头飞来,天幕上清楚地显出"飞行堡垒"的优美轮廓。田中的所有驱逐舰立即开火。[14] B-17轰炸机分别从8千英尺、10千英尺和12千英尺高度投掷炸弹。霎时间,大炮的轰鸣声、炸弹的呼啸声和爆炸声、舰钟的叮当声、水柱窜起和落下的哗哗声,以及吼叫的人声,在这块通常冷清的海上演奏了一首可怕的海战交响曲。几分钟后,当喧嚣与吵闹声停止之后,双方却无一伤亡。日军防空火力虽猛,但炮弹都是在B-17轰炸机的身后爆炸的。[15] 美国人投下的炸弹有不少根本没有爆炸。第三分队的领队塞西尔·L.福克纳上尉投下4颗炸弹,只有1颗爆炸。[16] 他的队友爱德华·A.斯蒂德曼中尉由于电动投弹装置短路，只投下 1 颗炸弹。[17]

虽然在整个攻击过程中，敌人的防空火力效能很低，但斯威尼并不相信运气。他立即驾驶完好无损的轰炸机飞回中途岛，没有去磨磨叽叽地核查自己给敌人造成了什么损伤——如果真有的话。[18] 结果，美国人对战果有好几种出入很大的说法。第七航空队司令部声称"有 5 颗命中，1 颗可能命中，4 颗近距脱靶……2 艘战列舰或航空母舰，还有 2 艘大型运输舰受损。可以看见 1 艘战列舰和 1 艘运输舰起火，另 1 艘运输舰在吃水线处中弹。"[19] 英格利希海军少将听到战果报告后，立即满怀希望地命令乌贼号潜艇去击沉那艘"受伤的战列舰"。[20] 拉姆齐的正式报告只说到"1 颗炸弹命中 1 艘战列舰，另 1 颗命中 1 艘运输舰"。[21]

可以相当肯定地说，这些飞行员并不是故意虚报战果。在那样的高度，透视失真，加上数以吨计的冲天水柱，只有观察高手才能分辨出命中与脱靶。事实上，所有的现场战报都必然存在大量失实之处。

这次攻击虽不成功，但也使山本的参谋们忧心忡忡。这种心情从攻打中途岛计划问世以来，还是第一次。整个战术思想的实现在很大程度上有赖于田中舰队在南云的航母部队对中途岛发起进攻之前不被发现。联合舰队的参谋们也许曾希望出现奇迹——那架美侦察机没有将发现的情况向中途岛报告。然而，B-17 轰炸机的出现使他们的希望成了泡影。

"显然，这次侦察发现使敌人开始怀疑我方的意图，"宇垣在日记中说，"我认为应对此予以注意。下午，第二驱逐舰战队司令报告说，9 架 B-17 攻击了我攻略部队，但未造成大损失。现在，战斗随时都会发生。"[22]

对这样的形势，三和比较达观。他在记录这次被发现与被攻击的时候写道："这是预料之中的。除非真的出现奇迹，否则，行动不被发现是不可能的。因此，作战继续按计划进行。"[23]

里德的 PBY 在空中连续飞行约 14 个小时后，当晚在中途岛降落，这时油箱里几乎滴油不剩。VP-44的大多数人员都到场对他表示热烈欢迎和衷心祝贺。接着,侦察大队指挥官梅西·休斯海军中校、里德的中队长罗伯特·布里克斯纳海军少校以及中队作战参谋唐·冈兹海军上尉把他叫去汇报情况。[24]

斯旺正在收拾自己的装具,准备离开那架PBY。突然,中队里一名参谋喊道:"喂,斯旺,快到飞行室去,你有鱼雷攻击任务。"斯旺是一位很尽职的领航员。但是,飞了这么长时间已经够了。他坚决表示不去,说自己刚刚着陆。那位参谋查了查飞行安排表,决定斯旺当夜不必再飞。[25]

拉姆齐正在组织一次夜袭,他是不会让斯旺或那个机组里的其他成员参加的,因为他要求执行这一任务的人精力越充沛越好。原来,B-17的攻击无功而返之后,赛马德和拉姆齐想出一个主意:何不给几架PBY挂上鱼雷,然后派出去对日运输舰实施夜间袭击?乍看起来,这个主意滑稽可笑:"卡塔林纳"飞机速度太慢,弱不经打,机上又没有鱼雷挂架;能上机的机组人员均未受过鱼雷投放训练,且其中大多数人已精疲力竭;再说,这种办法从来也没有人用过。

但是,赛马德和拉姆齐什么办法都想试一试。拉姆齐的手下不乏志愿者,他挑选了一些看来不很疲劳的人凑成四个机组。但他选出的人几乎都是那天下午才从珍珠港到岛上来的。这充分说明当时人员紧张的程度。只有一个例外,那就是他的VP-44的主任参谋兼飞行指挥官W.L.理查兹海军上尉。

20:00左右,理查兹和另外3名驾驶员听了情况简介,明确了攻击目标——先后顺序为:航空母舰、战列舰、运输舰。这些"卡塔林纳"飞机翼下挂着用奇特的机械方法装上的鱼雷,于21:15隆隆地升入夜空。4架飞机上都装有在黑暗中完成这项任务所必需的雷达。[26]

不久,他们就遇上了坏天气。用理查兹的话说,"一开始,天黑得像在煤窑里,后来就真的什么也看不见了"。[27]其中一架PBY的驾驶员阿伦·罗森伯格海军少尉午夜时与同伴失去联系。他勇敢地继续向目标飞去，两次逃脱敌防空炮火的攻击，但由于未发现敌舰队，且油耗已经过半，只好放弃寻找，掉头返航。着陆前，他丢弃了携带的鱼雷。[28]

另外几架PBY接近目标时，天突然放晴。他们看到10—12艘大型舰艇成两路纵队"像鹅一样大摇大摆地前进"。01:30，理查兹发出攻击信号。[29]

驾驶三号机的G.D.普罗布斯特海军少尉已经与编队脱离，但他保持原航向和原速度，找到了敌输送船团。他向外飞了个大圈，沿水中月影方向接敌，选择了看来是最大的一艘，即纵队中倒数第二艘作为目标，在50英尺高度投下了第一枚鱼雷。他说命中了一艘运输舰。后来他回忆道："我拉起机头时，敌人的高炮已经开火。天空通亮，就像庆祝独立节时的科尼岛①一样。"普罗布斯特躲着敌人高射炮和机枪的射击，避开了一架日机——显然是"一架舰载战斗机"，钻进了云层。[30]

理查兹朝着水波月影飞去，选中了一艘"轮廓最大、据报可能是航母"的舰艇。目标越来越近，他看清了，这是"一艘约7000吨的运输舰或货船"。他从100英尺高度投下鱼雷，之后他说："打了个正着！"当飞机拉起，飞到船尾上空时，飞机中部的两名乘员报告"听到巨大的爆炸声，看到浓烟升起"。理查兹朝集合点飞去，途中既未遭到高炮射击，也未遇到敌机拦截。[31]

道格拉斯·C.戴维斯中尉却没这么幸运。为寻找最佳投雷位置，他两次从目标上空飞过。他在投放鱼雷时，所有舰艇一起向他开火。戴维斯飞机腹左侧的射手用机枪朝目标的甲板扫射，打出近60发子弹。戴维斯的"机头被打穿了好几个窟窿，投弹瞄准具被打坏，机身、机翼和机尾也被子弹穿了许多洞"。他想返回田中部队上空查看战果，但下面猛烈的防空火力把他赶走了。[32]

---

① 纽约市内有名的游乐场。

虽然理查兹投放的鱼雷爆炸了——对那个阶段的美制鱼雷来说，这已经很了不起了，但只有普罗布斯特那枚鱼雷命中了目标——曙丸油船被击中，速度下降，死伤23人。但该油船伤势轻微，后来赶上了整个编队。[33] 然而，一名疲惫不堪、从未受过投雷训练的海军少尉，驾驶一架本不能挂带鱼雷的飞机，竟然能用鱼雷命中比太平洋还要小的目标①，这实在是技术高超，或吉星高照，或二者兼而有之的奇妙事例。

诚然，美军的这些攻击并未达到预期目的，但其意义很大，表明美国人已知日军舰队就在附近并正向中途岛开进。交战已经开始。机动部队是日军大规模进攻的先头部队，其司令长官理应得到一切可能得到的情报。然而，南云究竟得到了多少，至今仍不得而知。从南云当时对收发文电的详尽记录中，丝毫看不出山本的主力部队或田中的舰队向他提过这次B-17轰炸机的攻击或"卡塔林纳"飞机的鱼雷攻击。据草鹿说，南云的幕僚知道PBY侦察一事，"但是我们坚信敌人并未发现我机动部队。我们甚至乐观地认为敌人会被我输送船团缠住"。[34] 抱着这种态度，再多的情报恐怕也不会对机动部队产生什么影响。

第二十章
"重大的日子"

6月4日02:45左右，②赤城号上唤醒空勤人员的喇叭声、飞机发

---

① 这里，作者一语双关，既指普罗布斯特命中的是艘大船，又讽刺宇垣所说的"甚至连中太平洋都嫌太小"那句话。——译注
② 从现在起，本书所用时间均指中途岛当地时间。

动机启动的噼啪声以及暖机的轰鸣声传进病员舱,吵醒了源田。他还在发烧,身体很虚弱,但飞机的怒吼声在他耳边回响,战斗的豪情在他胸中激荡,病魔是无法把他挡在甲板下面的。他匆匆穿上军服,走上舰桥。

南云和蔼的脸上露出欢迎的笑容,他慈父般地把手搭在源田肩上问道:"现在感觉怎么样?"

"长官,我离开岗位这么长时间,真对不起。烧还没有全退,但是已经好多了。"源田答道。不过从他的目光中可以看出,他的病情比他自己说的要重。

斗志高昂的赤城号官兵看见源田后更加振奋。在他们心中,源田占有独特的地位。看见他重返旗舰舰桥,站在南云旁边——他自己的岗位上,他们都感到由衷的鼓舞。[1]

源田起来之后不久,赤城号的病员舱里又跑出来一个病号。渊田怎么也躺不住了,因为即将起飞参战的人本应由他率领,现在他至少可以去为他们送行,并亲自为他们祝福。一个星期前他刚动过大手术,前一天才能下床,但他还是小心地支撑着爬起来。他发现舱门已关死,因为赤城号要准备作战,所有的舱门、舷窗和人孔都关得很严实。但每扇门上都有个人孔,在紧急情况下可以转动曲柄将它打开。[2]

渊田抓住曲柄就转,可是赤城号的应急出口并不是那么容易打开的,再说他还十分虚弱。他足足花了一分钟时间,才把这个人孔打开,而且其间几次险些晕倒。不过他终于把人孔开到一定程度,从中挤了过去。接着,他还得把它关好,以确保舰艇的水密性能。

渊田四下一看,发现自己进了个死胡同,因为过道也被封住了。他只好顺着通向舱区的小扶梯向上爬,在立足不稳的情况下,强行打开了另一个应急舱盖。他身体虚弱,脚下不稳,心里又非常焦躁,生怕自己还没有赶到飞行甲板,伙伴们就起飞了。他似乎花了一生的时间才从第二个人孔中钻过去。他的努力才开了个头，总共开关了十道这样的舱盖之后，他才到达住舱。他的成功是精神战胜物质的极好体现。他像只刚生下的小猫，浑身软绵绵、湿漉漉，跟跟跄跄地进了自己的住舱。歇了好一阵，身上颤抖的肌肉才平静下来。他穿上军服，走向飞行指挥所。[3]

天空依然一片漆黑。透过高高的云层，偶尔看见两三点星光闪烁。这预示着南云部队的作战将遇上极好的天气——晴朗，能见度佳，有足以提供掩护的云层，海面风平浪静，有利于飞机起飞。但是，看见身体健壮的渊田变得弱不禁风，站都站不稳，看见沉着冷静的源田发烧发得满脸通红，草鹿不由得感到一阵莫名的孤独。[4]

渊田向他的朋友布留川泉海军大尉打听空中侦察的安排情况。当他得知侦察机尚未起飞，要与第一波飞机一同起飞时，他稍感不安。[5] 印度洋战役中曾有过两次，攻击部队飞离航母后，单相搜索发现了敌人的水面舰艇，使大家为航母的安危提心吊胆。于是渊田问他的同伴们，万一日本的攻击行动正在进行，而侦察机又发现敌舰队，他们有什么对策。

村田请他放宽心。第一波飞机起飞后，以村田的鱼雷机、板谷的零式机和江草隆繁海军少佐的俯冲轰炸机组成的第二波攻击飞机随时都能对付侦察机可能发现的任何敌水面部队。渊田脸上愁云顿消。这是南云的第一支预备队，渊田认为，在日本海军中还没有哪一支部队的实战经验或作战能力能超过它。如果出现美国舰艇，这支部队完全能控制战局。渊田天生的乐观情绪驱散了这片刻的顾虑。他希望"敌舰队真的出现，这样我们就能将其歼灭"。[6]

布留川走到图板前，把搜索任务的确切安排向渊田做了解释。[7] 渊田兴致勃勃地看着航图。这张图很像一把日本檀香扇，其扇面由7个小扇形组成，现在串绳已断，7个小扇形相互分了家，不能有覆盖重叠了。它的扇骨以机动部队为中心向外辐射，形成7个独立的搜索

176 中途岛奇迹

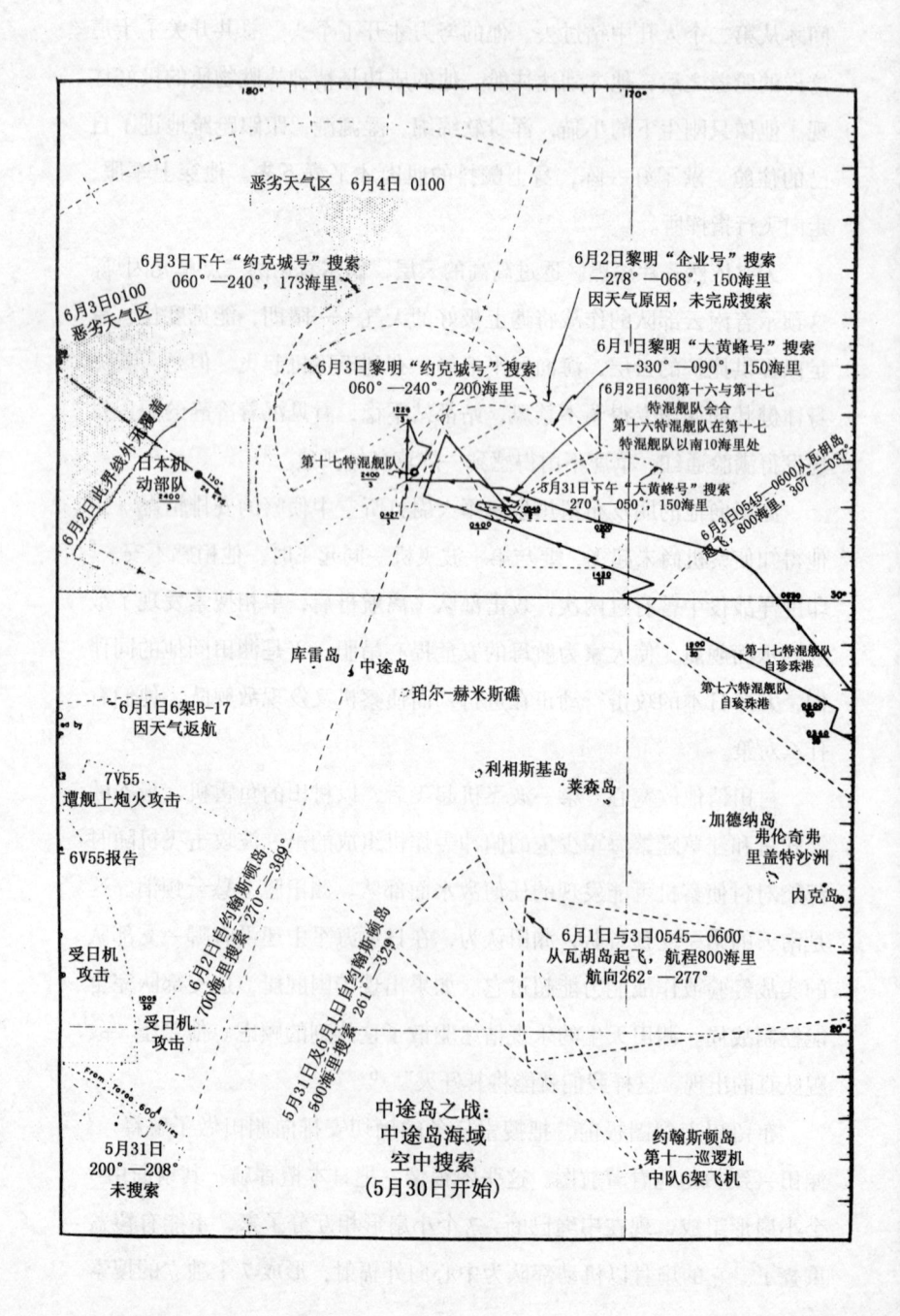

扇面。

有6根扇骨在太平洋上延展300海里后，拐弯行驶60海里，然后返回机动部队。

赤城号负责第一搜索扇面，派一架九七式舰载攻击机沿180°向正南飞行。加贺号负责第二搜索扇面，派一架同型号的飞机沿158°飞行。利根号负责第三、第四搜索扇面，派两架零式水上侦察机分别沿123°和100°飞行。筑摩号负责第五、第六搜索扇面，派两架零式水上侦察机在77°和54°上飞行。榛名号负责搜索第七扇面，派一架九五式水上侦察机在31°上飞行。该机体小，飞不了300海里全程，只飞150海里后就做40海里折飞。这样飞行员只需沿正北略偏东方向飞行。在它飞越的海域里发现美国水面舰艇的可能性显然是微乎其微的。[8]

渊田听了布留川的解释，先前的不悦情绪又复萌了。这种侦察方式无异于给幸运之神上点供品，根本无法保证有效完成任务。首先，"单相"搜索顾名思义将是一锤子买卖。第一次漏查的敌情以后是永远也发现不了的。[9]

当然，南云根据当时的实际及其所了解的情况，决定采取这一特定的搜索方式，决定就在这时派出飞机，也有他充分的道理。当时他的飞机上还没有雷达，侦察全靠目力。他像被钳子夹住似的，无法摆脱两个不变的因素：飞机航程和太阳。太阳虽说象征日本的庇护女神，在日出和日落的时间上，它却严守中立，令人丧气。

在最有可能发现美国舰队的海域内进行双相搜索，可以确保最大的能见距离。可是，像这样的双相搜索必须在凌晨两三点钟就派出。在去程的开始阶段（可能是危险性最小的阶段），可以利用夜色的掩护。第一批搜索机争取在拂晓时到达折飞点，然后返航。首批飞机启航约一小时后，派出第二批侦察机。它们几乎是在熹微晨光中对同一海域进行搜索。南云有足够的、受过夜间飞行训练的飞行员来实施这一侦察方案，但这样一来用于侦察的飞机数量就要加倍。

在太平洋战争爆发前及战争的初期，日本的海军战略家们醉心于进攻。他们认为，侦察从根本上来说是防御的概念，所以他们不愿意在侦察问题上花费时间、耗费精力，也不愿意进行这方面的训练或者为它提供物质上的保障。[10]

即将开始的这一空中搜索方案是草鹿制定的。后来他曾严责自己没有安排双相侦察。他承认："……我想多留飞机用作进攻，忽略了侦察。"这真是咄咄怪事，因为草鹿并非不知侦察的重要；早在20年代末，他刚参加海军航空兵时，就选了"论以飞机侦察敌情"的研究课题。他是"多种方式侦察敌情的创始人"。[11]

日本海军规定，最多只能动用总兵力的10%来进行空中侦察。海军航空兵的飞行员都没有受过侦察技术方面的专门训练，侦察只是作为一门常规课程。舰载搜索机这类东西也不存在。迫不得已需要进行侦察时，就把轰炸机加以改装。赤城号和加贺号派出的一号和二号飞机就是例子。没有认识到空中侦察的重要性，没有利用这一侦察手段，影响了南云部队自珍珠港以来的历次作战。

印度洋战役中，由于搜索飞机不断迷航，航空母舰不得不打破无线电静默，引导他们返航。这就向敌人暴露了舰队的位置。这种倒霉事使南云及其幕僚对侦察产生了偏见，他们认为，如果不是绝对必要，派作侦察用的飞机多一架也不行。[12]

南云也许可以把搜索飞机起飞时间提前半个小时，这样，到04:30，筑摩号的五号机驾驶员就会发现，弗莱彻的第十七特混舰队在他正前方约65海里处，而且只要云幕能透视，就不可能看不见。不过，提前半小时起飞也意味着机动部队离中途岛更远，搜索扇面也可能达不到该岛。有一点很重要，应当记住，根据日本人的作战计划，即使美国人在这一带有舰队，也是正在组合中，而且在中途岛以东相当远的海域。这一点可以从那条满怀希望地潜伏在大约东经165°一线的潜艇警戒线上看出。南云及其幕僚做梦也没有料到会在那条经线以西发现敌舰队。"[13]

总而言之，此时此刻南云依然非常乐观，信心十足。渊田认为这种安排不妥，南云无疑却十分满意。这从南云"对形势的估计"中可以看得清清楚楚：

一、敌虽无斗志，但如我攻略行动进展顺利，它可能会反击。

二、敌空中侦察以西和西南两个方向为主，对西北和北方没有严密警戒。

三、敌空中巡逻半径约为500海里。

四、敌尚未发现我意图……

五、据信，附近没有以航母为核心的敌强大舰队。

六、在空袭中途岛、摧毁敌岸基飞机、为我登陆作战扫清障碍后，我们仍具备消灭任何企图反扑的敌特混舰队的能力。

七、我护航战斗机及对空火力可以压制敌岸基飞机的反击。[14]

他的这个估计几乎百分之百地错了。它充其量不过是把当初在制定中途岛作战方案时所依据的参谋人员的推测加以改头换面而已。在整个战斗过程中，以及在后来写战斗总结时，南云都认定机动部队"被发现的时间再早也不会早于5日凌晨（日本时间）"。[15]

04:00，赤城号上的广播喇叭中传来"飞行员，集合！"的命令。飞行员们挤进情况简介室，听取最后的指令。[16] 也正是这个时候，6架美海军陆战队F4F战斗机由约翰·F.凯里上尉率领，从中途岛起飞进行掩护巡逻。这几架小型飞机在天空盘旋时，11架"卡塔林纳"也陆续升空。它们将担任当天的空中警戒。它们无须像往常那样飞700海里半径，而只要飞425海里半径就行了，因为拉姆齐知道自己的侦察能力有限。再说，如果日本人按原计划行动——对此，拉姆齐、赛马德和香农都十分肯定——他们的舰艇这时早已进入小半径巡逻圈了。PBY 将集中注意力搜索日本航母部队。紧跟在"卡塔林纳"后面的是 16 架 B-17。机上的乘员希望能发现据悉正从西驶近的运送部队的日本船队，对其实施轰炸。[17]

大约与此同时，赤城号上的飞行员听完情况简介，跑上甲板，奔向等候在那里的飞机。飞行长增田升吾海军中佐大声下达命令："全体注意，各就各位！启动引擎！"接着他请青木舰长将航空母舰转向逆风，将航速增至 19.2 海里。[18]

飞机排气管喷出火光，发动机哼起了战歌。这时，参加过珍珠港作战，颇受大家尊敬的千早猛彦海军大尉停下来和渊田告别。渊田祝他马到成功，然后满怀深情地目送他攀上舷梯，爬进他那架停在离舰桥不远的领头轰炸机。[19]

突然之间，泛光灯全部打开，把飞行甲板照得通明。这时，一名传令兵高声报告说："长官，各机准备完毕！"增田向青木做了报告后，青木下令："开始起飞！"增田举起绿色信号灯在空中划了个大圈。04:30，第一架零式机在一片欢呼声中腾空而起，人们狂热地挥动着手臂和帽子为之送行。随后又有 8 架零式机升空，接着起飞的是俯冲轰炸机。千早没有拉上座舱盖，在率领众机爬升时，他挥手向甲板上的人告别。[20]

在距赤城号左舷大约 4000 米处也是灯光闪耀。这说明飞龙号的飞机也在起飞。参加第一波攻击的 108 架飞机在 15 分钟内全部升空。它们盘旋着，完成编队后直扑中途岛而去。[21]

渊田所梦寐以求的领队任务落在飞龙号飞行队长友永丈市海军大尉的肩上。友永是飞龙号即将从本土出发时才到舰上来的，在太平洋海战中他还没有显露过身手。他曾在中国上空作战。正如源田所说，"尽管他性情有点急躁"，在中国战场上他却以"勇敢善战的领队"而闻名。[22] 他率领的除了这一机群外，还有飞龙号和苍龙号的 36 架水平轰炸机。谁也不怀疑率领攻击部队的友永的才干。由加贺号上的小川正一海军大尉率领的36架俯冲轰炸机从友永身后左侧上来了。小川参加过加贺号的包括袭击珍珠港在内的所有战斗,在海军中以技术娴熟、作战勇敢而著称。

每艘航空母舰派出9架零式机,统一由苍龙号的菅波政治海军大尉率领,担任战斗机护航。菅波也曾参与袭击珍珠港。他总是那么求战心切、斗志旺盛。与负责掩护轰炸机前往目标的零式机同时起飞的还有加贺号的另外9架零式机,它们将担负保护整个南云部队的任务。此外,赤城号的飞行甲板上还有9架零式机在待命。[23] 以18架战斗机来掩护21艘军舰,就像用薄纸盖房顶。这也再次说明了日本人在中途岛海战前期那种趾高气扬、过分自信的心理,也反映出他们根本不曾想到,他们的航母部队会遭到袭击。

04:30,赤城号、加贺号和榛名号的3架侦察机随其他飞机一同起飞。[24] 交战双方似乎相互对过表一样,在时间安排上简直是不谋而合。在大约215海里以东的洋面上,弗莱彻正从约克城号上派出10架SBD,对北面100海里的扇面进行搜索,防止自己的特混舰队被日本人发现。04:37拂晓,是个晴天。这样的天简直太美了,而且能见度良好。气温在70°上下,非常适宜。微微的东南风,风力太小,无助于飞机起飞。[25]

在弗莱彻派出SBD的同时,筑摩号于04:35派出搜索机,对五号扇面进行侦察。3分钟后,它的六号机起飞。04:42,利根号的三号机升空。[26] 这3架飞机的起飞时间分别耽搁了5分钟、8分钟和12分钟。这本来已够糟糕了,可是利根号的四号机连影子还没有呢。它何以如此拖拖拉拉,至今仍是个谜。

最感到莫名其妙的是筑摩号的飞行长黑田信海军大尉。在规定时间内,这艘巡洋舰上的"飞行员们都在飞机旁边待命,以便一声令下就立即起飞。可是左等右盼,还没有命令下来,于是我走上舰桥,催舰长快下命令"。在利根号上，飞行员们也在等待起飞命令。他们"走进报务室，以便尽快了解所收到的报告"。[27]

渊田了解到，筑摩号的六号飞机的发动机出了点小故障，利根号的四号机推迟到05:00才起飞，原因是弹射器出了毛病。[28]但筑摩号舰长古村启藏海军大佐对此持不同看法。在新日本海军防卫所战史室进行调查时，古村作证说："至于第八巡洋舰战队的飞机起飞为何受到耽搁，我不明白。我认为，由于黑田的催促，和利根号相比，我们的飞机起飞还算早一点。"这一点自然千真万确。他还说："他们的飞机为什么被耽搁，我已毫无印象。"在飞行员们等待起飞信号的报务室里工作的助理通信参谋石川中尉也不了解造成耽搁的原因，他坚持"说弹射器或其他部位出了故障而影响起飞是没有事实根据的"。根据草鹿、源田及他的助手吉冈忠一海军少佐的回忆，赤城号没有给第八巡洋舰队的旗舰利根号发过任何信号，以致造成耽搁。[29]

整个空中搜索的安排的确令人很不满意。源田认为，"中途岛战败的首要原因"就是"搜索计划不周密"。他说："必须承认，这个搜索计划制定得草率马虎。本来应该安排得更周密一些。"他进一步解释说，"这项计划和当初印度洋海战以及袭击珍珠港所采用的计划毫无二致，但现在回过头来再看，应当承认它有缺陷。这就是，在搜索区中留有空白，尤其是当敌部队横插或斜穿计划中的搜索面时则更是如此。这项计划本来应该制定得更加周密完善，更加细致准确。"[30]

对于机动部队来说，不管造成耽搁的原因是什么，其结果是极为严重的。如果搜索线准时就位，筑摩号的五号机几乎就会直接从第十七特混舰队上空飞过，而利根号的四号机也能在06:50到达300海里处，这时离斯普鲁恩斯派出飞机正好还有6分钟。[31]

在北面，山本主力部队的参谋们几乎和南云部队的飞行员们一样，很早就起来忙碌了，因为谁也不想错过任何作战的机会。在大和号舰桥上值拂晓班的渡边"精神抖擞、满怀希望"。"山本的参谋们个个起得很早。因为这一天是重大的日子,他们都聚集在大和号的作战室里,急切地等待南云部队的无线电报告。"对此,渡边依然记忆犹新。

在雪片似飞来的报文中,传来了关于中途岛进攻部队遭到袭击,而且航空母舰成为敌人攻击的主要目标的消息。据渡边说,接着"我们收到报告说,南云的攻击部队在战斗机掩护下对中途岛展开了进攻"。[32]

第二十一章
"鹰在天使十二"[①]

滴答、滴答……等待、观察……等待、观察……滴答、滴答……
中途岛在等待。中途岛在观察。

读者也许还记得,上文中提到,在天上有两个各由6架战斗机组成的机群,掩护11架"卡塔林纳"进行巡逻。与此同时,斯威尼的B-17正在扑向田中部队的途中。在岛上,香农的第六陆战守备营的高射炮兵已经就位,随时准备战斗。锚地停泊着8艘鱼雷艇,随时准备去营救幸存者,并做好了用机枪射击来犯敌机的准备。4架陆军B-26轰炸机和大黄蜂号训练机中队(VT-8)的6架海军TBF鱼雷机正在等待战斗的召唤,VMSB-241中队的11架SB2U-3"辩护者"以及16架SBD-2"无畏"式飞机也在待命出击。[1]

VMF-221中队的飞行员们将承担中途岛保卫战中最沉重的一副担子,他们也和大家一样感到坐立不安。时间在一分一秒地过去,它对

---

① "天使"(angel)是美空军表示千英尺高度的说法。——译注

人们的希望和担心无动于衷。弗洛依德·B.帕克斯少校原来是他们的副指挥官，现在是他们的新任中队长。前一天晚上在指挥所里，他和他的前任麦考尔以及大队长凯姆斯一起共同商定了作战方案。[2]

沙岛的指挥所具有中途岛上普遍使用的那种掩体的特点：长方形木板房，上面覆盖着纸和沥青作为防水物质的代用品。整个掩体坐落在一个约4英尺深的沙坑里，从坑里挖出的沙就覆盖到房顶上。如有必要还可多覆盖些沙子。然后把修筑跑道时砍下的树枝堆在上面。等到进攻那天，有些掩体上已长满青草，形成了天然的伪装，从空中看去就像一个沙丘。[3]

这3位陆战队军官在一起商量的情景，活像3个可怜巴巴的德国家庭主妇，在精心制作果馅奶酪卷时，想把面团尽量擀得薄薄的，但又不至于擀破。MAG-22作战方案早就定下来了。首先，一旦雷达站（沙岛和东岛上各有1个）报告敌机接近，他们就让机场上能起飞的飞机全部升空。其次，在雷达站报告说敌人逼近时，他们将通过无线电指挥VMF-221中队，在敌机飞临该岛上空前就实施拦截。再次，VMSB-241中队将在距东岛20海里、90°方位处集结待命，随时准备寻歼敌航空母舰或跟踪袭击返航日机。[4]

凯姆斯、麦考尔和帕克斯现在要决定的是，如何使分配归他们调遣的21架F2A-3和7架F4F-3发挥最大的作用。这两种结实的小型战斗机已各有一架因发动机故障而无法使用。所以帕克斯就只有20架F2A-3机（海军称这种飞机为"水牛"，陆战队称之为"布鲁斯特"，但两家都非正式地称之为"空中棺材"）和6架新式的、性能较好的"野猫"。

经过长时间讨论，他们决定把这些飞机分成两组，以防同时来自几个方向的日本人的攻击。第一组由帕克斯的第一分队的4架"布鲁斯特"、罗伯特·E.柯廷上尉的第四分队的4架同类型飞机以及凯里的第五分队的6架"野猫"组成。这样帕克斯就有14架飞机。其余

10架再平均分成两组：第二分队由副中队长丹尼尔·J.亨尼西上尉率领，第三分队由柯克·阿米斯特德上尉率领。当陆战队员接到有关日机方位报告后，这10架"布鲁斯特"将在指定地点上空盘旋，弄清来犯敌机是否为一批。接着，再以适当的无线电令通知亨尼西和阿米斯特德。等他们做出这项决定时，已是午夜时分，他们这才躺下睡了几个钟头。[5]

因飞机原因无法起飞的飞行员就尽量干些必要的地面工作。小J.C.马塞尔曼少尉是留在地面上的飞行员之一。他担当了VMF-221中队的值星军官。H.菲利普斯少尉的F4F-3出了故障，就和马塞尔曼一起在待机帐篷里。他守着电话机，马塞尔曼就到处走动走动、帮帮忙。[6]在VMSB-241的指挥所里，埃尔默·P.汤普森少尉也没有飞机可飞，就让当班值星官去起飞作战，自己接替他值班。[7]

无线电室里，报务员们虽然尽最大努力，但仍然担心日本人的干扰得逞。他们估计使用过一段时间的频率就会被日方掌握，所以在过去四五天当中，他们经常变换电台频率。他们准备了四五种频率，必须打破无线电静默时，就立即换用在该地区从未使用过的某一频率。不到万不得已，不使用所谓"作战频率"。

为了进一步迷惑日本人，报务员们还把过去两个月中的报务日志打乱，然后由值班人员在白天不定期地向机场读一两个从日志上任意选取的段落。这样表面上看起来一切如常。这些办法看来很奏效，因为整个白天日本人都不进行干扰了。这样，指挥所中临时设立的战斗机指挥官就可以根据雷达和巡逻机提供的情报，放手地通过电台来指挥空中的战斗机。[8]

沙岛和东岛的雷达站尽管设备陈旧，也都做好了战斗准备。指挥所里的标图设备就是一张桌子，上面标出360°方位以及150海里的区域，从圆心伸出一支臂，臂上标着海里数。当雷达捕捉到飞机亮点的方位和距离后，标图员就将臂转动，使之与方位重合，这就自动显示出亮点的位置。[9]

05:00过后,那些不速之客依然没有露面。中途岛方面等得不耐烦了,守军开始了一些活动。拉姆齐让一架因有一台发动机故障而没起飞的B-17飞回了珍珠港。大约04:20就开始热身的飞机接到关机的命令,油罐也盖上了盖,飞行员们都回到待机棚。[10]

几分钟后,凯姆斯呼叫,命令巡逻战斗机返航降落。由于某种原因,弗朗西斯·P.麦卡锡上尉和小罗伊·A.科里上尉这个分队没有收到凯姆斯的呼叫,他们继续单独在空中巡逻。随后,凯里分队的"野猫"滑行进入飞机掩体加油时,凯里的僚机沃尔特·W.斯旺斯伯格少尉的飞机滑出木质跑道,起落架陷进沙里。凯里的"野猫"一下子就从6架变成了3架。[11]

05:20,"卡塔林纳"4V58号报告发现一架来历不明的飞机。就连这份报告也丝毫没有打破中途岛上那令人不安的一片沉寂。对于4V58号飞机的驾驶员霍华德·P.艾迪中尉和副驾驶英里斯·史密斯少尉来说,这注定是个难忘的早晨。由于命运的安排,他们的搜索扇面将直接展开到南云舰队,而且他们也许已经发现了一架日本搜索飞机。[12]

10分钟后,中途岛又收到艾迪发来的一份电报。这次他报告说:"发现一艘航母,方位320,距离180。"[13]这一下中途岛行动起来了。汤普森的侦察机待机室响起了激动人心的电话,命令发动所有飞机。值星军官派中队的卡车把飞行员都接来了。[14]在战斗警报和作战命令下达到陆军、海军和陆战队各航空人员时,第六守备营也下令其高射炮群"向所有判明为非我方的飞机开火"。[15]

05:45,各机的乘员全部就位,打开无线电,并完成了暖机。这时,被尼米兹称为"此次战斗中最重要的敌情"发生了。[16] 3V58号机的威廉·A.蔡斯少尉正靠近艾迪的侦察扇面飞行,这时他的观察员W.C.科贝尔少尉发现两批45架飞机正在逼近。这两名侦察员异常激动,但也毫不含糊地认为当时争速度抢时间比保密更重要,于是他们没有加密，就由蔡斯直接用明语报告了敌情："很多飞机正飞向中途岛，方位320°，距离150。"[17]

　　与此同时，在这一区域上空的雨飑中穿行的艾迪掉转了"卡塔林纳"的机头。透过云层隙缝他看见了一个令人望而生畏的场面，他感到"看见了一生中最壮观的戏剧的帷幕正在升起"。[18] 下方洋面上展开的还不是南云的全部兵力，但足以使这两个年轻的飞行员惊奇地瞪大了双眼。05:52，蔡斯报告说发现"两艘航母及主力艇只，航母在前，航向135，航速35"。[19] 就在他在报告的时候，利根号可能也发现了它，于是立即发报说："左舷45°，发现敌机，距离32千米，飞得很高。"也算蔡斯和科贝尔两人运气好，一阵风暴使日本人把目标给丢了。[20]

　　蔡斯报告后一分钟，沙岛的雷达塔发现"敌机数架，距离93海里，310°，高度11千英尺"，并把情况报到营指挥所。其实飞机岂止"数架"。几分钟后的报告就说有"许多架"了。[21] 在几分钟之内空袭警报就拉响了。凯姆斯意识到，由于飞机引擎的轰鸣声，飞行员们可能听不见指挥中心发出的警报。于是他把指挥所接送飞行员的卡车派出，担当起当代保罗·里维尔①的角色——车上的轻便警报器摇得呼呼直响。[22]

　　帕克斯的第一分队旋即升空，柯廷的第四分队紧接着起飞。在实战中并没有执行前一天晚上精心制定的作战方案。帕克斯率领的"布鲁斯特"有6架，而不是原计划的4架，而柯廷和他的僚机达雷尔·D.欧文少尉两人则自成一个分队。接着凯里率其余的"野猫"起飞。马里恩·E.卡尔上尉及其僚机克莱顿·M.坎菲尔德少尉也已升空。他俩爬升时，卡尔觉得飞机速度不正常，就让坎菲尔德跟上去支援凯里。[23]

　　这几架"野猫"还没有飞出中途岛的视域范围，麦卡锡和科里的

---

① 保罗·里维尔是美国独立战争中一位爱国志士，1775年4月18日，他星夜骑马直奔马萨诸塞州的波士顿，送去了关于英军抵达的紧急军情。——译注

两架飞机就跟不上了。他们从无线电中报告说油料将尽，恳求让他们返回机场。麦考尔告诉他们，敌人的袭击已迫在眉睫，要他们立即降落加油，再火速起飞。[24]

与此同时，阿米斯特德已率领本分队 6 架 P2A 机升空，盘旋待命。[25] 这时，从对日机进行有效跟踪的雷达上，情况已看得很清楚。正如凯姆斯回忆所说："就我们的雷达设备而言，敌人进攻的方式是最简单的。他们飞得很高，大约在 11—12 千英尺。所以，沙岛的大型雷达很容易捕捉到它们。敌机成一批直逼目标而来。"[26] 于是中途岛命令阿米斯特德和亨尼西转向 320°，这样他们就能够助同伴一臂之力。[27]

凯里的 3 架"野猫"最先与日机遭遇。凯里飞得较高，而且目光敏锐，先发现了敌人。06:12，他抓起报话机喊道："发现目标！鹰在天使十二！"这是在告诉中途岛场站以及其他美国飞行员，他在 12 千英尺高空发现了轰炸机。[28] 这批日机可能是飞龙号和苍龙号的高空轰炸机。当初从母舰上起飞时共 18 架，但其中一架因发动机中途出了故障，被迫返航了。据南云说，06:16 这批飞机"在距离中途岛大约 40 海里处遭到敌 F4F 长达 15 分钟的拦截"。[29]

凯里发现，敌战斗机并不像人们所料想的那样在机群前为轰炸机开路，而是飞得比轰炸机稍后略偏高。这就使凯里得以迅速向轰炸机发起攻击，而不至于被零式机追上。他驾着"野猫"一个平稳的横滚，呼啸着俯冲下来以增加速度。他在瞄准具中牢牢地抓住一架领队机。飞机的挡风玻璃被子弹打裂，但他全然不顾，继续攻击，亲眼看着敌机在自己前面爆炸。

凯里迅速拉出 V 形，直冲向上，一个外侧滑急转弯，向飞机编队的后部飞去。他再次高速飞回时，飞机被一架敌轰炸机尾部机枪击中，钢铁碎片飞进了他的双腿。[30]

坎菲尔德一路随着凯里。他全力对付敌第二队的第三号机，"直到它爆炸并起火坠落"。在发起攻击的过程中，他发现几架日本战斗机从左侧成一路向他俯冲过来。为甩掉这些零式机，他飞向大约 5 海里外的一朵大云彩。绕着它飞了一圈后，他回头一看，只见一架日本轰炸机拖着长长的黑烟燃烧着坠向海面。敌战斗机已经看不见了，于是他追上了"正在歪歪倒倒"向中途岛大致方向上飞行的凯里。[31]

凯里双腿负伤，疼痛钻心，无法正常踩方向舵。坎菲尔德担负起领队的责任，引导他的上级一路借助云层的掩护返航。凯里两腿血肉模糊，疼痛难忍，有两次几乎昏厥过去，但他以坚韧的毅力继续向前飞。坎菲尔德率先降落。他的起落架在降落时摔坏了。飞机刚停止滑行，他就跳了出来，刚好在日本人空袭前跳进了堑壕掩体。凯里紧跟着降落，但飞机着陆时他觉得无法驾驭它，因为他无力踩下刹车，加之飞机的两只轮胎已被打穿。他的"野猫"滑出跑道，撞进一个飞机掩体。有两个人跳上去，把他从飞机里拽出来，拖到掩体后面。他们刚躲到这个作用不大的掩体背后，炸弹就落下了来。[32]

与此同时，卡尔向敌机群开了火。他想回头看看结果如何，却发现好几架零式机尾随上来。他大吃一惊，赶紧加大油门，笔直向下俯冲。日机追到 3000 英尺高度就不再追了，显然是担心如不能及时恢复水平飞行就有坠入大海的危险。卡尔再次爬升到 20 千英尺，但这时这里的战斗已经结束，所以他又飞回中途岛上空。到了离基地大约 2 海里处，他发现有 3 架零式机正在低空盘旋，就以 45°角全速朝这几架日机俯冲而去。卡尔进入一架零式机的盘旋轨道，从后面把它紧紧咬住，他向那架敌机一阵点射，敌机侧身直向下掉。卡尔最后看见它时，见它拖着浓烟，几乎是笔直地栽了下去。

另外两架零式机向卡尔扑上来，卡尔遁入云层躲避。其中一架日机停止了追击。另一架继续逼近，向"野猫"嘟嘟嘟一阵猛烈射击。卡尔见零式机高速追上来，决定使用柔道技术，用敌人自己的力量击败敌人。他故意突然把"野猫"的速度放慢，进入滑行。零式机速度极快，一下窜到他的前面，上了个当。当它从卡尔身边飞过时，卡尔连连射击。他又想在零式机飞入他的瞄准具时把它揍下来,但他的几挺机枪都出了故障。小心即大勇,卡尔又遁入云层之中,从而什么目标也观察不到了。他在 10 千英尺高度上一直盘旋到战斗结束,收到无线电命令时才降落。[33]

如果帕克斯知道日本人曾报告说苍龙号的 18 架水平轰炸机"在距中途岛的 20 海里处与三四十架 F4F-3 遭遇",他肯定会洋洋得意,也会感到滑稽可笑。[34] 那天 VMF-221 中队升空的"野猫"没有一批是超过 6 架的。而且,训练有素的日本飞行员居然把老掉牙的"布鲁斯特"当成较先进的 F4F-3,这也是对帕克斯的飞行员们所表现出的技术和胆略的一种赞美。

遗憾的是,这位勇敢的少校在这次战斗中阵亡了。那天,由他率领的第一分队中,只有没有参战的查尔斯·S.休斯少尉幸存。休斯的发动机在 5000 英尺时开始发生故障,飞到 16 千英尺时,发动机突突直响。他无可奈何地得出结论:硬要参战将只能是徒劳,无异于自杀。所以他决定返回掩体,希望能尽快排除故障,以便在当天晚些时候重新投入战斗。他于 06:25 返回中途岛,没过几分钟,敌水平轰炸机就来了。他刚从故障飞机中爬出来,6 架日机就开始投弹了。炸弹落点离休斯想躲进的那个掩体很近很近。[35]

帕克斯的第一分队的参战人员没有一个活着回来汇报情况,不过柯廷的僚机驾驶员达雷尔·欧文目睹了部分战斗场面。欧文在飞出大约 20 海里后,发现两支呈巨大 V 形编队的日本轰炸机分队,每个分队有 7—9 架飞机。[36] 几乎可以肯定,它们是阿部平次郎海军大尉率领的苍龙号的水平轰炸机。[37] 帕克斯的 5 架"布鲁斯特"在柯廷和欧文的前方。欧文少尉看见他们从上方接敌,后来,很遗憾,就像他所说的:"就再没有看见柯廷上尉,也没有看见第一分队的任何一架飞机。"他在撤出时看见一架轰炸机在燃烧,这大概是被第一分队的人击落的。欧文身后一架零式机像一条甩不掉的尾巴似的紧追上来。他爬到大约

16.5千英尺后想俯冲逃脱,但被日机死死咬住,左副翼的大部分被日机打掉了。

欧文已无法很好地操纵飞机作战了,于是急速向中途岛飞去。一路上,那架日机穷追不舍,接着又来了一架助战的,他们频频向欧文发起攻击。每次从他身边飞过之后,就急速从翼侧转弯,准备再度攻击。后来欧文曾客观地赞扬说:"他们的射击技术很高明。我肯定他们每次都打中了我的飞机。"他被这两架日机咬得很紧,无法回身反击。他只想把它们甩掉,或者把它们诱入对空火力网。

他多次听见子弹当当地打在他座椅背后的装甲防护板上。护板只与肩同高,这他很清楚。于是他坐在座椅上,身体尽量向下缩。两架日机在后边紧追;他的头仍然暴露在驾驶舱里。他于06:50在中途岛降落,其时正值敌机对该岛进行俯冲轰炸。[38]

亨尼西率领第二分队6架战斗机冲向敌编队。菲利普·R.怀特上尉发现共有3个V形编队,各由8架飞机组成。怀特第一次攻击后,发现身后有架零式机,就猛地一个俯冲把它甩掉了。他再次爬升到1000英尺时听见无线电报告说有一架敌机沿310°方向飞离该空域。他找到这架敌机后,就从远距离高速冲上去。他那机身短小的"布鲁斯特"射出一发发子弹,日轰炸机晃晃悠悠地"向左一拐,栽进了大海"。

怀特再次爬高,投入战斗。他发现另一架轰炸机在云层中时隐时现,显然是想返回母舰。怀特把老掉牙的布鲁斯特的马力开足,追到近处向这架逃跑的俯冲轰炸机开火。他认为自己肯定是打坏了敌机的发动机,因为这架爱知飞机制造公司生产的轰炸机的速度顿时大减。日机的速度一减,就只好坐以待毙了。可这时怀特发现自己的弹药已耗尽,无法收拾这个囊中之物。[39]这架日机可能是友永驾驶的,因为南云于06:58收到友永报告说,"我被击中,已命令各中队独立作战。"[40]怀特匆匆返回中途岛,补充弹药后再度起飞。但他还没有来得及再次打击来犯敌机,就收到了关于全部返航的命令。[41]

第二分队中,生还的只有怀特和赫伯特·T.梅里尔上尉。梅里尔在受伤的飞机中待的时间太长,他的脸部、脖子和双手都被严重烧伤,最后跳伞跳到礁湖中才保全了性命。[42] 怀特目睹了许多战友的牺牲,因而对"布鲁斯特"飞机的评价就特别苛刻。他说:"F2A-3根本不是战斗机,日本零式战斗机可以绕着它转圈子飞……"

"我认为,指挥官在命令飞行员驾F2A-3出机时,就应当认为这名飞行员还没起飞就已经阵亡了……"[43]

阿米斯特德的第三分队运气稍佳。听见凯里"发现目标"的呼叫后,阿米斯特德立即爬升。他发现敌人在14千英尺高度嗡嗡地向前飞,距他右侧约2海里,离中途岛5—7海里。他就转向70°飞行,并继续爬升,希望能赶到敌人前上方,再顺着阳光的方向冲向敌人。他未能及时达到预期的目的地,只好从17千英尺高度俯冲,向5个各由5—9架轰炸机组成的V形编队发动进攻。俯冲时,他看见自己的5架战斗机正紧紧地跟进,另外还看见有1架"野猫"也跟了上来。这是斯旺斯伯格的"野猫"。他的飞机故障已经排除,可他还没有来得及和凯里取得联系。

阿米斯特德选择的攻击目标是由5架日机组成的第四分队。他从高空陡直向下飞速冲向日机。他看见自己的燃烧子弹从日编队的长机前面开始,沿着V形编队的左翼一路打过去。他回头一看,只见有两三架敌机起火坠落。

他急跃升到14千英尺时,3架战斗机成一路跟了上来。它们爬升的角度很陡,速度快得令人生疑。当离他最近的那架飞机处于他身后下方仅500英尺时,他发现这些果然是零式机。他猛地急转弯,一个半滚倒转,可他的"布鲁斯特"已中了许多日机发射的子弹,左副翼上就中了大约20发7.7毫米口径的子弹。

阿米斯特德继续全速俯冲。他的飞机由于副翼被打坏而进入了左转螺旋状态。他拼命设法使飞机摆脱螺旋,在大约500英尺高度恢复了水平飞行。接着他就掉转方向飞回中途岛上空。他用无线电报告说飞机受伤，请求降落。机场回答说："明白，等一等。"他就在离岛约15海里的上空盘旋。他看见该岛正遭到猛烈袭击，因此就选择了逆阳光的方向，一直盘旋到空袭结束，等基地电告所有战斗机返航加油补充弹药时为止。[44]

第三分队第二小分队队长威廉·亨伯德上尉一直跟在阿米斯特德后面，在距离中途岛30—35海里处，他击落一架轰炸机。接着他一个大转弯飞到日机编队的另一侧，希望能再击落一架敌机。这时他听见轰隆隆一阵巨响，他在座椅上扭头一看，发现身后200码处有2架零式机紧逼了上来。他立即俯冲，一架零式机几乎追到水面高度。亨伯德保持全速，直到飞出相当远的距离之后才杀了个回马枪，向日机狠狠地打了一个长长的点射。那架日机中弹起火，失去控制，随即坠入大海。

这时亨伯德离开最初与日本人遭遇的地点大约有40海里。他重新爬升到10千英尺的高度时，发现油料和弹药量都降到了危险点，于是电告中途岛请求降落。这时机场上已平安无事，他收到了关于同意他降落的答复。进场时，他发现液压剂已点滴无存，减速板和起落架都无法放下，所以只好靠应急系统摔降。在迅速修复飞机、补充油料和弹药之后，随即又起飞了。他刚刚升空，无线电中就传来所有战斗机返航的命令。[45]

阿米斯特德的另一名飞行员查尔斯·M.孔兹少尉看见日机第四攻击V形编队中有2架飞机起火坠落。他心想，这很可能是被阿米斯特德和亨伯德击落的。他把注意力集中在这批飞机中的最后一个编队，即第五个V形编队上。他向其中一架轰炸机猛攻过去，看见它起火，脱离了机群编队。

孔兹又扑向一架轰炸机的右侧，从编队机群上方约2000英尺高处发起了第二次攻击。他从侧面接敌，不断进行短点射，再次满意地看见目标起火，他看见V形编队外侧的一个驾驶员把飞机拉出编队，给这架受伤的飞机让路。孔兹刚向这架飞机开火，一架零式机就向他扑来。他看见曳光弹从驾驶舱外飞过,机翼被子弹打坏。为摆脱它的追击,他一直俯冲到离开水面仅 20 英尺处,随即急转弯。这时斜刺里飞来一颗子弹,打伤了他的头部。

这下不行了。他知道自己的飞机已被打坏,不能再用它作战了,所以就在机场上空盘旋,于 07:50 降落。他因头部负伤,感到天旋地转,急忙跑到诊疗所。他对自己的飞机评价也不高:"至于 F2A-3……它应当在迈阿密市作为教练机,而不是在前线作为战斗机使用。"[46]

亨伯德的僚机驾驶员威廉·V.布鲁克斯少尉那天早晨也过得特别惊险。在他们小组把 2 架日机打得起火后,布鲁克斯和阿米斯特德的僚机威廉·B.桑多瓦尔少尉两人又冲到轰炸机编队的右侧。他们两人中有一人又击中了 1 架日机。2 架零式机立刻向布鲁克斯猛扑上来,布鲁克斯匆忙飞向第六营的高炮群上空寻求掩护。2 架敌机果然被高射炮火赶跑了。布鲁克斯想降落,因为他的"布鲁斯特"中弹太多,补翼、仪表和座舱都被打得弹洞累累。

这时,他看见东边有 2 架飞机在格斗,就赶忙飞过去想助患难中的伙伴一臂之力。可他飞近时,却发现 2 架飞机一齐向他扑来,他大惊失色。刚才是因为太阳光,他看花了眼,原来那是 2 架日机假装格斗以诱使美机上当。在这种情况下,布鲁克斯开足马力,问心无愧地向中途岛飞去,"一路上飞机还挨了许多子弹"。敌机从正面向他冲过来,他避开了其中一架,向另一架开火。这架零式机赶忙向北方逃去。布鲁克斯不仅希望而且也相信它是飞不回母舰了。

布鲁克斯再次盘旋准备降落时,看见 2 架零式机正在对付 1 架"布鲁斯特"。这次他没看错。尽管他的 3 挺机枪卡了壳,但出于海军陆战队的集体荣誉感,他再次飞过中途岛上空,以仅有的一挺机枪去战斗。他没能及时赶到营救自己的战友脱险,对此他深感难过。那架被击中的"布鲁斯特"打着螺旋坠入了大海。他心情沉痛地飞回中途岛降落。在检查飞机受伤情况时,他发现飞机上有"72 个子弹和炮弹的弹洞",他的左腿也受了点轻伤。

布鲁克斯在战斗报告上写道:"桑多瓦尔少尉和我两人中,有一个人曾在首次攻击时击落一架敌机。我的愿望很明确,那就是把击落那架敌轰炸机的功劳记在死者名下。"[47] 多么英勇忠实、慷慨大方的年轻人!多么豪侠的姿态啊!

麦卡锡和科里两人早巡逻归来较晚。他们用10分钟时间给"野猫"补充了油料和弹药,[48] 但他们想追上凯里分队的其他飞机已不可能了。在8000英尺高度上,8架零式机向这两名陆战队员袭来。于是他俩迅速分开以对付这4:1的挑战。科里看见麦卡锡几乎一眨眼的工夫就击落了1架日机,不过他自己的飞机也起火坠落了。科里击落了4架敌机中的1架,避开了另外3架,赢得了足够的时间向1架完成任务飞离东岛的轰炸机打了个短点射。这架敌机打了个滚就栽进海里去了。这时科里的油箱出现严重的漏油情况,但用他自己的话说,零式机仍在"非常有效地"向他射击。他贴近水面做超低空飞行,终于把他那体无完肤的"野猫"安全地飞了回去。

科里称赞零式机是"目前机动性能最好的飞机。我们正在使用的战斗机无法和它相比"。但他也认为敌战斗机并非不可战胜。"如果你走运,能充分发挥机枪的作用,日机似乎就显得不堪一击了。"[49] 窍门在于要逮得住它们。

第二十二章
"有必要发动第二次攻击"

中途岛守军鼓起勇气,准备经受这场考验。06:30,营指挥所通知所属部队:"目标进入我射程之内就开火。"[1] 这时天空晴朗,对于高炮射击来说,能见度良好。沙岛和东岛上的沙袋工事以及沙筑的炮兵掩体为炮兵提供了良好的防护。不在高射炮炮位及其他自动火器岗位上的人都挤在防空掩体、狭长堑壕以及类似的工事里。[2]

值星军官汤普森也希望亲自上阵打几下。他和计时员两人从 VMSB 中队待机室搬来一台电话,又从一架报废的 SB2U-3 里搬来一挺机枪和一些子弹,然后在附近的机枪掩体里把它们架设起来。[3] 礁湖中鱼雷艇也已出动,艇上的机枪,甚至连步枪和手枪都进入了戒备状态。[4]

约翰·福特守候在东岛发电站的屋顶上。他看到守军在"异常镇静"、简直是"懒洋洋的"气氛中等待着即将临头的袭击,惊叹不已地说:"他们好像一直就是在这样的气氛中生活的。"[5]

新安装在沙岛上的雷达是能够提供距离、方位和高度的仅有的几部雷达之一。从它上面看出,敌轰炸机还在向中途岛逼近。激烈的空战对日本的轰炸任务影响甚微。懂行的海军陆战队员们十分钦佩地注意到友永的飞行员靠娴熟的技术和严格的纪律保持着队形。一架轰炸机被击落后,V 形编队中的其他飞机就重新组合,继续保持原来的航向和航速。[6]

水平轰炸机首先到达中途岛上空。它们的任务之一就是压制敌高炮火力,为俯冲轰炸机以及进行低空攻击的零式机扫清道路,然后再去轰炸机场和其他设施。飞龙号上的飞机集中袭击沙岛。苍龙号上的飞机分成两批,第一中队协同飞龙号上的飞机在沙岛上空作战,第二中队轰炸东岛。这两批飞机还没来得及投弹,飞龙号上的两架轰炸机就被南云所说的"猛烈的高射炮火"击落。[7]

汤普森少尉发现炮弹炸点似乎都稍稍偏离敌机,但他也看见一发炮弹命中目标,在空中炸开了。他抓起望远镜观察,看见这架飞机脱离编队,一头栽了下去,但没有人跳伞。[8]

第二十二章 "有必要发动第二次攻击" 197

　　许多目击者都以为日本的领队飞机被高炮击中了。其实，虽然友永的轰炸机左翼油箱被击中，可他还是返回了飞龙号。返航后，他把菊地六郎大尉被高炮火力击中而英勇阵亡的事做了汇报。菊地知道自己必死无疑了，就打开舱盖向战友们挥手诀别，然后关好舱盖，一头栽了下去。[9]

　　菊地的飞机刚坠落，一名头脑灵活的黑人炊事兵就奔到飞机残骸边，把飞行员的尸体拖了出来。拉姆齐也接踵而至。他检查了死者的衣袋，想找到一些有情报价值的东西。这时第一波攻击飞机已经临空，炸弹像雨点般倾泻而下。拉姆齐和赛马德纵身跳进了掩体。[10]

　　鱼雷艇上的人员清楚地看见第二架日机的坠落。他们看见那架轰炸机轰然起火，溅落在礁湖之中，飞机上的炸弹掉在离飞机溅落处不远的地方，两处落点都离鱼雷艇很近。[11]

　　水平轰炸机集中对沙岛实施猛烈轰炸。飞龙号的第一中队击中了该岛东北角的油罐，苍龙号的第一中队打哑了一个高炮阵地。[12] 由于水平轰炸机和俯冲轰炸机从一开始就协同进攻，所以无法准确说明它们各自的战绩。

　　美战斗机先是全力以赴地对付日本机群中打头阵的水平轰炸机，接着又要施展浑身解数与讨厌的零式机周旋，所以赤城号和加贺号上的俯冲轰炸机飞临中途岛上空时未伤着一根毫毛，飞离时也安然无恙，实在是令人羡慕。千早等飞行员的任务是袭击东岛的机库和其他航空设施，他们也未受损失。由小川海军大尉率领的全部俯冲轰炸机以及加贺号上的飞机中，有1架被高炮击落，4架受损伤，但还没有报废。[13]

　　沙岛遭俯冲轰炸机袭击时，VMCR-241中队的飞行员罗伯特·W.沃佩尔少尉暂时没有起飞，因为机械师正忙着给他的飞机调换火花塞。他看见高炮击中了一架敌机。他后来回忆说："飞机起火后还继续在编队中飞行了很长一段时间，直到最后失去控制而打起转来。"[14]

东岛刚开始遭空袭时发生的一件事，谁看了也不会忘记。"突然间，领队日机离开机群……它俯冲到离地面大约 100 英尺时，翻转机身，仰面朝天、优哉游哉地从停机坪上方飞过。"[15] 有人看见驾驶员把拇指放在鼻子上以示嘲弄。[16] 这是故意分散守军注意力，还是对这些在第一航空舰队面前表现平平的敌人表示蔑视？抑或纯粹是装模作样的虚张声势？谁知道呢？不管驾驶员动机如何，这件事让美国人看得目瞪口呆，有好几秒钟都忘了射击。后来"……蓦地，有个陆战队员说了声'搞他妈什么鬼名堂'，接着就向那架飞机开火。它被击中后摇摇晃晃地钻进了大海"。[17]

倾泻在东岛上的炸弹全部落在二号跑道以北。有一颗炸弹落在靠近一号跑道东端的中央。这显然是苍龙号上的第二水平轰炸机中队干的。千早的一架俯冲轰炸机把同一条跑道上距东端 500 码处炸了个大坑。另一架俯冲轰炸机不偏不倚正好击中 VMF-221 中队的弹药补给坑，诱爆了 8 颗 100 磅的炸弹以及 1 万发口径 0.5 英寸的弹药，造成 4 名维修人员死亡。[18]

福特出于导演的本能，把摄影机对准了机库。他认为这将是轰炸的主要目标。果然，它被一个"交了好运的日本人击中，而且肯定是击中了里面的一些炸药，所以整个机库都飞上了天"。福特的肘部和肩都被霰弹炸伤，他"被震呆了"。但他拍到了镜头。这是他后来正式的纪录片《中途岛之战》中一个值得记忆的场面：一块"巨大的爆炸碎片"直冲着摄影机飞了过来。

一位年轻的陆战队员替福特包扎好伤口，并真诚地告诉他："别去找那个军医，我们来照顾你……"[19]

06:38，一架俯冲轰炸机炸毁了发电站，使岛上的供电设施和蒸馏水厂陷于瘫痪。这也许是对东岛造成的最大破坏。水平轰炸机还炸毁了码头区和主要贮油区之间的输油管路，造成了十分严重的破坏。这些管道在遭袭之前本来就一塌糊涂，从这以后，作业队员就得不分昼夜地靠人工为飞机加油，而且是从沙岛借来的 3000 桶汽油。[20] 福特发现日本人"没有轰炸机场……"，他猜到"日本人是想把机场留给当天晚些时候在该机场着陆的日机使用"。[21]

一颗炸弹落进陆战队的伙房，炸得锅碗瓢盆一齐飞上了天，把平常储备的食品全炸成了齑粉，害得陆战队员们在战斗结束前一直吃应急口粮。[22] 另一颗炸弹把随军小卖部炸得稀巴烂，啤酒罐头被炸得像霰弹一样四下横飞。有一名机枪手被一只罐头砸在太阳穴上，当即被砸昏。他醒来后喘着大气说："我空肚子的时候从来不喝啤酒！"这颗炸弹还震开了装着香烟的纸箱，震散了香烟的包装盒。一阵白色的香烟雨四处飘散。陆战队员们高高兴兴地捡起了外快，谁捡到就归谁。[23]

日本人的注意力主要在沙岛。三个贮油罐被彻底炸毁。炸弹可能是飞龙号上第一中队的一架水平轰炸机投下的。这些油罐的油整整烧了两天，滚滚的浓烟使整个损失看起来比实际上的要大得多。高射炮的火力发挥也因为弥漫的浓烟而受到影响。

陆战队驻地的一条从海里抽水的管道被一颗炸弹炸断。一个水上飞机的机库被加贺号上的一架俯冲轰炸机炸毁起火。禁闭室也被炸平，好在当时里面没有关人。其他各类建筑物，有的被炸，有的因炸弹落在附近，有的因弹片，也有的因气浪冲击，都遭到不同程度的破坏，发生晃动。

屋顶上画着巨大红十字的海军诊疗所被两颗炸弹以及爆炸后燃起的大火夷为平地。海军洗衣房也挨了一颗炸弹，被炸塌一部分。拉姆齐的衣服也和那里的东西一起化为灰烬，只剩下身上穿的衣服。据说 6 月 12 日他回珍珠港后被尼米兹召见时，穿的还是那一身衣服。尼米兹低声说："我知道，你身上全是——嗯——鹰。也许你会喜欢这些银鹰的。"他当即就把晋升拉姆齐为上校的推荐书拿给他看了。[24]

紧跟在轰炸机后面蜂拥而至的是战斗机。它们向发现的所有目标扫射，并与剩下的"布鲁斯特"展开了最后的格斗。休斯上尉发现水平轰炸机前脚刚走，俯冲轰炸机后脚就顺着日光的方向俯冲下来。他看见 2 架 F2F 与日机厮杀，1 架美机栽下来。地面上一阵猛烈的掩护火力救了第二架美机的命。"当零式机向他们发起进攻时，他俩都像被绳子拴住了似的，"休斯愤愤地说，"我相信，我们的飞机性能只要有零式机的一半，就完全可以制止这次空袭。"[25]

欧文少尉设法将 2 架零式机引进对空火力网，但他发现地面高炮火力其实并没有使零式机感到害怕。他事后说："日本人根本没有把我们的地面对空火力放在眼里，因为炮弹总是在目标后边爆炸。"欧文看见只有一架日战斗机被地面炮火击落。这架飞机在大约 100 英尺的高度进行扫射，对空火力几乎不可能打不着它。[26]

沃佩尔少尉也目睹了击落这架日机的情形。据他说，日机飞得还要低，大约只有 25 英尺。它摔落在离 VMF 中队待机室不远的地方。[27]汤普森少尉和他的计时员分别用机枪和步枪猛烈地向那架俯冲轰炸机射击，但劳而无功。他们看见高炮击中这架零式机的油箱，飞机当即轰然起火。

汤普森用机枪向大约 6 架日机扫射后，机枪卡了壳。他排除了故障，和他的好帮手一起向飞近他们机枪掩体的日机射击。他事后说："接近我们的飞机不多，因为敌人似乎对我们附近的目标不感兴趣。"他俩发现，敌人在扫射了一通之后，就不再到机场中央来了。[28]

这时，岛上的守军，尤其是被打得焦头烂额的 VMF-221 中队的幸存者们，没有一个想对零式机的飞行员发善心的。到此时为止，如果说战斗一直呈一边倒之势，仗的本身倒也打得光明正大。但是，帕克斯少校惨死的情景使大家感到很悲愤。陆军航空队联络官沃纳少校悲愤交加，难以成语。他挥笔疾书了一份报告，连正式报告中应该注意的拼法、语法和标点符号都忽略了："他一开火，日本人就朝他攻来，甚至他在礁石降落时也不放过他。这个敌人是地地道道的冷酷无情之徒，虽然我不同意那种说小鬼子会拿飞机去撞别人或去冒不值得冒的危险的说法。不要上当认为鬼子像我们一样想活命，这已被反复证明了的……"[29]

鱼雷艇上的人亲眼看见零式机向跳伞的帕克斯扫射。两条救生筏试图赶到现场，但为礁石所阻，无法通过。不过他们却救了梅里尔上尉。梅里尔在礁石附近海面迫降后，三等水兵E.J.斯图亚特从救生筏上跳进海里，不顾戳人的礁石以及拍打礁石的海浪的冲击，游上去把溺水的梅里尔从危险中救了出来。[30]

06:43，南云收到友永的电报："我们已完成任务，正在返航。"[31] 5分钟后，中途岛上的雷达向营指挥所报告："许多敌机沿300°方位离去。"[32] 但是到07:15赛马德才发出解除空袭的警报，召回飞机并与参谋人员一起统计损失情况。凯姆斯电告VMF-221中队："战斗机降落，按分队加油，第五分队先加。"他没有得到答复，于是又把命令重复了几次，接着又重复，"战斗机全部降落，补充油料和弹药。"后来凯姆斯回忆说："收到电文而返回的战斗机少得可怜。我们都估计不会再有飞机降落了。"[33] 他说得很对。26名飞行员中有14名在点名时永远也不会答"到"了。另外还有几人受了伤。能继续作战的战斗机只剩下2架。[34]

他们付出如此大的代价，可战果如何呢？长期以来，对这场空战的结果以及被中途岛上高炮击落的飞机数，双方都吃不准。南云的正式报告宣称，这次战斗中有41架美国战斗机肯定被击落，另外还有9架很可能被击落。[35] 美方总共只有26架飞机，可是却有50架被击落，人们不得不承认这样的射击技术简直太高超了。如果在空中的陆战队的战斗机在敌人眼里1架成了2架，他们的作战一定是异常英勇的。确实，从他们所驾驶的飞机质量来看，他们能侥幸活下来，这本身就是一个奇迹，更不用说他们还给日本人造成了损失。

当时美国人所报的空战战绩也被过分夸大了。他们说日本人在空战中损失了40—50架飞机，另有10架被地面炮火击落。[36] 南云在作战过程报告中列出的飞机损失为6架（轰炸机4架，零式机2架）。日本方面的说法大多与这个数字一致。后来在"遭受损失"这个栏目下，南云承认总共损失了 8 架飞机。他在报告的统计数字部分，细分了损失情况。空战中损失 5 架（水平轰炸机 3 架，零式机 2 架），另有 4 架被高炮击落（其中水平轰炸机 2 架，俯冲轰炸机 1 架，零式机 1 架）。这里说的被高炮击落的飞机数目和美方目击者的回忆完全吻合。此外，南云还列出了受损伤的飞机数：水平轰炸机 16 架，俯冲轰炸机 4 架，零式机 12 架。其中 2 架零式机因损伤程度过大，返回航空母舰后就报废了。[37] 当然，这些数字并非就准确无误。譬如，南云并没有列出飞龙号上的高空轰炸机的损伤情况，但读者已经知道，友永的飞机被击中，而且他当时就用无线电向南云做过报告，[38] 但南云及其幕僚有许多紧迫问题要处理，无暇考虑如何使这些说法不一的受损报告一致起来。

赛马德对日方损失的乐观估计是基于他对中途岛遭破坏的程度与最初发现日本攻击部队的规模所进行的比较，可惜他错误地计算了飞临中途岛的日机数量，而且一厢情愿地估计被击落的美国人的战绩至少和生还者的一样好。凯姆斯有些迷惑不解地回顾说："幸存的飞行员们觉得，开始交战时看到敌机数量众多，可是它们投弹的数量很少，这二者之间很矛盾。"[39] 一定是计算上出了差错，不是飞机数量，就是炸弹数量，或者是两者都算错了。如果只计算返航飞行员所看到的被击中起火的敌机，那么可以肯定有 8 架轰炸机被击落，另外还有 1 架可能被击落，有 3 架零式机肯定被击落，还有 1 架可能也被击落。这样算，所得的总数就比较切合实际，而且与日本官方发布的数字相差无几。陆战队飞机中队的飞行员们相信每个牺牲的队友至少都击落了 1 架日机，这显然是可以理解的。但是，比较合乎逻辑的看法应当是：真正击落敌机的，是那些技术好、运气也好，与零式机交手并活下来的飞行员。

总而言之，这些都无关紧要。即使完全让第六营来对付友永的机群，即使当岛上的守军从掩体中出来时就派战斗机去掩护寻歼南云的航母部队的陆基轰炸机，中途岛的命运也不会有多少变化。

实际上，中途岛上的情况比预想的要好。地面上大约有 20 人死亡，数字相当小。跑道只受到轻微的破坏，以至于赛马德只能这样认为：日本人是故意不炸跑道，以便留给他们自己用。岛上的伪装十分有效。空袭后的检查发现，遭破坏的设施大多数都能修好。于是，大家全体出动，努力恢复供电，修复供水管道和下水管道，扑灭零星小火，清除瓦砾废墟。[40]

友永千方百计地让受伤的飞机飞回会合点，对于袭击中途岛的战绩不甚了了。后来他在航母大海战中阵亡了，所以他对自己看到的情况和自己的空袭任务进行掂量时，脑子里想的是什么，别人就不得而知了。但他显然是不会满意的。他在执行任务时没有遇上轰炸机或巡逻机——尼米兹称它们为"重家伙"——而且简易机场的跑道状态良好，这些飞机返回时可以在上面降落。此外，中途岛上的高射炮仍在进行对空射击。日本的登陆部队可能会受到"热烈"的欢迎。

这肯定就是友永的逻辑的实质所在。他的发报机被机枪子弹打坏了，因此他把自己的建议写在一块小黑板上。他举起黑板，这样他的二号机就能看见，并用他的名义把建议发给南云。[41] 这条建议于 07:00 发出："有必要发动第二次攻击。"[42]

第二十三章
"一败涂地"

中途岛守军虽然打得不是最漂亮，但十分英勇。这个环礁现在要转入进攻了,可是他们抱多大希望,有什么顾虑,这些都不得而知。在沙岛的机场跑道上,A.K.欧内斯特少尉正在TBF(单引擎鱼雷轰炸机)①旁待命出击。他比岛上的草海桐属灌木丛显得还娇嫩。6月1日他随大黄蜂号VT-8的一个分队从珍珠港调往中途岛,那时他离开飞行训练队才6个月,飞行范围还没有超出过陆地。这些新的鱼雷机装备良好,内载一枚速度为200节的鱼雷,而原来那种挂在机身下的老式鱼雷速度只有135节。他知道在飞机处于200英尺高度、速度200节时是投放鱼雷的最佳时机。可是,在进行以鱼雷攻击日本帝国海军中最老练、最狡猾的舰长指挥的快速航空母舰的训练中,欧内斯特只在本土匡塞特靶场投过一枚鱼雷。[1]

欧内斯特的分队长兰登·K.费伯林海军上尉曾向队员们简要介绍过如何使用鱼雷。如果只遇上一艘敌航母,分队的6架TBF就一分为二,分别由费伯林和奥斯瓦德·J.盖尼尔海军少尉率领,一个小分队攻击目标舰首左舷,另一个则攻其右舷。这样,无论这艘航母怎样巧妙地避让,也免不了撞上鱼雷。如果日本舰队的航母不止一艘,各机驾驶员就相机选择最有把握的目标,随时注意无线电信号或手势,时机不成熟不投雷。[2]

这些鱼雷机的驾驶员不能指望有战斗机的掩护,因为尼米兹曾指示赛马德集中对付日本航空母舰,中途岛则靠它的地面部队来防守。[3]可惜赛马德没有不折不扣地执行这一命令,他派出全部战斗机为该岛提供空中保护。这些鱼雷机机组人员也不能指望他们的海军弟兄能给什么支援。他们在岛上听到的简要介绍说,美国在这一海域有航空母舰,但任务是保卫夏威夷。因此岛上的飞机就是该岛仅有的空中保障。[4]

此外,这些准备攻击南云部队的陆基飞机是一支空中杂牌"贝克

---

① TBF,即后来为纪念中途岛作战中牺牲的鱼雷机机组人员的复仇者式。

街非正规部队"。① 它包括费伯林的 6 架 TBF、4 架 B-26、一批"辩护者"以及几架 B-17。它们的速度和飞行高度各异,实际上根本无法协同进攻。他们必须把各自攻击日舰的时间安排得尽量接近,但又要摆出相互之间相隔很远的样子。[5] 这些陆基航空兵的前景少说也是暗淡的。因为他们没有战斗机护航,也没有进攻章法。他们的对手却是有史以来最强大的航母部队之一,统率这支部队的又是一位身经百战、功勋卓著的海军将领,每艘航空母舰上都有一批为该舰的历史增添光彩、富有传奇色彩的零式飞机。

前一天晚上,欧内斯特在沿跑道散步时曾发现一张两美元的钞票。这种面值的美钞发行量甚少,因而略带有异样的不祥色彩,而且也就不可避免地招惹一些迷信。美国公众对这种钞票的看法大体上与人们遇上黑猫的看法差不多:大多数认为是不祥之兆,少数笃信者则认为是大吉大利。是凶是吉,欧内斯特很快就能得出自己的看法。[6]

在空战指挥掩蔽所里,费伯林、凯姆斯和麦考尔正在进行战前会商。这时蔡斯报警说,敌机多架正向中途岛方向飞来。费伯林迅速集合起 6 架 TBF 的乘员,飞快地跑向飞机。发动机隆隆启动后,一名陆战队传令兵跳上费伯林的机翼大声喊道:"攻击目标,敌航母,方位 320°,距离 180 海里,航向 135°,航速 25 节!"

06:00 刚过几分,这支鱼雷机分队升空后即向海上飞去。欧内斯特的炮塔射手,三等航空兵 J.D. 曼宁发现敌机飞过来。一架零式机从侧方飞过,准备向他射击,但由于两架飞机一掠而过,双方都没有机会开火。费伯林小队在 7000 英尺高度恢复了水平飞行。云层条件甚为理想:厚薄程度足能借以隐蔽,但又能透过云层间隙朝下方观察,水平能见度无限。[7]

费伯林小队起飞时扬起的尘土还没有消散,第六十九轰炸机中队

---

① 柯南道尔的《福尔摩斯探案》中,福尔摩斯有时利用寓所所在的贝克街的儿童为他工作,故有此说。——译注

的 4 架陆军 B-26 就在小詹姆斯·F. 科林斯上尉的率领下先后升空了。科林斯也许在想，不管怎么说吧，是一次历史性的使命，这是陆军飞机首次使用鱼雷攻击目标。每架飞机机身下挂载一枚鱼雷——这样的载弹杀伤力不算太厉害。[8]

大约 07:10，科林斯和费伯林同时到达目标海区上空。欧内斯特有生以来第一次看见舰队，洋面上"展开的"壮观场面使他看得着了迷。[9]日本人已发现这批不速之客。赤城号在 07:05 最先报告"敌机 9 架，方位 150°，距离 25 千米……"它随即以战斗速度迎着这些飞机驶去，尽量避免把两侧暴露给敌人。日本人显然是对空中这一奇特的编队摸不着头脑，因为利根号报告说是"10 架敌重型轰炸机"，而筑摩号报告说"正前方 36 千米处约有 10 架 PBY"。07:08，赤城号和利根号对空射击。1 分钟后，南云派出 10 架战斗机去迎战美机。07:10，日本人观察到美机"分成了两个小组"。[10]

其实，费伯林和科林斯正在各自为战。为防止液压装置失灵而无法投雷，TBF 打开了弹舱门，但飞机的速度因此受到影响，对零式机来说，这些飞机本来都是活靶子，可是当时日机蜂拥而上，反而妨碍了他们自己的相互动作，所以这些不堪一击的 TBF 才能奇迹般地冲向航母。曼宁用机枪进行了几次扫射。[11]

几秒钟后，机腹射手兼报务员、三等航空兵哈罗德·H. 费里尔发现，炮塔里已毫无声息。他回头一看就明白为什么曼宁不开枪了。他的朋友扑在机枪上，已被零式机的子弹夺去了生命。费里尔才 18 岁，可他现在一下子变得成熟了。以前他总觉得自己是这个世界的中心，死亡只是一种理论上的现象，只发生在居于这个世界边缘的人们身上，可是如今，死亡就发生在自己的飞机上。

接着，一架零式机俯冲下来，一阵扫射打烂了 TBF 的液压系统，还打伤了费里尔的手腕。另一架零式机射出的一颗子弹穿透了费里尔的帽子，他昏死过去。[12]这样，欧内斯特就同时担当起驾驶员和机组乘员的角色。另一个小组的一架 TBF 飞到他的侧面，机上的驾驶员朝他打手势。可他没有明白那人的意思。这时他的飞机再次受伤，升降舵失灵。一块弹片击伤了他的脖子，他几乎失去自控能力。伤势倒不重，但脖子负伤也像头部其他部位负伤一样，血直往外冒。他感到一股热乎乎的东西顺着脖子往下淌。

由于升降舵失灵，一名机枪手死亡，另一名昏迷不醒，自己也像被戳了一刀的猪，血流如注，欧内斯特知道现在已不可能去攻击敌航母了。他向左侧一艘巡洋舰飞去，投下仅有的那枚鱼雷。他投雷位置太高，当时南云的巡洋舰没有报告说附近发现鱼雷。欧内斯特的手本能地落在着陆用的配平片上，把它向后拉。这一拉居然产生了奇迹，他感到机头开始上翘，于是小心翼翼地把飞机拉起。这时，2 架零式机缠住了他，从不同位置不断向他射击。他要像橄榄球运动员那样，既要不断躲闪，带球突破对方防守区，同时又要千方百计地破坏对方球员的带球进攻。使他感到惊讶并松了一口气的是，这 2 架零式机竟然飞走了，也许是被航母召回，也许是因为弹药用完。

欧内斯特不断做机动，飞离日舰队上空。此刻整个敌舰队挡在他和中途岛之间，他只能祈求上帝，保佑他能以迂回路线连人带机一起返回中途岛。他机上的电器系统全部毁坏，液压系统整个失灵，弹舱门无法关闭。罗盘在飞机尾部，他看不到，空速计和油压表也都完蛋了。事实上，飞机上还能运转的除发动机就只有欧内斯特了。他采取古时候航海家"靠猜测、靠上帝"的办法，先朝南飞，而后再折向东。及至他看见云层中一柱黑烟时，他穿出云层，发现下方是库雷岛。这时他知道了自己的方位。更幸运的是，费里尔恢复知觉后，回到自己的位置。9:40，他们全然不理会地面上让他们离开的信号，在中途岛着陆。飞机在地上打了个转，在滚滚扬起的尘土中戛然停住。[13]

派往中途岛的 VT-8 分队，在这次攻击后生还的只有欧内斯特和费里尔两人。对 TBF 来说，首战失利乃不祥之兆。但尼米兹仍像往常一样一针见血地指出，问题不在于飞机。他在报告中说："尽管 TBF 装备精良，但没有战斗机掩护显然无法突破敌战斗机群的拦截。"[14]

与此同时，科林斯的 B-26 小队径直扑向机动部队的中心。他们先稍向左舷，而后一个急转直取右舷，以避开对空火力。他们对"几艘巡洋舰"不屑一顾，直逼"位于舰队中央的一艘大型航空母舰"，显然是赤城号。科林斯看见 TBF 发起了攻击，可接着他就不得不尽力保护自己了。所有敌舰都在对空射击，6 架零式机从 700 英尺高处朝他俯冲。科林斯俯冲到 200 英尺，敌机的大部分子弹都从他上方飞过，他的二号、三号机的乘员遭遇了厄运，此后科林斯就再也没有见到他们。[15]

赤城号使出浑身解数左避右闪：先是一个左满舵，接着一个右满舵，[16]但仍处于科林斯攻击范围内。科林斯认为只要鱼雷方位准确，他就能击中敌舰。他在 800 码高处投下鱼雷。这时他看见了在自己左下方还活着的队友詹姆斯·P. 穆里中尉。[17]

穆里在 450 码高度、赤城号的近前处把鱼雷投下后转身飞向赤城号，从它上方飞过，从而避开了舰上大部分对空火力。但他的 B-26 仍然受到了重创。他报告说："飞机上中了几百发子弹，油箱也被许多子弹打穿了。"他感到很遗憾的是，飞机上没有固定机枪。他惋惜地说："要是有固定机枪，我好几次都能把敌战斗机揍下来。"他仅有的自卫武器就是一挺机尾机枪，"而且老是卡壳"。[18]

从穆里出了故障的机尾机枪枪口下侥幸逃脱的日本战斗机驾驶员中，有一名可能就是苍龙号的藤田海军大尉，藤田参加过袭击珍珠港和印度洋海战。他本想参加攻击中途岛的战斗，对分配他去护卫航母的任务怏怏不乐。苍龙号给他发了份摩尔斯电报，提醒他说敌轰炸机正从西北方向逼近。他顿时精神大振，迅速率领自己 9 架零式机中的 2 架朝西北飞去。由于没有发现敌机，他又飞回机动部队上空。这时，他又接到通知说，美机正从东北方向飞来。藤田认出来者是 B-26，向它们发动了几次冲击，但均未奏效。他也和欧内斯特一样，认为零式机密度太大，结果互相妨碍，无法瞄准。天下事真乃无奇不有，战后藤田和穆里两人居然一起在日本航空公司共事多年，而且成了知交。[19]

科林斯亲眼看见一枚鱼雷入水，似乎直接冲向航空母舰。[20] 不过，赤城号受到的唯一损失是三号高炮被打坏，两名炮手被敌机机枪火力打伤，致使该炮有半个小时无法转动。航空母舰上的观察哨发现，一枚鱼雷向右舷破浪冲来，另两枚鱼雷落在左舷，其中一枚从航母尾侧飞驶而过，另一枚自行爆炸。[21]

赤城号上第二波鱼雷机的飞行员们聚集在甲板上兴致勃勃地观战。舰上的所有高炮都在对空射击，可是有架美机还是呼啸着冲过来。有人惊呼："要撞到舰桥上了！"可它在离舰桥仅几码的地方一掠而过，深蓝色机身上的五角星熠熠闪光。[22] 渊田倚在舰桥边的一只降落伞上，一下就识别出这是架 B-26，[23] 只见它从舰上方一掠而过，冲向飞龙号，接着在左舷骤然下跌，一头栽进海里。

赤城号上的人乐得手舞足蹈，但村田这一回没说什么得意洋洋的俏皮话。他那和善的面孔显得很严肃，两眼注视着轰炸机坠落处的水柱高高升起，又跌落下去。也许他在这一瞬间替这个连姓名都不知道的敌人做了祈祷，因为这人也像他一样，是个英勇的、愿为国捐躯的鱼雷机驾驶员。也许他想到这大概也是他自己的归宿。一阵肃穆之后，他又兴奋地大笑起来。危险似乎已经过去，舰上一阵欢闹。渊田说了声："这还真有点儿好笑！"[24]

大约 09:15，科林斯和默里的两架飞机摇摇晃晃地返回中途岛。这两架 B-26 不经大修是无法再飞了。科林斯对机上的火力配备特别恼火。他的两挺炮塔机枪故障频出。有一挺机尾机枪刚打出一个点射就哑了，而且两挺机尾机枪的子弹带都动不了，必须用手托着送弹。实际上没有一挺机枪令人满意。科林斯的话不无道理："……碰上战斗机机群，什么轰炸机也不是对手，更何况有限的几挺机枪还打不响，机枪手又缺乏足够的射击训练。"[25] 默里也遇到了类似的情况。他机上三名机枪手都负了伤，液压装置被击毁，螺旋桨叶片全被打坏，左轮胎被打落，动力炮塔也失了灵。不过他俩对 B-26 的防漏油箱及其防护挡板都大大地夸了一通。[26]

欧内斯特没有报告说自己命中过目标。科林斯报告说肯定有两次命中，一次是他自己，一次是四号机。默里说他估计自己击伤了一艘航母。[27] 后来，陆军方面声称 B-26 实施了三次鱼雷攻击，而海军则比较谦虚，只说有一次。[28] 南云也毫不示弱，他声称在战斗中击落敌机约 19 架。仅飞龙号就报告说它击落了 9 架来犯敌机中的 8 架。[29] 山口多闻这个人是从来不讲什么谦虚的。

南云刚收到友永建议再度攻击中途岛的电报，美陆基 TBF 和 B-26 的进攻就开始了。这似乎更加说明友永建议的重要性。07:07，小川用无线报告说"轰炸沙岛取得重大战果（当地时间 03:40）"，[30] 但他的报告几乎没引起什么反应。无论取得多么"重大的战果"，敌人的陆基飞机依旧十分活跃，但从它们此刻实施攻击的表现来看，它们实在太不中用了。

源田仰起头、眯着眼睛观察这批 B-26。他说："他们实施鱼雷攻击的水平太差，这次进攻简直是一败涂地。"源田不愧为真正的飞行员。他认为首要任务是在这批敌机以及其他仍在飞行的敌机返回中途岛降落时，将它们摧毁。[31]

当然南云也不会忘记，当天的主要目的是削弱中途岛上应对两栖攻击的能力。这些讨厌的美机如果对付的不是速度快、机动性强的航空母舰、巡洋舰和驱逐舰，而是笨拙的运兵船，运气可能要好得多。南云还要考虑岛上"猛烈的对空火力"，要想办法打掉岛上的高炮。他不知道友永的空袭究竟杀伤了多少守军，不过当然是越多越好。

这时候南云还蒙在鼓里，不知道一支美国水面舰艇部队就在离他不远的地方，而不是远在夏威夷水域。派出的侦察机估计现在也该到达搜索扇面的尽头了,而它们并没有报告说发现敌人的水面舰艇。当然它们在返航途中也许还能发现一点敌情,但这种可能性微乎其微。侦察机驾驶员的任务毕竟是观察前进方向的情况,而不是注意已经飞过的海域。

因此,南云决定采纳友永的建议。但这意味着在匆忙之中要同时顾及许多问题。我们知道,赤城号和加贺号的第二波攻击飞机装备的是鱼雷,为的是对付可能发现的敌舰队。飞龙号和苍龙号却不同,它们将为第二波攻击提供俯冲轰炸机。它们的鱼雷机已参加友永的水平轰炸机编组,这就是先例。赤城号上村田的人和加贺号上小川的人都在飞行甲板上,鱼雷也都已就位,只待一声令下便可出击。南云的决定意味着要把这些飞机送进甲板下的机库,卸下鱼雷,改装炸弹,然后再起吊到飞行甲板上来。这样一折腾就需要近一个小时时间。这样就没有足够的准备时间,无法完成南云想在返航美机降落后把它们端掉的任务。32

源田匆匆草拟出一项电令:"第二攻击波飞机准备今天出击,换上炸弹。"07:15,南云以第一航空母舰战队司令长官的身份向各舰下达了这项命令。33

这项决定使黑岛和渡边两人难过得捶胸顿足,因为在给机动部队的命令中没有明确写上在任何情况下装备鱼雷的飞机不得少于一半的规定①。但源田对这种"僵化的思想"提出了质疑:"如果那样办,那么没有发现合适的目标,有一半攻击飞机将闲置无用。应当相机行事。"34 草鹿也指出:

> ……南云及其幕僚对山本的意图一清二楚:第一航空母舰战队至少要保持半数飞机以攻击随时可能遇上的敌航母舰队。事实

---

① 见本书第四章。

上，它们一直保持着最大程度的战备状态。在敌陆基飞机已向我发起攻击，而且在未发现预期的敌航母舰队的情况下，要求让一半部队处于无限期的战备状态，以等待也许根本不在这一海域活动的敌舰队，这是第一线的指挥官所难以容忍的。

因此草鹿认为，即使事后可以对南云的决定提出质疑，但在当时的实际情况下，南云采取这一决策还是正确的。[35]

南云因此受到严厉的指责。事后全面地来看，读者们完全有理由认为，这是南云的重大失误。但本书的作者们和草鹿与源田持相同的看法：南云所采取的步骤是合乎逻辑的，是有理智的。当时的实际情况是：处于作战现场的友永建议要实施第二次攻击，以中途岛为基地的美机的进攻说明岛上基地仍在发挥作用，深得南云信任，而且也值得他信任的源田同意他的决定，南云自己良好的判断力也促成他下了这样的决心。促成他下决心的还有一个最关键的因素：前一天他收到东京来电说，"丝毫未发现敌人有怀疑我企图之迹象。"[36]

我们在看待南云所做的这项重要决定时，不能脱离他当时在赤城号舰桥上的各种具体情况。做出这项决定至少有部分原因是他对敌舰队的部署和实力一无所知。因此这不是指挥不当，而是情报不明。南云因情况不明而吃了大亏。

第二十四章
"他们原来在那儿！"

利根号巡洋舰上的那位姓名不详的侦察机驾驶员也许会因为早晨

的麻烦事而不胜烦恼,但他不能抱怨说他那天早上过得平淡无奇。首先,利根号于 05:00 才让他升空,比原计划晚了 1 小时。对于时间观念很强的日本人来说,这实在令人恼火。其次,他在弹射起飞进入第四号搜索扇面后才 20 分钟就发现了敌情。他立即向利根号报告说:"发现浮出水面的两艘潜艇……离我起飞地点 80 海里。"[1] 几乎可以肯定,这两艘潜艇中一艘是格鲁珀号,另一艘大概是英国人在最东边活动的白杨鱼号。[2]

起飞后不到 1 小时,他再次发现敌情,并通过无线电做了第二次报告:"敌机 15 架正朝你飞去。"南云于 05:55 收到这一警报。他所发现的也许是 04:30 由约克城号起飞的 10 架搜索飞机,因为当时美国的攻击飞机还没有起飞。5 分钟后,山口也证实发现敌机。于是南云下令各舰的战斗机升空。有关这批美机的情况真也罢、假也罢,反正此刻它们已销声匿迹、无影无踪了,而且此后也再无下文。[3]

一名侦察机驾驶员一天之中发现 2 艘潜艇、"15 架"敌机,肯定会兴奋不已。可是对利根号上的这位飞行员来说,这才是个开头。07:28,他完成了外向搜索任务开始返回时,发现一个重大敌情,立即做了如下报告:"发现 10 艘水面舰艇,像是敌舰,距中途岛 240 海里,方位 10°,航向 150°,航速 20 多节。"[4]

这个报告犹如晴天霹雳,在赤城号舰桥上引起巨大震动。草鹿暗自思忖:他们原来在那儿![5]

源田回忆说:"南云和其他参谋人员都觉得我们麻痹大意了,同时也不知道怎样来正确地审度当时的局势。"[6]

"10 艘水面舰艇,像是敌舰",这种报告措辞当然是不明确的。在这一海域的军舰只能是敌舰。南云自己的部队处于中途岛攻略部队的最东侧,可以推测,这 10 艘军舰不是德国的,当然更不会是意大利的,所以只可能是敌舰。情报参谋小野宽次郎海军少佐把敌舰位置在图上标出后,发现它们离自己的舰队正好 200 海里。查明敌舰队中是否有航空母舰乃是头等重要的事情。倘若没有，对日本人就不构成威胁。它完全处于日本舰载机的攻击范围之内，可以暂时让它逍遥自在地游弋，等到第二波攻击很快把中途岛那边的事干完，再回来收拾它也不迟。

但是，如果敌舰队中真有一艘或几艘航母，那情况就大不一样了。[7] 草鹿首先考虑到："报告中提及的在那片海域活动的敌舰队不可能没有航母，肯定在某个地方。"可是他知道日方不会取消对中途岛的进攻，因为他认为，发现这支美国舰队并没有改变当初促成做出这一决定的种种考虑。同时，他也忘不了"两只兔子"的争论以及其后的训令：攻打中途岛是首要任务。[8]

因此，南云做出的决定实际上是一种折衷。虽然他同意按预定日程进攻中途岛，但又不能对在附近活动的10艘敌舰掉以轻心，也不能坐等利根号上的侦察机去查明舰种。所以他在07:45传令所属部队："准备攻击敌舰队，没有换装炸弹的攻击飞机不要卸下鱼雷。"2分钟以后他又下令利根号上的四号机"查明舰种，保持联系"。[9]

从07:28收到情报到07:45下达命令，其间显然有17分钟耽搁。为此，南云受到许多指责。南云本人的报告明确地说，他于08:00左右才收到来自利根号那架侦察机的报告。山口和草鹿都同意这一说法。[10] 但07:45和07:47的命令说明，事实上南云在07:45之前已经收到了报告。然而，要说南云在收到报告后的15分钟内依然举棋不定，那是没有根据的。从那天早上早些时候附发报时间的电文中可以看出，从发电到收电之间的耽搁曾长达14—27分钟。例如，上文提到的那架侦察机关于发现潜艇的报告是05:20发出的，05:40才收到，小川关于袭击沙岛的报告发报时间是06:40，赤城号于07:07才收到。[11] 如此看来，赤城号舰桥收到07:28的报告很可能在07:40左右。这样，用以标出航向，供参谋讨论，然后由南云做决定、下命令的时间就只有5分钟。

此刻，赤城号和加贺号的鱼雷机换装炸弹的工作大约已进行到一半。作业队卸下鱼雷、装上炸弹后，飞机重新被起吊到飞行甲板上。南云急令这项工作立即停止时，两舰的飞行甲板上已停放了10—15架准备攻击中途岛的轰炸机。当然，在紧急情况下炸弹也可以用来攻击舰艇，但其命中率和破坏力都远不及鱼雷。[12]

不论这些神秘的敌舰在南云及其幕僚的头脑中占了多大的位置，问题是中途岛迄今没有屈服。07:48，苍龙号发信号报告说："发现敌机6—9架，方位320°。"[13]

这些新发现的美机是VMSB-241中队SBD-2"无畏"俯冲轰炸机的先头部队，由中队长洛夫顿·R.亨德森少校亲自率领。按编制，亨德森手下有18架SBD-2，但其中2架因发动机故障无法起飞。驾驶员中有10名调来才一个星期。新手比例较大，加之经常缺油，所以这段时间只进行过一个小时的飞行训练。亨德森知道需要训练出一支过硬的部队，可是他没有时间，所以就把这些人分成两组。技术较熟练、训练成绩较好的在一组，新手分在另一组，由经验丰富的分队长来带。

事实上，他的驾驶员中只有3个人曾驾驶过SBD。这3个人只能以SB2U-2来进行下滑轰炸的训练。俯冲轰炸是海军行之有效的战术，但亨德森出于无奈将它放弃，转而采取效果欠佳的下滑轰炸战术，因为慢速下滑可使新手在飞机下降至500英尺甚至更低时再投弹。他当天的攻击方案是：从8000—4000英尺带油门高速下滑，集体接敌，机动至最佳位置，然后各自为战。撤出战斗时，各机可贴近水面或潜入云层中飞行，然后在离开靠中途岛航线最近的那艘敌舰20海里处会合。

06:10左右，亨德森中队开始起飞，由于"许多飞机争相起飞"，结果欲速则不达，所有飞机全部升空用了10分钟。他们刚离开几分钟，友永的高空轰炸机就来了。

这16架飞机在中途岛以东20海里的假定点"A点"会合。[14] 这时小托马斯·F.穆尔少尉的无线电中传来"岛上正遭猛烈袭击"的消息。他回过头,只见岛上滚滚浓烟冲天而起。接着耳机里又传来MAG-22的命令:"……攻击敌航母,方位320°,距离180海里,航向135°,航速25节。"[15]

中途岛上,凯姆斯心中忐忑不安。他不时地重复这项命令,可是1个多小时下来仍然毫无回音,他担心"VMSB这批飞机的俯冲轰炸进攻将成泡影"。其实,这批飞机都收到了他的命令,而且也都回了话,但也许当时正值该岛遭空袭,无线电联络被迫中断了。[16]

亨德森的SBD刚发现南云部队,就和苍龙号上的战斗机遭遇。日本舰队以及起飞拦截的日机色彩斑斓,令人眼花缭乱。哈罗德·G.施伦德林少尉迅速扫视了敌战斗机后,识别出它们分两种机型,一种有收缩式起落架,另一种则是固定式起落架。有的机身银光闪闪,机上的识别标记和整流罩呈红色;有的机身暗褐色,识别标记和整流罩呈紫色。枪炮射出的炮弹带着缕缕白烟,不时地形成道道烟圈。[17]

美国人很快就发现,狡猾的对手分上下两路作战,协同动作极佳。日机似乎想等SBD把弹带里的100发炮弹打完之后再扑上来解决它们。日机凭正确的直觉咬住亨德森,集中攻他。被大家亲切地称为"铁人"的埃尔默·G.格利登上尉看见亨德森的飞机起火坠落,就接替指挥,率领中队钻入云层。云层底部大大低于亨德森提出的4000英尺单机下滑起点。格利登从大约2000英尺高的云层中冲杀出来,几乎直接出现在一艘日本航母的顶上。他率领的飞机以5秒左右的间隔依次跟进。他们看见一艘航母飞行甲板的中段画着一个巨大的太阳徽,个个手痒痒的。航母飞行甲板呈浅黄色,闪闪发亮,上面没有伪装。[18]

藤田在机动部队上空与B-26交战后,又单枪匹马地向这批俯冲轰炸机发起3次或者4次攻击。他的两名战友赶来助战,他们齐心协力击落了好几架速度缓慢的 SBD。未被击落的 SBD 继续冲向航母。它们俯冲完毕，刚向上拉，就被藤田他们死死咬住。当时藤田就在他所攻击的那架轰炸机下方飞行，那架 SBD 倾斜着栽进海里。[19]

格利登把飞机拉起，他相信自己看见两颗命中，还看见一颗"紧贴右舷飞过而脱靶"。[20] 他确实向飞龙号打出了漂亮的重拳"双凤贯耳"，但落点最近的两颗炸弹离目标也有 50 米左右，一颗落在左舷外侧，一颗落在右舷舰首外侧。[21] 难怪格利登会在瞬间扫视时误认为敌航空母舰被他击中，连赤城号上的人见此情景也提心吊胆，以为飞龙号这下定是在劫难逃了。渊田看到美机大约一半已被击落，但这个小分队依然勇往直前。可是他也不明白它们怎么会没有"命中"目标。飞龙号消失在巨大密集的水柱和滚滚浓烟之中，但它很快又像一名气宇轩昂的老演员出台谢幕一样，以胜利的姿态出现在海上。[22]

小丹尼尔·艾弗森中尉从浓云中下滑出来，他往下观察，发现海面上有三艘航母，"其中一艘中部在冒烟"。他选择了他认为被自己的战友所忽视的那艘航母。该舰飞行甲板前后各有一个太阳徽，比相应等级的美国航母要短一些，但宽一些，飞行甲板无上部结构。这就是加贺号的外形。据他自己和他的枪炮手观察，他们"有一颗炸弹差点命中尾甲板"。艾弗森希望它能把航母的螺旋桨打坏。[23] 加贺号的作战记录图上标明，该部位曾落下三颗近距脱靶的炸弹，其中最近的一颗离左舷舰尾仅 20 米。[24]

加贺号立即进行回击，"飞行甲板上对空火力几乎形成一个完整的环状"。艾弗森猛地把飞机向上拉，但已被一群日战斗机咬住。一颗子弹打坏了他的话筒，他感到一阵不安。后来他回忆说，飞机"数次中弹"。[25] 他这句话堪称"轻描淡写"之杰作了，因为当他的飞机歪歪倒倒地在沙岛降落后，检修人员发现机身弹洞累累，多达 210 个，不禁为之愕然。[26]

穆尔少尉在400英尺高度投下炸弹,紧接着他的机身强烈震颤,飞机随之失控。等他恢复对飞机的控制时,他发现自己离海面只有50英尺了。他原想回头看看弹着点,却发现3架零式机尾随上来。他后来说:"我把对那颗炸弹的兴趣完全抛到了九霄云外。"他的机枪手、二等兵查尔斯·W.休伯大声报告说机枪卡壳,但穆尔要他照样瞄准日机。零式机已快把他们逼到水面了,休伯仍在上演这出"卡壳机枪打敌机"的哑剧。接着他中了一弹,伤倒不重,但已无法继续装模作样、虚张声势。零式机飞行员似乎已觉察到美机出了故障,呼啸着逼得更近。

穆尔受了轻伤,决定飞入云层隐蔽一下。他把飞机向上拉时,引擎突然发生故障。他伸手去抓手摇泵,但勇敢的休伯抢先一步,使引擎重新运转起来。有两架零式机见此情形就停止了追击,但还有一架穷凶极恶,紧追不舍。穆尔用机头0.3英寸口径机炮向它射击,然而每次他对准日机冲上去,对方都向侧面一闪。这样你来我往像跳芭蕾舞似的经过了几个回合之后,那架零式机终于快快离去。

穆尔不时地出没于云层,想判明自己的方位。他看见了库雷岛,但不想在那儿降落,因为他想把休伯急送中途岛治伤。由于无线电出了故障,他无法与基地联系。"过了相当一段时间"还没有找到基地,他感到十分惊慌。后来还是受伤的休伯告诉他,远处冒黑烟的地方是他们的目的地。[27]

R.L.布莱恩上尉穿过"非常密集"的高炮火力,摆脱了他估计在数量上以2比1占优势的敌战斗机的拦截,飞抵目标上空,他确信自己的小分队"有一颗炸弹击中了一艘相当大的重型舰艇,另一颗落在舷边"。接着他就开始倒霉了。他的机翼和机身被零式机穿了许多窟窿。他钻进云层,甩掉了敌机,但油泵又出了故障。他只好使用手摇泵,这才摆脱了敌战斗机的追踪。他的机枪手、一等兵戈登·R.麦克菲力接着驾驶。引擎曾一度熄火,飞机直朝下坠,但在离海面大约

200 英尺处，引擎又重新运转起来。

几分钟后，引擎再也不转了。布莱恩只好在海上迫降。他的 SBD 在水上漂了 3 分钟左右，其间他们抢出一支信号枪、一个急救包，还有一顶可以作浮锚用的降落伞。后来布莱恩说："我们拔出二氧化碳瓶的塞子后感到非常恼火，因为紧急充气阀没有关。这就得靠气筒了。"他们把救生筏充上气后，发现有一处渗漏，不过很快就"大体上"将它堵住了，然后用飞行头盔把里面的水舀了出去。

布莱恩说这一夜过得"真他妈的够受了"。翌日清晨，他们听见飞机马达声，想设法引起这架飞机的注意。但这架巡逻机大概携带了满满一箱油，无法降落。直到第二天，他们用最后一盏浮标灯进行联络时，一架巡逻机上目光敏锐的机枪手发现了他们的小筏。这架巡逻机"来回飞了好几次"，最后才得以在附近海面降落。飞机驾驶员是布莱恩在彭萨科拉结识的一名尉官。[28]

施伦德林险些没有能回来。在距中途岛大约 8 海里处，他的发动机熄了火，他和机枪手只好跳伞。施伦德林开始朝大约 5 海里外的一个珊瑚礁游去，等他回头看时，他的机枪手、一等兵爱德华·D. 史密斯已经不见了踪影。大约 10:00，第二十号鱼雷艇将他救起。后来该艇又从海上救起了被击落的战斗机驾驶员梅里尔。该艇在这一海区绕了很多圈，没有发现其他落水的人。[29]

海军陆战队表功说，他们有 3 颗炸弹命中一艘加贺级航空母舰，还有几颗炸弹近距脱靶。[30] 亲身参加这场空战的藤田说，这批飞机都没有命中。[31] 我们知道，其他目击者以及日本官方的记录都证实了藤田的说法。美方 16 架"无畏"在还没有给日方造成明显损失的情况下就被击落了 8 架。那些返回中途岛的 SBD-2 也"都千疮百孔，有些就此报废了"，[32] 这是中途岛美军对南云部队发动的又一场坚定果敢但战果甚微的攻击。

第二十五章
"还是没挡住日本人"

南云心急如焚地等着关于大约 1 小时前发现的那些美舰舰种的报告。偏偏这时候，讨厌透顶的美俯冲轰炸机又死缠着飞龙号和加贺号。南云的心情很糟。07:58 他收到利根号上四号侦察机的无线电报告："04:55，① 敌航向 80°，航速 20 节（04:58）。"[1]

从这份报告中可以看出，敌舰队的航向发生了重大变化。这本应给赤城号舰桥上的人敲起警钟，因为美国人转向逆风，无疑是准备从舰上发射飞机了。[2] 每当赤城号转向逆风发射飞机时，南云不是经常站在这个位置吗？

然而，从史料记载以及幸存者的回忆中都看不出南云、草鹿或源田当时曾考虑到这一点。此刻南云急于要查明在他的东北方向游弋的敌舰的舰种，显然忽视了敌舰的方位及航向问题。他怒气冲冲地命令四号侦察机的驾驶员："查明舰种（05:00）。"[3]

此刻，南云不仅心绪不宁，而且思路已乱。敌俯冲轰炸机不停地在上空呼呼盘旋，越来越多的陆基飞机嗡嗡而至。敌机发动机的隆隆声、截击机的呼啸声、炸弹的爆炸声以及高炮轰轰的怒吼声响成一片。舰桥上的军官们听不见对方在说什么，甚至连广播中下达的是什么命令也听不清楚。[4]

亨德森的 SBD 刚进入战斗，苍龙号就向南云报告了更坏的消

---

① 该飞行员报告所用时间是东京时间，有 21 小时的时差。

息:"我上空270°发现敌双引擎飞机14架,高度3000米。"[5] 苍龙号的观察哨显然连数数都不会了,因为这些飞机是斯威尼率领的四引擎B-17。

那天清晨,斯威尼率"飞行堡垒"出发,想再次寻猎田中部队。拉姆齐曾提醒他要准备随时奉命改变攻击目标,对付海军可能在西北方向上发现的敌航空母舰部队。如这些航母到时候还没有出现,他就率B-17返回中途岛,补充弹药和油料,然后再度起飞寻敌。[6]

中途岛收到关于发现敌航空母舰的报告后,立即用明语通知斯威尼。这时斯威尼离原定目标200海里左右。他迅速而准确地改变了航向,于07:32发现了敌机动部队,但还未找到航空母舰。他对小型舰艇不屑一顾,于是继续寻找舰队的中枢。[7] 他搜寻航母的时间长得出奇。还没等他发现情况,老天爷又在他们给南云造成的一团糟局面中加上了"蟾蜍之目青蛙趾"。①

08:06,筑摩号报告说敌机方位在左舷25°,正朝舰队飞来。在南云的作战记录中有这么一句话,而且是用括号括起来的:"(舰载机,系我舰发现的首批。)"南云得到这个报告后,如果不觉得是当头一棒,那他不是低能儿就是超人。筑摩号所发现的可能是友永的首批返航飞机,也可能是离舰队还有20分钟路程、外形类似日本轰炸机的SB2U-3。现在南云最关心的是"舰载敌机"的情况。足足有3分钟时间,他坐立不安。终于,利根号上的四号机报告了情况:"敌舰队中共有巡洋舰5艘,驱逐舰5艘。"[8]

"到底弄清楚了!果然不出我所料,没有航母。"小野把译好的电文递给草鹿时自鸣得意地说。[9]

草鹿当时感到一震,但头脑仍很清醒。后来他曾解释说:"单凭这个报告并不能说明这一海域没有敌航母。在当时那种紧张情况下,在

---

① 语出莎士比亚《麦克白》。女巫曰:"蟾蜍之目青蛙趾,蝙蝠之毛犬之齿……炼为毒蛊鬼神惊,扰乱世人不安宁。"此处用以比喻更多的麻烦。——译注

这一海域活动的敌舰队中不可能没有航母。"[10]

南云及其幕僚得到这个报告后感到一阵轻松，但这种轻松的性质和程度不应加以夸大。正如源田听说，他们"只是一时感到宽慰"。源田本人既没有感到如释重负，也没有感到出乎意料。不过，他在回顾当时情景时说，大家"本应意识到这是个失误"。谁也不敢把一支轻型舰队单独派往这一水域来活动，这肯定是一支护航舰队。因此南云没有贸然放松警惕，他并不认为事情的发展和他预料的一样。他和参谋们只是感到紧张心理稍有缓和，觉得有了点喘息时间来集中考虑如何逐退敌陆基飞机，如何再度轰炸中途岛。[11] 草鹿说："当时我认为，刚刚下达要攻击飞机换装炸弹的命令，如果马上改变，只会引起更大混乱。"[12]

南云的幕僚们当时之所以没有改变战术，还有另外一个原因：过去六个月的战事使他们根本没把美国海军航空兵放在眼里，甚至美陆基飞机的攻击也没有使他们的态度有所改变。[13] 美国飞行员个个作战勇敢，但日本航空母舰舱盖紧闭，他们似乎无法打击母舰的内部。派出这批没有战斗机掩护的轰炸机简直愚蠢透顶，而它们毫无协同的进攻说明他们的组织指挥以及准确性之差简直不可思议。如果美国人在这一海域有航空母舰，为什么不派飞机支援这批陆基飞机作战呢？

当第二批美轰炸机飞临日舰队上空时，自以为是海洋和天空主宰的日本将领们哈哈大笑起来。渊田查对了机种识别表，当即判明来者是B-17。[14] 斯威尼的"飞行堡垒"只能增加日本人的安全感，因为任何精神正常的飞行员都不会认为这种四引擎轰炸机是舰载机。

斯威尼的分队实际已飞越南云部队的航线，又向东北飞了很远，率领最后两架"飞行堡垒"的卡尔·E.乌尔特尔上尉认为，前面四组都没有发现航空母舰。他想引起斯威尼或他自己所在分队的指挥官布鲁克·E.艾伦中校注意，但没有成功。后来他索性飞出编队，向自己的僚机打信号，要他单独进攻。云层条件极为理想，也没有发现日战斗机。乌尔特尔从 20 千英尺上空投下 3 颗炸弹,发现没有命中,于是转向邻近一艘航母后侧,把其余 5 颗炸弹尽数投了下去,炸弹呈一条直线飞向第三艘航空母舰的舰尾。他认为至少有一颗命中,于是返航。[15]

乌尔特尔的僚机 H.S. 格伦德曼中尉两次向目标投弹均未见命中。后来他击落了一架零式机,才算得到一点自我安慰。[16]

艾伦带领自己的 3 架飞机集中攻击那艘看上去像是苍龙号的航空母舰。[17] 不过,苍龙号还命不该绝,一颗炸弹也没碰着它。[18]

在斯威尼的 9 架轰炸机组成的分队中,第三小分队是福克纳率领的。他也像乌尔特尔一样,认为斯威尼他们没有看见敌航母,因此他脱离编队飞行,向他所看见的"4 艘航空母舰中最大的那艘发起攻击"。在薄薄的云层下面,这艘航空母舰(无疑是赤城号)正在破浪前进。福克纳跟踪它并没有多大困难。他肯定敌航空母舰还没发现他,因为它全无规避企图,而且,他在敌舰队上空飞行长达 20 分钟也没遭到高炮的射击。但随后,高炮开火了,其火力高度十分准确,密集程度也要比他前一天在田中舰队上空遇到的厉害。[19] 他的左僚机斯蒂德曼的机翼中了几弹,但损伤不严重。[20]

他的右僚机罗伯特·B. 安德鲁斯投下 4 颗炸弹均未中的,所以他"脱离编队,独自冲向一艘大型航空母舰"。有一颗炸弹落得过早,偏向了"航空母舰旁边的"一艘小艇。第三次攻击时,他在靠近航空母舰处将剩下的 3 颗炸弹一齐投了下去。他没有发现对空火力,也没有看见战斗机来拦截,看来他不断单独攻击的也许完全是另一艘航空母舰。直到他把飞机拉起来,准备返回中途岛时,才有 2 架零式机追来。但他"一个俯冲,紧踩油门"就把它们甩掉了。[21]

与此同时,福克纳和斯蒂德曼在原来选定的目标附近把总共 8 颗炸弹一股脑儿都投了出去,转身飞往库雷岛。他们认为,有一颗炸弹肯定命中了左舷舰首,另一颗可能击中了右舷,还有 5 颗近距脱靶。

返航途中，他们遭到 3 架零式机的追击。一架零式机打坏了福克纳的四号发动机，另一架打伤了他的机尾机枪手的左食指。不过这些敌机在没有造成严重损失的情况下就"被炮塔炮和机尾机枪轻而易举地赶跑了"，其中有一架可能被击落。[22]

斯威尼所选择的攻击目标似乎是加贺号。他认为，他在交叉轰炸时，"一颗炸弹击中舰尾部……顿时浓烟滚滚"。据他观察，他的小分队的其他飞机都没有命中。在进攻时，他们的飞机都没被击中。[23]

这次 B-17 在攻击时，零式机几乎没碰它们一根毫毛，这种情况与以上几次陆基机攻击时截然不同。正如查尔斯·E.格雷戈里上尉所说："起飞截击的敌机似乎不想逼近攻击这些 B-17E 改进型。"[24] 渊田发现战斗机没有起飞追击美轰炸机，心中颇为不悦，可是转念一想，如果"飞行堡垒"果真像报道所说的那么厉害，零式机纵然起飞，也不大可能击落它们。[25]

当然，沃纳少校没那么仁慈宽厚，他以日机不追击为例来证明日本人也像其他人一样想保命。[26] 尼米兹十分重视这一经验。他对金上将谈起同零式机作战的情况时，赞扬了像 B-17 这样具有坚固防护的高速飞机的杰出作用。他极力主张立即给海军配备这种飞机，用以进行侦察、追踪以及轰炸。[27]

机动部队除遭到 B-17 的轰炸外，还面临另一威胁。07:10，鹦鹉螺号潜艇"发现方位 337°的地平线上有轰炸及对空火力产生的烟雾"。艇长小威廉·H.布罗克曼海军少校认为有必要查明情况，于是就驶向作战地区。07:55，一架敌机发现了它，并向它扫射。5 分钟后，布罗克曼发现 4 艘编队航行的舰艇，其中 1 艘为战列舰或是重巡洋舰。他继续驶近。08:10，离鹦鹉螺号 1000—3000 码处有 11 颗深水炸弹爆炸，潜艇剧烈颠簸。布罗克曼改变航向，小心翼翼地升起潜望镜进行观察。机动部队的这一部分舰艇显然被他吓得不轻，因为它们像水蜢似的迅速东躲西闪，兜着圈子想远离潜艇的阵位。在他舰首左侧那艘战列舰上的右舷炮火一齐对他猛轰。他立即回敬了一枚鱼雷，但被战列舰避开了。[28]

一般来说，在战斗中敌潜艇的攻击都会引起舰队指挥官一定程度的注意。可是这次没有一艘舰艇把这一事件向赤城号做过报告，这简直令人难以置信。南云详细的作战记录甚至对此也只字未提。南云心事重重，没有注意鹦鹉螺号，这也情有可原。

中途岛的陆基飞机偏偏选在这个时候再次进攻。亨德森的 SBD 起飞后不久，本杰明·W. 诺里斯的 12 架 SB2U-3"辩护者"也在 A 点会合了（该点在距中途岛 20 海里左右的 90°方位上）。[29] 这批飞机在集结点上空盘旋时，乔治·E. 科特拉斯少尉发现左侧有轰炸机群。他以为是 SBD，返航后才知道那是日轰炸机群。[30]

07:10，凯姆斯电令诺里斯攻击"敌航母，方位 325°，距离 180 海里，航向 135°，航速 25 节……""辩护者"爬升到 13 千英尺后，向目标飞去。"辩护者"的机组人员给他们的飞机取的诨名叫"振动器"、"风向器"。[31] 只要听听这些雅号，它的性能也就可想而知了。这些又笨又慢的家伙 08:20 才飞到机动部队的外围。[32]

这时，南云把所有战斗机都派上天了，包括被指定参加第二波攻击的飞机。[33] 所以，与斯威尼所遇到的情况相反，诺里斯遇上大批零式机。但是，这一次零式机的进攻比它们在中途岛上空威震蓝天的作战大为逊色，也不像科林斯和费伯林在机动部队上空遇到的战斗机那样叱咤风云。日机飞行员可能都已疲惫不堪，而且有些紧张，因而反应不很准确迅速。这也难怪，因为他们已经整整折腾了 4 个钟头：不断盘旋提供空中保护，逐退敌机，而且常因虚发的警报而一再起飞。[34] 利昂·M. 威廉森上尉率领的第二分队第十一号机的飞行员萨姆纳·惠顿观察到，零式机虽双机活动，但协同很差。美机上的机枪手不费吹灰之力就把它们赶跑了。有 2 架战斗机攻击惠顿，"1 架机腹朝天掉了下去"，所以惠顿认为这架敌机是他们击落的。[35]

这两架零式机不仅攻击了惠顿，还攻击了丹尼尔·L.卡明斯少尉。卡明斯驾驶的飞机是美机编队中最后一架。他的机枪手是个二等兵，被零式机打死了。这名机枪手"从未使用过飞机上的机枪，不能指望他进行什么有效而准确的射击，更谈不上自卫了"。36

然而，零式机的进攻态度很坚决，而诺里斯则对自己的"振动器"不抱任何希望，所以他决定不攻击航空母舰，而是就近找个攻击目标。就在他下面有一艘漂亮的战列舰，这似乎是第二个最理想的目标。37 诺里斯不知道它是榛名号。根据美方早先发表的战报，它已被科林·凯利击沉。38 但现在这艘舰艇并非虚无缥缈的幽灵，而是实实在在的榛名号。

诺里斯电令本小组各机"攻击下方目标"，随即率领众机长距离高速下滑。"辩护者"一架接一架扑下来，这时舰上高炮齐鸣，火力极猛，令人讨厌，但命中率极差。威廉森投下第一颗500磅重的炸弹，至于命中与否，他没有看清。39

科特拉斯以战列舰舰首为瞄准点，投弹后，打了一个盘旋，"看见敌舰四周落下了许多近距脱靶炸弹，但舰首中了一弹"。这句话前一半属实，后一半则不然。当他飞离时，敌舰正转向右舷，"舰体中部冒起了浓烟"。40

卡明斯没有投弹，他停止滑行并将飞机拉起，因为他知道自己俯冲没有到位，会白白浪费一颗炸弹。他环顾四周，寻找次要攻击目标。他发现地平线上有各类军舰10艘，一个战斗机中队从大约10海里处的一艘航母上飞来。他选择了一艘驱逐舰，向它投下炸弹，但没来得及观察弹着情况。在此后的15分钟时间里，他拼命想摆脱5架零式机。他说："我首次参加空战就碰上打了就跑、空中混战的场面。我那架早该淘汰的SB2U-3几乎给打烂了。"他终于脱身钻进云层。在距中途岛5海里处，他油料耗尽，只好迫降。就在他弄清机枪手确已死亡的极短时间里，他那损伤严重的飞机也沉没了。第二十号鱼雷艇在救起默里和施伦德林后，又把他救了起来。[41] 第二十六号鱼雷艇救起了阿伦·H. 林布劳姆少尉。他在离沙岛约1.5海里处，燃料也用完了。[42]

SB2U-3已是陈旧的老爷车，在作战中能有如此表现，实在是不错了。被敌人击落的只有2架，还有2架因油料耗尽而报销。生还的美机人员确信，他们看见2颗命中，3颗近距脱靶，"战列舰上浓烟滚滚，舰体发生严重倾斜"。[43] 虽然他们说得如此，但榛名号却安然无恙。[44]

如果在小巧玲珑的鱼雷艇救起卡明斯和林布劳姆之后，中途岛之战就告结束，那日本人就大获全胜了。凯姆斯和他的参谋们料定日本人还会再来。凯姆斯说："根据敌人发动攻击的时间以及已查明的敌航母阵位，我们估计，他们过三四个小时还会来袭。如果敌机再来，我们几乎没有战斗机来对付它们了，因此我们忧心忡忡，生怕日本人再度来进攻。"

那些轰炸机艰难地返回地面，模样十分狼狈，看来都伤得不轻。岛上的紧张气氛急速上升，几乎到了极点。凯姆斯说："当然，我们还有守备营的高炮，还有自己的小型防空武器。如果敌机真的再来，我们将给它以最大程度的打击。"这时，岛上和第十六、十七特混舰队都没有联系。[45] 不论凯姆斯在当时情况下表现如何英勇，岛上已没有力量来对付第二次空袭，或对付日舰的炮击，或阻挡田中部队那种规模的登陆，最多只能干扰一下而已。

对此，尼米兹比谁都清楚。虽然他当时相信各类创敌报告，但这些报告经过情报甄别，仍然乐观得近乎荒唐。他面前摆着的战绩报告是飞行员们深信不疑的，他没有理由不信。但是，在给金海军上将的作战报告中，尼米兹使用了他自己独特明晰的语言：

中途岛部队的攻击已竭尽全力，但还是没挡住日本人。约有

10艘敌舰被击伤,其中1—2艘运输舰或货船被击沉。对于集中向中途岛逼近、拥有约80艘舰艇的舰队,这点点损失实在不足挂齿。中途岛上的战斗机、鱼雷机和俯冲轰炸机(只有这些型号的飞机有较大可能击中敌舰)全都完了……[46]

第二十六章
"司令部究竟在搞什么名堂?"

"敌舰队似有一艘航母殿后(05:20)。"[1]利根号上的大忙人四号侦察机发回的这个报告使日本人大为震惊,其威力超过了那天上午美机扔下的任何一颗炸弹。

草鹿回忆说:"虽然我们并没有完全排除这种不测,但我的确大吃一惊。"[2]从理智上接受一个概念是一回事,相信它的确是真的则又是一回事。利根号那架侦察机08:09的报告并没有排除在这一海域有航空母舰的可能性,这一点南云及其幕僚是一清二楚的,因此他们只是暂时松了一口气。这下真的发现美国航母了,他们感到很是意外。

"糟糕!"草鹿暗自吃了一惊。

一个人很难确切知道另一个人头脑中在想什么。但草鹿了解南云。只有才干卓著、忠心耿耿的参谋长对自己的长官才能有这样的了解。一个人对另一个人的了解,大概最多也只能达到这种程度。草鹿发现在危急关头,南云既没有郁郁不悦,也没有举棋不定。草鹿说:"也许他一度感到震惊,但我认为,面临这种突发情况,谁都可能一下子感到很震惊。"[3]

这个报告大约在08:30送到南云手中,[4]而且来得正是时候。仅在

第二十六章 "司令部究竟在搞什么名堂？" 229

几分钟之前，天边曾出现大批飞机，护航舰艇很自然地就把它们当成又一批来犯敌机，于是向它们开了火。[5] 幸亏有人眼尖，认出它们是己方攻击中途岛后返航的飞机，才没有造成损失。[6] 友永的返航飞机盘旋着待命降落，这时南云及其幕僚正在揣摩利根号四号机最新报告的含义。

友永的飞机和侦察机的情报同时到达。这就迫使南云要做出既十分关键又非常棘手的决定。毫无疑问，应当攻击这艘航空母舰以及为之护航的巡洋舰和驱逐舰。正如源田所说："我们当时都觉得是中了埋伏。这也促使我们下决心无论如何要与敌人决战一场。在这方面，南云的任务是明确的，问题在于，他是立即把当时所有的飞机派去攻击敌航空母舰，还是让友永的飞机降落，补充油料和弹药，再以集团进攻来对付这一威胁？"[7]

这时，山口通过野分号驱逐舰打信号提出了自己的见解："宜立即派出攻击部队。"[8] 这是多此一举，因为如果南云要征求他的意见，是会问他的。山口保持了一段时间的沉默，现在再也憋不住了。他性情急躁，求战心切，又对南云没有好感。而且他似乎毫不怀疑，如果由他来担任机动部队司令，他会比他的上司南云更称职。[9]

南云无须这样的敦促。他是袭击珍珠港的胜利者，对突然袭击和速战速决的作用比谁都清楚。但南云手上捏着几百号人的性命。他要对山本、对天皇、对列祖列宗的神灵负责。这时候，机动部队中能立即起飞的只有飞龙号和苍龙号上的 36 架俯冲轰炸机，以及停放在赤城号和加贺号飞行甲板上已经换上单重 800 公斤炸弹的鱼雷机。这两艘舰上其余的鱼雷机还正在换装炸弹。[10]

不宜立即派这些飞机去歼灭美舰队有三个原因。第一，实施鱼雷轰炸是日本海军航空兵的专长，水平轰炸无论如何也达不到鱼雷轰炸那样理想的效果，而俯冲轰炸的效果也未必能好多少。第二，南云已派不出战斗机来为轰炸机护航。他的战斗机已全部升空，有的正随友永的飞机一起在天上盘旋,有的正在追歼中途岛的陆基攻击飞机的残兵败将,还有一部分受了伤。所有这些飞机上油料都已所剩无几。

在这个问题上,草鹿的态度是坚定的。他说:"山口提出的不补充油料弹药就去攻击敌舰队的观点,我并不完全反对,但不派战斗机掩护这一点,我是不同意的。因为我亲眼看见没有战斗机掩护的美轰炸机是怎样被我方战斗机无情地几乎全部消灭。我真心实意地想尽量为他们提供战斗机掩护。"[11]

最后还有一个重要原因。不清理出飞行甲板,就无法回收攻击中途岛后返航的飞机。每一秒钟它们的油料都在下降,许多飞机处境危急。源田说:"这是一个问题,它关系到第一波100多架精锐飞机是否会因为在水面迫降而报废。"

作为第一航空舰队航空参谋的源田"不禁犹豫起来:难道真要让大约200名技术熟练的飞行员在海上迫降,眼巴巴地盼着在一旁待命的驱逐舰来救他们"。另外,他与草鹿两人意见完全一致,也认为"刚才的战斗有力地证明了没有战斗机掩护,空中攻击部队是不可能对有战斗机护航的敌部队造成什么损失的"。基于这些原因,源田向南云和草鹿建议,先回收第一波飞机,再准备发起攻击。

要把在天上嗡嗡盘旋的第一波飞机收回,首先必须清理飞行甲板,而被送下机库的飞机可以趁此机会重新卸下炸弹,换装鱼雷。在舰桥上,南云综观全局,权衡利弊,丝毫没有陷入哈姆雷特式的沉思和犹豫。源田坚定地认为:"当机立断的人是绝不会犹豫不决的。"[12] 收到利根号那架侦察机的无线电报告后不出1—2分钟,南云就迅速下令:"舰载轰炸机准备第二次攻击。装上250公斤重的炸弹(鱼雷)。"[13]

脾气很好的增田乐呵呵地说道:"你看看,又得重来一遍!这越来越像是一场快速换装比赛了。"[14] 有些作业队员则不那么开心,因为这些笨重的家伙得由他们来搬运、堆放、卸下和装上。他们相互议论:

"司令部究竟在搞什么名堂?"[15]

经过5分钟的紧张突击,甲板清理完毕。08:37,桁端升起"开始降落"的信号。飞龙号上的一架轰炸机刚降落,被机枪打伤的驾驶员角野博治海军大尉就昏过去了。[16] 友永走出飞机,与桥本海军大尉并肩而行。他若有所思地说:"离岛不远时我们遭到敌战斗机攻击,我以为这下完蛋了。自从在中国以来,我已经多次死里逃生,所以我这次即使死,也死而无憾了。但是我想,像你这样的年轻人不应该死。"桥本看到他由衷钦佩的飞行队长在这种情况下还记挂着自己,深为感动,心中十分感激。[17]

千早在赤城号上降落后气得哇哇直叫:"把友机当敌机的炮兵指挥官应当撤职!"他和他的队友山田海军大尉向舰桥报告说,岛上的简易机场不像日本情报资料所说的只有1个,而是有3个。

"敌人出动战斗机没有?"渊田问道。他急于想了解这次袭击的每个细节,仍然认为这次攻击严格地说是他的事。

"我们离岛大约还有10分钟的时候,格鲁曼式飞机出动,弄得我们很狼狈。"山口答道。他还说高炮火力"比预料的要猛"。[18]

直到09:18,最后一架飞机才降落。在这段时间,赤城号上忙得不亦乐乎。大约08:30,舰桥上又收到利根号那架可靠的侦察机的报告:"又发现巡洋舰2艘,方位8°,距中途岛250海里,航向150°,航速25节。"08:45,赤城号又收到一份内容几乎完全相同的电报。[19]

这项报告没有引起多大波动。草鹿认为这也许只能说明敌航母群不是1个,而是2个。这样,机动部队就应当攻击先发现的那个航母群,因为它可能离得近些。[20] 但如果像大多数参谋人员所推测的那样,这2艘巡洋舰是后来才加入先前发现的舰群的,那将无碍于大局。南云已经做了决定。甲板下的机库里,穿着短衬衫和短裤的舰员们正汗流浃背地卸下单重800公斤的炸弹。他们没有把这些炸弹送进弹药库,而是把它们胡乱地堆在机库附近。[21]

按照南云的计划,赤城号和加贺号应当在 10:30 前把所有飞机都加足油,把所有轰炸机都挂上鱼雷,做好起飞准备,苍龙号和飞龙号最迟不得超过 11:00 要把一切准备就绪。他计划第一波每舰起飞 3 架战斗机,从赤城号、苍龙号和飞龙号各起飞 18 架轰炸机,从加贺号起飞 27 架轰炸机。[22]

与此同时,南云下令苍龙号派出 1 架高速试验型侦察机,前去核实利根号上那架侦察机所报告的敌情。[23] 大约在同一时间里,即 08:45,阿部下令筑摩号派 1 架零零型水上飞机去执行同样的任务。他做出这项决定时,利根号那架侦察机报告说它正在返航。[24]

阿部当即严令该机暂缓返航,南云令其"打开发报机,准备测向"。这言外之意就是让他充当信标,为机动部队向敌舰队运动导航。阿部也向他转达了内容相同的命令,并要他"监视敌人,等待筑摩号的 4 架飞机到来"。由于通信量陡增,这位侦察机驾驶员一定是忙得不可开交。[25]

山本的联合舰队司令部通过监听部分无线电通信的内容,较好地把握了战局的发展。当他们知道有一艘美航母处于机动部队攻击范围内时,丝毫没有感到不安。宇垣在日记中写道:"开始我们很乐观,以为这就是我们一直在寻找的美特混舰队。我们还考虑立即派出第二批飞机,在击沉敌航母后如何歼灭其残部呢!"[26]

这种不负责任的乐观情绪实在令人惊愕,因为直到这时,山本及其幕僚们才知道,美国人有一艘航空母舰就在附近活动,或者更确切地说,在中途岛以西有美舰活动。而这种不负责任的乐观情绪使他们无视这一不愉快的事实,因为按照他们的时间表,现在还不到发现敌航空母舰的时候。

山本问黑岛:"你是否认为我们应当命令南云马上攻击美航母?我想最好立即下达命令。"

黑岛提醒山本说:"南云已准备拿出一半航空兵力来攻击美航母舰

队,也许他已经在准备进攻了。"于是山本就没再说什么。而黑岛对自己所说的这番话,直到临死仍深感内疚。

如果当时黑岛毕恭毕敬地说一声"是的,长官",那么一项由山本签发的命令也许能促使南云立刻发动进攻。黑岛事后万分懊恼地说:"南云没有去做联合舰队想让他去做的事,这是我的过错。"实际上黑岛首席参谋过高地估计了南云。他以为南云懂得"中途岛之战的目的是攻击敌航母部队,因而完全应该想到去发动进攻"。27

可是,专门把攻占中途岛列为一号优先作战任务的人是黑岛,① 机动部队别出心裁地把鱼雷改换成炸弹的决定,其想法和做法都据此而来。南云之所以按兵不动,并非是他不想攻击美航母部队。恰恰相反,他想拿出像样的兵力来实施攻击,并尽最大可能取得成功。

南云居然步了"迷糊蛋"西奥博尔德的后尘,这真是绝妙的讽刺。他的指挥决定从理论上是无懈可击的,但偏偏是错误的。南云不知道自己已丧失了主动权,而且也没有充分理由认为南云根据当时手头的情报会怀疑这一点。当然他不必惊慌失措,不必在没有充分准备的情况下,去攻击一支大大处于劣势的敌舰队。

决定做出之后,南云于08:35发信号给各舰:"完成回收任务后向北航行。我们计划寻歼这支敌特混舰队。"接着他正式向山本报告说:"05:00发现敌舰队,计有航空母舰1艘、巡洋舰5艘、驱逐舰5艘,方位10°,距中途岛240海里。我们正向敌方驶去。"28

他删繁就简,对情况做了这番简明扼要的概括。对第二次发现2艘巡洋舰一事他只字未提。对于为什么在发现敌人将近1小时后才动手,他未做任何解释。他也没有告诉山本:不把攻击中途岛的飞机全部回收,他不能改变航向。如果山本要靠这份报告来了解战况,他就会变成一个被人搞得糊里糊涂的将军了。

---

① 见本书第四章。

08:59，友永的最后一架轰炸机降落。只剩下几架战斗机还没有回收。09:01，南云草草地看了一下利根号那架不知疲倦的侦察机发来的最新报告："收到命令。"这是指他收到了南云 08:54 发出的命令。最后他又补充了一句，似乎是又想起来的："敌鱼雷机 10 架正朝你方向飞去……"[29]

第二十七章
"他们终于来了"

6月4日，太平洋上晨曦初露，天空出现了柔和绚丽的霞光。这时斯普鲁恩斯正在焦急地等待着战术地平线上的霞光。特混舰队迄今还没有收到有关南云那几艘航空母舰确切位置的消息。斯普鲁恩斯的特定目标就是这些航母，他说："我的任务就是干掉这几艘日本航母，保卫中途岛。"[1]

企业号收到了艾迪 05:34 发出的电报。这是斯普鲁恩斯首次收到证实发现敌航母的消息。这样的电报足以给中途岛守军敲起警钟，但对弗莱彻和斯普鲁恩斯来说，它还不够具体，用处不大。弗莱彻的第十七特混舰队在斯普鲁恩斯的第十六特混舰队东北方向，两支舰队相隔大约 10 海里向前航行。[2] 05:53，企业号收到艾迪发回的那份著名的警报："发现大批敌机。"斯普鲁恩斯后来说："这份报告使我和弗莱彻得知，日本人已开始实施他们的那一部分作战计划了。"[3]

这份报告没有说明敌航母的数量和确切位置，但说明了来犯敌机的方位是 320°，距中途岛 150 海里。斯普鲁恩斯掌握这一情况后，命令参谋长迈尔斯·S. 布朗宁上校"尽快派出所有飞机去攻击敌航母"。

斯普鲁恩斯做出关于出动全部飞机的重大决定是很自然的。他历来极力主张要进攻就必须不遗余力。他说："要是我去攻击日本人，我将倾尽全力。"[4]

弗莱彻前一天晚上就得出了相同的结论。他说："对付日本人只有一个办法，那就是向他们进攻，狠狠地打。我们不能坐失良机，必须先发制人，以迅雷不及掩耳之势、雷霆万钧之力发起进攻。"[5]

斯普鲁恩斯给布朗宁的命令下达后不久，特混舰队的电台于06:03又收到中途岛一份报告，其中的情报正是这两位海军将领翘首以待的："航空母舰2艘、战列舰2艘，方位320°，距离180海里，航向135°，航速25节。"由此可见日本人在美国舰队西南偏西大约200海里处。[6]

弗莱彻在情急之中迅速地思考着。他像一名机敏的篮球运动员，看队友斯普鲁恩斯离篮更近，就把球传了过去。06:07，他向斯普鲁恩斯发讯号："向西南航行，弄清敌舰准确位置后即行进攻。"他留约克城号作预备队有两条过硬的理由。首先是因为，他想回收仍在北方做扇面巡逻的那些SBD。其次是因为，从截获的信息来看只有2艘航母，而海军情报处则认为，参加中途岛大规模军事行动的日本航母有4艘，也可能是5艘。他曾在珊瑚海海战中吃过亏。当时，他只顾全力攻击祥凤号，结果却使自己完全暴露在翔鹤号和瑞鹤号的夹击之下。聪明人吃过一次亏就不会再上二次当。[7]

斯普鲁恩斯原计划09:00发起攻击，因为他估计到09:00猎物离他就不足100海里了。在此以后的半小时内，他不断收到有关中途岛的战况报告，显然，如果他想给敌航母造成最大程度的破坏，就不能再干等2个小时。[8]

为了棋高南云一着，智胜南云一筹，他和参谋长布朗宁商量。布朗宁是他的前任哈尔西将军的参谋长，在哈尔西眼中"很了不起"。布朗宁的脾气像个鹰嘴龟。斯普鲁恩斯不客气地说："太平洋战争中，大家很讨厌他。"但"布朗宁机智敏捷",况且斯鲁恩斯毕竟不是办礼仪学校的。这位自有主见的海军将领感兴趣的是布朗宁在航空方面的知识,这是他斯普鲁恩斯所缺乏的。[9]

布朗宁估计日本攻击飞机完成攻击任务后,大约09:00就能返回航母。在此之前南云几乎肯定不会改变航向。如果斯普鲁恩斯想在敌航母完成回收飞机时发起攻击,就必须尽快派出飞机。"我们觉得,必须在南云发动第二次攻击前先发制人,这样既可使中途岛免遭进一步损失,也可确保我们自己的安全"。[10]

立即发起攻击的决定是他必须做出的最棘手的决定之一,因为攻击距离越远,己方飞机的困难就越大,而且这些速度慢、飞不高、战斗航程仅175海里的TBD"破坏者"鱼雷轰炸机,是肯定无法返回自己的母舰了。[11] 虽然他表面上不露声色,但内心深处对部下的热爱、为有他们而自豪的感情绝不亚于感情外露的哈尔西。然而,在需要忍痛割爱的关头,他毫不迟疑地做出了任何一个优秀指挥官都懂得的决定:冒牺牲少数的风险,以保全多数。

大黄蜂号TV-8的中队长约翰·C.沃尔德伦海军少校也在考虑这样一个严酷的可能性。沃尔德伦是个身材魁梧、锋芒毕露的南达科他人。前一天晚上在四号待机室里,他给在那里待命的鱼雷机驾驶员们散发了一份油印材料。他没有说什么,也无须再说什么了:

> 有几句话想跟大家说说。我觉得我们都已经做好了准备。我们在很短的时间内,在最严酷的困难环境下接受了训练。我们确实做了力所能及的一切。我确信在这样的条件下,我们是世上最棒的。我最大的愿望是,让我们遇上有利的战机。如果遇不上,或者遇上最糟糕的情况,我要求大家竭尽全力去消灭敌人。如果只剩下最后一架飞机进行最后一次冲击,我也希望这架飞机能够冲上去,击中敌人。愿上帝保佑我们大家!祝大家好运并安全返

航！狠狠地揍他们！"[12]

沃尔德伦自豪地说他是八分之一的苏族人。每当他凭灵感直觉解决了一个问题，他都把这归功于他的印第安血统。[13] 他是 VT-8 中队中仅有的几名海军学校毕业生之一。他花了大量时间潜心研究海军航空兵空战战术，尤其是日本海军航空兵的战术。他每天都要给部下讲课，以板示和口授的形式讲日本和美国的空战战术。在待机室里，即使在没有任务的自由讨论时间里，别人都在谈山海经或者开玩笑，"他也是坐在那里，望着天花板，琢磨着战术问题和日本人……"稍等片刻，他就让大伙安静下来，即席讲上一个多钟头。

此刻，他在下达最后的任务简令。他对部下说他不相信日本人还会继续去中途岛。他认为，一旦日本人获悉附近有美国舰队，就会重新编队，后撤一定的距离以便回收飞机。所以他要求部下"不必担心日本人的航向，只要跟着他就行了，因为他知道往哪里飞"。[14]

企业号上，指挥 VF-6 的詹姆斯·S. 格雷海军上尉只有 10 架战斗机去掩护 33 架俯冲轰炸机和 14 架鱼雷机。俯冲轰炸机飞得高，而鱼雷机却飞得低。这就产生了上下如何兼顾的问题。因此他和 VT-6 的作战参谋亚瑟·V. 伊利海军上尉共同商定了联络信号。格雷将努力在能同时给这两类轰炸机提供保护的高度上飞行。如果鱼雷机遭零式机的攻击，中队长尤金·E. 林赛海军少校就向格雷呼叫："吉姆下来！"这样的安排似乎合情合理，因为格雷的 F4F-4 俯冲到鱼雷机高度比爬升到俯冲轰炸机的高度要容易得多。[15]

沃尔德伦做指示时，林赛不在场，而且飞行大队长克拉伦斯·韦德·麦克拉斯基①也确实认为林赛不必参加这次战斗。企业号从珍珠港起航时，林赛的"破坏者"向航母降落失败，冲出甲板。林赛

---

① 麦克拉斯基是 1942 年 5 月 27 日由尼米兹授予勋章的军官。

受了重伤，至今还鼻青脸肿，连飞行风镜都戴不上。但那天早上有人问他能否起飞时，他平静地答道："我受飞行训练，为的就是上天。"[16]

第十六特混舰队的两艘航母都转向了逆风。大黄蜂号和企业号上的飞机先后于 07:00 与 07:06 开始起飞。07:20，斯普鲁恩斯把部队分成两个编组，相互间隔几千码。这两个编组于 07:20 后就各自为战了。和企业号编在一组的是北安普顿号、文森斯号、彭萨科拉号巡洋舰以及巴尔奇号、本汉姆号、艾尔文号、莫纳汉号和费尔普斯号驱逐舰。米彻尔的支援部队是明尼阿波利斯号、新奥尔良号、亚特兰大号巡洋舰以及埃利特号、沃登号和康宁安号驱逐舰。[17]

07:55，大黄蜂号完成起飞作业，恢复了原航线，向企业号编队靠拢。08:15，它刚完成靠拢，就收到北安普顿号的报告："发现敌机1架，方位185°，距离30海里，机种为单引擎双浮筒式水上飞机。"[18]雷达捕捉到这个目标，观察哨也证实发现了这架搜索机，但战斗巡逻机在空中没能找到它。

这架飞机无疑就是我们的老相识、利根号那架侦察机。它每次发报时究竟发现了什么军舰，至今仍是一个谜。由于能见度极好，它可能发现了第十六特混舰队的两个编队，甚至还可能发现了第十七特混舰队。这时，斯普鲁恩斯第一次意识到自己的舰队已被敌人发现。他十分担心出奇制胜的优势已经丧失，但他派出的攻击飞机已经上路了，现在只好按原计划实施进攻，并希望能有个好的结果。[19]

斯普鲁恩斯所设想的是有战斗机掩护的鱼雷机和俯冲轰炸机的协同进攻。他派出了由 116 架飞机组成的庞大机群。除林赛率领的 14 架鱼雷机（VB-8 中队）以及格雷率领的 10 架战斗机（VS-8 中队）外，从企业号上起飞的还有由麦克拉斯基率领的 VB-6 和 VS-6 两个中队的 33 架 SBD（为了这次进攻，VS-6 的侦察机也都装上了炸弹）。大黄蜂号提供了 34 架俯冲轰炸机和携带炸弹的侦察机，还有沃尔德伦的 15

架鱼雷机以及塞缪尔·G. 米切尔海军少校 VF-8 中队的 10 架战斗机，统一由飞行大队长斯坦厄普·C. 林海军中校率领。[20] 但是幸运女神毕竟还没有完全把南云抛弃。

09:17，赤城号改变原定的中途岛航向，转向 70°航行，逼近美特混舰队。再有 1 分钟时间它就可以把所有攻击飞机全部收回了，[21] 令人难以置信的是，斯普鲁恩斯对敌航向的变化还一无所知。事实上，从 06:03 截获电报到他的飞机实际发现日航母的这段时间，敌舰队就在美国人的眼皮子底下，可是侦察机和中途岛的轰炸机都没有向他报告过敌情。

由于缺乏通信联系，没有协同配合，美国在中途岛付出了巨大代价。不然，美国人也不至于死伤如此惨重，而日本人最终受到的惩罚也将会严厉得多。这次的问题不是令人头疼的各军种不配合的老问题，而是海军内部各自为政。"我们未能从自己的陆基部队那里得到足够的情报，这就提出了一个能否完全信赖兄弟单位的问题。"大黄蜂号的航空作战参谋小 J.G. 福斯特海军少校这番怨气十足的话是可以理解的。[22] 企业号舰长默里对此也很有意见。他说："没有敌情补充报告……对我军来说后果可能是灾难性的。没有敌情补充报告，6 月 4 日、5 日两天中途岛的陆基飞机没能继续进行战术侦察，也许这两条使我们未能全歼敌军。"[23]

但这不能完全归咎于中途岛部队。例如，从 07:10 开始，鹦鹉螺号潜艇就在秘密跟踪南云了。它在攻击敌战列舰后，浮到能进行潜望的深度。09:00 它发现一艘航母"真方位 83°"，并继续接近该航母。鹦鹉螺号航海日志记载："09:10 遭敌巡洋舰攻击，向巡洋舰发射鱼雷，因目标规避未中，敌舰再度进攻，投放 6 颗深水炸弹。"布劳克曼所攻击的并非巡洋舰，而是岚号驱逐舰。09:18，他命令鹦鹉螺号下潜。这时南云改变航向已足有 1 分钟时间，但美特混舰队并没有收到有关这次遭遇的报告。[24]

如果南云在 10—15 分钟之前就改变了航向，这时也许就根本不会与斯普鲁恩斯的飞机遭遇。即使如此，当大黄蜂号的俯冲轰炸机和战斗机飞抵预定空位时，南云并不在美国人原先判断的位置。

大黄蜂号原计划以俯冲轰炸机和鱼雷机协同进攻，但在飞机起飞和编队的这一小时中，天空突然浓云密布，沃尔德伦的 VT-8 分队和林的"无畏"很快就观察不到对方了。[25] 林把飞机编成侦察队形，自己居中掌握航向和航速。这种编队飞行在当时是可以的，但并不是最佳编队方式。保持一字展开的队形就需要不断调节油门，而每调节一次油门都要浪费一些汽油[26]——油耗是关系到生死成败的大问题。

林在飞达预定截击点后，没有采取标准的"扩展正方形"战术（即沿一空心正方形的四边飞行并不断向外扩展的战术），在当天的气象条件下，采取这一战术可以使能见度达到 50 海里左右。他又沿原航向继续飞了 50 海里，使他的机群更接近中途岛，而后又飞回了大黄蜂号上空。

这时油压表读数已低得惊人。攻击飞机分散飞行，各自寻找加油点。林、VS-8 中队的 17 架飞机和 VB-8 中队的 3 架"无畏"在大黄蜂号上降落时，油料尚未耗尽。[27]

就我们所知，尽管林从未公开解释过他为什么这样做，但其中定有缘故。也许如同沃尔特·洛德所说，林估计日本人早已抵达位于中途岛和大黄蜂号之间的某个地点了。[28] 不管他是怎样推断的，由于没有找到敌机动部队，他的部队大失所望，许多人都责备他。[29]

罗伯特·R.约翰逊海军少校率领其余 13 架俯冲轰炸机向中途岛飞去。由于不甚了解正确的敌我识别信号，他就把炸弹朝海里扔，想以此表示是自己人。但岛上的高射炮兵神经过敏，没有看出这个友好姿态，所以他的机群一度被迫躲避岛上的高炮火力。[30]

特罗伊·吉洛利海军少尉在几海里外的海面上迫降。7 个半小时后，一架 PBY 把他和他的机枪手救起，两人都没有吃多少苦头。[31]

有一架轰炸机在离中途岛不到10海里处迫降,还有一架在礁湖里迫降。[32]

"大黄蜂号的俯冲轰炸机因未找到目标,所以没参加这次攻击,"后来斯普鲁恩斯在给尼米兹的报告中说,"如果有他们参加,就可以攻击第四艘日本航空母舰,约克城号后来也不会遭那艘敌航母的攻击。"[33] 斯普鲁恩斯不是那种侈谈"本来也许会如何如何"这类空话的人,所以他在报告中这样写就足以说明,这次贻误战机使他多么耿耿于怀。

大黄蜂号的作战报告中有一段文字,令人痛心地暗示出这种混乱局面本来是能够避免的:"这批飞机起飞后大约一小时,敌航向改变,开始后撤,我们仍保持无线电静默,没把情况及时通报各机。"[34] 言外之意,第十六特混舰队(或者至少大黄蜂号)知道日本舰队已改变航向。但仅仅为了不触犯无线电静默这个天条,就不把这一情况通知攻击机群,以致危及整个战斗。正如读者所知,美国舰队的一部分早已被一架日本侦察机发现,美机群起飞后,消灭敌人本应成为头等大事,所以不通报情况的行为是不可饶恕的。

几乎可以肯定,塞缪尔·埃利奥特·莫里森关于中途岛战况报告中提到过上述引文。他还说:"……撰写这份报告的军官告诉我,他并不想给人以那种印象。"[35] 这个军官想给人以什么样的印象,弄清这个问题倒是非常有趣的。

大黄蜂号的战斗机比轰炸机更倒霉。它们全部因油料耗尽而在海上迫降。米切尔、他的作战参谋以及理查德·格雷海军中尉的落水点靠得比较近,得以共用两只救生筏以及一份应急口粮。经过4天又20个小时,他们才被一架PBY救起,这时他们已是饥饿难忍,浑身水泡,还被一条鲨鱼吓得要命。[36]

沃尔德伦的情况和林不同。他率领鱼雷机按既定航线飞行,所处的位置恰到好处。他凭直觉对敌人的了解已达到令人惊异的程度。

他在最恰当的时机,小弧度转弯朝西北偏西方向飞去。"我们直接向日本舰队扑去,沃尔德伦好像有一根绳子拴在敌舰队上一样。"乔治·H. 盖伊海军上尉回忆当时情景说。[37]

VT-8 的成员构成是民意测验者们最喜欢的、具有美国成年男子的代表性:一位曾经是俄勒冈州谢里登一所学院的田径明星,一位在纽约州一家保险公司里供过职,一位当过堪萨斯城肉类加工厂的工人,一位是哈佛大学法律系的学生,一位是洛杉矶某木材商的儿子,一位是由海军士兵中直接选送安纳波利斯海军学院任职的,还有几位是安纳波利斯海军学院的正式毕业生。[38]

盖伊去彭萨科拉海军飞行学校受训之前是农业机械学院的学生。那天上午从大黄蜂号起飞,是他有生以来第一次用飞机运载鱼雷,更不用说还是从军舰上起飞的。而且他"从来也没看见别人这样干过"。中队里其他少尉也没有见过。和战友们一起升空后,这位 25 岁的年轻人头脑里就没有产生过任何疑虑。沃尔德伦训练他们,给他们讲课,让他们做难度高、危险系数大的演练。盖伊和中队里的伙伴们对他充分信任,无限尊敬。盖伊于此后不久对前来采访的人说:"我们几乎一看队长沃尔德伦的后脑勺,就能知道他脑子里在想什么,因为他曾不厌其烦地告诉我们,在什么样的情况下应该做什么。"[39]

09:18,筑摩号发现这批鱼雷机,也正是在这个时候,友永的最后一架飞机在甲板上降落。几乎在同一瞬间,鹦鹉螺号为规避岚号的深水炸弹而迅速下潜。筑摩号筑起两道烟幕屏障,并对空射击。一艘驱逐舰在利根号左舷也施放了一道烟幕。接着,赤城号也发现了来犯敌机,并开始规避。[40] 在源田看来,敌机像是"在远处湖面上飞翔的一群水鸟"。

他们终于来了! 源田自言自语道。自从上次敌陆基飞机进攻以来,在整个做决定和回收飞机的过程中,日本飞行员心里一直在犯嘀咕:敌舰载机怎么还迟迟不来呢。不过源田不明白敌机为什么飞得那么低,他心想：他们的接敌方式真怪呀！[41]

盖伊盼着快下进攻命令，而沃尔德伦正抓紧这宝贵的几秒钟把敌舰队的位置和编成电告斯普鲁恩斯。可惜由于距离太远，加上飞机飞得太低，这份报告斯普鲁恩斯没有收到，其他人也没收到。显然，沃尔德伦原想攻击赤城号，但因遭零式机猛烈火力的攻击，就转向下方洋面上3艘航空母舰中居中的那艘。据盖伊估计，上来围剿他们的零式机大约有35架，日舰的高炮也一齐对空射击。尽管日方声称有美机被击落，盖伊却肯定一架轰炸机也没有因高炮火力而损坏。他的飞机是唯一接近目标、进入敌高炮射击范围内的飞机。其余大部分轰炸机都很不幸，还没来得及投下鱼雷就被密集的零式机击落了。[42]

有一架鱼雷机扑向赤城号，似乎想带雷去撞舰桥。草鹿回忆说："当时我觉得这下完蛋了。但它没撞着舰桥，而是一头栽进了海里。"草鹿为这个"英勇作战"的飞行员做了简短的祈祷。[43]

有关这个鱼雷机中队最后3分钟悲剧的材料少得可怜。盖伊是唯一的幸存者，可他当时也无暇顾及队友的情况。[44] VB-8的航空三等兵勒鲁瓦·奎伦在飞往中途岛途中，从无线电中听到了沃尔德伦的声音。他肯定那是沃尔德伦的声音，因为他曾几次在无线电中听到过他的声音。这次，他吐字清脆，断断续续地说："立即进攻！……当心战斗机！……看那架落水了！……我的情况吗？……告诉我是谁干的，我重重有赏……水里有2架战斗机……我的2名僚机驾驶员要落水了……"[45]

盖伊看见中队长的飞机左油箱起火。着火飞机从盖伊旁边掠过时，他看见沃尔德伦站起来，拼命想从烈焰腾腾的座舱中挣脱出来。剩下的3架TBD中，有2架也打着旋转消失了。接着盖伊的机枪手兼报务员也死了，他成了VT-8分队的唯一幸存者。

他在一艘驱逐舰上方急速拉起，然后朝海面上一艘航母冲去。这艘舰艇显然是苍龙号，因为他看见的另两艘航空母舰要比这艘大些。

由于电动投雷装置失灵,他扳下手动装置。该舰向右急转弯直冲着他驶来,所以他看出,即使他想脱靶也不可能了。他根本没把舰上漫无目标的对空火力放在眼里,"对准舰前部的一门砰砰射击着的高炮冲去"。他想向它射击,可是机枪卡了壳,于是就从舰尾上方大坡度急转弯飞走。航空母舰上正在给飞机加油装弹,"加油管横七竖八拖得到处都是"。盖伊一直希望 TBD 上能有一门前炮,这次则更是如此。他在靠近舰桥的地方猛地拉起时,"看见舰桥上的小个子日本舰长急得直跳,大嚷大叫"。[46]

藤田从自己的零式机里所看到的一定是盖伊的那次进攻。就他所知,只有一架鱼雷机躲过了他和战友们的攻击,有可能发射鱼雷。藤田发现鱼雷后,就在苍龙号的航迹上方倾斜转弯,像发了疯似的盘旋以期引起航空母舰的注意,苍龙号终于转了个弯,鱼雷从它旁边疾驶而过。藤田的飞机上弹药已尽,油料也所剩无几,他在苍龙号上降落。使他惊奇不已的是,航空母舰居然没有发现鱼雷。显然,它躲过一场灭顶之灾完全是由于运气。[47]

盖伊才飞离苍龙号,就有 5 架零式机成一直线向他扑上来。第二或第三架零式机击毁了他飞机的方向舵操纵器和副翼。一个机翼突然折断,飞机像块石头似的直往下坠,但他及时跳出了飞机。他顺手抓起一个装有橡皮救生筏的袋子,还抓了一只黑色橡皮坐垫。他也不知道这垫子能派什么用场,不过沃尔德伦跟他们说过,不要随便把东西扔掉,因为万一遇到某些情况时说不定会有用。盖伊很快就发现,躲在坐垫底下能有效地避开敌人的视线。直到空战打到他的北面,他才从垫子下钻出来,安全地把救生筏充上气。他在水上漂着,手和腿都受了些轻伤。第二天,他被一架 PBY 救起。[48]

米彻尔舰长提出为全中队请功,授予荣誉勋章。虽然对该中队的英勇作战再表扬也不为过,但是写请功报告的人渲染并夸大了这项作战的战果:"没有被击落的飞行员在直射距离投下鱼雷,看见它们向敌航空母舰飞去，在舰舷边爆炸，发出耀眼的火光。他们从战斗一开始就知道，为了特混舰队，为了海军，他们要重创日本的空中力量。"[49]

珍珠港事件后，日本报纸抓住袖珍潜艇艇员中仅有一人生还这件事，把那些艇员吹捧成英雄，尽管他们对日本人1941年12月7日的胜利并没有做出什么贡献。中途岛海战后，美国在对待VT-8成员的问题上也出现过类似的现象。这一做法使那些作战同样英勇、损失同样惨重的部队的幸存者很有意见。[50]

有人怀疑，集中关注VT-8还有一个人们没有意识到的原因，那就是盖伊少尉。盖伊相貌堂堂，能说会道，风度翩翩，幽默风趣，颇有魅力。他的勇敢与机智已为实践所证明。他是公关官员心目中理想的典型人物。

事隔几十年后，中途岛海战中其他参战人员"异常英勇"的作战和牺牲也得到了承认，但这并不损害VT-8飞行员们的英名。

第二十八章
"它们几乎全被消灭了"

沃尔德伦得到战斗机护航纯属偶然，而且当时他对此也不知情。格雷率领的企业号VF-6中队的"野猫"比TBD速度快得多，所以他只能来回飞S形以保持鱼雷机在自己的视野之内。格雷向22千英尺的战术高度爬升到将近一半时，他搞糊涂了。他跟上了先期出发的VT-8，误以为这是林赛的VT-6。大约在沃尔德伦转弯向南云的几艘航母飞去时，格雷一时没能看清TBD的去向。等他再次追上TBD时，几十架敌战斗机已向它们展开了猛攻。他的处境很不幸,既找不到 VT-6 的飞机,也帮不了 VT-8 的飞机。另外麦克拉斯基驾驶的俯冲轰炸机这时连影子还没有。格雷知道,也许他已和整个攻击部队失去了联系。

显然,格雷认为他的 10 架战斗机充其量只能用来进行侦察飞行,于是他在这一空域一直飞到油料下降到危险点。大约 09:52,他向特混舰队报告说,他处于目标上空,但油料将尽,必须立即返回母舰。大约 10 分钟后,他又报告说:"敌舰队上空没有战斗机巡逻,我们已在它上空飞了半小时。敌舰队中有驱逐舰 8 艘、战列舰 2 艘、航母 2 艘。"他在另一次报告中曾说"敌航向北"。企业号的战斗机基地收到他这份报告后,果断发出"立即进攻"的命令。[1] 据莫里森和洛德的回忆,下进攻命令的是迈尔斯·布朗宁。率领俯冲轰炸机的麦克拉斯基以为这是给他下达的命令。[2] 像这样给无线电通话范围内所有飞机下达指示,倒很像是布朗宁所为。

海军问题专家弗莱彻·普拉特所描述的一个著名事件也许就是以这次通话为根据的。他写道,VT-8 发现了日本舰队,但自身油料不足,又缺乏战斗机掩护,于是请求准许他们返航加油。据说,斯普鲁恩斯回电,要他们"立即进攻!"[3] 从 VT-8 的任务和沃尔德伦的性格来看,这一请求毫无意义,而处于当时情况下的格雷提出这一请求倒是合乎逻辑的。格雷率战斗机安全返回企业号加了油,这也许是因为他没有收到那项命令,也许是因为他无法照办。[4] 格雷在搜寻日本舰队时,把由他担任掩护的部队给弄丢了,以后又出现了一桩具有讽刺意味的事。林赛的飞机第一批就被击落了,所以事先安排的"吉姆下来"这个联络信号也没有用上。

VT-6 中队有许多参加过马绍尔群岛、威克岛和马尔库斯岛等战役的飞行员,是个飞行经验比 VT-8 丰富得多的中队。他们最新的飞行员飞行时数也在 2500 小时以上,而且大部分时间飞的都是鱼雷机。林赛出师不利，刚离珍珠港，自己的飞机就损失了。这样能用的 TBD 只剩下 14 架。林赛的攻击计划本来是把这些飞机平均分成两组，他自己率领一组，另一组由艾利指挥，各自攻击所选择的敌航母。[5]

09:49，筑摩号向赤城号报告说在左舷 50 千米处发现敌机 14 架。[6] 林赛和艾利兵分两路，冲向处于由驱逐舰、巡洋舰和战列舰组成的防卫圈内的一艘航母。[7] 南云的作战记录记载：09:58，"敌机 14 架，分两股向我逼近，第一航空母舰战队首当其冲……"[8] 源田在赤城号舰桥上看得真切：加贺号似乎是敌人的直接攻击目标，他朝冈田次作海军大佐的方向做了个祈祷。[9]

10:00，加贺号遭攻击。这时南云向山本及中途岛进攻部队的司令长官们发出一份真正令人吃惊的电报：

> 03:30 空袭中途岛。04:15 开始多架敌岸基飞机向我进攻，我未遭损失。04:28，在トシソ①34 海区发现敌航母 1 艘、巡洋舰 7 艘、驱逐舰 5 艘，航向西南，航速 20 节。我们拟先消灭这股敌人，再图继续攻打中途岛。07:00 我位于ヘユア②00 海区，航向 30°，航速 24 节。[10]

这样，南云修正了先前报告中关于敌航母的数量，但是，他未向上司报告遭美舰载鱼雷机攻击一事，也未曾提及遭美潜艇跟踪一事。09:30，岚号才忙里偷闲地电告赤城号，它曾遭"鹦鹉螺号"袭击，并说："当即以深水炸弹予以回击，结果不详。"[11] 有两颗"深水炸弹"落点离鹦鹉螺号很近，布罗克曼认为处境太危险，所以直到 09:55 才再次将潜望镜伸出水面。[12] 总而言之，南云的简要报告不可能使山本了解到真实情况，它无疑助长了大和号上官兵洋洋自得的情绪。

---

① 日文，日海军使用的海区标号。——译注
② 同上。

源田继续注视着加贺号。也许他的祈祷灵验了,也许冈田无须他的祈祷,因为这位舰长干得很漂亮。他娴熟地指挥着这艘大型航母,就像牛仔驾驭小马驹一样。源田说:"加贺号的作战看来很出色。"南云信心十足地说:"它没事了。"

这时除了阵阵喊声,的确一切都已结束了。于是源田走下舰桥,来到飞行指挥室,向几个袭击中途岛后返回的飞行员了解情况。他问:"在中途岛上空作战的敌飞行员技术怎么样?"

"敌战斗机确实很差劲,"一位飞行员告诉他,"我认为它们几乎全被消灭了。"

源田还了解到,不理想的是,在他们袭击该岛时,机场上没有飞机,而且对空火力异常猛烈。另外,关于日本战斗机性能大大优于美机的看法也得到了证实。

准备在攻占中途岛后担任日军驻该岛第六航空队指挥官的冈岛清熊大尉说:"航空参谋,今天打的是恶战。"自清晨起,他和他的飞行员们就一直在战斗,打退了敌人一系列的进攻。

源田轻松地答道:"是啊,不过也不必担心。"说完他便连忙回舰桥去了。他发现攻击加贺号的美机显然已与攻击飞龙号的美机合成了一股。四下横飞的橙黄色曳光弹,高炮炮弹爆炸后的阵阵黑色烟云以及着火敌机拖着的螺旋状浓烟在天空交织成一幅万圣节前夜那光怪陆离的可怕图案。观察哨不断报告美"破坏者"被击落的消息。源田非常得意。照这样打下去,他们将会把美舰载鱼雷机全部消灭,并能迅速向美航空母舰发起全面攻击。除了遇上几架"确实很差劲的"战斗机抵挡几下之外,他们将所向无敌。

南云、草鹿以及赤城号舰桥上的其他人员,个个兴高采烈。观察哨欣喜若狂,大声报告战斗进程:"还剩5架了!""只剩3架……2架……1架!"最后他大喊一声,"全部击落!"

敌机再多我们也不用怕,这种想法在源田头脑中油然而生,他思忖着,原来我对机动部队能否抵抗得住空中的袭击还有过怀疑,现在我看到它的巨大威力了。

这是一个胜仗!想到这里他喜不自胜,因此,我们最好先消灭敌机,再摧毁敌航母,然后于今天午夜至明天上午向中途岛发动毁灭性的攻击。[13]

VT-6 中队吃的苦头不亚于 VT-8。在它发动进攻的 14 架飞机中有 10 架被击落。返回企业号时,有 1 架因损毁过重无法修复被推下了海。[14] 日方许多目击这场战斗的人称赞美机不顾零式机和高炮火力,勇敢顽强,猛打猛冲,[15] 但源田的印象是:"面对着来自海上和空中的猛烈攻击,有些敌人显然是踌躇畏缩,不敢冲杀。"[16]

源田根本不了解这些"破坏者"的速度,尤其是在挂带一枚沉重的鱼雷之后会慢到什么程度。这就好像骑着筋疲力尽的骡子"往前猛冲"一样。如果能死里逃生飞回去,那简直就是奇迹。几乎毫无疑问,这时候的零式机飞行员也开始感到战斗紧张、疲于应付了。虽然油料还剩不少,他们却一个接一个地飞回航空母舰去补充弹药。补充完毕后,地勤人员拍拍他们的肩膀表示鼓励,接着他们又爬进座舱起飞了——就这样周而复始,循环往复。[17]

罗伯特·E.劳布海军少尉在离目标 800 码处投下鱼雷时,几乎没有遇到抵抗。他从该空域抽身出来时,遭到一架零式机的攻击,不过劳布的"破坏者"并未受损。[18] 机械军士长艾伯特·W.温切尔看见一颗流弹不偏不倚地正好击中一枚鱼雷的弹头,那枚鱼雷火光一闪就爆炸了。温切尔明知离目标太远,还是把鱼雷投了下去,因为他已无法及时拉出俯冲重新攻击了。零式机已不像先前对中途岛陆基飞机那样穷追不舍,而是追一阵就作罢了。

温切尔和他的机枪手、三等兵道格拉斯·M.科塞特摆脱敌战斗机之后,又被卷入了另一场战斗——同大海的搏斗。他们还没完全飞离战场,飞机油箱里的油就哗哗往外淌,发动机停止转动,于是他们被迫在海上降落。温切尔迫降得很利索。他们抢出了救生筏、应急口粮、急救包和降落伞。他俩都受了伤，虽不重，却很疼。他们随风力和天气的变化，把降落伞当作雨篷、风帆或海锚，等着被人营救。他们在海上漂了好几天。看见海中有小鱼游动时，他们就到凉凉的海水中去泡一会儿，因为有小鱼就说明附近没有鲨鱼。经常有鲨鱼来袭击，他俩就用铝制的船桨和单刃猎刀把它们赶跑。

偶尔远处有架飞机嗡嗡飞过，但由于距离太远，没有人看见他们的救生筏。每当飞机的黑点渐渐消失后，温切尔总是挥着拳头大喊："好哇，你们这帮浑蛋，下回在军官俱乐部休想要我再请你们喝酒！"应急口粮吃光后，他们就准备把好奇地跟着他们飞的信天翁打下来。温切尔想起《古水手谣》中一句不吉利的话，但此刻也顾不上那么多了，他猛然一击把鸟打下来，然后宰了它。生吃信天翁可不是享用美味佳肴。这种海鸟翼展虽宽，身子却只有小鸡那么大，不仅有一股腥味，肉也老得嚼不动。

大约漂到第十二天，他们发现一艘潜艇，于是向它打信号。可他们简直绝望了，那原来是艘日本潜艇。它绕着他俩兜圈子，几个当兵的和一个当官的站在甲板上把他俩打量了一番，接着又掉头开走了。显然，日本人认为这两个难民已气息奄奄，问不出什么名堂，也不值得向他们开枪射击了。直到6月21日，一架PBY才发现了他们，把他们急送中途岛的医院。他们在海上漂了17天，两人体重都下降了60磅左右，是最后两名被救起的幸存者。[19]

还有一架美机上的人员结局就更惨了。6月4日大约16:30，长良号发现一救生筏，遂命卷云号查明。如系美国人，营救人员就要"审问俘虏，查明敌情，然后予以适当处理"。[20]

这两个人是企业号VS-6的一名海军少尉和一名二等兵、航空机械军士。起初日本人没有虐待他们，有医生给他们治伤，舰员们给他们烟抽。[21]但当他们拒绝回答问题时，负责审讯的胜又隆一海军大尉就以匕首相威胁。22 不知出于什么原因,这两名俘虏向日本人讲了些有关中途岛防务的极为准确的情报,但有关特混舰队的情况,他们显然几乎只字未提。

几天后,卷云号驶向阿留申群岛,舰长藤田勇海军中佐认为俘虏留着已经没用了。他用这两个美国人的个人财产(其中有一件是少尉那只镌刻着充满柔情的"赠给举世无双的丈夫"字样的打火机①)作为奖赏,也没有人愿意充当行刑者。23 但那天深夜,这两个不幸的人被带上甲板,蒙住双眼,身上绑着灌满水的 5 加仑油箱后被抛进了海里。24 据平山茂男一等海佐(当年卷云号的航海长)说,这两人面无惧色,视死如归。25

6 月 4 日这天,约克城号拖到 08:38 才派出飞机。飞行长 M.E. 阿诺德海军中校认为南云不会保持中途岛的航向不变,因为如果他保持原航向,那么当约克城号的飞机到达该海域上空时,南云离中途岛顶多只有八九十海里了。因此阿诺德命令各中队长继续在最后一次通报的敌阵位以东飞行。如果没发现航母,就右转返航。26 由于这项命令,再加上推迟起飞,美国人反倒走了好运。

兰斯·E. 马西海军少校的 VT-3 率先起飞,约翰·S. 撒奇海军少校的 6 架"野猫"随后陆续升空。弗莱彻派不出更多的飞机了,他还要留一些在舰上来掩护 VS-3,以对付万一在天边再次出现的日本航空兵。27

马西是美国海军里最有作战经验的鱼雷机驾驶员之一。他在 VT-6 中队服役时,曾参加过该中队早期的历次战斗。1942 年 4 月 17 日,他调任 VT-3 中队任中队长。他斗志高昂,技术娴熟,经过长期学校训练,在瓦胡岛的卡内奥赫海军航空站有丰富的实践经验。在他的推动下,VT-3 以良好的临战姿态投入了中途岛战役。28

---

① 原文是 matchless,有"没有火柴"和"举世无双"两个意思,系双关。——译注

另外，马西和精明强干的约翰·撒奇在战斗机护航战术方面曾有过密切合作。"野猫"只有飞得高，才能获得足够的俯冲速度来对付零式机。撒奇派 2 架 F4F-4 在 2500 英尺高度紧贴云层下方飞行，一旦发现日机截击"野猫"，这 2 架 F4F-4 就用战斗机相互间的无线通话发出警报。撒奇和其余 3 架战斗机的飞行高度在 5000 英尺以上，如有情况，就俯冲下来。空中掩护力量薄弱到如此地步，真是个悲剧，要不然就真有点滑稽可笑了。战术水平再高，决心再大，尺幅之绢总是做不成床罩的。撒奇发明了一种战术，希望以此能缩小双方力量的悬殊。这种战术后来被称为"撒奇闪避"："野猫"双机活动，一架被零式机咬上后（这是日机的惯用战术），就立即转身攻击敌机。[29]

10:15，赤城号观察哨发现左舷 45 千米处有"敌鱼雷机群，共 12 架"。[30] 零式机飞行员藤田本想抓紧时间吃两口午饭，因为那天上午他睡过了头，未吃早饭就上了飞机。他一口饭还没到口，又响起战斗警报。他和两名战友就立即起飞了。① 他们的飞机是苍龙号上唯一能立即投入战斗的飞机。[31]

几架零式机向在云层下方飞行的那 2 架"野猫"发起攻击。撒奇率众机俯冲下来参战。美战斗机全力以赴地投入这场传统的空中格斗。撒奇和他的僚机飞行员 R.A.M. 迪布海军少尉两人的"撒奇闪避术"可谓炉火纯青，好像是干这一手多年的行家。严格地说，从空中格斗的角度来看，撒奇打得不错。交战之初，爱德华·巴西特海军少尉的飞机就起火坠落，撒奇因此损失了一架飞机。丹尼尔·C.西迪少尉驾着受重伤的"野猫"飞抵特混舰队上空。由于已无法飞到约克城号，他只好摔降在大黄蜂号上，结果这架飞机也废了。其余 4 架也因油料即将耗尽而撤出了战斗。[32] 这批战斗机的主要任务是掩护 VT-3，而从这一点来看，它们还不如不参加这次战斗。

---

① 藤田关于这组鱼雷机有战斗机掩护的说法有助于证明它们是 VT-3。

第二十八章 "它们几乎全被消灭了" 253

藤田决定撇开战斗机去攻击轰炸机。他的两名战友不知去向。他又饿又累，还以为只剩下自己在孤军奋战。他冲向敌机编队，攻击编队的边缘，击落了2架敌机。当他如法炮制，再度进攻时，又来了大约10架零式机和他一起并肩作战。

不过藤田的好运到头了。在飞返苍龙号途中，他的飞机被己方高炮击中起火。他被迫选择跳伞——这并非一个愉快的抉择，因为他的零式机此刻已坠落至离海面大约200米处。他的降落伞张开时，他正好掉进海里。幸亏有救生衣，他才迅速浮出水面。但他被降落伞的绳子缠住，像落进网里的鱼儿，挣扎许久后才得以脱身。[33]

与此同时，18—20架零式机怒吼着扑向马西率领的"破坏者"，集中攻击长机。马西还没能飞越由驱逐舰组成的外围防线就被击落了。他的僚机驾驶员最后看见他时，他已爬出烈焰腾腾的座舱，站在飞机残存的机翼上，但由于高度太低而无法跳伞。[34]

渊田和他的飞行员们站在飞行甲板上。他们看见零式机接二连三地击落鱼雷机，不断欢呼，打着呼哨表示鼓励和祝贺。接着，一群"破坏者"向赤城号扑来，但是在投雷的最佳时刻，它们却呼啸着从航空母舰上方飞过，冲向了苍龙号。这使渊田惊异不已。山口的旗舰几乎被鱼雷的航迹所包围，但一枚鱼雷也没有命中。[35]

机长威廉·C.埃斯德斯是个经验丰富、身手不凡的鱼雷机飞行员。他一马当先，率领本分队的5架飞机冲向飞龙号。另外6名驾驶员像马西一样，尚未到达投放鱼雷的有效距离就被击落了。埃斯德斯分队的5架飞机都把鱼雷投了下去，但飞龙号舰长加来止男海军大佐猛地把航母转向右舷，结果3枚鱼雷从舰首方向疾驶而过，另外2枚从舰尾方向脱靶。航空母舰后甲板上停放的飞机已做好了起飞准备，这一切埃斯德斯都看在眼里。他无暇观察攻击结果，因为几乎到处都是零式机，正把他赶出这一海区。他的飞机受了重创，但他摆脱了零式机的追击。他在约克城号刚好可以观察到的海面紧急迫降。那天晚些时候,他被汉曼号驱逐舰救起,他的机枪手已因伤势过重而牺牲。36

岚号驱逐舰从离机动部队不远的海里捞起一名美国飞行员。这是个来自芝加哥的 23 岁的少尉。岚号的鱼雷长谷川清澄是舰上唯一懂点英文的人,所以由他来审讯俘虏。但他只能大体看懂一点,写上几句,嘴上却说不出来。所以像这样以书面问答来审讯,进展就十分缓慢。审讯至少带有某种威胁性,因为在审讯过程中,谷川总是居高临下,手持军刀进行威逼。

这个美国人也许是因为受了惊吓,也许是因为已筋疲力尽,意识不到他交代的情况意味着什么。也许他以为战斗进展很快,他所谈的对日本人已没有什么价值。也许他抱有一种懦弱的,却是人所共有的天真的希望:只要开口,就可免去一死。不管他的动机如何,他泄露了一些重要军情。第四驱逐舰分队司令有贺幸作海军大佐于 13:00 向南云、近藤和山本发了一份电报(其内容本书将在适当时候加以叙述)。这个年轻人与敌人合作并没有什么好的结果。日本人还是杀了他,他的尸体不是自己掉进海里,就是被扔进海里了。37

6 月 4 日起飞的 41 架"破坏者",只有 4 架飞回母舰,但都被打得百孔千疮,狼狈不堪。谁也没有因失去这些飞机而感到难过。在现代战争中,像这样陈旧而笨重的 TBD 机早已过时,应该尽早由 TBF 来取代。但是损失了像沃尔德伦、林赛、马西这样的飞行员以及他们的年轻战友们,实在令人痛心。

如果说 VT-8、VT-6 和 VT-3 的牺牲对美国取得中途岛海战的胜利做出了贡献,那么是什么样的贡献则是个值得深思的问题。一般的看法是:它们做出的贡献虽然是意想不到的,但也是十分可贵的,因为他们的英勇作战,分散了日本人对前来实施攻击的美俯冲轰炸机的注意力。38 也有一些人认为,这应归功于 VT-3 及撒奇的"野猫",因为由于 VT-8 和 VT-6 进攻失利,零式机才有足够时间爬升到更高处。[39] 只要查对一下日方的大事记，就可以看出，持这种看法的人是有道理的。[40]

但其他因素也须考虑。日方所做的抉择也是不容忽视的，因为日本人并非没有观察到来犯的俯冲轰炸机。从南云的作战记录上可以清楚地看到，护航舰艇一发现美机进入外层防线，就立即发出过警报。[41] 日本航空母舰完全可以抽调部分正在截击鱼雷机的零式机去对付这一新的威胁，因为这只能是一批俯冲轰炸机。日本人擅长鱼雷攻击，从某种程度来说，他们对这个战术着了迷，所以他们就集中力量对付TBD。尽管美国人鱼雷投放技术的水平之低为人所不齿，而且美国鱼雷的质量也太差，所以只要偶尔有一枚鱼雷命中，就会成为向国内报告的一件大事。

此外，美国陆基机或舰载机的进攻虽说是劳而无功，却使南云的机动部队整个上午都疲于奔命。尤其是日本的战斗机飞行员，他们承受着巨大的压力。至少在这一点上，参战的美国人都为美国获得的总体胜利做出了一定的贡献。

第二十九章
"烈火熊熊的地狱"

韦德·麦克拉斯基在20千英尺高空飞行，目力远及海天相接处的地平线，但他所看到的只是浩瀚无垠的太平洋。09:20，他已到达离企业号142海里的预期截击点。[1] 在他左侧的远处洋面上，海水的质地发生了细微的变化，说明中途岛的浅滩就在地平线那一边。在他编队最左侧的一些飞行员看见，遭空袭后的中途岛上空仍然烟雾腾腾。[2] 可是日本机动部队在哪里呢?

麦克拉斯基五短结实的身材很像他驾驶的 SBD "无畏"俯冲轰炸机。他当年学的是驾驶战斗机,以后飞的也是战斗机,对 SBD 几乎是陌生的。1940 年 6 月他到企业号任 VF-6 的中队长,1942 年 3 月 15 日他晋升为飞行大队长,负责指挥企业号上全部飞行人员。自那以后,他忙里偷闲,很快就熟悉了"无畏"的性能。现在当他率领 32 架俯冲轰炸机去战斗时,他的航母起降技术已经非常娴熟,但还从未驾驶 SBD 投过弹呢。[3] 所以谁也不会说麦克拉斯基是个经验丰富的俯冲轰炸机驾驶员,他自己就更不会这样说了。他具有指挥才能,英勇无畏,而且能处变不惊,随机应变。连轻易不用形容词的斯普鲁恩斯也称赞麦克拉斯基"很了不起"。[4]

眼下的局面是对他的全面考验。他是否应该觉得自己比日本人先期到达该海域,因而可以在这里盘旋等待南云舰队的出现?或他是否应该继续飞向中途岛方向,以防万一落在日本人后面?他们的飞机已消耗了大量油料,现在他已不可能派它们采取常规的扩展正方形的空中搜索方式来寻找敌人的行踪。他是否应该趁油料尚未用尽就命令各机返回企业号?不论做出何种决定,都是刻不容缓的,因为现在所剩的油料只能再维持 15 分钟的侦察飞行,15 分钟后他就只好率众机返航了。

麦克拉斯基迅速看了一下标图板,决定沿 240°方向再飞 35 海里,然后转向西北与预计的日本舰队的航线平行飞行。[5] 企业号舰长默里称这一决定是"整个作战中最重要的决定"。尼米兹也赞同,说它是"这次战役中最重要的决定,产生了决定性的后果"。[6]

SBD 向西北方向飞行了大约 7 分钟。09:55,麦克拉斯基发现波光粼粼的湛蓝色海面上有一道军舰驶过后留下的长长的白色航迹,他抓起望远镜,沿着这条航迹观察,发现一艘军舰——他认为是艘"巡洋舰"——正朝北疾驶而去。他的推断很正确:既然这艘"巡洋舰"舰

第二十九章 "烈火熊熊的地狱" 257

长如此行色匆匆，一定是想赶上日本舰队的其余舰艇。因此麦克拉斯基把航向由西北改为正北，紧跟那艘疾驶的军舰。[7]这个糊里糊涂的向导是岚号驱逐舰。南云改变航向时，它正忙于向鹦鹉螺号投放深水炸弹，因而掉了队。[8]

麦克拉斯基在跟踪岚号的过程中，损失了尤金·A.格林的那架飞机，但其原因至今仍是个谜。有报告说，格林和他的机枪手在距离美舰队大约40海里处爬上了救生筏，但此后就踪影全无了。[9]

企业号的俯冲轰炸机随麦克拉斯基跟踪那艘日本驱逐舰，大约10分钟后就发现了敌舰队。但麦克拉斯基所遇到的麻烦并未就此完结。托尼·F.施奈德海军少尉的小组飞入日本护航舰艇的外围时，他的飞机油料耗尽，只好继续向南飞，然后在海上迫降。他和机枪手在救生筏上过了3天才被一架PBY救起，送到中途岛。[10]

蓝眼睛的理查德·H.贝斯特海军上尉是VB-6的中队长。他看上去很年轻，却有丰富的实战经验。几乎就在施奈德飞离的同时，贝斯特看见自己的僚机驾驶员埃德温·J.克罗格海军少尉发出信号说氧气用完。贝斯特本来可以命令这架飞机退出战斗，降低高度返回企业号，但是他没有这样做，因为他有充分的理由。他知道，W.厄尔·加拉赫海军上尉率领的兄弟中队VS-6只携带了单重500磅的炸弹起飞，因为他们是首批起飞者，当时甲板上还没有足够的空间供携带单重1000磅炸弹的飞机起飞。结果只有自己中队的飞机装载了单重1000磅的炸弹。他不想失去克罗格那颗1000磅炸弹的攻击力，于是率中队下降到15千英尺，然后摘下氧气面罩，示意队员们也可以像他这样做，不会有危险。这时候，贝斯特不但飞得比麦克拉斯基低，而且飞到了他的前面。这样他就看不见大队长麦克拉斯基的信号了。[11]

麦克拉斯基打破无线电静默，命令贝斯特攻击左侧的航母，还命令加拉赫攻击右侧的目标。他决定自己率机攻击右侧那艘航母，同时说了一声："厄尔，跟我上。"[12]

不知何故，贝斯特没有听到麦克拉斯基的命令，以为他的攻击目标是"左边"那艘航母。他就这样向大队长做了报告。[13]

这时，南云的航母还没有摆开有序的架势。由于向东北方向做了两次舰靠舰转弯，赤城号和加贺号处于西南，加贺号在赤城号舰首右侧，苍龙号略偏东北，飞龙号也在东北，但因离得远，没有马上被注意。当VB-6和VS-6从西南方向飞来时，处于右侧的无疑是加贺号，而在左侧的则是赤城号。[14]

贝斯特让中队兵分三路，从正面、右侧和左侧分别对加贺号实施攻击。这样就使敌航母处于被夹击状态，分散了它的对空火力。贝斯特刚开始俯冲，麦克拉斯基已像一只鱼狗似的从他边上直扑下去。贝斯特突然改变方向，冲向赤城号，这就使他的攻击有所耽搁。[15]

日本舰队遭鱼雷机攻击时，正在仓促进行攻击美特混舰队的准备工作。赤城号还下令督促："加速做好第二波攻击准备。"[16]旗舰舰桥收到报告说来犯美机数量增多，可是当时都被云层遮住了。10:20，观察哨发现加贺号上空有架俯冲轰炸机，赤城号立即进行极限转弯。[17] ①

源田回忆说，他起初并不太担心：

> 我原以为俯冲轰炸机也许不好对付，但我刚才看到敌人的技术并不高明，因而我的结论是，这些俯冲轰炸机也未必高明。但我担心刚才的空战结束后，我们的战斗机都在低空飞行，要爬高去截击敌俯冲轰炸机是需要时间的。

---

① 关于哪支部队先击中哪艘航母的说法莫衷一是。企业号和约克城号都想争创敌头功也很自然。本书作者查阅了日方的大事记及目击者谈话记录。实际上那些炸弹几乎是同时命中的。只有研究具体事件的史学家才会对此感兴趣。参战人员都是美国人，功劳应该大家都有份。

也许高炮火力能把敌机赶跑,也许航母可以进行规避。[18]

突然加贺号上的观察哨大喊:"俯冲轰炸机!"加贺号飞行长天谷孝久海军中佐对美国人的战术钦佩不已。他说:"他们顺着阳光,利用间歇云的掩护向我们俯冲,这个战术实在是高明。"[19]

通信参谋三屋静水海军少佐站在离指挥塔台不远的飞行甲板上。俯冲轰炸机刺耳的尖叫声越来越近,令人魂飞魄散。他迅速卧倒在甲板上。[20]这时的时间是10:22。前三颗炸弹没有击中目标。[21]接着加拉赫的飞机怒吼着俯冲到2500英尺高度投弹,炸弹在集中排列于右舷舰尾准备起飞的飞机中炸开了花。[22]霎时间,飞行甲板上一片火海。飞机被掀得七倒八歪,有的机头朝下,机身变成了烟囱的烟道,向外喷着烈火,吐着浓烟。[23]

接着落下的两颗炸弹均未中。舰上的射击指挥官趁此瞬间跑上舰桥。他发现冈田大佐站在那里,直愣愣地仰望着天空,似乎无法接受正在发生的一切。他向冈田报告说下面的通道全被大火封住,大部分舰员被困在下面。电源全部中断。他催促冈田离开舰桥,和参谋人员一起上锚机甲板准备离舰,因为航母已开始倾斜。但冈田舰长只是似醉如痴地摇摇头说:"我要留在舰上。"三屋走下舰桥,想通过飞行员待机室与机舱人员取得联系。他回来时发现舰桥已不复存在,冈田和那位射击指挥官也已化为乌有。[24]

在他离开舰桥的工夫,航母前段升降机附近又接连落下第七、第八颗炸弹,弹着点很近。[25]其中一颗炸弹落进升降机井,在停放在机库甲板上的飞机当中爆炸。这些飞机都已完成加油装弹,准备提升到飞行甲板上参加第二波攻击,但命运决定它们永远起飞不成了。天谷看见,第二颗炸弹正好在保养官的头顶上方爆炸。说来也真怪,此情此景反倒使他镇定下来,产生了比较达观的想法。人难免一死,他希望自己能在像这样瞬息即逝的闪光中了却一生。他想:再有炸弹,那就落到我头上来吧。[26]

但落在他头上的是加贺号的指挥任务,因为第三颗炸弹击中舰桥附近一台加油车,燃烧着的爆炸碎片使舰桥上的人都死于非命。[27] 天谷成了舰上职务最高的军官,他竭尽全力指挥灭火,希望还能救下这艘母舰。但这个希望也成了泡影。[28] 美机投下的第九颗炸弹,是命中该舰的第四颗也是最后一颗。它几乎正好落在舰中段略偏左舷处。[29] 这时舰上一无照明,二无电力,即使炸弹没有命中,天谷也无法扑灭这场大火。

渊田正全神贯注地准备派出赤城号上的第二波攻击飞机,丝毫没有留意加贺号受攻击的情况。10:22,指挥室下令战斗机一准备就绪就马上起飞。增田挥动白旗,第一架零式机沿飞行甲板迅速起飞。这时一名观察哨大声喊道:"俯冲轰炸机!"渊田随即抬起头,只见3架飞机笔直地冲下来,似乎直冲着靠近舰桥他所在的位置而来。他刚刚识别出"无畏"那粗短的外形,就看见飞机上掉下3个黑点,悠悠荡荡地朝赤城号飘然而下。渊田小心翼翼地爬到一块防弹护板背后。[30]

据美方记载,攻击赤城号的是贝斯特率领的5架俯冲轰炸机。就本书作者所知,日方目击者的报告以及档案记载都一致认为,只有3架美机参与进攻。贝斯特在近乎垂直俯冲时,从瞄准器里看见舰上有架飞机起飞。他从2500英尺高度投下炸弹。这颗炸弹爆炸后定能在航空母舰飞行甲板上炸出个4英尺的洞。他认定他的第一颗炸弹命中"中线略靠前"。[31] 渊田在他所著的书中也说第一颗炸弹命中。[32] 但在普兰奇采访他时,他说第一颗没中。他用别有风味的英语说:"它落在右舷外侧的海里,嘭……在海里炸开,海水哗哗地掀起。"[33] 赤城号的受创记录图表上标着,第一颗炸弹是近距脱靶,落在舰首左舷外约10米处。[34] 源田还记得当时爆炸掀起的水柱落在舰桥上的情景,大家都被浇得湿淋淋的,个个脸色发青。他说,南云及其幕僚是"惊而不慌"。[35]

第二颗炸弹落在舰中部的升降机附近，把升降机炸成了一件未来派的雕塑作品，七扭八歪地掉进了机库里。[36] 渊田认为第三颗炸弹一定更准确，破坏力更大，便就地一滚，急忙卧倒，把脸紧贴甲板，用双臂交叉护着头部。实际上这颗炸弹的撞击声没有前一颗那么响，它击中左舷飞行甲板边缘附近。[37] 赤城号的受创记录是："致命伤，洞若干。"[38] 接着是一阵可怕的寂静。[39]

在两颗炸弹直接命中后，源田感到舰上并没有产生多大震动，觉得有点蹊跷。由于这个原因，加上天生喜欢向前看的性情，他一时镇定下来。他想：赤城号也中弹了。接着又想：真遗憾！我们一定不能败，因为我们还有第二航空母舰战队。[40]

源田的乐观情绪并非无根无据。在一般情况下，航空母舰中了两颗炸弹未必就是致命的。但第一航空母舰战队在遭敌俯冲轰炸机攻击时，甲板上停着满载炸弹和油料的飞机，机库里还有装好鱼雷和油料待提吊的飞机。更糟糕的是，那些800公斤重的炸弹还没来得及送回弹药库。这些堆放着的炸弹被诱发后所产生的阵阵爆炸，加上飞机起火后引起的连锁反应，转眼之间就将把赤城号变成草鹿所说的"烈火熊熊的地狱"。[41]

源田想到山口的两艘航母，于是朝飞龙号望去。只见它也冒起了白色浓烟。源田"第一次真正感到震惊了"，他有生以来就这一次变得目瞪口呆，不知所措。[42]

赤城号上大约有200个人被气浪掀进大海。[43] 村田拼命想给甲板下的人找个地方躲一躲。渊田走进情况简介室，发现它正在迅速变成一个急救室。他问一个参加救护的人怎么不把伤员送病员舱，那个人告诉他说，下面各层都起火了。渊田听他这么一说，立即冲向病员舱，想尽力抢一些东西出来，但被烈火和浓烟挡住了。[44] 如果他和源田两人当时想在病床上舒舒服服地躺着，这时候也就和其他病号一起命归黄泉了。

渊田神情恍惚地回到舰桥，不由自主地想找他在江田岛的老同学源田。他俩曾共同分享过胜利的喜悦，现在该共同分担这份忧愁了。此刻源田对日方全部损失情况已看得一清二楚，但他不是那种伏在别人肩头上哭鼻子的人。他瞧了渊田一眼，只说了一句话："我们搞砸了。"这似乎是对眼前战局的一个小结。[45]

与此同时，草鹿以他惯有的务实精神一直在计算损失情况。报务室和天线都已被炸毁，无法进行通信联络。尽管采取了措施，迅速给前弹药舱和炸弹舱注水，并使用了二氧化碳灭火器，情况仍然很快就变得不可收拾。[46] 10:42，舵轮系统已无法使用，主机停车。所有人员都奉命参加灭火。只剩下两挺机枪和一门高炮还能使用。[47]

在权衡了各项因素之后，草鹿认为南云现在应当把帅旗移到别的舰上，把机动部队交由官阶仅次于南云的第八巡洋舰战队司令官阿部弘毅海军少将临时指挥。只要机动部队的智囊团完好无缺，他们还能以飞龙号为核心继续作战，最好能打上一场日本人所擅长的夜战。因此，草鹿催促南云撤离赤城号，把司令部迁移到另一艘舰上去。

后来草鹿回忆说："但多愁善感的南云没有听取我的意见。我催他两三次都没有用。他坚定地站在舰桥上一个罗盘旁边。"这时，草鹿在江田岛的老同学青木大佐走上前来，轻声对他说："参谋长，我是舰长，我将对这艘舰负全部责任。所以，我恳求你，还有司令长官和其他参谋人员尽快离舰，以便继续指挥舰队。"[48]

听了青木这一番话之后，草鹿提高嗓门，斥责南云在这个重要问题上以感情代替理智。最后南云还是屈从于理智，同意由人营救离舰。[49]他的决定已嫌太晚，因为舰桥扶梯已被大火封住，[50]参谋们只好抓住绳子往下滑。草鹿身材矮胖，差点挤在窗户中出不去，还是别人使劲推了几把，才得以脱身，可是结果还从绳子中部脱手摔到飞行甲板上，扭伤了踝骨，双手和一条腿也被烧伤。[51]

渊田最后一个往下滑时，绳子已经被火烧着了。剧烈的爆炸使赤城号猛然一颠，渊田被高高地抛到半空，接着又重重地摔在飞行甲板上，把双腿的脚踝、脚背和脚跟都摔断了。他心想自己已经到了生命的尽头。他感到疼痛，感到悲伤，感到浑身发软。面对死亡，他没有别的念想，只是感到极度疲倦。火舌向他舔去，他的军服着火冒烟。两名士兵冲进浓烟，把他抬起来放进绳网里，然后把他荡到救生艇上，和已在艇上的南云及其参谋们一起驶向长良号轻巡洋舰。渊田并不是南云参谋班子的成员，其他飞行员不撤离，他是不能撤的，但他已经受了伤，不能再留在舰上了。[52]

源田正待上艇时，一名士官见他一只手被烧伤，就摘下自己的手套，递过去说："航空参谋，请用我的。"几乎与此同时，一名水兵跑上前来，交给他一颗图章和一张银行存折。这人是源田的勤务兵。他冒着舱里的烈火，奋力抢出自己长官的东西，源田自己也不知道有没有这个造化能活到用上这两件东西的时候。他的积蓄并不多，不过这两个人此时此刻还能想着他人，使他深为感动。[53]

第三十章
"如此惨败"

其他几艘日本航空母舰境遇如何呢？如果美方当时对中途岛海战的报道真实可信，那么俯冲轰炸机就没有对苍龙号造成任何破坏。谁也没有击沉它，甚至谁也没有想去击沉它。正如沃尔特·洛德所说，问题似乎是对苍龙号的实际大小有误解。[1]但它确实沉没了，所以说它一定遭到了某一机群的攻击。大量事实说明，这是约克城号所为。

从第十六特混舰队派出俯冲轰炸机起，到约克城号延误一小时后才派出飞机的这段时间里，弗莱彻没收到任何敌情补充报告。但第十七特混舰队的参谋人员充分利用了这段时间，研究日本舰队早先的航行标定、航线及航速。研究结果表明，如果南云照这样航行，那他离中途岛就只有90海里了。这比原计划的接敌距离要短得多，所以各中队长都接到通知，要他们不要飞出航线——向右转弯，因为日本人可能会反航向行驶。[2]

约克城号上的飞行长默尔·E.阿诺德海军中校的计划是：马西的VT-3中队和马克斯韦尔·F.莱斯利海军少校的VB-3中队的17架SBD共同攻击敌人。因此，他指示莱斯利先在约克城号上空盘旋，让速度较慢的鱼雷机先飞出15分钟。[3]

09:00刚过几分钟，莱斯利起飞，开始向15千英尺高度爬升。气候条件极其有利："能见度极佳，云幕无限，3000英尺高度有散云。海面平静，微风或无风。"[4]

"左撇子"保罗·A.霍姆伯格海军少尉担心不等VB-3的飞机赶到参战，战斗可能就已结束。他自己就差点没赶上。起飞时，他的3-B-2进入莱斯利飞机的滑流，左翼擦在舰前部高架工作台的沟槽上。他非常担心会因失事而参加不了这场战斗，他进行这么长期的训练为的就是参加这场有生以来的第一次战斗。他爬升上去后，进入莱斯利的僚机位置。[5]

莱斯利自己也遇上了麻烦，他机上的电动投弹装置出了"毛病"。到达20千英尺的巡航高度后不久，他示意各机做好投弹准备，同时按下自己飞机上新安装的电动开关。他这一按，炸弹不但没有进入投弹位置，反倒掉进了海里。另外3架飞机也碰到了相同的问题。这时莱斯利只好打破无线电静默，让其他人改用手动开关。霍姆伯格看到莱斯利为此而痛切自责。[6]

这个事故虽然不是莱斯利的责任，但对于像他这样认真负责的军官，很难想象还会有比这更让他丧气的。尽管还没有发现敌人，他们的飞机就已经从17架减为13架了。他现在赤手空拳，但必须率众机去攻击敌人。他仍然可以指挥作战，或许还能用机枪痛痛快快地扫它几下。

09:45左右，莱斯利飞抵VT-3和VF-3的6架战斗机的正上方。他"继续呈S形跟在VT-3后面飞行"。15分钟后，他用密语问马西是否发现敌人。据率领第三分队的D.W.沙姆韦海军上尉说，马西"回答说是的"，可是莱斯利没收到。[7]

10:05，莱斯利的机枪手、一等兵E.加拉洛尔发现了几乎在正前方约35海里开外的机动部队。数分钟后，莱斯利"从无线电里"听见"许多有关VT-3遭敌战斗机攻击的交谈"。[8]

莱斯利很容易地就选定了攻击目标：

> 这是一艘大航母，整个甲板呈暗红色，前段有台升降机，上部结构较小，处于右舷靠舰尾约1/3处，右舷内侧紧靠上部结构有一排垂直烟囱。除了那排垂直烟囱，其他描述都与加贺号对得上号。我最近看到加贺号的模型，它的那排烟囱是包在一个外壳里的，从右侧水平突出，处于上部结构后面。[9]

把加贺号和苍龙号的平面线条图做一比较，就能明白莱斯利指的是什么了。这两艘航空母舰都没有一排垂直烟囱，但苍龙号的图上有两个独立的烟囱，离上部结构很近，也许能说是"紧靠"。这两个烟囱成水平突出，接着又向下弯曲。加贺号的烟囱确"有外壳包住，突出舰外……"，而且在上部结构后较远处。[10]

莱斯利看见西边有一艘航母的上部结构在左侧。后来他推断那是赤城号。[11] 当时在西边确实有一艘舰桥在左侧的航母,[12] 但那是飞龙号,正在拼命避闪 VT-3 的鱼雷攻击。莱斯利以为华莱士·C. 肖特海军上尉的 VS-5 中队就在附近,所以在无线电中要他去攻击西边那艘航母。过了很长时间他才知道 VS-5 受阻未能参战。

这时,莱斯利的报务员告诉他,目标舰上的飞机正在起飞。莱斯利再次与 VT-3 和 VF-3 联系,但没联系上。他意识到他们精心安排的协同作战方案已经泡汤,现在大主意要他自己拿了。[13] 他并不知道,他的分队将成为三路夹击时的第三支兵力,而且即使这三路兵力经过几个星期的演练,也未必能配合得如此天衣无缝。

大约 12:25(中途岛时间 10:25),莱斯利率机俯冲,使用机上的机枪向舰桥扫射。接着又发生令人扫兴的事——机枪卡壳,于是他"飞速向东南方遁去,退出战斗有 4 分半钟……"[14]

这一来率领这次轰炸任务实际就光荣地落在霍姆伯格的肩上。他大致沿舰尾到舰首的方向飞行,从望远镜式瞄准器中看见了甲板上的大红圈。他俯冲的时间比通常要长,到大约 200 英尺高度才向上拉。舰上两舷的高炮齐鸣,吐着条条火舌。他感到似乎有块弹片击中了飞机,但俯冲没受影响。他的俯冲动作完美无缺。飞离该舰时他看见它中弹爆炸、烈焰腾腾,看上去赤橙黄绿五彩缤纷。舰上当时正在起飞的一架飞机被爆炸气浪掀进海里。这是驾驶 3-B-14 跟在后面的 R.M. 埃尔德海军少尉说的。[15]

沙姆韦说:"紧接着又有 5 颗炸弹命中,3 颗近距脱靶。"[16] 这多少有些言过其实了,但除少数最爱吹毛求疵的人,大家对这次的战果都十分满意。3 艘遭攻击的航空母舰之中,苍龙号受创最严重,而且是在很短的时间内造成的。

从 10:25 开始,3 分钟内,3 颗炸弹命中该舰,沿左舷一侧一字炸开。甲板上顿时烈焰升腾,炸弹舱、鱼雷舱、弹药库和油罐都被引爆。[17]

对于命中的说法，通常总是莫衷一是。但霍姆伯格认为他的炸弹落在舰中段两个升降机之间。[18] 苍龙号副舰长小原尚海军中佐的说法与之相同，第二颗炸弹击穿了前升降机近前处的甲板，在机库甲板上爆炸。第三颗不是在三号升降机前边一截，就是在加足油、装好弹等待升空的飞机中爆炸。[19]

南云说，总之"大火顿时笼罩了整个航空母舰"。[20] 烈火熊熊烧得噼啪作响。这时柳本柳作海军大佐站在舰桥右侧的信号台上，大声发号施令，同时恳请舰上的人要爱惜自己。[21] 显然，待在苍龙号上是活不了多久的。甲板下烫得像地狱，机库甲板的门被烧得熔化卷曲起来，活着的人都逃上了甲板。锚机甲板成了临时医院，医生和卫生兵们像机器人一样地工作着。他们冒着呛人的烟雾给重伤号打止痛针，尽量给他们包扎止血。他们把已经活不成的搁在一边，先抢救尚有一线希望的。前甲板上聚集了大批水兵，另外还有几个军官，其中包括小原。蓦地，一阵剧烈的诱发爆炸把包括小原在内的许多人都掀进海里。[22]

从苍龙号 10:25 首次中弹到柳本舰长下令"弃舰"，其间整整有半个小时。主机停了车，舵轮系统也无法操纵，消防管路全被炸毁。神气漂亮的苍龙号航母在短短 30 分钟时间内就成了一座烧空的焚尸炉。滨风号和矶风号在附近打捞幸存者，一部分运气好的人被从水中救起，有秩序地转移到这两艘舰上。

弃舰过程中，有人发现柳本不在，人们抬头寻找，发现舰长还在信号台上，大声鼓励活着的人，高呼着"万岁！"[23] 舰员们见他意欲与舰共存亡，个个大惊失色。柳本是日本海军中深孚众望、受人尊敬的舰长之一。大家决定，不管他本人意向如何，一定要去救他。于是他们推选曾获得海军相扑冠军的阿部军曹去救出舰长，必要时就凭借他的膂力。阿部尽了最大的努力爬上信号台，向舰长敬了个礼说："舰长，我受您全体部下之托，来把您转移到安全的地方。他们都在等着您。长官，请您随我上驱逐舰。"

柳本双目凝视前方，仿佛什么也没听见。阿部朝他走去，想凭他相扑运动员的膂力把他一把抱起来。这时柳本舰长徐徐转过身，一言不发，两眼盯着阿部，使他一步也动弹不得。阿部向舰长敬了个礼，转身离开了，这时，他悲痛地流下了眼泪。他听见柳本在轻轻地唱着日本国歌《君之代》。[24]

埃尔德和布尼安·R.库纳海军少尉看到自己的战友们对苍龙号的攻击卓有成效，就在"一艘担任飞机救援任务的轻巡洋舰"上试试自己的运气。他们声称有"一颗炸弹近距脱靶，一颗击中尾甲板"。[25] 美国人错把驱逐舰当轻巡洋舰的事既非空前，也非绝后。他们并没有命中，只有一颗近距脱靶弹落在苍龙号的护航舰矶风号舰尾外的海里。[26] O.B.怀斯曼海军上尉和 J.C.巴特勒海军少尉对一艘更大的舰——战列舰——发动攻击，并说他们"有颗炸弹命中舰尾，还有一颗近距脱靶"。[27] 后来有位姓名不详的军官说，这艘舰也许是"一艘超重巡洋舰"。[28] 这里指的究竟是哪艘舰仍是个问题，而在南云的记录上并没提到当时他的哪艘战列舰或重巡洋舰中弹。

在3分钟内，俯冲轰炸机就完成了前几批攻击飞机3个小时都没有完成的任务。与毫无建树的鱼雷机相比，俯冲轰炸机的飞行员在所受的训练上，在决心和勇气上都没有什么不同。美方这一惊人的胜利主要靠3个因素：麦克拉斯基在继续搜索时打破了常规的扩展正方形搜索方式；企业号和约克城号的飞机不约而同地在几秒钟之内先后在目标上空出现；零式机当时只顾对付鱼雷机，而没有顾及其他。

俯冲轰炸机也不是在没有受到损失的情况下就飞走的。约克城号的机群最幸运，在作战中一架飞机也没损失。霍姆伯格率众机返航。返航途中他发现自己浑身上下、仪表板上以及整个驾驶舱前部都是一层油，就问机枪手、二等兵 G.A.拉普兰特是怎么回事。拉普兰特是机械员，他说："看看刻度盘，如果一切正常，那就是液压消失了。"结果证明他的判断正确。

霍姆伯格根据无线电中给他的指示把速度降了下来。作战参谋小哈罗德·S.博顿利海军上尉紧跟着也放慢速度，莱斯利也这样做了。最后全中队以整齐的编队胜利飞返约克城号上空。但是，霍姆伯格并没有受到隆重的欢迎，航空母舰没有让他们降落，因为此刻这艘航母正遭到攻击（本书即将对此进行介绍）。莱斯利和霍姆伯格后来在阿斯托利亚号附近海面迫降并被迅速救起。[29]

企业号的运气就差多了。它损失了 14 架俯冲轰炸机，其中有些因燃料耗尽而在海上迫降。[30] 麦克拉斯基被 2 架零式机逐出作战空域，当他的机枪手将其中一架击落后，另一架便放弃了追击。麦克拉斯基到达指定点"选择点"时，发现海面上依然空空如也，本该在这里的舰队连个影子也没有。他打破无线电静默问伦纳德·道海军上尉"选择点"是否有改变。道回答说确实如此，新的会合点在前方大约 60 海里处。麦克拉斯基飞了 60 海里后只剩下 5 加仑油，所以他开始下降，准备在附近一艘航空母舰上降落。他认出那是约克城号，因他急于向斯普鲁恩斯汇报，于是继续向企业号飞去。他没有理睬要他飞走的信号。在舰上降落后他的飞机剩下的油只够洗一条领带了。他走向舰桥时，一个参谋看见血顺着他的左手滴到甲板上，于是大声喊起来："我的老天，麦克，你挂彩了！"麦克拉斯基被立刻送到病员舱。他喝了两口威士忌，伤口也被包扎好了。他的伤势不重，但因此而无法起飞参加以后的战斗了。[31]

加拉赫第二小分队的领队克拉伦斯·迪金森海军上尉经过一番厮杀之后，满怀喜悦的心情返航。他对自己当天的作战很满意。珍珠港遭袭那天，他是早班从企业号上起飞的飞行员之一，正好与前来攻击的日机遭遇。那天他在瓦胡岛上空跳伞时心里一点都不慌张。这一次能有机会报仇雪耻，他很高兴。击中加贺号的炸弹，有一颗就是他投下的。他返航时不断地以曲折飞行来避开对空火力。他不知道怎么会飞了这么长时间，好像被黏住飞不动了。他的"无畏"可以飞 250 节，可是速度表上的读数只有 95 节。他猛然意识到，在关俯冲减速板时，他误将起落架放了下去。于是他立即纠正，这才恢复了正常速度。[32]

由于液压表故障，迪金森飞到离企业号 20 海里的地方。他在一艘驱逐舰附近的海面上迫降。他非常高兴地发现朝他徐徐驶近的是菲尔普斯号。在调去学飞行之前，他曾在该舰服役过两年。舰上的老熟人把他救起时，心情也非常激动。他们拿出干衣服给他换，拿酒款待他，还向他提了一大堆问题。[33]

VB-6 中队的作战参谋乔·R. 彭兰德海军上尉的运气就差多了。在距目标约 25 海里、距"选择点"100 海里时，他飞机的发动机熄了火。他和机枪手、二等兵 H.F. 赫德爬上救生筏，没想到竟在海上一直漂到次日下午才被菲尔普斯号救起。当时迪金森也倚在护栏上，帮忙把他俩拉上了舰。[34]

托马斯.W. 拉姆齐海军少尉和他的机枪手、二等兵谢尔曼·L. 邓肯两人的遭遇与迪金森相似，但时间更长。他们在海上漂了 6 天后，才被一架 PBY 救起。拉姆齐爬上驾驶舱向飞行员道谢，结果发现这个少尉原来是他在密西西比州比洛克西上中学读书时的朋友奥古斯特·A. 巴思。他俩自离开中学后还没有见过面呢。像这样的巧合连小说家也不敢杜撰，只有历史才会做出这种安排。[35]

在飞返企业号途中，贝斯特发现自己的东面还有一艘航空母舰在滚滚浓烟中爆炸燃烧。他还看见一批鱼雷机飞过来。这毫无疑问是马西所率领的 VT-3，正在袭击飞龙号。有 4 架零式机从贝斯特下方飞过，准备去截击鱼雷机。一架浮筒式飞机有气无力地向他进攻，但被贝斯特的机枪手开枪赶跑了。

贝斯特返回航空母舰后尚剩 30 加仑左右的燃油。但这位优秀飞行员在中途岛海战后不能再为美国海军服务了。那天上午，他在检查氧气瓶有没有苛性钠外溢现象,刚吸第一口气,就闻到一股强烈的汽油味。他把那口气呼出来后,似乎未觉什么不适。但第二天他就不断咯血。他以为可能是血管破裂,就去找医生,把氧气瓶出毛病的事讲给医生听。其实这是他潜伏的肺结核病发作了,尽管他知道自己家里并没有结核病史。此后他就没再参加战斗,经长期住院治疗后,他因身体不合格而从海军退役。[36]

在VS-6中队威廉·R.皮特曼海军少尉的那架飞机上,二等兵弗洛依德·D.艾德金斯抱住双座活动机枪,放在腿上进行射击。这挺175磅重的机枪是飞机俯冲时从底座上脱落的。皮特曼刚拉出俯冲,就遭到"一架梅塞施密特型战斗机"的攻击。在一般情况下,这挺笨重丑陋的机枪要三个人来操纵。艾德金斯是个身体瘦小的年轻人,但在这紧急关头,他的身上产生了一股超人的力量,这力量有时能使勇敢的人在危难中活力倍增。他把机枪顶在机身上,射击效果很好,一举击落了那架战斗机。返回企业号后,有人要他把放在甲板上的机枪再拿起来,他却无论如何也拿不动了。[37]

在离战场不远的地方,藤田终于摆脱了险些把他裹住的降落伞的羁绊。他立即向海天相接的地方望去,只见三道黑色的烟柱,实在令人心寒。那无疑是日本的舰艇在燃烧。这段距离藤田是游不过去的。他回忆说:"当时我觉得只好听天由命了。"

不过,他还是做出了一番努力。他脱掉靴子、手套以及飞行帽,开始小心谨慎地游起来。有一回,一架日本水上飞机从上方低低飞过,但没看见藤田的紧急求救信号。他灰心丧气,听凭自己在海上随波逐流,心想自己还不知怎么个死法——是淹死,还是葬身鲨鱼的血盆大口之中?[38]

与此同时,南云等人乘坐的救生艇在水中颠簸向前,船桨激起的浪花像珍珠,又像有些桨手流下的泪珠,晶莹闪亮。受过训练的军官们有不受七情六欲支配的传统,他们忍住悲痛,没有流泪。源田靠近摄影师牧岛坐着。牧岛的照相机、胶卷和其他东西都丢了，只拣回一条命。源田低声说了句："如果翔鹤号和瑞鹤号在这儿，就不至于落得如此惨败了。"牧岛听了源田说出这句话，不禁愕然，他神色紧张地向四周环顾，想看看南云或草鹿是否听见，"被看成日本海军之希望"的源田竟然说出了惨败这个词。

森田海军大佐望着源田，不动声色地说："这一仗的结果肯定将决定日本的命运。"听他这么一说，艇上的人都猛然抬起头，可谁也没吱声。

南云仰起花白的平头，目不转睛地凝视着他曾经骄傲地在上面发号施令的舰桥，接着又垂下头去。牧岛认为，南云中将脸上的皱纹更深了。他似乎在为那些死者的亡灵祈祷。

渊田留着一撮小胡子，一双眼睛总是死死地盯着人看，所以牧岛背地里给他起了个"希特勒"的绰号。这时，渊田撑起身子，回头注视着正在燃烧的航空母舰。牧岛为他感到难过："他是日本舰载机最有为的飞行队长，现在飞将军双翼被剪，而且又离开了自己心爱的部下。"

赤城号的军医告诫渊田说："美津雄，你必须躺下。"渊田默默地点点头，躺下身去。

在这些人之中最泰然自若的要数草鹿了。他长期信奉禅宗佛教，又具有贵族的律己传统修养。在眼下这个非常时期，两者都起了作用。但是，他也无法控制嘴角肌肉的抽搐。

救生艇在第十驱逐舰战队司令木村进海军少将的旗舰长良号边上靠定。南云和他的参谋们登舰后，立即上了舰桥。旗杆上，木村的帅旗迅速为南云中将的帅旗所取代。长良号现在成了第一航空舰队的旗舰。[39]

第三十一章
"我们只剩飞龙号了"

10:50,阿部迅速果断地命令山口"攻击敌航空母舰"。山口随即打信号回答:"我们的全部飞机正起飞前去消灭敌航母。"[1]

眼下的局面正是自命不凡的山口大显身手的好时机。反败为胜,立刻派出飞机去痛击竟敢染指第一航空舰队的美特混舰队,孤军奋战,力挽中途岛战役的败局,在返航日本时让南云灰溜溜地跟在后面,就像他山口风筝上的尾巴——这一戏剧性的情景实在是正中山口的下怀。[2]

赤城号、加贺号和苍龙号所遭的不幸使第二航空母舰战队的参谋们惊恐不已,而山口却镇定异常。他说:"现在我们只剩飞龙号了。我们将牺牲自己,消灭这该死的敌人。"坚守在甲板下各战位上的水兵们没有看见海面上的战斗,他通过舰内通话系统把其他3艘航母均遭重创,特别是苍龙号正在燃烧的情况,向他们做了说明。他在广播喇叭中大声说:"现在要靠飞龙号继续奋战,为大日本增光。"[3]

山口将军和加来止男舰长在舰桥上和参战飞行员们一一握手。加来舰长时而讲上一两句话。设备管理参谋久马武男海军少佐虽听不清舰长说的是什么,但话中的真挚感情他是听得出来的:"我不会只让你们去牺牲。"小林道雄海军大尉激动得连牙齿都在打战。久马清楚,这并不是因为小林害怕,而是反映了他完成任务的"决心"。久马说:"我以前还从来没有见过这么感人的场面。"[4]

10:58,由小林统一指挥的18架俯冲轰炸机和6架战斗机已全部升空。俯冲袭炸机平均分成两个组,分别由小林和山下途二海军大尉率领。6架战斗机中,一马当先的是重松康弘海军大尉。在这支部队中,轰炸机所占的比例太大,这种头重脚轻的阵式是山口匆忙中拼凑起来的。由于友永的第一波飞机还要准备再度袭击中途岛,所以山口一时就派不出更多的飞机了。在飞龙号上,为腾出跑道供攻击中途岛返航的飞机降落,只好把第二波攻击飞机尽量推到飞行甲板靠舰首的部位,或者把它们送进甲板下的机库。美舰载机临空进行攻击时,舰上给飞机加油和检修的工作还没有完。因此当阿部下令进攻时,山口无法派出鱼雷机去与俯冲轰炸机组成机种配备恰当的攻击部队。但他没有耽搁时间,立即派出了所有能出动的飞机。[5]

11:00,阿部电令筑摩号上的三号和四号侦察机:"报告那些敌航母的位置,为攻击部队引路。"10分钟后,筑摩号上的五号侦察机报告说:"敌方位70°,距我舰队90海里。"山口等到11:30,仍不见有新的情况报来,就不耐烦地发信号给阿部:"派出水上侦察机,有效跟踪那艘敌航母。"[6]

这次联络有两点很有意思。首先,山口的措辞是"那艘敌航母",这与两位将军先前通话中"那些航空母舰"的措辞相矛盾。机动部队当时的极度混乱状态,由此也就可见一斑了。其次,山口的措辞是发号施令者的口吻。不论他的职务是否高于对方,这也是越俎代庖。他的脸像侦探一样和蔼可亲,可在他那香肠般的身体里却潜伏着一座迫不及待、野心勃勃的火山。实际上,那天后一段时间,机动部队缺乏统一的指挥。阿部只当了40分钟有名无实的指挥官。11:30,南云就在长良号上继续行使职权了。[7]但由于他忙着拟定作战计划,山口成了实际上的空战指挥官。

南云及其幕僚丝毫没有打算认输。他们决定:"全力保护飞龙号,准备做最后一战。"敌人相距不远,飞龙号剩下的飞机也许还能扭转战局,诱使美国人打一场夜战。[8]

飞龙号的攻击部队于 11:40 发现目标，于是发回一份密码电报。如果这份电报当即收到并译出，南云就会清楚自己究竟是在同什么样的对手作战。电报说："敌空中力量之核心为 3 艘航空母舰。为之护航的是 22 艘驱逐舰……"侦察员虽未区别巡洋舰和驱逐舰，但所报的舰艇总数是准确的。这一至关重要的情报，50 分钟后才到南云手里。[9]

小林的机群发现美国舰队的同时，约克城号的雷达也发现 45 海里外敌机群正从 250°方位向第十七特混舰队飞来。约克城号随即发出信号，要各支援舰艇组成 V 形编队以对付敌人的空袭。阿斯托利亚号和波特兰号加速到 30 节，分别驶至旗舰舰首两侧，驱逐舰则迅速组成外层防御。[10]

负责航空燃料的机械师奥斯卡·W.迈尔斯迅速着手清除输油管路中的高辛烷值汽油，并注入二氧化碳。这是他自己发明的防火技术。在发现小林机群之前，输油管路不存在危险，被吸回油罐的汽油上面覆盖着一层二氧化碳气体，能防止极其易燃的汽油气外逸。一个装有"大约 800 加仑纯净航空汽油的辅助油罐"被扔进海里。[11]

战斗机代理指挥员奥斯卡·佩德森海军少校命令他的 12 架"野猫"升空，同时向第十六特混舰队的战斗机指挥官请求增援。斯普鲁恩斯从自己的 16 架战斗巡逻机中派出 6 架支援他。[12] 日机编队大约还在 15 海里外，美机就迎着扑了上去。随之发生的是性能优越的零式机和数量上占优势的"野猫"之间的一场空战，其场面壮观激烈，令人叹为观止。这场空中格斗打得离约克城号越来越近。等双方飞机厮杀到航空母舰上方时，大约已有 10 架敌机被击落。[13]

尚未被击落的轰炸机分成若干小组，开始向航空母舰发起攻击。3 架日机缠住亚瑟·J.布拉斯菲尔德。这位美国飞行员战前是密苏里州一位中学教师，在珊瑚海海战中曾击落 3 架敌机（1 架战斗机，1 架轰炸机以及 1 架四引擎巡逻机）。[14] 6 月 4 日上午他从母舰起飞时，率领着 6 架飞机的分队,但经过与重松的零式机的一场混战,来到约克城号附近时,他发现就剩下他自己只身一人了。

他瞄准 3 架日机中的长机,在 300 码距离上扣动扳机。敌机中弹6 发,打着螺旋起火坠落。接着他又闪向左边,在 150 码距离上向第二架轰炸机嗒嗒嗒地痛打了一阵。敌机几乎在他眼前爆炸,气浪震撼了他那小小的"野猫"。第三架日机匆忙夺路向云层逃窜,但还没等它逃脱就被布拉斯菲尔德击落了。[15]

显然,小林的轰炸机是飞临约克城号上空的飞机之一,因为南云的战斗日志上记载着飞龙号领队飞机的一份电报:"我们正在攻击敌航母。09:00。"一分钟后,领队又发电说:"航母起火。09:01。"可是,令人吃惊的是,这份极其重要的报告竟然在 50 分钟后才送交南云。[16]

约克城号的炮手们立即进行自卫。敌俯冲轰炸机以单机呈曲线逼近,这使炮手们颇难对付。敌机俯冲开始后,他们才开始射击。右舷一侧的机关炮一齐对准第一架尖啸着俯冲下来的轰炸机开火,它至少被截成 3 段,掉进航空母舰右后侧不远的海里。但它的炸弹也落了下来,击中离四号炮座不到 20 英尺、离舰舷约 15 英尺的地方,炸死 17人,炸伤 18 人。没有受伤的迅速接替伤亡人员,继续射击,不过火力已大大减弱。

这颗炸弹在飞行甲板中部炸出一个 10 英尺的大洞后,掉进机库里,造成 3 架飞机起火。其中 2 架是企业号的受伤飞机,另 1 架是约克城号自己的,它不仅加满了汽油,而且装载了一颗 1000 磅重的炸弹。负责机库的军官 A.C. 埃默森海军上尉立即打开消防喷水装置,很快把火扑灭。[17]

第二架日飞机刚俯冲投弹完毕,就被准确的炮火打得粉碎。炸弹啸叫着紧擦舰尾而过,入水后爆炸。这时轰炸机的碎片也溅落在航母尾部拖起的浪花里。炸弹的弹片杀死杀伤了后左舷炮的几名炮手,在尾甲板上引起几处小火。但火势很快就被炮兵军官和其余的炮手控制住了。[18]

日机一个小组从左侧俯冲而下。其中只有一架飞机投下一颗炸弹，接着它自己就在航母左舷外不远处坠毁。约克城号算是运气，因为这颗炸弹装有缓爆引信。这炸弹在飞行甲板上轰隆隆地直往前冲。它穿过副舰长办公室，又闯进 VS-5 的待机室。飞行计划参谋查理·N. 科纳斯特海军少尉当时正在待机室里忙着。炸弹撞坏了那里一只每个美国办公室都必备的大咖啡壶，让人提神醒脑的咖啡淌得到处都是。那颗炸弹一路势如破竹，最后在航空母舰巨大的燃烧着的心脏——烟囱里爆炸。爆炸的冲击使锅炉熄火，一号、二号和三号锅炉的烟道也全部被毁。航母的航速立刻降到只有 6 节左右。不到 20 分钟，约克城号就纹丝不动了。[19]

与此同时，第三颗，也是最后一颗命中该舰的炸弹落在一号升降机井里，在舱下第四层甲板上爆炸，造成前汽油库和弹药舱隔壁堆放破布的舱内起火。损管军官克拉伦斯·E. 奥尔德里奇海军中校立即率消防人员灭火。如果火势蔓到附近的易燃物品上，就会使约克城号起火爆炸飞上天。水龙头把弹药舱浇得满地是水，同时也硬是靠水龙头和消防斧，才扑灭了破布舱内的大火。[20]

多亏损管人员行动迅速，这 3 颗炸弹在约克城号上才没造成严重损失。这艘航母在珍珠港经过神速的大修后，被派到中途岛海面。这次经过 2 个多小时的奋力抢修，它又奇迹般地投入了战斗。

以前，在海上那些漫长的日子里，巴克马斯特海军上校总是让舰员们针对各种可能设想到的紧急情况进行训练，所以现在他们都知道该做什么。木工扛着沉重的木料赶到飞行甲板上，凭他们的熟练技术和坚强决心，只用了 25 分钟就修复了甲板。[21]

在负责轮机的约翰·F. 德拉尼海军少校指挥下，轮机兵和锅炉工也创造了奇迹。一等武器技士查尔斯·克兰史密斯和他的一号锅炉的人员冒着令人窒息的炽热、呛人的烟雾以及随时都可能被炸得粉身碎骨的危险,迅速烧出了足够的蒸汽,从而带动了辅助动力系统。炸弹在烟囱爆炸发生1小时又10分钟之后,约克城号降下故障旗,升起"我航速5节"的信号旗。这时,它的护航舰艇将它团团围住,每艘舰上都爆发出兴奋与亲切的欢呼声,这声音温暖着巴克马斯特的心田。蒸汽压力不断上升,抢修工作继续进行,约克城号的航速也逐渐增加。14:37,它的速度达到19节,并不算快,但已够体面的了。[22]

与此同时,弗莱彻决定把帅旗移至阿斯托利亚号。虽然约克城号一时还没有危险,但它作为旗舰已经不合适了。这项决定十分明智,也非常实事求是,它体现了真正的弗莱彻作风。他和参谋人员离开巴克马斯特舰长和他的舰员,彼此各司其职,互不干扰,这对于各有关人员都更合适。弗莱彻不选别的护航舰艇,而选中阿斯托利亚号,一来是因为它就在附近,二来是因为他的参谋长和亲密战友波科·史密斯正在该舰上指挥着各巡洋舰。[23]

13:13,弗莱彻的参谋人员开始从右舷攀绳而下,登上阿斯托利亚号的二号机动救生艇。弗莱彻刚跨出一条腿,又停下来对负责的水手长说:"干这玩意我他妈的有点老啦,最好用绳子把我吊下去。"于是两名水手兵把他像条大鱼似的拴在单套结绳子的一端,慢慢放了下去。[24]

11分钟后,弗莱彻一行上了阿斯托利亚号,接着救生艇又去接剩下的人,第二趟接人正待结束、最后一个人刚攀上巡洋舰的绳梯,这时两架SBD几乎挨着舷梯迫降下来。这是攻击苍龙号后油料耗尽的莱斯利和霍姆伯格。这两个飞行员以及他们的机枪手敏捷熟练地从橡皮筏跨上救生艇,然后顺绳梯爬了上去。他们所选择的时机极佳,动作极为娴熟,就像经过了几周演练似的。[25]

在攻击苍龙号后,VB-3的"无畏"全部安全飞离,向约克城号返航。众机在飞抵航程大约一半处会合,然后编成整齐而有规则的中队队形,像打靶归来似的返航。他们刚发现约克城号,就接到舰上指示，要他们飞离，以避免将要开始的空袭。这15架SBD在天上盘旋，直到日机全部飞离后才向企业号飞去。企业号一时未认出是己方飞机，朝它们开了几炮，这些SBD不得不进行规避。莱斯利和霍姆伯格因在这一海域盘旋寻找被击落的飞机，所以汽油耗尽。[26]

斯普鲁恩斯看见天边升起一柱浓烟，便派彭萨科拉号和文森斯号重巡洋舰以及本汉姆号和巴尔奇号驱逐舰驰援弗莱彻。2分钟之后，即12:37，企业号开始回收VB-3的飞机。企业号和大黄蜂号一起给VF-3的飞机重新加油装弹。与此同时，约克城号的作战自给能力每分钟都有所提高，它为10余架"野猫"进行了加油装弹。[27]

大黄蜂号这一天连遭挫折，过得凄凄惨惨。它的鱼雷机损失殆尽，俯冲轰炸机根本未能参战，而战斗机又因缺油不得不在海上迫降。现在，它行善助人，接受约克城号的"难民"，却又遭到一次打击。一名受损的"野猫"飞机的驾驶员在摔降时没有关上机枪保险。降落时的冲撞触发了机枪。子弹打在母舰的上部结构上，击穿了一英寸厚的钢板以及一根工字钢梁。流弹打死了5个人，打伤20余人。死者中有才干卓著、大有前途的罗亚尔·R.英格索尔第二，他是美大西洋舰队司令的儿子。[28]

英格索尔海军上将"虽然身材并不魁梧，但他是个伟人……总是把海军的最大利益置于个人的感情或欲望之上"。珍珠港事件后不久，一位同事偶然中听见他"对儿子说，现在美国已经宣战，真正的军官不应想着留在陆上，应去海上供职"。因此，当听到儿子牺牲的噩耗后，他感到打击特别沉重。在公开场合，他表现很坚强，但有一天深夜，当办公室只剩下他和他的同事时，他告诉这位深怀同情的朋友，"他建议儿子出海，结果儿子死了，他心都碎了"。[29]中途岛战役的胜利来之不易，高级将领和普通士兵都为之付出了巨大的代价。

（上）美舰企业号
（下）美舰约克城号

（上）美海军陆战队在中途岛登陆
（下）来自明尼苏达州明尼阿波利斯的海军陆战队上等兵斯坦利·G.本森观看中途岛上特有的信天翁。他站在那里看它们翩翩起舞。五分钟之后他摇摇头离开了它们。

（上）中途岛的油库被日本炸弹击中后拍下的照片。注意看前景中的信天翁。

（下）中途岛上被击毁的 F4F

1942年的中途岛。这是岛上一座机库遭空袭后的内部场景。

一架日本鱼雷机击中约克城号的场景

美舰约克城号的沉没场景

沉没前不久的约克城号

道格拉斯公司生产的 SBD "无畏"单引擎轰炸机

遭重创的日舰三隈号

遭重创的日舰最上号

被美舰贝纳姆号救起的汉曼号上的幸存者

第三十二章
"决心击沉一艘敌舰"

在企业号上，斯普鲁恩斯和参谋们研究了约克城号遭袭意味着什么，并商量了对策。布朗宁得出了明显正确的结论：攻击约克城号的飞机是从麦克拉斯基的飞行员报告的那艘未遭创的日航母上起飞的。这位性情急躁的参谋长主张立即采取报复行动。斯普鲁恩斯则不想仓促上阵，贸然行动。第一，他的轰炸机尚未做好起飞准备；其次，他在等待接近预定地点的侦察机报告敌航母的确切位置。美国人没能发现敌人，却已消耗了足以投入一次作战的兵力。[1]

斯普鲁恩斯如此小心谨慎，定会被山口嗤笑的，但他这次又做出了一项正确的决定。山口兵力的阵容是：以长良号为先导，飞龙号居于战列舰、巡洋舰和驱逐舰组成的防御圈之中心。13:20前，飞龙号及其护航舰艇一路向北航行。接着，山口派出攻击约克城号的第二波飞机，然后改变航向，朝东北航行。[2] 如果美国人这时发动进攻，很可能就根本发现不了这艘日本航母，也救不了约克城号。

在飞龙号舰桥上，山口和加来给即将率第二波攻击飞机起飞的友永、桥本和森茂海军大尉做最后指示："不要再攻击那艘被小林机群击中起火的航母，攻击另外几艘航母。如果在那片海域没发现其他航母，那再攻击那艘航母。"山口司令官和三位领队握手。事隔多年，桥本仍记得山口那宽大柔软的手与他相握时的情景。[3]

接着，山口和加来到飞行甲板上，亲自为参加第二波攻击的人送行。山口与飞行员们一一握手说："望勇敢战斗。"说来也怪，想揣摩舰长心思的桥口得到的印象居然和早些时候久马得到的几乎丝毫不差："我不会只让你们去牺牲的，你们先去，我马上就来。"[4]

他们临起飞之前，飞行长的传令兵亮出一块标明敌舰队最新位置的小黑板。桥本把这个位置标在自己的航图上。他突然想起，应该问问友永是否了解这个情况，但由于忙着起飞，一时无暇问他。[5]

据桥口说，参加攻击的飞行员都知道，此行基本上是有去无回的，但他们爬进机舱时个个面带笑容。眼下随友永出发的飞机与那天早上壮观的攻击机群相比显得何等寒碜！10架鱼雷机分2组，分别由友永和桥本率领。森茂率领随轰炸机出发的6架战斗机中，有4架原先是飞龙号上的，2架来自起火燃烧的加贺号。[6]

友永的轰炸机上被打漏的油箱还没有来得及修补，所以他只加了一半燃油，不大可能再飞回航母了。但他坚持要率机出击，拒绝了别人要和他换飞机的好意。他这个人性情孤僻，从来不向别人吐露自己的思想感情。桥口对他佩服之至，也了解颇深。他的印象是，友永觉得是自己建议再度袭击中途岛，结果间接地造成了灾难性后果，自己是有责任的。桥口对友永飞机上的其他人产生了怜悯之情。这些人并无内疚之感，却要和友永一起去死。桥口说："当时飞龙号全体舰员，包括飞行员，都决心效忠天皇和帝国，因此我们对这一点考虑得不多。把生死置之度外的不仅是飞行员，实际上是舰上所有的人。"他还说，"我们决心击沉一艘敌舰，即使去撞也要把它撞沉。"[7]

桥口对友永的动机也许估计得太浪漫了，因为桥本并没有这样的印象。他认为，友永的决定是出于以下几个实际因素：只剩下飞龙号尚能作战，现有的飞机数量很少，"哪怕只减少一架飞机，都会严重影响预期的攻击结果"。如果按报告的说法，敌人在大约100海里之外，那么即使飞机有伤，他也能飞回来，实际上友永就是这样对桥本说的。当时桥本要把自己的飞机让给友永飞，友永谢绝说："敌人离得很近，我攻击之后还是可以返航的。"[8]

从山口给几个领队飞行员的指示来看，只要可以攻击其他航母，他根本不准备再攻击那艘受创航母。各侦察机的报告纷至沓来，但互相矛盾，山口显然还是相信自己的飞机所报告的情况。飞龙号的轰炸机先前报告的是3艘航母和"22艘驱逐舰"。山口收到这份报告，有足够的时间向友永的部队做简单介绍。事实上，他于14:00曾向南云报告说："据我舰载轰炸机报告，在自北向南长约10海里的洋面上有3艘敌航母。"[9]

虽然可供选择的攻击目标是3艘航空母舰，但友永的机群径直扑向约克城号。桥本发现友永"正朝敌舰队原来的位置飞去"，知道友永没有收到关于敌舰队最新位置的报告。他想靠近友永的飞机，把情况告诉他，但没有办到，就只好作罢。好在两次报告中有关敌舰队的位置相去不远，只要"方向不错……"，他们或许还能发现目标……[10]

约克城号的雷达发现33海里外的这批日机。该舰立即停止给战斗机加油，再次排干加油系统，用二氧化碳气将它封住，同时派出VF-3的6架战斗机，迎着敌机进行战斗巡逻。舰上的10架战斗机中，有8架的油箱里有23加仑油料，用来进行局部作战还是绰绰有余的。这8架飞机也被派去助战。另外，第十六特混舰队也派出一些战斗机。

"野猫"在飞出将近15海里后截住了日机，随之发生的空战实际上是中午那场格斗的重演。6架零式机中，有3架被数量上占优势的F4F-4击落。[11] 22岁的海军少尉米尔顿·图托尔第四，击落了一架鱼雷机。图托尔是密苏里州圣约瑟夫一位银行行长的儿子，上约克城号才5天。上午的战斗之后，他的"野猫"还没有加油，这次又跳进了座舱，偷偷地去参战了。他刚飞离飞行甲板，就扑向一架鱼雷机的尾部。他咬住敌机，在离母舰1000码处向敌机猛烈开火。那架敌机还没来得及投下鱼雷就被击落。图托尔把机头向上拉的时候，却被己方炮火击中。幸亏他没有受伤，而且落在离护航舰艇很近的地方，很快就被安德森号驱逐舰救起。[12]

舰上的高炮击落图托尔的时候似乎轻而易举,但对付低空飞行的日机却困难得多。重巡洋舰采用了波科·史密斯发明的新办法:用主炮对着鱼雷机前方的海面射击,掀起一串串倒挂的瀑布。[13] 由于"野猫"的拦截和这些倒挂瀑布的阻挡,进入目标空域的鱼雷机只有5架。14:32,友永用无线电通知各机:"进入准备攻击的编队位置。"2分钟后他下令,"全体攻击!"[14] 攻击飞机当即分成两组,友永居右,桥本居左。[15]

一架身份不明的日机(也许是飞龙号的,抑或是在附近活动的一架侦察机)电告机动部队:"我方攻击机群正在攻击敌航母。总共有3艘。"发报时间与友永下攻击令的时间相同。[16]

在距约克城号约500米处,桥本从15米高处、与敌舰成正横的位置上投下鱼雷。他从航母舰首上方相当于飞行甲板的高度上飞过。他发现敌舰没有中弹迹象,也没有起火。但当他迅速飞离时看见了高高升起的水柱,接着便是滚滚的浓烟。[17]

约克城号航速慢,仅有19节,但它仍然避让了两枚鱼雷。可是它的要害部位中了两枚鱼雷。14:43,第一枚鱼雷击中左舷近中部,几乎在同时,第二枚鱼雷中的,弹着点比第一枚鱼雷的略靠前。左舷燃油舱被炸坏,3个锅炉舱和前发电机房进水,造成停电。操控台发生短路,备用发电机无法送电。舰舵也出现故障,致使航母在那天下午第二次无法动弹,向左舷倾斜了17°。[18]

约克城号继续倾斜。被第一枚鱼雷击中后大约10分钟后,它的倾斜已达到26°,在舰上站立都成了问题。左舷飞行甲板的边缘几乎已接触到海面,幸亏当时海面上风平浪静。奥尔德里奇和德拉尼两人都认为,倾斜已无法修正。由于停电,照明和舰内通话全部瘫痪,舰上各部位间的联系几乎完全中断。被炸坏的燃油舱淌出的油向倾斜的航空母舰各个部位蔓延,形成一层薄薄的、十分危险的油膜,哪怕一个小火星都能酿成席卷全舰的大火。舰上只剩下6架飞机。总而言之,作为一艘航空母舰，约克城号已经全然无用了。舰上的人员现在是唯一财富。[19]

无论发生什么情况，要舰长做出弃舰决定都是一件非常困难、非常残酷的事情；巴克马斯特与阿诺德以及副舰长迪克西·基弗海军中校共同研究后，勉强做出了弃舰决定。巴克马斯特有责任在航空母舰倾斜超过平衡点之前把舰上近 3000 名官兵全部撤出。14:55，他下令升起蓝白色信号旗——"弃舰"。[20]

巴尔奇号、本汉姆号、拉塞尔号和安德森号都靠上去接撤离人员过舰。其余舰艇担任反潜警戒。[21] 撤离进行得从容不迫、井然有序。在阿斯托利亚号的舰桥上，弗莱彻焦躁不安地观察这次撤离，觉得它太不紧不慢、按部就班了。他说："我都急坏了，觉得巴克马斯特上校做出弃舰的决定已经太晚。"后来有些脱离实际的战术家们说巴克马斯特的决定草率鲁莽，而弗莱彻对他们的说法是无法容忍的。他回顾此事时仍坚持认为："我本人在当时是真他妈的着急，想快点把人撤下来。在我看来，把军官和那些优秀的美国士兵救出来是至关重要的。"[22]

从约克城号撤出伤员"极为困难，因为甲板上很滑，舰身严重倾斜，根本无法抬着担架从甲板上走。有时只好把担架放在甲板上拖，有时运伤员就靠肩背手抬"。伤员们被千方百计地从舰上轻轻地吊下去。舰艇上参加救援的人纷纷跳进海里，帮助不能游泳的。装货用的绳网、救生筏以及汽艇都用上了。[23]

基弗随最后一批人员离舰。他负责撤离工作，在听了各方面报告并亲自进行检查，确信自己已圆满完成任务之后才撤离。有一个人不敢抓着打结的绳子向下爬，基弗就抓住绳子把他往下放。由于绳子滑动速度太快，基弗的双手被磨得火辣辣的痛。等轮到他攀绳而下时，他的手连绳子都抓不紧了。他从绳子上重重地摔下去，像铃舌一样撞在航母的侧面，双脚的踝骨都摔断了。[24]

巴克马斯特一直在撤离工作的现场。直到确认各事均已就绪，他才离开指挥位置，到全舰上下最后检查一遍。毫无疑问，他是希望借此机会与这艘航母倾诉衷肠，默默地向它告别。他沿着倾斜的航母右侧艰难地向前走，穿过飞行甲板，往下通过包扎所，向前穿过将官休息室和舰长室，再转到左侧走下机库。这时，左舷机库甲板已泡在水里。他满意地看到活着的人已全部撤离，才爬上舰尾部，两手交替沿舷边向下攀爬。在接触水面时，他听见有人呼救，便朝那人游去，把一名在水中挣扎的炊事值勤兵托上救生筏，接着他自己也爬了上去。最后，汉曼号驱逐舰把他们送上了阿斯托利亚号。[25]

14:45，望眼欲穿的弗莱彻和斯普鲁恩斯终于收到侦察机的报告。这是VS-5中队的作战军官塞缪尔·亚当斯海军上尉发回的报告，其准确性令人惊讶："航母1艘、战列舰2艘、重巡洋舰3艘、驱逐舰4艘，方位北纬31°15′、西经179°5′，航向0°，航速15节。"亚当斯第一遍用明语直接报告，尔后又以莫尔斯电码形式复报一遍。据这份情报，飞龙号和南云的支援舰艇离11:50搜索组起飞时约克城号所在位置有110海里。敌实际位置在方位281°、距离72海里处，误差38海里。也算美国人走运，飞龙号正直冲着特混舰队驶来。[26]

斯普鲁恩斯立即下令舰上所有能参战的俯冲轰炸机全部起飞。麦克拉斯基攻击加贺号时胳膊受了伤，这次未能参战，所以指挥混合机群的任务就交给了职务和资历仅次于他的VS-6中队的加拉赫。加拉赫所率领的飞机总共24架，其中11架载单重1000磅的炸弹，其余飞机载单重500磅的炸弹。除了他自己的飞机外，有5架来自VS-6中队，4架来自VB-6中队，其余14架都是约克城号VB-3副中队长沙姆韦海军上尉率领的。15:50，全部飞机都从企业号起飞，扑向目标。由于要优先考虑保卫特混舰队，所以没有派战斗机为之护航。[27]

攻击飞机起飞后,斯普鲁恩斯给弗莱彻打信号说:"第十六特混舰队的机群现正攻击你部侦察机发现的那艘航母……对我还有何指示?"如此彬彬有礼的请示使弗莱彻必须做出抉择。他不能靠遥控对航母的战斗进行战术指挥,不能在信号通信、闪光通信和无线电联络这些繁文缛节上浪费宝贵的时间。他要么率参谋人员上大黄蜂号,要么授权斯普鲁恩斯。前者要花很多时间,等于彻底改组特混舰队。所以实际上他别无选择。他毫不计较个人得失,立即打信号说:"没有。同意你们的所有行动。"[28]

这段时间正是山口春风得意之时。虽然他损失了包括友永在内的全部5架轰炸机,还有包括森茂在内的大部分零式机(返回的飞机只有3架),但他对两次空袭的战果仍很满意。他正打算把美国人的残兵败将统统消灭,一面忙着向南云报告,一面准备发动第三次攻击。[29] 飞龙号在海上劈波斩浪、往返驰骋。长良号上的舰员以及被救上舰的其他人看见它从旁边驶过,舰上所有飞机都做好了起飞准备时,他们齐声高呼:"飞龙号,要报仇雪恨!"[30]

15:31,山口向南云报告:"在与我试验13型舰载轰炸机取得确切联系后,我们计划用现存全部兵力(轰炸机5架、鱼雷机5架、战斗机10架)于黄昏时发起进攻以歼灭残敌。"山口的乐观似乎很滑稽可笑,其实不然,因为他确信他的飞机已击沉或重创了2艘美航空母舰。犯这种错误也在所难免,因为他的第一波攻击飞机报告说一艘航母起火,第二波飞机在空中又观察到一艘似乎并未受创的航母。16:00,山口向南云发信号,明确表达了自己的见解:"第二波攻击的结果:一艘企业级航空母舰肯定中了两枚鱼雷(与上次报告说的被炸航母并非同一艘)。"[31]

山口还有个把小时可以自我陶醉一下。16:45,加拉赫的机群发现了大约30海里外的飞龙号及其护航部队,同时发现南边地平线上升起的三柱浓烟。[32] 17:01,筑摩号发现左舷方向有敌机,正好在飞龙号上方。[33] 这时山口的几架零式机匆忙起飞拦截。加拉赫当机立断，下令企业号的飞机随他一起攻击飞龙号，让沙姆韦率约克城号的14架飞机去解决附近的一艘战列舰。[34] 这项决定非常愚蠢，因为在主攻目标毫发未伤的情况下，他就把半数以上的攻击飞机调作他用了。加拉赫真不该那么走运。

在长良号上，牧岛把眼睛闭了起来，因为他实在不忍心再看了。[35] 加拉赫对准飞龙号浅黄色甲板上鲜红的圆圈直冲而下。飞行甲板的一号位上停着苍龙号的特别试验飞机。它刚完成首次侦察任务返航，正准备带领第三波飞机去攻击美特混舰队。飞龙号令人不可置信地来了个急转，加拉赫的瞄准扑了空。他努力想把炸弹扔下去，而不是让它们掉下去，结果扭伤了腰。[36] 他的炸弹落在飞龙号后边的海里，没造成任何破坏。随后两架飞机投下的两颗炸弹也没有中的。[37]

沙姆韦发现这些炸弹近距脱靶，不等成命撤销就率领他的飞机，抛开战列舰，向敌航空母舰发起冲击。在当天战斗中，美军十分走运，这要再次归功于下级军官表现出的灵活反应和主动精神。究竟是像沙姆韦所说的由VS-3中队的飞机首先命中飞龙号，还是由VS-6的其他飞机首先命中，现已无法查明。[38]

4颗炸弹相继击中舰首。[39] 第一颗炸弹把前升降机连根拔起，阻断了舰桥至舰首的通路。烈火蔓延，封住了通道，不断爆炸产生的碎片四下横飞。加来舰长进退维谷。为避免再度中弹，他只好全速前进，但由此而产生的风助长了火势向全舰蔓延。牧岛的好奇战胜了理智，当他睁开眼睛的时候，发现飞龙号从舰首至舰尾一片大火，但是它仍然"像头发了狂的牛一样拼命地奔跑"。[40]

飞龙号的第三波攻击飞机原定由桥本率领。他在待命出击时抓紧时间打个盹。猛然间，"可怕的爆炸声震撼全舰"。刹那间，他就被令人窒息的浓烟所包围。舱盖被关闭，过道上挤满了从底舱爬上来的人。

又一声剧烈爆炸把军舰震得直晃。所有的灯都熄了。桥本憋得难忍，就朝着亮处跑去，想吸口新鲜空气。那亮处原来是个炸出来的洞。洞外一切都在燃烧。幸亏桥本戴着手套，才能从洞里爬出来。由于他没戴帽子，火星溅在头上，把头发都烧着了。旁边有个人递给他一个面具。尽管它烧得只剩下一半，而且上面全是灰，桥本却十分感激地把它接过来。

这时，副舰长命令他："助理飞行长，指挥这里的人，趁这些悬吊的弹盾还没着火，把它们全都扔到海里去。"桥本全力投入这项工作以及随之而来的消防灭火。后来他左大腿负伤，也被撤了下去。[41]

VB-6是向这艘航空母舰发动进攻的最后一批飞机。负责指挥的海军上尉贝斯特认为，有一颗命中的炸弹是他们投下的。[42] 其实这关系并不大，大家都是美国飞行员，一人立功，全体光荣。

沙姆韦率领的飞机中有两架冲向那艘战列舰。那是榛名号，它虽屡遭攻击，却能安然无恙。它似乎有张护身符，因为尽管攻击者施展了全部招数，结果只是像日本人所说的：两侧各挨了一颗"超近脱靶弹"。[43] 加拉赫腰部扭伤，疼痛不已。他损失了VB-3中队的2架SBD和VB-6中队的1架SBD，正待撤出作战空域，这时大黄蜂号7架VB-8的轰炸机和8架VS-8的侦察轰炸机一并赶到。这时的时间是17:12，飞龙号已是一团大火，无须再攻击了。于是大黄蜂号的这批飞机向利根号和筑摩号发起攻击。[44] 利根号舰首舰尾附近都落下了炸弹，最近的离舰50米。筑摩号避开了落在舰首左舷外100米处的集束炸弹。[45]

正当大黄蜂号这批飞机俯冲攻击利根号时，从中途岛和莫洛凯岛飞来一批B-17，也向同一批目标发起进攻。虽然有些参战者确信他们命中了1艘航空母舰、1艘战列舰或重巡洋舰，但这批大型陆基轰炸机和早些时候一样，并无战绩。[46] 从日落至月出前，从中途岛起飞参加攻击的 VMSB-241 中队也毫无建树。6 月 4 日的战事就此结束。[47]

第三十三章
"我们可别再碰上这样的一天了！"

"加贺号、苍龙号和赤城号遭敌陆基机与舰载机攻击后，正在猛烈燃烧。我们计划以飞龙号迎战敌航空母舰。同时，我们将暂时北撤。集结部队……"

这是阿部担任指挥的短暂期间于 10:50 发给山本和近藤的电报。[1] 08:55，利根号的四号侦察机曾向南云报告说有 10 架鱼雷机正朝机动部队飞来。宇垣认为，10:50 的电报是大和号继收到 08:55 的电报后第一份有点重要价值的情报。"这份令人伤心的报告顿时使作战指挥室蒙上一层浓厚的阴云。"这是宇垣在事隔三日后写在日记中的真心话，因为这时他才有空闲，才有心思写日记。[2]

确实，这简直是个晴天霹雳，震痛人心。联合舰队自开战以来还从未收到南云部队失利的消息，这一下从根本上动摇了他们对自己的看法。再说，对于中途岛之战定能取得赫赫战果这一点，大和号上的人从未有过片刻的怀疑，况且至当时为止，所收到的又都是胜利的捷报。现在他们的态度必须彻底改变，不是考虑"我们将取得如何辉煌的胜利"，而是要考虑"我们能挽回多少损失"。[3]

这些军官对中途岛作战计划也许曾表现得过于自信和自负，但他们谁也不是傻瓜。山本本人或者他的参谋们并没有指望这场大规模海战之后舰队还能完好无损。损失 1 艘航空母舰，他们完全可以泰然处之；损失 2 艘，虽说是严重的挫折，也还可以忍受。但现在竟是 3 艘，损失如此惨重,完全出乎意料。[4]

所以,此刻联合舰队司令部内个个头脑发热、手脚冰凉,司令部再也不是原先那样沉着镇定、处事客观的集体了。黑岛暴跳如雷,急得拍桌子,有时还痛哭流涕。这种气质很像是一个意大利歌剧演员。[5]不过他的想法倒很有气魄,也合乎逻辑。他坚持认为联合舰队应当把这一仗打出个应有的结局。即使3艘航空母舰都在起火燃烧,现在就认输尚且为时过早,因为飞龙号依然完好无损,在敢打敢拼的山口指挥下,它也许能替受到重创的各姊妹舰报仇。[6]

山本对山口的作战素质寄予很大希望。[7]宇垣与山口的关系也非同一般,因为他俩是江田岛的同班同学,特别是因为他俩对南云都没有好感。虽然日本人认为对上司、对同僚的忠诚是最重要的美德之一,山口却对宇垣发牢骚说,他认为南云和草鹿都缺乏魄力。宇垣非但不责备老同学,反倒怂恿他越过南云,直接向上级提出意见和建议。[8]

这一背景有助于理解这个现象:当山口给山本发出"飞龙号攻击机群已全部起飞,可望击中并击沉敌航母"之类的电报时,谁也没有指出这是蛋尚未孵先数鸡的如意算盘。山本司令长官及其幕僚拼命抓住这根稻草。他们低声祈祷:"愿菩萨保佑飞龙号。"[9]

在作战指挥室里,山本表情严峻、不动声色地听黑岛慷慨激昂地提出关于如何挽回败局、重整旗鼓的初步建议。[10]黑岛提出调阿留申部队南下投入战斗。投入该部队的航空母舰,等于给第一航空舰队输血。它的战列舰就能把起火燃烧的几艘航空母舰——包括落在山口手中的美国航空母舰——一起拖回日本去。强者竟然会落魄到如此地步!黑岛的锦囊妙计不过是把北方部队的战列舰当作驳船,用以拖回受损的航母而已。

黑岛的第二条建议是撤销夏威夷至中途岛的潜艇警戒线,因为敌人已经出来了。可以将这些潜艇集中用于战区。[11]

山本至少是部分地采纳了这条建议。他也像黑岛一样,根本不愿善罢甘休。12:20，大和号向各司令长官和各战队司令官下达了第一五五号作战命令。在第一条中，山本向他们通报了主力部队未来的位置，然后继续道：

"第二条，中途岛攻略部队派出部分舰艇为运输舰只护航，同时暂向西北撤退。

"第三条，第二机动部队尽快与第一机动部队会合……"
这项命令还把潜艇阵位做了变动，但是没提到战列舰！

南云于 13:00 接到此命令。[12] 命令是明智的，对南云肯定有所鼓舞。运输舰艇将暂时脱离危险地区，近藤将率领自己的航母从阿留申南下驰援南云。

在斯普鲁恩斯发动毁灭性反击，约克城号与飞龙号展开生死大搏斗的过程中，时间和事态的发展对第一机动部队都极为不利。显然，战斗已从空中转到海上。南云坚定地踏上他所深爱与熟悉的巡洋舰的甲板。他像一棵行将枯萎的室内盆栽花木被移至沃土甘霖之中，又萌发了生机。[13] 山口头脑中也不乏妙计良策。他想把仗打到敌人那边以挽回败局。早在 11:53，他就下令所属部队："准备马上发动进攻，集结。"[14]

整个下午和晚上，各侦察机的报告雪片似的飞向南云。可是，这些扑朔迷离的报告使南云得到的有关美国人的位置和兵力的印象与实际全然不符，错误百出。[15] 在这些乱得可怕的情报中，南云确实得到两份非常出色的报告。如果他完全相信这两份报告，他和山本后来也许不至于陷入如此混乱的局面，也不会愤愤不平、耿耿于怀了。但是南云毕竟没有神奇试金石，无法辨认真假虚实。

这两份属实的报告中，第一份就是本书已提及的 11:40 飞龙号轰炸机的无线电报。该报告说美舰队的核心是 3 艘航空母舰，护航舰艇共 22 艘。这份报告南云舰队于 12:30 收到。第二份情报是第四驱逐舰分队司令官有贺海军大佐于 13:30 给山本、南云、近藤和小松的电报。

292　中途岛奇迹

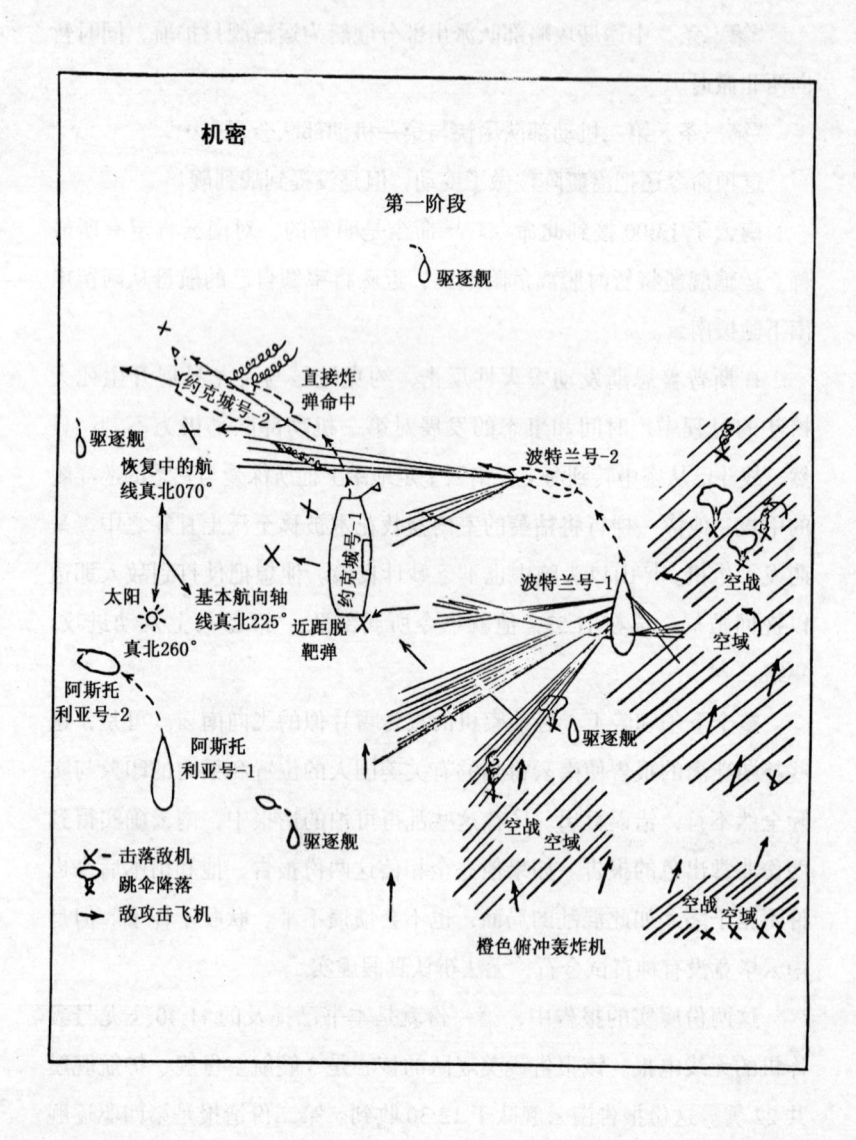

机密

第一阶段

驱逐舰

约克城号-2
直接炸弹命中

驱逐舰
恢复中的航线真北070°
波特兰号-2

约克城号-1

太阳
基本航向轴线真北225°
真北260°
近距脱靶弹
波特兰号-1

空战
空域
空战
空域

阿斯托利亚号-2

阿斯托利亚号-1
驱逐舰

驱逐舰
空战 空域

✕— 击落敌机
☂ 跳伞降落
→ 敌攻击飞机

空战 空域
✕ ✕ ✕

橙色俯冲轰炸机

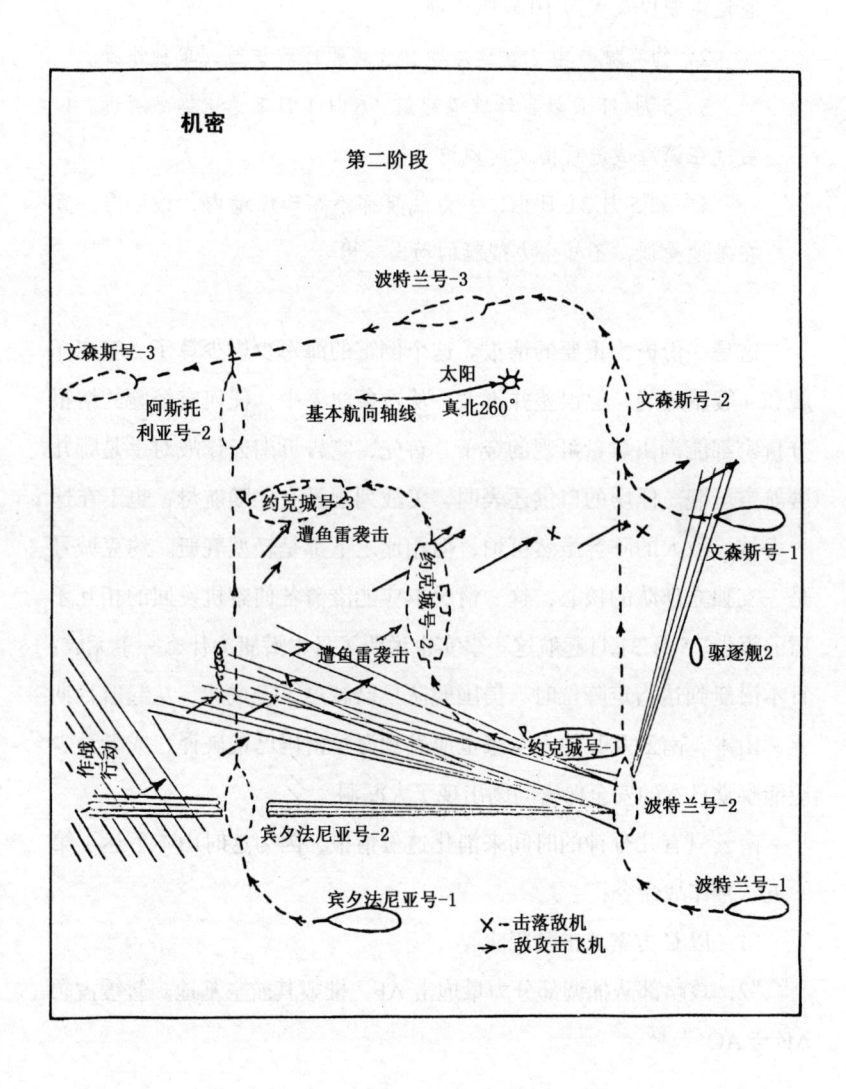

第三十三章 "我们可别再碰上这样的一天了！"

电报内容是约克城号上的俘虏交代情况：①

> 1．参战航空母舰是约克城号、企业号和大黄蜂号。还有6艘巡洋舰以及大约10艘驱逐舰。
>
> 2．约克城号由2艘巡洋舰和3艘驱逐舰护航，单独作战。
>
> 3．5月31日晨自珍珠港起航，6月1日抵达中途岛附近。以后就在该海域进行南北向巡逻。
>
> 4．到5月31日止，主力舰艇都不在珍珠港内。该俘虏一直在基地受训，不知主力舰艇的动向。[16]

这是一份极为重要的情报。这个倒霉的海军少尉少算了2艘巡洋舰和4艘驱逐舰，但误差并不大。从这条浅溪中，任何有经验的情报分析家都能淘出数量可观的金子。首先，它告诉南云作战对手是哪几艘航空母舰。俘虏的口供还表明，美战列舰没有伴随航母，也不在这一海域。敌人的阵容虽然可怕，但相比之下都是轻型舰艇。约克城号是一支独立部队的核心，这一情况本应能澄清各侦察机发回的相互矛盾的报告。5月31日起航这一事实也说明了日本潜艇为什么一事无成：日本潜艇到达指定阵位时，美国舰队早已越过了警戒线。从起航日期上，山本、南云及其他人本来也应发觉海军密码已被破译，或者至少应能察觉日本的安全保密问题出现了大漏洞。

南云只有几分钟的时间来消化这份情报，因为这时山本下达了第一五六号作战命令：

"1．以C方案攻击敌舰队。

"2．攻略部队抽调部分力量炮击AF，摧毁其航空基地。暂缓占领AF与AO。"[17]

---

① 见本书第二十八章。

这都是黑岛那发达大脑的产物。C方案要求集中所有兵力消灭敌舰队。我们可以看出，AF指的是中途岛，AO指的是阿留申群岛。显然山本已将日本人原先的作战方案颠倒过来。他们首先必须消灭美特混舰队，并摧毁中途岛的岸基航空兵力。此后，只有在此后，他们才能实施占领。黑岛希望夜间攻击美舰队，以弥补日方的损失。这不仅因为日本海军擅长夜战，而且双方航空母舰之间的距离也有利于夜战。[18]

主力部队各部在互相联络的同时，冲破黑色的浓雾，开足马力向战场驶去。舰桥上的宇垣在指挥航行的同时，不断与作战指挥室的山本和其他作战计划制定者取得联系。按照原计划，在M日①，主力部队与南云舰队之间的距离应为400海里，在N+1日②后，应为200海里。但正如宇垣在记叙6月4日战事的长篇日记中所说的："事与愿违，N-2日发生的事完全出乎意料。"由于补充燃料所花的时间比预计的短，各战列舰大约提前一天到达，所以宇垣希望能把弦绷得紧一些。

由于大雾弥漫，过了一个多小时，在编队尾部航行的长门号才收到命令，跟上了主力部队。宇垣在日记中平静安然地写道，在这段时间里，"普遍有一股急躁情绪"。[19] 长门号舰长矢野英雄海军大佐的处境颇值得同情，因为山本和宇垣都不容忍拖拉疲沓的作风。当这艘以前的旗舰跟上来之后，主力部队的航向为120°，航速20节。这个速度虽不算快，但在当时情况下也达到极限了。海上大雾蒙蒙，信号灯已全然无用，所以只好把探照灯架在尾甲板上进行联络。即使如此，舰队的混乱状态仍然令人担惊受怕。偶尔雾气稍散，宇垣发现本应在右舷舰首一侧护航的驱逐舰却在左侧快速地行驶。[20]

笼罩着机动部队的还有另一团迷雾。14:05收到山口13:45发的电报："据飞机报告，09:40（当地时间12:40）时，敌位于方位80°，距

---

① M日指动员开始日。——译注
② N日指开战日。——译注

我90海里。它的组成是5艘大型巡洋舰和1艘（正猛烈燃烧的）航母。"既然是这样，倒也好。但10分钟后，榛名号的侦察机又报告说："09:40敌位于左侧，方位90°，它由5艘大型巡洋舰和5艘航母组成，航母都在燃烧。"[21] 这真像变戏法，1艘美航母变成了5艘，而且都在燃烧。

不论航空母舰的数量是1艘还是5艘，这份情报说明，一场水上战斗已迫在眉睫。此时南云并未畏缩不前。14:20，他把自己的坐标位置通知了角田、他自己的所属舰艇以及所有相关舰艇，并说："消灭东面的敌特混舰队后，我们计划向北运动。第二机动部队应尽快与我们会合。"[22] 他最后这句话是说给近藤听的。而近藤的部队仍在荷兰港附近作战，不到6月7日是不可能与南云会合的——这就迟了3天。[23]

阿部于15:35用闪光信号灯发来的信息促使南云将计划做了明显的改变。阿部的信息说："利根号四号侦察机发现，12:30时敌方位114°，距我们110海里。"[24] 在南云看来，敌人似乎正在退却。这个信息非但没使他感到更有把握，反而使他满腹狐疑。虽然他的对手具有空中优势，处于随时可以攻击机动部队的有利位置，但他们显然是想跳出日本人再次空袭的圈子，以避免进行鱼雷与炮火激烈对抗的风险。同时，他们还明智地将部队保持在中途岛陆基机和侦察机的航程之内。

实际上，斯普鲁恩斯并没有撤退；他已转向逆风，派出企业号和大黄蜂号的飞机去攻击飞龙号及其护航舰艇。但南云对此一无所知，所以他打消了白天攻击的念头，寄希望于打一场夜战。[25] 于是在15:50，南云把航向由东北改为西北。[26]

山本的幕僚对实际敌情也像南云一样两眼一抹黑。宇垣说，他们当时估计"敌舰队由3艘企业级航空母舰、2—3艘改装航空母舰、5艘重巡洋舰和15艘驱逐舰组成，在自北向南大约100海里的广阔海域摆开了阵势"。山本的幕僚也在制定夜战计划。宇垣在日记中写道:"夜战能否奏效取决于第一波攻击对中途岛敌基地造成了多少损失。"[27]

于是宇垣以个人的名义给草鹿,而不是给南云,发了一份电报:"报告攻击中途岛的进展(特别要说明中途岛的海岸基地明天能否为我方部队使用……)。"南云的记录上说16:55收到这份电报,但没有回电记录,而且宇垣也说"没有收到答复"。[28]

出于某种原因——也许是从根本上怀疑南云的作战能力,宇垣认为没有答复说明事情不妙。"从当时情况来看,对敌基地的摧毁还不够。据此,我们认为,如在拂晓前不能将其彻底摧毁,敌增援部队无须等到明天,甚至当晚就会上岛,那将增加我们在该岛登陆的困难。"宇垣"怀疑200毫米口径火炮能否有效摧毁敌岸基航空兵基地"。他还预料说,让军舰抵近该岛实施炮轰会使它们处于敌潜艇的攻击之下。但由于其他参谋力主炮轰,他才下令近藤部队炮击中途岛。即便如此,他对这一做法仍持很大的保留态度。[29]

近藤把炮击任务下达给栗田的近距离支援部队,把金刚号和比睿号战列舰留作自己攻略部队的主力。负责炮击中途岛的舰艇是熊野号、铃谷号、三隈号和最上号重巡洋舰,以及两艘驱逐舰。栗田大约于15:00接到命令。尽管他的巡洋舰的速度为日本海军之冠,但5日拂晓前无论如何也赶不到中途岛。而且在炮击该岛后,他还得在光天化日之下,在不断受到空袭威胁的情况下,把部队撤出战斗。[30]宇垣对这一"希望渺茫但也十分危险的冒险行动"毫无信心,最后还是决定将它取消了。[31]

日本人过高地估计了中途岛的力量。他们倘若知道此时该岛是如何不堪一击,就会步步逼近的。按沃纳少校的说法,6月4日下午是"整个战斗中最关键的时刻"。他捏着一把冷汗,生怕敌人杀将回来。如果日本人再度进攻,就会给中途岛造成灾难性的损失。有七八架B-17由于没有掩体,只好停放在跑道上。这种被动挨打的架势可想而知。和夏威夷的联络很困难。沃纳认为最好他能飞回希卡姆,亲自向黑尔将军汇报战况。[32]

拉姆齐也十分悲观。陆基部队无法与海上舰艇联络,这不仅对弗莱彻和斯普鲁恩斯来说是件憾事,对岛上守军也很不利。拉姆齐知道了约克城号遭袭的消息,但对日本航母受创的情况所知甚少。他获得的大部分情报,尤其是陆基机轰炸战果的情报很不准确。他知道的战况就是这样:

> 陆军飞机击伤1艘日航母。陆战队航空大队损失惨重,未飞抵目标就已被击溃。约克城号被击中。西北方向的数艘战列舰、265°方位的4艘巡洋舰以及西边的大批舰艇都在逼近。3艘敌航母好像是留下对付第十六特混舰队的……看来在日落前我们很可能会遭敌水面舰艇的猛烈轰击。

按照尼米兹关于保全重型飞机的命令,拉姆齐准备把海军航空站暂时用不着的巡逻机全部撤出。岛上仅剩2架战斗机和为数不多的轰炸机未曾受伤,这就是日本人可能遇到的空中威胁。[33]

17:30,南云电告山本及各司令长官:"飞龙号中弹起火。"[34] 这个消息,特别是对宇垣,犹如当头一棒。他悲痛地说:"在仅存的这艘航母身上寄托着我们的全部希望。它单枪匹马,孤军奋战,击伤2艘敌航母,最后也罹难了,我的天啊!"[35] 山口和南云一样,也未能逃脱战败的厄运。

虽然斯普鲁恩斯还不清楚飞龙号是否已经沉没,但击毁最后一艘日本航母后,他又面临另一个问题:我们现在怎么办?他问他自己:如果向西,我们在夜间会遇上什么情况?他不喜欢逞英雄,也无心让自己的航母进行夜战。日本人的水面舰艇占很大的优势,又擅长夜战,而斯普鲁恩斯没有足够的驱逐舰为航母护航。况且,他的首要任务并不是去追击已元气大伤的日机动部队。他后来解释说:"我担心中途岛,因为我认为日本人可能对该岛展开登陆进攻,而我的任务又是保护中途岛。"于是他转向正东,一直航行至午夜时分。这时他已处于可以向两个方向机动的位置。哪里有战斗,就可以开赴哪里。他说:"我想于6月5日抵达能够空袭中途岛的范围之内,以防日本人侵犯该岛。"36

在战后很长一段时间里,报界的一些纸上谈兵的海军专家和一些自封的评论家,对斯普鲁恩斯在这几个小时内挥师向东的做法肆意进行责难。实际上,不这样做将是玩忽职守,甚至是愚蠢的犯罪。这并非什么"没有追击"的问题,因为战斗并未结束。如果日本人没有惊慌失措,而是保持头脑冷静,战斗可能还会拖延下去,战斗结局也可能迥然不同。

首先,正如斯普鲁恩斯本人所说,他的任务是保卫中途岛。他不能听任日本人对中途岛为所欲为,而自己却像堂吉诃德那样向日本风车展开进攻。尼米兹或其他人都从没有想到过第十六、十七特混舰队会有可能消灭敌舰队。斯普鲁恩斯和他的部队不仅完成了,而且大大超额完成了赋予他们的使命。

其次,尼米兹曾特别指示斯普鲁恩斯和弗莱彻要遵循风险预测原则。因为航空母舰一旦受损,将无法弥补,其他水面舰艇也同样珍贵,所以不能拿它们来冒险。击沉4艘敌航空母舰,而自己损失1艘航空母舰,这样的比例可以接受。但是,对付日本人的残余部队,已不值得再拿1艘航空母舰去冒险了。

第三,双方参战舰艇的舰种也排除了美国人在与日本人的夜战中获胜的可能性。如果斯普鲁恩斯继续西进,他将与南云的支援舰艇以及近藤的舰队直接遭遇。这两支部队拥有巡洋舰的数量与他的旗鼓相当,驱逐舰的数量是19:13,战列舰的数量是绝对的4:0。榛名号、雾岛号、金刚号和比睿号是同级战列舰,舰上配备8门14英寸火炮和16门6英寸火炮。斯普鲁恩斯的巡洋舰上没有口径8英寸以上的火炮。

在夜间，航空母舰的战斗力是可以忽略不计的。即使在最佳作战时间，它也不宜进行水面战斗，到夜间它就明显成了累赘。在静谧的太平洋夜空背景映衬下，与舰体低矮的驱逐舰和巡洋舰相比，企业号和大黄蜂号就像两座隐约耸立的水上摩天楼。它们的装甲较轻，没有重型火炮，很容易成为敌人的打击目标。再说，黑暗也剪去了飞行员的翅膀。正如莱斯利中队长对波科·史密斯所解释的那样，即使在最佳条件下，"直接命中一艘快速舰艇也不容易。这就像从眼睛的高度向一只受惊的老鼠投石子一样"。[37] 到夜间，这个希望击中老鼠的投石者两眼都被蒙上了。从时间上看，从空中对准敌舰的"软下腹"投放鱼雷造成致命创伤的可能性最大，可是约克城号的13架鱼雷机已损失了12架，企业号的14架也损失了11架，而大黄蜂号的15架飞机则已损失殆尽。

我们说过，更重要的是，日本人所梦寐以求的，正是诱使美特混舰队于6月4日晚向西航行。对此，斯普鲁恩斯想必也知道。

17:33，南云收到筑摩号二号侦察机报告后不胜烦恼。报告说："敌人开始东撤，航向70°，航速20节。"[38] 大石请求动用仅有的那架在长良号上的夜间侦察机，以继续搜寻美舰队行踪。对于这架飞机是否能取得成功，南云的参谋们自然是持怀疑态度的，但南云同意试试。[39] 他对于诱敌夜战简直急不可耐。很难看出宇垣断定南云已丧失"战斗意志"的根据何在。[40]

比较实事求是的草鹿在回首这段往事时认为，他们当时是在追踪天空的彩虹。他说："坦率地说，我们的处境很困难。为了海军的荣誉，我们觉得我们不能后退。现在看来，我们当时只是盲目地乱跑一气，一厢情愿地想打一场夜战。"[41]

近藤继续迅速地进行各种准备，并于17:50电告所有相关部队：

1．利用月色，像白天作战一样，以密集战斗队形与敌作战。

2．根据实际情况，第五巡洋舰战队和第二（或第四）驱逐舰分队可相机单独行动。

3．鱼雷深度定在4米……[42]

接着，筑摩号的二号飞机又给这个可怕的混乱局面增添了一分奇异色彩。18:30，筑摩号巡洋舰发灯光信号说："我舰二号机于14:13发现敌航母4艘、巡洋舰6艘、驱逐舰15艘，在燃烧倾斜的那艘敌航母以东30海里，敌部队正向西运动。我机发现它们后不久，遭敌舰载机追击，后失去目标。"[43] 此时此刻，南云大概真想拿脑袋去撞舱壁，或者把所有的侦察机驾驶员都掐死。

6分钟以后，山本和宇垣收到一份电报。它不是刚才这份最新的报告，而是上次那份说敌人正在撤退的报告，至当时为止，由于这些报告混乱不堪、矛盾百出，加上大和号收报后用很长时间去解密，联合舰队司令部和机动部队司令部之间的联系陷于极度混乱，不进行当面会晤已无法澄清事实。

宇垣在心里迅速地盘算。日落才4分钟时间，"撤退中的敌部队"和近藤的"快速前进的攻略部队"之间相隔100海里。并非一切都完了嘛！他立即发布"火速追击敌人，意即夜战的命令"。[44] 这就是19:15下达的联合舰队第一五八号作战命令——在瞬息万变的战术情况下，企图进行遥控指挥会产生种种问题，这便是一个典型的、可怕的例子。命令如下：

1．敌舰队实际已被击溃，正向东退却。

2．附近的联合舰队所属部队准备追歼残敌，同时占领中途岛。

3．主力部队将于6日00:00到达フメソ[①]32海区，航向90°，航速20节。

4．机动部队、攻略部队（缺第七巡洋舰战队）及先遣部队应立即接敌并攻击之。[45]

100只黝黑强健的手去抓取100瓶阿司匹林，这样的场面并不难想象。等长良号把这篇杰作解密之后，苍龙号和加贺号已经沉没，留在赤城号上的人正准备弃舰，飞龙号尚能航行，但舰上已是烈焰腾腾；而据报告，4艘敌航母正向西航行。对这道命令每个人的反应都不一样。躺在舱里铺位上的渊田，骨折已复合，感觉良好。草鹿的铺位也在这一间，所以向草鹿报告的一切情况渊田都听见了。他不相信山本会有什么不对。他认为司令长官是想在士气尚未完全崩溃前再打打气。[46]

天津风号舰长原为一的反应是另一个极端。他惊愕不已，险些从舰桥上掉下来。他认为山本发了疯。这一天他的心里都特别难受，因为他多少也可以算是南云的一个门生，对他崇拜得五体投地。他对自己的恩主是既同情又痛惜。[47]

南云则厚道地认为："……发出上述电令的原因是对敌情的错误估计。"[48]南云的看法虽然措辞不尽贴切，但相当正确，这从宇垣日记中可以看出。这项电令的起草人是宇垣，他是个十足的教条主义者。[49]对于在海军高级参谋学院所学的课程，以及"全力以赴打大仗"的思想，他几乎推崇备至。根据这样的教义，从珍珠港出发、准备与日本舰队交战的美国舰队应该一直向西航行，直到进入日舰炮火射程之内。可是斯普鲁恩斯没有按常规行事，这使宇垣感到茫然不知所措。他的对手并非走投无路，却向东退去，他感到难以想象。

---

① 日文，日海军使用的海区标号。——译注

飞龙号失去战斗力后，联合舰队司令部的战斗意志开始涣散，而斯普鲁恩斯不落俗套的战术彻底摧垮了敌人业已涣散的斗志。中途岛作战计划缺乏灵活性，在出现这么多不测事件的情况下，它连一点灵活余地也没有。在重压下它终于以失败而告终。

山本不仅想把士气再鼓起来，而且正根据一五八号作战命令认真地准备继续攻打中途岛。这一事实从山本 20:30 给伊-168 号潜艇的电报中得到了证实。田边弥八海军少佐的这艘潜艇自 6 月 1 日起就在中途岛附近游弋，而且一直是尽责尽力。"炮击摧毁中途岛航空基地的任务，23:00 以前由伊-168 号潜艇担当，23:00 以后由第七巡洋舰战队担当。"[50]

1 小时后，南云已看过译出的电文，并对形势做出估计。筑摩号 18:30 发出的灯光信号使他相信，"敌航母部队在数量上占了绝对优势"，而他自己的驱逐舰又都在守护几艘受伤的航母，无法抽身，所以他认为夜战是无法进行的。他将集中力量抢救飞龙号，因为它还能以 28 节的速度快速航行。因此，他将自己所了解的实际情况电告山本，并把他认为是联合舰队司令部的误解做了澄清："敌人总兵力为航母 5 艘、巡洋舰 6 艘、驱逐舰 15 艘。它们正向西航行，15:30 在卜スフ[①]15 海域附近。我们正保护飞龙号，以 18 节航速向西北撤退。"[51]

这份电报不仅未能使联合舰队司令部对战局重新做出判断，反而使他们认为南云是被吓昏了头。[52] 山本做出的反应是：把除了被击毁的几艘航空母舰及其守护舰艇外的整个机动部队交给了近藤指挥。收到山本这道命令前 5 分钟，南云还就他先前的说明向山本做了补充报告："敌航母还有 4 艘（可能包括辅助航母）、巡洋舰 6 艘、驱逐舰 16 艘，正向西航行。我们的航母均已无法作战。我们计划于明晨以浮筒

[①] 日文，日海军使用的海区标号。——译注

式侦察机与敌保持接触。"[53]

联合舰队司令部还没来得及对此做出答复,作为新任指挥官的近藤就采取了行动。他向各有关部队通报了攻略部队的位置,并说:

>……嗣后,它将东进寻敌,并根据机动部队第五六〇号密件,自午夜起参加夜战。
>
>2. 机动部队(缺飞龙号、赤城号及其护航舰艇)应立即回转,准备参加攻略部队的夜战。[54]

宇垣认为,从南云最后这份电报中"丝毫看不出他的斗志"。这混乱的一天也就以他对南云电报大发雷霆而告结束。他在日记中叹息道:"在今后的战斗中,我们可别再碰上这样的一天了!让它成为我一生中唯一蒙受重大失败的一天吧!"[55]

第三十四章
"没有希望了"

6月4日下午晚些时候,和煦的阳光照在海面上,但展现在山本和宇垣眼前的是他们做梦也没想到的一派死亡和毁灭的情景。附近的日舰之间的联络也反映出局面混乱得令人寒心。

16:55,南云下令滨风号驱逐舰舰长折田常雄海军中佐"与矶风号一起为苍龙号护航,同时向西北撤退"。但5分钟后矶风号舰长丰岛俊一海军中佐却用无线电向第四驱逐舰分队司令有贺海军大佐请示:"苍龙号已失去航行能力,我该怎么办?"[1]

半小时后，有贺命令丰岛"在苍龙号附近待命"，还问："如果火势得以控制，它是否还能航行？"[2]

等到18:00仍没有回答，有贺再次发报给滨风号以及加贺号的另一艘护航舰艇舞风号："加贺号和苍龙号是否有沉没的危险，请回答。"2分钟后，忠实可靠的丰岛对第一个问题做了答复："靠自身动力航行已没有希望了。幸存者都已转移至我舰。"[3]

大约600名幸存者上了矶风号。由于该舰负载太大，丰岛不得不命令他们不要随意走动，以免发生倾覆。他的命令其实有点多余，因为从苍龙号上下来的几乎全是伤员，矶风号上一片凄惨的号哭与呻吟。许多人虽然从苍龙号上死里逃生，结果却在矶风号上命归黄泉。不断有人死去，尸体被一具接一具地抬进一个单独的舱室。[4]

18:30，正当中途岛的轰炸机向机动部队的巡洋舰发动攻击时，南云收到筑摩号灯光信号报告说，4艘敌航母及其护航舰艇正向西航行。显然是由于这些令人不快的动向，有贺才无可奈何地给守护赤城号和苍龙号的驱逐舰发报说："各舰要保护自己分管的航母，防止敌潜艇及特混舰队的袭击。如敌特混舰队真的来攻，就采用打了就跑的战术消灭之。"[5]

这样的信任实在是令人伤心——命令两艘驱逐舰与一支特混舰队交战并消灭之，可是这两艘舰上满载着数百名死里逃生的幸存者，其中许多是伤员，而且舰体的吃水已齐到舷边上缘。

当落日开始把它那美丽的粉红色余晖轻轻地撒向太平洋时，保护苍龙号的驱逐舰正与它保持着一段距离，小心翼翼地绕着它航行。一架美PBY在炮火射程之外盘旋，跟踪这艘受创的航空母舰，但并无攻击企图。19:00左右，苍龙号上的大火似乎有所减弱。幸存者中官阶最高的军官着手组织人员灭火，企图回到母舰去拯救它。准备登舰的人员还没动身，该舰上又发生一次剧烈爆炸，把驱逐舰震得猛烈摇晃。一股通红的火苗直冲被夕阳映红的天空。它似乎是苍龙号的英魂，正挣脱那受伤的钢铁躯壳而直冲云霄。驱逐舰上有人本能地高喊着向它告别:"苍龙号万岁!"听到这一声喊的人,个个热泪夺眶而出,都跟着喊起来。苍龙号渐渐无声无息地从海面上消失了。大约10分钟后,幸存者们又感到水下发生一次猛烈爆炸。随后海面逐步恢复了平静,夕阳把空荡荡的海面照得通红。[6]

在几海里之外的蓝色海面上,鹦鹉螺号潜艇的潜望镜留下了一道白色浪迹。布罗克曼海军中校站在自己的岗位上,津津有味地看着这艘他已跟踪近3小时的航母逐步停下来。航母的舰体平稳,舰壳似乎没有受损。起初他看到的烈火和浓烟似乎得到了控制。他还看见舰首前方海面上有只小船,有人企图把一根拖缆甩上去,另外他还看见前甲板上很多人在忙碌着。

在布罗克曼面前有3个可供选择的攻击目标——受损的航空母舰和它的2艘护航舰艇。它们在那艘航母前方约2海里处,被布罗克曼当成了巡洋舰。他认为鹦鹉螺号靠蓄电池为动力,无法对两艘快速巡洋舰进行长距离追击,所以就决定结束这艘航母的性命,免得它的舰员把它修复或拖走。他谨慎地以潜望镜深度接敌,向航母靠舰桥的右舷方向迂回,以寻机攻敌。他和军官们反复核对日美双方航母侧视图,满意地发现那是一艘"苍龙"级航母。[7]

实际上,布罗克曼对这几艘舰艇的识别是大错特错的。被他认为是"巡洋舰"的那两艘其实是萩风号和舞风号驱逐舰,那艘航母是加贺号,其上部结构和苍龙号一样在舰右侧。虽然加贺号比苍龙号大得多,但从潜望镜看到的加贺号很容易被误认为是苍龙号,而不会被当成飞龙号,因为飞龙号的上部结构在左侧。[8]

13:59,布罗克曼在距那航母3400码处发射了第一枚鱼雷,又在稍近处发射了另外两枚鱼雷。他确信3枚鱼雷全部命中,因为14:10敌航空母舰通体是火。[9]

这个错误不难理解,一厢情愿的如意算盘是个重要原因。实际上有两枚鱼雷脱靶。当一枚鱼雷直扑加贺号而来时,通信参谋三屋看见一道翻滚的白色浪迹,心想这下这艘航母要寿终正寝了,于是屏气默祷起来。[10] 他的祷告有了灵验,因为那鱼雷击中舰体后断成了两截,没有爆炸。它的弹头沉了下去,但后半截像一块巨大的软木浮出了水面。在附近踩水的几名幸存者向这只天赐的救生筏游去,感恩戴德地抓住它,其中还有个人爬上去骑在它上边。看见自己的同伴把美国鱼雷当马骑,这些落水者不禁哈哈大笑,一时忘却了眼前的烦恼。[11]

布罗克曼看见的那场大火,也许是航空母舰上厚厚的油漆涂层燃烧所致。火从下午开始烧,接着蔓延至全舰。在随后的两个小时里,鹦鹉螺号的日子很不好过。它在全力规避萩风号长时间、近距离的深水炸弹的攻击。萩风号舰长岩上次一海军中佐熟练自如地指挥自己的驱逐舰,如果深水炸弹投放得再深一点,那么鹦鹉螺号的历险就到此结束了。实际上,潜艇里发生了几处小渗漏。艇员们曾听见潜艇上方一阵奇怪的响声,仿佛有人在艇身上拖了一根链条。甲板上曾两度传来重物撞击的闷声。声呐操纵手报告说,指示器上到处显示有螺旋桨的响声。原来这时正是萩风号从它上方驶过。

"艇长,真是心诚则灵啊!"一个炊事值勤兵在鹦鹉螺号脱离危险海区后虔诚地说。在此后很长一段时间里,他每天都要准备一段布道的说教贴在布告栏里。[12]

与此同时,加贺号上天谷海军中佐的消防人员与不断蔓延的烈火继续搏斗,但越来越无济于事。易燃的油漆把大火引向全舰的各个部位,诱发了炸弹库以及机库里炸弹和鱼雷的爆炸。剧烈的爆炸气浪把人,甚至把舰上的钢板,都像火柴杆一样掀进了大海。[13]

病员舱里,一位年轻少尉带着几名卫生兵在奋战。大火阻断了他们同舰上其他部位的联系。少尉命令一个姓冈本的卫生兵想办法把伤员转移到安全的地方,冈本找了一通之后向少尉汇报说,所有通道都被阻断。少尉说了声"谢谢,你费心了",随即无可奈何地闭起眼睛。

但一位老资格的士官说:"我们不能束手待毙,可以从舷窗出去。"卫生兵把伤员从舷窗往外推时,天花板已经着火。他们尽量多推出一些伤员,接着他们自己也脱了险。这名英勇的士官急中生智,救了许多人的性命,但他自己竟纹丝不动。他知道自己块头太大,不可能从舷窗挤出去。冈本爬出舷窗,纵身跳进海里,被一艘驱逐舰救起。[14]

时间已刻不容缓,天谷必须做出决定,而且是个非常难做的决定。他不是海军,但凭自己的常识,他觉得他和他的航空兵弟兄们不但帮不了加贺号的忙,反倒成了累赘。他们对于这艘大型航母的复杂操作技术一窍不通,更何况这又是一艘受了重创的航母。现在谁也没时间教他们。不过富有实战经验的海军航空兵也是宝贵的财富,他们将来更加难得。天谷的理智和实事求是的爱国精神支配着他,要他带着飞行员们离开加贺号,准备重新战斗。[15]

但是另一方面,天谷也感到一股难堪的压力,使他想到了自杀,因为处在他当时那种境况,自杀符合日本人的传统做法。不管他是航空兵还是什么兵,因为官阶最高,他担任了加贺号的指挥。在帝国海军中,当时仍保持着古代的传统:舰长与舰艇共存亡。日本男子认为,他们是神明所选中的,属于优等民族,比其他人有教养。他们头脑中的这一自我形象是根深蒂固的。他们认为任何结局都比成为众矢之的好。日本的宗教、法律及社会习俗都不反对自杀——而是恰恰相反。天谷想,人早晚总有一死。如果一死了之,他对加贺号及其舰员、对自己飞行员所负的责任就会一笔勾销,而且还能在靖国神社里占上一席之地,成为帝国的守护神而受到天皇祭祀。他的全家也会因此得到荣誉,受到优待。如果逆此传统而行,则需要实事求是、思维清晰和勇敢无畏三者兼而有之的特殊品格。

天谷完全具备这几种素质。加贺号已无法挽救,这已越来越明显。天谷命令飞行员和地勤人员尽可能离开这艘航空母舰。16:40,他下令弃舰后,自己也跳进海里,向一艘驱逐舰游去。后来他曾解释说:"尽管我们一直受到这样的教育：日本海军军人即使在最危险的情况下也不能离开舰艇，我还是做出了弃舰决定，因为我认为，这些技术熟练的飞行员死了是无法补充的，应当把他们保留下来，将来他们可以再次参战。我认为这才能更好地为天皇效力。同时我还认为，舰艇的命运最好由舰长或在他阵亡后由接替他的指挥官来决定。"[16]

17:15，萩风号电告有贺："天皇的御像已安全转移到我舰。因水兵们都接到弃舰命令，我舰已将他们全部收容。"[17]这项报告不很准确。航空母舰上有800余名人员或已阵亡，或被烈火封在甲板下无法脱身。

17:50，另一艘护航驱逐舰舞风号电告南云："加贺号已无法行动，幸存者都被接上我舰。"南云旋即将此惨讯向在西边很远处大和号上的山本做了报告。[18]

10分钟后，鹦鹉螺号再度升起潜望镜观察战场的情况，看见那艘航空母舰上浓烟滚滚，黑色烟柱高达1000英尺。观察到这一情景的那位军官认为，这一场面与珍珠港事件中亚利桑那号遭袭后起火燃烧的情形很相似。[19]从加贺号上下来的人看见航母上浓烟升腾，时而冒出长长的火舌，无不泪流满面、悲痛万分。[20]加贺号也像列克星敦号一样曾经是一艘使人愉快、惹人喜爱的舰船。19:00，三屋看见它由于两次剧烈爆炸，似乎要跃出水面。[21]接着，它开始下沉，但它的舰体始终保持着平稳。它于19:25完全沉没。[22]

16分钟后，鹦鹉螺号浮出水面，发现那艘航母已不见了踪影。这时它的蓄电池电量已用尽，于是回到巡逻海区。42颗深水炸弹都没伤着它。潜艇上的人误认为他们击沉了苍龙号，个个喜笑颜开。[23]

在苍龙号和加贺号沉没后的较长一段时间里，飞龙号还没到不可收拾的地步。21:00，卷云号驱逐舰还向南云报告说："飞龙号航速可达28节。"[24]然而，由于舰桥上难以立足，无法进行驾驶，这艘军舰终于停了下来。舰桥外的悬吊弹盾着了火，山口、加来和参谋们被迫撤到飞行甲板上,聚集在靠舰桥后部左侧的地方,舰桥前面的飞行甲板上烈焰腾腾,钢质铆钉像雪一样融化,火舌透过铆钉孔向里钻。[25]

卷云号尽量靠近飞龙号——可是由于靠得太近,它的桅杆被已向左倾斜15°左右的航母撞断。海面上波涛起伏,救援工作特别困难。伤员中有上午袭击中途岛后带着腿伤返航的加藤觉海军大尉。他被转移到驱逐舰上后,由于伤腿必须进行截肢,他们在舰上的洗澡间里给他做了锯腿手术。[26]

久马尽量与他手下的轮机舱人员保持联系,但所有逃生通道全被大火封住,所以他只好通过传声筒大声鼓励他们:"要坚持!坚持下去!"他听到的最后一声回答是:"没有特殊情况要报告。"后来他又多次想恢复联系,都没成功。他认为机舱里的人已全部牺牲。其实这时他们已全部转移到附近一个没有传声设备的舱里。

大火唯一没有烧到的地方是飞行甲板的左后部。这时活着的人全部聚集在那里。久马向首席参谋伊藤建议,无论如何也要把山口转移到安全的地方,必要时拖也要把他拖去。

伊藤答道:"即使把他硬拖下去,我敢肯定这个意志坚强的将军以后还会自杀,因为他已决心与舰共存亡。比较妥善的办法还是让他自己决定。"[27]

当时,所有参谋都表示愿和长官生死与共,并推举伊藤为代表将众人的意愿转告山口,但山口坚决反对,他对伊藤说:"诸位愿与我同生共死的美意使我不胜感动,甚为欣慰。但你们年轻人必须离舰。这是我的命令。"[28]

5日凌晨02:30,加来下令"弃舰"。20分钟后,山口和加来向舰上大约800名幸存者做了诀别讲话。山口讲的大意是:他身为第二航空母舰战队司令官,对飞龙号和苍龙号的损失应负全部责任,因此他决意留下。但他命令他们全部离舰,以继续报效天皇。他讲完后,众人"对天皇表示了敬意,高呼万岁,随后降下了战旗和帅旗"。[29]

仪式进行完之后，伊藤根据久马的建议，向山口将军求索一件纪念品。山口脱下军帽递给伊藤，接着又和加来一起与参谋们做诀别之饮，喝的是从旁边一艘驱逐舰上送过来的一小桶水。[30]

加来于凌晨 03:15，即宣布"弃舰"45 分钟后，下令全体撤离。[31]这道命令已不能再晚了，因为此时航母实际已成了一座"浮动的化铁炉"。不过，撤离工作进行得从容不迫，有条不紊。[32] 伊藤和久马两人最后撤离。他们顺着挂在左舷边的一根绳索攀缘而下，上了一只小船。这时久马再也忍不住了，眼泪扑簌簌地直淌。从 1940 年 12 月起他就跟着山口，在他手下工作的时间比其他参谋都长，他所崇敬的将军还在舰上，他是不忍心离开的。他说："长期以来，我一直很崇拜他。我至今还认为，他是我一生中所遇到的最了不起的人。"[33]

山口走上了天谷所勇敢否决的那条自杀道路，成了日本家喻户晓的传奇人物。哪个日本人要是对山口说三道四，那就等于承认自己不喜欢喝茶、讨厌樱花，是令人咋舌的。但是，只要不是感情用事的人都可以看到，山口让自己的参谋人员以及 800 名舰员在烟火弥漫、严重倾斜的航空母舰上站上半个多小时，一味地只想着杀身成仁，这无疑是帮了敌人的忙。在总结中途岛战绩时，历史女神克利俄把日本方面损失了山口这样有魄力、有前途的海军将领列入了美国方面的重大战果。

04:30，撤退完毕。05:10，卷云号发射鱼雷击沉飞龙号。[34] 卷云号舰长藤田勇海军中佐已无暇观察航母的下沉情况，因为他收到第十驱逐舰分队司令阿部俊雄海军大佐的命令，要他立即驶离，赶上联合舰队。[35]

飞龙号的故事还没有到此结束。07:30，宇垣致电阿部："飞龙号是否已沉没？希望报告事态发展情况及该舰位置。"[36] 南云闻讯后立即派长良号上的一架飞机飞往击沉飞龙号的海面上空，以查明这艘被弃航母的现状。[37] 飞机到达该海域上空后，看到的只是一片汪洋。但是，与此同时，从奉大和号之命寻找机动部队的轻巡洋舰凤翔号上起飞的一架飞机，发现飞龙号仍然漂浮在海上，并且拍下了几张照片，更重要的是，该机还报告说，在烧坏的舰上还有人。

山本将此讯转告南云后，南云立即派谷风号驱逐舰去营救幸存者，并说如果飞龙号还漂在海上，就将它摧毁。但本书很快就要谈到谷风号遭到斯普鲁恩斯的俯冲轰炸机袭击的情况。等胜见基舰长摆脱敌机时，飞龙号已永远消失了。[38]

当然，飞龙号沉没时，并不是在舰上的人都死了。6月18日，一架巡逻的美PBY向中途岛报告说，发现一个救生艇上面有人。赛马德立刻派水上飞机供应舰巴拉德号赶赴现场。该舰此行没有白跑，因为它抓到了一批俘虏。他们是飞龙号的轮机长和另外34人，其中大部分是机舱人员，少数几个锅炉房人员，还有一名电工。至少有两名俘虏跟美国人说的是假名字，因为飞龙号轮机长是相宗邦造海军中佐，而美国人审讯记录上写的却是荣造中佐。[39]① 几乎可以肯定，那个自称"梶岛"的海军大尉就是渊田的老朋友金崎和男。他后来对渊田说，他被俘虏后用了假名字。[40] 除此以外，在中途岛上接受为期两天的审讯中，他们都表现得非常坦率，问他们的问题也都只是些"有直接战术价值的"。

他们向美国人提供了准确而有价值的情报。不过，关于他们自己如何脱险一事也许更加有趣。他们显然还不知道飞龙号已被击沉，也不知道是什么把它击沉的。他们被轮机舱里的烟呛得实在憋不住了，就冲到上一层甲板。上去之后，他们发现舰上只剩下他们这些人了，以为上司把他们甩下不管了，心里很反感。其中"梶岛"更是如此。

---

① 根据日语读音用英语字母来拼写人名很难，这可能是造成差错的原因，并不是俘虏存心欺骗。沃尔特·洛德的《惊人的胜利》第239页上说，飞龙号轮机长叫相宗邦造。

他们既没看见加来，也没看见山口，只看见凤翔号那架飞机，以为有了得救的希望，情绪有所好转。他们跳进海里，向一只救生艇游去。飞龙号这时正在下沉。他们有3个人的手表是日本时间06:07—06:15之间停的，由此可见，飞龙号的沉没时间是6月5日09:00左右。

救生艇上有硬饼干、奶油、水和啤酒。显然，轮机长认为，即使在救生艇上也是"官阶高的享有特权"，因为他自己"略有些多吃多占"，有些俘虏对审讯他们的人透露，他们曾因此而想把当官的扔进海里。这批人原有39个，后来有4个在海上的长期磨难中死去，还有1个死在巴拉德号上。其余的全部被空运到珍珠港，然后转送至美国本土各战俘营。战俘们都不愿再回日本了，也不愿让日本政府知道他们被俘的事，而宁愿被当成随航空母舰一起遇难的人。41

第三十五章
"我将向天皇请罪"

在所有日本航母中，日本人真正千方百计想保全的莫过于赤城号，而且使上层领导如此反省的也莫过于它。它并非一艘普通的航母，它是旗舰，是航母中的皇后，是日本海军航空兵的象征。

无论根据哪种说法，青木舰长在如此险恶的情况下，对赤城号的指挥都是尽责尽力了。6月4日11:30，南云在长良号上重新开始指挥时，青木下令撤离所有航空兵以及伤员。5分钟后，机库的鱼雷和炸弹舱发生剧烈爆炸，火势因此又猛烈了。放小艇的甲板上也是烈焰腾腾。青木及其参谋们早被大火逼出舰桥，退至前飞行甲板，这时又转移到前锚机甲板。1

甲板下，舰员们在极其困难的条件下与烈火展开无比英勇的搏斗。由于舰上的发电机出了故障，舰内不仅没有照明，而且压力泵也无法使用，救火人员只能靠手头的工具。有的人冲上甲板，通过一根根长长的水龙管把海水压上来。但是靠人力工具来扑灭这场毁灭性的大火，就像拿医用滴管去扑灭森林大火一样无济于事。化学灭火器似乎也在嘲弄英勇救火的舰员们——因为它们也失灵了。[2]

12:03，赤城号像还魂似的，突然开始向右舷方向转动。一名少尉被派去查明出现这一鬼使神差现象的原因，他发现轮机舱的整个指挥系统已不复存在。[3]

赤城号莫名其妙的转圈无疑救了藤田的命。藤田在水上漂浮着，穷极无聊，就给自己看手相来打发时间。这是一门神秘的艺术，他实际并不擅此道。他没有学过这一套，但他看到自己的生命线实在太短，心中怅然若失。于是他不再算命，重新扫视了一番海面。他看见海面上的几根烟柱中，有一根粗大一些，而且离得也近，他既高兴又激动。那烟柱很快变成了一艘航母，在海上打着圈圈，并离他越来越近。

当这艘起火的航母离他最多还有 1 海里时，藤田认出它是赤城号，所以就朝它和它的护航驱逐舰游去。有一度还真危险，野分号上有一挺机枪瞄准了他，但他立即打手势说："我是苍龙号的飞行员。"这时藤田的两个江田岛的同学——一个是青木广一，还有一个是金井敏郎认出了他，两人分别是野分号的副舰长和领航主任。

藤田匆匆穿上金井的一套军服，好歹吃了点东西，然后爬上甲板。他看见远处的赤城号正在燃烧。舰上的人从甲板上跳进海里，野分号的救生艇赶去打捞落水者。

藤田实在是疲惫不堪，无法合理分析形势，也得不出客观的看法，但在他看来，这一仗日本人显然是打败了。他隐隐约约地听见舰桥上的一些议论：营救工作速度要加快，必须迅速离开这一危险地区，因为这里可能有敌潜艇在活动。有人说要用驱逐舰把赤城号拖回去。藤田听着听着，很快就睡着了。[4]

尽管发生这么多事，赤城号的青木舰长仍然很乐观。12:30，他通过野分号向南云发报说："除飞行甲板外都安全，正奋力灭火。"报告的前半部分当然与事实大相径庭。撤离工作在不紧不慢、按部就班地进行。13:38，天皇御像被转移到野分号上。13:45，该舰向山本和南云报告了这一情况，并说赤城号上火势依然很猛。突然间，赤城号那莫名其妙、令人胆战心惊的转圈停了下来，这似乎更加重了这份报告的分量。[5]

约莫两小时后，机库里发生了一次诱发性爆炸，前机库的隔板被炸穿。大火再度熊熊燃起，并朝前段和中段甲板蔓延。青木在一小时内把所有航空兵都撤了下去，舰上只留下该舰舰员。[6]

尽管他们在救火中表现英勇、技术熟练，情况依然不断恶化。09:15，一切希望全成了泡影。轮机长丹保海军中佐冲出轮机舱，冒着弥漫的烟雾和熊熊烈火，冲上几层甲板，向青木舰长报告说，赤城号靠自身动力航行已经绝对没有指望了。青木当即下令轮机舱人员统统上来，但这一决定太晚了。派去传达命令的传令兵有去无回，轮机人员全都被封在下面了。[7]

这时，青木请示南云是否可以撤离，南云立刻表示同意。于是，赤城号的幸存者于20:00开始撤离。2小时后撤离完毕。包括青木在内的500名撤下来的人挤上了岚号，另外200人上了野分号。[8]

青木从驱逐舰上发电，请求南云准予把赤城号击沉。大和号上的山本和宇垣收到这份电报后都非常震惊，认为青木不该这样轻易地放弃对这艘航母的抢救。太阳已经落山，主力部队正东进搜敌夜战，所以为什么要放弃拯救旗舰的希望呢？山本立刻电令机动部队暂缓处置赤城号。[9]青木接到命令后，独自一人返回航母，把自己捆在锚链上，这样，航母下沉时自己才不至于漂走。[10]这一行动强有力地说明了在作战现场的青木舰长对赤城号能否得救的看法。

在其他任何情况下，联合舰队司令长官及其幕僚都可能会接受青木的看法，认为赤城号已难以保全，并会默许他把它击沉。青木毕竟是位经验丰富的舰长，曾经立过显赫的战功，完全有能力指挥这样一艘备受重视的航母。不到万不得已，他决不会下这样令人痛心的命令，击沉自己的航母。

机动部队和联合舰队之间的联络越来越混乱，而且其中的措辞也越来越激烈。青木的电报又偏偏在这时发到大和号上。至少宇垣接到电报后，认为南云已成了胆小鬼，实际上，在决定暂缓处置赤城号后大约半小时，山本撤销了南云机动部队司令长官的职务。

夜色无情地吞噬了太平洋。日本人想与美特混舰队进行夜战并对中途岛进行成功打击的可能性，都随着时间的流逝而越来越渺茫。23:30，离日出只有4个小时了。宇垣从舰桥的传话筒里提醒作战室说："不要让参加夜战的部队走得太远，以免在天亮前出现我们无法控制的情况。"[11]

渡边又提出一个新的见解：让主力部队的战列舰于次日在光天化日之下大胆地驶向中途岛，用威力强大的舰炮对该岛实施轰击。渡边把计划提交黑岛，黑岛立即表示赞同。他们又十分激动地把这一计划提交山本和宇垣。山本平心静气、一声不吭地听渡边做解释（渡边后来称之为"我那异想天开的解释"），接着和颜悦色地说："你肯定在海军参谋学院学习过，综观海军历史，海军舰艇是不该用来攻击地面部队的。"

渡边尴尬地答道："是的，我知道。"

山本接着说："你的建议违反了海军最基本的原则。再说，现在进行这样的作战为时已晚，此次作战已近尾声。在下棋时，过多的拼杀会造成满盘皆输，输得精光。"[12]

宇垣就没有那么克制。这位坚定的教条主义者怒气冲冲地训斥说："你应该明白，靠舰队的火炮来攻击堡垒是多么荒唐。眼下敌人不仅舰载机实力仍很雄厚,而且还有相当强大的陆基航空兵力,使用着岛上完好无损的机场;即使是威力强大的战列舰,也可能在发动有效炮击之前就被敌人的航空兵和潜艇部队击败。如果攻略部队能再等等,我们最好还是等第二航空舰队过来。"

接着他又说:"还有,虽然我们此次战斗损失了4艘航母,但我们将会有8艘航母,包括即将完工交付使用的几艘在内,所以在今后战斗中,我们还是有希望的。"他接着又尖刻地说,"一盘围棋,败局已定,还一再逞强硬拼,只有没有头脑的笨蛋才会做出这样的计划。"[13]

渡边和黑岛被训斥得哑口无言,回到作战室去进行反省。渡边对山本的情绪历来很敏感。他明显地感到,山本早就认为局势已无可挽回。现在除了退却,进行渡边所说的"向西逃窜"外,别无良策。因此,他仔细地起草了一份关于中止战斗、安排会合地点的电文。

山本十分难过,也十分遗憾地批准了渡边起草的电文。[14] 6月5日02:55,山本向所属部队下达了联合舰队第一六一号作战命令:

1. 撤销占领中途岛的作战计划。
2. 主力部队负责集合攻略部队和机动部队(缺飞龙号及其护航舰艇),并于6月7日上午在北纬33°、东经170°的位置加油。
3. 警戒部队、飞龙号及其护航舰艇以及日进号也应驶往上述位置。
4. 登陆部队向西行驶,脱离中途岛飞机的攻击范围。[15]

日本人摧毁中途岛并派部队登陆的机遇,就这样葬送在教条主义的祭坛上了。联合舰队的高官们起初大大地低估了敌人的力量,而现在又大大地高估了自己的困难。

渡边的电文没有提及赤城号。撤退的决定自然要涉及如何处置这艘旗舰的问题。在作战室里,山本召集主持了全体参谋人员会议,仔细研究了这个问题。是同意青木的意见,将它击沉呢,还是冒再打一仗的风险,冲进作战海区去把它拖出来?或者让它听天由命?他们知道,如果把赤城号抛弃,"美国人肯定会把它弄走,让它成为波托马克河上的一件展品"。

讨论的气氛富有戏剧色彩,充满感情。尤其是黑岛,"非常冲动"。他耻于承认失败,为了赤城号的事,一直争到最后。这位首席参谋悲愤交加,羞愧难言,灰心丧气,痛哭流涕。许多人也都泪流满面。黑岛痛哭道:"我们不能用天皇陛下自己的鱼雷来击沉天皇陛下的战舰啊!"

他的这番话似乎使房间变成了真空。渡边回忆说:"山本的参谋们几乎个个喉咙哽咽,连气也喘不上来。"

他说:"山本的心里也许也在哭,但他眼里没有泪水。"也许只有他才能做出这一决定,而做出这个决定太痛苦了,他哭都哭不出来。

山本终于开了腔,语调缓慢而沉重:"我自己曾当过赤城号的舰长。现在我必须下令将它击沉,心里万分遗憾。"接着他又说,"对于用我们自己的鱼雷击沉赤城号这件事,我将向天皇陛下请罪。"

他说完这句话后,会就散了。渡边"看到,由于一个人的决定,战局发生了变化,世界发生了变化"。[16]

6月5日03:50,南云收到山本的命令。[17]拂晓前,海上大雾茫茫。赤城号上的大火似乎已自行熄灭。大雾中赤城号隐约可见,就像日本画家的水墨画中的一笔。几个代表乘小艇去劝青木不要自尽。赤城号领航主任三浦海军中佐告诉他:航空母舰将由日本的鱼雷来击沉,而不是被敌人的鱼雷击沉,所以它的舰长无须与它一起沉没。官阶比青木高的有贺海军大佐亲自上舰,命令青木离舰,青木这才服从。[18]

05:00,3艘驱逐舰围住赤城号,向它发射了3枚鱼雷。右舷一侧发生爆炸,它舰首朝下开始沉没。驱逐舰上所有的人都高喊:"赤城号万岁！万岁！万岁！"20分钟后，它消失了，海面上翻起巨大的泡沫。[19]

第三十六章
"我干吗不睡个好觉？"

在中途岛上，一名军士因过于疲劳正在酣睡，一个年轻的陆战队员拼命拽着军士的床垫喊道："嗨，军士，你醒醒，醒醒啊！妈的，我们又遭攻击啦！"

"哪儿？在哪儿？怎么回事？"军士嘟哝着。

"一艘潜艇。"那陆战队员答道。

听了这话，军士厌恶地"噢，呸……"了一声，接着又睡着了。[1]

其实，01:30，在中途岛美军与日潜艇伊-168号的短暂交火中，双方都没有损失。[2]

但是，一个不可小视的危险正向中途岛袭来。栗田的熊野号、铃谷号、三隈号和最上号4艘重巡洋舰，以及护航的朝潮号和荒潮号驱逐舰正向该岛逼近。每艘巡洋舰上有10门8英寸口径的火炮，可以使岛上的防御工事和各项设施遭受巨大损失。近藤把这几艘舰艇从攻略部队中抽调出来，去执行山本的夜战命令。栗田接到命令时，位于目标以西400海里处，所以实际上他在日出前肯定到不了中途岛。但他要尽力而为。23:00，他的巡洋舰已将驱逐舰远远地抛在后面，因为这些巡洋舰是日本海军中速度最快的舰艇。[3]

日本人的厄运并没有到此为止。山本认为栗田不大可能如期到达，于是在00:20撤销了这项作战计划。他的命令显然是要下达给栗田（第七巡洋舰战队司令官）的，但不知怎么发给了机动部队利根号上的阿部（第八巡洋舰战队司令官）。[4] 如栗田能在规定时间内收到这份电报，那日本人就可能免遭又一次惨败，美国人的胜利相应也会小一些。

那几艘巡洋舰的官兵原本想着"冒死进攻那个岛"，弦都绷得紧紧的。这一来有的人感到一阵轻松，但也有些军官对于劳师出征，现在又弃而不战表示遗憾。[5]

栗田收到命令时，离中途岛已不到 90 海里。在该水域活动的美潜艇坦博尔号于 02:15"发现舰首方向远处海面上隐隐约约有 4 艘大型舰艇"。天色漆黑，坦博尔号舰长约翰·W. 墨菲海军少校无法判明这些模糊的黑影是敌舰还是己舰。但他继续监视这些黑影。02:38 刚过，他就给珍珠港的英格利希海军上将发报说，发现多艘来历不明的军舰，并报告了它们的航向、位置和航速。根据当时太平洋舰队的编制，潜艇艇长不属特混舰队司令领导，他直接向潜艇部队司令报告情况，由后者转报太平洋舰队司令部，最后由太平洋舰队司令综合处理。等墨菲的报告兜完这个圈子，天正破晓，他已能判明这些都是日舰了。他还发现一艘敌驱逐舰正直冲他驶来，为慎重起见，他就急速下潜了。[6]

与此同时，栗田终于收到山本取消这次作战的命令，巡洋舰战队刚刚改变航向，熊野号就发现坦博尔号，于是栗田急忙下令向左急转 45°。[7] 红色"紧急警报"信号从熊野号传递到铃谷号，继而又传到三隈号。这样的转向动作十分复杂，而栗田的重巡洋舰在夜间还从未做过这样的转向。当微弱的灯光信号传到最后面的最上号时，熊野号已出现在它的面前。

"左满舵！全速倒车！"最上号领航主任山内正纪海军中佐尖声下达命令，但为时已晚。熊野号一头撞在最上号左舷舰桥靠舰尾的部位，把从舰长室以前的舰首撞得歪向了左舷。最上号遭此一撞，速度下降，驾驶受到严重影响。[8] 熊野号的损坏相对较轻，速度没受大的影响，只是左舷一只主燃油舱被撞漏。大量的漏油在海面上留下一道油渍。

飞越该海域的任何美机都能清楚地看见这艘巡洋舰的航迹。[9]

最上号的损管军官猿渡正之海军少佐赶到舰的前部,发现前部损管队员们呆若木鸡、不知所措。他们被这一突如其来的打击吓坏了。猿渡指挥他们修补漏洞,并把撞坏的燃油舱隔壁的舱抢修好。他还下令把包括深水炸弹在内的所有易爆易燃物品全部抛进海里。尽管舰长曾尔章强烈反对,猿渡还是把鱼雷发射出去了。在此后的两天里,这些防范措施起了很大的作用。损管人员完成任务之后,该舰又开足了马力,但它只能勉强以12节的航速向西航行。[10]

旗舰熊野号上的栗田听说发生撞舰事故后,立即回身救援。他发现曾尔章仍在设法使最上号恢复航行,就留下三隈号、朝潮号和荒潮号保护受伤的舰艇,自己率熊野号和铃谷号向西,去与山本会合。[11]

坦博尔号给英格利希的关于"发现多艘军舰"的报告使美国人一阵忙碌,因为珍珠港的司令部知道,发现的这批军舰定非己舰。墨菲的情报似乎说明日本人还准备攻占中途岛。因此,所有潜艇都受命向中途岛靠拢,以攻击敌运兵舰船及其支援部队。[12]

及至午夜,斯普鲁恩斯一直在朝北航行,并计划再向北航行一个小时左右,然后折向西。这样,在天亮后他将处于既可保卫中途岛,又可再度袭击日机动部队的位置。他还没有排除飞龙号的把握,况且情报部门曾说日本人可能有第五艘航母。[13] 接着,由于雷达报告发现敌情,斯普鲁恩斯决定改按原航向前进,并派艾利特号去查明情况,结果发现是一场虚惊。他向东航行了约18分钟,然后向南行驶了约一个小时,直到将近02:00,他才又掉头向西。[14]

拂晓时分,他收到来自坦博尔号的一份报告。他对此一定特别感兴趣,因为他儿子爱德华·D.斯普鲁恩斯是该潜艇的一名海军上尉。斯普鲁恩斯把第十六特混舰队的航速增至25节左右,急速向南,驶抵中途岛正北不远处。[15] 他不相信"敌人在损失了4艘航母以及全部舰载机之后,还有进攻意识……"但他也不能忽视这种可能性,尤其是因为在这一海域还可能有第五艘日本航母。[16]

04:15,中途岛守军收到墨菲的报告:"敌大股兵力位于北纬28°23′、西经179°9′。"15分钟内有12架B-17起飞寻歼日舰,可是这些陆基机的飞行员没有发现敌人。06:30,一架巡逻机报告:"发现战列舰两艘,方位264,距离125海里,航向268,航速15。"2分钟后,它又补充报告说:"两舰均已受损,后拖油渍。"[17]

07:00,MAG-22把VMSB-241中队还能升空作战的飞机全部派出,去攻击那两艘"战列舰"。当然那两艘分别是最上号和三隈号。这批飞机的组成是:马歇尔·A.泰勒上尉率领的6架"无畏"和理查德·E.弗莱明上尉率领的6架复仇者式。大约飞行了45分钟后,他们发现海面上有大片油渍,于是开始顺藤摸瓜。泰勒率领的SBD从大约10千英尺处向最上号俯冲,曲折飞行以避开巡洋舰上密集的高炮火力,但双方都没有建树。海军陆战队没有命中,只有几颗近距脱靶,日本人也没伤着美机。[18]

弗莱明的复仇者式比泰勒的飞机晚到几分钟。在库雷岛以西大约20海里处,利昂·M.威廉森上尉发现水面上有一艘军舰,便提醒弗莱明注意。于是该机群飞离航向,前去侦察,发现那是艘潜艇。潜艇看见他们接近,就紧急下潜。于是他们恢复了原航向。大约08:40,弗莱明率领众机,冒着猛烈的高炮火力,从4000英尺高处下滑。威廉森的飞机咆哮着顺阳光方向冲下去,他看见弗莱明在俯冲过程中飞机发动机一直在冒烟。当弗莱明向上拉时,飞机起了火。[19]接着弗莱明那架着火的飞机就摔在三隈号的尾炮塔上。这也许是巧合,也许是有意的。据渊田说,飞机燃烧所产生的烈焰被吸进了右舷轮机舱的通风道里,引起轮机舱汽油气爆炸,把那里的人都炸死了。[20]

就在海军陆战队飞机撤出战斗的同时,布鲁克·艾伦中校率领8架B-17赶到。尽管这批"飞行堡垒"的驾驶员声称他们有3颗炸弹近距脱靶,还估计有2颗命中,实际上他们只有1颗炸弹近距脱靶,造成最上号上2人死亡。此后,这两艘受伤的巡洋舰暂时获得自由,继续艰难地向西航行。[21]

整个上午,斯普鲁恩斯都在为选择攻击目标而左右为难。如果他想攻击西南面的2艘"战列舰",他可以挥师向西南。但他也可以进一步向西,以查实一架巡逻机于07:00发来的报告,"敌巡洋舰2艘,方位286,距离174,航向310,航速20"。有个目光敏锐的飞行员发现了熊野号和铃谷号,而且还识别出它们是巡洋舰。但是,真正促成斯普鲁恩斯下定决心的,还是他08:00收到的一份报告:"2艘起火的战列舰、1艘起火的航母及3艘重巡洋舰,方位324,距离240,航向310,航速12。"[22]

这才是真正值得猎歼的目标!弗莱彻和斯普鲁恩斯两人都知道,他们已经消灭了3艘日本航空母舰。正如弗莱彻所说:"我们得知已击毁他们3艘航母时,惊喜的心情简直难以形容。我们深感如释重负。"[23]但是,只要还没有得到第四艘日本航母也像它的姊妹舰一样沉入海底的消息,斯普鲁恩斯是不会真正感到心满意足的。08:21,一架巡逻机报告说:"企业号正在起火下沉。"[24]企业号舰桥上的人见此报告一定会感到好笑,但它至少说明肯定在某个地方有一艘航母情况不妙。根据这一情况,斯普鲁恩斯决定驶向西北,追击南云残部。虽然这一目标较远,但"它包括了那艘受创的航母,还有两艘战列舰,而且据报告说其中一艘也已受损"。[25]

11:00左右,第十六特混舰队发现一架在海上迫降的PBY,斯普鲁恩斯命令莫纳汉号去营救飞行员及机组其他人员,但不要毁掉飞机。[26]获救的飞行员上了莫纳汉号后,舰长比尔·伯福德海军中校把他带到军官休息室,问他:"情况怎么样?"

"那边有支庞大的日本舰队。"这位飞行员答道,而且尽量把敌舰数量和舰种向这位不期而遇的舰长做了说明,伯福德公开表示不相信。后来他回忆说:"见鬼,按照这个飞行员的说法,日舰那么多,那方圆几海里的洋面上到处都会有敌舰了。"[27]

后来，伯福德发现这个飞行员的确夸大其词了。但说来也怪，在莫纳汉号军官休息室里坐着的这个巡逻机飞行员正是最有资格向斯普鲁恩斯报告前一天下午战况的目击者。他当时飞的是 IV58 区，6 月 4 日大约 15:58，是他发报，首次向中途岛海军航空站报告了日本人正在挨打的消息。当时他报告说"3 艘舰起火"。接着在 17:45 他又报告了好消息："3 艘起火军舰是日本航母，未受创的是 2 艘巡洋舰、4 艘驱逐舰，方位 320，距离 170。"过了 15 分钟，他用无线电报告说"部队已进入战斗"。接着在 18:15，他又报告说"遭敌机攻击"。[28]

比尔·伯福德是位聪明机智、经验丰富的驱逐舰舰长。但他身在战场，不明战况。还是从坐在他的军官休息室里的一位浑身湿淋淋的巡逻机驾驶员口中，他才了解到一些战况。这件事生动地表明了中途岛海战的奇特之处。

忙乱中，莫纳汉号的救援人员没有能抢出飞机上一件高度保密的设备——诺登轰炸瞄准器，就把这一情况打信号向企业号做了汇报。斯普鲁恩斯当即命令该舰返回营救现场把设备抢出来，并向约克城号报告。这样一来斯普鲁恩斯身边的驱逐舰只剩了 6 艘。他忧郁地自言自语道：*6 艘驱逐舰保护 2 艘航空母舰和 6 艘巡洋舰！真是没办法！* 不管有没有办法，他都得面对现实。11:00 刚过，他就转向西北偏西方向去追击南云部队了。[29]

整个上午，山本的主力部队一直在向东航行，去与南云和近藤会合。近藤按时到达，但南云却不见踪影，于是山本派凤翔号上的一架搜索机去寻找机动部队下落。其实南云一直与近藤保持着平行航行，并逐渐向指定位置靠拢。12:05，筑摩号发现了大约 37 海里开外的主力部队和攻略部队。[30]

这根本不是各舰队所期待的胜利和欢乐的大会师！日本 4 艘最精良的航空母舰已不复存在，日方还损失了 322 架飞机——这个数字高于第一航空舰队的正常配属，因为在这些航母上还载有准备在中途岛上建立日本海军航空站的飞机。更惨的是，2155名技术优秀、富有实战经验的人在战斗中丧生：赤城号221人，飞龙号415人，苍龙号718人，加贺号约800人。[31] 无怪乎在南云新的旗舰上，有些军官觉得自己颜面丢尽，无地自容呢！

草鹿不动声色地坐在长良号病员舱里。一个卫生兵正替他治疗烧伤，这时首席参谋小石走上前来创巨痛深地说："所有参谋人员都决心以自杀来为中途岛战败赎罪，请敦促司令长官也下决心这样做吧！"[32]

草鹿看见几艘航母都起火燃烧的时候，也曾一度觉得自己的世界已经到了尽头。回日本后，他将以何脸面面对江山社稷，面对天皇家族，面对天皇的子民？他因烧伤和负伤住进长良号的病员舱，休息了一段时间后，精力已有所恢复。他发誓说：我决不就此罢休。现在还活着的人和死者的英灵都应当站起来保卫国家。仗还没有打完呢！所以小石前来说服草鹿，的确来得不是时候。

草鹿怒形于色，狠狠地把小石训了一顿，然后命令他把南云的全体参谋人员找来。等他们到齐之后，草鹿以洪亮清晰的嗓音阐述了自己的看法。他非常坚定地说："我反对自杀。你们一个个都像疯婆娘。"他的声音响亮，话语中充满了鄙夷，"当初你们轻取小胜就无比激动，现在一打败仗就慷慨激昂地要去自杀。对大日本来说，现在还不是你们说这种话的时候。你们为什么不想想怎样通过自己的努力扭转战局、反败为胜呢？我坚决反对自杀。我将把自己的意见报告司令长官。"机动部队参谋人员受了这一番训斥后，要求剖腹自杀的议论就此销声匿迹。[33]

草鹿在伤口包扎好之后，径直走到南云的舱室。他发现自己的上司愁眉苦脸、情绪低落。草鹿把自杀将于事无补的看法反复做了说明，日本需要他们大家去为之战斗。

南云悉心静听后说道:"我非常赞赏你的意见。但你必须明白,舰队司令所做的事情,不可能件件都合乎情理。"

于是讲究实际的草鹿给垂头丧气的同僚打气说:"得了吧,舰队司令!抱着失败主义的情绪,你还能有什么作为呢?"

南云无可奈何地说:"好吧,我决不鲁莽行事。"

草鹿深知自己的一番话起了作用,就满意地从南云那里出来了。[34]

与此同时,弗莱彻的第十七特混舰队正全力抢救约克城号。整个夜间,这艘航母一直处于危险的倾斜状态。弗莱彻转移到阿斯托利亚号之后,立刻把这个情况向太平洋舰队司令尼米兹做了汇报。尼米兹把在赫姆斯礁的扫雷艇捕蝇鸟号以及在弗伦奇弗里盖特沙洲的拖驳纳瓦霍号派到抢救现场。他还命令已从珍珠港起程一天去参加斯普鲁恩斯部队的格温号驱逐舰改变航向,去加强约克城号的警戒。[35]

地平线上刚刚出现曙光,约克城号上突然传来一阵机枪声,惊醒了附近几艘驱逐舰上的人。休斯号驱逐舰舰长唐纳德·J.拉姆齐海军少校派了一个小分队去查明情况。他们惊奇地发现了腹部被霰弹炸成重伤的二等水兵诺曼·M.皮切特。他忍着剧痛,以顽强的毅力从三层甲板下爬上来,沉着镇定地做了一件肯定能吸引别人注意的事——用机枪朝驱逐舰方向射击。

登上航母的人急忙把皮切特送上休斯号。奄奄一息的皮切特艰难地说,母舰的舱里有一个人实际上还没有死。于是营救人员重返航母,找到了颅骨粉碎性骨折、昏迷不醒的二等水兵乔治·K.韦斯。这是皮切特一生中最后一个高尚行为,他的同伴因此得救并最终恢复了健康,而他自己却永远闭上了双眼。6月7日他的同伴为他举行了海葬。[36]

拉姆齐的驱逐舰还救起了飞行员哈里·B.吉布斯海军少尉。吉布斯两天前被击落后一直随橡皮救生筏在海上漂泊。橡皮筏被戳了几个洞,他就用双膝顶住漏洞,使它漂浮了一夜。黎明时分,有一只完好无损的橡皮筏从他近边漂过,他趁此天赐良机,换了只救生筏。在拉姆齐把他救上驱逐舰之前,他在海上总共漂浮了16个小时。[37]

登上约克城号的人员还有个惊人的发现——3只装满密码和密码设备的邮袋。这些高度机密的东西已经被整齐地打包捆好,本来是准备转移的,但不知怎么被丢弃在甲板上了。拉姆齐将这一重要情况向尼米兹做了报告。拉姆齐还认为,约克城号还没有倾斜到无可挽救的地步,所以他向尼米兹报告说,该舰或许还有救。尼米兹收到拉姆齐的报告后很受鼓舞,于是下令说,没有他的命令,谁也不许把这艘航母击沉。[38]

整个夜间,第十七特混舰队的其他舰艇都与斯普鲁恩斯保持平行航行。天亮后,它们以10节的航速驶向约克城号,这样的慢速度是为了让人员和物资转移过舰。驱逐舰由于满载着从约克城号撤下来的人,到了头重脚轻的危险程度,现在它们开始把搭载的人员向阿斯托利亚号和波特兰号巡洋舰上转移。巴克马斯特从汉曼号登上临时旗舰阿斯托利亚号后,该舰顿时成了一个海上人事机构。他急于要率领一支抢险队返回约克城号,于是着手开列他需要的损管、轮机、机修以及类似行当的人员名单。驱逐舰依次靠上阿斯托利亚号的一侧,让从航母上撤下来的人员过舰。在它的另一侧,由24名经过挑选的军官和145名士兵组成的抢险队从舰舷攀下去。整个过程进展缓慢,因为撤下来的人没有按照什么特别的顺序,而巴克马斯特所要的骨干又必须精心挑选。[39]

捕蝇鸟号赶到时大约已是晌午。14:36,它开始把约克城号向珍珠港方向拖。航速只有2节,几乎觉察不出来。[40]大约与此同时,格温号也赶到了。它的舰长哈罗德·R.霍尔库姆海军中校是现场职务最高的,因而担任了抢险指挥。由休斯号派出的抢险队和格温号派出的一个小组登上航母后,工作进展很快。为减少航母的负载,他们把那些松动的装置以及能够从倾斜一侧撬下来的东西都抛进了大海。下午晚些时候,伯福德的莫纳汉号也驶抵这一海域,但由于夜色将临,约克城号上一无动力，二无照明，所以他一时也插不上手。[41]

那天下午，中途岛方面派出两个 B-17 小组去搜寻那两艘受创的敌航母。当然那四艘航母早已消失得无影无踪了，南云部队的其余舰艇都已驶向西北面很远的地方去与山本会合了。由艾伦率领的第一组"飞行堡垒"报告说发现一艘大型巡洋舰，还说有两颗炸弹命中目标，三颗近距脱靶。10 分钟后，第二组报告说他们在方位 20°、距第一个目标 125 海里处攻击了一艘"重巡洋舰"。这个组损失较大。一架以"旧金山城"命名的飞机（该机系旧金山市民向市政府捐赠）因炸弹舱油箱失落，未能返航。另一架因燃料耗尽，在离中途岛 15 海里的海面迫降，乘员除 1 名外全被救起。[42]

一般都认为，那两艘"巡洋舰"实际上就是寻找飞龙号后追赶日本舰队的谷风号驱逐舰。[43]可是由于时间和地点上的差异，人们产生了疑问。10 分钟航行 125 海里，这样的速度也太神乎其神了。更何况谷风号当时正遭到斯普鲁恩斯轰炸机群的攻击呢。

14:10，山本打信号告诉各舰："敌舰载机已起飞（通信情报）。"14:35，他补充说，"敌人显然就在我上方高空（通信情报）。"[44]显而易见，日方监听人员截获了斯普鲁恩斯给艾伦"飞行堡垒"的信号，并做了错误的解译。当该小队从上方飞过时，斯普鲁恩斯通知他们说，他想在一小时内派出飞机。他没有收到回答，但听见他们把他的位置向中途岛做了报告。[45]

斯普鲁恩斯的参谋人员从图上测出了至目标的距离，发现"无畏"飞机就要到达续航极限了，十分危险。然而给他们的命令却是把单重 1000 磅的炸弹装上飞机。麦克拉斯基虽然没起飞，但认为他对自己的飞行员仍负有责任，前一天由于有关敌人位置的情报不准确，需要扩大搜索范围而引起缺油，不但损失了宝贵的飞机，而且还牺牲了许多好战友。所以他进行了一番计算，把结果与肖特和沙姆韦两人进行核对，然后爬过三层甲板来到旗舰指挥室，他请求布朗宁让飞机装上单重 500 磅的炸弹并推迟一小时再起飞。载弹量小可减少油耗，而推迟起飞则可缩短接敌航程。

尽管麦克拉斯基的意见非常中肯，布朗宁却拒绝了他的请求。麦克拉斯基据理力争，他的逻辑性和责任心具有不可抗拒的力量，但布朗宁固执己见、雷打不动。两个人发生了激烈的冲突。

就在布朗宁和麦克拉斯基还在桌子旁边激烈争论时，一直和参谋人员在一旁查对标图的斯普鲁恩斯走过来。他直截了当地对麦克拉斯基说："你们飞行员想怎么干我就怎么干。"[46] 布朗宁闷闷不乐地回到自己的舱室。直到特混舰队陆战队长官朱利安·布朗中校[①]来劝说之后，他才重返岗位。[47]

15:00，企业号和大黄蜂号掉转舰头，逆风向东。总共58架轰炸机在45分钟内全部升空。这批飞机在315海里的扇面上飞行，但一无所获。在返回途中，有些飞行员发现了一艘轻巡洋舰，他们认为是一艘香取级舰艇。其实，这个目标无疑就是谷风号。幸亏舰长胜见基海军中佐指挥艺术高超，才使这艘小军舰躲过了像撒胡椒面似的"非常近的近距脱靶弹"。有一架美机被驱逐舰上非常猛烈的小口径高炮火力击落，它的飞行员正好是前一天报告发现飞龙号的亚当斯上尉。这也是命运的奇妙安排。[48]

渊田就一直认为，6月5日那天谷风号的遭遇使日本的中途岛攻略部队免遭发现，也许还使它免吞像南云吞下的那剂苦药。[49] 那天下午的几批美机确实都只差一点就能发现目标——逃跑中的南云部队。

大黄蜂号上的飞机开始返航时，已是黄昏时分。[②] 这时，企业号上的飞机踪影全无。夜色降临了。斯普鲁恩斯为他那些返航的战鹰担心，因为他知道许多飞行员没有受过夜降训练。在深思熟虑的基础上，

[①] 布朗是哈尔西派遣的半正式的情报参谋。
[②] 根据巴德对斯普鲁恩斯的采访，官方记录与此相反。有证据说明大黄蜂号的一些SBD携带的是单重1000磅的炸弹，斯普鲁恩斯对这种不服从命令的现象很恼火。他认为这样一来大黄蜂号上的有些飞机就只好提前返航了。

他曾进行过一系列有意识的冒险,这次他又采取了这样的冒险措施。他铤而走险,下令航空母舰打开巨大的探照灯作为灯标。[50] 返航的飞行员看见这一片通亮的灯火,肯定谁也不会说斯普鲁恩斯冷漠无情的。飞行员的表现使他感到自豪,因为降落过程中只出了一起事故,而且是无法避免的事故。雷·戴维斯海军上尉的飞机进入时油料用尽,扑通栽进舰尾后面的海里。幸亏艾尔文号驱逐舰迅速熟练的营救,该机的机组人员才得以脱险。[51]

企业号上负责指挥降落的罗宾·林赛海军上尉知道,从舰上起飞出击时有32架飞机,可是在飞机三三两两降落的过程中,他怀疑自己是否数错了数。他问助手:"我们还有几架飞机没有回来?"助手答道:"鬼才知道呢!我们已比实际应当回收的多了5架!"原来有几架大黄蜂号的飞机降落在企业号上,但也有1架企业号的飞机降落在大黄蜂号上。

在飞机返回航母的时候,斯普鲁恩斯对当时的形势进行了分析。第四艘敌航母的问题仍然萦绕在他的脑际,因为他还不知道飞龙号已不会再给他添麻烦了。他想,如果要是由他去指挥那艘受伤的航母,他就向西航行。遭到他的飞机攻击的那艘军舰的舰长,肯定会把情况如实汇报的,那么他出于以下两个原因,也一定会向西航行:第一,据报,在那个方向上天气恶劣,可借以隐蔽;第二,可以摆脱美国舰队的追击。[52]

在考虑了各种因素之后,斯普鲁恩斯发现"向西去吧,年轻人!"似乎是个好主意。但他仍像往常一样谨慎小心。他的6艘驱逐舰上燃油正越来越少。在这种情况下,他不想在黑暗中跟踪敌战列舰,因为他的飞机将无法发挥作用。所以他把航速降至15节,把航向由西北转向正西。[53]

接着,他结束了当天的工作,像以往那样酣然入睡了。"我身边有很得力的军官,他们都很在行,他们会干的。我干吗不睡个好觉?"

许多年之后，他曾平平淡淡地说，"况且，睡眠不足，头脑就会糊涂，就无法做出正确的判断，所以我得把觉睡好。"[54]

从原则上说，谁会不同意呢？而实际上，在夜间以减员的特混舰队跟踪日本机动部队的时候，除了雷蒙德·A.斯普鲁恩斯外，还有谁能高枕无忧呢！

第三十七章
"我悲痛万分，不寒而栗"

6月6日，在大和号上的山本醒得很早。他意识到中途岛之战已告失败，内心很不是滋味。连日来，他胃病发作，神经衰弱，医治也不见好。司令长官的病除给他本人带来痛苦外，也使他那个忠心耿耿的幕僚班子更加忧心忡忡，他们知道，尽管山本极力想掩饰自己的真情实感，但这次失利使他心如刀割。[1]说实在的，就是铁石心肠的人看到这一局面也会伤心的。

"N日，即6月7日（日本时间），终于到来，"宇垣写道，"在4、5两个月中进行了以这一天为目标的、全面的筹划和准备。可是，还没有等到这一天，局势就已急转直下。目前，我们正被迫全力应付最坏的局面。"接着他又加了一句精辟的话，"战争是不可预测的，这应当作为一条教训牢牢记取。"[2]

在这一片黑暗之中，北方还有一线微弱的光在闪烁。在南边发生这些戏剧性事件的同时，北边阿留申前线并没有闲着。6月4日下午，角田派出了11架俯冲轰炸机、6架水平轰炸机和15架战斗机的精锐部队空袭荷兰港。飞行员在目标上空再度遇上了好天气。这次他们炸毁了4只油罐、西北号营房船、1个正在修建的机库以及医院的一翼。在飞往会合点途中,隼鹰号航母的飞机在奥特角机场上空与8架P-40机遭遇,发生空战。日本人损失了1架战斗机、2架轰炸机,还有2架轰炸机因受伤严重,无法飞回航母,在海上坠毁了。在日本人空袭荷兰港的同时,一批B-26和B-17袭击了角田的军舰,结果两种飞机各损失了1架,日方没有任何损失。[3]

4日那天的后半段时间,山本给细萱的电报时断时续,说明当天再没有进一步的战事。细萱的参谋长中泽佑断定肯定出了大问题,当然做出这一推断无须什么特别的聪明才智。"综合所得到的信息,得到的印象是,第一机动部队遭到了意想不到的重创,不禁感到万分担忧。"[4]

翌日晨,在获悉南云的航空母舰全部被摧毁后,细萱于08:00向山本建议"从全面考虑……这时"应中止阿留申作战。他还说,显然美国和苏联只发现了第二航空舰队,还没有发现北方部队。数小时后,北方部队收到宇垣的电报说,要给北方部队增加几艘军舰,"征求我们对实行攻略作战的意见"。这样,联合舰队的意图就清楚了,于是细萱回答说:"在我们得到增援后,攻略作战可以进行。"[5]

与此同时,细萱命令大约在阿达克岛西南225海里的大森仙太郎海军少将的攻略部队回师攻占阿图岛。山本决定攻占基斯卡岛和阿图岛,他于12:59电令有关部队:"第二机动部队交还北方部队。"[6]

宇垣写道:"他们似乎受到我们这一决定的鼓舞,午后不久就决定于N+1日冒死发动阿留申五号行动。他们在什么情况下做出这项决定的,我们只能猜测,但日后终究应当做出解释。"山本预料,由于取消了中途岛作战,美国人会变本加厉地保卫并夺回阿留申群岛。所以,他于23:20给细萱调去了金刚号和比睿号战列舰、利根号和筑摩号重巡洋舰、瑞凤号轻型航母、神川丸水上飞机母舰以及14艘潜艇。这些军舰在加足燃料后,将立即向北航行。用宇垣的话说就是,联合舰队的参谋们希望能有机会"报中途岛的一箭之仇"。[7]

这里先提前交代一下,阿图岛和基斯卡岛登陆按计划实现了,但这不足为奇,因为这两个岛上都没有驻军。[8]由于中途岛这个关键一环还处于星条旗控制之下,这两个岛对日本就没有战略价值。以四艘航母换取两个雾气笼罩、沼泽密布、巴掌大小的岛实在是得不偿失。当然,中泽没有异想天开地认为自己的部队做出了足以弥补日本在中途岛损失的举动。他五内俱焚,痛心地说:"对日本帝国来说,6月5日是最晦气的日子,令人难忘。由于战争变得旷日持久,我们应当做出比以往任何时候都更加非凡的努力。"日本应当彻底检讨"全部作战谋略以及作战指导方针……",而海军则应当"尽快制定出应急方针"。[9]

6月5日下午,为南云的航母护航的驱逐舰逐一追上了撤退中的大部队。按照原计划,应立即把幸存者转移到大舰上,这样可以尽可能好地照顾伤员,但这在当时做不到。宇垣打算等6日到达原定的以中途岛为圆心的600海里半径圈以外的加油点,就把他们转移到各战列舰上去。可是,长夜漫漫,又遇上了恶劣气候,附近发现敌机的报告令人惴惴不安,所以加油点又改了地方,继续向西航行一天后才到达。伤员的转移这时才迅速开始。[10]

转移工作像一场噩梦。天空没有星光,舰上实行了灯火管制,巨浪猛烈地冲击着驱逐舰,大有把它们撞到战列舰上的危险。最后,舰队只好停下来,让小船有足够时间来完成这项大慈大悲的使命。许多伤员被严重烧伤,血肉模糊。[11]航空母舰上撒下来的幸存者几乎个个都感到膝部和手腕莫名其妙地疼痛。医生的最后诊断说,这是因爆炸气浪的冲击而引起的。[12]渡边没有让任何伤员上大和号,以免山本看到他们的惨状而影响斗志。[13]

到6月6日拂晓,山本大将的麻烦还没有完结。他的确需要参谋们给他鼓鼓劲、打打气。06:30,他收到三隈号一份电报:"发现敌舰载机 2 架。"[14] 它们是 05:02 从企业号起飞的 18 架 SBD 中的 2 架,各携带了 1 颗单重 500 磅的炸弹。毫无疑问,其中 1 架是大黄蜂号上的 8-B-2,它的驾驶员威廉·D.卡特海军少尉在企业号上过了一夜。06:45,他曾报告说发现 1 艘航母和 5 艘驱逐舰。[15]

斯普鲁恩斯得到这个报告后,笑着说:"我们正找它呢!"但他只高兴了一阵子。卡特让报务员报告的是 1 艘战列舰、1 艘重巡洋舰和 3 艘驱逐舰。问题不是出在报务员身上,就是出在无线电中心,"由于声音上的误差,把 BB(战列舰)听成了 CV(航空母舰)"。大黄蜂号用空投电文的方式通知企业号说情报有误。[16]

在错情得到纠正之前,斯普鲁恩斯已下令大黄蜂号发动攻击。07:59,大黄蜂号派出 26 架"无畏"和 8 架"野猫"。"'野猫'一同前往"是出于谨慎,"为了防止原先并未发现的敌机的抵抗"。[17]

与此同时,大黄蜂号的另 1 架 8-B-8 于 07:30 报告说,发现 2 艘重巡洋舰和 3 艘驱逐舰。[18] 两次发现敌情标在图上后,可以看出两者相距 52 海里。这足以使斯普鲁恩斯相信,他要对付的敌人有两路。奇怪的是,那天的空战以及巡洋舰派出的侦察机都没有把情况搞清楚,当然,这一海域中只有一批日舰,即受伤的三隈号和最上号以及护航的荒潮号和朝潮号。[19]

空中观察时很容易把舰种搞错。这只是 1942 年 6 月 6 日出现的一系列错情的第一个,因而这一天也提供了研究这种错情的典型材料。

起飞不到两小时,大黄蜂号的俯冲轰炸机发现并攻击了目标。"参加飞行的所有飞行员都认为,他们的主要目标肯定不是巡洋舰,而是一艘战列舰(也许是雾岛级)。"不过,分不清雾岛级战列舰(排水量略大于 3.1 万吨)和最上级重巡洋舰(排水量约 1.2 万吨),对于飞行员们向目标攻击并没有太大的影响。[20]

大黄蜂号声称他们有两颗 1000 磅、一颗 500 磅的炸弹击中了一艘敌舰——也许是三隈号。他们还说有两颗炸弹击中了第二个目标——

最上号，一颗 500 磅的炸弹击中了一艘驱逐舰。[21]

日方现存的有关 6 月 4 日航母作战记录档案以及受损情况统计中都没有最上号和三隈号受创的记载。所以，这些巡洋舰上究竟发生了什么事就很难准确说清楚了。不过，据幸存者说，最上号确实两处中弹。其中一颗炸弹把五号炮塔上的人全部炸死。另一颗炸弹击中舰中部，"炸坏了鱼雷发射管，引起舱底起火"。[22] 幸亏猿渡有先见之明，头一天晚上就把鱼雷发射出去了，才没有发生严重的火情和爆炸。[23] 三隈号中弹 2 或 3 颗，荒潮号尾部中弹受伤，但还能继续作战。命中的情况听起来倒不错，可是所造成的后果相对来说就微不足道了。大黄蜂号在攻击中损失了一架"无畏"。[24]

接着，企业号试了试自己的运气。在久经沙场的肖特统一率领下，它的 31 架俯冲轰炸机和 12 架战斗机于 10:45 开始起飞。升空后不久，他们接到命令，要他们寻歼一艘"战列舰"，并说，据信该舰在原先要他们攻击的那个目标前面约 40 海里处。[25]

企业号准备派 3 架费了九牛二虎之力才修好、已能升空作战的鱼雷机去支援他们作战。出发之前，斯普鲁恩斯特别指示劳布，如遇抵抗，就不要攻击。他考虑到这些 TBD 将被用来对付可能出现的油水更大的目标。果然担任警戒的驱逐舰上对空火力十分准确，所以劳布欣然执行了斯普鲁恩斯的命令。[26]

这个机群遵照上级指示，从巡洋舰和驱逐舰上空飞过，去寻歼那艘不存在的战列舰；经过一段时间的搜索毫无结果，于是战斗机和一个轰炸机中队掉转机头，向巡洋舰发起攻击。他们准确识别出其中一艘为最上级，另一艘是爱宕级。这个估计还不错，因为爱宕级重巡洋舰比最上号的排水量只少大约 1000 吨。[27]

劳布说他还从来没有见过像这一次这么准确的俯冲轰炸。[28] 肖特说，这次作战相对来说比较简单。[29] 这话不假，因为美国人已无须再与厉害的零式机周旋，他们可以随心所欲了。

大黄蜂号和企业号舰桥监听了作战通话。米彻尔镇定自若地说:"监听……说明攻击卓有成效。"[30] 斯普鲁恩斯津津有味地听着飞行员之间的通话。他说:"这种通话很少见,大部分的话难登大雅之堂。"[31]

"看那狗日的起火了!……再揍那狗娘养的!……把它们全都揍下来……你的炸弹果然击中了它的尾艏。伙计,棒极了!……让我们来干它一两艘驱逐舰……打这些鬼子就像瓮中捉鳖,容易得很。"

接着,说话的人语调略带忧伤:"哎呀,再有一颗炸弹就好了!"另一架攻击飞机显然是没遇上高炮火力的威胁,它的飞行员轻蔑地说:"日本人用弹弓是打不到你的。"接着大喊一声,"东条,你这个狗东西,把别的也派出来吧,老子照样把它们都收拾掉!"

斯普鲁恩斯乐不可支,他把话报的听抄件送了一份给尼米兹。他知道总司令会高兴成什么样子。[32]

很明显,从全部的听抄件中可以看出,企业号上的俯冲轰炸机把日舰编队中最后那艘当成了战列舰。[33] 这舰肯定是三隈号,因为飞机主要对它发动了猛攻。在整个中途岛战役中,美国人个个都有主动进攻的意识,这对美方来说是很幸运的。这一次,VB-3 中队的 E.M. 艾萨曼海军少尉"主动向这艘爱宕级重巡洋舰① 俯冲下去,发现它根本还没受伤,就冒着向他一个人射来的密集炮火投下了炸弹,炸弹命中舰尾部"。[34] 他击中的一定是最上号,尽管有些幸存者说,该舰当时只中了 2 颗炸弹,1 颗在中部,1 颗"刚好在舰桥前"。[35]

猿渡说唯一真正造成严重损失的是那颗炸穿水上飞机母舰甲板的炸弹。它掉进舱里后引起一场大火,使病员舱成了一座地狱,医官和医助死的死、伤的伤,那些当场没死的病号无人照料。尽管猿渡的损管人员奋力泼水,火情还是有可能失控。最后,猿渡只好下令将整个

---

① 最上号和三隈号是同等级的姊妹舰,美国人一再把巡洋舰错当战列舰的原因仍是个谜。

损坏的舱室封死,并准备为此承担可怕的责任。他担心里面依然有人活着,但是为了拯救军舰,他只好采取"这个显然很残忍的步骤"。

后来,在火势控制住之后,舰员们打开舱门,猿渡发现果然有一批官兵被封在里面死了,他感到非常难过。实际上,他还看见一个轮机少尉正在剖腹自杀。他说:"对于他们的死我万分悲痛,不寒而栗。"36

三隈号很倒霉,它的前甲板区、中段以及舰桥区中了5颗炸弹后开始摇晃起来。最后1颗诱发了摆在甲板上准备发射的高射炮弹,舰桥被炸毁。落在中段的炸弹诱爆了几枚鱼雷,落在前甲板的炸弹摧毁了前主炮。37 三隈号的轮机军官川口武俊海军中尉对舰桥附近中弹一事有一段生动的描述:

> 当舰桥前面的三号炮塔被炸弹击中时(估计是09:30左右被第二波攻击击中的[当地时间12:30]),舰桥上许多人被爆炸碎片杀死。当时崎山(释夫)海军大佐正把头伸出舰桥顶上的人孔指挥军舰,他的头部和脸部负伤,当即昏迷。这时许多军官都被炸死了。
>
> 副舰长高岛(秀夫)海军中佐接替指挥。接着,右舷前轮机舱和左舷后轮机舱中弹,造成军舰停车。根据副舰长的命令,我手下的维修人员在舰首用木料扎起木筏。崎山大佐和伤员上了一号木筏,被放到海上。二号木筏上是军需官和飞行长,他们都随身携带了着重要文件和资料。38

三隈号虽然舰体受到重创,但仍然协助两艘驱逐舰营救了大约300个从最上号跳进海里或被爆炸气浪掀进海里的人。但是,"由于敌人的猛烈空袭",他们被迫中断了营救工作,眼睁睁地看着100—150人在海上漂流。39

大约与此同时,战斗中出现了一段难得的喜剧性小插曲,活跃了战斗气氛。中途岛当然已经收到上午那份说发现两路敌舰的错误报告。赛马德认为,第十六特混舰队会对付北方的目标的,于是他在10:45把能够出动的26架B-17全部派出,去搜索"向西南方向航行的那几艘巡洋舰"。中途岛方面也希望这几艘舰去同日本运输舰队会合,成为大有油水的攻击目标。

B-17没有找到目标。在返航途中,一个由6架飞机组成的小组发现了一艘军舰。他们认为是艘敌舰,就投下了20颗1000磅和1100磅的炸弹,并报告说击中了一艘巡洋舰,而且该舰"15秒内就沉没了"。[40]

一艘巡洋舰居然在15秒钟内就沉没,这简直是一件奇闻。如果飞行员们稍稍滞留一会儿,他们也许会看见一个更加奇特的场面——这艘"巡洋舰"沉不下去。美潜艇茴鱼号冲破海浪,又露出了水面。艇长埃利奥特·奥尔森海军少校火冒三丈,怒不可遏地向总部发了份报告。他想问个明白,究竟为什么美国陆军航空队要向美国潜艇扔炸弹,迫使它不得不紧急下潜。[41]

企业号在攻击这几艘巡洋舰时未受损失。显然,它的飞机进行了一次非常成功的攻击。但斯普鲁恩斯做事从不半途而废,他心目中还有个值得攻击的目标。在企业号回收飞机前大约一小时,也派出了大黄蜂号的23架俯冲轰炸机组成的攻击机群。①14:45,在林的率领下,机群向早已被打得焦头烂额的敌人发起攻击。林认出敌舰中有一艘重巡洋舰(可能是衣笠级)②,另一艘是重巡洋舰或轻巡洋舰,还有两艘驱逐舰。这场海战可能是这次奇怪的大海战中美日双方军舰相距最近的一次,因为大黄蜂号的飞行员既能看见前面的敌人,又能看见身后的第十六特混舰队。[42]

---

① 起飞飞机24架,有1架因故飞回大黄蜂号。
② 据《日本帝国海军》,第140页,"衣笠号"排水量9380吨。

第三十七章 "我悲痛万分,不寒而栗" 339

林的机群完好无损地返回大黄蜂号。他声称有一颗炸弹击中一艘轻巡洋舰,六颗炸弹击中了一艘重巡洋舰或轻巡洋舰,一颗炸弹击中一艘驱逐舰,"可以看见重巡洋舰上发生猛烈爆炸,最后被大火烧成一个空壳,舰上的人纷纷弃舰逃生"。[43] 上述报告似乎是可望得到的最精确的报告,不过有些证据说明最上号这次没再受创。日驱逐舰报告说:"……三隈号再次受创起火。"但该报告未提及最上号。显然,它在美机第三次也是最后一次攻击时,避开了"反复的空袭"。

三隈号遭到大黄蜂号飞机的密集轰炸后起火燃烧,火势猛烈异常,看来它是气数已尽了。它的副舰长下令弃舰,而他自己留在舰上与舰共存亡。[44] 矮个子、圆脸庞的海军大尉小山正夫在接到弃舰命令后,请他手下一名资历较深的士官看他剖腹自杀。小山是主炮火力中心的指挥官。不难设想,三隈号的命运是无论如何也无须由他这样的人来负责的。[45] 这样一来,小山成了日本的民族英雄。但这也帮了美国人的忙,像他这样年轻有为的军官多死几个美国人才高兴呢!

林命中的是荒潮号驱逐舰。炸弹击中第三炮塔。对日本人来说这是很惨的,因为在舰尾挤满了从三隈号撤下来的大批人员。许多人被爆炸气浪掀进了海里,还有一批人被炸死,第八驱逐舰分队司令小川延喜海军大佐被炸成重伤。荒潮号结构受到损伤,但这艘顽强的小驱逐舰靠人力操纵仍能航行。[46]

这一次,美国海军像当初目睹飞龙号沉没一样,亲眼见证了三隈号的末日。6月9日,鳟鱼号潜艇从救生筏上抓了两个日本兵,并把他们移送珍珠港。其中一个日本人叫吉田胜一,是个报务长。他的肋骨粉碎性骨折,被送进了海军医院。另一个叫石川兼一,是个三等轮机兵。他在受审时表现很爽快。他才21岁,"对于在美国当了战俘的命运,他感到无所谓,也感到很满足"。他知道,由于自己不是战死,而是轻率地当了俘虏,亲戚朋友们永远也不会宽恕他。他没有特别表示过想回国的愿望。事实上,当问到他何去何从时,他坦率地说他愿意留居美国。

石川不但讲述了他所亲眼看见的三隈号沉没的情景,还向审俘人员交代了该舰出发前往中途岛的许多情况。他还毫无拘束地谈了他所看到的日舰的情况。他解释说,战斗中,从三隈号舰舷爬到一个救生筏上的人有 20 多个,只有他和吉田幸存。他们被鳟鱼号俘房时已有 3 天水米没有沾牙了。[47]

最后一个攻击机组返回第十六特混舰队后,斯普鲁恩斯对飞行员们所攻击的敌舰舰种仍不甚了了。为解开这个疑团,他派出两架侦察机去进行照相侦察。[48] VB-6 中队的埃德温·J. 布罗格海军少尉的飞机上带着《福克斯电影新闻报》的 A.D. 布里克先生,他是去拍电影的。驾驶第二架飞机的克利奥·J. 多布森海军少尉是企业号上负责协助飞机降落的,是多次执行过空中侦察任务的老手。他的飞机带着企业号的老资格摄影师,奉命前去拍摄现场的战果。[49]

多布森在飞行过程中,心里杀机油然而生。他是个感情丰富的人,非常喜爱自己的朋友和舰上的同伴。每当他们中有人遭到不幸,他都十分难过。他心想,如果看见有落水未死的鬼子,他就像日本人在类似情况下射杀美国水兵一样,对他们以牙还牙。"船周围有 400 至 500 名落水的日本水兵。从这些可怜的家伙上面飞过时,我心变软了,要开枪射杀他们还真下不了手。"他看见三隈号甲板上躺着许多死尸,在距舰约 300 码处的海面上漂着五只救生筏,但上面空无一人。在西边大约 30 海里处,1 艘巡洋舰和 2 艘驱逐舰正想逃之夭夭。侦察机从它们上方飞过进行拍照,但由于逃跑的军舰对他们开火,他们无法接近。在完成摄影任务返回航母的途中,多布森心里还在想着那些必死无疑的日本人。

他在日记里写道:"伙计,我当然不想像他们那样掉进海里。我也无须过多地为他们感到惋惜,因为我自己有朝一日也可能会处于同样的境地。"接着,他略带幽默地加了一句,"当我不再有外出作战的雄心壮志时,坐在火炉旁边,读读这些日记,我会感到快慰的。"[50]

为了弄清敌舰舰种,斯普鲁恩斯亲自问了这四个人。但听到多布森回答说"长官,我不知道,不过它是一艘很大的军舰"时,他很恼火。这四人中有一个人坚持认为其中有一艘是最上级重巡洋舰。这一消息令人惊诧不已。斯普鲁恩斯向尼米兹报告说:"整整一天,我们从没怀疑过敌舰中一有艘战列舰。"第二天上午照片洗印出来,画面很清晰。斯普鲁恩斯亲自查看,发现那个观察敏锐的军官是对的。他悔恨不已,说:"我感到脸红,因为攻击的那天下午,我曾向尼米兹上将报告说我们轰炸了一艘战列舰。"[51]

如果照相侦察的时间再推迟一点,他们也许就能肯定三隈号已经寿终正寝了,因为它于日落后不久沉没。[52]奇怪的是,看见这两艘主要日舰的人坚持认为,三隈号"肯定比伴随它的那艘巡洋舰大,那也许是艘轻巡洋舰或者大型驱逐舰。那艘略小的军舰的最后位置在15海里外的海面上,它的身后留下了厚厚的油污"。[53]

造成这一观察错误的原因之一也许是最上号的舰首受了伤。它"航行时舰首严重向前倾斜,在舰首激起较大的浪……"所以,后来日本人估计,美国人可能因此把它的航行速度搞错了。其实它的航速才14节左右。它仍可操纵,但等它驶抵特鲁克群岛时才发现,原来在6月5日发生撞舰事故时,它的锚链"全部"滑脱了,正如山田所解释的:"尽管它的舰首受了伤,但它能把握住方向,这似乎跟它拖着锚链航行有很大的关系。"最上号靠自身动力,摇摇晃晃地抵达特鲁克群岛。它在此后将近一年的时间里没能参战。[54]

如果拯救某一艘军舰的功劳能归功于哪一个个人,此人就是最上号的损管军官猿渡。他在军舰被撞、极易发生危险的时刻,果断地扔掉了鱼雷,① 接着在军舰遭到攻击时又勇敢地做出了最难做的决定——

---

① 三隈号损管军官阿部海军少佐所说的与此不同:"三隈号,因大火燃烧引起鱼雷爆炸而沉没。"(坂本材料)

牺牲少数，保全多数。

第三十八章
"庄严肃穆、催人泪下的场面"

战斗还没有完全结束，胜利者仍面临着一场悲剧。美国要控制中太平洋还得付出代价。

5日清晨，伊-168号潜艇袭击中途岛无果。此后田边收到一份"特急件"："我空袭使一艘企业级大型航母遭重创，现漂浮在中途岛东北150海里的洋面上。着伊-168号火速追踪，将其击沉。"[1]

从译电官对无线电的监听中，田边对战况有了比较清楚的了解。他知道日本已丧失了攻占中途岛的战机，但他谨慎行事，没有把监听到的内容及他个人的看法向艇员们透露。这项命令给了他一次求之不得的机会，使他能替遭受损失的日本航母报仇雪耻。[2]

他立即把刚收到的命令传达给艇上全体官兵。有些人高兴得欢呼起来，也有些人因紧张与对战斗的期待而颤抖。田边在军官集会室召集参谋人员，指示他们拿出一份详细的攻击方案。他自己返回驾驶台，坐在小凳上，十分怀疑他是否能发现并捕捉到那艘航母，如能，他又是否能将其击沉。他估计，在受损航母四周一定有严密的警戒，他可能无法进入击沉敌舰的阵位。[3]

田边两眼凹陷、目光深沉，身材瘦削，举止优雅，和源田长得很像。他在驾驶台连续坐了几个小时，考虑解决问题的办法。他没有源田那样的创造才能，但具备一个潜艇艇长的某些可贵之处——他做事稳当，三思而行，像猫潜猎松鼠那样有无限的耐心。[4]

第三十八章 "庄严肃穆、催人泪下的场面"

田边灵光的大脑正在考虑时间安排问题。他不仅希望而且也打算在拂晓时找到那艘航母。当时的日本潜艇还没有装备雷达,田边所依靠的就是自己良好的目力以及他那副性能上佳的12厘米双筒望远镜。他肯定那艘航母有驱逐舰护卫,还有空中巡逻。为了不让自己的潜艇被发现,就要趁天色还比较暗的时候,而为了能看清猎物,他又需要有一点亮光。

田边正在沉思,艇上负责电子器件的军官走到驾驶台,递给他一张护身符。他解释说,这是他从水天宫神社搞来的。他在离开吴港前弄到一些,想给艇上每人一张。[5]

等副艇长报告说攻击准备完成,已让艇员们都去休息时,夜色正徐徐降临。田边下到舱里去巡查,惊异而自豪地发现,有些艇员已进入了梦乡。他们头上缠着准备作战用的白色头巾。另一些人激动得无法入睡,正聚在一起快活地聊天。田边乘夜色朦胧,把潜艇浮出水面,以16节的航速朝着目标航行。[6]

一名监视哨兵一直在用望远镜观察东方的海面。04:10,他突然大喊:"右舷前方发现一个黑点!"田边站到哨位上亲自观察。他透过望远镜凝视着逐渐变得明亮起来的天边,心里十分喜悦。猎物就在大约20千米(约12海里)开外,而且发现它的时机和它的位置都恰到好处。潜艇从西南方迎着冉冉升起的旭日航行,艇员们可以清楚地看见约克城号的身影。只要田边不想暴露自己,敌人朝着夜色消退的方向想发现他是有困难的。他当然不想暴露自己。由于已发现目标,他把航速从16节减到12节,因为以16节航行,舰艇破浪航行的情景很容易被巡逻飞机发现。[7]

大约06:00,田边看见2艘守护航母的驱逐舰,于是他决定下潜,仅以3节的航速悄然向前。文书军士把战斗给养分发到每个艇员手里。鱼雷兵最后把鱼雷再擦拭一遍。距离越来越近。田边数了数,共7艘驱逐舰,在离航母约1000米处成2列环绕。其实驱逐舰只有6艘,由于距离仍然较远,田边未能识别出捕蝇鸟号是艘扫雷艇。

担任掩护的驱逐舰数量众多,加之海面平静,潜望镜很容易被发现,于是田边收起潜望镜,靠听声音在水下航行了一阵。在此之前,他每隔10分钟升一次潜望镜,此后他大约每隔1小时才升一次。[8]

他再次冒险升起潜望镜观察,发现离目标约15千米。那些驱逐舰看来都处于高度戒备状态。他根据噪声判断敌人使用了声呐。他下令说:"准备对付敌人深水炸弹攻击!"艇员们屏住气等候着。田边偶尔也让他们了解一下敌情。这时东风徐起,吹起层层细浪,对伊-168号非常有利。

他随后进行了几次潜望观察,但所看到的情况使他大感不解。虽然那艘航母几乎是静止不动的,它的位置却与潜艇领航员的计算不符。不论他如何努力,他与航母之间的相对位置不但没有变得对他更有利,反而变得糟糕了。它的航速是多少?它的大致航向是什么?它是否正在随风漂移?田边拿这些问题问自己,但得不出满意的答案。[9]

他原计划从那艘航母的左侧实施攻击,但它仍在运动,于是他决定攻其右舷,并相应变动了潜艇的位置。他还决定完全根据海图计算来进一步接近敌人。这意味着,他可能根本就打不着敌人,但他觉得必须争取这个机会。他根据海图指挥潜艇的运动,而结果如何就只能听天由命了。美国的驱逐舰不断从伊-168号上方开过,田边感到提心吊胆。潜艇的其他乘员也都听到了美国人声呐装置的噪声。[10]

12:37,田边轻声祈祷后,升起潜望镜。他这一惊实在非同小可,因为航母的庞大身躯像一座山似的矗立在他面前,连舰上人的面孔他都看得清清楚楚。他距离约克城号500米,已经深入到驱逐舰警戒圈的里面。

田边急忙收起潜望镜,速度比刚才升它的时候快多了。靠得太近不仅使他感到不自在,而且可能造成鱼雷攻击的失败。距离这么近,鱼雷会从航母下方钻过去,对它不造成任何危险。对于美国的驱逐舰警戒圈，田边丝毫没有掉以轻心。他知道，面临敌人如此高度的戒备，自己的攻击机会将只有一次，他必须首发歼敌。为此，他只好硬着头皮再次穿过两道驱逐舰警戒线，至少要把潜艇与目标的距离增加一倍。[11]

正当田边小心翼翼地向攻击距离运动时，他突然发现敌人的声呐探测声全部消失。他对上面发生的事感到奇怪，对领航员说："看来他们的声呐值班人员都去吃午饭了。"不论是什么原因，这个出乎意料的空子给了田边一次机会。他再度冒险向上观察，发现自己在距航空母舰1500米的最理想的位置上。另外，这时约克城号正朝着他转身，把舰体中部暴露在他的正面，整个侧面恰好处于他瞄准器的中央。他在瞄准器中还捕捉到一艘驱逐舰，但他认为这艘舰不构成障碍。田边虔诚地想：我肯定是受到了战神的保佑，要确保歼敌，这个位置对我来说真是求之不得。[12]

伊-168号有8个鱼雷发射管——艇首4个，艇尾4个。田边知道，他只能靠发射艇首的几枚鱼雷，来不及掉转潜艇，进入尾部发射鱼雷的阵位。所以他决心每发必中。他高声下达命令："准备发射！"几秒钟后他喊了一声，"放！"

2枚鱼雷飞速射出。2秒钟后，他向一方向又射出2枚鱼雷。在一般情况下，田边会取不同角度，把4枚鱼雷发射得散开一些，这样总会有2枚命中。可是这一次，他认为肯定会命中，所以就两次齐发，射向同一个点上，以期达到最大限度的破坏力。[13]

伊-168号发射鱼雷时，约克城号似乎正逐步恢复元气。整个上午，巴克马斯特率领抢险人员在航母上奋战，汉曼号给他们提供了必要的动力。为了纠正舰体倾斜，有一个抢险分队在进行水箱的排水与注水；另一个分队在拆除倾斜一侧的重型装备。他们已经扔掉了左侧的锚、左舷5门20毫米口径小炮的炮座以及一门5英寸口径的炮。这些措施使该舰的倾斜度减少了2度。杂货舱烧了很久的火也终于被扑灭。舰尾第三层甲板下积水已被抽掉3英尺。有一个作业组把飞机从前机库取出,慢慢放进海里。医疗人员完成了鉴别死人的痛苦差事,并准备进行安葬。35 具尸体中,只有 10 具无法辨认。巴克马斯特主持了适当的仪式,然后就把他们海葬了。[14]

13:31——从田边在约克城号鼻子尖底下伸出潜望镜算起,再过 6 分钟就整整一小时了——巴克马斯特发现风平浪静的海面上出现了 4 道鱼雷航迹。航空母舰上的一挺机枪鸣枪报警。"鱼雷袭击!"的警报迅速发出。汉曼号拼命向雷迹开炮,想在鱼雷击中目标前把它们引爆。第一枚鱼雷击中汉曼号舰体中段,另两枚从它底下钻过去,击中约克城号右舷舰底与舷侧弯曲部位第八十五框架,把舰体炸出了一个大洞。第四枚鱼雷从舰尾部脱靶而过。

由于约克城号的三号辅助升降机被连根拔起,各种固定装置全部轰然砸在机库甲板上。"前桅杆右舷侧支脚的铆钉全部断裂",人被抛得到处都是,有的被掀进海里,有的摔得伤筋折骨、皮开肉绽、遍体鳞伤。

汉曼号二号锅炉舱被击中,舰身几乎被炸成两截,不到 3 分钟就沉没了。[15]伯福德回忆说:"鱼雷击中汉曼号,就像打断了它的脊梁骨。它几乎完全断成两截,那情景太可怕了。许多人被从甲板上掀进了海里,还有很多人当场被炸死。"[16]

汉曼号舰长阿诺德·E. 特鲁海军中校被爆炸气浪掀起,前胸撞在桌子上,肋骨折断一根,喘不上气,说不了话。这样就只好由副舰长下令弃舰。更糟糕的事又接踵而来。汉曼号下沉时,它上面的深水炸弹在 3 个不同深度发生爆炸,掀起的水柱足有 15 英尺高。舰上 13 名军官中 9 人丧生,228 名舰员中 72 名死亡。

特鲁舰长认为汉曼号的深水炸弹是上了"保险"的。他在报告中热情赞扬了技术一等兵 B.M. 金布雷尔说:"他留在舰尾,最后又检查了深水炸弹,以确保它们都上了'保险'。他还帮助几名因休克而暂时失去战斗力的人从舷边下去,把救生衣给他们。在尾部即将沉没时,他自己连救生衣也没穿就跳进了海里。他也是失踪者之一⋯⋯。"[17]

尽管这名水兵进行了英勇的努力,可是人们一致认为,这些剧烈爆炸的确是驱逐舰上的深水炸弹造成的。特鲁很可能对金布雷尔采取的行动做了错误的解释。金布雷尔发现鱼雷航迹后,认为要立即采取反潜措施,所以他实际上是把深水炸弹下了"保险"。爆炸发生4小时后,特鲁被巴尔奇号救起。这时他已经半死不活了,可是他两个胳膊下面还各夹着一名已经死亡的舰员。[18]

田边的第四枚鱼雷射出的瞬间,潜艇已下潜到100米左右的安全深度。接着他驾艇直接朝约克城号驶去。他认为离现场越近越安全,因为驱逐舰不会在航母附近投放深水炸弹,否则在这一海域浮游的幸存者会遭殃。

时间一秒一秒地过得像爬一样,田边和艇上其他人都在等候爆炸的声响。发射鱼雷后40秒钟左右,潜艇剧烈震动了一下,接着是第二次、第三次。可以毫不夸张地说,潜艇每晃动一次,水兵们都高兴得直跳,他们互相拥抱,使劲呼喊:"万岁!"几名士官跑到指挥塔向田边祝贺。一位水兵给他端了一杯软饮料,田边感动得有点哽咽。他几乎忘记了,自从发现约克城号以来,他一直在指挥塔里,连一口水都没喝过。现在他才感到紧张与口渴,嗓子眼像把锉刀,话也说不出来了。[19]

他知道,对于艇上的人来说,战斗才刚刚开始。一艘潜艇潜近猎物要比从它身边逃脱容易得多。所以他向全艇传话说:"真正的战斗将从现在开始,请加倍留神。"鱼雷发射出去还不到5分钟,深水炸弹就投下来了。但那些驱逐舰似乎漫无目的,所以伊-168号起初第一个小时的日子还比较好过。但情况突然发生变化,一艘驱逐舰从它上方自右至左直接驶过,投下2颗深水炸弹。现在猎手反成了被猎对象。[20]

田边把教科书上讲过的规避方法全用上了,但无法避开从头顶上方像接力赛一样轮番驶过的驱逐舰。不过,他总算幸运。副舰长报告说,它已避开了60颗深水炸弹。可他的话音未落,伊-168号就像一匹野马似的跳了起来。头顶上方的油漆开始一块块地剥落。照明系统出现故障,艇内一片漆黑。紧急照明设备迅速启动。对损坏情况调查的结果是:前鱼雷发射舱和后转向舵机舱进水,蓄电池受到损坏。艇员们迅速堵住了漏,但蓄电池一时还修不好。电池中的硫酸慢慢地渗漏出来,和舱里的污水混在一起,产生了氯气。呼吸变得越来越困难,连舱底的老鼠也跑了出来,逃避这令人窒息的气味。[21]

接二连三地落下的深水炸弹,像配制鸡尾酒的震动器一样,使潜艇不断摇晃。由于没电,潜艇动弹不得,水平舵和垂直舵失灵。为防止潜艇浮出水面,田边指派艇员们东奔西忙,又是注水,又是排水,以使重量均衡分布。主机械师和电器师戴上面具,率领手下人员拼命地抢修有致命危险的蓄电池。有几个人被毒气熏倒,只好把他们抬出蓄电池室。田边给大家打气说:"再有两小时就日落了,要坚持住。"

田边知道潜艇在水下无论如何也坚持不了两小时,因为气压只剩下40千克。空气几乎无法呼吸,紧急照明也熄灭了。水兵们在昏暗的提灯光下工作。大约在16:40,伊-168号的艇首开始上翘了30度。田边不得已做出了最后决定:听天由命,任其上浮!在海面上进行光荣的最后一战而牺牲,也比潜踪匿迹在水下憋死要痛快。他下令说:"炮和机枪做好射击准备,迅速上浮射击。"[22]

舱口盖刚冒出水面,田边就纵身一跃跳上舰桥。他惊讶地发现,附近海面空空如也。他朝远处望去,只见大约在10千米以外有3艘敌驱逐舰。[23] 这肯定是在搜猎他的本汉姆号、莫纳汉号和休斯号。[24] 特别使田边感兴趣的是,那艘航空母舰不见了。他断定它确已被击沉,就赶紧跑下去,和艇上的人共同分享这个喜讯。[25]

田边高兴得太早了,因为约克城号此时此刻仍在海上漂着。说来也怪,伊-168号的鱼雷反而使它的倾斜减到17度,而且巴克马斯特还希望上午再继续进行抢救。这一天算是白干了。识别死者的工作也白干了，因为他们的遗物，包括指纹在内的档案全都掉进海里了。驱逐舰正全力营救幸存者，打捞死尸，搜寻伊-168号。巴克马斯特决定在天亮之前暂不采取任何行动，等舰队的纳瓦霍号拖驳到来。于是他和抢险队离开了母舰，上了巴尔奇号。26

田边没有高兴多久，很快又看见那3艘驱逐舰改变航向朝他驶来。他想溜之大吉，在潜艇全速航行时给蓄电池充电，但他马上意识到，伊-168号的水面航速和追击他的驱逐舰不可同日而语。有1艘驱逐舰向别处开去，另外2艘飞速向他驶来。田边命令通联官给联合舰队发报说："我们击沉了约克城号，现将同敌舰决一死战。"

观察哨不断报告"敌人在逼近"，可是舱下传来的总是"电机仍无法使用"。怎么办？下潜还是继续在水面航行？迫不得已时就和驱逐舰撞个同归于尽？按田边的个性，他倒很想走第三条路，可是他又考虑到舰上的人和他们的家小。他看了看表，离日落还有30分钟，驱逐舰已测出距离，舰炮正对潜艇进行交叉射击。田边问副舰长："我们有多少空气了？"副舰长答道："已上升到了80千克。"27

田边立即下令"紧急下潜到60米深度"。接着主机械师那里传来了振奋人心的消息："电机已能使用。"驱逐舰似乎又失去了目标，它们的炮弹和深水炸弹落得越来越远。田边为这艘潜艇和艇上的官兵打赢了这一仗。

18:50，潜艇浮出水面。在13个小时中，田边和艇上官兵除喝过一杯水庆贺胜利外，既没吃也没喝。他的内心充满了感激和自豪。他从内心深处感激忠心耿耿的官兵们那无私的献身精神。在确信可以在海面上自由航行后，他下令说："打开舱盖，换换新鲜空气。"在夜晚的微风中，大家深深地呼吸着这清新的、略带咸味的空气。

田边有点担心，怕靠所剩的燃油到不了吴港。伊-168号起航前，舰队一位军需官对他说过，他可以在中途岛被攻占之后去那里加油——日本人就是这样自信！——但这一条现在行不通了。田边只使用了两台发动机中的一台，用油箱里仅剩下的 800 千克燃油，熟练地把潜艇开到了吴港。他和全体官兵像英雄一样受到了欢迎。[28]

约克城号令人难以置信地在海上漂了一夜。将近拂晓时分，它的舰员以及担任警戒的舰艇才真正把它放弃。驱逐舰中队司令爱德华·P. 索尔海军上校看看这艘巨型航母已实在无可救药，就让各驱逐舰围聚在它的四周，向它举行了告别仪式。目睹它奄奄一息的惨景，特别令人心碎，这艘了不起的航母曾闯过无数艰难险阻，它真该活下去。

在绚丽的晨曦中，约克城号下沉速度越来越快。此刻，伯福德是百感交集。他回忆说："我们的驱逐舰列队就位，注视着它沉入大海。目送这艘大型军舰安息真是个庄严肃穆、催人泪下的场面。它沉没时，各舰下半旗，全体人员脱帽肃立。说实在的，以这种方式向这艘英勇的舰艇告别是再合适不过的了。"他的语调深沉。接着他说，"但从某种意义上说，这也真他妈滑稽可笑。我们真不该在这样的仪式上浪费时间和精力。我们应该去追击那些该死的日本人！"[29]

约克城号于 6 月 7 日 04:58 沉没。至此，第十七特混舰队大体上就解体了。弗莱彻率阿斯托利亚号和波特兰号返回珍珠港。巴尔奇号、休斯号和莫纳汉号在加油点被编入第十六特混舰队。巴克马斯特及其部下从巴尔奇号转到格温号，随同载着汉曼号幸存者的本汉姆号同时回国。[30] 回国后，他有一项不愉快的任务，就是汇报约克城号的作战情况。该舰的作战使他感到骄傲，同时也使他极为悲伤。他在报告末尾写道：

> 在所有这些战斗中，以及在为这些战斗进行海上训练的许多星期中，约克城号的战斗精神是无与伦比的。即使它已在战斗中光荣牺牲，它的战斗精神仍与世永存。我们这些有幸能在这艘英勇舰艇上服过役的人，不仅衷心希望它能永存于我们的记忆之中，

而且希望能把它的舰员集中在一起,让他们操纵、管理一艘新的、最好还是以约克城号命名的航空母舰,用它去同敌人战斗。[31]

第三十九章
"到达目标的中途"

到6月6日19:00,斯普鲁恩斯已完成了空中作战,可以再度全面考虑一下自己的处境了。他必须让莫里号和沃登号去西马伦号加油,只留了4艘驱逐舰来掩护2艘航空母舰和6艘巡洋舰。他的任务完成得很圆满,超出了最盲目乐观的人最不切实际的梦想。他明智地告诫自己说,勇敢再向前一步就是愚蠢。而他自己已达到这个临界点,于是他决定回师向东与油轮会合。[1]

当企业号上的人意识到,对他们来说战斗已经结束时,全舰上下一片欢乐,正如海军上尉林赛所说:"我们的许多好朋友牺牲了。不过在战斗结束后,参战的人发现自己还活着,还能再干它一阵子,还能和伙伴们一起喝上几杯,一种欣慰感便油然而生。"舰上的主任军医一定也有同感。返航途中,他洋洋得意地把4加仑波本威士忌拿到军官餐厅。林赛说:"战争期间,人们把陈旧的海军条令抛在一边,来点人情味,看到此情此景,实在令人宽慰。"[2]

美国还要付出最后一笔代价。6月7日埃蒙斯致函马歇尔说:

中途岛战役的第一阶段即将结束。我之所以称之为第一阶段,是因为我认为日本人完全可能卷土重来……

一段时间以来,我一直认为我们显然应该向威克岛发动一次攻击。前几天从本土来了4架LB-30飞机,此前我们的飞机都没有这么大的航程。这些飞机现在中途岛,如果条件许可,它们将于明天拂晓前攻击威克岛。我们会将结果电告你。另外,我很高兴地告诉你,廷克将军将亲自率领这次飞行。遗憾的是,我不能一同前往。"[3]

廷克的决心和埃蒙斯的支持只说明他们斗志旺盛,并不表明他们深明事理。廷克的责任远远不只是伴随4架飞机出击,他亲自出马起不了多大作用。这4架解放者式都配备了副油箱,各携带4颗500磅重的炸弹。它们根本没有找到目标。有3架飞机返航,但廷克乘坐的那架轰炸机消失得无影无踪。[4]

6月6日上午,战败的日本舰队一直在向西退却。铅灰色的天空云层低垂。从海上升起的雾气像幽灵似的盘旋飘忽,弥漫在条条桅杆之间。大海本身似乎也反映了此时此刻的气氛,它"波涛汹涌,浊浪排空",[5] 极不平静。旗舰上的山本感到头晕目眩,心里闷闷不乐,[6] 但不经过最后的努力,他不会轻易放弃诱使斯普鲁恩斯进行水面交战的希望。

大和号得悉三隈号和最上号身陷困境的消息后,山本下令近藤前往救援。山本刚做出决定,宇垣就开始担心这个决定是否明智。他在日记中写道:"看来敌舰队是以一两艘航母为核心,加上一批巡洋舰组成的。毋庸置疑,三隈号已在劫难逃,而且其他舰艇也可能遭到厄运。不仅如此,如果发生最糟的情况,攻略部队本身怕也难保不遭危险。"

考虑到这些可能性,山本决定把主力部队全部人马拉到南面去,"以应付不测,并寻机在威克岛空中掩护的范围内歼灭敌人"。

山本和宇垣做梦也没有想到,使他们的宏大计划化为泡影的美国舰队竟然那么小。他们深信,原先集结在中途岛海域的敌航母有五六艘,其中两艘已被他们击沉。他们还认为,这支庞大的舰队中的一部分兵力正在紧紧地追击他们,而这部分兵力"至少包括1艘正规航母、

2艘改装航母、几艘驱逐舰和巡洋舰"。宇垣心情不安地写道:"我们认为,这支敌舰队很可能在歼灭第七巡洋舰战队的另一半以及第八驱逐舰分队后,于明天上午紧紧追赶攻略部队,然后暂时东撤。"

宇垣认为,对日本人来说最佳方案是迫使美舰与近藤部队夜战。否则,第二天上午他们将别无他择,只好以主力部队轻率地向敌人发起攻击,并随时驱散来犯的敌机,同时,日本人还试图利用每一架可以利用的飞机,摧毁敌航空母舰的甲板,炸坏它们的发动机。当然,如果美国人进入威克岛范围之内,日本方面将会有更有利的机会。但宇垣不相信他的对手会让他如愿以偿。[7] 这一点他全然没有错,因为深谋远虑的斯普鲁恩斯从一开始就下决心避开威克岛的攻击圈。[8]

山本还是决定冒险打这最后一场大仗。宇垣忧心忡忡地写道:"这需要下特别大的决心,因为一旦行动出了偏差,整个联合舰队就将万劫不复。"必要的命令均于6月6日15:00发出,舰队照此执行直至翌日晨。可是7日晨的空中搜索未发现敌人踪迹,所以只好放弃了这项以主力部队冒险进行全面较量的计划。[9]

但山本不愿就此退出战斗,决定做一次捕捉美特混舰队的最后努力。他仓促组建了一支"诱饵部队"。它由羽黑号和妙高号巡洋舰以及第四驱逐舰战队的9艘舰组成,第五巡洋舰战队司令官高木武雄中将担任指挥。这支部队将以无线电发送虚假信息,诱使美国人进入威克岛东北海域,使之处于岛上航空兵以及潜伏在那里的潜艇的攻击之下。[10]

高木和他的参谋长长泽浩海军大佐对这个计划都并不乐观,因为他们认为,不等潜艇或威克岛的飞机发现美航空母舰,美舰载机就可能发现这支诱饵部队并向它发起攻击。事实上,高木部队一直也没有发现敌人,6月13日它就解散了。[11]

尽管如此,日本的厄运并未就此了结。7日午夜,矶波号驱逐舰以两次转动30°的方式向右舷转60°时,它的右舷舰首撞在浦波号左舷中部,把它的烟囱撞坏了,使它的锅炉功能受到影响,但它仍能以 24 节的航速行驶。可是矶波号右舷舰首被撞掉了几英尺,速度下降到 11 节。宇垣大为恼火,因为他曾经多次告诫过,要驱逐舰进行这类机动时必须小心。

那天有件小事终于弄清了。宇垣写道:"据了解,司令长官的胃痛是蛔虫引起的。驱虫药治好了他的病,我们都很高兴。"[12]

然而,这种高兴之中夹杂着深深的窘困。那天 07:00 左右,山本登上舰桥时,参谋人员尴尬地、慢吞吞地跟着他,心中都很惭愧,不敢正视他。他们并不是为将军感到惭愧,而是为联合舰队给他丢了脸而感到无地自容。

紧张的气氛持续了一阵子,谁也没有说话,还是山本打破了沉寂。他乌黑的眼睛直勾勾地看着忠心耿耿、因失败而背着沉重包袱的黑岛。"黑岛,"他若有所思地说,"潜艇搜索干得不好,这是个大错误。"这一实事求是的评论使气氛得到缓和。他的看法表明,中途岛之战已成历史,从中可以吸取不少教训。他们所爱戴的将军恢复了常态。[13]

9 日,山本命令长良号向大和号靠拢,他要召集第一航空舰队的主要参谋人员到舰上来开会。这几位代表是草鹿、舰队书记官大石,当然还有源田。山本面临的紧迫问题是如何重建一支航母部队。[14] 在这几位代表到达前,山本把宇垣、黑岛、渡边、佐佐木和有马召集在一起。他知道,大和号的退却宣告了中途岛战役行动的失败。他也知道,参谋们已得出了某些不利于第一航空舰队及其高级军官的结论。所以他指示这几个人不要提出这些批评意见。他断然下令:"决不允许对我的参谋班子以外的人说潜艇部队和第一航空舰队要对中途岛战败负责。责任在我。"[15]

黑岛对草鹿一直意见特别大,山本专门叮嘱这个容易激动的亲信,又说了一句:"不要责怪南云和草鹿。失败的责任在我。"[16]

从长良号上过来的 4 个代表身上还穿着厚厚的冬服,长期鏖战之后他们都显得精疲力竭。草鹿拄着根手杖,而书记官的军服已破烂不堪。[17]根据宇垣的回忆,代表们所说的第一句话的大意是:"除了彻底请罪,我不知该说什么。"他又不快地加了一句,"当然,他们应该这么做。"

代表们走进山本的舱室。草鹿做了长篇发言,谈了他自己对这次灾难性失败的原因的看法。他讲了6个基本点:(1)由于会合有困难,不得不在战斗打响前就打破了无线电静默;(2)搜索飞机在折返前未能发现敌人;(3)准备第二波攻击时,由于回收飞机造成了混乱局面;(4)轰炸机由于换装鱼雷而耽误了时间;(5)等候第一波战斗机返航又造成了耽搁;(6)航空母舰过于集中造成了许多不利。

宇垣把这6条都仔细地记在日记中,每条下面都写了应该吸取的教训。[18]实际上,这些人离画面太近,无法看清这幅画的全貌。草鹿所列举的只限于南云部队的活动,这正是他这个人的特点。

宇垣写道:"总而言之,我们只能得出这样的结论,这次战败的主要原因是:我们因过去的胜利而变得骄傲自满,没有研究在我方发动集中攻击时万一侧翼出现敌航空兵力该怎么办——我对此一直非常担心,而且曾反复提醒他们要注意。"[19]

草鹿像以往一样直截了当地做了汇报,既没有怨天尤人,也没有寻找借口。他怀着一片赤诚之心强调说,明智的办法是向日本国民说明真情。他像一个战斗员向另一个战斗员那样,向山本提出了个人的请求。

他郑重其事地说:"南云长官和我对这次战败负有重大责任。对此,我们心甘情愿地接受任何惩处。但我希望你给我们一点特别关照,以使我俩能像以前那样有机会在前线还清这笔旧账。"

没有谁能说出比这更光明磊落的话来。山本热泪盈眶,只能说:"行啊。"[20]

过了一会儿,宇垣对草鹿说:"我们联合舰队司令部意识到自身的错误,我们因此而对第一航空舰队深表歉意。但目前这个挫折根本没有使我们悲观。"他很有气魄地继续说,"我们还打算再次进行中途岛作战,同时进行南方作战。当务之急是给北方提供足够的力量,以对付敌人可能在那里的活动,以期寻机报仇雪恨。"他强调说,"如何恢复舰队的空中力量是当务之急。所以请你们过来共商大计。"

草鹿仍在为一个微妙的问题而伤脑筋,他解释说,在第一航空舰队司令部从烈火熊熊的赤城号向长良号转移时,南云执意不去。草鹿劝他说,只要第一航空舰队还有一个人活着,他南云就有责任把仗打下去。尽管如此,实际上南云是被参谋们从赤城号上硬拖下来的。草鹿说:"我们损失了全部4艘航空母舰、1名战队司令、3名舰长,思前想后我自己也很痛苦。"

宇垣仔细地听着,并不断安慰他。大约16:00,他把草鹿一行送回长良号,送了每人一点小礼品,表示没有伤感情,还有两千日元作为日常费用。他们这次小小的碰头会的真实含义,宇垣完全了解。这从他的日记中可以看得很清楚。

他写道:"遭到如此沉重的打击,大家无不肝肠寸断。怎样对待自己的生命当然是个人的事,负有较大责任的人更是如此。参谋长以及职务更高的人所负的责任和普通参谋所负的责任是大不相同的。我是在前线的战斗人员,遇到这种情况该怎么办,我的决心早已下定了。"他又带点自得地继续写道,"我左思右想,不禁对他起了恻隐之心。在冷静达观和武士道精神这两者之间,决不能做出错误的选择。"[21]

这一行人回到长良号时,已不像早晨离开时那么沮丧。[22] 源田找到渊田,把在大和号上开会的事告诉了他。源田不喜欢拐弯抹角,他告诉渊田说草鹿曾问山本,南云战败难道不该以自杀谢罪吗?对此,山本强调指出:"不,不怪南云,我负全部责任。如果说有人要为中途岛战败剖腹自杀的话,应该是我。"[23]

草鹿回长良号巡洋舰后,该舰立即加速,超过大和号。它受命直驶吴港,为的是让第一航空舰队的参谋人员,尤其是源田,能立即着手制定重建部队的计划。[24] 眼看着就要回国了,水兵们情绪高涨。但令他们大失所望的是,到了吴港,他们就被隔离了。不准他们上岸,也不准与舰外任何人接触,甚至连舰长也不例外。只有司令部里因工作需要的参谋才能进出。舰员们只好留在舰上,望着岸上的灯火而兴叹。不久,在雾岛号上设立了第一航空舰队临时司令部。[25]

在北方阿留申群岛的中泽佑海军大佐发现,官方已制定了一项政策,尽可能地把中途岛惨败的损失说得小一点。6月10日,他接到海军军令部副总长和副海军大臣的一项通知:"兹决定公布中途岛海战中我方损失如下:1艘航空母舰损失,1艘航空母舰受重创,1艘巡洋舰受重创,35架飞机未能返回。"[26] 5天后,宇垣对此又做了补充通知:"除大本营公布的情况外,在海军内外不许透露有关中途岛和阿留申战役的任何情况。在海军内部将公布加贺号已损失,苍龙号和三隈号遭重创,但这几艘舰的名字将不对外公布。"[27]

草鹿发现政府没有像他所忠告的那样把中途岛战役的真相告诉国民,他非常失望,也非常反感。他懂得保持国内斗志的必要性,但他认为要取得战争胜利,全国都必须认真对待这场战争。为此目的,人民必须了解战争的进展情况,他们不仅可以分享部队胜利的欢乐,也应当分担部队的忧愁。可是官方报刊却吹嘘这次战斗取得了重大胜利。在所有战况报道之前,都要播放庆祝胜利时的传统乐曲《战列舰进行曲》。[28]

6月11日,官方的《日本时报与广告报》刊登了一幅奇怪的图画,画着一艘美国航空母舰遭日机攻击、正在下沉的情景。图画上方的解说词是:海军再次取得划时代的胜利。画面的下方有一段热情奔放的文字,开头几行是:

> 美国企图以舰载机对日本进行游击战之全部希望已成泡影。强大的帝国海军又击沉了美国2艘大型战舰。这一划时代的胜利是于6月4—7日奇袭阿留申群岛的荷兰港以及中途岛时取得的。

战争开始时，美国有 7 艘航空母舰，现在只剩了 2 艘……

6 月 15 日，帝国大本营发表补充战报说："先前所公布的奇袭中途岛的战绩中，还应加上 1 艘美旧金山级 A 级巡洋舰和 1 艘潜艇……"所谓"先前公布"的战绩是指 2 艘企业级航空母舰和 1 艘驱逐舰。[29]

众所周知，当时对战果的估计都很不确切。相比之下，日本人声称的给美军所造成的损失也不算太出格。我们知道，南云的战报是准备给日本人看的，而且只是少数几个日本人。从战报中可以看出，他的确相信日方飞机击沉了 2 艘美航空母舰。把驱逐舰说成巡洋舰，再加上 1 艘潜艇，也不怎么离谱。

真正的弄虚作假表现在有关日本所受损失的报道上。当然，官方公报着重强调了北方行动的胜利，对于失利的一面则含糊其词。6 月 11 日，一位名叫伊藤正德的文职海军问题专家发表了一篇广播讲话。次日芝加哥《每日论坛》引用了他的讲话："鉴于中途岛战役的辉煌战果，我们不应因损失 2 艘航空母舰而垂头丧气，因为我们的所得大大地超过了所失。"除了参战者和某些处于关键岗位不可能不了解情况的军官，日本海军对真相的了解的确并不比每天急切地翻阅报纸的日本普通民众多。

为了对伤亡程度保密，日本政府采取了令人吃惊的极端措施。长良号驶离吴港，于 6 月 15 日抵达柱岛。渊田和大约 500 名伤员被转移到医院船冰川丸上。冰川丸于夜色中悄悄驶入横须贺，在一个不引人注目的码头靠了岸，然后，沿着一条由海上警察严密警戒的道路把伤员秘密地送到基地医院。他们被分在两幢楼里，不许人来探望，连妻子也不行，不许接打电话，也不准书信来往。日本海军实际已给他们打上了"绝密"印戳，把他们当作"绝密件"妥加保管了。渊田愤懑地想，我们简直像在拘留营里。在这种严密控制之下，士气低落到零点。

在这种严密控制下,性格外向的渊田极为痛苦。他的伤虽痛,而且愈合很慢,但已经局部化了,而且膝盖以上的感觉挺好。他讲究实事求是。此刻他心里很不痛快。敌人是了解真相的,会迫不及待地将它公之于世,所以为什么要掩盖事实真相呢?海军大本营应承认损失了连同舰载机在内的 4 艘航空母舰,以此证明政府相信民众的勇气和决心。渊田非常担心,日本海军正在它自己和国民之间筑起一道不信任的高墙。[30]

与此同时,美国在这次战役之后也面临舆论危机。檀香山《明星公报》兴冲冲地问:"他们想了解'美国太平洋舰队在哪里',不是吗?尼米兹上将知道答案,中途岛之战已经给了答案。"12:45,在"中途岛战绩,日舰被击沉"的黑体大字标题下发表了尼米兹的一号战报:

> 在中途岛海域,我们武装部队的各路官兵技术高超,忠于职守。巨大胜利,指日可待。公民们现在可为之而欢欣鼓舞了。
> 就在半年前的一个星期天,日本人破坏了和平,公然向我瓦胡岛的舰队和陆军设施进行突然袭击……
> 珍珠港之仇部分已报。不彻底打垮日本海军,此仇还不能算全报。在这方面我们已取得重大进展。

接着,他又来了一句文绉绉的双关语:"如果我们说我们大体已在到达目标的中途,也许我们就能得到谅解。"[31]

可是没过多久,就产生了误解和混乱。原因是先回到瓦胡岛的陆军航空兵美滋滋地过早宣布了自己的战绩,而这时海军航空兵尚未到港,无法提出自己的战绩报告以供记录在案。

"外间盛传陆军打赢了中途岛这一仗。"这是 VF-6 的非正式飞行日志上简单扼要地记着的一句话。[32] 的确,任何读了 6 月 12 日檀香山报纸的人都会认为海军在这次战役中只起到侦察的作用,不过,这也情有可原。斯威尼上校对记者说:"我们从来就不需要去寻找敌人,因为海军飞机早已发现了日本机动部队的确切位置。"他这番话的意思无疑是慷慨大度的,但它也像一把双刃剑。根据记者鲍勃·特朗布尔的报道,"投弹的那些陆军飞机的驾驶员们报告说,他们击中了 3 艘航空母舰、1 艘巡洋舰、1 艘大型舰艇(可能是巡洋舰或是战列舰)、1 艘驱逐舰和 1 艘大型运输舰。这还不是完全的报告"。[33]

埃蒙斯的一位参谋后来说,"埃蒙斯也像尼米兹一样,为海军而自豪",而且"对航空兵上报的战果大为光火"。[34] 他在致马歇尔的信中总结了截至当时为止的战果,但并没有流露这种恼怒情绪。他把自己飞行员的战果开列如下:

> B-26 2 枚鱼雷命中航母。
> 炸弹重创 1 艘航母,可能还炸伤 1 艘。
> 击伤战列舰 3 艘,重创其中 1 艘。
> 击沉巡洋舰 1 艘。
> 击伤重巡洋舰 1 艘。
> 重创驱逐舰 1 艘,该舰可能已沉没。
> 击伤运输舰 2 艘(1 艘据说为诺曼底级)——起火。
> 2 颗炸弹击中 1 艘起火的航空母舰。

埃蒙斯夸耀参战部队是"满载着荣誉"。他接着说:

> 说心里话,我认为,如果海军不能确信会得到陆基航空兵的支援,它是不会以 3 艘航母冒险与拥有 4 艘或 5 艘航母的优势之敌对阵的。如果海军没有以航母来冒险,那我们也许不会取得如

此巨大的胜利，反而可能遭到失败。"[35]

《纽约时报》6月9日的一篇社论说："就我们目前所知，中途岛海战中日本舰队的主要损失是我陆基机造成的。这次战役表明，一支高度戒备、训练有素、勇敢善战并有足够兵力的陆基航空兵能怎样对付来自海上的敌海军及海军航空兵力的进攻……"

华盛顿的高级领导层也夸大了陆军航空队的能力。这其实不足为怪。早在6月5日，史汀生就写道："太平洋上正进行着一场大规模的战役。很显然，美国部队，主要是陆基航空兵部队，对日本人实施了突然袭击，并取得胜利……"[36] 助理国务卿阿道夫·A.伯利在一份有关当时事态的备忘录中说：

……我们打垮了意大利舰队之残部，这是事实，但舰队并不起多大作用。管用的是陆基飞机。

与此同时，或者说几乎同时，日本开始大举进攻中途岛，可能还计划向西对付夏威夷。我陆基机迎头痛击两路来犯之敌，给了敌人以毁灭性打击。我认为，在夏威夷与马绍尔群岛之间的太平洋是太平的。[37]

6月6日，史汀生得意地写道，太平洋上的事态似乎已被"我完全控制住……这样，我们就可以将紧急增援西海岸的部队调回，遣返从'勃勒罗'行动中调出的各部队……""勃勒罗"是行动代号，指的是为以法国为主攻方向的作战计划所做的准备工作。这就是后来名垂史册的"霸王行动"。陆军部愿意从"勃勒罗"行动中抽调兵力增援西海岸，有力地证明在对付日本这一威胁时，陆军部是何其认真。史汀生洋洋自得地继续写道：

我大型轰炸机在战斗中起了决定性作用。他们的攻击技术娴熟，击伤敌主力舰艇多艘。这标志着对高空轰炸的看法有了重大变化。海军将航空母舰投入战斗。他们面对的是数量上占优势的敌航母部队，日子很不好过。不过，他们干成了……埃蒙斯源源不断地把这些大型轰炸机从夏威夷派往中途岛参战，最后终于将敌人击退。[38]

当海军航空兵飞行员到瓦胡岛汇报时，由一面之词造成的局面才开始得到扭转。但尼米兹极力主张陆海军友好合作，并没有推翻陆军方面的说法，只做了适当的修改。所以在公众的心目中，中途岛战役的胜利主要是陆军的胜利，直到战后，有了审讯日本人的记录以及日方档案，这种印象才得到改变。[39]

美方的战绩有所夸大，但并非有意弄虚作假，而是确系出了误差。不过，政府在谈到美方损失时，对公众并没有完全坦言相告。虽然7月15日海军公布说汉曼号已损失，约克城号"失去了战斗力"，[40]直到9月美国才公开承认约克城号已损失。[41]

长期以来美国人听到的都是坏消息，所以听到好消息的时候，他们似乎不敢相信。早在6月6日，西海岸的公众就有某种预感：在某个地方，正在发生某些重大事件：

昨天，在旧金山，显然还包括美国其他地区，一些捕风捉影、毫无根据的谣言在蔓延。这些谣言成了餐馆、酒楼和办公室里人们窃窃私语的谈资，在不断传播与扩散。

你可以听到以下一些谣传：

1．珍珠港正遭轰炸。
2．华盛顿特区正遭轰炸。
3．普吉特海峡正遭轰炸。
4．西雅图正遭轰炸。

你可以无限制地加上其他地名，只要这个地方距东、西海岸线 300 英里之内就行。战争的紧张情绪蔓延到了华盛顿。马萨诸塞州议员麦考马克在众议院说，他听到广播中说"珍珠港正遭到攻击"。一位海军发言人断然否认。……在旧金山，谣言制造厂也转入了战时生产状态。大约中午时分，又传说闹市区一家银行从西雅图分行的电传中获悉，西雅图正在遭到空袭……42

随着交战的地点和性质的公开化，并非每家报纸都欢欣雀跃。《华盛顿邮报》一则大标题告诫说："专家们说，日本人仍有发动海上攻势的手段。"该报说，"华盛顿的专家们认为，这归根结底说明，虽然美国在中太平洋的胜利使美国在通向最后胜利的道路上前进了一大步，但它终究还没有胜券在握。"43

著名军事分析家汉森·W.鲍德温小心谨慎地写道："我们是打了一个胜仗，但我们还没有到达马尼拉湾或对马海峡。"他认为日本人之所以突然袭击不成功，是因为美国的无线电监听以及"陆基侦察机，也许还有陆军轰炸机"。44

6 月 7 日芝加哥《每日论坛》的一则报道，确实使海军方面吃惊不浅。这则报道的标题本身就是对保密工作的一个致命打击：海军知道日本海上进攻计划，知道进攻荷兰港系佯攻。这则报道继续说：

据海军情报部门可靠人士今晚在此间透露，在中途岛以西某海域，美日海军正在进行一场据信是此次战争中最大规模的海战。在战役开始前若干天，美海军方面就已掌握了日本参战部队的情况。

据称，这支强大的日本部队从基地出发集结后不久，美海军就获得了情报。海军部门虽然对敌人的意图还不太清楚，但他们掌握的情报如此确凿，以致能预言日军会佯攻某一美国基地，而实际意在进攻另一美国基地并占领之。有人甚至猜测说，荷兰港和中途岛可能是攻击目标……

该报道接着列举了日参战部队的番号，其精确程度令人惊诧不已。《每日论坛报》并没有说美国已破译了日本密码，但稍有海军常识的人都能看出言外之意，听出弦外之音。

写这篇报道的记者斯坦利·约翰斯顿一直随列克星敦号在珊瑚海。在他乘切斯特号巡洋舰返回圣地亚哥的途中，一位海军军官极不慎重地给他看了尼米兹的一份文件。该文件是关于日军动向及其兵力编成的情报估计。对这一泄密事件美方进行了调查，但没有公开审讯。人们普遍认为，日本人没有掌握这次泄密事件的情况。他们还在继续使用JN25密码，只做了周期性变动。1942年8月1日他们做了一次重大变动，这也许是巧合，也许不是。[45]

日本人使用密码，往往会超出安全限度。这使山本只有不到一年的阳寿了。美国人通过无线电侦听，确切地掌握了山本将飞离拉包尔的情报。1943年4月18日，山本在布干维尔上空被击落。

他实践了对草鹿许下的诺言。南云和草鹿继续在军队服役，并对日本做了有价值的贡献。后来南云死在塞班岛，也许是自杀。草鹿在战后还活了许多年。源田也同样幸存下来。在组建日本航空自卫队时，他再次穿上军服，晋升为中将。退休后他当选为上议院议员。他的好友渊田，战争中多次担任重要的航空参谋职务，几年后皈依了基督教，成了福音传教士。他在美国旅行期间会见了他极其尊敬的尼米兹和斯普鲁恩斯等海军将领。

为了赢得太平洋战争的胜利，尼米兹尽了一个美国人最大的努力，战争结束后，他则致力于在美国与日本之间建立友谊的纽带。他是归还东乡平八郎海军大将的旗舰三笠号的主要促成者。在这艘令人崇敬的老式战列舰附近，日本人种了一株"尼米兹"树以表示对他的谢意。[46]

尼米兹是个天才的海军将领。他同时使用了斯普鲁恩斯和哈尔西

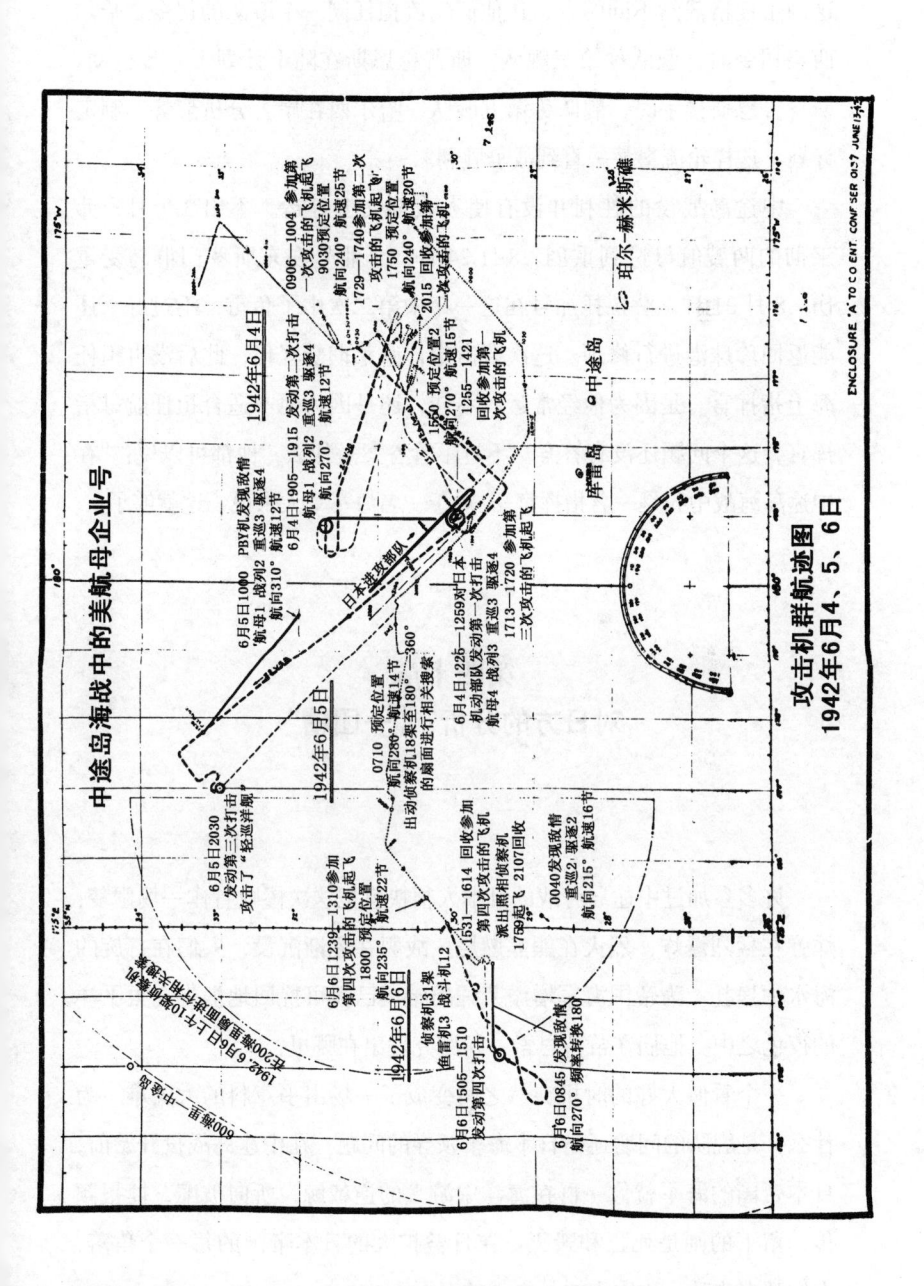

第三十九章 "到达目标的中途" 365

这两个性格截然不同的人,让他们轮流担任同一个舰队的司令。哈尔西当司令时,舰队称第三舰队,斯普鲁恩斯在陆上计划下一步行动。斯普鲁恩斯接手时,舰队称第五舰队,哈尔西在岸上分析形势,制定计划。这样轮流交替一直到战争胜利。

中途岛战役的胜利并没有使人人都交上好运。不出3个月,弗莱彻的两艘航母遭到重创。8月24日,企业号在东所罗门群岛受重伤。8月31日,萨拉托加号在这一年中第二次中了鱼雷,不过好歹还能返回珍珠港进行修理。这次袭击中,弗莱彻受轻伤,此后没再担任海上指挥官。是因为他经常运气不佳,还是因为他不适合担任航母指挥官,这个问题还没有答案。不过不管答案是什么,他都可以说:"在中途岛海战中我是一名指挥官。"对于一名海军军人来说,这就够了。

第四十章
对日方的分析:"一团糟"

许多参加过中途岛海战的日本人很快就把这次惨败看作一场噩梦:炸弹在猛烈爆炸,烈火在熊熊燃烧,战舰在逐渐沉没,人们在打旋的海水中挣扎。为帝国海军增添荣耀的希望已无可挽回地消失在太平洋的夜色之中。他们在苦苦思索:问题究竟出在哪里?

一个看似大好的时机突然之间变成了一场出乎意料的大灾难。为什么?是舰队的问题还是日本海军领导的问题?在中途岛战役开始前,日本帝国的海军就像一群在海洋中游弋的逆戟鲸,所向披靡,捷报频传,留下的则是死亡和毁灭。在日益扩大的日本帝国的每一个角落,人们都在欢呼,称颂山本是卓越的海军天才。

在中途岛问题上，日本人一直比美国人更加内省，这很自然，因为他们打了败仗。确实，在日本，几乎家家户户都在对这次战役进行检讨。这与珍珠港事件后美国对该事件进行分析的情况几乎一样。然而日本的研究人员的主要兴趣是吸取教训而不是追究责任。

事实上，就这一研究课题被直接或间接征求过意见的日本人，几乎个个都指出：渊田和奥宫所说的"胜利病"是这一惨败的根本原因。[1] 每一个参战人员都应该感到有一种健康、正常的自信在自己身上发挥作用，可是由于日本人取得了一连串的胜利，这种自信蜕变成了过分的自负和轻敌。

某些信神拜佛的人，如草鹿和三和，则认为，中途岛海战的灾难性失败是上天对这种狂妄自大的惩罚。[2] 千早正隆海军中佐对日本人的责备最为严厉。后来他在评论整个太平洋战争时，认为日本人在中途岛遭到决定性的失败是"毫不奇怪的"。

> 这次失败等于是我们自己策划的。我们即使在中途岛躲过了这场可怕的灾难，也会在太平洋的其他战场（或许就在1942年）遭到同样的命运。那次失败……是注定的。为什么？因为这是上天对日本海军狂妄自大的惩罚。[3]

甚至连那些不相信上天直接干预了战事发展的人也认为，对过去的战绩沾沾自喜是产生所有错误的根本原因。[4] 美国海军学院也认为，"南云海军中将的这些错误是由于过分自信和分析不当所造成的判断性的错误。"[5] 犯了错误的不仅仅是南云！我们应当看到，"胜利病"感染了日本各级计划部门和各个事件的方方面面。山本是研读过《圣经》的，如果他在其余生中能读到《圣经》之《箴言》[6] 第16章18条的"骄傲在败坏以先，狂心在跌倒之前"这句话时，不知会不会感到无地自容。

南云作为舰队的战场指挥官，成为批评的主要对象是不可避免的。

然而他并没有像金梅尔海军上将在珍珠港事件之后那样被解职。海军保留了他的司令长官职务,给了他一个将功补过的机会。山本对南云和草鹿表现出令人心悦诚服的、真心实意的宽宏大量,也许这一点正中海军军令部的下怀。海军正在煞有介事地大肆宣扬中途岛战役,把它说成是一次重大胜利。如果在这个时候撤换像第一航空舰队司令这样的公众心目中的英雄,就有可能造成一个公共关系问题。不管怎么说,日本海军在这个问题上可以想怎么干就怎么干。它之所以能这样做,是因为当时的政府是一个军事独裁的集体。尽管选民们暴跳如雷,持独立见解的报界大呼要以血还血,成群的国会议员如疯似狂,但是海军并未受到任何压力。

南云受到的指责之一,是他为完成航向的重大调整而打破了无线电静默。他也曾为此而自责。① 一些年轻的飞行员在中途岛战役后回到日本,在雾岛号上进行战后总结分析时声称:"这一举动等于把我们的位置暴露给了敌人。"[7] 宇垣在日记里写道:"在距敌人舰队很近的地方进行无线电通信是非常冒险的事情。"[8] 这个原则是正确的。但是就我们目前所知,美国人并没有监听到这则无线电通信。这里宇垣有意避而不谈,在进行第二次图上推演时,他自己就曾强调过保持联系的必要性。当时他说过:"必要时要毫不犹豫地发出信号……"②

对南云更严苛的指责是他对空中侦察的组织。源田认为,"空中搜索计划不周密应该说是中途岛战败的初始原因"。[9] 如果当天上午早些派出飞机,搜索扇面贴近一些,或许会发现美国人的特混舰队,从而使第一航空舰队对其实施首次、也许是决定性的打击。当然,南云知道有两架侦察机的起飞被耽误后,就应该立即命令其他飞机取而代之,

---

① 这与袭击珍珠港时的情况形成鲜明的对照。那时,航行途中严格保持无线电静默是一项不可变更的规定。
② 见本书第八章。

而不是在那里坐等。① 然而必须指出的是，即使南云的侦察机布满了天空，也没有哪一架的机会比筑摩号的五号机更好。很显然，这架侦察机正好从美舰队正上方飞过，可是它没有发现它们。[10]

在攻击中途岛时，南云使用飞机的方式是值得商榷的。他同时使用了4艘航空母舰上的飞机。这样做，飞机起飞是快了，但同时也使这4艘航母全都处于易受攻击的状态。他自己很侥幸，未遭到攻击，但渊田和奥宫认为，假如南云当时只用2艘航母的兵力攻击中途岛，他就有另外2艘来应对临时出现的紧急情况，而不必同时在4艘航母上都降落飞机。[11]

"难道在敌人进攻之前，第二波攻击飞机就不能起飞吗？"宇垣在日记中问道。[12] 的确，人们感到奇怪，南云为什么不沿用袭击珍珠港时采用过的方法。那时，第二攻击波飞机是到时间就起飞，根本没有等待第一波攻击飞机领队的呼唤。中途岛的作战方式可能受到在南太平洋和印度洋作战经验的影响——当时渊田率领的空中打击力量非常强大，是目标所无法抗拒的。毫无疑问，戴维逊将军对珍珠港的教训仍然记忆犹新，他说："各种设施均遭到破坏，我们对飞机的维修和加油的速度很慢，敌人应该发动第二波攻击来摧毁我们停在地面上的飞机。"[13]

黑岛认为南云错在对战斗机的使用上。他认为，在这场战斗中，给航母提供尽可能强大的空中保护伞比为攻击中途岛的轰炸机护航更重要。战斗机必须保护轰炸机，这是源田的信条。在大多数情况下，这句话是十分正确的。但是黑岛认为在中途岛战役中，南云和源田在具体运用这条原则时不够灵活，没有随机应变。他说："过高估计战斗机的重要性，首先是来自袭击珍珠港的成功，来自日本攻击部队在威克岛战斗初期遇到的困难，也来自袭击达尔文港的成功和攻击锡兰的战绩。战斗机在这些战斗中的成就导致日本人在中途岛战役中过高地

---

① 见本书第二十章。

估计了它们的能力。"[14]

读者已看到第一航空舰队零式机的飞行员是怎样飞到筋疲力尽的。如果航母上多一点战斗机,他们就有定期进行短暂休息的可能。谁知道呢?那样也许就会有足够的截击机来对付美国的俯冲轰炸机和鱼雷机了。

宇垣批评了那种把航母"集中在一个战斗群"的做法,认为这"等于把许多鸡蛋放在一个篮子里"。自战争爆发直到这次战役之前,这种编队方法一直是成功的。山口海军少将一直反对分散兵力。这一点通常足以使宇垣默不作声。但是中途岛战役暴露了这种编队的缺点。[15] 的确,当时日本人的航空母舰太密集了,一艘被发现就等于所有4艘都被发现。

评论者们的观点出奇地一致,都认为南云一知道美特混舰队里有一艘航母,就应立即派飞机攻击美舰队,而无须考虑飞机上挂的是鱼雷还是炸弹,也无须考虑有没有截击机掩护。这种做法也许风险很大,但是事实证明,南云这样谨慎反而风险更大。渊田和奥宫确信,当时山口催促立即发动进攻是正确的。[16] 在雾岛号上开会时,持批评态度的飞行员也持这样的看法。他们说,如果当时立即发动进攻,"即使我们的航母受俯冲轰炸机的攻击,我们的损失也会比实际遭受的要轻得多"。[17] 换句话说,即使美国人袭击航母,日本人的飞机也已经升空,不会在甲板上束手待毙。

源田说得更进一步,他事后的看法是,第一次接到利根号的侦察机关于发现美舰队的报告,就应该立即停止轰炸机的重新装弹作业。当时他批准等待回收友永带队攻击中途岛后返回的飞机,而不是冒险命令他们在水上迫降。"对我说来,这是一个非常深刻的教训。"他反省说,"中途岛海战结束以来,我一直避免由于过分重视飞行员的生命而迟滞了作战。"[18] 这里,源田记住了认真负责的军官很难学到的这个教训:战局的发展也许会要求牺牲少数来保全多数。在这种时候,对少数人的仁爱之情可能最终成为对大多数人的残酷无情。

从濑户内海出发前，南云很可能就犯下了第一个错误。袭击珍珠港前，司令长官南云曾持怀疑态度，这就促使像源田这样一些参谋和渊田这样一些飞行队长去千方百计地验证每一个想法，检验每一种战术，训练每一个人员使其技术达到近乎完美的程度。这一切的一切都是由于他们认为自己将与强敌较量。可是在出发攻击中途岛之前，在南云身上已经看不到那种踏实稳重、讲究实际的作风，更不用说还有什么消极悲观情绪了。这时的南云及其手下军官趾高气扬的程度，丝毫不亚于他们的飞行员和航母上的水兵，他们似乎放松了对部队的要求。千早总结说：

> 这4艘航母的舰员……个个情绪高昂，还没有同敌人较量，就觉得自己已经是胜利者了。这种情况确实令人鼓舞。但在现代战争中这种态度和心理是异常危险的。因为无论多么小心谨慎都不为过，无论怎样的计划都不会太过周密、太过精确。信心满满、情绪高昂的人往往容易轻举妄动。命运就是如此。最终的厄运已经写在墙上了，只是肉眼凡胎的人没有看见罢了。"一切可能做的都做到了"这句话用在他们身上不合适。[19]

然而，在指出南云的错误之后，也必须指出，南云和他的航空母舰舰长们是按照海军最好的传统战法指挥作战的。由于这些战术的运用，由于勇敢的零式机飞行员（虽然人数太少）的出色表现，由于美国人糟糕的命中率，南云一次又一次地粉碎了敌人的进攻。之所以会出现最后那种败局，是因为美国人交上了好运——当鱼雷机仍在实施攻击的时候，俯冲轰炸机不期而至，与前者不谋而合、协同作战，同时击中了3艘日本航母。如果没有这短短的6分钟，南云满可以成为胜利者，他的所有决策会理所当然地被当作是正确的。胆怯会被说成是谨慎，犹豫不决会被说成是深思熟虑，僵硬刻板会被说成是经验之谈。

而且，南云不得不在一个注定要导致失败的战略框架内行动。十分值得称赞的是，联合舰队的参谋们从不推卸自己的责任。事实上，也确实有一些人几乎是病态地热衷于把责任往自己身上揽。黑岛和渡边总是深感内疚，后悔没有坚持把南云的指示——任何时候都要有半数的轰炸机装好鱼雷——写进他的命令。然而，源田在谈到这个问题时明智地指出，规定如此死板，任何现场指挥官都无法灵活指挥。[1]

宇垣的看法与众不同。他在6月14日的日记中（也许当时就考虑到将来他的日记要出版）写道："回想起来，我认为我已经受尽了艰难困苦，我已经做了我该做的工作。这些想法给了我一种慰藉。"但是当时他并不像这则日记中所说的那么心安理得。中途岛战役前，他留的是长发，此战之后，他剪了个表示谦卑的短发。[20] 他也许真是那样想的，因为他不仅是"战列舰万能"论者的头面人物，而且在图上推演时表现极为专横，使别人无法实事求是地对中途岛作战计划做出评价。[2]

事实上，战役刚刚结束就想对它做出评价是注定不会成功的，因为双方都没有掌握必要的事实。直到美国获胜、日本战败的种种材料均为双方掌握后，中途岛战役的全貌才变得一清二楚。日方真正的盲点是山本。他功勋卓著，光芒四射，令人眼花缭乱。在他手下工作的人，对他的感情太深，不可能客观地评价他。山本对他的幕僚说"责任在我"的时候，不仅仅是在承担指挥上的责任——这种概念对日本陆、海军的传统而言有些陌生——而且非常实事求是。如果哪个日本人要对中途岛的惨败负责，这个人就是山本五十六。这一次他还像在推行袭击珍珠港的计划那样，想出一个主意，然后迫使海军军令部接受。但是使袭击珍珠港的计划得以实现的诸多条件现在已经不复存在。而且，山本似乎已完全脱离了实际。如果他是故意想证明一下，在一次战役中，一个海军大将可以违反多少条作战原则，他是会提出中途

---

[1] 见本书第四章、第二十六章。
[2] 见本书第四章。

岛作战计划的。

美海军军官们在海军军官学院所学的作战九原则[1]，为分析研究任何陆战或海战提供了方便的参照框架。让我们对照这些参照点，看一看中途岛战役中日本人打得怎样吧：

1. 目的性　在所有作战原则中，这是首要的，也是最基本的。计划的制定者必须考虑："为什么要打这一仗？我希望达到什么目的？这一仗将给我们国家带来什么好处？从估计要消耗的人力物力考虑，这一仗值不值得打？"

这是一项非常基本的原则，要不要特别提请明智的读者关注，我们有过犹豫。然而，整个联合舰队正是在这条原则上重重地栽了个大跟头。从一开始，"中途岛作战计划"就是个双头怪物，而且两个头一直在争论不休。山本一方面计划攻占中途岛环礁，另一方面又打算诱歼美太平洋舰队残部。就连刚毕业的海军少尉也能看出这两个目标犹如水火，不能相容。强攻并占领一个岛，需要按自然界诸多不变因素制定一个固定不变的作战计划。与一支机动中的敌舰队作战则需要极大的灵活性。

更为糟糕的是，在这两个目标中，日本人还选错了重点。在联合舰队看来，攻占中途岛是首要任务。[2]其实他们本应集中兵力消灭尼米兹在中太平洋的主力舰艇。然后，日本人就可以腾出手来，至少可以暂时攻占中途岛。

难怪千早发现："在我们的中途岛作战计划中，有些地方根本就是模糊不清的。"例如，为什么要去攻占阿留申群岛？"是为了防止这些岛屿被用作进攻日本的航空兵基地吗？这种猜测只能说明他们对那

---

[1] 即 O^2S^4MEC 原则，这些字母分别代表：Object（目的性）、Offence（进攻性）、Superiority at the Point of Contact（在接触点上集中优势兵力）、Surprise（突然性）、Security（保密性）、Simplicity（简略性）、Movement-Mobility（运动—机动性）、Economy of Force（节省兵力）、Cooperation（Unity of Command）[协同动作（统一指挥）]。——译注

[2] 见本书第四章。

里的地貌一无所知。因为这些岛屿的地貌表明它们根本就不宜用作远程轰炸机的基地……"是要把中途岛作战作为进攻夏威夷群岛的前期准备吗?"想当初,形势对我们何其有利,我们尚且不能一举攻占夏威夷,在现在这个阶段,我们又怎能占领它呢?"这次战役是为"全面大决战"做准备吗?"但是这种解释也不能令人信服……如果把它作为酝酿已久的'舰队大战',为什么他们不再等2个月,待另外2艘航母修好后,6艘航母一起出动呢?"而且,"为什么又要背上中途岛和阿留申群岛……这些包袱呢?"但是,尽管矛盾百出,"这个计划还是被强制实施了,而且落了个应得的下场。"他怀着明显的厌恶之情补充说,"在这样一团糟的情况下,要理出一个统一的、集中兵力的行动方案,就要有超人的本领。"[21]

2. 进攻性　乍看起来,组成庞大的舰队,浩浩荡荡东进数千海里,在美海军的鼻子底下,夺取山姆大叔在中太平洋的前哨基地,从而诱使美太平洋舰队与之决战,这一主意似乎是相当的积极主动。人们确实不能责备山本没有魄力。然而,冒冒失失不应与进攻精神混为一谈。这一计划的主导思想实质上是防御性的——在外圈夺取一连串基地,以达到拒敌于日本本土及领海之外的目的。

一项成功的攻击计划必须妥善考虑以下几个伤脑筋的"如果……怎么办"的问题:如果美国人预先知道了日本人要来进犯,该怎么办?如果敌人在我们的预定时间之前发现了田中的舰队,该怎么办?如果尼米兹发现在中途岛的那一侧有一支日本机动部队,该怎么办?如果第一航空舰队受到重创,又该怎么办?这些情况都是可能发生的。因此,应该制定几套备用的攻击方案并逐一进行推演。但是,他们没有进行这样的推演。这就是日本人的进攻精神在遇到意想不到的压力之后就垮掉的原因之一。

3. 在接触点上集中优势兵力　山本在理论上熟谙并精通集中兵力这个原则,但在这次战役中,他在这个问题上所犯的错误比在其他任何方面都严重。此次战役，日本人在数量上占了优势，而且，如果不那样部署兵力，他们本来能够取得真正的优势。山本集结了有史以来世界上最强大的海军力量，但由于没有集中使用，结果使它的力量大打折扣。从地图上看，一系列整齐匀称的箭头，每个箭头都有明确的指向。中途岛战役的战略看起来很妙——典型的两翼钳形攻势。

但是，中途岛并不是坎尼，山本也不是汉尼拔。向中途岛集中的每一支舰队都有自己专门的任务，而且均不能真正做到战斗自给。很明显，山本认为必要时这些部队能够合兵作战，但事实证明这是不可能的。[22] 而且，多路部队同时行动，很容易被美方发现。

最糟糕的是，山本不是调集所有舰艇来对付首要目标，而是分散兵力，派出一支强大的舰队去攻击与此次战役的战场相距很远的阿留申群岛。在该群岛一带根本不可能打任何具有决定性意义的海战，但偏偏就在这里，日本人部署了优势兵力。浪费在这里的兵力本来可以改变中途岛海域双方的力量对比。再说了，阿留申群岛可以留待以后来解决，因为它是跑不掉的，不像美国的航母特混舰队。不论是日本的专家们，还是尼米兹和斯普鲁恩斯，都认为山本最严重的失误在于未能集中兵力。[23]

山本不仅同时在两个地方打仗，而且在主要方向上对舰艇的使用也不恰当。那些登上雾岛号的中途岛战役的幸存者私下里看法一致，都实心实意地认为，把战列舰部署在机动部队后面是不妥当的。"如果战列舰在前面，敌人的攻击就会冲着它们去。这样，作为我们海战中最重要因素的航母就能保住。即使美国人击沉 2 艘或 3 艘战列舰，日本海军的损失也要比失去同样数目的航母小得多。"[24] 但是，山本在机动部队后面 300 海里处磨磨蹭蹭。从战局的发展来看，山本和他的战列舰还不如留在濑户内海。

4. 突然性 这是日本各种作战计划的基本点。山本在很大程度上希望能潜入中途岛海域，而且在对该环礁发起攻击前都不为敌所察觉，就像当年南云偷袭珍珠港时那样。他忘记了所有的人——尤其是他自己——都不应该忘记的一点：他现在面对的是处在战争状态的美国，珍珠港事件使它从和平时期的昏睡中惊醒，而且他的对手是美国太平洋舰队，它曾经上过当、吃过亏，此时正处于百倍警惕之中。

这时的山本已不能借助以日本驻檀香山领事馆为活动基地的间谍网，无法得到美舰出入珍珠港的情报。当然，这不是山本的过错。自罗奇福特和他领导的"海波"破译了 JN25 密码的那一天起，日本海军就失去了行动的突然性。这也不能责怪山本。从那时起尼米兹就能获得有关日本海军的极为精确的情报。

要出其不意地打击敌人，计划制定者要进行换位思考，设身处地地设想对方在想什么以及可能会做什么，如果他揣摩得对，会有所帮助，但仅仅这样是不够的。他还要真正了解敌人能够做些什么，即敌人的作战能力。这是情报工作的基本要点，埃蒙斯由于反复强调这个问题而惹恼了莱顿。① 而这恰恰是山本没有做到的。他的计划实质上是基于这样的设想：尼米兹及其舰队会完全按照日本人的计划来行动。一个根本原因是没有对敌方的作战能力进行评估，因此才导致设置潜艇警戒线的任务未按时完成，用大型水上飞机对瓦胡岛实施侦察的"K 号作战"也遭到了失败。② 如果日本人少一点傲气，迅速进行有效的侦察，那么，他们几乎肯定能发现美国人已经出动，并查明其实力、航向和目的地，从而做好进攻的准备。[25]

5. 保密性　这一原则与"突然性"原则历来是相辅相成的。日本人极端低估了美国人的智慧和战斗意志，结果导致麻痹大意。与该计划无关的知情人太多；作战的准备工作没有加以伪装；袭击珍珠港时那堪称保密典范的小心谨慎和一丝不苟，如今已无影无踪。[26] 5 月 24

---

① 见本书第五章。
② 日本人 3 月 3 日派出轰炸珍珠港海军船厂的就是这种飞机。当时，飞机从在弗伦奇弗里盖特沙洲的潜艇上加油后，飞到瓦胡岛上空，投了几颗炸弹，但由于云层太厚，看不到目标。（宇垣日记，1942 年 6 月 10 日）。见本书第四章。

日的电报使尼米兹非常精确地估计出敌人的兵力。[①] 这类电报本应使用海军将领使用的最高级密码——在华盛顿，萨福德的第一流破译小组也未能破译——或将其装入上了锁的信使公文包里。

5月底，日本海军采取防范措施，换掉了JN25密码系统，但已"为时晚矣"。"海波"早已从中获取了足够的情报，从而保证了尼米兹及其舰队做好准备，严阵以待。

6. 简略性 这一原则 与"目的性"原则紧密相连。简单地说就是，任何一部机器，转动的部件越少，发生故障的概率就越小。但是"中途岛作战计划"却把简单问题复杂化了。6月中旬，情绪恢复后的三和在日记中写道："事实上，我们的作战计划中有许多地方应当检讨，因为它们在此次作战中并非必不可少。"[27]

真正使事情复杂化的因素是，尽管日本的陆基和舰基海军航空兵战功卓著，山本还是无法调和战列舰派和航空母舰派之间的激烈争论。结果，山本患了教条主义的精神分裂症。两派互不相让，都走了极端。以宇垣为首的战列舰派认为，战列舰是水面厮杀的核心武器。他们不能想象把"皇后"当作侍女来使用。

重视空战的一方态度几乎同样强硬。在他们看来，航空母舰是新的海上实力的核心，战列舰即便有点作用，那也是微乎其微的，因为它是从真正的打击力量身上吸走人力和物力的寄生虫。山本力图从总体上调和这两种根本对立的意见，而不是汲取两家之长。在太平洋战争后期，当美国人日益逼近日本时，尼米兹准确地展示了他是如何做到这一点的。他使用战列舰对太平洋诸岛实施火力准备，并让它为航空母舰担任警戒。[28]

也许联合舰队是以战列舰为中心的，因此参战的日本航母没有一艘是装备雷达的。出发前两天，机动部队才得到两部试验性雷达。然而

---

① 见本书第八章。

它们被分别装在战列舰伊势号和日向号上,而这两艘战列舰又都编在高须的阿留申警戒部队里。如果南云的两艘航母旗舰上安装了这种重要设备,至少他可以早一点得到美机来攻的警报,那样一来结果就将难以预料了。奥宫就认为,结局也许会与实际情况完全相反。29

7. **运动—机动性** 海军学院的教材说,在战斗中,攻击方应坚持向目标前进,必须奋力与敌拼搏。尼米兹说:"就中途岛海战而论,在日本航母受到沉重打击后,他们就掉头往西,这至少部分违反了这一原则。"尼米兹指出,日本人是完全按照他们在战争一开始就确立的模式打的。他说:

> 他们在同一时间里到处出击,他们的胃口太大了。他们在珍珠港和爪哇海马来亚近海取得初期的胜利之后,开始扩大战场,轰炸了达尔文港,并在印度洋上展开大规模行动。对山本的联合舰从来说,它的主要敌人始终是驻珍珠港的美国海军,但是,日本人在对珍珠港实施快速的打了就跑的袭击之后,再没有去碰这支海军。日本人没有返回珍珠港彻底解决那里的美国海军,这可帮了我们的大忙。他们让主要的敌人有了喘息之机,得以恢复士气并重整旗鼓。30①

而且,他们把打败美太平洋舰队的目标与攻击中途岛搅和在一起,这就丧失了对取得海战胜利至关重要的机动性和灵活性。在他们的作战计划和作战准备中,看不出有什么规定来保证在敌顽强抵抗时如何保持战术攻势。相反可以看到,在演习时他们故意把敌人安排得很无能。这次,他们骄傲自大到了极点,甚至连最基本的防范措施——要求航母上的水兵穿着规定的服装——都没有采取。战争经验表明,任何覆盖物,甚至长袖衬衫和长裤都能有助于防火。但是日本人安然自

---

① 《黎明,我们还在酣睡》,第 65 章叙述了珍珠港事件后,日本没有扩大战果。

得，深信敌人不可能来碰他们。航母上的水兵作业时都穿着热带的短裤和短袖衬衫，结果许多人遭到了可怕的、不必要的伤亡。[31]

因此，当做好充分准备的美国人出其不意地彻底打乱了日本人的作战时间表时，攻击者们变得心慌意乱，不知所措。其实，就水面舰艇而言，山本的兵力和火力仍然大大超过弗莱彻。即便是航空母舰，如果山本算上自己的、近藤的，以及阿留申警戒部队的，他也能集中起1艘航母和3艘轻型航母。此外他还有50架零式战斗机和60架轰炸机的空中力量。这支空中力量仍很强大。特别是当时日本人认为美军3艘航母已有2艘被他们击沉的时候，这支空中力量就更加不能等闲视之。然而，山本在失去了南云的几艘航母之后，只进行了几次试探性的作战，然后就率领他的庞大舰队掉头驶向本土，就像一只粗笨的圣伯纳救护犬，被气盛好斗的梗犬追赶似的。

8. 节省兵力　与在接触点上集中优势兵力的原则密切相关的是"节省兵力"原则——要有足够的兵力去作战，但又不要过多。山本为自己确定了两项任务之后，从濑户内海带出了除渔船以外的几乎所有舰船。这样做，不但浪费了帝国的血液——珍贵的燃料，而且还占用了本来可以更好地用于下一个预定战役的人员和舰艇。就其作战意图而言，对中途岛的空袭规模也太大了。像角田在荷兰港那样使用一支精干的小部队就足以完成这项任务。其他空中力量完全可以留在舰上或部署在航母周围，以准备对付美国人的反击。尼米兹决定不派战列舰参加中途岛战役，就体现了"节省兵力"的原则。

9. 协同动作（统一指挥）　具有讽刺意义的是，山本自己乘旗舰跟在整个舰队的后面，这也违反了协同动作的重要原则。由于必须保持无线电静默，结果他有嘴不能说话，无法实施全面指挥。如果他在濑户内海或在东京的通信中心，他就完全可以方便有效地进行指挥。但是，他把大本营设在海上。这样，从事件发生到大和号收到消息是需要时间的，山本就不能及时得到情报，也不能及时下达命令。因而，各舰队只能是各自为战。相比之下，尼米兹的做法就很好。他坐镇珍珠港，这样就能通晓全局，运筹帷幄。

如果尼米兹、他的参谋班子以及海上的指挥官们不采取积极、明智、创造性的行动，日本人也许还能像往常一样，赢得这次中途岛战役的胜利。

第四十一章
对美方的分析：指挥英明加"运气好"

与许多评论珍珠港事件的美国人一样，大多数中途岛战役的日本分析家都错误地认为问题出在自己国家：有些该做的事没做，有些不该做的倒做了。珍珠港事件后的美国和中途岛战役后的日本，都未能承认自己当时没有把命运掌握在自己的手里。认为美国人在中途岛战役中只是被动地从敌人的错误中取得了好处的看法，与认为日本人在珍珠港的胜利完全在于美国人的过失的看法一样，都是错误的。美国人确实在中途岛战役中取得了胜利，而不只是避免了失败。

对美国来说，破译 JN25 密码是非常值得称赞的。源田和他的同僚已经估计到海军密码总有一天会被破译，但他们做梦也没想到美国人已经将其破译，并能像他们一样完整地译读。源田认为美国人"认真努力，尽量获取有关日本的情报"，这是美国获胜的原因之一。[1] 宇垣则怀疑美国人在发现攻略部队之前，可能就获悉了日本的作战计划，但他从未想到密码会被破译，至少他在日记中没有提到这一点。[2] 倒是一些低级军官比较敏感，他们私下里认为美国人一定是破译了他们的海军密码，"否则他们绝不可能使用 3 艘航母从侧翼向我们的舰队发起集中攻击"。[3]

"海波"的成就要归功于罗奇福特及其同僚的熟练技术和献身精神。尽管罗奇福特似乎把诱使日本人证实"AF"就是中途岛的手法视为圈套而已,[①]然而我们认为,他想出了这么巧妙的主意应当受到高度赞赏。

具有讽刺意味的是,当尼米兹向金海军上将介绍罗奇福特的卓越贡献,建议给他授勋时,金竟一口拒绝。他的理由是,不应该因为中途岛战役中情报工作做得好而突出哪一个人。[4]若按这个逻辑推论下去,那么就没有一个人可以立功受奖了,因为人类的成就在很大程度上都是集体努力的产物。如此看来,在金的眼里,情报工作对赢得战斗的胜利来说很重要,但不那么体面。

当然,如果尼米兹没有接受罗奇福特对形势的估计并据此采取行动,"海波"所提供的情报就毫无用处。这也是一个真正的领导者的标志——相信和信赖自己的参谋人员,有效地使用专家。尼米兹早已摆脱了陈旧的"博物馆情结"的束缚。这种心理状态曾使许多情报专家钻进了死胡同。他们纯粹为了贮存数据资料,而不是将其付诸实际应用。尼米兹对情报的观念是动态的:事实是高品位的矿石,有待仔细筛选,然后用提炼出的高纯度金属(准确的情报)锻造出克敌制胜的武器。

由于这一突破,才有了美国后来那些成功的战略。尼米兹获悉日本以南云的航母舰队为前导向中途岛进发后,他不仅知道了自己作战的地点及大致时间,而且知道仗该怎么打。这将是一场空战,因此他把战列舰留在西海岸,不让它们成为战斗中的点缀。他必须让每一艘可用的航母都发挥作用,因此他才要求竭尽全力抢修约克城号,使其能够参战。迅速修复约克城号是一项巨大的成就,是一个带戏剧性的初步胜利。相比之下,日本人在修理翔鹤号和对瑞鹤号进行补充的问题上拖拖拉拉,满以为没有这两艘参加过袭击珍珠港的战舰,他们也能把美太平洋舰队吃掉。

[①] 见本书第五章。

但是知道敌人会在何时、何地及怎样发动进攻并不等于已经胜券在握。预警本身不可能带来军舰或训练有素的飞行员和飞机。这些都不会像《圣经》里的面包和鱼那样奇迹般地出现。中途岛的胜利离不开军队和地方的情报工作以及对所获情报的巧妙运用。

尼米兹没有被朝他驶来的庞大敌舰队吓倒。如果他看到气势汹汹的日本舰队和自己手上的实际力量，把双方的实力进行一番对比，暗自认为这个仗没法打，这也是可以理解的。他可以决定暂时放弃中途岛，把宝贵的航空母舰和巡洋舰驶往西海岸，或让它们收缩到珍珠港或其周围。

然而，他采取了迅速果敢的行动，又谨慎地把自己较少的兵力投入与强敌的博弈之中。他知道自己无力与敌正面交锋，就命令弗莱彻和斯普鲁恩斯把特混舰队部署在南云第一航空舰队的侧翼。他意识到要救中途岛，他的部队就必须从有利的战略位置出发，尽早与敌空中打击力量进行搏杀。在中途岛海战中，美方能有弗莱彻和斯普鲁恩斯这样两位有意志、有胆略、全力以赴先发制敌的指挥官，这既是美国人的运气，也是尼米兹知人善任的结果。

南云在自己的作战报告中，一直哀叹中途岛作战的准备时间太少。然而日本海军中的精英们对这一战役事先策划了好几个月。即便如此，他们也几乎都懊悔准备得太仓促了。但是弗莱彻和斯普鲁恩斯又怎样呢？他们准备对付敌人这次咄咄逼人的挑战却只有几天时间。5月27日下午弗莱彻带着损坏严重的约克城号进入珍珠港后，才开始全力投入中途岛战役的准备工作。斯普鲁恩斯也只比弗莱彻早一天到珍珠港，抵港后才出乎意料地知道日本人准备攻击中途岛，而且他自己已被新任命为第十六特混舰队司令。与尼米兹和弗莱彻几次匆匆会晤后，斯普鲁恩斯就于5月28日上午出海了。两天后，弗莱彻也已整装待发；他的航母已能作战，战略也已与斯普鲁恩斯商定。

弗莱彻在与斯普鲁恩斯会合后，决定把特混舰队一分为二，这实在是灵感的闪耀。一个优秀的战术指挥官不仅要深谙作战原则，而且要熟知在何时及如何运用这些原则。弗莱彻面对强敌，却把数量上处于劣势的舰队一分为二，就是这种天赋的典型例子。如果这3艘美航母仍然抱成一团，约克城号的悲剧很可能还会降临到另外2艘航母上。没有人怀疑南云的飞行员的技术和胆量；一旦他们飞临某个目标上空，那个目标就必死无疑。由于第一航空舰队的航母相互靠得很近，这种连锁反应式的毁灭就降临到了它们头上。

后来，弗莱彻又一次做出了重大决定。他当时心里清楚得很：在第二次世界大战中领导美舰队取得首次海战大捷的将领将会成为众望所归的英雄，将会名垂青史，流芳百世。但是，当他意识到他已不再可能最有效地指挥空中打击力量时，就把指挥权交给了斯普鲁恩斯。这是一种无私的、真诚的、爱国主义的行为。现在，尼米兹和斯普鲁恩斯的声誉都超过了弗莱彻，然而弗莱彻是他们两人之间的纽带，是一个有头脑、有个性的人才，他让一个天才的才干得到了充分发挥。

在尼米兹指挥中途岛战役时所做的诸多决策中，最重要、最有深远影响的是选择斯普鲁恩斯担任第十六特混舰队司令。在美海军高级军官这个小范围之外，斯普鲁恩斯鲜为人知。而且，他也没当过飞行员。但是哈尔西推荐了他，尼米兹欣然同意。尼米兹说："这是一个我从不感到后悔的选择。斯普鲁恩斯有卓越的判断力。他总是先对各种情况进行彻底的调查了解，然后进行细致周密的考虑，一旦决定要打，就狠狠地打。斯普鲁恩斯与格兰特将军一样，善于把战争打到敌人那里。"他强调说，"这样的指挥官我非常需要。此外，斯普鲁恩斯还非常大胆，但从不鲁莽，他也比较谨慎，有打仗的天赋。"[5]

尼米兹对斯普鲁恩斯的看法是恩师对其门徒的评价，是一个美海军将领对另一个美海军将领的评价，是一个朋友对另一个朋友的长处的衡量。俗话说，最好的赞扬是来自敌人的赞扬。渡边对他的评价是："斯普鲁恩斯具有优秀的品质，具有一个海军航空母舰舰队司令所需的最佳品格——意志坚强，考虑问题条理分明，脑子从不忽冷忽热，情绪从不忽高忽低。他认准主要目标后就勇往直前，绝不半途而废。优秀的海军将领就应该这样。"[6]

在中途岛之战中，斯普鲁恩斯的这些品质自始至终都得到了展示。他知道目标的位置之后，立即派出所有能够调动的飞机去实施攻击。他很有把握地率领自己的舰队，并善于巧妙地捕捉战机。他6月4日夜率部向东，避免遭到日本人的夜间攻击。此举完全正确。同样，6月5日的西进也是正确的决策，此举使日本人大为恐惧。斯普鲁恩斯显示了对敌人心理的几乎是不可思议的洞察力。在整个战斗中，他让敌人捉摸不透，让他们晕头转向。

斯普鲁恩斯不仅知道何时该进攻，而且知道何时该停止。处在他那种地位的舰队司令，很少能顶得住诱惑，不去穷追逃敌。可是他很清楚，勇敢超过一定程度便成了十足的愚蠢。此外，他知道自己的任务是保护中途岛，所以尽管西边有诱人的"鬼影"，他还是坚守自己的岗位。他也知道自己第二位的任务是必须把航母保存下来以便再战。因此，他没有上敌人的当，没有驶进威克岛岸基轰炸机的攻击距离之内，也没有越出自己的通联范围之外。

海军史学家塞缪尔·埃利奥特·莫里森对斯普鲁恩斯做了恰如其分的赞扬：

> 弗莱彻打得好，但斯普鲁恩斯打得妙。他镇静自若、决策果断，并善于听取意见。他始终不忘双方力量的悬殊，但又大胆地抓住每一个可利用的机会。雷蒙德·A.斯普鲁恩斯在这次战役中脱颖而出，成了美国海军史上最伟大的将领之一。[7]

美军的基层战斗人员很了不起。在太平洋战争中，美军下级军官一次又一次地展示了他们的英勇和机智。里德决定越出搜索范围进行侦察，结果先于日本人计划的时间发现了日攻略部队。① 这一发现本身并没有为两支特混舰队赢得进入战区的时间，但使守岛部队得以严阵以待。瓦胡岛上的情报机构虽已提供了情报，但里德的观察结果可喜地证实了罗奇福特情报的正确。艾迪发现南云部队，虽说并未明显地影响日本对中途岛的空袭，但确实为弗莱彻和斯普鲁恩斯指明了敌人的确切位置。② 此后，沃尔德伦研究日本人的战术受益匪浅，他发挥主动性，发现了敌航空母舰，而其他人的思路刻板僵硬，完全错过了战机。③ 最重要的是，麦克拉斯基用独具一格的搜索方法发现了第一航空舰队，使俯冲轰炸机得以发动攻击，从而转败为胜。④

美军战斗人员表现出大无畏的精神。攻击敌航母时，他们面对零式机和高射炮，眼看同伴的飞机起火坠落，仍然义无反顾，勇往直前。后来，源田对其美国对手表示了一个勇士对其他勇士由衷的敬意。他说："美方的胜利也应该归功于他们不怕牺牲、前赴后继的战斗精神。"[8] 有两位日本分析家也慷慨地说："谁也没有预见到他们这种勇敢攻击的威力。他们的顽强精神使日军在中途岛海战中惨遭失败。"[9]

奥宫说："自古以来一直有一种说法，认为战斗的过程就是不断犯错误的过程，而犯错误少的一方最终获得胜利。"[10] 这个多少带嘲讽的评论确实很有些道理。否认美方在中途岛战役中犯过错误是毫无根据的。美方犯的错误非常严重，差一点把胜利拱手让给了日本人。斯普鲁恩斯直言不讳地说："我们交上了好运。"[11] 这话看来并非过谦。

源田认为美国人最严重的弱点是"糟糕的鱼雷投放技术"。[12] 草鹿公正地批评"这些攻击不是集中的，而是分散的"。[13]

美国人以其先进的工艺而自豪。但是许多事例表明，他们的装备

---

① 见本书第十八章。
② 见本书第二十一章。
③ 见本书第二十七章。
④ 见本书第二十九章。

质量差得很。500磅和1000磅的炸弹都没有摧毁敌方有装甲的舰艇，只能"用大大超出需要量的炸弹把目标砸成碎片"。[14] 美国航母的飞行甲板极易着火，因为它上面还没有装甲。[15] 如果说美国人在这次战役中一定会损失航空母舰，那他们还是比较幸运的，因为日本人集中攻击的是已被打得百孔千疮的约克城号。

B-17的飞行员们上呈的"接敌"报告多次提到机械故障影响了作战，有时无法发挥它们应有的威力，"起飞后……我的一号发动机排气管开裂……"；"炸弹架失灵，只投了3颗炸弹"；"对讲机失灵，没有投下炸弹"……[16]

各参战部队之间的通信也远非理想。企业号舰长在评价这个问题时毫不客气地指出：

> 中途岛部队发来的许多接触报告做出的是负面评估。初次接触报告后没有补充报告……这对我们的部队也许是一场灾难。6月4日和5日，由于没有补充接触报告，而且中途岛的陆基飞机没有继续提供战术侦察报告，也许是我们未能全歼敌人的原因。[17]

大黄蜂号的空战报告说得更加尖锐："我们未能从陆基部队那里收到足够的情报。这样就产生了一个问题：我们是否还能完全信赖别的部队。"该报告的结论是："虽然战术形势对我们有利，但是由于我方的错误，我们未能取得更令人难忘的胜利。"[18]

凯姆斯的抱怨也代表了他的岸基部队："我们根本不知道友邻部队的情况，也不知道我们的水面部队在干什么。看来通信计划方面有问题。"[19]

有些类型的飞机性能不好或用非所长，尤其是B-17轰炸机。美国也许会造出比"飞行堡垒"更大、更快、更有毁灭性的飞机，但是没有哪一种比它更惹人喜爱。这种飞机外形优美，结构牢固，反应灵敏，可称得上是航空兵时代美国最理想的飞机。然而这种传奇式的飞机并不是万能的,这似乎不可思议。

中途岛战役提供了一个好机会来一劳永逸地证明:高空岸基轰炸机可以炸沉或重创机动中的水面舰艇。但是 B-17 和 B-26 都没有建树。后来,有些推崇航空兵的人坚持认为,由于每个目标上空的飞机数量太少,因此不能把这次作战看作公平的检验。[20] 当然,如果埃蒙斯能派出 B-17,达到铺天盖地的程度,其中可能会有一两架击中目标,但是这就严重违反了"节省兵力"的原则。然而,3 架"无畏"俯冲轰炸机,由于用其所长,就摧毁了赤城号,以至于日本人不得不将其凿沉。

有一件事至今仍没弄清楚:尼米兹曾指示将中途岛的防务留给岛上的高炮部队,把岛上的战斗机集中起来对付敌航空母舰,① 但是为什么中途岛守军没有照办。诚然,这些战斗机是航母移交给海军陆战队的旧机型,而且事实证明,它们并不是零式机的对手。但是如果它们能随岛上的轰炸机和鱼雷机一起去对付第一航空舰队,这些战斗机也许能有效地分散护航的日本战斗机的注意力,从而拯救一些美国飞行员的生命,甚或能命中一两架敌机。但是,他们没有这样做。在中途岛附近,这些战斗机损失惨重,也没有取得什么实际战果。

许多战斗机飞行员都极为蔑视高射炮,这也许能解开上述疑团。在平时,战斗机把主要战术重点放在如何避开敌高炮火力上。但是在战斗中,他们很快就发现敌人的战斗机危险得多。在一次正式采访中,撒奇说:

> ……我的战斗大体上有 2/3 是冒着我们自己的高射炮火、1/3 是冒着敌人的高射炮火进行的。我认为对空火力在阻挡坚决进攻之敌方面没啥用处。它也许能打下几架飞机,但日方和我方实施攻击的飞行员对它根本不予理睬。[21]

---

① 见本书第八章。

尽管美方有很多严重的错误与混乱现象，但日方的错误和混乱更多、更严重。结果，尼米兹、弗莱彻和斯普鲁恩斯成了胜利者，而且军事史学家们已经把中途岛战役列为世界上屈指可数的"决定性战役"之一。

第四十二章
中途岛战役的意义——四十年后的评价

现在让我们把日历倒翻 20 年左右，翻到普兰奇采访当年中途岛海战中的三位美国胜利者的时候，看看他们这些年过得怎样，听听他们对这场关键战役有什么要说的。

弗兰克·弗莱彻海军上将和他的夫人住在马里兰州南部奇特的古城拉普拉塔附近丘陵地区一个叫"阿拉贝"的别墅里，过着平静的退休生活。将军对来访的普兰奇表示热烈的欢迎，随后领着他的客人穿过几个陈列着丰富的东方艺术品的房间，来到他一楼的书房。

弗莱彻穿着宽松的休闲裤和衬衫，看上去不像一个战争中的英雄，倒很像他的故乡艾奥瓦州一个退休农场主。他谦逊和蔼，平易近人，像乡下人那样热情好客。他从一个不显眼的壁龛里拿出波本威士忌和矿泉水，然后举杯为舰队的官兵干杯。他坦率而毫无惋惜地承认自己记忆力衰退了。由于天长日久他对一些背景情况的记忆已经模糊，但他对战斗本身还是记得清清楚楚的。当他谈到 1942 年 6 月那些激动人心的日子时，他的两眼闪闪发光，脸上露出欣慰的笑容。他所做的评估很精辟，对这次战役的意义他没有一丝一毫的怀疑。

他承认美军在中途岛海战中有运气的因素,但他说:"主要不是靠运气,主要是因为我们巧妙地运用了所获得的情报。"他把掺了姜汁啤酒的威士忌放在一边后继续说,"我们的情报比日本人灵,我们的海军比他们的好,但日本人比我们原先想象的要顽强得多。"

弗莱彻回忆说,战役结束后,当他走进尼米兹的办公室时,司令官也像他一样如释重负——战役结束了,而且打赢了。弗莱彻强调说:"他有理由松口气了,因为如果不是那么个结局,太平洋真的会陷入一片极度混乱之中。"[1]

岁月对雷蒙德·A.斯普鲁恩斯海军上将还是仁慈的。他那本来就很单薄的身躯显得更加瘦削,头发已变得灰白,但那双海蓝色的眼睛温和恬静、炯炯有神。他坐在加利福尼亚州石子滩一个宽敞的起居室里,室内的波斯地毯和古色古香的家具色调柔和宜人。显而易见,他在家闲居,日子过得非常舒适。他的领带和身上那件柔软的法兰绒衬衣十分相配,他那褐色外套,那天是第一次穿,微微散出哈里斯花呢料子特有的香气。

谈到中途岛海战时,他真像个大学教授,既乐意传授知识,又认为他的学生应该透彻、确切地了解事实。他对人名、日期、地点、当时的想法和反应都进行了准确的回忆,仿佛他正用那细长的手指从一个无形的、整齐编目的记忆库中把档案卷宗调出来。

他幽默地说:"所有的军事行动都像妇女上街买东西一样,有两个问题必须考虑:它要花多大代价?它对你来说值不值?"他对自己在中途岛的买卖很满意。因为,正如他所指出的,如果美国打败了,日本舰队向美国西海岸前进就畅通无阻了。山本和他的帝国海军就可能再接再厉、取得更大胜利。这位海军上将很尊重日本人的战斗素质。他言简意赅地说:"日本人的仗打得很好。"

窗外,花坛上鲜花盛开,争妍斗艳;天鹅绒般的绿草坪与蒙特雷松的树荫相映成趣。这时时钟正好到了某一时刻,斯普鲁恩斯说了声

"对不起",就走出去把喷水管打开。回来之后,他在一张纸上仔细记下了他打开喷水管的时间。

他坦率地、十分平静地谈到中途岛海战后不久人们对他的某些批评,说他6月4日晚上前几个小时里没有继续向西追击日本人,而是向东航行。他三言两语就打发了那些马后炮能手。他说:"我认为我当时的预见比有些人的马后炮要好。"但谈到尼米兹时,他满怀深情。他坚持认为中途岛的胜利归功于尼米兹。他强调指出:"荣誉必须归于尼米兹。他不仅相信他接到的情报,而且立即采取了相应的行动。"

几天后的一个晚上,他去蒙特雷一家餐厅赴宴时,彬彬有礼地谢绝了别人敬他的一杯鸡尾酒。不过,他为人处世的原则是"自己活,也让人活"。他的太太就呷着一杯香槟鸡尾酒。她性格活泼,人品就像酒一样晶莹闪亮。她静静地听着海浪拍打蒙特雷湾的声音,突然说:"大海使我心神不定,我觉得群山显得平静安宁。"不难想象,她这一辈子一直在与海神争夺自己丈夫的生命,她不会觉得大海是个平静安宁的地方。斯普鲁恩斯只是安详地笑了笑。如果说有谁能主宰自己的环境,这个人就是斯普鲁恩斯。[2]

虽然五星上将切斯特·尼米兹从来没布设过更诱人的陷阱,可是在他的有生之年,寻访他的人却从来没有断过。普兰奇也是访问者之一。尼米兹家里的来宾簿上有大人物的姓名,也有小人物的姓名。他们中有来谒见的,有来采访的,也有来拜访的。在众多的日本人签名中,有珍珠港事件时期日本驻美大使野村吉三郎,有1941年12月7日率机空袭珍珠港的飞行队长渊田美津雄。这都是顺理成章的,因为自从尼米兹在日本投降书上签字之后,他把大部分时间和精力都用来建立一座桥梁,借以沟通美国和日本——一个被他倾力打败的国家。他说:"日本是个劲敌,很顽强,我们狠狠地打了它之后,就没有理由在它的旧伤口上再抹盐了。"

自中途岛海战以来，岁月给这位将军的容貌增添了老年人、善良人所特有的慈祥温和的美。这种美像他用以款待客人的陈年雪莉酒一样暖人心田。他那蓝色的眼睛依然炯炯有神，他的头发白得连来访者都不敢相信，白得没有丝毫杂色，白得就像阳光下的船帆那么生气勃勃。

尼米兹回忆说，在中途岛战役的准备阶段，他曾经非常担心、非常紧张。在战斗打响之后，他才稍微放松了一点。他解释说："中途岛战役开始后，我们觉得松快了一点，因为日本人的行动和我们原先预料的一样。至少我们当时知道，事情正按计划进行。对于我们在那里作战的官兵，我是十二分地信任，我认为事情的发展会顺利的。"

尼米兹的夫人拄着两根手杖走进书房问丈夫："亲爱的，这封航空信上的邮票贴足了吗？"尼米兹深情地笑着说："亲爱的，够了！你多贴了两三张！"

像许许多多白头偕老的夫妻一样，尼米兹夫妇性格相似。将军的热情、尊严和魅力也反映在妻子富有吸引力的脸上。从他们那令人愉快的住所可以看出，她也像丈夫一样是个闲不住的人。挂在墙上的许多画都出自她的手笔。放在宽阔阴凉的走廊上的盆景证明，她已熟练地掌握了这一复杂困难的园艺技术。[3]

尼米兹一直不肯写回忆录，虽然美国任何一家出版社都会给他写的自传支付一笔相当可观的稿酬。普兰奇在和尼米兹谈话时得到的印象是：尼米兹确实太谦虚、太幽默了，他不会去写一本以自己为主人公的书；他也太温和、太仁慈了，不愿写书来尖锐批评，甚至不想客观地谈论那些犯了错误的人。如果无法赞扬什么人，他宁愿什么也不说。多年之后，尼米兹夫人的话证实了普兰奇的这一印象。她对来采访的人说："他不想伤害任何人。在战争期间，他不得已解除了几个军官的职务，他们很不满意。如果他写回忆录，实事求是地写，就会伤害他们。切斯特从来不伤害别人。"[4]

可以赞扬的，他就不遗余力地大加赞扬。他最喜欢赞扬的是斯普鲁恩斯。他说："中途岛海战的胜利全靠斯普鲁恩斯将军。"当别人试探性地提出，也许切斯特·尼米兹也有点功劳时，他漠然置之。他把话题又转向斯普鲁恩斯，脸上洋溢着为朋友而自豪的表情。他强调说："正是因为他的判断和智慧，我们才打胜了这一仗。我对斯普鲁恩斯的评价，在后来太平洋上的历次海战中都反复得到了证实。他懂得自己的任务是什么。他最大的优点是善于判断——根据情报和他的专业知识做出判断。"尼米兹还热情赞扬了罗奇福特在情报工作中的突破，说这种突破带来了"任何指挥机关都需要的准确情报"。他归纳说："中途岛战役是太平洋战争中最关键的一仗，这一战役使后来的一切都成为可能。"[5]

将近20年又过去了，上述论断仍然十分正确。中途岛战役确实如人们所经常说的，是一个转折点。然而，只有从长远来看，这一点才看得清楚。当时，只有极少数日本人真正认识到它的重要性。三代就是极少数之一，他甚至痛哭流涕地反对过这次行动，他看到自己的判断果然得到了可怕的验证。他知道取得最后胜利的希望已成泡影，作为飞行员，他懂得损失那么多航母、飞机、飞行员和技术人员意味着什么。海军军令部的其他人仍然从海战的角度考虑问题，所以他们不可能、也不愿意了解发生了什么。[6]

一些年轻的飞行员对近期的前景抱悲观的看法。他们知道日本暂时只好转而采取守势。然而，他们已用自己的"鲜血向全世界表明：在海战的新时期，进攻是最好的防御，空中力量已取代了以战列舰为中心的火炮力量，在海战中起着主要作用"。[7]

战役的结局对源田的震动确实很大，但他仍然没有认识到日本已丧失了打败美国的能力。只是在以后回顾这段历史时，他才认识到中途岛海战及日本从瓜达卡纳尔岛的撤退是个转折点。[8]草鹿也没有认识到中途岛战役是个分水岭，虽然他认为它"对日本海军是个可怕的打击"。因为他们仍有像瑞鹤号和翔鹤号这样强大的航空母舰,还有更多的航空母舰正在建造之中。[9]

当时的美国人也没有想到,从那以后,他们可以在海上通行无阻了。斯普鲁恩斯说,当时在珍珠港的人谁也没想到中途岛一仗就决定了这场战争的命运。他解释说:"在当时情况下,我们只是想到自己没有受到挫折。我们没有被占优势的日本舰队打败。当时中途岛之战对我们来说只是一个起点,是我们在艰苦激烈的对日作战中的真正转入进攻的起点。"[10]

尼米兹强调指出:"中途岛战役虽打胜了,但事情才刚刚开始。跨越太平洋的进军还没有开始。中途岛海战之后,我们并没有觉得我们已赢得了这场战争。这毫无疑问是个最重要的转折点,但我们仍要面对一个顽强的敌人,仍然要做出艰巨的努力。"[11] 三年多艰苦卓绝的战争证明,这两位海军将领说得很正确。

那么,中途岛战役意味着什么呢?最直接的事实当然就是有形的东西——人员的伤亡和装备的损失。统计数字不容置疑地告诉我们谁赢得了这次战役:[12]

	美 国	日 本
人员伤亡	307	2500
损失航空母舰	1	4
损失重巡洋舰	0	1
损失驱逐舰	1	0
损失飞机	147	332

此外,日方还有 1 艘巡洋舰遭重创,2 艘驱逐舰遭中等程度的损坏(不包括 2 艘相撞的在内),1 艘战列舰、1 艘驱逐舰和 1 艘油船受轻伤。美方的中途岛遭大规模破坏,荷兰港受中等程度破坏,基斯卡

岛和阿图岛失守。

但是,无形的东西——那些可能发生而没有发生的情况——也应当考虑。这个问题上我们的根据就不太坚实了,这也像所有的揣测必然会引起争议一样。不过,如果山本实现了关于攻占中途岛、消灭尼米兹航空母舰的计划,他的下一步就是进行澳大利亚战役。太平洋舰队的空中打击力量一旦丧失,美国就没有什么抵挡山本的力量了。如果山本切断了澳大利亚的生命线,麦克阿瑟部队就会变得孤立无援,而且一旦日本完全控制了南太平洋和印度洋,它就能堂而皇之地长期侵占东南亚。同时,如果日本占领了中途岛,它至少能骚扰夏威夷,甚至能威胁到美国西海岸。不难想象,保卫美国的呼声可能会使美国的首要战略——首先对付希特勒——严重受挫。战争的最终结局也许是相同的,付出的代价却远非人们所愿意设想的。

不过这一切毕竟没有发生。莱顿说:"在中途岛海战中,日本人损失、或者说丢弃了一支曾经威震太平洋的海军航空兵部队——一支精锐的、所向披靡的部队。它已经永远不可能卷土重来,永远不可能再像在战争头6个月里那样横扫一切、令人闻风丧胆了。这就是中途岛战役的伟大意义……"[13]

从战术的观点来看也确实如此。美国海战学院有一篇有价值的研究文章能使我们更深刻地认识到:

> ……它鼓舞了美国战斗部队的士气……它遏制了日本向东的扩张;它结束了日本人在战争头6个月中所向无敌的攻势;它恢复了太平洋上双方海军实力的均势,此后实力对比就逐步变得有利于美国了;它消除了对夏威夷和美国西海岸的威胁。

> ……联合舰队司令长官希望能尽早与美国舰队进行决战,最好在美国人建造出的舰艇数量还没有占优势之前进行决战。现在他不得不放弃尽早地在遥远的海上进行这场舰队较量的想法。

相反，他只能坐等美国人的进攻。由于损失了航母，他的活动范围已被限制在离本土较近的水域。这样，日本人被迫转入了守势。[14]

这就是最终的意义。在中途岛海战中，美国人放下了盾拿起了剑，在以后的交战中再也没有放弃战略攻势。

附录一 尾 注

第一章 "一股新鲜空气"

1. 千种定男海军少将日记，1941年12月23日。以下称"千种日记"。

2. 戈登·W.普兰奇：《黎明，我们还在酣睡》，第578—579页。

3. 均见1942年12月8日的报纸。

4. 梅里迪安《明星报》，1941年12月8日。

5. 1941年12月26日财政部内部通讯，巴斯致小费迪南德·库恩，"小亨利·摩根索日记"，第478卷，纽约海德公园富兰克林·D.罗斯福图书馆。以下称"摩根索日记"。

6. 温斯顿·S.丘吉尔：《命运的转折点》，第109页。

7.《美国第七十九届国会第一次会议参众两院联合委员会关于珍珠港事件调查听证会证词》第26部分第37页（以下称《珍珠港事件调查》）。

8. 对威廉·C.法纳姆陆军上校的采访，1963年10月15日。

9. 详见《黎明，我们还在酣睡》，第584—598页。

10. 详见美海军陆战队中校小罗伯特·D.海纳尔：《保卫威克岛》；塞缪尔·埃利奥特·莫里森：《太平洋上的太阳旗》，第223—254页。

11.《太平洋上的太阳旗》，第235—254页。

12. 对雷蒙德·A.斯普鲁恩斯海军上将的采访，1964年9月5

日。以下称"对斯普鲁恩斯的采访"。

13.《珍珠港事件调查》,第28部分,第1062—1064页。

14.《太平洋上的太阳旗》,第252页。

15. 弗兰克·E.贝蒂海军少将给哈里·埃尔默·巴恩斯的信,1966年12月21日。

16.《太平洋上的太阳旗》,第249页。

17. VF-6中队非正式飞行日志是遵照中队长指示"为了中队成员个人参考方便"而设立的。以下称"VF-6非正式飞行日志"。

18. 见约翰·萨贝拉所著《退役军官》中"回忆尼米兹"一文,第91页。此文主要记述了对凯瑟琳·尼米兹的采访,以下称"回忆尼米兹"。

19. E.B.波特:《尼米兹》,第17页。以下称《尼米兹》。

20. 1964年9月4日对切斯特·W.尼米兹海军五星上将的采访。以下称"对尼米兹的采访"。

21.《太平洋上的太阳旗》,第256页。

22. 对斯普鲁恩斯的采访,1964年9月5日。

23. 对尼米兹的采访,1964年9月4日。

24. 对阿瑟·C.戴维斯海军上将的采访,1963年1月30日。

25.《尼米兹》,第47页。

26.《太平洋上的太阳旗》,第181、198页。

27. 同上,第258—260页。

28. 同上,第289—291页。

29. 同上,第263—264,268页。

30. 同上,第345—358、362—363页。

31. 同上,第268页。

32. 对尼米兹的采访,1964年9月4日。

33. 摩根索日记,1942年1月16日。

34. 亨利·L. 史汀生日记，1942年2月10日。以下称"史汀生日记"。

35.《太平洋上的太阳旗》，第256页。

36. 对斯普鲁恩斯的采访，1964年9月5日。

37. 华盛顿《明星晚报》，1942年1月4日。

38.《太平洋上的太阳旗》，第257页。

39. 对斯普鲁恩斯的采访，1964年9月5日。

第二章 "我们应该占领中途岛"

1. 对有马高泰海军中佐的采访，1948年11月21日。

2. 对渡边安次海军大佐的采访，1964年9月25日。以下称"对渡边的采访"。

3. 对富冈定俊海军少将的采访，以下称"对富冈的采访"。

4. 对渡边的采访，1965年1月7日。渡边提供了宇垣日记的部分摘抄。

5. 巴德对渡边的采访，1966年6月3—4日。

6. 对渡边的采访，1964年9月26日。

7. 同上，1965年1月7日。

8. 巴德对渡边的采访，1966年6月3—4日。

9. 对渡边的采访，1965年1月7日。

10. A.J. 瓦茨和B.G. 戈登：《日本帝国海军》，第68—72页。

11. 对渊田美津雄的采访，1964年3月1日，以下称"对渊田的采访"。

12. 对渡边的采访，1964年9月25日；巴德对渡边的采访，1966年6月3—4日。

13. 对约瑟夫·罗奇福特海军中将的采访，1964年8月26日。以下称"对罗奇福特的采访"。

14. 对邓达斯·P.塔克海军上将的采访，1964年8月22日。以下称"对塔克的采访"。

15. 对罗奇福特的采访，1964年9月1日。

16. 同上，1964年8月25日。

17. 同上。

18. 对埃德温·T.莱顿海军上将的采访，1964年7月22日。以下称"对莱顿的采访"。

19. 对罗奇福特的采访，1964年8月26日。

20. 参见《尼米兹》，第64页；对罗奇福特的采访，1964年9月1日。

21. 对塔克的采访，1964年8月22日。

22. 对罗奇福特的采访，1964年9月1日。

23. 沃尔特·洛德：《惊人的胜利》，第22—23页；《尼米兹》，第64—65页。

24. 对罗奇福特的采访，1964年8月26日。

第三章 "日本打了个冷战"

1. 对渡边的采访，1964年9月25日和1965年1月7日。

2. 巴德对富冈的采访，1966年5月6日。

3. 三和义勇海军大佐日记，以下简称"三和日记"，1942年4月4日；1946年9月25日对渡边的采访；1964年11月28日对黑岛龟人的采访，以下称"对黑岛的采访"。

4. 这些描写出于本文作者与渡边、黑岛的长期友谊。

5. 对渡边的采访，1964年9月25日；对黑岛的采访，1964年11月28日。

6. 巴德对富冈的采访，1966年5月6日。

7. 同上；巴德对三代辰吉的采访，1966年5月6日。

8. 巴德对三代的采访，1966年5月6日，奥宫正武在1950年5月3日及4日的《日本时报》上发表了一篇题为"中途岛之战"的文章，详细叙述了在军令部讨论的情况。

9. 对黑岛的采访，1964年11月28日。

10. 渊田美津雄和奥宫正武：《中途岛海战：使日本走向失败的战役》，美国安纳波利斯海军学院1955年出版，第42—43页。以下称《中途岛海战》。

11. 巴德对三代的采访，1966年5月6日；巴德对渡边的采访，1966年2月3—4日。

12.《中途岛海战》，第43—45页。

13. 三和日记，1942年2月8日。

14. 对渊田的采访，1967年8月24日。

15. 三和日记，1942年4月18日。

16. 对渊田的采访，1967年8月24日。

17. 对黑岛的采访，1964年11月28日。

18. 引自《日本时报和广告报》，1942年4月19日。

19. 三和日记，1942年4月19日。

20. 同上，1942年4月24日。

21. 对渊田的采访，1967年4月24日。

22. 巴德对渡边的采访，1966年2月3—4日。

23. 史汀生日记，1942年4月18日。

24. 同上，1942年4月21日。

25.《对1942年5月1—11日珊瑚海战役的战略战术分析》（以下称《珊瑚海战役分析》），第115页。

26. 草鹿龙之介海军中将填写的未注明日期的调查表，以下称草鹿的陈述；《中途岛海战》，第93页。

27. 源田实填写的未注明日期的调查表，以下称"源田的陈述"。

28. 对渊田的采访，1964年2月14日。

29. 草鹿的陈述。

30. 同上。

31. 三和日记，1942年4月28日。

32. 《中途岛海战》，第98—99页。

33. 三和日记，1942年4月29日。

34. 富兰克林·D.罗斯福的文件。

第四章 "铁袖一触"

1. 《中途岛海战》，第93—94页。

2. 同上，第95页。

3. 同上，第96页。

4. 同上，第79页和84页。

5. 同上，第89页；对渡边的采访，1964年9月26日。

6. 同上，第88页；巴德对三代的采访，1966年5月6日。

7. 对渡边的采访，1964年9月26日和10月6日。

8. 《中途岛海战》，第89—83页。

9. 同上，第80—81、85、106页。

10. 《中途岛海战》，第85—86页。

11. 对渡边的采访，1964年9月26日。

12. 《中途岛海战》，第81—82、86页。

13. 同上，第80、85页。

14. 同上，第86页。

15. 对渡边的采访，1964年9月26日。

16. 《中途岛海战》，第99页。

17. 同上，第96页。

18. 对渡边的采访，1964年9月26日。

19. 牧岛贞一："悲剧性的中途岛海战"。以下称"悲剧之战"。

20.《中途岛海战》，第117—118页。

21. 对渡边的采访，1964年9月26日。

22.《中途岛海战》，第96—97页；类似的骗局在袭击珍珠港的演习中也曾出现，见《黎明，我们还在酣睡》，第28—29章。

23. 源田和草鹿的陈述。

24. 对渡边的采访，1964年10月6日。

25. 同上。

26. 源田的陈述。

27. "悲剧之战"。

28. 对尼米兹的采访，1964年9月4日。

29. 美海军陆战队罗伯特·C.麦格拉申中校1947年8月12日给新闻处处长的信。以下称"麦格拉申的信"。

30. 同上，另见美海军陆战队中校罗伯特·D.海纳尔的《中途岛海战中的海军陆战队》，第23页。

31. 塞缪尔·埃利奥特·莫里森的《珊瑚海海战、中途岛海战及潜艇作战，1942年5—9月》，第80页。以下称《珊瑚海海战、中途岛海战及潜艇作战》。

32. 对詹姆斯·A.莫利森陆军准将的采访，1966年12月19日。以下称"莫利森"。

33. 对尼米兹的采访，1964年9月4日。

34.《檀香山广告报》，1942年5月4日。

35.《珊瑚海海战、中途岛海战及潜艇作战》，第75页。

第五章 "随时有可能再次遭到威胁"

1. 三和日记，1942年5月7日。

2.《珊瑚海战役分析》，第82页。

3. 三和日记，1942年5月8日。

4.《中途岛海战》，第79页注。

5. 约克城号珊瑚海海战伤情报告；《珊瑚海战役分析》，第96—97页。

6.《珊瑚海战役分析》，第94—95、102页；《珊瑚海海战、中途岛海战及潜艇作战》，第59页。

7.《珊瑚海海战、中途岛海战及潜艇作战》，第14、59页。

8. 同上，第59—60页。

9. 同上，第52页；《珊瑚海战役分析》，第107—108页；三和日记，1942年5月10日。

10.《珊瑚海海战、中途岛海战及潜艇作战》，第39页。

11. 三和日记，1942年5月8日。

12. 同上。

13.《珊瑚海海战、中途岛海战及潜艇作战》，第61—63页。

14. 史密斯和海军中将威廉·沃德：《中途岛之战——太平洋战争的转折点》，第54—55页，以下称《转折点》；《中途岛海战》，第109页注。

15.《日本时报与广告报》，1942年5月9日。

16.《珊瑚海海战、中途岛海战及潜艇作战》，第62页。

17. 桥口乔1964年秋填写的调查表。以下称"桥口的陈述"。

18. 对尼米兹的采访，1964年9月4日；对罗奇福特的采访，1964年9月1日。

19. 对罗奇福特的采访，1964年9月1日。

20. 对莱顿的采访，1964年7月22日。

21. 檀香山《明星公报》，1942年5月15日。

22.《惊人的胜利》，第24—25页；《尼米兹》，第79—80页。

23.《珍珠港事件调查》第三部分，第1158页。

24. 海军五星上将威廉·F. 哈尔西和海军预备队少校 J. 布赖恩第三:《海军上将哈尔西》，第 105—106 页。

第六章 "要同时追逐两只兔子"

1. 见《日本对中途岛海战的叙述》(英译本)，第 6 页。以下称《日本的叙述》。

2. 源田的陈述。

3. 桥口的陈述。

4.《日本的叙述》，第 5 页。

5. 同上，第 5—6 页。

6. 同上，第 5 页。

7. 原为一，弗雷德·塞托，罗杰·皮努合著:《日本驱逐舰舰长》，第 103 页。以下称《驱逐舰舰长》。

8. 草鹿龙之介:《联合舰队》，第 73—74 页。以下称《联合舰队》。

9.《中途岛海战》，第 6—8 页。

10.《日本的叙述》，第 6 页。

11.《联合舰队》，第 75 页。

12. 源田的陈述。

13. 对清水光美的采访，1965 年 1 月 16 日。

14. 源田的陈述。

15. 三和日记，1942 年 5 月 15—16 日。

16. 同上，1942 年 5 月 17 日。

17.《珊瑚海海战、中途岛海战及潜艇作战》，第 202 页。

18.《中途岛海战》，第 106 页。

19.《珊瑚海海战、中途岛海战及潜艇作战》，第 188、202 页。

20. 同上。

21.《中途岛海战》，第 259 页；1948 年美国海军作战学院一篇题为《战略战术分析》的未曾出版的研究文章的一部分:"1942年6月3—14日中途岛战役(含阿留申群岛阶段)",第41页。以下称"中途岛海战分析",第26页。

22. 宇垣缠海军中将日记,1942年5月17日。以下称"宇垣日记"。

23. 三和日记,1942年5月18日。

24.《日本的叙述》,第5页。

25. 宇垣日记,1942年5月17日。

26. 同上。

27. 同上,1942年5月19日。

28. 三和日记,1942年5月19日。

29.《日本的叙述》,第2页;《中途岛海战》,第108—109页。

30. "中途岛海战分析",第13页。

31.《日本的叙述》,第2—3页;"中途岛海战分析",第13页。

32.《日本的叙述》,第2—3页;"中途岛海战分析",第14页。

第七章 "得不到休息"

1. 对尼米兹的采访,1964年9月4日。

2.《珊瑚海海战、中途岛海战及潜艇作战》,第83页。

3. "中途岛海战分析",第70页。

4. 太平洋舰队司令1942年6月28日就中途岛海战问题致美国舰队总司令的信。以下称"尼米兹的报告"。

5. "中途岛海战分析",第66页。

6. 对詹姆斯·M.休梅克海军上将的采访,1963年1月31日。

7. 第七航空队司令部于1942年6月13日就中途岛战役中航空兵的使用情况给陆军航空兵司令官的信。以下称"戴维森的报告"。

8.《中途岛海战》,第110、255—256页。

9. 同上,第256页。

10.《日本帝国海军》,第 280—281、283—284 页。

11.《驱逐舰舰长》,第 97 页。

12. 对千种定男海军少将的采访,1964 年 12 月 15 日。以下称"千种"。

13. 1942 年 8 月 31 日在华盛顿海军部航空局对海军陆战队中校艾拉·E. 凯姆斯的正式采访。

14. MAG-22 副大队长 1942 年 6 月 7 日写给 MAG-22 指挥官的信。下称"麦考尔的报告"。

15. 尼米兹的报告,1942 年 6 月 28 日。

16. 史汀生日记,1942 年 5 月 21—22 日。

17. 三和日记,1942 年 5 月 21—22 日。

18.《中途岛海战》,第 84 页。

19. 三和日记,1942 年 5 月 22 日;《中途岛海战》,第 110 页。

20. 麦考尔的报告。

21. 宇垣日记,1942 年 5 月 24 日。

22. 三和日记,1942 年 5 月 24 日。

第八章 "你能守住中途岛吗?"

1. 宇垣及三和日记,1942 年 5 月 25 日。

2. 对 1942 年 5 月 25 日图上推演的叙述取材于中泽佑海军中将的备忘录。据防卫厅历史部门的研究人员坂本说,该备忘录是迄今尚存的关于该演习的唯一资料。坂本通过千种向普兰奇教授提供的资料包括中泽的这份备忘录。以下称"坂本的材料"。

3. 宇垣日记,1942 年 6 月 8 日。

4. 坂本的资料。

5. 同上。

6. 三和日记,1942 年 5 月 25 日。

7.《日本时报与广告报》，1942年5月26日。

8. 三和日记，1942年5月26日。

9. 麦考尔的报告。

10.《惊人的胜利》，第2页；《尼米兹》，第81—82页。

11."中途岛海战分析"，第41页。

12.《惊人的胜利》，第27页；《尼米兹》，第82—83页。

13.《惊人的胜利》，第28页；《尼米兹》，第82页。

14.《中途岛海战中的海军陆战队》，第3页。

15. 麦格拉申的信。

16.《中途岛海战中的海军陆战队》，第19页。

17. 1949年3月26日《星期六晚邮报》，第52页，J.布赖恩第三的文章——《前所未有的中途岛之战》。以下称《前所未有的中途岛之战》。

18.《中途岛海战中的海军陆战队》，第9页。

19. 同上，第22页；《珊瑚海海战、中途岛海战及潜艇作战》，第85页。

20. 巴德对退休的美海军陆战队上校约翰·F.凯里的采访，1966年7月1日。以下称"巴德对凯里的采访"。

21. 巴德对美海军陆战队上校维恩·J.麦考尔的采访，1966年6月1日，以下称"巴德对考麦尔的采访"。

22.《黎明，我们还在酣睡》，第501页。

23.《中途岛海战中的海军陆战队》，第22页；《惊人的胜利》，第50页。

24.《前所未有的中途岛之战》，第52页。

25. 对"水牛"技术性能的讨论，见《空中力量》杂志1972年3月号"别了，被舰队遗忘的战斗机：布鲁斯特F2A"一文。

26. 巴德对麦考尔的采访，1966年6月1日。

27. "中途岛海战分析",第 49 页。

28.《前所未有的中途岛之战》,第 52 页。

29. 巴德对麦考尔的采访,1966 年 6 月 1 日。

30. 未注明日期的给太平洋舰队航空参谋阿瑟·C.戴维斯海军上校的备忘录,引自《中途岛海战中的海军陆战队》,第 23 页。

31. 麦格拉申的信。

32. 巴德对美海军少尉 A.K.欧内斯特的采访,1966 年 4 月 28 日。以下称"巴德对欧内斯特的采访"。

33. 草鹿的陈述;《联合舰队》,第 74 页。

34. 对渡边的采访,1964 年 11 月 24 日。

35. 麦格拉申的信;《中途岛海战中的海军陆战队》,第 23 页。

36.《惊人的胜利》,第 50 页;《中途岛海战中的海军陆战队》,第 23 页。

37. 1948 年 2 月以前,美海军陆战队预备队少校约翰·阿帕吉斯对《中途岛海战中的海军陆战队》文稿的评论。

38. 麦考尔的报告。

39. 戴维森的报告。

第九章 "上将中的上将"

1. 有关对哈尔西的描述,见《海军上将哈尔西》一书。

2. 企业号和大黄蜂号航海日志,1942 年 5 月 26 日。

3.《海军上将哈尔西》,第 106—107 页。

4. 同上,第 106 和 97 页。

5. 巴德对尼米兹的采访,1965 年 10 月 14 日。

6. 对尼米兹的采访,1964 年 9 月 4 日。

7.《海军上将哈尔西》,第 107 页;《转折点》,第 56 页。

8. 对斯普鲁恩斯的采访,1964 年 9 月 5 日。

9. 美海军退役中将E.P.福雷斯特尔:《海军上将斯普鲁恩斯:指挥问题研究》第35页。以下称《斯普鲁恩斯》。

10. 斯普鲁恩斯1966年11月4日填写的给普兰奇教授的调查表,以下称"斯普鲁恩斯的调查表";对斯普鲁恩斯的采访,1964年9月5日。

11.《斯普鲁恩斯》,第35、59页;对斯普鲁恩斯的采访,1964年9月5日。

12. 对斯普鲁恩斯的采访,1964年9月5日;《斯普鲁恩斯》,第35页。

13. 1946年8月《哈泼斯杂志》上弗莱彻·普拉特的文章——《斯普鲁恩斯:海军上将的画像》,第146页。

14.《转折点》,第62页。

15. 对尼米兹的采访,1964年9月4日。

16. 对斯普鲁恩斯的采访,1964年9月14日。

17. 对尼米兹的采访,1964年9月4日。

18. 对渡边的采访,1964年10月4日。

19. 企业号航海日志,1942年5月27日。

20. 企业号和大黄蜂号航海日志,1942年5月26、27日。

21. 珍珠港海军船厂日志,1942年5月25、27日。

22. 对莫利森的采访,1966年12月19日。

23. 对霍华德·C.戴维森少将的采访,1966年12月13日。以下称"戴维森"。

24. 企业号航海日志,1942年5月27日。

25.《海军上将哈尔西》,第96页;檀香山《明星公报》,1942年5月27日。

26.《惊人的胜利》,第33页;檀香山《明星公报》,1942年5月27日。

27. 海军中校克利奥·J.多布森日记,1942年5月27日。

28. 同上,1942年5月20、21、26、27日。

29. 檀香山《明星公报》，1942年5月27日；《黎明，我们还在酣睡》，第514—515页。

第十章 "大功告成的时刻"

1.《中途岛海战》，第4页。

2."悲剧之战"。

3.《日本时报与广告报》，1942年5月27—28日。

4. 同上，1942年5月27日。

5.《日本时报与广告报》，1942年5月27日引用《东京日日新闻》中的话。

6. 同上。

7. 同上。

8.《日本时报与广告报》，1942年5月27日。

9. 同上，1942年5月27、28日。

10. 详见罗伯特·J.C.巴图的《东条与战争的到来》一书。

11.《日本时报与广告报》，1942年5月28日。

12. 同上。

13. 同上。

14. 同上。

15.《日本的叙述》，第6页。

16.《黎明，我们还在酣睡》，第310页。

17.《日本的叙述》，第6页。

18.《日本时报与广告报》，1942年5月27日。

19.《联合舰队》，第78页。

20. 对渊田的采访，1964年2月14日；"悲剧之战"。

21. 对渊田的采访，1964年2月14日。

22."悲剧之战"。

23. 源田的陈述。

24. 史汀生日记，1942年5月27日。

第十一章 "风险预测原则"

1. 说这话的军官希望不披露姓名是可以理解的。

2.《太平洋上的太阳旗》，第237页。

3. 1966年9月17日对海军上将弗兰克·杰克·弗莱彻的采访，以下称"弗莱彻"。

4. 对斯普鲁恩斯的采访，1964年9月5日。

5. "弗莱彻"，1966年9月17日；企业号航海日志，1942年5月27日。

6. "弗莱彻"，1966年9月17日。

7.《尼米兹》，第86页。

8. "弗莱彻"，1966年9月17日。

9. 同上；《转折点》，第55页。

10.《珊瑚海海战、中途岛海战及潜艇作战》，第84页；"中途岛海战分析"，第71—72页。

11. "弗莱彻"，1966年9月17日。

12.《约克城号伤情报告》，第5—6页。

13. 同上，第7页。

14.《珊瑚海海战、中途岛海战及潜艇作战》，第81页。

15.《转折点》，第56、58—59页。

16. 1964年7月22日访问莱顿时，莱顿回忆说他与尼米兹的这段对话是在1942年6月4日07:30谈的。然而，也曾访问过莱顿的波特在其所写尼米兹的传记里说，这段对话是5月下旬谈的。看来后者的说法更合理些，见《尼米兹》，第83页。

17. 对斯普鲁恩斯的采访，1964年9月5日。

18. 尼米兹的报告，1942 年 6 月 28 日。

19.《惊人的胜利》，第 39 页；《珊瑚海海战、中途岛海战及潜艇作战》，第 97 页。

20. 尼米兹的报告，1942 年 6 月 28 日。

21. 对斯普鲁恩斯的采访，1964 年 9 月 5 日。

22. 尼米兹的报告，1942 年 6 月 28 日。

23. 尼米兹对敌实力估计中没有包括日主力部队。这一事实证明他当时并未得到这一情报。而且，斯普鲁恩斯在为《中途岛海战》所写前言中说："山本海军大将率领 7 艘战列舰、1 艘航空母舰、数艘巡洋舰和驱逐舰当时正在中途岛西北活动。这一事实，我们在这次海战几个月后才知道。"

24. 对斯普鲁恩斯的采访，1964 年 9 月 5 日。

25. 同上。

26. VF-6 非正式飞行日志，1942 年 5 月 27 日。

27. "弗莱彻"，1966 年 9 月 17 日。

第十二章 "执行重大的使命"

1.《中途岛海战》，第 112 页；"中途岛海战分析"，第 22 页。

2. 对千种的采访，1964 年 12 月 15 日。

3.《中途岛海战》，第 185—186、256 页。

4.《日本帝国海军》，第 154 页；《中途岛海战》，第 112、228、255 页。

5.《中途岛海战》，第 112 页；《珊瑚海海战、中途岛海战及潜艇作战》，第 169、173 页。

6.《中途岛海战》，第 111、139 页；《珊瑚海海战、中途岛海战及潜艇作战》，第 172 页。

7.《中途岛海战》，第 113 页。

8. 宇垣日记，1942 年 5 月 28 日。

9. 三和日记，1942 年 5 月 28 日。

10. 麦考尔的报告。

11. 沃纳关于中途岛战役的补充报告。以下称"沃纳的报告"。

12. 企业号航海日志，1942 年 5 月 28 日。

13. 珍珠港海军船厂战时日记；《珊瑚海海战、中途岛海战及潜艇作战》，第 81 页。

14. 大黄蜂号和企业号的航海日志，1942 年 5 月 28 日。

15. 企业号航海日志，1942 年 5 月 28 日。

16. 大黄蜂号航海日志，1942 年 5 月 28 日。

17. "中途岛海战分析"，第 69 页；对伯福德的采访。

18. 对斯普鲁恩斯的采访，1964 年 9 月 5 日。

19.《中途岛海战》，第 113、254 页；《日本帝国海军》，第 148—151 页。

20.《中途岛海战》，第 93—94 页。

21.《驱逐舰舰长》，第 15 页。

第十三章 "必须时刻保持警惕"

1. 宇垣日记，1942 年 5 月 29 日；《中途岛海战》，第 113 页。

2.《中途岛海战》，第 113 页；《日本帝国海军》，第 128—131、134 页。

3.《日本帝国海军》，第 68—72 页。

4. 同上，第 56—58 页。

5.《日本帝国海军》，第 40—54 页；《中途岛海战》，第 113 页。

6.《中途岛海战》，第 113 页；《日本帝国海军》，第 169—170 页。

7.《中途岛海战》，第 85、135、252 页。

8. 三和日记，1942 年 5 月 30 日。

9. 宇垣日记，1942 年 5 月 29 日；《中途岛海战》，第 115 页。

10. 巴德对拉姆齐的采访，1966年7月1日。

11. 珍珠港作战日记，第518页；《珊瑚海海战、中途岛海战及潜艇作战》，第81页。

12. 《约克城号珊瑚海海战伤情报告》，第12页。

13. 《约克城号珊瑚海海战伤情报告》，第12页。

14. 帕特·弗兰克和约瑟夫·D.哈林顿：《会战中途岛：美国约克城号与日本航空母舰舰队》(1967年)，第143—146页。以下称《会战中途岛》。

15. 巴德对华莱士·C.肖特海军中将的采访，1966年5月24日。以下称"巴德对肖特的采访"。

16. 大黄蜂号航海日志，1942年5月28日。

17. 企业号航海日志，1942年5月28日。

18. 企业号和大黄蜂号航海日志，1942年5月28日。

19. 对斯普鲁恩斯的采访，1964年9月5日。

20. 巴德对拉姆齐的采访，1966年7月1日。

21. 麦考尔的报告。

22. 沃纳的报告。

23. 尼米兹的报告，1942年6月28日；"中途岛海战分析"，第66—67页；《珊瑚海海战、中途岛海战及潜艇作战》，第97页。

24. 宇垣日记，1942年5月30日；《中途岛海战》，第119页。

25. 宇垣日记，1942年5月30日。

26. 三和日记，1942年5月30日。

27. 《中途岛海战》，第120—121页。

第十四章 "胜券在握"

1. 1942年5月30日。

2. 同上。

3. 约克城号通信参谋C.C.雷海军少校1942年7月15日的正式谈话。以下称"雷的正式谈话"。

4.《珊瑚海海战、中途岛海战及潜艇作战》，第90、97页。

5.《转折点》，第69页。

6. "弗莱彻"，1966年9月17日。

7.《尼米兹》，第81页注。

8. 对尼米兹的采访，1964年9月4日。

9. 对黑岛的采访，1964年12月13日。

10.《惊人的胜利》，第35页。

11. 三和日记，1942年6月21日。

12. 同上。

13. 宇垣日记，1942年5月31日。

14. 本章的实力比较数字取自《珊瑚海海战、中途岛海战及潜艇作战》，第87—93页和《中途岛海战》附录二（第251—260页）。

15. 同上。

16.《惊人的胜利》，第84页。

17. 1942年6月3日。

第十五章 "时间越来越紧迫"

1. 大黄蜂号和企业号航海日志，1942年5月30日。

2. 洛根·C.拉姆齐海军中校1942年6月15日就1942年5月30日—6月6日中途岛守军空中作战给太平洋舰队司令的报告。以下称拉姆齐的报告。

3. 中途岛海军航空站指挥官于1942年6月18日给太平洋舰队司令关于中途岛战役（1942年5月30日—6月7日）作战报告中的附件二：1942年5月30日—6月6日阶段接触报告。以下称"接触报告"。

4. 拉姆齐的报告；麦考尔的报告；《珊瑚海海战、中途岛海战及潜艇作战》，第 96 页注。

5. 拉姆齐的报告。

6. 麦考尔的报告。

7. 拉姆齐的报告；第七航空队司令官 1942 年 7 月 17 日就中途岛航空兵的使用给太平洋舰队司令的报告。以下称"第七航空队的报告"。

8. 麦考尔的报告。

9.《中途岛海战中的海军陆战队》第 52 页；麦考尔的报告。

10. 对尼米兹的采访，1964 年 9 月 4 日。

11.《珊瑚海海战、中途岛海战及潜艇作战》，第 86—87 页。

12. 大黄蜂号和企业号航海日志，1942 年 5 月 31 日。

13.《日本的叙述》，第 6 页。

14. 源田的陈述。

15. 若详细研究源田在珍珠港袭击中的作用，请见《黎明，我们还在酣睡》。

16. 源田的陈述。

17. 宇垣日记，1942 年 6 月 1—3 日。

18. 三和日记，1942 年 6 月 1 日。

19. 宇垣日记，1942 年 6 月 1 日。

20.《珊瑚海海战、中途岛海战及潜艇作战》，第 97 页。

21. 三和日记，1942 年 6 月 1 日。

22. 宇垣日记，1942 年 6 月 1 日。

23. 对这次行动的详细描述见《珊瑚海海战、中途岛海战及潜艇作战》，第 65—68 页。

24. 1942 年 6 月 11 日。

25. VF-6 非正式飞行日志。

26. 接触报告。

27. 拉姆齐和麦考尔的报告。

28.《中途岛海战》,第 122 页。

29. 史汀生日记,1942 年 6 月 1 日。

第十六章 "情绪高昂,信心十足"

1. 对渡边的采访,1964 年 10 月 6 日。

2. 对山本这段时间的一天生活的叙述取于 1964 年 9 月 30 日对渡边的采访。

3. 对尼米兹的采访,1964 年 9 月 4 日。

4. 宇垣日记,1942 年 6 月 2 日。

5. 宇垣日记和三和日记,1942 年 6 月 2 日。

6. 宇垣日记,1942 年 6 月 2 日。

7.《日本的叙述》,第 6 页。

8.《中途岛海战》,第 123 页。

9. 同上,第 123—124 页。

10. 对黑岛的采访,1964 年 11 月 28 日。

11. 对斯普鲁恩斯的采访,1965 年 9 月 5 日;《斯普鲁恩斯》,第 39 页。

12. "中途岛海战分析",第 63 页;《珊瑚海海战、中途岛海战及潜艇作战》,第 156—157 页;大黄蜂号和企业号航海日志,1942 年 6 月 1 日。

13. VF-6 非正式飞行日志,1942 年 6 月 2 日。

14.《中途岛海战》,第 123—124 页。

15. 同上,第 126 页;《日本的叙述》,第 6 页。

16.《中途岛海战》,第 127 页。

17. 同上,第 127—128 页;《日本的叙述》,第 6 页。

18.《日本的叙述》,第 6、42 页;《中途岛海战》,第 128 页注。

19. "悲剧之战"。

20. 宇垣日记，1942 年 6 月 3 日。

21. 同上。

22. 宇垣日记，1942 年 6 月 3 日。

23. 《珊瑚海海战、中途岛海战及潜艇作战》，第 98 页。

24. "中途岛海战分析"，第 62—63 页。

第十七章 "起飞攻击！"

1. 《中途岛海战》，第 137—139 页。

2. 同上，第 138 页。

3. 同上，第 139 页。

4. 同上，第 139—140 页。

5. 同上，第 140 页；"中途岛海战分析"，第 24 页。

6. 中泽佑海军大佐日记，1942 年 6 月 4 日。以下称"中泽日记"。

7. "中途岛海战分析"，第 9 页。

8. 《中途岛海战》，第 142 页。

9. 奥宫正武等人：《零式机！》，第 115 页。以下称《零式机！》。

10. 同上，第 115、116 页。

11. 同上，第 116 页。

12. "武士"乔，《翼》1977 年 12 月，第 26—28 页。

13. 《零式机！》，第 116—117 页；波特·约翰·迪恩：《山本——对美国构成威胁的人》，第 241—242 页。以下称《山本》。

14. 《珊瑚海海战、中途岛海战及潜艇作战》，第 166 页注。

15. 同上，第 173—174 页。

16. 同上，第 166 页。

17. 同上，第 167、170 页。

18. 同上，第 164 页；"中途岛海战分析"，第 44 页。

19. "中途岛海战分析"，第 44 页。

20.《珊瑚海海战、中途岛海战及潜艇作战》,第172—174页。

21. 同上,第170页。

22. "中途岛海战分析",第36页。

23.《珊瑚海海战、中途岛海战及潜艇作战》,第168—170页。

24. 同上,第168页。

25. 同上,第171—172页。

26.《中途岛海战》,第141页;"中途岛海战分析",第24页。

27. "中途岛海战分析",第15、24页;《中途岛海战》,第141页;1968年3月刊于《空中杂志》的C.V.格兰斯空军上校的文章:"阿留申群岛上被遗忘的战争",第77页。

28.《珊瑚海海战、中途岛海战及潜艇作战》,第176—177页。

29. 史汀生日记,1942年6月3日。

30. 1942年6月4日。

31. 摩根索日记,1942年6月16日。

第十八章 "我们特别幸运"

1. 海军上校杰克·里德给普兰奇的信,1966年12月10日,以下称"里德的信"。

2. 里德的信。

3. 同上。

4. 1966年12月10日里德给普兰奇的信中所附的斯旺的话。以下称"斯旺的话"。

5. 同上。

6. 里德的信。

7. 斯旺的话。

8. 里德的信。

9. 中途岛美海军航空站日记。以下称"NAS日记"。

10. 接触报告。

11. 里德的信。

12. 斯威尼的报告。(见本书第十九章注)

13. NAS 日记;拉姆齐的报告;"中途岛海战分析",第 55 页;第二十四巡逻机中队作战日志。

14. "中途岛海战分析",第 55 页;《中途岛海战》,第 256—257 页。

15. 接触报告;NAS 日记。

16. 斯旺的话;NAS 日记:接触报告。

17. NAS 日记;接触报告。

18. 里德的信。

19. 同上。

20. NAS 日记;里德的信;接触报告。怪得很,NAS 日记和接触报告均未提到这一重要报告,只说 8V55 号机报告发现敌舰 11 艘,及其航向和航速。

21. 斯旺的话。

22. 里德的信;接触报告。

23. 里德的信。

24. 宇垣日记,1942 年 6 月 4 日。

25. 里德的信。

26. 《驱逐舰舰长》,第 99 页。

27. NAS 日记。

28. "中途岛海战分析",第 7 页;《中途岛海战》,第 135 页。

29. 对渡边的采访,1964 年 10 月 6 日。

30. 宇垣日记,1942 年 6 月 4 日。

31. NAS 日记;接触报告:拉姆齐的报告。

32. 塞西尔·F. 福克纳上尉机长 1942 年 6 月 6 日就特别使命给希卡姆机场第七轰炸机司令部司令官的信。以下称"福克纳的报告"。

33. 史密斯海军上尉1942年6月12日的"中途岛任务报告"。此报告是对6月6日报告的补充。以下称"史密斯的补充报告";拉姆齐的报告。

34. 拉姆齐的报告。

35. NAS日记;接触报告;史密斯的补充报告。

36. 海军预备队中校约翰·福持的叙述:"1941年12月7日—1943年8月17日在珍珠港的摄影经历"。以下称"福特的叙述"。

第十九章 "甚至连中太平洋都嫌太小"

1. 大黄蜂号航海日志,1942年6月3日。

2. 企业号航海日志,1942年6月3日。

3.《尼米兹》,第91—92页。

4.《珊瑚海海战、中途岛海战及潜艇作战》,第102页。

5.《中途岛海战》,第142页。

6.《日本的叙述》,第12页。

7. 同上,第13页。

8. 同上。

9.《中途岛海战》,第142页。

10.《日本的叙述》,第13页。

11. 三和日记,1942年6月4日。

12. 宇垣日记,1942年6月4日。

13. NAS日记;接触报告;"中途岛海战分析",第76—77页。

14.《驱逐舰舰长》,第99—100页。

15. 第四三一轰炸机中队中队长就1942年6月3—4日中途岛海域作战给希卡姆机场第十一轰炸机大队大队长的信。以下称"斯威尼的报告";NAS日记;接触报告。

16. 福克纳的报告。

17. 1942年6月6日中尉爱德华·A.斯蒂德曼给希卡姆机场第七轰炸机队司令的信。以下称"斯蒂德曼的报告"。

18. 斯威尼的报告。

19. 第七航空队的报告。

20. "中途岛海战分析",第80页。

21. 拉姆齐的报告。

22. 宇垣日记,1942年6月4日。

23. 三和日记,1942年6月4日。

24. 里德的信。

25. 斯旺的话。

26. 刊于1943年7月《哈泼斯》杂志第13页上普拉特和弗莱彻的文章:《中途岛战役之谜》;NAS日记。

27. 1942年6月16日太平洋舰队及太平洋地区第五十六号新闻公告。以下称"第五十六号新闻公告"。

28. 1942年6月18日里查兹就6月3日夜至4日凌晨鱼雷攻击情况所写的报告。以下称"理查兹的报告"。

29. 第五十六号新闻公告。

30. 第五十六号新闻公告;理查兹的报告。

31. 同上。

32. 理查兹的报告。

33. 《珊瑚海海战、中途岛海战及潜艇作战》,第99—100页。

34. 《联合舰队》,第80—81页。

第二十章 "重大的日子"

1. 《中途岛海战》,第143—144页。

2. 对渊田的两次采访,1964年2月14日,1967年9月1日。

3. 同上。

4.《联合舰队》,第 81 页。

5. 对渊田的采访,1967 年 9 月 1 日。

6.《中途岛海战》,第 146、第 153—154 页。

7. 对渊田的采访,1967 年 9 月 1 日。

8.《日本的叙述》,第 7、11—13 页。

9.《中途岛海战》,第 147—148 页。

10. 同上;《联合舰队》,第 82 页。

11.《联合舰队》,第 82 页。

12.《中途岛海战》,第 149 页。

13. 源田的陈述。

14.《日本的叙述》,第 3 页。

15. 同上。

16.《中途岛海战》,第 150 页。

17. NAS 日记。

18.《中途岛海战》,第 150 页;"悲剧之战"。

19. 对渊田的采访,1964 年 2 月 14 日。

20.《中途岛海战》,第 151 页;《日本的叙述》,第 7 页。

21. 同上;《联合舰队》,第 81 页。

22.《中途岛海战》,第 152 页;源田的陈述。

23.《日本的叙述》,第 42—43 页:《联合舰队》,第 81 页;《中途岛海战》,第 152 页。

24.《日本的叙述》,第 7 页;坂本的材料第二部分。

25. "中途岛海战分析",第 86 页。

26.《日本的叙述》,第 13 页;坂本的材料第二部分。

27. 坂本的材料第二部分。

28.《中途岛海战》,第 148 页。

29. 坂本的材料第二部分;吉冈忠一填写的一份未注明具体日期

的调查表。以下称"吉冈的陈述"。

30. 源田的陈述。

31.《中途岛海战》,第148页。

32. 对渡边的采访,1964年10月6日。

第二十一章 "鹰在天使十二"

1. 拉姆齐报告;1942年6月7日鱼雷艇一中队副中队长给中队长的信。内容:报告该中队1942年6月4—6日参加中途岛海战的情况。以下称"鱼雷艇副中队长的报告"。

2. 巴德在普兰奇指导下所作的未发表过的博士论文:《中途岛:指挥问题研究》,第134—135页。以下称《指挥问题研究》。

3. 对凯姆斯的采访。

4. 1942年6月7日MAG-22大队长给太平洋舰队司令的信。内容:中途岛作战报告。以下称"MAG-22报告"。

5.《指挥问题研究》。

6. 1942年6月6日小J.C.马塞尔曼少尉和H.菲利普斯少尉的谈话,以下分别称"马塞尔曼的谈话"、"菲利普斯的谈话"。

7. 1942年6月7日美海军陆战队(志愿)预备队少尉埃尔默·P.汤普森的谈话,以下称"汤普森的谈话"。

8. 对凯姆斯的采访。

9. 同上。

10. NAS日记;《指挥问题研究》。

11. MAG-22大队长1942年6月8日致夏威夷地区海军航空兵第二陆战队的备忘录,对6月4日、5日和6日3天中MAG-22作战的初步报告。以下称"凯姆斯的报告";1966年7月1日巴德对凯里的采访。

12. 接触报告;"中途岛海战分析";NAS日记;《檀香山广告报》,1942年6月17日。

13. 接触报告。

14. 汤普森的报告。

15. 1942年6月13日舰队海军陆战队第六守备营营长给NAS指挥官的信。内容：报告1942年6月4日上午及4日至6日夜间作战的情况。以下称"香农的报告"。

16. 麦考尔的报告；尼米兹的报告，1942年6月28日。

17. 拉姆齐报告；NAS日记；《檀香山广告报》，1942年6月17日。

18. 第五十六号新闻公告。

19. NAS日记。

20. 《日本的叙述》，第13页。

21. 香农的报告。

22. 汤普森的谈话。

23. 1942年6月6日美国海军陆战队预备队C.M.坎菲尔德少尉的谈话。以下称"坎菲尔德的谈话"。

24. 麦考尔的报告。

25. 1942年6月4日美国海军陆战队上尉K.阿米斯特德的谈话。以下称"阿米斯特德的谈话"；麦考尔的报告。

26. 对凯姆斯的采访。

27. 阿米斯特德的谈话；凯姆斯的报告。

28. 坎菲尔德的谈话；"史无前例的中途岛之战"，第56页。

29. 《日本的叙述》，第4、42页。

30. 巴德对凯里的采访，1966年7月1日。

31. 坎菲尔德的谈话。

32. 巴德对凯里的采访，1966年7月1日。

33. 1942年6月6日美海军陆战队上尉M.E.卡尔的谈话。以下称"卡尔的谈话"。

34. 《日本的叙述》，第43页。

35. 1942 年 6 月 4 日美海军陆战队预备队少尉查尔斯·S. 休斯的谈话。以下称"休斯的谈话"。

36. 1942 年 6 月 9 日美海军陆战队预备队少尉 D.D. 欧文的谈话，以下称"欧文的谈话"。

37.《日本的叙述》，第 43 页。

38. 欧文的谈话。

39. 1942 年 6 月 6 日美海军陆战队上尉 P.H. 怀特的谈话。以下称"怀特的谈话"。

40.《日本的叙述》，第 14 页。

41. 怀特的谈话。

42. 巴德对凯里的采访，1966 年 7 月 1 日。

43. 怀特的谈话。

44. 阿米斯特德的谈话。

45. 1942 年 6 月 4 日美海军陆战队上尉 W. 亨伯德的谈话。

46. 1942 年 6 月 4 日美海军陆战队预备队少尉 C.M. 昆兹的谈话。

47. 1942 年 6 月 4 日美海军陆战队预备队少尉 W.V. 布鲁克斯的谈话。

48. 马塞尔曼的谈话。

49. 1942 年 6 月 6 日美海军陆战队预备队少尉 R.A. 科里的谈话。

第二十二章 "有必要发动第二次攻击"

1. 香农的报告。

2. 凯姆斯的采访。

3. 汤普森的谈话。

4. 1942 年 6 月 9 日鱼雷艇一中队中队长致美太平洋舰队司令的信。内容：汇报 6 月 4 日与 5 日在中途岛和敌人交战的情况。以下称"鱼雷艇一中队的报告"。

5. 福特的叙述。

6. 阿米斯特德的谈话；巴德对凯里的采访，1966年7月1日。

7. 《日本的叙述》，第42—43、68页。

8. 汤普森的谈话。

9. 《中途岛海战》，第164—165页。

10. "史无前例的中途岛之战"，第56页。

11. 鱼雷艇副中队长的报告。

12. 《日本的叙述》，第43页。

13. 同上，第44—45页。

14. 1942年6月7日美海军陆战队志愿预备队（三类）少尉罗伯特·W.沃佩尔的谈话。以下称"沃佩尔的谈话"。

15. 福特的叙述。

16. "史无前例的中途岛之战"，第56页。

17. 福特的叙述。

18. 《日本的叙述》，第43页；凯姆斯的报告。

19. 福特的叙述。

20. 对凯姆斯的采访；"中途岛战役中的海军陆战队"，第32、38—39页。

21. 福特的叙述。

22. 《中途岛的神话》，第142页。

23. "史无前例的中途岛之战"，第56页；香农的报告。

24. 《日本的叙述》，第43、45页；"史无前例的中途岛之战"，第56页。

25. 休斯的谈话。

26. 欧文的谈话。

27. 沃佩尔的谈话。

28. 汤普森的谈话。

29. 沃纳的报告。

30. 鱼雷艇副中队长报告。

31.《日本的叙述》，第 14 页。

32. 香农的报告。

33. 凯姆斯的报告。

34. "史无前例的中途岛之战"，第 56 页。

35.《日本的叙述》，第 56 页。

36. NAS 日记；1942 年 6 月 18 日中途岛 NAS 指挥官给太平洋舰队司令的信，内容：报告 5 月 30—6 月 7 日中途岛战役中交战情况。以下称"赛马德的报告"；《中途岛海战中的海军陆战队》，第 32 页。

37.《日本的叙述》，第 7、43—45、67 页。

38.《日本的叙述》，第 14 页。

39. 凯姆斯的报告。

40. 麦考尔的报告。

41. 桥本敏男对调查表的答复。以下称"桥本的陈述"。

42.《日本的叙述》，第 14 页。

第二十三章 "一败涂地"

1. 1966 年 4 月 28 日巴德对美海军少尉艾伯特·K. 欧内斯特的采访。以下称"巴德对欧内斯特的采访"。

2. 巴德对欧内斯特的采访；美国海军上尉哈罗德·H. 费里尔："第八鱼雷艇中队，外一章"，载 1964 年 10 月《美国海军学院记录汇编》，第 75 页。以下称"外一章"。

3.《中途岛海战中的海军陆战队》，第 23 页。

4. 巴德对欧内斯特的采访。

5. 巴德对欧内斯特的采访；"外一章"，第 74—75 页。

6. 巴德对欧内斯特的采访。

7. 同上；凯姆斯的报告。

8. 尼米兹的报告，1942年6月28日。

9. 巴德对欧内斯特的采访。

10. 《日本的叙述》，第14页。

11. 巴德对欧内斯特的采访。

12. "外一章"，第76页。

13. 巴德对欧内斯特的采访；"外一章"，第76页。

14. 尼米兹的报告，1942年6月28日。

15. 1942年6月6日小詹姆斯·F.科林斯致第七轰炸机队司令的信。内容：中途岛海战中的B-26。以下称"科林斯的报告"。

16. 《日本的叙述》，第14页。

17. 科林斯的报告。

18. 1942年6月6日詹姆斯·P.穆里中尉致第七轰炸机队司令的信。内容：报告B-26，第42—1394号的作战情况。以下称"穆里的报告"。

19. 对藤田的采访，1964年12月29日。

20. 科林斯的报告。

21. 《日本的叙述》，第14页。

22. "悲剧之战"。

23. 对渊田的采访，1964年2月14日。

24. "悲剧之战"。

25. 科林斯的报告。

26. 默里的报告。

27. 科林斯的报告；默里的报告。

28. 韦斯利·弗兰克·克雷文和詹姆斯·利·盖特编：《二次大战中的陆军航空队》第1卷《计划及早期作战，1939年1月—1942年8月》(芝加哥大学出版社，1948年)，第459页。以下称《二次大战中的 AAF》。

29.《日本的叙述》,第 47—49、64—65 页。由于南云的统计前后不一致,所以日本方面声称击落美机的数字即使能算出来,也是很困难的。

30.《日本的叙述》,第 14 页。

31. 源田的陈述。

32.《中途岛海战》,第 61 页;《日本的叙述》,第 7 页;《联合舰队》,第 83 页;《珊瑚海海战、中途岛海战及潜艇作战》,第 106—107 页。

33. 源田的陈述;《日本的叙述》,第 14 页。

34. 源田的陈述。

35. 草鹿的陈述。

36. 源田的陈述。

第二十四章 "他们原来在那儿!"

1.《日本的叙述》,第 13 页。

2.《指挥问题研究》,第 206 页。

3.《日本的叙述》,第 13 页;《中途岛海战》,第 159 页。

4.《日本的叙述》,第 15 页。

5. 草鹿的陈述。

6. 源田的陈述。

7.《中途岛海战》,第 167—168 页。

8. 草鹿的陈述。

9.《日本的叙述》,第 15 页。

10.《日本的叙述》,第 7 页;《联合舰队》,第 84 页;源田的陈述。

11.《日本的叙述》,第 13—14 页。

12.《中途岛海战》，第 168—169 页。

13.《日本的叙述》，第 15 页。

14. 1942 年 6 月 12 日 VMSB-241 中队长致 MAG-22 大队长的信。内容：报告 6 月 4 日与 5 日 VMSB-241 的作战情况。以下称"VMSB-241 报告"。

15. 1942 年 6 月 4 日美海军陆战队志愿预备队（三类）少尉小托马斯·F. 穆尔的谈话。以下称"穆尔的谈话"。

16. 凯姆斯的报告。

17. 1942 年 6 月 4 日哈罗德·G. 施伦德林少尉的谈话。以下称"施伦德林的谈话"。

18. 1942 年 6 月 4 日美海军陆战队志愿预备队（三类）上尉埃尔默·G. 格利登的谈话。以下称"格利登的谈话"。

19. 对藤田的采访，1964 年 12 月 29 日。

20. 格利登的谈话

21.《日本的叙述》，第 54 页。

22.《中途岛海战》，第 162—163 页。

23. 1942 年 6 月 7 日美海军陆战队志愿预备队（三类）中尉小丹尼尔·艾弗森的谈话。以下称"艾弗森的谈话"。

24.《日本的叙述》，第 53 页。

25. 艾弗森的谈话。

26. VMSB-241 报告。

27. 穆尔的谈话。

28. 美国海军陆战队上尉 R.L. 布莱恩的谈话。以下称"布莱恩的谈话"。

29. 施伦德林的谈话。

30. VMSB-241 报告。

31. 对藤田的采访，1964 年 12 月 29 日。

32. VMSB-241 报告。

第二十五章 "还是没挡住日本人"

1.《日本的叙述》，第 15 页；《中途岛海战》，第 186 页。

2.《转折点》，第 86 页。

3.《日本的叙述》，第 15 页。

4.《联合舰队》，第 83—84 页；草鹿的陈述。

5.《日本的叙述》，第 15 页。

6. 拉姆齐的报告。

7. 斯威尼的报告。

8.《日本的叙述》，第 15 页。

9.《中途岛海战》，第 168 页。

10. 草鹿的陈述。

11. 源田的陈述。

12. 草鹿的陈述。

13.《中途岛海战》，第 163 页。

14. 同上，第 162 页。

15. C.E. 乌尔特尔上尉的"对敌作战"登记表。

16. H.S. 格伦德曼中尉的"对敌作战"登记表。

17. B.E. 艾伦中校的"对敌作战"登记表。

18.《日本的叙述》，第 53 页。

19. 福克纳的报告。

20. 斯蒂德曼的报告。

21. 安德鲁斯的报告。

22. 福克纳的报告；安德鲁斯的报告。

23. 斯威尼的报告；斯威尼的"对敌作战"登记表；《日本的叙述》，第 16 页。

24. 查尔斯·E.格雷戈里上尉的"对敌作战"登记表。

25.《中途岛海战》,第 162 页。

26. 沃纳的报告。

27. 1942 年 7 月 25 日美太平洋舰队司令致总司令的信。内容：中途岛战役——补充报告。以下称"尼米兹补充报告"。

28. 鹦鹉螺号航海日志,1942 年 6 月 4 日；1942 年 6 月 7 日鹦鹉螺号艇长给第四十一潜艇分队司令的巡逻报告,1942 年 6 月 4 日记事。以下称"鹦鹉螺号记事"。

29. VMSB-241 报告。

30. 1942 年 6 月 7 日美海军陆战队志愿预备队（三类）少尉乔治·E.科特拉斯的谈话。以下称"科特拉斯的谈话"。

31.《中途岛战役中的海军陆战队》,第 22 页。

32.《日本的叙述》,第 16 页；VMSB-241 报告。

33. 草鹿的陈述。

34.《中途岛海战》,第 176 页。

35. 1942 年 6 月 7 日美海军陆战队志愿预备队（三类）少尉萨姆纳·惠顿的谈话。

36. 1942 年 6 月 7 日美海军陆战队志愿预备队（三类）少尉丹尼尔·L.卡明斯的谈话。

37. VMSB-241 报告。

38.《日本的叙述》,第 16 页；《珊瑚海海战、中途岛海战及潜艇作战》,第 111 页。

39. 1942 年 6 月 7 日美海军陆战队志愿预备队（三类）上尉利昂·M.威廉森的谈话。以下称"威廉森的谈话"。

40. 科特拉斯谈话。

41. 卡明斯的谈话；鱼雷艇副中队长的报告。

42. 1942 年 6 月 7 日美海军陆战队志愿预备队（三类）少尉阿

伦·H.林布劳姆的谈话。以下称"林布劳姆的谈话";鱼雷艇副中队长的报告。

43. VMSB-241 的报告。

44.《日本的叙述》,第 16 页。

45. 对凯姆斯的采访。

46. 尼米兹的报告。

第二十六章 "司令部究竟在搞什么名堂?"

1.《日本的叙述》,第 7 页。

2. 草鹿的陈述;《联合舰队》,第 85 页。

3. 草鹿的陈述。

4.《日本的叙述》,第 7 页。

5. "悲剧之战"。

6.《日本的叙述》,第 6 页。

7. 源田的陈述。

8. 源田和草鹿的陈述;"悲剧之战";《中途岛海战》,第 169—170 页。据《日本的叙述》,南云的战斗日志中没有记载山口的这个意见。

9. 宇垣日记,1942 年 6 月 8 日。

10. 源田的陈述。

11. 草鹿的陈述。

12. 源田的陈述。

13.《日本的叙述》,第 16 页。

14.《中途岛》,第 170—171 页。

15. "悲剧之战"。

16.《中途岛海战》,第 164 页。

17. 桥本的陈述。

18. "悲剧之战"。

19.《日本的叙述》，第16—17页。

20. 草鹿的陈述。

21.《中途岛海战》，第171页。

22. 同上，第8页。

23.《日本的叙述》，第7页。

24. 同上，第16页。

25.《日本的叙述》，第17页。

26. 宇垣日记，1942年6月8日。

27. 对黑岛的采访，1964年11月28日。

28.《日本的叙述》，第17页。

29. 同上。

第二十七章 "他们终于来了"

1. 对斯普鲁恩斯的采访，1964年9月5日。

2. 企业号航海日志，1944年6月4日。

3. 对斯普鲁恩斯的采访，1964年9月5日。

4. 同上。

5. 对弗莱彻的采访，1966年9月17日。

6. "中途岛海战分析"，第121页。

7. 1942年6月8日企业号舰长给太平洋舰队司令的信，内容：报告1942年6月4—6日中途岛海战情况。以下称"企业号报告"；对弗莱彻的采访，1966年9月17日；"中途岛海战分析"，第125页。

8.《珊瑚海海战、中途岛海战及潜艇作战》，第113页。

9. 对斯普鲁恩斯的采访，1964年9月5日。

10. 1942年6月16日第十六特混舰队司令致太平洋舰队司令的信，内容：中途岛海战；转送各类报告。以下称"斯普鲁恩斯的报告"。

11. "中途岛海战分析",第122—123页。

12. 乔治·盖伊:《唯一的幸存者》,第108页。

13.《唯一的幸存者》,第95页。

14. 1942年10月12日海军中尉乔治·盖伊有关第八鱼雷机中队、中途岛、所罗门群岛以及蒙达岛的叙述。以下称"盖伊的叙述"。

15.《惊人的胜利》,第142页。

16. 1966年6月30日巴德对美(退休)海军中将克拉伦斯·韦德·麦克拉斯基的采访。以下称"巴德对麦克拉斯基的采访"。

17. "中途岛海战分析",第123页;斯普鲁恩斯的报告。

18. 1942年6月11日第十六特混舰队巡洋舰司令官致第十六特混舰队司令的信。内容:报告1942年6月4日的作战情况。以下称"TF16巡洋舰司令的报告"。

19.《珊瑚海海战、中途岛海战及潜艇作战》,第114页。

20. 1942年6月4日企业号和大黄蜂号航海日志;1942年6月13日大黄蜂号舰长致太平洋舰队司令的信。内容:报告1942年6月4—6日的战斗。以下称"大黄蜂号报告";"中途岛海战分析",第124页。

21.《日本的叙述》,第17页。

22. 1942年6月12日大黄蜂号航空作战参谋致该舰舰长的信。内容:1942年6月4日中途岛海战中所观察到的弱点。以下称"大黄蜂号空战报告"。

23. 1942年6月13日企业号舰长致太平洋舰队司令的信。内容:报告1942年6月4—6日在太平洋上的空战,以下称"企业号补充报告"。

24. 鹦鹉螺号航海日志,1942年6月4日;鹦鹉螺号的叙述。

25. "中途岛海战分析",第126页。

26. 1967年1月9日英退休海军上校詹姆斯·E.沃斯给巴德的

信;"中途岛海战分析",第 129—130 页。

27. 1966 年 10 月 18 日美退休海军中将 W.F. 罗迪给巴德的信。

28.《惊人的胜利》,第 151 页。

29. 1966 年 5 月 25 日巴德对埃德加·E. 斯特宾斯海军上校的采访。以下称"巴德对斯特宾斯的采访";1966 年 11 月 6 日巴德对美海军上校 A.J. 布拉斯菲尔德的采访。以下称"巴德对布拉斯菲尔德的采访"。

30. 沃斯的信;巴德对拉姆齐的采访。

31. 1967 年 4 月 27 日美退休海军上校 T.W. 吉洛里给巴德的信。

32.《惊人的胜利》,第 179 页;大黄蜂号报告。

33. 斯普鲁恩斯的报告。

34. 大黄蜂号报告。

35.《珊瑚海海战、中途岛海战及潜艇作战》,第 122 页注。

36. 1966 年 5 月 25 日巴德对美退休海军上校 S.E. 鲁洛的采访。

37. 盖伊的叙述。

38. 亚历山大·R. 格里芬:《一艘令人难忘的军舰:大黄蜂号传奇》,第 37—39 页。

39. 盖伊的叙述。

40.《日本的叙述》,第 17 页。

41. 源田的陈述。

42. 盖伊的叙述;1942 年 6 月 7 日 R.A. 奥夫斯蒂给太平洋舰队司令的备忘录。内容:美国海军预备队少尉 G.H. 盖伊 1942 年 6 月 4 日写的作战报告。

43. 草鹿的陈述。

44. 盖伊的叙述。

45. 大黄蜂号报告附件 8。

46. 盖伊的叙述。

47. 对藤田的采访,1964年12月29日。

48. 盖伊的叙述。

49. 大黄蜂号报告附件3。

50. 1966年5月13日巴德对罗伯特·E. 劳布的采访。以下称"巴德对劳布的采访"。

第二十八章 "它们几乎全被消灭了"

1. "中途岛海战分析",第127—128页;TF16巡洋舰报告附件1;大黄蜂号空战报告;1942年6月8日VF-6中队长致企业号航空大队长的信,内容:叙述1942年6月4—6日所发生的事件。以下称"VF-6作战报告"。

2. 《珊瑚海海战、中途岛海战及潜艇作战》,第122页;《惊人的胜利》,第190页。

3. 《斯普鲁恩斯:一位海军将领的画像》,第147页。

4. "中途岛海战分析",第127—128页;TF16巡洋舰报告附件1。

5. 巴德对劳布的采访。

6. 《日本的叙述》,第18页。

7. 1967年2月3日美退休海军少校斯蒂芬·B. 史密斯给巴德的信。

8. 《日本的叙述》,第19页。

9. 源田的陈述。

10. 《日本的叙述》,第19页。

11. 同上,第18页。

12. 鹦鹉螺号的叙述。

13. 源田的陈述。

14. 企业号补充报告;巴德对劳布的采访。

15. 《中途岛海战》,第176页。

16. 源田的陈述。

17.《中途岛海战》,第176页。

18. 巴德对劳布的采访。

19. 1966年7月20日道格拉斯·M.科塞特给巴德的信。

20. 1966年6月6日和10日日本海上自卫队一等海佐平山茂男给巴德的两封信。

21. 美国战略轰炸调查组(USSBS)《审讯日本官员》,第二卷,1947年10月28日审讯难波种世海军大尉,1947年10月29日审讯兼筑几重海军少尉。

22. 1947年9月25日,USSBS审讯一等海军军曹铃木猛彦。

23. USSBS审讯难波,以及审讯机械军士齐藤良雄。

24. 几乎所有审讯的人都说是这一杀害方式,确切日期不详。

25. 1966年6月6日平山的信。

26. 1966年5月6日巴德对美退休海军中将M.E.阿诺德的采访。以下称"巴德对阿诺德的采访"。

27.《中途岛会战》,第167—168页。

28. 1967年3月巴德对美海军上校哈里·B.吉布斯的采访。以下称"巴德对吉布斯的采访"。

29. 1965年11月26日美海军上校约翰·S.撒奇给巴德的信。以下称"撒奇的信"。

30.《日本的叙述》,第19页。

31. 1946年12月29日与1965年1月4日对藤田的采访。

32. 1942年6月18日约克城号舰长致太平洋舰队司令的信。内容:报告1942年6月4日及6日的作战。以下称"约克城号报告";大黄蜂号航海日志,1942年6月4日;《中途岛会战》,第170页。

33. 对藤田的采访,1965年1月4日。

34. 1966年10月10日美退休海军中校W.G.埃斯德斯给巴德

的信。

35.《中途岛海战》，第 175 页。

36. 埃斯德斯的信。

37. 1947 年 12 月 5 日及 1948 年 4 月 12 日 USSBS 审讯谷川清澄海军大尉，1948 年 2 月 26 日及 6 月 10 日审讯二等海曹藏持重利。这名美国俘虏的姓名在档案材料里都有，但普兰奇认为把这些姓名公开只会引起不必要的痛楚。据 VT-3 的一名幸存者说，大家对该少尉"评价很好，很钦佩"。埃斯德斯的信。

38. 见"中途岛海战分析"中的例子，第 131 页；《珊瑚海海战、中途岛海战及潜艇作战》，第 121 页；"史无前例的中途岛之战"，第 61 页。

39.《中途岛会战》，第 170 页。

40.《日本的叙述》，第 18—19 页。

41. 同上，第 19 页。

第二十九章 "烈火熊熊的地狱"

1. 巴德对麦克拉斯基的采访，1966 年 6 月 30 日；"中途岛海战分析"，第 131 页。

2. 1966 年 5 月 15 日巴德对美退休海军少校理查德·H. 贝斯特的采访。以下称"巴德对贝斯特的采访"。

3. 巴德对麦克拉斯基的采访，1966 年 6 月 30 日。

4. 对斯普鲁恩斯的采访，1964 年 9 月 5 日。

5. 巴德对麦克拉斯基的采访，1966 年 6 月 30 日。

6. 企业号报告，1942 年 6 月 13 日；尼米兹的报告，1942 年 6 月 28 日。

7. 巴德对麦克拉斯基的采访，1966 年 6 月 30 日。

8.《珊瑚海海战、中途岛海战及潜艇作战》，第 122 页。

9. VB-6 作战报告；1966 年 5 月 31 日海军上校 T.F. 施奈德给巴德

的信。

10. 施奈德的信。

11. 巴德对贝斯特的采访，1966年5月15日。

12. 同上；巴德对麦克拉斯基的采访，1966年6月30日；1966年6月29日巴德对美退休海军中将W.厄尔·加拉赫的采访。以下称"巴德对加拉赫的采访"。

13. 巴德对贝斯特的采访，1966年5月15日；VB-6作战报告。

14. 源田的陈述；《惊人的胜利》，第291页。洛德就此问题询问了草鹿以及南云的领航主任笹部乙次郎。

15. 巴德对贝斯特的采访，1966年5月15日。

16. 源田的陈述。

17.《日本的叙述》，第19页。

18. 源田的陈述。

19. 天谷孝久海军中佐对调查的答复。以下称"天谷的答复"；三屋静水海军少佐：《我在中途岛与美国人作战》，载1962年纽约贝尔蒙特出版社出版的霍华德·奥利克少校汇编的《二次大战中的英勇战例集》，第154页。以下称《我与美国人作战》。

20.《我与美国人作战》，第154页。

21.《日本的叙述》，第9、19、53页。

22.《日本的叙述》，第9页；巴德对加拉赫的采访，1966年6月29日。

23.《我与美国人作战》，第154页。

24. 同上，第154—155页；《日本的叙述》，第9、53页。

25.《日本的叙述》，第9、53页。

26. 天谷的答复。

27.《日本的叙述》，第9页。

28. 天谷的答复。

29.《日本的叙述》，第53页。

30.《日本的叙述》,第 9 页;1964 年 2 月 14 日及 1967 年 9 月 1 日对渊田的两次采访;《中途岛海战》,第 177 页。

31. 巴德对贝斯特的采访,1966 年 5 月 15 日。

32. "中途岛海战",第 177 页。

33. 对渊田的采访,1967 年 9 月 3 日。

34.《日本的叙述》,第 52 页。

35. 源田的陈述。

36.《日本的叙述》,第 9、52 页;"悲剧之战"。

37. 1964 年 2 月 14 日及 1967 年 9 月 1 日对渊田的采访。

38.《日本的叙述》,第 52 页。

39. "悲剧之战";《中途岛海战》,第 177 页。

40. 源田的陈述。

41. 草鹿的陈述。

42. 源田的陈述。

43. "悲剧之战"。

44.《中途岛海战》,第 178—179 页;对渊田的采访,1967 年 9 月 1 日。

45. 对渊田的采访,1967 年 9 月 1 日。

46. 草鹿的陈述;《日本的叙述》,第 9 页。

47.《日本的叙述》,第 20 页。

48. 草鹿的陈述。

49. 同上;《联合舰队》,第 86 页。

50.《日本的叙述》,第 4、20 页。

51. 草鹿的陈述;《联合舰队》,第 86—87 页;"悲剧之战"。

52. 对渊田的采访,1967 年 9 月 1 日。

53. 源田的陈述。

第三十章 "如此惨败"

1. 《惊人的胜利》,第 290 页。

2. 巴德对阿诺德的采访。

3. 1942 年 6 月 7 日 VB-3 中队长致约克城号上的航空大队大队长的信。内容:有关 6 月 4 日攻击中途岛西北 156 海里处发现的日本航母的情况。以下称"莱斯利 VB-3 作战报告"。

4. 1942 年 6 月 10 日 VB-3 中队长致约克城号舰长的信。内容:6 月 4—6 日的作战报告。以下称"沙姆韦 VB-3 作战报告"。莱斯利和沙姆韦在作战中分开了,沙姆韦是以代理中队长身份交的这份报告。

5. 1966 年 6 月 3 日巴德对海军少校保罗·A.霍姆伯格的采访。以下称"巴德对霍姆伯格的采访"。

6. 莱斯利及沙姆韦的 VB-3 作战报告;巴德对霍姆伯格的采访。

7. 莱斯利及沙姆韦的 VB-3 作战报告。

8. 莱斯利的 VB-3 作战报告。

9. 同上。

10. 《日本帝国海军》,第 175、179 页。

11. 1964 年 12 月 15 日莱斯利致 W.W. 史密斯海军上将的信。

12. 《日本帝国海军》,第 181 页。

13. 莱斯利的 VB-3 作战报告;1965 年 6 月 25 日巴德对美退休海军少将马克斯韦尔·F.莱斯利的采访。以下称"巴德对莱斯利的采访"。

14. 莱斯利的 VB-3 作战报告。

15. 巴德对霍姆伯格的采访,1966 年 6 月 3 日。

16. 沙姆韦的 VB-3 作战报告。

17. 《日本的叙述》,第 10、53 页。

18. 巴德对霍姆伯格的采访,1966 年 6 月 3 日。

19. USSBS 第 165 号,审讯小原尚海军大佐。

20.《日本的叙述》，第10页。

21."悲剧之战"。

22.《指挥问题研究》，第270—271页;《日本的叙述》，第10页。

23.《日本的叙述》，第10页;《中途岛海战》，第188页。

24.《中途岛海战》，第188—189页。

25. 沙姆韦的VB-3报告。

26.《惊人的胜利》，第173页。

27. 沙姆韦的VB-3报告。

28. 对雷的正式采访。

29. 巴德对霍姆伯格的采访，1966年6月3日;莱斯利的VB-3作战报告。

30."中途岛海战分析"，第133页。

31. 巴德对麦克拉斯基的采访，1966年6月30日;VF-6非正式飞行日志。

32. 麦克伦斯·E.迪金森:《飞炮》，第155—157页。以下称《飞炮》。

33.《飞炮》，第162—166页。

34. 1966年5月18日巴德对美退休海军上校乔·E.彭兰德的采访。

35.《檀香山广告报》，1942年6月17日。

36. 巴德对贝斯特的采访，1966年5月16日。

37. VF-6非正式飞行日志;《惊人的胜利》，第176页;《飞炮》，第159页。

38. 对藤田的采访，1965年1月4日。

39."悲剧之战";《惊人的胜利》，第185页。

第三十一章 "我们只剩飞龙号了"

1.《日本的叙述》，第21页。

2. 桥本的陈述。

3. 1942 年 6 月 28 日太平洋舰队司令给海军作战部长的信，内容：报告 6 月 19 日审讯从中途岛海面捞起的日战俘的情况。以下称"审讯日本战俘"。

4. 久马武男海军少佐对调查表的答复。以下称"久马的答复"。

5. 《日本的叙述》，第 8 页；桥本的陈述；《惊人的胜利》，第 94 页。

6. 《日本的叙述》，第 21 页。

7. 同上，第 22 页。

8. 《联合舰队》，第 86—88 页。

9. 《日本的叙述》，第 22 页。

10. 约克城号报告；1942 年 6 月 4 日阿斯托利亚号航海日志；1942 年 6 月 16 日汉曼号舰长致太平洋舰队司令的信，内容：1942 年 6 月 4—6 日作战报告。以下称"汉曼号报告"。该舰沉没后全部材料也随之丢失，于是该舰舰长根据回忆写了这个报告。

11. 约克城号报告；《中途岛会战》，第 182 页。

12. 《中途岛会战》，第 183 页。

13. 约克城号报告。

14. 巴德对布拉斯菲尔德的采访，1966 年 10 月 30 日；1942 年 7 月 19 日俄克拉荷马州伊尼德《晨报》。

15. 1942 年 6 月 4 日 A.I. 布拉斯菲尔德的 VF-42 作战报告，该报告被送交 VF-3 中队长。布拉斯菲尔德海军上校后来把这份报告的复印件给了巴德，以下称"布拉斯菲尔德报告"。

16. 《日本的叙述》，第 22—23 页。

17. 约克城号报告。

18. 同上。

19. 约克城号报告；1966 年 5 月 11 日巴德对美海军上校 C.N. 科纳斯特的采访。

20. 约克城号报告；1942年6月16日约克城号副舰长给舰长的信，内容：副舰长报告6月4—7日的作战情况。以下称约克城号副舰长的报告。

21. 约克城号报告。

22. 约克城号报告；约克城号副舰长的报告；《转折点》，第118页。

23. 对弗莱彻的采访，1966年9月17日。

24. 1942年6月11日阿斯托利亚号舰长致太平洋舰队司令的信，内容：1942年6月4日中途岛以北海域的作战报告。以下称阿斯托利亚号报告；撒迪厄斯·V. 图利加：《中途岛海战的高潮》，第159页。以下称《中途岛海战的高潮》。

25. 阿斯托利亚号报告。

26. 企业号航海日志，1942年6月4日。

27. 1942年6月4日巴尔奇号、文森斯号以及企业号航海日志。

28. 大黄蜂号航海日志，1942年6月4日。

29. 1977年7月27日海军中将威廉·R. 斯梅德堡为普兰奇所写的有关珍珠港事件时期的海军将领的评论之三，当时英格索尔是助理海军作战部长。

第三十二章 "决心击沉一艘敌舰"

1.《指挥问题研究》，第301—302页。

2.《联合舰队》第88页。

3. 桥本的陈述。

4. 桥口的陈述。

5. 桥本的陈述。

6.《日本的叙述》，第8页；桥口的陈述。

7. 桥口的陈述。

8. 桥本的陈述。

9.《日本的叙述》，第 25 页

10. 桥本的陈述。

11. 约克城号报告。

12. 1966 年 11 月 9 日米尔顿·图托尔第四给巴德的信；1942 年 6 月 13 日《檀香山广告报》；1942 年 6 月 5 日安德森号舰长致太平洋舰队司令的信，内容：据美海军规章第 712 条所做的有关 6 月 4 日在中途岛附近与日舰载机作战的报告。以下称"安德森号报告"。

13.《珊瑚海海战、中途岛海战及潜艇作战》，第 135 页。

14.《日本的叙述》，第 26 页。

15. 桥本的陈述。

16.《日本的叙述》，第 26 页。

17. 桥本的陈述。

18. 约克城号报告；约克城号舰长致海军作战部长的信，内容：作战损失报告。以下称"约克城号损失报告"。

19. 同上。

20. 约克城号报告。

21. 巴尔奇号航海日志，1942 年 6 月 4 日。

22. 对弗莱彻的采访，1966 年 9 月 17 日。

23. 约克城号报告。

24. 1966 年 3 月 14 日巴德对海军中将埃利奥特·巴克马斯特的采访。以下称"巴德对巴克马斯特的采访"；《惊人的胜利》，第 227 页。

25. 约克城号报告；《中途岛会战》，第 213 页。

26. "中途岛海战分析"，第 140 页；《珊瑚海海战、中途岛海战及潜艇作战》，第 136 页注。

27. 沙姆韦的 VB-3 报告；1942 年 6 月 21 日 VS-6 中队长给企业号舰长的有关 6 月 4—6 日的作战报告。以下称 VS-6 作战报告；"中途岛海战分析",第 140 页。

28.《珊瑚海海战、中途岛海战及潜艇作战》,第 141 页注;《转折点》,第 125—126 页;《斯普鲁恩斯》,第 49 页;《惊人的胜利》,第 231—232 页。关于这次战斗,不同的材料中所用的名词术语和所给的时间略有不同。如"中途岛海战分析"第 142 页上说收电时间为 18:16,这时对飞龙号的攻击早已结束。(史密斯说战斗发生在飞机起飞过程中)

29. 桥本的陈述。

30. "悲剧之战"。

31.《日本的叙述》,第 27 页。

32. 1942 年 6 月 10 日 VB-6 中队长向企业号舰长报告 6 月 4—6 日的作战。以下称"VB-6 作战报告"。

33.《日本的叙述》,第 29 页。

34. "中途岛海战分析",第 141 页。

35. "悲剧之战"。

36. 巴德对加拉赫的采访。

37.《日本的叙述》,第 54 页。

38.《指挥问题研究》,第 31 页。

39.《日本的叙述》,第 54 页。

40. "悲剧之战";久马的陈述;桥本的陈述。

41. 桥本的陈述。

42. VB-6 作战报告。

43. 莱斯利的 VB-3 作战报告;《日本的叙述》,第 58 页。

44. 1942 年 6 月 VB-8 作战日记;"中途岛海战分析",第 142 页。

45.《日本的叙述》,第 56—57 页。

46. 例见乌尔特尔的"对敌作战"表以及 1942 年 6 月 6 日罗伯特·B.安德鲁斯海军中尉致夏威夷希卡姆机场第七轰炸机司令部司令

的信，内容：特殊使命。以下称"安德鲁斯的报告"。

47. VMSB-241 报告。

第三十三章 "我们可别再碰上这样的一天了！"

1.《日本的叙述》，第 20—21 页。

2. 宇垣日记，1942 年 6 月 8 日。

3. 对黑岛的采访，1964 年 12 月 5 日。

4. 对渡边的采访，1964 年 10 月 6 日。

5. 同上，1964 年 10 月 8 日。

6. 对黑岛的采访，1964 年 12 月 5 日。

7. 对渡边的采访，1964 年 10 月 8 日。

8. 宇垣日记，1942 年 6 月 8 日。

9. 对渡边的采访，1964 年 10 月 8 日。

10. 同上。

11. 对黑岛的采访，1964 年 12 月 5 日。

12.《日本的叙述》，第 23 页。

13. "悲剧之战"；草鹿的陈述。

14.《日本的叙述》，第 22 页。

15. 同上，第 23—37 页。

16.《日本的叙述》，第 24 页。

17.《日本的叙述》，第 24 页。

18. 对黑岛的采访，1964 年 12 月 5 日。

19. 宇垣日记，1942 年 6 月 8 日。

20. 宇垣日记，1942 年 6 月 8 日。

21.《日本的叙述》，第 25 页。

22. 同上。

23. 宇垣日记，1942 年 6 月 8 日。

24.《日本的叙述》,第 27 页。

25.《联合舰队》,第 89 页。

26.《日本的叙述》,第 11 页。

27. 宇垣日记,1942 年 6 月 8 日。

28. 同上。

29. 宇垣日记,1942 年 6 月 8 日。

30.《中途岛海战》,第 219 页。

31. 宇垣日记,1942 年 6 月 8 日。

32. 沃纳的报告。

33. 拉姆齐的报告。

34.《日本的叙述》,第 30 页

35. 宇垣日记,1942 年 6 月 8 日。

36. 对斯普鲁恩斯的采访,1964 年 9 月 5 日。

37.《转折点》,第 59 页。

38.《日本的叙述》,第 30 页。

39.《中途岛海战》,第 202—203 页。

40.《日本的叙述》,第 10 页;宇垣日记,1942 年 6 月 8 日。

41. 草鹿的陈述;《联合舰队》,第 89 页。

42.《日本的叙述》,第 31 页。

43. 同上,第 34 页。

44. 宇垣日记,1942 年 6 月 8 日。

45.《日本的叙述》,第 34 页。

46.《中途岛海战》,第 213 页。

47.《驱逐舰舰长》,第 101 页,在此书中,原为一多次怀着深厚的感情和敬意提到南云。

48.《日本的叙述》,第 11 页。

49. 宇垣日记,1942 年 6 月 8 日。

50.《日本的叙述》,第 35 页。

51.《日本的叙述》,第 35—36 页。

52. 宇垣日记,1942 年 6 月 8 日。

53.《日本的叙述》,第 36 页。

54. 同上。

55. 宇垣日记,1942 年 6 月 8 日。

第三十四章 "没有希望了"

1.《日本的叙述》,第 29 页。

2. 同上,第 30 页。

3. 同上,第 31 页。

4. "悲剧之战"。

5.《日本的叙述》,第 34 页。

6. "悲剧之战";《日本的叙述》,第 10 页。

7. 鹦鹉螺号的叙述。

8.《中途岛海战》,第 186 页;《日本帝国海军》,第 179、181 页。

9. 鹦鹉螺号航海日志,1942 年 6 月 4 日;鹦鹉螺号的叙述。

10.《我与美国人作战》,第 155 页。

11. 同上;"悲剧之战"。

12. 鹦鹉螺号航海日志,1942 年 6 月 4 日;鹦鹉螺号的叙述;《珊瑚海海战、中途岛海战及潜艇作战》,第 129 页注。

13. 天谷的答复。

14. "悲剧之战"。

15. 天谷的答复。

16. 同上;《日本的叙述》,第 9 页。

17.《日本的叙述》,第 29 页。

18. 同上,第 30 页。

19. 鹦鹉螺号的叙述。

20. "悲剧之战"。

21. 《我与美国人作战》,第 155 页。

22. 《日本的叙述》,第 9 页。

23. 鹦鹉螺号的叙述。

24. 《日本的叙述》,第 35 页。

25. 久马的答复。

26. 同上。

27. 同上。

28. 同上;桥口的陈述。

29. 《日本的叙述》,第 9 页;《中途岛海战》,第 197—198 页。

30. 久马的答复。

31. 《日本的叙述》,第 9 页。

32. "悲剧之战"。

33. 久马的答复。

34. 《日本的叙述》,第 9—10 页。

35. 《惊人的胜利》,第 251 页。

36. 《日本的叙述》,第 39 页。

37. 同上,第 11 页。

38. 同上;《中途岛海战》,第 199、225 页。

39. "审讯日本战俘"。

40. 1964 年 4 月 19 日与 21 日对渊田的采访。

41. "审讯日本战俘"。

第三十五章 "我将向天皇请罪"

1. 《日本的叙述》,第 21—22 页。

2. 同上,第 9 页;《中途岛海战》,第 181—182 页。

3.《日本的叙述》,第 23 页;《惊人的胜利》,第 183 页。

4. 对藤田的采访,1965 年 1 月 4 日。

5.《日本的叙述》,第 9、25 页。

6. 同上,第 26—27 页。

7. 同上,第 34 页;《中途岛海战》,第 182 页。

8.《日本的叙述》,第 9、35—36 页。

9. 同上,第 36 页;宇垣日记,1942 年 6 月 8 日。

10. "悲剧之战";《中途岛海战》,第 182—183 页。

11.《日本的叙述》,第 38 页;宇垣日记,1942 年 6 月 8 日。

12. 对渡边的采访,1964 年 11 月 24 日。

13. 宇垣日记,1942 年 6 月 8 日。

14. 对渡边的采访,1964 年 11 月 24 日。

15.《日本的叙述》,第 38 页。

16. 对渡边的采访,1964 年 11 月 24 日;宇垣日记,1942 年 6 月 8 日。

17.《日本的叙述》,第 60 页。

18. "悲剧之战";《中途岛海战》,第 182—184 页。

19.《日本的叙述》,第 38 页;"悲剧之战"。

第三十六章 "我干吗不睡个好觉?"

1. 福特的叙述。

2. 1964 年 11 月 30 日普兰奇采访田边弥八时,田边的书面谈话,以下称"田边的谈话";拉姆齐的报告。

3.《中途岛海战》,第 219—220 页。

4.《日本的叙述》,第 37 页。

5. 坂本的材料第二部分。

6. 1942 年 6 月(美舰坦博尔号)第三次战斗巡逻的作战日记。

7. 坂本的材料第二部分。

8. 由千早提供的山内正纪的答复,未注明具体日期。以下称"山内正纪的答复";USSBS 文件第 46 号:审讯第六舰队通信参谋关野海军中佐。

9. "中途岛海战分析",第 154 页。

10. 由千早提供的猿渡正之的答复,未注明具体日期。以下称"猿渡的答复"。

11.《中途岛海战》,第 221 页。

12. 尼米兹的报告,1942 年 6 月 28 日。

13. 1965 年 5 月 25 日巴德对海军上将雷蒙德·A. 斯普鲁恩斯的采访,以下称"巴德对斯普鲁恩斯的采访"。

14. "中途岛海战分析",第 156—157 页。

15. 企业号航海日志,1942 年 6 月 5 日;《中途岛海战的高潮》,第 185 页;对斯普鲁恩斯的采访,1964 年 9 月 5 日。

16. 斯普鲁恩斯的报告,1942 年 6 月 16 日。

17. NAS 日记;接触报告。

18. VMSB-241 报告。

19. 1942 年 6 月 7 日威廉森和林布劳姆两人的报告。

20. 这是中途岛海战中众说纷纭的事件之一。根据 6 月 8 日凯姆斯的报告,"理查德·B. 弗莱明上尉的飞机在俯冲时被高射炮火击中起火,可是尽管如此,他仍然继续俯冲,他的炸弹直接命中,他的飞机也坠进了大海……"就我们所知,对弗莱明撞在三隈号上这件事,美方其他人都没有异议,他死后被授予国会荣誉勋章——这是二次大战中第一位获得这一荣誉的海军陆战队航空兵(《中途岛战役中的海军陆战队》,第 41 页注解)。莫里森引用最上号曾尔章海军大佐的话说:"我看见一架俯冲轰炸机撞在尾炮塔上,造成大火。他十分英勇。"莫里森还在一张显示三隈号受伤的照片中指出了哪一处可能是弗莱明飞机的残骸(《珊瑚海海战、中途岛海战及潜艇作战》,第 145 页)。然而，1961年曾尔章却否认他说过莫里森曾引用过的那句话，"并且说他认为当时没有造成破坏。"（坂本的材料第二部分）。猿渡认为照片上"三隈号中部"那架飞机"不是敌机"（猿渡的答复）。1942年6月8日的宇垣日记中记叙了整个战斗，其中也说这次攻击没造成破坏。虽然猿渡记不得这次被击中的情况，但他记得"仗打完后有人说起这件事"。而渊田不仅证实了弗莱明的行动，而且说他造成了相当程度的破坏（《中途岛海战》，第226页）。

21. B.E.艾伦中校的"对敌作战"登记表；《中途岛海战》，第226页。
22. NAS日记；接触报告。
23. 对弗莱彻的采访，1966年9月17日。
24. NAS日记。
25. 斯普鲁恩斯的报告，1942年6月16日。
26. 同上；企业号航海日志，1942年6月5日。
27. 对伯福德的采访，1964年8月18日。
28. 同上；NAS日记；接触报告。
29. 斯普鲁恩斯的报告，1942年6月16日；对斯普鲁恩斯的采访，1964年9月5日。
30. 《日本的叙述》，第39页；"中途岛海战分析"，第147—150页。
31. 《中途岛海战》，第250页。
32. 草鹿的陈述。
33. 《联合舰队》，第90页。
34. 同上，第90—91页；草鹿的陈述。
35. 尼米兹的报告，1942年6月28日；"中途岛海战分析"，第161、162页。
36. 1942年6月11日休斯号舰长致太平洋舰队司令的信，内容：报告6月4日与日本飞机作战的情况。以下称"休斯号报告"。
37. 巴德对吉布斯的采访，1967年3月11日。

38. 休斯号报告;"中途岛海战分析",第 161 页。

39. 约克城号报告;"中途岛海战分析",第 161 页。

40. 捕蝇鸟号航海日志,1942 年 6 月 5 日。

41.《珊瑚海海战、中途岛海战及潜艇作战》,第 154—155 页。

42. 艾伦中校的"对敌作战"登记表;第七陆军航空队报告。

43. "中途岛海战分析",第 164 页。

44.《日本的叙述》,第 39 页。

45. 斯普鲁恩斯报告,1942 年 6 月 16 日。

46. 巴德对麦克拉斯基的采访,1966 年 6 月 30 日。

47. 1966 年 6 月 27 日巴德对美海军陆战队退休准将朱利安·P. 布朗的采访。

48. 企业号报告;大黄蜂号报告;VB-3 和 VS-6 的作战报告;"中途岛海战分析",第 160 页。

49.《中途岛海战》,第 225 页。

50. 对斯普鲁恩斯的采访,1964 年 9 月 14 日;大黄蜂号航海日志,1942 年 6 月 5 日。

51. 1967 年 1 月 5 日美退休海军上校雷·戴维斯的信。

52. 1943 年 9 月 17 日美海军上尉罗宾·M. 林赛叙述的记录。以下称"林赛的叙述";1942 年 6 月 13 日企业号补充作战报告。

53. 对斯普鲁恩斯的采访,1964 年 9 月 5 日;斯普鲁恩斯的报告,1942 年 6 月 16 日。

54. 对斯普鲁恩斯的采访,1964 年 9 月 5 日。

第三十七章 "我悲痛万分,不寒而栗"

1. 对渡边的采访,1964 年 9 月 26 日;宇垣日记,1942 年 6 月 8 日。

2. 宇垣日记,1942 年 6 月 8 日。

3.《珊瑚海海战、中途岛海战及潜艇作战》,第 177—178 页;"中途岛海战分析",第 190—191 页;《中途岛海战》,第 218 页上,渊田说有 9 架轰炸机。

4. 由千早提供的中泽佑海军大佐 1942 年 6 月 5 日的日记。以下称"中泽日记"。

5. 同上,1942 年 6 月 6 日。

6.《珊瑚海海战、中途岛海战及潜艇作战》,第 180—181 页;《日本的叙述》,第 39 页。

7. 宇垣日记,1942 年 6 月 8 日。

8. "中途岛海战分析",第 193—194 页;《珊瑚海海战、中途岛海战及潜艇作战》,第 180—182 页。

9. 中泽日记,1942 年 6 月 7 日。

10. 宇垣日记,1942 年 6 月 8 日。

11.《中途岛海战》,第 225 页。

12. 天谷的答复;"悲剧之战"。

13. 对渡边的采访,1964 年 11 月 25 日。

14. 宇垣日记,1942 年 6 月 8 日。

15. 斯普鲁恩斯的报告,1942 年 6 月 16 日;1942 年 6 月 VB-8 作战日记;企业号报告,1942 年 6 月 13 日。

16. 对斯普鲁恩斯的采访;大黄蜂号报告,1942 年 6 月 13 日。

17. 大黄蜂号报告,1942 年 6 月 13 日。

18. 企业号报告,1942 年 6 月 8 日。

19. "中途岛海战分析",第 174 页。

20. 大黄蜂号报告,1942 年 6 月 13 日;《日本帝国海军》,第 47、155 页。

21. 大黄蜂号报告,1942 年 6 月 13 日;尼米兹的报告,1942 年 6 月 28 日。

22. "中途岛海战分析",第 169 页。

23. 猿渡的答复。

24. "中途岛海战分析"，第 169 页；大黄蜂号报告，1942 年 6 月 13 日。

25. 企业号补充报告，1942 年 6 月 13 日。

26. 巴德对劳希的采访，1966 年 5 月 13 日；沙姆韦的 VB-3 报告。

27. 企业号补充报告，1942 年 6 月 13 日；沙姆韦的 VB-3 报告；《日本帝国海军》，第 151、155 页。

28. 巴德对劳布的采访，1966 年 5 月 13 日。

29. 巴德对肖特的采访，1966 年 6 月 5 日。

30. 大黄蜂号报告，1942 年 6 月 13 日。

31. 对斯普鲁恩斯的采访，1964 年 9 月 5 日。

32. 1942 年 6 月 8 日斯普鲁恩斯给尼米兹的私人信件（有附件）。

33. 斯普鲁恩斯信的附件。

34. 沙姆韦的 VB-3 报告。

35. "中途岛海战分析"，第 169 页；宇垣日记，1942 年 6 月 8 日；坂本的材料。

36. 猿渡的答复；坂本的材料。

37. 1942 年 6 月 21 日太平洋舰队司令给海军情报主任的信，内容：1942 年 6 月 9 日对中途岛海战中被俘日本兵的审讯。

38. 坂本的材料。准确地说明 6 月 6 日的战况是很困难的，崎山海军大佐的命运又是一个例子。据渊田的说法，"在当天第三次遭袭时，崎山海军大佐受了伤，但他在三隈号沉没前一直在指挥着该舰，他被从正在沉没的舰上抛出去老远，后被一艘驱逐舰救起。尔后，这位英勇的指挥官却于 6 月 13 日死在铃谷号的病员舱里"（《中途岛海战》，第 229 页）。洛德却说："该舰舰桥在首次遭袭时就被摧毁，崎山舰长受了致命伤，但副舰长高岛接替指挥，继续作战。"（《惊人的胜利》，第 273 页）。

39. 坂本的材料。

40. NAS 日记；接触报告；拉姆齐的报告；尼米兹的报告，1942年6月28日。

41. 尼米兹的报告，1942年6月28日；《转折点》，第146页。

42. 大黄蜂号报告，1942年6月13日；"中途岛海战分析"，第176页。

43. 大黄蜂号报告，1942年6月13日。

44. 坂本的材料。

45. 吉冈的陈述。

46. 坂本的材料；USSBS 第295号，审讯铃谷号领航员。

47. 1942年6月21日太平洋舰队司令给海军情报主任的信。

48. 对斯普鲁恩斯的采访，1964年9月5日。

49. VB-6 作战报告，1942年6月10日；巴德对多布森的采访，1966年5月12日。

50. 多布森日记，1942年6月6日。

51. 对斯普鲁恩斯的采访，1964年9月5日；巴德对多布森的采访，1966年5月12日；斯普鲁恩斯的报告，1942年6月16日。

52. 坂本的材料。

53. 斯普鲁恩斯的报告，1942年6月16日。

54. 坂本的材料；山田的答复。

第三十八章 "庄严肃穆、催人泪下的场面"

1. 田边的答复。田边和约瑟夫·D.哈林顿合写了一篇题为《我在中途岛击沉了约克城号》的文章，发表在1963年5月《美国海军学院学报》，第58—65页，他的答复在这篇文章后写成。

2. 对田边的采访，1964年11月30日。

3. 田边的答复。

4. 这是 1964 年 11 月 30 日普兰奇和千早在采访田边时，对他的称赞。

5. 对田边的采访，1964 年 11 月 30 日。

6. 同上，1964 年 11 月 30 日；田边的答复。

7. 田边的答复。

8. 对田边的采访，1964 年 11 月 30 日。

9. 田边的答复。

10. 同上。

11. 同上；对田边的采访，1964 年 11 月 30 日。

12. 同上。

13. 田边的答复。

14. 约克城号报告；汉曼号报告。

15. 同上。

16. 对伯福德的采访，1964 年 8 月 18 日。

17. 巴尔奇号航海日志，1942 年 6 月 6 日；汉曼号报告。

18. 巴尔奇号航海日志，1942 年 6 月 6 日。

19. 田边的答复。

20. 同上。

21. 同上。

22. 同上。

23. 同上；对田边的采访，1964 年 11 月 30 日。

24. 本汉姆号、莫纳汉号和休斯号的航海日志，1942 年 6 月 6 日。

25. 田边的答复；对田边的采访，1964 年 11 月 30 日。

26. 巴尔奇号航海日志，1942 年 6 月 6 日；约克城号报告。

27. 田边的答复。

28. 同上。

29. 对伯福德的采访，1964 年 8 月 18 日。

30. 巴尔奇号和莫纳汉号航海日志，1942年6月6日。

31. 约克城号报告。

第三十九章 "到达目标的中途"

1. 斯普鲁恩斯的报告，1942年6月16日；对斯普鲁恩斯的采访，1964年9月5日。

2. 林赛的叙述。

3. 1942年6月7日埃蒙斯致马歇尔的信，PSF86，罗斯福文件。

4. 《珊瑚海海战、中途岛海战与潜艇作战》，第151页；《惊人的胜利》，第279页；另见1942年6月13日《芝加哥每日论坛》。

5. 宇垣日记，1942年6月8日。

6. 对渡边的采访，1964年9月26日。

7. 宇垣日记，1942年6月8日。

8. 对斯普鲁恩斯的采访，1964年9月。

9. 宇垣日记，1942年6月8日。

10. "中途岛海战分析"，第183页；宇垣日记，1942年6月8日。

11. 巴德对日本海上自卫队退休海军少将长泽浩的采访，1966年2月4日。

12. 宇垣日记，1942年6月9日。

13. 对渡边的采访，1964年9月26日。

14. 宇垣日记，1942年6月9日。

15. 对渡边的采访，1964年10月6日。

16. 对黑岛的采访，1964年12月5日。

17. "悲剧之战"。

18. 宇垣日记，1942年6月10日。

19. 宇垣日记，1942年6月10日。

20. 草鹿的陈述；《联合舰队》，第91页；宇垣日记，1942年6月

10日；对黑岛的采访，1964年12月5日。草鹿在他的书中与报告中都说他是只身上大和号的，可是宇垣日记和其他材料都说明去大和号的还有其他人。

21. 宇垣日记，1942年6月10日。

22. "悲剧之战"。

23. 对渊田的采访，1964年2月16日。

24. "悲剧之战"；源田的陈述。

25. 对渊田的采访，1964年2月16日；"悲剧之战"。

26. 中泽日记，1942年6月10日。

27. 同上，1942年6月15日。

28. 草鹿的陈述；《联合舰队》，第91页。

29. 《日本时报与广告报》，1942年6月15日。

30. 对渊田的采访，1964年2月16日。

31. 1942年6月6日檀香山《明星公报》晚间版。

32. VF-6非正式飞行日志，1942年6月11日。

33. 《檀香山广告报》，1942年6月12日。

34. 对小罗伯特·J.弗莱明少将的采访，1977年6月24日。中途岛海战中弗莱明是中校，作为埃蒙斯和尼米兹之间的非正式联系人。

35. 埃蒙斯的信。

36. 史汀生日记，1942年6月5日。

37. 1942年6月20日备忘录；小阿道夫·A.伯利日记。

38. 史汀生日记，1942年6月6日。

39. 《尼米兹》，第104—105页。

40. 芝加哥《每日论坛》，1942年7月15日。

41. 《时代》周刊，1942年9月28日。

42. 《旧金山纪事报》，1942年6月6日。

43. 同上，1942年6月8日。

44.《纽约时报》，1942年6月9日。

45.《尼米兹》，第82、103、179页。

46. 对尼米兹的采访，1964年9月4日。

第四十章　对日方的分析："一团糟"

1.《中途岛海战》，第245页。

2. 三和日记，1942年6月18日；《联合舰队》，第92页。

3. 普兰奇案卷中所存千早正隆写的有关太平洋战争一书的手稿，第70页。

4. 宇垣日记，1942年6月10日；"中途岛海战"。

5. "中途岛海战分析"，第227页。

6.《山本》，第6页。

7. "悲剧之战"。

8. 宇垣日记，1942年6月10日。

9. 源田的陈述。

10.《中途岛海战》，第236页；宇垣日记，1942年6月10日。

11.《中途岛海战》，第237页；另见宇垣日记，1942年6月10日。

12. 宇垣日记，1942年6月10日。

13. 戴维逊的报告，1942年6月13日。

14. 对黑岛的采访，1964年12月13日。

15. 宇垣日记，1942年6月10日。

16.《中途岛海战》，第237页。

17. "悲剧之战"。

18. 源田的陈述。

19. 千早的手稿，第73页。

20. 对渡边的采访，1964年11月25日。

21. 千早的手稿，第71—72、103页。

22.《中途岛海战》,第 246 页。

23. 对尼米兹的采访,1966 年 9 月 4 日;对斯普鲁恩斯的采访,1966 年 9 月 5 日;《中途岛海战》,第 234 页。

24. "悲剧之战"。另见《中途岛海战》,第 234 页。

25. 宇垣日记,1942 年 6 月 10 日。

26. 例见《中途岛海战》,第 8、107 页。

27. 三和日记,1942 年 6 月 14 日。

28. 例见《中途岛海战》,第 241 页。

29.《中途岛海战》,第 243—244 页。

30. 对尼米兹的采访,1964 年 9 月 4 日。

31.《中途岛海战》,第 246—247 页。

第四十一章　对美方的分析:指挥英明加"运气好"

1. 源田的陈述。

2. 宇垣日记,1942 年 6 月 8 日。

3. "悲剧之战"。

4. 对尼米兹的采访,1964 年 9 月 4 日。

5. 对尼米兹的采访,1964 年 9 月 4 日。

6. 对渡边的采访,1964 年 11 月 24 日。

7. "六分钟",第 103 页。

8. 源田的陈述。

9.《神奇的零式机!》,第 114 页。

10. "中途岛海战"。

11. 对斯普鲁恩斯的采访,1964 年 9 月 14 日。

12. 源田的陈述。

13. 草鹿的陈述。

14. 1942 年 6 月 16 日斯普鲁恩斯的报告。

15. 对斯普鲁恩斯的采访，1964 年 9 月 5 日。

16. 1942 年 6 月 5 日小 O.H. 里格利上尉、H.S. 格伦德曼中尉、保罗·I. 威廉斯中尉分别上呈的"与敌交战"报告。

17. 企业号的报告。

18. 大黄蜂号的空战报告。

19. 凯姆斯的正式谈话。

20. 《第二次世界大战中的陆军航空兵》，第 459—460 页。

21. 1942 年 8 月 26 日在航空局对约翰·S. 撒奇海军少校的正式采访。

第四十二章　中途岛战役的意义——四十年后的评价

1. 对弗莱彻的采访，1966 年 9 月 17 日。

2. 对斯普鲁恩斯的两次采访，1964 年 9 月 5 日与 14 日。

3. 对尼米兹的采访，1964 年 9 月 4 日。

4. "回忆尼米兹"，第 31 页。

5. 对尼米兹的采访，1964 年 9 月 4 日。

6. 巴德对三代的采访。

7. "悲剧之战"。

8. 源田的陈述。

9. 《联合舰队》，第 92 页。

10. 对斯普鲁恩斯的采访，1964 年 9 月 5 日。

11. 对尼米兹的采访，1964 年 9 月 4 日。

12. 数据来源：《中途岛海战》，第 249 页以及《尼米兹》，第 107 页。

13. 对莱顿的采访，1964 年 7 月 22 日。

14. "中途岛海战分析"，第 210 页。

附录二 缩略语英汉对照表

此附录仅列出译文中保留的缩略语。

B-17	"飞行堡垒"四引擎轰炸机
B-26	"掠夺者"双引擎轰炸机
F2A-2	"水牛"(又称"布鲁斯特")战斗机
F4F-3	"野猫"固定翼战斗机
F4F-4	"野猫"折叠翼战斗机
MAG-22	海军陆战队第二十二航空大队
PBY	"卡塔林纳"巡逻轰炸机
SBD	"无畏"单引擎侦察轰炸机
SB2U	"守卫者"单引擎侦察轰炸机
TBD	"破坏者"单引擎鱼雷轰炸机
TBF	"复仇者"单引擎鱼雷轰炸机
VB	轰炸机或轰炸机中队
VF	战斗机或战斗机中队
VMB	海军陆战队轰炸机中队
VMF	海军陆战队战斗机中队
VP	巡逻机或巡逻机中队
VS	侦察机或侦察机中队
VT	鱼雷机或鱼雷机中队
LB-30	"解放者"轰炸机

注 1. 美国海军飞机命名所遵循的模式是：第一个字母或前几个字母代表机种，其后的数字代表该型机的序列号，接下来的字母代表制造商。在连接符后面可以有数字，也可以没有，表示是改型机。例如 F4F-4，"Wildcat"，是战斗机，是该系列的第四款（此例中表示中单翼），由格鲁曼飞机制造公司生产（此例中表示折叠翼）。

注 2. 美国海军舰载机中队的命名模式：第一个字母 V，表示该飞机比空气重，第二个字母是机种的英文首字母，接下来的数字代表所在的母舰，在中途岛战役中涉及的数字是：5（约克城号）、6（企业号）、8（大黄蜂号）和 3（萨拉托加号）。最后那艘航母未参加该战役，不过它的部分飞机参加了。

附录三 战斗序列

日本方面 *

日本联合舰队

司令长官　山本五十六海军大将

主力部队——山本海军大将

　　第一战列舰战队

　　　　大和号（旗舰）　长门号　陆奥号

　　航空母舰部队

　　　　凤翔号（轻型航母）（携轰炸机8架）

　　　　驱逐舰1艘

　　特务部队

　　　　千代田号　日进号（均为水上飞机母舰，用作供应舰。）

　　警戒部队（第三驱逐舰战队）——桥本信太郎海军少将

　　　　川内号（轻巡洋舰，旗舰）

　　　　第十一驱逐舰分队　驱逐舰4艘

　　　　第十九驱逐舰分队　驱逐舰4艘

　　　　第一补给部队　油船2艘

　　阿留申警戒部队——高须四郎海军中将

---

* 资料来源：《中途岛海战》，第251—260页。

第二战列舰战队

    日向号（旗舰）　伊势号　扶桑号　山城号

警戒部队——岸福治海军少将

    第九巡洋舰战队

    北上号（轻巡洋舰，旗舰）　大井号（轻巡洋舰）

    第二十驱逐舰分队　驱逐舰 4 艘

    第二十四驱逐舰分队　驱逐舰 4 艘

    第二十七驱逐舰分队　驱逐舰 4 艘

    第二补给部队　油船 2 艘

第一机动部队（第一航空舰队）——南云忠一海军中将

航空母舰部队——南云海军中将

    第一航空母舰战队

        赤城号（航母，旗舰）（携零式战斗机 21 架，俯冲轰炸机 21 架，鱼雷轰炸机 21 架）

        加贺号（航母）（携零式战斗机 21 架，俯冲轰炸机 21 架，鱼雷轰炸机 30 架）

    第二航空母舰战队——山口多闻海军少将

        飞龙号（航母）（携零式战斗机 21 架，俯冲轰炸机 21 架，鱼雷轰炸机 21 架）

        苍龙号（航母）（携零式战斗机 21 架，俯冲轰炸机 21 架，鱼雷轰炸机 21 架）

支援部队——阿部弘毅海军少将

    第八巡洋舰战队

        利根号（重巡洋舰，旗舰）　筑摩号（重巡洋舰）

    第三战列舰战队第二小队

        榛名号　雾岛号

警戒部队（第十驱逐舰战队）——木村进海军少将

  长良号（轻巡洋舰，旗舰）

  第四驱逐舰分队　驱逐舰 4 艘

  第十驱逐舰分队　驱逐舰 3 艘

  第十七驱逐舰分队　驱逐舰 4 艘

补给部队　油船 5 艘　驱逐舰 1 艘

中途岛攻略部队（第二舰队）——近藤信竹海军中将

攻略部队主力部队

  第四巡洋舰战队（缺第二小队）

   爱宕号（重巡洋舰，旗舰）　鸟海号（重巡洋舰）

  第五巡洋舰战队

   妙高号（重巡洋舰）　羽黑号（重巡洋舰）

  第三战列舰战队（缺第二小队）

   金刚号　比睿号

警戒部队（第四驱逐舰战队）——西村祥治海军少将

  由良号（轻巡洋舰，旗舰）

  第二驱逐舰分队　驱逐舰 4 艘

  第九驱逐舰分队　驱逐舰 3 艘

航空母舰部队

  瑞凤号（轻型航母）(携零式战斗机 12 架，鱼雷轰炸机 12 架）　驱逐舰 1 艘

补给部队　油船 4 艘　修理舰 1 艘

近距离支援部队——栗田健男海军中将

  第七巡洋舰战队

   熊野号（重巡洋舰，旗舰）　铃谷号（重巡洋舰）

   三隈号（重巡洋舰）　最上号（重巡洋舰）

第八驱逐舰分队　驱逐舰2艘

油船1艘

输送船团——田中赖三海军少将

运载登陆部队的运输舰12艘

运载登陆部队的巡逻艇3艘

油船1艘

护航部队（第二驱逐舰战队）——田中赖三海军少将

神通号（轻巡洋舰，旗舰）

第十五驱逐舰分队　驱逐舰2艘

第十六驱逐舰分队　驱逐舰4艘

第十八驱逐舰分队　驱逐舰4艘

水上飞机母舰部队——藤田类太郎海军少将

第十一航空战队

千岁号（水上飞机母舰）（携水上战斗机16架，水上侦察机4架）

神川丸号（水上飞机母舰）（携水上战斗机8架，水上侦察机4架）

驱逐舰1艘　运载部队的巡逻艇1艘

扫雷部队

扫雷舰4艘

猎潜艇3艘

供应舰1艘

货船2艘

北方（阿留申）部队（第五舰队）——细萱戊四郎海军中将

北方部队主力部队

那智号（重巡洋舰，旗舰）

警戒部队　驱逐舰 2 艘

补给部队　油船 2 艘　货船 3 艘

第二机动部队——角田觉治海军少将

航空母舰部队（第四航空母舰战队）

龙骧号（轻型航母，旗舰）（携零式战斗机 16 架，鱼雷轰炸机 21 架）

隼鹰号（航母）（携零式战斗机 24 架，俯冲轰炸机 21 架）

支援部队（第四巡洋舰战队第二小队）

摩耶号（重巡洋舰）　高雄号（重巡洋舰）

警戒部队（第七驱逐舰分队）

驱逐舰 3 艘　油船 1 艘

阿图岛攻略部队——大森仙太郎海军少将

阿武隈号（轻巡洋舰，旗舰）

第二十一驱逐舰分队　驱逐舰 4 艘

布雷舰 1 艘　运载部队的运输舰 1 艘

基斯卡岛攻略部队——大野竹二海军大佐

第二十一巡洋舰战队

木曾号（轻巡洋舰）　多摩号（轻巡洋舰）　浅香九号（辅助巡洋舰）

警戒部队（第六驱逐舰分队）　驱逐舰 3 艘

运载部队的运输舰 2 艘

第十三扫雷舰分队　扫雷舰 3 艘

潜艇部队——山崎重辉海军少将

第一潜艇战队　伊-9 号（旗舰）

第二潜艇分队　潜艇 3 艘

第四潜艇分队　潜艇 2 艘

先遣（潜艇）部队（第六舰队）——小松辉久海军中将

香取号（轻巡洋舰，旗舰）在夸贾林岛

第三潜艇战队——河野千万城海军少将

里约热内卢丸号（潜艇供应舰，旗舰）在夸贾林岛

第十九潜艇分队　潜艇4艘

第三十潜艇分队　潜艇3艘

第十三潜艇分队　潜艇3艘

岸基空中巡逻部队（第十一航空舰队）——冢原二四三海军中将（在提尼安岛）

中途岛远征部队——森田千里海军大佐

零式战斗机36架（在南云的航空母舰上）

陆基轰炸机10架（在威克岛）

水上飞机6架（在贾鲁特岛）

第二十四航空战队——前田稔海军少将（在夸贾林岛）

千岁航空队（在夸贾林岛）

零式战斗机36架

鱼雷轰炸机36架

第一航空队（在奥尔岛和沃特杰岛）

零式战斗机36架

鱼雷轰炸机36架

第十四航空队（在贾鲁特岛和沃特杰岛）

水上飞机18架

美国方面 *

美国太平洋舰队及太平洋地区
司令官　切斯特·W. 尼米兹海军上将

航空母舰突击部队——弗兰克·杰克·弗莱彻海军少将
 第十七特混舰队——弗莱彻海军少将
  第五航空母舰分队——埃利奥特·巴克马斯特海军上校
  约克城号（航空母舰）——舰长巴克马斯特海军上校
   战斗机中队　F4F-4　25 架
   轰炸机中队　SBD-3　18 架
   侦察机中队　SBD-3　19 架
   鱼雷机中队　TBD-1　13 架
  第二巡洋舰分队——威廉·W. 史密斯海军少将
   阿斯托利亚号（重巡洋舰）　波特兰号（重巡洋舰）
  第四驱逐舰中队——吉尔伯特·C. 胡佛海军上校（第二驱逐舰中队司令）
  驱逐舰 6 艘（其中 1 艘于 6 月 5 日参加）
 第十六特混舰队——雷蒙德·A. 斯普鲁恩斯海军少将
  第五航空母舰分队——乔治·D. 默里海军上校
  企业号——舰长默里海军上校
   战斗机中队　F4F-4　27 架
   轰炸机中队　SBD-2 和 SBD-3 共 19 架
   侦察机中队　SBD-2 和 SBD-3 共 19 架
   鱼雷机中队　TBD-1　14 架

---

* 资料来源：《珊瑚海海战、中途岛海战及潜艇战》，第 90—93、173—174 页。

大黄蜂号——舰长马克·A.米彻尔海军上校[*]

  战斗机中队　F4F-4　27架

  轰炸机中队　SBD-2和SBD-3共19架

  侦察机中队　SBD-1、SBD-2、SBD-3共18架

  鱼雷机中队　TBD 15架

第二巡洋舰分队——托马斯·C.金凯德海军少将（第六巡洋舰分队司令）

  新奥尔良号（重巡洋舰）

  明尼阿波利斯号（重巡洋舰）

  文森斯号（重巡洋舰）

  北安普顿号（重巡洋舰）

  彭萨科拉号（重巡洋舰）

  亚特兰大号（轻巡洋舰）

第四驱逐舰警戒部队——亚历山大·R.厄尔利海军上校（第一驱逐舰中队司令）

  驱逐舰9艘

  运油船队油船2艘　驱逐舰2艘

潜艇部队——罗伯特·H.英格利希海军少将（太平洋舰队潜艇部队司令官，在珍珠港，负责作战指挥）

  第七特混部队（一分队）中途岛巡逻分队　潜艇12艘

      （二分队）游动警戒分队　潜艇3艘

      （三分队）瓦胡岛北方巡逻分队　潜艇4艘

中途岛岸基航空部队——西里尔·T.赛马德海军上校

---

 [*] 驶向中途岛途中晋升为海军少将。

第一、第二巡逻机联队分遣队

    PBY-5 和 PBY-5A"卡塔林纳"机共 33 架

    大黄蜂号鱼雷机中队分遣队　TBF 6 架

海军陆战队第二航空联队第二十二航空大队——艾拉·L.凯姆斯中校

    第二二一战斗机中队　F2A-3 20 架　F4F-3 7 架

    第二四一侦察轰炸机中队　SB2U-3 11 架　SBD-2 16 架

陆军第七航空队分遣队——威利斯·P.海尔陆军少将

    B-26 轰炸机 4 架　B-17 轰炸机 19 架。

中途岛守备部队——赛马德海军上校

舰队陆战队第六陆战守备营——哈罗德·D.香农上校

第一鱼雷快艇中队

    鱼雷快艇 8 艘（在中途岛）

    鱼雷快艇 2 艘（在库雷岛）

    小型巡逻艇 4 艘（部署在当地）

    供应船 2 艘及驱逐舰 1 艘（在弗伦奇弗里盖特沙洲）

    油船 1 艘，改装游艇 1 艘，扫雷舰 1 艘（在珀尔—赫米斯礁）

    改装金枪鱼捕捞船 2 艘（在利西安斯基岛、加德纳岛、莱桑岛及内克岛一带）

中途岛救护加油部队　油船 1 艘　驱逐舰 2 艘

阿留申战役参战部队

第八特混部队——罗伯特·A.西奥博尔德海军少将（在纳什维尔）

    主力部队　重巡洋舰 2 艘　轻巡洋舰 3 艘

    第十一驱逐舰分队　驱逐舰 4 艘

空中搜索部队
    供应舰 3 艘（携第四巡逻机联队的 20 架 PBY）
    B-17 轰炸机 1 架
海面搜索或侦察部队
    炮艇 1 艘　油船 1 艘　巡逻艇 14 艘
    海岸警卫队快艇 5 艘
空中攻击部队——威廉·O.巴特勒准将（初期部署在美国）
    兰德尔要塞：战斗机 21 架　轰炸机 14 架
    乌姆纳克岛格伦要塞：战斗机 12 架
    科迪亚克岛：战斗机 32 架　轰炸机 5 架　轻型轰炸机 2 架
    安克雷奇：战斗机 44 架　轰炸机 24 架　轻型轰炸机 2 架
驱逐舰攻击部队　驱逐舰 9 艘
潜艇部队　潜艇 6 艘
油船部队　油船 2 艘　彗星号轮船

附录四 大事记*

1941 年

12 月 7 日	南云航母部队袭击珍珠港。
12 月 10 日	关岛失陷。
12 月 16 日	威廉·S. 派伊海军中将临时担任美太平洋舰队司令。
12 月 23 日	威克岛失陷。派伊取消原定的救援计划。
12 月 31 日	切斯特·W. 尼米兹海军上将就任美太平洋舰队司令。

1942 年

1 月 11 日	萨拉托加号被鱼雷击中,驶往布雷默顿修理。
1 月 1—14 日	宇垣草拟包括攻占中途岛在内的各项未来作战方案。
1 月 20—22 日	南云部队掩护日军在拉包尔登陆。
1 月 25 日	宇垣将作战方案交黑岛,黑岛却提出以印、缅甸为中心的战略。
2 月 15 日	新加坡投降。
2 月 19 日	南云部队进攻达尔文港。
2 月 20—25 日	在大和号上进行图上推演,其时陆军拒绝接受攻打印度的计划。
3 月(中旬)	日本以攻占中途岛为中心进行计划。
3 月 28 日	黑岛及联合舰队其他参谋开始制定中途岛作战计划。

---

* 6 月 3 日前,日方事件用日本时间,此后,均用当地时间。

4月2—5日	渡边和黑岛在海军军令部与军令部人员讨论中途岛作战计划。该计划勉强获准。
4月5日	南云部队攻打科伦坡，击沉英巡洋舰2艘。
4月9日	南云部队攻打亭可马里，击沉英航母竞技神号及驱逐舰吸血鬼号。
4月18日	杜利特尔空袭日本。
4月21日	史汀生告诫马歇尔和阿诺德，日本可能攻击西海岸。
4月22日	南云的航母部队返回日本。不久，南云及其幕僚得知攻占中途岛方案。
4月28—29日	山本在大和号上召开作战研讨会。
4月29日	尼米兹对金说：中途岛能击退中等规模的进攻，但对付大规模进攻，则需舰队支援。
5月1—4日	日进行中途岛作战演习。
5月2日	尼米兹飞抵中途岛视察防务。
5月5日	永野下令实施中途岛和阿留申群岛作战。
5月6日	科雷吉多尔投降。
5月7—11日	珊瑚海海战。美列克星敦号被击沉，约克城号负伤；日祥凤号被击沉，翔鹤号负伤。
5月10日（前后）	在"海波"的安排下，中途岛发出假情报：岛上缺少淡水。
5月12日（前后）	"海波"截获一日方密电——"AF"缺淡水。
5月中旬	西蒙斯告诫尼米兹要估计敌作战能力。
5月15日	尼米兹命令哈尔西的特混舰队赴珍珠港。
5月17日	海神号击沉日潜艇伊-164号。
5月17日	尼米兹组成派往阿留申群岛的北太平洋部队。
5月18日	美第七航空队受命处于特别戒备状态，新的B-17轰

	炸机开始从本土抵达。
5月20日	山本发布参战部队的战斗序列及对美军实力的估计。
5月20日	日中途岛输送船团及水上飞机母舰部队从日本起航,驶往塞班岛会合。
5月21日	中途岛开始进入戒备状态。
5月22日	山本的主力部队在海上演习。
5月22日	由于陆军部担心日军可能进攻西海岸,马歇尔飞抵西海岸视察。
5月22日	爆破炸药被无意绊发,中途岛的油库被炸毁。
5月22日	中途岛开始进入搜索和侦察阶段。
5月22日	VP-44巡逻机中队的一部分到达中途岛。
5月23日	VP-44中队的其余部分到达中途岛。
5月24日	联合舰队在大和号上进行最后一次图上推演。
5月25日	中途岛的VP-44中队得到加强。
5月25日	罗奇福特将截获的日军战斗序列交尼米兹。(不久,日方更换了JN25密码系统。)
5月25日	尼米兹告诉中途岛说,日军进攻时间已改为6月3日。
5月25日	中途岛又得到加强——海军陆战队第三守备营高炮连及第二突击营三连、四连抵岛。
5月26日	第七航空队司令官廷克将军到中途岛访问,沃纳陆军少校作为航空队联络官随同上岛。
5月26日	海军陆战队第二十二航空大队(MAG-22)又有人员和飞机抵达中途岛。
5月26日	企业号和大黄蜂号抵达珍珠港。哈尔西因病重不能指挥作战,举荐斯普鲁恩斯代理。
5月27日	日本海军节。

5月27日	南云部队起航。渊田患阑尾炎。
5月27日	日中途岛输送船团及水上飞机母舰部队自塞班岛起航。
5月27日	日近距离支援部队自关岛起航。
5月27日	尼米兹会见斯普鲁恩斯并给予指示。
5月27日	企业号、大黄蜂号接受整修和人员补充。
5月27日	约克城号进入珍珠港,修复工作旋即开始。
5月28日	北方部队自日本起航。
5月28日	弗莱彻受命担任美两支特混舰队的司令官。
5月28日	尼米兹给弗莱彻和斯普鲁恩斯介绍情况并下达命令。
5月28日	尼米兹给拉姆齐简要介绍情况并派他到中途岛负责空中作战。
5月28日	第十六特混舰队从珍珠港起航。
5月29日	日中途岛进攻部队主力起航。
5月29日	山本主力部队起航。
5月29日	又1架B-17、4架B-26轰炸机及其机组人员飞抵中途岛。
5月30日	日伊-123号潜艇在弗伦奇弗里盖特沙洲发现2艘美舰;"K号作战"延期。
5月30日	第十七特混舰队起航。
5月30日	中途岛开始进行空中搜索。
5月30日	美2架PBY遇上日2架威克岛陆基轰炸机,被日机击坏。
5月30日	又有7架B-17轰炸机携机组人员抵中途岛。
5月31日	伊-123号潜艇报告在弗伦奇弗里盖特沙洲发现2架美水上飞机;"K号作战"取消。
5月31日	又有9架B-17轰炸机以及B-17的中队长小沃尔特·C.斯威尼陆军中校抵中途岛。
5月31日	B-17轰炸机从中途岛起飞侦察。

5月31日	最后一批桶装航空汽油运抵中途岛。
5月31日	大黄蜂号舰长米彻尔晋升为海军少将。
5月31—6月1日	2艘日袖珍潜艇袭击悉尼港口。
6月1日	源田病，奉命住病员舱。
6月1日	日陆基飞机报告发现美潜艇，并监听到美军发出多份"紧急"电报。
6月1日	又有2架PBY在巡逻途中遭2架日轰炸机进攻。
6月1日	渊田断定：这意味着美搜索弧已向外扩展，田中的输送船团可能会提前暴露。
6月1日	第八特混舰队司令西奥博尔德海军少将乘纳什维尔号离开科迪亚克岛以与其主力部队会合。
6月1日	斯普鲁恩斯在美TBS系统反常地被己方截听到后，下达无线电静默命令。
6月1日	萨拉托加号自圣地亚哥起航，想及时赶到中途岛参战。
6月2日	大雾影响了日舰队加油。
6月2日	南云打破无线电静默，以确保全舰队改变航向。
6月2日	斯普鲁恩斯向所有舰艇发出信号：预期的战斗即将开始。
6月2日	第十六、十七特混舰队在"运气点"会合。

6月3日

时间不详	日潜艇警戒部队比原计划迟两天到达指定位置。
04:15	拉姆齐派出数架B-17轰炸机进行侦察。
06:00	南云的油船离开舰队。
07:00	第二机动部队进攻荷兰港。
08:00	日阿留申警戒部队与山本的主力部队分手。
08:20	执行侦察任务的B-17轰炸机返回中途岛。

08:25	阿部发布次日反潜巡逻的命令。
09:00	日护航部队发现1架美机。
09:04	伊顿海军少尉向中途岛报告发现敌情（扫雷舰部队的一部分）。
09:25	中途岛接到里德海军少尉"发现主力部队"的电报。
11:30	PBY 7Y55号机报告"发现2艘货船……"
11:58	B-17 OV58号机（史密斯陆军上尉）起飞侦察。
12:00	日第二机动部队开始撤向阿达克岛。
12:28	9架B-17轰炸机在斯威尼率领下起飞迎战日进攻部队。
13:25	南云用信号通知6月4日舰队的行动。
16:11	史密斯报告发现运输舰2艘、驱逐舰2艘。
16:40	B-17轰炸机开始轰炸日输送船团。未中。
18:30	阿部用信号通知反潜巡逻计划的变动。
19:50	弗莱彻命令约克城号改变航向，驶向飞机攻击出发点。
21:15	4架装上鱼雷的PBY起飞。

6月4日

（括号内的时间为大约时间）

01:30	"卡塔林纳"开始进攻日输送船团。
02:45	"卡塔林纳"报告攻击结束。
02:45	赤城号上飞机机组人员被唤醒。
04:00	中途岛上起床号响。
04:00	南云命令所有人员各就各位。
04:00	海军陆战队第二二一战斗机中队的6架F4F战斗机从中途岛起飞进行掩护巡逻。
04:00	VP-44巡逻机中队11架"卡塔林纳"从中途岛起飞

	进行扇形区域搜索。
04:05	16架 B-17 轰炸机起飞对日输送船团进行第二次轰炸。
04:30	南云开始派出中途岛攻击部队。
04:30	赤城号、加贺号、榛名号派出侦察飞机。
04:30	约克城号派出 10 架 SBD 以保护其北翼。
04:30	中途岛上飞机开始暖机。
04:35	筑摩号派出五号侦察机。
04:37	拂晓。
04:38	筑摩号派出六号侦察机。
04:42	利根号派出三号侦察机。
05:00	利根号派出四号侦察机。
05:00	中途岛上飞机停机,飞行员返回飞行室。
05:05	凯姆斯召回全部的 6 架执行巡逻任务的战斗机。
05:10	利根号上的四号侦察机报告"发现 2 艘浮出水面的潜艇……"
05:20	埃迪报告发现 1 架不明身份的飞机。
05:30	埃迪报告发现 1 艘敌航空母舰。
05:30	中途岛机组人员进入战斗准备。
05:34	企业号接到关于发现 1 艘航空母舰的报告。
05:45	蔡斯报告"多架飞机正朝中途岛飞去……"
05:52	埃迪报告"2 艘航空母舰和一些主力部队舰艇……"
05:53	企业号接到关于"发现多架日机"的报告。
05:53	沙岛雷达站报告日机逼近。
05:55	利根号上的四号侦察机报告有"16 架敌机正向你飞去"。
05:56	中途岛空袭警报,"布鲁斯特"和"野猫"机起飞。
06:00	B-17 轰炸机受命转向敌航空母舰。

06:00	B-26 与 TBF 收到关于"攻击敌航空母舰"的命令。
06:03	企业号收到关于"2 艘敌航空母舰……"的情报。
06:07	弗莱彻命令斯普鲁恩斯西进并进攻。
（06:10）	海军陆战队巡逻轰炸机二四一中队轰炸机起飞。
06:10	日机距中途岛 47 海里。
06:12	"野猫"机首次与敌接触报告说,"鹰在天使十二"。
06:15	TBF 战斗机从中途岛起飞。
06:15	B-17 轰炸机从中途岛起飞。
06:15	日机距中途岛 30 海里。
06:16	中途岛战斗机迎战来犯者。
06:20	敌距中途岛 22 海里。
06:30	营部命令高炮开火。
06:32	"20 架编队中 1 架起火。"
06:32	"机库和跑道数次中弹。"
06:33	"东岛数次中弹。"
06:35	击落 1 架敌机；岛上洗衣房中弹,医院起火。
06:38	发电站中弹,断电。
06:38	东岛遭俯冲轰炸。
06:41	机库起火,1 日机在坡道上坠毁。
06:43	南云收到友永报告——进攻完成。
06:58	友永报告说自己被击中。
07:00	大黄蜂号开始派出飞机。
07:05	友永报告说"有必要进行第二波攻击"。
07:06	企业号开始派出飞机。
07:07	加贺号飞行长报告:"沙岛已炸,战果辉煌。"
07:08	赤城号、利根号开始对美机开炮。
07:09	10 架零式机拦截美机。

07:10	凯姆斯命令诺雷斯少校的 SB2U-3 飞机攻击敌航空母舰。
07:10	鹦鹉螺号发现浓烟及对空火力，前去查明。
07:10	美机"分成两组"。事实上 TBF 与 B-26 正各自为战。
07:12	赤城号转向 360°，先后避开朝其右舷和朝其左舷而来的 2 枚鱼雷。
07:14	美轰炸机水平轰炸日航空母舰，未中。
07:15	"解除警报"在中途岛拉响。
07:15	南云命令飞机装弹待命，准备第二波攻击。
07:20	斯普鲁恩斯将所属部队一分为二以支援作战。
07:28	利根号上的四号侦察机报告发现"10 艘军舰，像是敌舰"。
07:32	斯威尼（B-17）发现敌舰队但未见敌航空母舰。
07:45	南云准备进攻，命令尚未换上炸弹的飞机鱼雷不要卸下。
07:48	苍龙号发现"6—9 架敌机"。这些很可能属美海军陆战队第二四一轰炸机中队。
07:55	大黄蜂号飞机起飞完毕。
07:55	鹦鹉螺号遭扫射。
07:55	苍龙号被攻击，未受伤。
07:55	苍龙号报告 14 架"双引擎飞机"飞来。这是斯威尼率领的 B-17 轰炸机群。
07:56	赤城号、飞龙号遭攻击。
07:58	利根号上的四号侦察机报告说敌改变航向。
08:00	南云命令利根号上的四号侦察机报告敌舰种。
08:00	赤城号发现 16 架敌机，旋即以战斗速度行驶。
08:06	筑摩号报告发现像是舰载机飞来。可能是友永在返

	回，也可能是美 SB2U-3 飞机来袭。
08:09	利根号上的四号侦察机报告敌舰队组成为巡洋舰 5 艘、驱逐舰 5 艘。
08:10	鹦鹉螺号遭深水炸弹攻击。
08:10	赤城号、飞龙号遭到攻击。
08:12	炸弹落在加贺号舰后，未中。
08:19	"多颗炸弹"落在苍龙号附近。
08:20	SB2U-3 飞机抵日机动部队外围的上空。
08:20	利根号上的四号侦察机说敌舰中有一艘"像是航空母舰"。
	山本问是否该命令南云立即攻击，黑岛认为没有必要。
08:20	炸弹落在赤城号舰后，未中。
08:21	赤城号以最大战斗速度行驶。
08:22	赤城号与鱼雷机群遭遇。
08:26	苍龙号遭到攻击。
08:27	榛名号遭到攻击。
08:30	10 架敌机向榛名号俯冲。
08:37	赤城号开始回收友永的飞机。
08:38	约克城号派出飞机。
08:39	赤城号发现美鱼雷机，即停止回收飞机作业。
08:40	赤城号恢复回收飞机作业。
08:55	南云命令待飞机返航后，舰队即朝北行驶。
08:59	轰炸机回收作业结束。
09:05	赤城号接到利根号上的四号侦察机的报告：10 架敌鱼雷机正飞向机动部队。
09:05	莱斯利率领的第三轰炸机中队自约克城号上起飞。

09:10	鹦鹉螺号遭岚号攻击。
09:17	赤城号航向改为 70°，离开中途岛方向以接近美特混舰队。
09:18	第一航空舰队完成回收全部攻击飞机的作业。
09:18	筑摩号发现大黄蜂号鱼雷机中队并对其开火；赤城号规避鱼雷机。
09:25	赤城号舰体实施机动，使大黄蜂号的鱼雷机中队处于其后。
09:30	岚号报告关于攻击鹦鹉螺号的情况。
09:45	莱斯利在 VT-3 及 6 架 VF-3 战斗机上空跟着 VT-3 飞行。
09:52	格雷向第十六特混舰队发报说他已在目标上空。
09:55	麦克拉斯基发现岚号航迹，尾随上去。
09:58	赤城号发现两组共 14 架敌机（分别由埃利与林赛指挥）；加贺号遭到攻击。
（10:05）	麦克拉斯基发现日机动部队。
10:05	莱斯利的机枪手发现日机动部队在 35 海里外。
10:14	赤城号遭到攻击，未被击中。
10:15	赤城号发现（第三鱼雷机中队的）鱼雷机。
（10:15—10:20）	投放鱼雷，未中的。
10:20	加贺号上空发现俯冲轰炸机，赤城号做极限转向。
10:22	加贺号遭贝斯特率领的企业号轰炸机中队的俯冲轰炸。
10:24	赤城号实施舰体机动以规避鱼雷；发现俯冲轰炸机后即反向做最大角度舰体机动。
10:24	加贺号起火。
（10:25）	第三轰炸机中队的莱斯利和霍姆伯格开始对苍龙号俯

	冲轰炸。
10:25—10:28	苍龙号两次中弹。
10:26	3架俯冲轰炸机攻击赤城号;1颗差点儿命中,2颗命中。
10:33	赤城号做最大角度转向以规避4架鱼雷轰炸机。
10:36	赤城号仍能以巡航速度行进。
10:42	赤城号舵轮系统损坏,主机停车。
10:43	赤城号上的战斗机起火。
10:46	南云及其幕僚撤离舰桥,开始向长良号转移。
10:50	筑摩号发现5架鱼雷轰炸机。
10:50	南云电告山本:加贺号、苍龙号、赤城号起火。
10:50	山口电告阿部:飞机正在起飞以歼灭敌军。
10:54	第一波自飞龙号上开始起飞。
10:55	柳本下令放弃苍龙号。
10:58	飞龙号起飞飞机作业完成。
11:00	大黄蜂号的俯冲轰炸机在中途岛附近海面投弃炸弹。
11:27	赤城号停车。
11:30	赤城号上航空人员和伤员受命向各驱逐舰转移。
11:40	飞龙号的轰炸机报告发现美航空母舰3艘、驱逐舰22艘。
11:45	南云的将旗升上长良号。
12:00	飞龙号攻击约克城号。
12:01	飞龙号报告约克城号起火。
12:03	赤城号舰体开始打转。
12:20	山本命令主力部队、中途岛攻略部队、第二机动部队会合。
12:35	斯普鲁恩斯派遣2艘巡洋舰和2艘驱逐舰援助约克

	城号。
12:37	企业号开始回收第三轰炸机中队的飞机。
13:10	山本暂时推迟中途岛作战及阿留申群岛作战。
13:10	南云获悉美特混舰队由5艘大型巡洋舰及1艘航空母舰组成,且后者"正在猛烈燃烧"。
13:13	弗莱彻转移到阿斯托利亚号上。
(13:20)	第二攻击波飞机自飞龙号升空。
13:50	赤城号停止不动。
13:55	南云获悉美特混舰队由5艘巡洋舰和5艘航空母舰组成,而5艘航空母舰都在猛烈燃烧。
13:59	鹦鹉螺号对加贺号发射3枚鱼雷,但均未中的。
14:34	友永命令本队飞机攻击。
14:37	约克城号尚能以19节的航速行驶。
14:45	亚当斯报告飞龙号及其支援舰艇方位。斯普鲁恩斯立即部署进攻。
14:54	飞龙号报告约克城号已确实中弹2发,认为这是第二艘中弹的美航空母舰。
14:55	巴克马斯特命令放弃约克城号。
15:31	山口为傍晚进攻制订计划。
15:50	南云变航向东北为西北。
15:50	企业号上的全部俯冲轰炸机(VS-6、VB-6和VB-3)离舰。
16:00	山口报告他已击中敌2艘航空母舰。
16:00	全部航空人员撤离赤城号。
16:10	天谷命令放弃加贺号。
16:45	加拉赫发现飞龙号。
17:01	筑摩号发现美机数架。美机向飞龙号俯冲。

17:05	飞龙号中数弹起火。
17:07	榛名号遭到攻击。
17:12	大黄蜂号轰炸机中队及侦察机中队攻击利根号和筑摩号。
17:15	矶风号救起加贺号的幸存者。
17:30	山本恢复阿留申群岛作战。
17:45—(18:15)	B-17轰炸机攻击利根号和筑摩号,未中。
17:50	加贺号上的幸存人员全部登上舞风号。
18:00	鹦鹉螺号上的人看见加贺号起火。
19:15	苍龙号沉没。
19:15	SB2U-3及SBD-2飞机从中途岛起飞进行夜间攻击。
19:26	加贺号沉没。
20:00	所有人员撤离赤城号。
20:30	伊-168号潜艇受命"炮击并炸毁"中途岛上的空军基地。
22:00	SBD-2飞机安全返回中途岛。机上的人未发现目标。
23:40	南云接到向后转并支援攻略部队夜战的命令。

6月5日

00:20	山本取消由栗田的巡洋舰炮轰中途岛的命令。
01:30	伊-168号潜艇对中途岛开火,未造成损失。 不久又接到关于在150海里左右外击沉1艘美航空母舰的命令。
02:00	午夜以来进行了各种活动后,斯普鲁恩斯转向西行。
02:15	坦波尔号发现4艘大型舰艇。
02:30	加来接到放弃飞龙号的命令。
02:38	坦波尔号报告发现不明身份的舰艇多艘。
02:55	山本取消进攻中途岛作战。

(03:00)	三隈号撞上最上号。
03:15	告别仪式后,加来命令所有人员离开飞龙号。
03:50	南云接到关于击沉赤城号的命令。
04:15	坦波尔号的报告抵达中途岛。
04:30	12架B-17轰炸机搜寻敌舰。
04:30	飞龙号上的人员全部撤离。
05:00	赤城号被日方自己击沉。
05:10	卷云号向飞龙号施放鱼雷。
06:30	美巡逻机报告发现2艘日"战列舰"。
07:00	美海军陆战队第二十二航空大队派出"无畏"和守卫者式飞机搜寻2艘日战列舰。
07:00	美巡逻机报告发现2艘敌巡洋舰。
08:00	美巡逻机报告发现2艘战列舰、1艘航空母舰和9艘重巡洋舰。
08:00	细萱建议中止阿留申群岛作战。
08:40	守卫者式飞机攻击三隈号。
09:00	飞龙号沉没。
11:00	第十六特混舰队派出莫纳汉号后转向西北运动寻找南云部队。
12:06	筑摩号发现主力部队和进攻部队(日军正在集结,部队准备撤回本土)。
12:50	山本将第二机动部队归还北方部队。
14:30	捕蝇鸟号开始将约克城号拖往珍珠港。登舰人员努力减轻舰重。
14:35	B-17轰炸机攻击"1艘重巡洋舰"。
15:46	58架轰炸机开始从企业号和大黄蜂号上起飞,结果只发现谷风号,且攻击未中。

天黑以后	企业号和大黄蜂号收回飞机,然后,斯普鲁恩斯向正西行驶。
23:20	山本将一大批水面舰艇调给北方部队。
夜间	南云的驱逐舰将伤员转到战列舰上。

6月6日

04:10	伊-168号潜艇的瞭望哨发现远处的约克城号。
05:02	企业号派出18架SBD飞机。
06:00	伊-168号潜艇发现约克城号附近有驱逐舰警戒。
06:30	三隈号报告发现美机2架。
06:45	8B2号机报告发现1艘航空母舰和5艘驱逐舰(该报告是错误的)。
07:30	8B8号机报告发现2艘重巡洋舰和3艘驱逐舰。
07:59	大黄蜂号派出26架俯冲轰炸机和8架战斗机。
(09:45)	大黄蜂号上的飞机发起进攻,轻伤最上号、三隈号和朝潮号。
10:45	企业号派出31架俯冲轰炸机和12架战斗机。中途岛派出26架B-17轰炸机追击敌巡洋舰。误将茴鱼号当作敌巡洋舰轰炸。
12:30	企业号的飞机数次击中敌2艘巡洋舰。
12:37	伊-168号潜艇与约克城号相距500米,后退。
12:45	尼米兹在檀香山《明星公报》上宣布"已在到达目标的中途"。
13:31	伊-168号潜艇发射鱼雷,击中约克城号,但该舰仍未沉没。1枚鱼雷击中汉曼号,该舰立即下沉。
(13:36)	深水炸弹开始在伊-168号潜艇周围爆炸,爆炸一直持续了数小时。
14:45	由23架俯冲轰炸机组成的大黄蜂号第二组攻击队击

15:00	中三隈号。 山本冒着主力部队覆没的风险命令全力作战。但空中搜索未能发现美舰队，于是只好放弃该计划。
（日落后）	三隈号沉没。
18:50	伊-168号潜艇已躲过了全部深水炸弹。
19:00	斯普鲁恩斯完成了空中作战，转向东行驶以与油船会合。
6月7日	约克城号于04:58沉没。 第十七特混舰队解散，3艘驱逐舰并入第十六特混舰队，其余舰艇返回珍珠港。 廷克将军在对威克岛的空中远征中失败，牺牲。 日驱逐舰矶波号与浦波号相撞，航速均减慢，但未沉。 芝加哥《论坛报》载文强烈暗示美破译了日JN25密码。
6月9日	山本与南云部队的代表们在大和号上开会，检讨失败原因。 山本许诺给南云和草鹿另一次机会，山本承认他本人对失败负全部责任。
6月11日	日本声称取得了大胜。
6月12日	美陆军航空队宣称在大胜中起了重要作用。
6月13日	第十六特混舰队回到珍珠港。
6月15日	渊田和大约500名伤员被送上医疗船，然后该船向横须贺开去。 在横须贺，他们被与外界隔离。
6月18日	美舰巴拉德号救起日飞龙号上的35名幸存者。

中文版新版译后记

这本《中途岛奇迹》是根据 MJF Books 出版社的 *Miracle at Midway*（60th Anniversary Edition）（中途岛海战 60 周年纪念版）译出的。

1984 年，上海译文出版社的沈志彦先生曾约王喜六和我翻译这本书。当年中国尚未加入世界版权公约，严格地说是"盗版"翻译。全书的译稿于 1986 年 2 月完成（翁才浩翻译了全书 42 章中的 4 章）。1991 年 12 月由上海译文出版社出版。

这次《中途岛奇迹》的出版是购买了版权的"正版"翻译，是为了纪念世界反法西斯战争胜利 70 周年。但是，这一次的"正版"翻译，并不是推倒重译，而是对 23 年前我们翻译的那个本子进行修订，是仔细对照原文与原译文，进行反复斟酌、修改的结果。

平心而论，当年接手这本书时，我们刚跨入翻译的门槛，还比较稚嫩，多亏有居祖纯先生为我们的译文进行了总体文字与军事术语的把关。当年由于我们的英文水平有限，对有些原文存在着理解不透或把握不到位的问题，在译文中留下了一些因理解而所造成的错误；此外由于当时可供使用的参考书和可查阅的资料有限，对有些查不到的内容采用了"省略"或"变通"的"灵活处理"，造成了翻译中的损耗；另外，从遣词造句的角度来看，当时的行文显得不够老到，不够精练。

作为译者，我们对那个版本的译文中的错误和不当之处，负有不可推卸的责任。现在能有这样的机会，我们对这些错误和不当之处进行修正是责无旁贷的。

这个译本的总体布局有了较大变化，一是增加了原书的主要人物表，但原人物列表是按英文姓氏的首字母顺序排列的，且日本与美国双方的人物混排。这次翻译时将日方人物与美方人物分别列表，并按姓氏的汉语拼音升序进行了重新排列。

二是按原著的编排方法，把涉及内容出处的脚注全都变成了书后的尾注，并按章进行编号。现在留作脚注的，分为两种：一种是原书中带*号的脚注，是作者对书中有关问题的说明；另一种是译者对相关的历史或文化背景进行的说明，在这部分说明的后面，我们都用了破折号加"译注"来表示。

20多年后的今天，计算机技术与网络技术的发展给翻译带来了极大的便利，使过去一些"无法完成"的翻译变成了可能。这一次我们就是利用网络纠正了原先留下的一些错误，恢复了一些在译文中被"省略"或"变通"的地方的"本来面目"。

现举几个具体例子来说明：

本书原著第三章中有这样一个句子 According to a statement made by those captured at Nanchao, they seemed to have been launched from carriers. 我们把 Nanchao 译成了"南昌"，当时我们也觉得十分牵强，但就这样蒙混过关了。

这一次，我们决心先推翻"南昌"的译法，因为日军攻占南昌是1939年，不可能在三和1942年写的日记中出现俘虏问题。又根据 Nanchao 的发音猜测它是不是云南的南诏，因为日军在滇西作战是1942年，与三和日记的时间吻合。接着我们就进行了"南诏"的搜索，看了网上一篇文章，才知道"南诏"是外国人所说的云南，就像东三省被称为"满洲"一样。于是决定纠正这个错误，把"南昌"改为"云南"。

一些明显的粗心大意的错误都得到了纠正，如第八章倒数第二段的美舰"小鹰号"被错译为日舰"隼鹰号"。原书第一章中美巡洋舰"休斯敦号"被译成了"豪斯顿号"（这也有可能与当时所参考的资料有关）。其中最大的一个错误是：美国潜艇 Nautilus 被译成了"舡鱼号"。从网上查明二战时期，美不仅有"舡鱼号"（*Argonaut*），而且有"鹦鹉螺号"（*Nautilus*）。有一篇介绍 SS-166 V-4 的文章说：In August 1942, USS Nautilus［SS-169］and USS Argonaut［SS-166］delivered Marine Colonel Evans F. Carlson's "Raiders" to Makin Island. 证明当时这两艘潜艇的存在。在这个译本中 Nautilus 恢复了"鹦鹉螺号"的本来面目。

这次修订还做了以下一些修改：

1. 原书第一至第三十九章的标题都是放在引号内的，文字皆引自各章中人物的原话。这次修改时把这些标题都放进了引号，并与原话一致起来。

2. 原译文中既使用了"其他"，也使用了"其它"，现统一改为"其他"。

3. 原译文中的"通讯"除一处涉及"新闻通讯稿"外，余皆改成了"通信"，如"无线电通讯"改为"无线电通信"，"通讯参谋"改为"通信参谋"等。

4. 原译文中在叙述鱼雷数量时，既使用过"条"，也使用过"枚"，现统一改为"枚"。

5. 原译文中的"公里"已按现在的要求改成了"千米"。

6. 这次修订时对飞机的昵称，如"野猫""飞行堡垒"等，都统一加上了引号。

7. 这次还把有 the principle of calculated risk。原译为"不轻易冒险的原则"，现改为"风险预测原则"。

此外，利用网络我们也还原了一些被"技术处理"隐去的细节，如：本书原著第二十一章中一架日本飞机用的是 Aichi，其实这是飞机制造商，就像波音是制造商的名称一样。当时译文中用的句子是："他认为自己肯定是打坏了敌机的发动机，因为敌轰炸机的速度顿时大减。"当然这只是一个无关大局的细节，如果当时可以利用网络，肯会得出正确的翻译结果："这架爱知飞机制造公司生产的轰炸机。"再如原著第十五章中有一句：He rounded up a charter freighter, Nira Luckenbach... 被译为："他临时租了一艘货船……"把该船的名字"省略"了。这一次我们在网上找到了 Nira Luckenbach 和它的图片，遂把译文改为："他临时租用了一艘叫卢肯巴赫号的货船。"

我们还纠正了一些对原文理解不当所造成的误译：

1. 例如第十一章最后一段中有这样一句话：For it would be, as Fletcher described it, "nip and tuck—a close business." 我们把它翻译成："即将进行的战役——用弗莱彻的话说——将会是'一场势均力敌、短兵相接的战斗'。"

仔细阅读前面的情节，我们发现日本舰队占有极大的优势，所以不可能是"势均力敌"，原文中破折号后的 a close business 是对前一个短语的解释，而 nip and tuck 是美国俚语，意思是（of a race or other contests）very close，所以我们把译文改成了："因为这一仗，用弗莱彻的话说，'尚且胜负难定——不知鹿死谁手。'"

2. 再如这段译文：

"如果摩根索引用的话是正确的，那么罗斯福的这一估计是惊人的，甚至对于一向不喜欢躲在悲观主义的阴影里的罗斯福本人来说也是如此。"

但这样的译文似乎不合理。我们对照原文：If Morgenthau quoted the President correctly, this was an astounding assessment, even for

Roosevelt, a man not given to dwelling in the shadows of pessimism. 将译文修改为：

"如果摩根索准确无误地引用了总统所说的话，那么即使罗斯福是个不喜欢生活在悲观阴影里的人，他所做出的这种评估也令人愕然。"

由于篇幅有限，其他的例子就不多举了。我们相信这一次的努力能使这个译本比较完美一些。我们知道这样的修订才对得起自己的良心。我们希望广大读者能继续给我们以批评与帮助。

译者
2015 年 1 月于南京